企鹅经典文库

希腊神话与传说

［德］古斯塔夫·施瓦布 著
高中甫 等 译

天地出版社 | TIANDI PRESS

图书在版编目（CIP）数据

希腊神话与传说 /（德）古斯塔夫·施瓦布著；
高中甫等译. —成都：天地出版社，2024.1
（企鹅经典文库）
ISBN 978-7-5455-7533-0

Ⅰ.①希… Ⅱ.①古… ②高… Ⅲ.①神话—作品集
—古希腊 Ⅳ.①I545.73

中国版本图书馆CIP数据核字（2022）第250324号

XILA SHENHUA YU CHUANSHUO

希腊神话与传说

出品人 杨 政
作　者 ［德］古斯塔夫·施瓦布
译　者 高中甫 等
责任编辑 孙学良
责任校对 曾孝莉
封面插画 EdFyfe
装帧设计 索 迪
责任印制 王学锋

出版发行 天地出版社
（成都市锦江区三色路238号　邮政编码：610023）
（北京市方庄芳群园3区3号　邮政编码：100078）
网　址 http://www.tiandiph.com
电子邮箱 tianditg@163.com
经　销 新华文轩出版传媒股份有限公司

印　刷 北京盛通印刷股份有限公司
版　次 2024年1月第1版
印　次 2024年1月第1次印刷
开　本 830mm×1110mm 1/32
印　张 23.25
字　数 605千字
定　价 69.80元
书　号 ISBN 978-7-5455-7533-0

咨询电话：(028) 86361282（总编室）
购书热线：(010) 67693207（市场部）

如有印装错误，请与本社联系调换。

目录
Contents

第二部　特洛伊的传说

第三部　俄底修斯的传说

第四部　坦塔罗斯家族的最后一代

第五部　埃涅阿斯

第一部

Volume I

希腊神话

我所要求的唯一赔偿，

是要你成为我的知己和战友！

普罗米修斯

天和地被创造出来，大海在海岸里起伏波动，鱼儿在海水里嬉游，群鸟在空中飞翔歌唱，地面上挤满各种动物，但还没有那种体内有灵魂并能统治世界的造物。这时，普罗米修斯踏上了大地。他是被宙斯废黜神位的老一代神明的后裔，是地母盖亚与乌拉诺斯所生的伊阿珀托斯的儿子。他清楚地知道，上天的种子就蛰伏在泥土里。于是他就掘了些泥土，用河水把泥土弄湿，然后按照世界的主宰天神的形象揉捏成一个形体。为了让这泥做的人体获得生命，他从各种动物的心里取来善与恶的特性，再把这善与恶封闭在人的胸中。在天神之中他有一个朋友，这就是智慧女神雅典娜。雅典娜很欣赏这个提坦之子的创造，便把灵魂即神灵的呼吸吹进这仅有半个生命的泥人心里。

这样，就产生了最初的人，不久他们便四处繁衍，使得大地上满是人。但是，他们在很长的时间里，都不知道如何使用他们高贵的四肢和神赐的精神。他们视而不见，听而不闻。他们像梦游的人形一样四处奔走，却不知道如何利用人间万物。他们不会采石凿石，不会用黏土烧砖，不会把森林里砍伐来的木料做成大梁和椽子，并用这些材料修建房屋。他们像终日忙忙碌碌的蚂蚁一样聚居在地下，生活在不见阳光的地洞里。他们不能根据可靠的标志分辨冬季、繁花似锦的春天和丰收在望的夏日。他们所做的一切都是杂乱无章、毫无计划的。

于是普罗米修斯便来照料他们：他教他们观察星辰的升降，他发明了计算的方法，创造了拼音文字。他教他们把牲口套在轭上，使它们承担人的部分劳动。他让马匹养成上套拉车的习惯，他发明了适于海上航行的船和帆。他也关注人类的生活起居。从前，一个人一旦生病，便束手无策，不知道吃什么喝什么有益于健康。人不懂得服药减轻自己的痛苦，由于没有药物而凄惨地死去。现在，普罗米修斯告诉他们如何调制药剂来祛除各种各样的疾病。他又教他们预言者的本领，给他们解释先兆和梦，说明鸟雀的飞翔和祭品的陈列。他引导他们勘察地下，让他们发现地下的矿石、铁、银和金。一句话，他把生活的一切技能和一切舒适的设备都向他们做了介绍。

不久前，宙斯夺取了他父亲的神位，罢黜了老一代神明，现在是他和他的儿子们统治着天国。普罗米修斯则是老一代神明的后裔。

现在，新的神明注意到了这刚刚产生的人类。他们要求人类敬奉他们，以此换取他们向人类提供的保护。在希腊的墨科涅，人和神举行了一次会议，共同确定了人类的权利和义务。普罗米修斯以人类辩护人的身份参加了这次会议，他提出，诸神不要因为负有保护的责任而让人类承担过重的义务。

普罗米修斯聪颖过人，决计愚弄一下众神。他以他的造物的名义宰杀了一头大公牛，请天神们选取自己所喜欢的那一部分。他把宰杀后的牛切开分成两堆：堆在牛皮底下的是肉、内脏和很多脂肪，牛皮上边放着牛的胃；另一堆里都是光秃秃的骨头，非常巧妙地裹在牛的板油里，这一堆看起来还多一些。

众神的君父，全知全能的宙斯一眼就看穿了他的骗局，说道："伊阿珀托斯的儿子啊，尊贵的国王，我的好友，你分配得多么不公平啊！"普罗米修斯以为他已骗过宙斯，便暗自微笑着说："尊贵的宙斯，永恒众神中最伟大的神，请选取你中意的一堆吧！"宙斯勃然大怒，故意用双手抓住那块白色的板油。他把板油剥开后看见了光秃秃的骨头，装出刚刚才发现自己上当受骗的样子，气愤地说："我看得很清楚，你还没丢掉你骗人的伎俩。"

宙斯决定报复普罗米修斯的欺骗，拒绝给予人类为实现文明所急需的最后的赠品：火。但机智的伊阿珀托斯的儿子想出了办法加以补救。他拿了一个坚挺的大茴香枝，到天上去靠近从旁经过的太阳车，把这个木枝往那闪光的火焰里一杵便得到了火种。他带着这个火种降到大地上，木堆燃烧的熊熊火光随即直冲云霄。当宙斯看见人间竟有照得如此遥远的火光升起时，他的灵魂深处都感到钻心的疼痛。既然人类已经有了火，他就不能从他们手中把火夺走了。他立刻想出一个新的灾害来代替禁止人类用火。他要求因技艺高超而闻名遐迩的火神赫淮斯托斯为他造出一个美丽少女的形象。

雅典娜由于嫉妒普罗米修斯而对他不抱好感，所以她给这个少女形象披上了闪亮的白色外衣，让少女两手撑着罩在脸上的面纱，头上戴着饰以鲜花的花冠，束着一个金发带。神的使者赫耳墨斯让这迷人的作品获得说话的能力，爱神阿佛洛狄忒则使她具有一切妩媚可爱的姿态。宙斯创造了这样一个出色的害人精，给她取名"潘多拉"，意思就是"获得一切天赐的女子"，因为每一个神都给了她一件使人类遭灾受难的赠品。

随后，宙斯便把这个少女带到人与神愉快漫步的大地上。人人都对这个无与伦比的女子赞不绝口。她走向普罗米修斯过分天真的兄弟厄庇墨透斯，把宙斯的赠品送给他。

普罗米修斯曾警告过他，不要接受奥林匹斯山上的宙斯的赠品，以免人类遭到灾难。但这警告没有起到作用。厄庇墨透斯对这警告连想都没去想，就接纳了美丽的少女潘多拉，直到灾祸降临，他才想到了它。迄今为止，人类的生活还没遭到灾难的侵扰，人类没有过分繁重的劳动，也没有折磨人的疾病。这个女子双手捧着她的赠品，一个有盖的大盒子。她刚刚来到厄庇墨透斯身边，就揭开了盒盖，立刻从盒子里飞出一大群灾害，像闪电一般迅速扩散到大地上。唯一的一件好的赠品，即希望，却藏在盒底；但潘多拉按照众神之父的旨意，趁它没来得及飞出，又盖上了盒盖，把它永远锁在盒内。

于是灾难以各种各样的形式充满大地、天空和海洋。疾病在人群中四处乱窜，日夜不停又悄无声响，因为宙斯没有赋予它们声音。各种各样的热病围攻大地，而从前缓步潜行在人类中的死神如今也快步如飞地奔跑起来。

此后，宙斯便转而向普罗米修斯复仇。他把这个罪人交给了赫淮斯托斯和两个仆人——号称强制和暴力的克拉托斯和比亚。他们奉命把普罗米修斯拖到斯库提亚的荒野，用挣不断的铁链把他锁在高踞令人目眩的深渊之上的高加索山的峭壁上。赫淮斯托斯很不愿意完成父亲所交托的任务，因为他爱这个提坦之子，他知道普罗米修斯是他曾祖父乌拉诺斯的亲缘子孙，是与他出身相同的神的后裔。他说了几句无限同情的话，不料竟受到粗野的仆从们的谴责，他出于无奈，只好让仆从们完成了这残酷的任务。

这样，普罗米修斯令人悲哀地被吊在悬崖绝壁上，总得直挺挺地悬着，不能睡觉，也从来不能弯一弯疲惫的双膝。“你将白白地发出多少哀怨和悲叹啊，”赫淮斯托斯对他说，“宙斯的意思是不可改变的，不久前才夺得天国统治权的新神都是冷酷的。”

这个囚徒的痛苦也真的将是永久的，或将延续三万年之久。尽管他也大声悲叹，他也呼唤风、江河、大海的波涛、万物之母大地和洞察一切的太阳为他的苦难作证，但他的意志是坚定不移的。“一个人只要认识到了必然的不可抗拒的威力，”他说，“他就必定会忍受命中注定的一切。”他曾预言：新的婚姻将使诸神的主宰者堕落和毁灭。不管宙斯怎样威胁他，他也不详细说明这似明犹暗的预言。

宙斯是说一不二的。他派出一只鹰每天啄食这名囚徒的肝脏，而那肝脏被吃去多少就又重新长出多少。在没有一个人自愿出来受死、替他受罪之前，这种痛苦是不会停止的。

这个不幸者得到解救的一天终于来了。普罗米修斯被吊在悬崖上忍受可怕的痛苦数百年之久，赫拉克勒斯为了寻找金苹果，正好路过这里。当他看到神的后代吊在高加索山上，正希望向普罗米修斯请教良策时，他又对被囚禁者的命运起了怜悯之心，因为他看见一只凶鹰立在被囚禁者的膝头啄食那不幸者的肝脏。于是他把木棒和狮皮甩在身后，弯弓搭箭，一箭就把那只凶鹰从受苦者的肝脏上射了下去。接着，他解开锁链，就把被解放了的普罗米修斯带走了。但为了满足宙斯的条件，他让自愿放弃永生而去受死的马人喀戎做了普罗米修斯的替身。宙斯既然已经做出判决，把普罗米修斯永远吊在悬崖上受苦，现在为了维持这个判决，普罗米修斯必须永远戴着一个铁环，铁环的另一端拴上一小块高加索山崖的石头。这样，宙斯才能自豪地说，他的敌人还一直被锁在高加索山上。

丢卡利翁和皮拉

在上古的人类定居尘世间，他们的种种罪行传到世界统治者宙斯耳中以后，他便决定亲自到人间去察访。但他在各处都发现，实际情况比传闻还要严重。

阿耳卡狄亚国王吕卡翁以野蛮凶残闻名遐迩。一天夜色已深时，宙斯来到待人冷淡的吕卡翁的王宫。他发出几个神迹作为信号，暗示神已到来，众人立即对他顶礼膜拜。吕卡翁却嘲笑他们这种虔诚的祝祷，他说:“那就让我们看看他是人还是神吧！”他暗自决定，趁半夜客人熟睡时把他杀死。

他先是杀了摩罗西亚人送来的一个可怜的人质，把还没有完全死去的人质的肢体放在沸水里煮或在火上烤，然后在晚餐时把这些人肉端到餐桌上献给客人。洞察一切的宙斯从桌边一跃而起，抛出复仇的火焰，让这个心中无神者的宫殿顿时燃烧起来。这个国王惊慌失措地逃到旷野里去。他发出的第一个痛苦的声音是动物的嗥叫，他的王袍变成了长满兽毛的皮，他的胳膊变成了前腿，他本人变成了一只嗜血的狼。

宙斯回到奥林匹斯山，与众神商量，打算消灭这些罪恶的人类。他原想向整个大地投射闪电，却又害怕大火殃及天国，烧毁宇宙的轴。于是他便把库克罗普斯为他锻造的雷电放在一边，决定使天降暴雨，让人类淹死在洪水中。这时，能驱散雨云的北风和其他一切方向的风都被锁进了埃俄罗斯的岩洞里，他只把带来降雨的南风派了出来。这南风拍打着滴水的翅膀飞向大地。伸手不见五指的黑暗遮住他可怕的脸，浓云掩盖着他的胡须，波涛在他那满头的白发里滚动，雾霭压在他的前额上，大水从他的胸脯喷涌。南风悬在空中，用手抓住巨大的乌云，挤压它们。于是，雷声隆隆，大雨如注。暴雨成灾，淹没了庄稼，农民的希望化为泡影，一整年长时间的辛勤劳作毁于一旦。

海神波塞冬也来帮助他的兄长宙斯进行这一次破坏行动。他把所有的江河召集起来说："你们要冲进一切房屋，摧毁所有堤坝！"它们全都一丝不苟地执行海神的命令，波塞冬本人也挥起他的三叉神戟刺穿地层，使足气力摇动，为洪水开辟道路。

这样，河流便流过开阔的田野，淹没了耕地，冲倒了树木，冲毁了庙宇和房屋。哪怕还有一个宫殿屹然矗立，大水也很快盖过它的山墙，最高的塔楼也被漩涡卷没。转眼间便再也分不清哪里是海，哪里是陆地，整个世界都成了汪洋大海。

人类想尽一切办法自救。有人爬到最高的山上，有人跳上小船，划过已经淹没的家的屋顶或有着自家葡萄园的山丘，船的龙骨都擦到了那些葡萄藤。鱼儿在树林的粗枝当中拼命地游动。波浪追逐着急奔不迭的野猪。所有的人都被大水冲走，那些没被波涛卷走的人也都饿死在荒山野坡上。

在福喀斯地面，有一座高山的两个山峰依然高耸在淹没一切的洪水之上，那就是帕耳那索斯山。丢卡利翁和他的妻子皮拉乘小船漂到了这座山上，因为丢卡利翁是普罗米修斯的儿子，父亲曾对他发出过有关洪水的警告，并且为他造了一只小船。没有哪个被创造的男人或女人像他们二人这样正直和敬神。宙斯从天上往下界一看，发现尘世已完全被淹没在大水和沼泽之中，原本难以计数的人当中只剩下了这一对男女，而他们俩又都是无罪的、虔诚敬神的，他便放出了北风，驱逐了黑压压的浓云，命令它把雾霭带走。他让天又看见了地，让地又看见了天。海中之王波塞冬也放下了三叉神戟，让洪水平静下来。大海又有了海岸，江河返回它们的河床，树林从深水里伸出沾满泥浆的树梢，群山随之出现，最后平坦的陆地又展现在眼前。

丢卡利翁四下里张望。土地已经荒芜了，处处像墓地一样的寂静。看到这样的景象，眼泪禁不住从他的面颊上滚了下来。他对妻子皮拉说："亲爱的，无论往哪儿看，我都看不见一个活人。现在只有我们两个人是大地上的人类了。别人都淹死在洪水里了。我们也没有充分的把握能活下去啊。我看到的每一片云都使我的灵魂充满恐惧。即使一切危险都已经过去了，我们两个孤独无助的人又能在这荒凉的大地上做什么呢？啊，当初我的父亲普罗米修斯要是把捏泥造人并把灵魂注入泥人的本领教给了我，该多好啊！"

他说了这席话，这一对孤寂的夫妻不禁哭了起来。然后他们就屈膝跪在半遭破坏的忒弥斯女神的祭坛前，向天上的女神祈祷："哦，女神啊，请告知我们，我们用什么办法才能再造出我们已经毁灭了的种族！哦，请帮助这沉沦的世界重新充满生机吧！"

"你们要离开我的圣坛，"女神的声音传来，"蒙上你们的头，解开你们系着腰带的衣服，把你们母亲的骨骼扔到你们的背后！"

夫妻二人为这谜语般的神谕惊异了好一阵子。皮拉首先打破沉默。"请宽恕我，尊贵的女神，"她说，"我现在真是吓得缩成一团了，我不能听从你，不能拆散我母亲的骨骼，伤害她的阴魂！”

但丢卡利翁的智慧像一道光似的使他顿然醒悟。于是他亲切地抚慰妻子说：“我的理解有可能不对，但神的话总是善良、毫无恶意的！我们伟大的母亲，这不就是大地吗！她的骨头不就是石头吗！皮拉，神是让我们把石头扔到身后去呀！”

他们对这道神谕又怀疑了好一阵子，但转念一想，试试又有什么坏处呢？他们走到一旁，按神的指示蒙上头，松开系衣服的带子，往背后扔起石头来。这时产生了一个伟大的奇迹：石头开始失去它坚硬易碎的特性。它变得富有弹性，而且长高了，成形了。石头已经显现出人的形象，不过还不十分清楚，而是粗略的形体，或者说很像雕刻家刚用大理石雕琢出来的人体。石头上潮湿的或沾泥的部位都长成了身体上的肌肉，坚硬而结实的部分变成了骨骼，石头上的纹理留在原处，成了人体的脉络。就这样，借助于神的佑护，在很短的时间里，男人抛出去的石头变成了男人，女人抛出去的石头变成了女人。

人类不否认他们的这个起源。这是坚强勤苦劳作的人民。他们永远牢记自己是怎样繁衍成长的。

法厄同

太阳神的宫殿由华丽的大圆柱支撑，镶在柱子上面的发光的黄金、似火的红宝石闪着耀眼的光辉。屋顶的最高处有象牙环抱，两扇银质的门发着白光，门上精心雕刻着美丽的神奇故事。太阳神赫利俄斯的儿子法厄同走进宫殿要求见他父亲。但他在离父亲很远的地方就站住了，因为再靠近他便无法忍受那灼热的光。

父亲赫利俄斯身穿紫袍，坐在他那镶着璀璨的绿宝石的宝座上。他的左右依次站着他的随从：日神、月神、年神、世纪神和四季神。年轻的春神头戴饰以鲜花的花环，夏神戴着绺绺麦穗编织的花冠，秋神手持装满葡萄的角，冰冷的冬神则披着一头雪白的鬈发。坐在中央的赫利俄斯圆睁慧眼，很快就看见这个青年正对如此之多的奇迹啧啧称奇。“你为什么到这里来了？”他说，“是什么事促使你来到你身为神明的父亲的宫殿，我的儿子？”法厄同回答道：“尊贵的父亲，尘世的人都嘲笑我，辱骂我的母亲克吕墨涅。他们说我的天神出身是假的，说我是一个不知名的父亲的儿子。因此我来请求你给我一个能向世人证明我是你真正后代的凭证。”

赫利俄斯收回围在头部的光芒，让儿子走近前去。他亲热地拥抱了法厄同，说：“你的母亲克吕墨涅说出了实情，我的儿子，我永远不会再在世人面前否认你是我的儿子了。为了让你不再心存疑惑，你就向我要一件礼物吧！我像诸神一样指着冥府的斯堤克斯河发誓，不管你提出什么请求，我都满足你！”父亲一说完，法厄同急不可耐地说：“那你就满足我最强烈的愿望吧，允许我驾驶一天你的太阳飞车吧！”

太阳神的脸上露出吃惊和后悔的神色，他三番五次地摇了摇自己闪着金光的头，终于高声说道：“哦，我的儿子，你诱导我说了一句不够理智的话！哦，我要是不向你做出那样的许诺该多好！你渴望做的事情，是你力所不及的。你太年轻，又是凡人，你希望做的是神做的事！你所要求的，不是所有的神都能做到的事，因为除了我，谁也不能站在喷着火一般的灼热气浪的车轴上。我的车的必经之路是陡峭的，我的精力充沛的马大清早就得吃力地攀登这条路，路程的中间是最高的天顶。相信我，我站在车上亲临这样的高度时，也常常有些恐惧。当我俯瞰下界，看到海洋和陆地与我相去千里万里之遥时，我的头也难免感到眩晕。最后，路又变得急转直下，这时就需要稳稳地驾驭。沧海女神泰西斯甚至都做好了接纳我进入她的洪流中的准备，她有时也害怕我掉到大海里去。此外，你必须考虑到，天在不停地旋转，我必须顶得住这种无比剧烈的回旋。如果我把我的车交给你，你怎么能驾驶它呢？因此，我亲爱的儿子，你就别要求得到这样一个糟糕的礼物了。趁还有时间，你赶快改换一个好一点的愿望吧！好好瞧一瞧我这惊恐的脸。你可以从我的眼睛里看到做父亲的心中的忧虑！你还是另要一个天上地下你想要的好东西吧！我指着斯堤克斯河发誓，你一定会得到它。——你为什么这样狂热地拥抱我呀？”

但这青年一次次没完没了地恳求着，而父亲已经发出了神圣的诺言。所以太阳神只好牵着儿子的手，把他领到太阳车那里去。车辕、车轴和轮缘都是金的，轮辐是银的，轭上闪烁着橄榄石和其他宝石的光辉。当法厄同正在专心地欣赏这些精美的工艺时，黎明女神在泛着红光的东方打开了她的紫色大门和她摆满玫瑰花的前厅的门窗。星星渐渐消逝，晨星是天边最后离开它的岗位的星，月亮最外边的弯角也失去了光影。这时赫利俄斯命令长着翅膀的时序女神套马，她们就把饱食神仙食品的、喷着火光的马匹牵出马厩，套上华丽的辔头。

这当儿，父亲往儿子的脸上涂了神圣的油膏，好让他能忍受得了熊熊火焰的炙烤。他把他的日光金冠戴在儿子的头上，却又叹息一声，提醒儿子："孩子，别用钉棒打马，只需紧握缰绳，马会自动飞驰，你要尽量让它们跑得慢一些。走的路是倾斜着的大弧线，你千万不要靠近南极和北极。你会清楚地看见车轮滚动的轨道。你不要下倾得太低，否则大地会着火；你也不要太高，否则会烧了天国。去吧，黑暗已经过去，攥住缰绳吧。或者，现在还来得及，再考虑一下，我亲爱的孩子！还是把车留给我，让我给世界送去光明，你留下来观看吧！"

这个青年好像根本就没有听见父亲的话，他一跃跳到车上，十分高兴地把缰绳抓在手中，向忧心忡忡的父亲亲切地点点头表示感谢。四匹飞马舒畅地对着天空嘶鸣，用蹄子对着大门踢踏。对孙儿命运一无所知的老祖母泰西斯出来打开了大门。世界无限辽阔地展现在青年的眼前，骏马沿着轨道起飞，冲破面前的晓雾。

驾车的骏马明显地感到，它们拖着的重量跟平常不同，轭比往常轻得多。它们拉的车没有足够的重量了，车就像大海里摇晃着的船一样，在空气中跳动。车好像空了似的，冲得很高，向前滚去。

当骏马觉察到这种情况时，它们便离开轨道的范围飞驰起来，不再按以前的规矩奔跑。法厄同开始发抖了。他不知道往哪边拉缰绳，不知道路在哪里，也不知道怎样制服野性的马。当这个不幸的人从高高的天边俯瞰下界，看见辽阔的陆地在他脚下极其遥远地展开时，他突然吓得脸色煞白，双膝颤抖。身后的天已经离他很远，但眼前的地离他更远。他心中计算着前方和后方的距离，呆呆地望着远方，不知怎么办才好。他既不放松缰绳，也不把缰绳拉紧，他想要呼唤那几匹马，但又不知道它们的名字。他十分恐惧地看着挂在天边的众多形状各异的星座，吓得手脚冰凉。缰绳从手里掉了下去，仿佛缰绳往下颤动并触了一下马背，它们立即离开了自己的轨道，跳到侧面陌生的地方，一会儿向上奔，一会儿向下跑。它们时而碰到恒星，时而下降向靠近大地的小道倾斜。它们碰到头一个云层，云层立刻像被点燃了一样冒出白烟。车子越来越低地往下冲，突然接近了一座高山。

这时，土地因为受炽热的烘烤而干裂。因为一切汁液都已被烤干，土地也开始发出微光。荒野的草变黄了，枯萎了；再到下面，森林的树叶也燃烧起来。很快大火便蔓延到平原，庄稼被烧得颗粒全无。所有的城市都冒着熊熊的烈火，所有的国家连同全体居民都被烧成了灰烬。周围的山丘、树林和高山也都起了大火。江河干涸或惊恐地逃回发源地，大海也凝缩起来，此前还是湖海的地方，现在都变成了干燥的沙地。

法厄同看见地球的四面八方都着了火，他本人很快也忍受不了火热的烤灼了。他好像是从一个烟囱的火炉深部吸入沸腾的空气，觉得脚底踩的是烧得通红的车。他已无法忍受这浓烟和大地燃烧飞扬上来的灰烬。烟雾和浓重的黑暗包围着，飞马任意拖着他。最后连他的头发也被大火烧着了，他从车上摔下来，他全身燃烧着从空中打着旋儿坠落，像偶尔出现的一颗星划破晴空疾驶而下。在离他故乡很远的地方，一条名为厄里达诺斯的宽阔的河接纳了他，不断地冲击着他那冒着泡沫的脸。

法厄同的父亲亲眼看到了这一切惨象，抱头陷入深深的悲愁之中。据说这一天世上没有见到阳光，只有大火照亮了人间大地。

欧罗巴

在推罗和西顿一带有一个名叫欧罗巴的少女，她是腓民基国王阿革诺耳的女儿，一直生活在父亲几乎与世隔绝的宫殿里。半夜后，凡人总会做一些可信的梦；这一天夜里，一个奇异的梦从天而降，造访了这个少女。她觉得，好像有两个大陆，即亚细亚和与它相对的大陆，它们变成了两个女人的形象，二人争着抢着要把她据为己有。一个女人是一副异国人的模样，另一个女人——就是亚细亚——长相和举止都与本地人一样。后者则以温存的热情争取欧罗巴做她的孩子，她说欧罗巴是她亲生并亲自养育的爱女。而那个异乡的女人却像对待一个战利品似的把她紧紧地抱在怀里，不等欧罗巴有所反抗，便把她带走了。

“跟我走吧，亲爱的姑娘，”异国女人说，“我把你当作战利品带到持盾者宙斯那里去，这是你命中注定的归宿。”

欧罗巴醒来，心还怦怦直跳。她从卧榻上坐起来，因为夜梦的影像和白天的景象一样清晰。她挺直腰板，一动不动地在床上坐了很长时间。她圆睁两眼，呆呆地望着前面，仿佛那两个女人还站在眼前。后来她才张开嘴，惊恐不安地自言自语道：“是哪一位天神让我做了这样一个梦？我在父亲的王宫里睡得又香又安稳，是什么样不可思议的梦吓得我心慌？我梦见的这个异乡女人是谁呀？我心里对她产生了一种奇怪的思慕。她向我走来时态度多么可亲，就是她把我强行带走时，那微笑的目光也流露着一种母爱。愿天神使我的梦成为吉祥的兆头！”

到了清晨，灿烂的阳光从少女心中抹去了夜寐中的梦影。欧罗巴起来后就去忙她的生活琐事和娱乐活动。不久，她的同龄朋友、游伴，以及贵族家的小姐都聚集在她周围，这些人时常陪她唱歌、跳舞、散步和祭神。她们今天又来邀请她们的女主人到海边鲜花遍野的草地上去散心，在那里欣赏盛开的鲜花，倾听大海波涛轰轰的回响。所有的姑娘都穿着漂亮的绣花长袍，欧罗巴本人则身穿一件极美的金线刺绣的拖裙，裙裾上绣着神话传说的光辉画面。这华贵的衣裙是赫淮斯托斯的一件作品，是很久以前大地的震撼者波塞冬求爱时献给利比亚的礼物。她有了这件礼物以后，便将它作为传家之宝一代一代地传到了阿革诺耳的家中。可爱的欧罗巴穿着这身新娘的盛装，带领着她的女游伴跑到开满五颜六色鲜花的海边草地上去。到处都飘荡着这群少女的欢声笑语，每个人都采摘一枝自己心爱的花。

采集了足够的鲜花以后，她们便围着欧罗巴坐在草地上编花环。她们打算把这些花环挂在抽芽的树枝上，作为献给草地女神们的谢礼。但命运没让她们太久地用情于鲜花，因为夜梦向她预言的命运突然闯进了欧罗巴无忧无虑的少女生活。宙斯为年轻的欧罗巴的美貌所倾倒。因为他害怕惹恼嫉妒心重的赫拉，同时也不希望迷惑这个少女纯洁的意念，所以这位狡猾的神想出了一个新的诡计。他改变形象，变成一头牡牛。但那是一头什么样的牡牛啊！他不像一头走在草地上或驾轭俯首、拉着重载车辆的普通牡牛。不，他身材高大而俊美，脖子略粗，肩很宽。他的角小巧玲珑，像精心雕琢出来的一般，比纯净的宝石还要透明。他身上的颜色是金黄的，只是前额上闪烁着一个月牙形的银白色标记。他淡蓝色的眼睛透露着倾慕的柔情。

宙斯在改变形象前，曾把赫耳墨斯叫到奥林匹斯山来，对自己的意图秘而不宣，只说："我亲爱的儿子，你赶快去办一件事！你看见下面偏左的那个地方了吗？那是腓尼基。你到那里去，把阿革诺耳国王的畜群赶到海边去。"不大工夫，这位背有飞翼的神就飞到了西顿的山间牧场，把阿革诺耳国王的牛群赶到山下的草地上——那里，海边国王的女儿和推罗的姑娘们正无忧无虑地玩弄着花环。以牡牛形象出现的宙斯就在牛群当中，只不过赫耳墨斯一点儿也不知道罢了。

其余的牛零零落落地散布在离少女们很远的草地上。只有宙斯化身的那头美丽的牡牛，慢慢走近欧罗巴和她的游伴们坐着的那个草坡。他十分优雅地在茂密的草丛中信步走来。他的前额并没有现出威胁的表征，发光的眼睛也不可怕。他的整个外表都充满着柔情。欧罗巴和她的年轻女伴们都很欣赏这头牛高贵的形体和平和的神态，甚至都想就近好好地看看他，抚摩抚摩他那油光水滑的背。牡牛好像觉察到了这一层意思，因为他越走越近，最后站在欧罗巴的前面。欧罗巴跳开，开始还往后退了几步。当这头牛那样驯服地停在那里时，她才鼓起勇气，又向前走，把她的花束举到他吐着白沫的嘴边，从他嘴里飘来一种吃过神仙食品的香气。他讨好地舔着献给他的鲜花，舔着那只抹去他嘴边的泡沫、亲切地抚摩着他的温柔的手。这头俊美的牛越来越讨少女的喜欢了，她甚至大胆地吻了一下他那光灿灿的前额。这时，牛快乐地哞哞叫了几声，但跟别的普通的牛叫声不同，这叫声很像震荡在山谷里的吕狄亚人的笛声。然后他就蹲伏在美丽的公主的脚下，无限渴慕地望着她，对她转动了一下脖子，向她示意他宽阔的背。

欧罗巴对她的那些年轻女友说："都走近一点吧，亲爱的游伴，让我们坐到这头美丽的牡牛的背上吧，一定很有趣。我想，他像一艘大船一样，能坐下我们四个人。瞧他多温顺，多可爱！和别的牛完全不同。他真的像人一样会思考，只是不会说话罢了。"她一边说，一边从女伴手中接过花环，把一个个花环挂到牡牛低垂的牛角上。接着，她微笑着一跃，上了牛背，女友们却仍在犹豫不决地看着她。

牡牛的目的达到了，就从地上站了起来。开始，他驮着少女相当缓慢地走着，就是这样，她的女伴们也跟不上。当他把草地抛在背后，眼前展现一望无际的海岸时，他便加快了行走的速度，现在他不再像一头小跑的牡牛，而是像一匹飞腾的骏马了。少女还没来得及想，他就纵身跳到海里，带着他的俘虏，向深海游去。少女用右手紧握牛角，用左手支撑在他的背上。风吹起她的衣裙，像鼓起一个风帆。她怯生生地回头望着远离的陆地，呼唤她的女伴，但纯属白费气力。

牡牛向前游去，像一只漂荡的船。不久，海岸消失了，太阳落下去了，在微明的夜色中这不幸的少女环顾四周，但除了波涛和星辰，什么也看不见。第二天早上，牡牛又走了。这一整天，少女都坐在牛背上越过无边无际的洪流向前漂游。不过，这头牡牛能够灵活地辟开波浪，所以他的可爱的姑娘身上没有溅上一滴水。傍晚，他们终于到达远方的一个海岸。牡牛跳上岸，让少女在一棵拱形的树下轻轻地从他背上滑下去，便在她眼前消失了。原地出现一个天神一样的英俊男子，他对她解释说，他是克里特岛的统治者，如果她愿意嫁给他，她将得到他的保护。由于无望和孤独，欧罗巴把手伸给他表示同意，这样，宙斯最终的愿望就实现了。但他像来时那样，又突然消失了。

早晨的太阳升起来时，欧罗巴从长时间的昏睡中醒来。她目光慌乱地看看自己的四周，好像在寻找她的家园。“父亲，父亲！”她以刺耳的哀诉声喊着，同时想了想所发生的事，又高声说道，“我是个卑劣的女儿，我还有资格呼唤父亲吗？多么荒唐，我竟忘记了子女对父亲的爱！”她又望了望四周，好像回想起了一切，便对自己发问，“我是从哪里来的？我现在到了什么地方？”她用手心摸着眼睑，好像是想要抹掉那个可恨的梦。她举目向四下张望，各种陌生的景物一动不动地展现在她的眼前。四周全是叫不上名来的树木和悬岩，一股令人恐怖的海潮冲到岸边，掀起巨大的浪涛。“哦，我现在要见到那头讨厌的牡牛，”她绝望地喊道，“我要把它撕碎，不把它的角折断我绝不罢手！尽管我此前觉得它很可爱，但这是多么不切实际的愿望啊！我不知羞耻地离开了家，现在除了死我还能怎样呢？如果所有的神明都抛弃了我，那就请诸位天神派一头狮子、一头老虎来吧！说不定我的万般美艳会使它们食欲大增，这样我就不必等饥饿来使我如花似玉的面颊枯萎凋零了。”

但没有一个野兽出现。陌生的地域宁静地显现在她面前，给人增添了几分喜悦，太阳在万里无云的晴空上照耀着大地。好像有复仇女神在追击她，这个孤独的少女跳了起来。“苦命的欧罗巴，”她喊道，“你没听见你父亲的声音吗？虽然他不在你身边，但如果你不了结你不光彩的生命，他也会诅咒你。他不是把那棵梣树指给你了吗？你可以用腰带把自己吊死在那上边。他不是给你指点了那座高山悬崖了吗？你一纵身从那上边跳下去就可以葬身波涛咆哮的大海。你，一个国王的高贵的女儿，难道愿意做一个野蛮国王的小妾，天天做他的奴隶，纺定额的羊毛？”

这个不幸的孤独的少女就是这样用死的思绪折磨着自己，却又没有勇气去死。这时，她突然听到嘲笑般的悄声私语传来，她以为有人偷听，便惊恐地朝后面看。在非尘世的光辉中，她看见女神阿佛洛狄忒站在她面前，旁边还有女神的小儿子，那个带着弯弓的爱神厄洛斯。女神的嘴角先是微微一笑，然后说：“不要生气，也无须争吵，美丽的姑娘！那头可恨的牡牛就要来了，他会伸出双角让你折断。在你父亲的王宫里把那个梦送给你的，就是我。你要知足啊，欧罗巴！是宙斯把你抢来的，你是这位不可战胜的神明在尘世的妻。你的名字将永存，因为现在收容你的这块大陆从此以后就叫欧罗巴！”

卡德摩斯

卡德摩斯是腓尼基国王阿革诺耳的儿子，欧罗巴的哥哥。在宙斯变形为牡牛把欧罗巴姑娘拐走以后，阿革诺耳便派卡德摩斯带着兄弟们去寻找她，如果找不到就不准他们回来。卡德摩斯在世上乱闯了很长时间，也没能揭穿宙斯的诡计。他对找到妹妹已不抱希望，又怕父亲发怒，便去向福玻斯·阿波罗请求神谕，询问他将来应该生活在什么地方。阿波罗向他指明："在一块偏僻的草地上，你将遇到一头没有负过轭的小牛。你让它领着你走，然后，你就在它躺在草里休息的地方修建城池，给这城市取名底比斯。"

卡德摩斯刚刚离开阿波罗赐他神谕的卡斯塔利亚圣泉，便在一片绿茵茵的牧场上看见一头脖子上没有负轭痕迹的牛。他不出声地向福玻斯做着祈祷，慢步跟着这头牛走。他涉过刻菲索斯河的浅滩，又走了一大段路，那头牛忽然站住了，它把两耳对着天空竖起，四周立刻响起哞哞的牛叫声。然后它回头看了看跟它走来的那群人，最后就躺在青草里了。

卡德摩斯满怀感激之情地俯伏在异乡的土地上，亲吻这土地。

他想要向宙斯献祭，于是他就派仆人到活泉去取水，用来举行神祇品饮的献礼。在那个地区有一个从未采伐过的古老的树林，树林中巉岩犬牙交错，树木盘根错节。一个拱形的深谷里，处处涓涓流淌着清凉的泉水。在这个洞穴里隐藏着一条凶龙。老远就可以看见红色的龙冠闪着亮光。它的眼睛喷射着火焰，膨胀的身体里充满毒汁，它用三个舌头发出嗞嗞的声音，嘴里长着三排锋利的牙齿。当仆人走进小树林时，淡青色的龙就突然从洞里伸出头来，发出可怕的叫声。仆人一惊，汲水罐便从手中滑落下去。他们吓得全身血液都凝结了。毒龙把它遍布鳞甲的身躯盘成滑腻腻的一堆，蜷缩成直立的弓形，然后抬起半个身体，向下边的树林望去。突然，它狂怒地冲向这个腓尼基人，把他们咬死一部分，缠绕勒死一部分，剩下的则用毒气使之窒息，或用毒涎杀戮。

卡德摩斯不知道仆人为什么迟延了这么久，最后亲自去找他们。他身披一张自己从狮子身上剥下来的狮皮，手持长矛和标枪，此外还怀着一颗比任何武器都起作用的坚强的心。他走进树林，一眼就看见被杀死的仆人的尸体，看见那仇敌正用它那膨胀的身躯炫耀自己的胜利，用嗜血的舌头在尸体上舔来舔去。

"唉，我可怜的朋友啊，"卡德摩斯无比痛苦地大叫一声，"不给你们报仇，我就跟你们死在一起！"

他一边说着，一边搬起一块巨石向毒龙投去。这样大的一块石头会砸得城墙和塔楼摇摇欲坠，这条毒龙却一点也没受伤，坚硬的黑皮和鳞片像铁甲一样保护着它。现在英雄开始投掷标枪，这回怪物的身体顶不住了，钢制的枪尖深深地刺入它的脏腑。疼痛使毒龙勃然大怒，它回过头来咬碎枪杆，但枪头却牢牢地留在体内了。它又被刺了一剑，就更加暴怒了，它的咽喉鼓胀了起来，白色的泡沫从毒腭里往外喷吐。毒龙挺起比树干还直的身躯，像箭一样冲过来，但它的胸部撞在树干上了。鲜血终于从这头怪兽的脖子里流出来，染红了周围的杂草。但伤势不重，毒龙仍能躲避冲刺砍杀。最后，卡德摩斯把剑深深地捅进毒龙的咽喉，一直捅到一棵橡树里，使巨兽的脖颈钉在树干上。这时毒龙才被制服。

卡德摩斯久久地凝视这条被杀的毒龙。后来他又看了看四周，发现从天而降的帕拉斯·雅典娜站在他身旁。她命令卡德摩斯立刻把毒龙的牙齿种到翻过的土里，它们将生出人的后代。卡德摩斯听从女神的旨意，用犁在土地上犁出一条很宽的垄沟，把龙牙撒到沟里。土块突然开始活动，从垄沟里首先冒出来的是枪尖，然后冒出一顶晃动着彩色羽毛的头盔。很快就出现了肩、胸、手持武器的胳膊，最后出现一个全副武装的战士，他从头到脚整个儿都是从泥土中生长出来的。在其他许多地方的泥土中同样长出人来。于是，一整队装备齐整的战士在腓尼基人面前长了出来。

卡德摩斯不禁大为吃惊，准备与新的敌人战斗。但是从土里生出来的一个人朝他喊道："不要拿起武器，不要介入内部战争！"这时，从地下冒出来的战士当中开始了一场毁灭性的争斗，最后只有五个人活了下来。其中有一个后来被称作厄喀翁的，首先按照雅典娜的旨意放下了武器，自愿求和。别的人也跟着这么做。

在这五个泥土所生的战士的帮助下，从腓尼基来的外乡人卡德摩斯，如神谕所示，在这里建立了新的城市，并命名该城为底比斯。

珀耳修斯

一个神谕向阿耳戈斯国王阿克里西俄斯宣示：他的外孙将夺取王位，把他杀死。因此，他把女儿达那厄和她与宙斯所生的儿子珀耳修斯锁在一个箱子里抛进了大海。宙斯保护着他们穿越大海的风浪，他们漂到塞里福斯岛靠了岸。那里是狄克堤斯和波吕得克忒斯两兄弟统治的地方。狄克堤斯正在捕鱼，箱子漂了过来，他就把箱子拖上了岸。两兄弟都很喜爱这对被遗弃的母子。于是波吕得克忒斯便娶了达那厄为妻，珀耳修斯则得到他精心的抚育。

珀耳修斯长大成人以后，继父鼓励他外出探险，建功立业。这个勇敢的青年表示愿意去冒险。父子二人很快就取得了一致的意见：让珀耳修斯去砍下美杜莎可怕的头，然后把它带回塞里福斯交给国王。

珀耳修斯出发了。在诸神的引导下，他来到远方某地，众怪之父福耳库斯就居住在这里。珀耳修斯首先遇到的是福耳库斯的三个女儿：格赖埃姐妹。她们一生下来就长了满头白发，她们三人只有一只眼睛和一颗牙，只能轮流使用。珀耳修斯夺取了她们的眼睛和牙齿。当她们恳求他把必不可少的眼和牙还给她们时，他提出了这样的交换条件：她们必须告诉他去女仙那里的路。

这些女仙都是奇异的造物，她们占有三件奇宝：一双飞鞋，一个用作衣袋的皮囊，一顶狗皮做的头盔。无论是谁，只要穿上这双鞋，就能飞，想飞到哪儿就飞到哪儿；只要戴上这个狗皮头盔，就能看见他想看的东西，别人却看不见他。这些宝物珀耳修斯都想拿到手，于是他就出发了。

福耳库斯的三个女儿带路，把珀耳修斯领到了那些女仙的住地，从他手中拿回了她们的牙和眼。在女仙这里，他找到并拿到了他想要的东西。他挎上皮囊，绑上飞鞋，戴上头盔。此外，他还从赫耳墨斯那里得到一个青铜盾。他这样装备起来以后，就飞向大海，到福耳库斯的另外三个女儿戈耳工们的住地去。

只有名叫美杜莎的第三个女儿是凡人肉体，所以他被派来取她的头。他发现这些怪物正在酣睡：她们的头部遍布龙的鳞甲，头上没有头发而是盘着许多蛇，她们长着野猪一样的獠牙和可以飞翔的金翅膀。珀耳修斯知道，凡是注视过她们的人，都要变成石头。因此，他背着脸站在这些熟睡的怪物前面，只从他当镜子用的闪光的青铜盾里搜寻她们的面影；他就这样认出了戈耳工美杜莎。雅典娜指挥他的手砍掉这个还在酣睡中的怪物的头。这件事刚刚完成，就从美杜莎的躯干里跳出来一匹飞马珀伽索斯和一个巨人克律萨俄耳——他们俩都是波塞冬的儿子。珀耳修斯把美杜莎的头装在皮囊里，像来时那样往回飞奔。美杜莎的两个姐姐起床后，看见被杀的三妹的躯干，立刻展开翅膀去追凶手。但女仙的头盔使珀耳修斯成了隐形人，她们在任何地方都看不见他。

珀耳修斯飞在空中，被大风吹得不停地左右摇摆。他一直向西飞行，为了稍事休息，他降落在阿特拉斯国王的国土上。

阿特拉斯国王有一个结满金果的小树林，那里有一条巨龙守候。珀耳修斯——戈耳工的征服者——请求在这里得到一块栖身之地，但没有得到允许。因为担心金果被盗，阿特拉斯狠心地把他赶出了宫殿。珀耳修斯大怒，说："尽管你根本不愿意帮助我，你却可以从我这里得到一件礼物！"他背过脸去，从皮囊里掏出戈耳工的头，把它伸向国王，国王立刻就变成了石头，而且因为他特别高大而变成了一座山。他的胡须和头发延伸出去化为森林。他的双肩、手和骨头变成了山脊，头变成了直插云霄的高峰。

珀耳修斯又绑上飞鞋，挎上皮囊，戴上头盔，飞腾在空中。在飞行中，他经过刻甫斯国王统治的埃塞俄比亚的海岸。在这里，他看见一个少女被绑在大海边突出的悬岩上。如果不是一股微风吹动她的头发，他还以为她是一座大理石雕像呢。他被她那诱人的美迷住了。"告诉我，美丽的姑娘，"他跟她攀谈道，"你为什么被绑在这里？告诉我你的家乡在哪里，告诉我你的名字！"

这个被绑在那里的姑娘面带羞涩，默默不语。她害怕跟陌生人说话。要是她动得了，她早就用手捂住自己的脸了。她两眼涌出泪水。最后，为了不让外乡人以为她对他隐瞒了什么罪过，她才答道："我是埃塞俄比亚国王刻甫斯的女儿，名字叫安德洛墨达。我的母亲曾经自夸她比涅柔斯的女儿们，即那些海中的女仙还要美。那些海洋仙女听了这话，怒不可遏，于是她的朋友海神便让大水泛滥成灾，让一个什么都吞得下的大鲨鱼随着洪水来到这个国家。一道神谕宣示：只有把我，国王的女儿，抛出去喂鲨鱼，才能躲过这场灾难。人们逼迫我父亲采取这个拯救措施，在绝望中，父亲被逼无奈，只好把我绑在这个悬岩上。"

她最后一句话还没说完，汹涌的波涛就哗的一声分开，从海底钻出一个怪物，它用宽大的胸伏卧在水面上。少女大哭大叫起来，她的父母急忙赶来，拥抱这被捆绑着的女儿，但他们除了哭泣和悲叹又能干什么呢？

外乡人说：“要哭，你们有的是时间；救人的时刻可是不多的。我叫珀耳修斯，是宙斯和达那厄的儿子。我征服了戈耳工，现在正由神奇的翅膀托着在空中飞翔。即使她是自由的，让她来选择，我也不是不配做她的丈夫！现在，我要向她求婚，我要救她。你们接受我的条件吗？”在这样的处境下谁还会犹豫呢？万分喜悦的父母不仅答应把女儿嫁给他，而且许诺用自己的王国做嫁妆。

这当儿，那个怪物像一只快船似的游了过来，离悬岩只有一投石那么远。这青年突然脚一踏地，腾到云端。怪物看到海面上人的影子，立刻狂暴地向它追去，珀耳修斯像一只雄鹰从空中冲下来，腾空踏在怪物的背上，用杀死美杜莎的剑刺入大鲨鱼的身体。他刚把宝剑拔出来，那大鲨鱼就忽而高高地跳到空中，忽而沉入海涛，像一只被猎犬追逐的野猪似的狂吼。珀耳修斯左一剑右一剑地刺它，直至殷红的血汩汩地从它的咽喉往外冒。最后，这巨大的怪物断了气，被海浪卷走了。

珀耳修斯跳上岸，爬到悬岩上，解开捆绑少女的锁链。那少女在他为她开释时不断地用眼神向他表示感谢和爱慕。他把少女带给了她幸福的双亲，而金殿则把他当成新郎来欢迎。婚宴正兴高采烈地举行时，国王城堡的前院忽然起了沉闷愤怒的扰攘，原来是国王刻甫斯的弟弟菲纽斯来了。过去他曾向她的侄女安德洛墨达求过婚，但在最近遇到灾难时他抛弃了她。现在他带着一队武士来重提他的要求。他挥舞着长矛闯进举行结婚典礼的礼堂，冲着惊讶的珀耳修斯喊道：“瞧着我！我来了，我要为我被抢走的未婚妻报仇！”说着，他就摆开架势，准备用矛刺杀。国王刻甫斯见势不妙立刻站起来呵斥他：“胡说！我的兄弟，你怎么会想到干这种不正当的事情？并不是珀耳修斯抢走了你的未婚妻。我们被迫让她牺牲的时候，是你抛弃了她。你眼睁睁地看着她被绑在悬岩上，你既没有以叔叔的身份，也没有以未婚夫的情义救助她。为什么你不从悬岩上把她解救下来呢？这个人救了她，而且他因为救了我的女儿而使我的晚年得到安慰，你至少不该搅扰他吧！”

菲纽斯不回答，他只是转动着愤怒的眼睛一会儿看看他的哥哥，一会儿看看他的情敌，好像是在考虑首先应该对谁下手。他犹豫了一会儿，终于使出因愤怒而爆发的全部力量，把他的矛投向珀耳修斯。但他没有投准，整个矛插在了床垫上。珀耳修斯跳起来，把他的矛投向菲纽斯闯入的那扇门。要不是菲纽斯一跃躲在祭坛后面，那支矛非刺穿他的胸脯不可。这支矛却刺中了菲纽斯一个同伴的前额，于是，一场格斗便在菲纽斯的随从和参加婚礼的宾客间展开了。这场搏斗十分残忍，持续了很长时间。岳父岳母和新娘站在珀耳修斯一边，寻求他的保护。最后，珀耳修斯被菲纽斯和他的扈从们包围了。箭四处纷飞，珀耳修斯把肩靠在一根大柱子上，遮住后背。他正面面对大群敌人，阻止他们的进攻，放倒一个又一个武士。最后，他只好决定使用终极的又是最可靠的手段。

“谁还是我的朋友，就把脸转过去！”他说，同时从他一直挎在身上的皮囊里取出戈耳工的头，把它伸向第一个冲向他的敌人。“让你的魔法去降伏别人吧！”那人轻蔑地看了一眼喊道。他举起手刚要投掷标枪，结果就这样举着手变成了石头，很像一根雕刻的石柱。其他的敌人也一个接着一个都落了个这样的下场，最后只剩下了两百人。这时，珀耳修斯把戈耳工的头高高地举在空中，让大家都能看见，于是这两百人也突然变成了坚硬的岩石。

现在菲纽斯才后悔不该发动这场不义的战争。他左右一看，除了姿态各异的石像，什么也没有。他呼叫他朋友们的名字，疑惑地触摸站在周围的人体：所有的人体都成了大理石。他心惊胆战起来，他的挑战变成了低三下四的乞求："饶我一命吧，王国和新娘都归你！"他喊着，同时把沮丧的脸转向一边。但是，珀耳修斯因他新朋友的死而无比悲痛，已经不能大发慈悲了。"反贼！"他愤怒地说，"我要为你建立一座永久的纪念碑！"尽管菲纽斯竭力躲闪，不看戈耳工的头，他的目光还是很快就与那伸向他的可怕的形象相遇了：他的脖子僵硬了，他那含泪的眼睛变成了坚硬的石头。他站在那里，双手下垂，一脸胆怯的表情，完全是奴仆的卑贱的姿态。

现在，珀耳修斯毫无阻碍地把爱妻安德洛墨达带回了家，等待他的将是漫长的幸福的岁月。他又找到了他的母亲达那厄，但外祖父阿克里西俄斯却没有躲过厄运。老人由于害怕神谕所预示的灾难，逃到了珀拉斯戈斯，当了异乡人的国王。他在那里举行赛会时，珀耳修斯来了。珀耳修斯是在准备到阿耳戈斯看望外祖父的途中路过这里的，他也参加了比赛，他投掷的铁饼不幸竟击中了阿克里西俄斯。后来他才知道自己打死了谁。他怀着沉痛哀悼的心情把外祖父葬在了城外，然后就迁到这个因外祖父的死而归他所有的王国居住了。从此以后，命运女神再也不嫉妒他了。安德洛墨达为他生了许多极可爱的儿子，他们都继承了父亲珀耳修斯的光荣传统。

代达罗斯和伊卡洛斯

雅典的代达罗斯属于厄瑞克提得斯家族，是墨提翁的儿子，厄瑞克透斯的曾孙。他是建筑家、雕刻家和石雕工人，他那个时代最伟大的艺术家。他的艺术作品备受世界各地人的称赞，谈到他刻的雕像，人们都说那是活的，能走动和能看物的，认为那不仅是肖像，那简直是有生命的造物。从前大师们的雕像，眼睛都是闭着的，双手僵直地垂在两侧，而且与身体连在一起；代达罗斯第一次让雕像睁着眼睛，双手与人体分离伸向外面，双脚做出走路的姿态。

代达罗斯虽然艺术水平超群，为人却自负又好妒，正是这种人格上的缺点诱他犯罪，使他遭受苦难。

他有一个外甥，名字叫塔罗斯，跟他学习艺术雕刻，而这个学生的天分比他的舅舅和老师还高。塔罗斯还是个孩子的时候，就发明了制陶器用的转盘。他还把两个金属臂连接起来，让一个不动另一个能动，由此发明了最早的车床。他还设计了别的工具，而这一切都没有他老师的帮助，这样他就有了很高的名望。代达罗斯害怕学生的名声比老师的名声大，嫉妒心压倒了他的理智，他竟丧心病狂地把塔罗斯从雅典的卫城上推下去，杀害了这个孩子。在代达罗斯埋葬外甥的时候，他的行为使人产生了怀疑。尽管他谎称自己是在掩埋一条蛇，他还是在阿瑞俄帕戈斯最高法庭上被控谋杀，并被判有罪。

但他逃跑了，开始在阿提刻四处流浪，后来逃到了克里特岛。在那里，国王弥诺斯收留了他；他成了国王的朋友，被视为著名的艺术家。国王选派他去为弥诺陶洛斯——一个牛首人身的怪物建造一所使人见了就心醉神迷的住宅。代达罗斯创造性地建了一座迷宫。这是一座处处迂回曲折的建筑，走进去的人总要眼花缭乱，找不到该走的路。无数通道盘绕在一起，就好像弗里吉亚地区迈安德洛斯河蜿蜒无序的流动，在可疑的通道上时而向前，时而倒退，常迎着波浪走。在这所建筑竣工后，代达罗斯去检查，连他自己也费了很大的劲儿才走出迷宫回到大门口，可见他修建了一个遍布迷津的古怪的建筑物。弥诺陶洛斯被保护在这个迷宫的内部，他的食物是雅典每九年向克里特国王进贡的七个童男和七个童女。

长期被人追逐的背井离乡的生活，渐渐使代达罗斯感到心情沉重，他一想到要在海水包围的小岛上面对专制国王的不信任度过一生，就十分痛苦。他绞尽脑汁思索自救的方法，经过很长时间的思考，他终于快乐地说道：“自救的办法有了！弥诺斯尽管从陆地和海上封锁我好了，但空中对我是开放的。弥诺斯虽然威权无比，但他管不了天空，我可以从空中逃离此地！”

说干就干！代达罗斯凭借他的创造精神征服自然。他动手把鸟的羽毛按大小不同分开放在一边，然后把最小的羽毛放在较大的羽毛上形成一根较长的羽毛，做到让人以为它们是自然而然生长起来的。他在这些羽毛中间缝上麻线，下边涂上蜜蜡，然后把连在一起的羽毛弯成弧形，让它看上去完全像鸟的羽翼。

代达罗斯有一个儿子，名叫伊卡洛斯。他站在父亲身旁，好奇地用小手参与父亲的艺术加工：他时而去抓那些绒毛被风吹动的羽毛，时而用大拇指和食指揉捏父亲自己使用的黄色蜜蜡。父亲漫不经心地听任孩子去抚弄，看着孩子笨拙的动作微笑。翅膀扎成以后，代达罗斯把它绑在自己身上，找准了平衡，然后便像只鸟一样轻盈地飞到空中去了。他降落在地上以后，又用业已准备好的小翅膀教儿子伊卡洛斯飞翔。

“亲爱的孩子，要永远在中间的航线上飞，”他说，“如果你飞得太低，翅膀就会擦到海水，变湿变沉，你就会掉到大海里去。如果你飞得太高，羽毛就会因为离太阳光太近突然着火。要在海水和太阳之间飞，永远沿着我的航线飞。”代达罗斯一边这样警告，一边把一对翅膀绑在儿子肩上。不过一边绑，老人的手也在不停地抖动，担忧的眼泪滴在手上。然后他拥抱了孩子，并吻了吻他，这也是最后的一次吻。

现在，父子二人利用人造翅膀升上了天空。父亲飞在前面，就像一只老鸟第一次带着幼鸟出巢飞行一样充满忧虑。他小心而灵巧地扇动翅膀，好让儿子能照着他的样子做。他不时地回头，看儿子飞行得怎么样。开始一切相当顺利，他们不久就从左边的萨摩斯岛飞过去，又过了一会儿便飞过了提洛岛和帕洛斯岛的上空，还有许多海岸在他们的眼前一闪即逝。这时，那男孩伊卡洛斯，由于飞行顺利而过于自信，竟然离开了父亲的航线，冒冒失失地操纵一对翅膀向高空飞去。但可怕的惩罚也立刻降临，更加靠近太阳后，太强的光线烤软了黏合翅膀的蜜蜡。伊卡洛斯还没觉察到时，羽翼已经解体，从肩上掉下去。可怜的孩子还在滑翔，用没有翅膀的手臂奋力扑打，但已经不能飘在空中，就突然跌到下面去了。他也曾想呼叫父亲救他，但还没来得及喊出声来，就被碧蓝的海涛吞没了。

这一切发生得非常快，等代达罗斯回头看他时，竟没有看到儿子的一点儿踪影。“伊卡洛斯！伊卡洛斯！”他在人迹绝无的天空中绝望地呼喊，“你在哪里？我到哪里去找你呀？”最后，他垂下怯生生的四处寻觅的目光往下看了看。他发现水面上漂浮着羽毛。他停止飞翔，降落下来，收起羽翼，毫无指望地在海岛的岸边走来走去。不久，大浪就把孩子的尸体冲到了海岸。现在，被杀害的塔罗斯报仇雪恨了。为了永远纪念这悲惨的事件，该岛被取名为伊卡里亚。

代达罗斯埋葬了儿子的尸体以后，又继续飞向那个名为西西里的大岛。这个岛的国王是科卡罗斯，他也像克里特岛的弥诺斯国王一样把代达罗斯待为上宾，代达罗斯的艺术给这里的居民带来了惊喜。在这里，代达罗斯带领人们挖掘了一个人工湖，从湖里流出一条宽阔的通向附近大海的河，多少年来人们都指着这湖赞叹不已。有一块很难攀登的陡峭的山岩，几乎没有什么树，他就在这块山岩上建造了一座城堡，通向那里的是一条狭窄而曲折的小道。只要有三四个人就可以守住这个城堡，国王科卡罗斯于是选择这个很难攻破的城堡存放他的珍宝。代达罗斯在西西里岛上兴建的第三个工程是一个深邃的地洞。他巧妙地从这里引出地下火生成的热气，人们平常待在岩洞里总感到湿冷，现在却觉得像在一个被微微加热的房间里一样舒适，身体渐渐地出了一点儿很舒服的微汗，不像在燥热的环境中令人烦躁。他还扩建了厄律克斯海甲上的阿佛洛狄忒神庙，敬献给这位女神一个金制的蜂房，那蜂房的制作工艺无比高超，看上去跟真的没有什么两样。

但这时弥诺斯国王知道了他的建筑师代达罗斯偷偷地离开他的岛国，逃到西西里岛去了，于是决定率领强大的军队追捕他。他装备了一支很大的舰队，从克里特岛驶向阿格里根同。到了地方，他命令军队上了岸，同时派出使者去见科卡罗斯国王，要求对方交出那个逃亡者。科卡罗斯对异国暴君的入侵非常愤怒，他苦苦地思索着使这个暴君遭到灭顶之灾的计策。他假装接受克里特人的要求，答应满足他的一切愿望，并邀请对方会晤。

弥诺斯来了，受到了科卡罗斯隆重热情的接待。科卡罗斯请弥诺斯洗热水浴以解除旅途的劳顿。但当他坐到浴缸里时，科卡罗斯命人不停地加热，直到弥诺斯在沸水里被煮死。西西里的国王把弥诺斯的尸体交给克里特人时，佯称他沐浴时不慎掉到热水里烫死了。随从以最壮观的葬礼把弥诺斯安葬在阿格里根同附近，并在他的墓碑的上坡建立了一座向世人开放的阿佛洛狄忒神庙。

代达罗斯一直受到科卡罗斯国王的优遇。他培养了许多著名的艺术家，成为西西里岛建筑和雕刻艺术的奠基人。但从儿子伊卡洛斯坠海死去后，他就再也没有快乐过。他创造了很多光辉的作品，使庇护他的地方处处充满欢乐，他自己度过的却是忧伤苦闷的晚年。最后他在西西里岛去世，被安葬在岛上。

菲勒蒙和包喀斯

在弗里吉亚王国的一个小山上长着一棵千年橡树，紧挨着它长着一棵同样古老的菩提树。两棵树的四周是一道低矮的围墙，而相邻的大树上挂着许多花环。不远处有一个多沼泽的湖，从前，那里是一片可居住的土地，现在则只有潜水鸟和苍鹭飞来飞去了。

一天，宙斯带着他的儿子赫耳墨斯来到这个地方，这一次赫耳墨斯只拄了一根拐杖，而没戴有翼的帽子。他们都化作人形，想考察人类的友好程度。因此他们敲了千家万户的门，请求借宿一夜。但所有的居民都很自私粗暴，这两位天神连个落脚的地方都找不到。瞧，村头有个小茅屋，又矮又小，用干草和苇秆搭顶。这所贫寒的房子里住着一对幸福的老人，正直的菲勒蒙和他的女人——同样正直的包喀斯。在这里，他们一起度过了欢乐的青春年华；在这里，他们又一起变成了白发苍苍的老人。他们毫不隐瞒自己的贫穷，却能忍受悲苦的命运。虽然没有子女，他们却很乐观，友善而相亲相爱地生活在只有他们两人居住的小茅屋里。

当这两位神化作的高大的人走近这所贫寒的小屋，弯腰跨过低矮的房门时，两位正直憨厚的老人便起身迎接，亲切地打招呼。老汉搬来凳子，老太太包喀斯铺上一块粗布，请客人坐下休息。老婆婆赶忙奔向灶台，在余焰未尽的柴灰中拨弄出微燃的火星，堆上干木头和干柴枝，轻轻地从冒烟的柴火上吹起火苗来。然后她去抱来劈好的木头，塞到悬在火上的锅下边。而菲勒蒙此时已从侍弄得相当好的小菜园里取来了卷心菜，老太太接过来把它掰开洗净。老汉又用二齿叉从卧室天棚上钩下来一块熏猪肉——这块猪肉是准备节日用的，他们已经储存好久了——从肩部切下一块来抛在沸腾的水里煮汤。

为了不让客人觉得等待时间太长，他们竭力跟客人热情地聊天。他们还把温水倒入木盆里，让客人洗脚解乏。两位神和蔼可亲地微笑着接受这盛情的招待。他们舒舒服服地烫脚的时候，善良的女主人又为他们安排了睡铺。床就摆在小屋的中间，床垫里塞的是芦絮，床腿和床架都是柳条编织成的。菲勒蒙拉出了只在节日才用的地毯——哦，不过地毯也都很破旧了，尽管如此，两位神还是很愿意坐在上面享用做好的晚饭。现在，老婆婆腰上系着围裙，两手发抖地把一张三条腿的桌子放在床铺前面，因为桌子立不稳，她就往那条短桌腿底下垫了一块碎瓦片。

然后她用新鲜的荷叶擦了擦桌面，把饭食摆在桌上。这里有橄榄，有浸在稍浓的清亮汁液里的秋季山茱萸，有白萝卜和菊苣，还有优质的奶酪和热灰里焐熟的鸡蛋。包喀斯把所有菜肴放在陶瓷盘子里端上来，同时桌上还有五彩陶的酒罐和用山毛榉木制作的里面涂了黄蜡的小酒杯，酒罐酒杯发出夺目的光彩。这位憨厚的男主人斟上的葡萄酒既不是陈酿也不太甜。这时上了几道热菜。他把酒杯挪到边上，腾出地方好放最后一道甜点。上的甜点是核桃、无花果和圆圆的大枣，还有两小盘李子和香气袭人的苹果，甚至还有红葡萄，餐桌中间还有一块乳白色的蜂蜜片。但最好看的还是两位憨厚老人慈善亲切的笑容，这两张面孔透露着慷慨和忠诚。

当大家酒足饭饱、精神焕发的时候，菲勒蒙发现，尽管酒杯一再斟满，酒罐却不变空，里面的酒反而永远会升到罐口。这时，男主人才惊讶而畏惧地认出他是在给谁提供住处。老汉连同他年迈的老伴高举起手臂，恭顺地垂下目光，请求神明慈悲为怀，不要怪他们招待不周，只能供应简陋的菜肴。啊，他们现在应该怎样款待天上来的客人呢？对了，他们突然想起来：外面的禽舍里不是还剩下仅有的一只鹅吗！他们愿意把它拿来献给神。两位老人急忙跑出去抓鹅，可是鹅比他们跑得还快。那只鹅“哦哦”地叫着，扑打着翅膀，总能躲开两位气喘吁吁的老人，它一会儿跑到东，一会儿跑到西，诱使老人疲于奔命。最后，鹅跑进屋子，躲在客人的身后，好像在祈求神的保护。它果真得到了保护。

两位神挡住了两位老人的热心奔忙，慈祥地微笑着说：“我们是神啊！我们是到人间来考察人类的友好程度的。我们发现，你们的邻居都是有罪的，他们逃不脱天惩。不过你们要离开这所房子，跟着我们到山顶上去，免得无辜地跟这些有罪的人一起遭殃。”两位老人听从了神的叮嘱，拄着拐棍吃力地攀登那座陡峭的山。离山顶还有一箭远的时候，他们怯生生地回头一看，发现山下的全部土地都成了一片汪洋大海，所有的建筑物都坍塌了，只有他们的小茅屋还立在那里。他们还在惊讶、悲叹其他人的厄运时，瞧啊，那个破旧贫寒的茅屋竟然变成了高耸的庙宇。那座庙宇由许多大圆柱子支撑，金色的屋顶闪耀着光辉，地面全都铺着大理石。

这时，宙斯露出亲切友好的面容，转向微微颤抖的两位老人说：“告诉我，诚实的老人，还有你，诚实老者的可尊敬的老伴，你们希望得到什么？”菲勒蒙跟他老伴简单地交谈了几句，然后说：

“我们希望成为你们的祭司。请准许我们守护这座庙宇。我们俩和和睦睦地在一起生活了这么久，哦，那就让我们俩死在同一个时辰吧。到那时，我既看不到爱妻的坟墓，也不必葬她。”

他们的愿望实现了，他们俩在有生之年一直守护着这座庙宇。一天，当他们都感到已经享尽天年时，便一起站在神庙的台阶前，默默地回忆着这奇异的命运。这时，包喀斯看着她的菲勒蒙，菲勒蒙看着他的包喀斯，都消失在绿色的树叶里。两个人的面孔周围长出参天的树干和成荫的树梢。“再见了，亲爱的老头子！”“再见了，我的爱妻！”在他们还能说话的时候，两个人就相互说了这么一句。这对令人尊敬的夫妻就这样结束了他们的一生：老汉变成了橡树，老妇变成了菩提树。就是死后他们也亲密无间地站在一起，像生前一样永不分离。神是尊重虔诚者的；敬神的人，才能得到神的恩赐。

弥达斯国王

有一次，位高权重的酒神狄俄尼索斯带着他的女祭司和山林神怪翻山越岭到小亚细亚去。在那里，他在众随从的陪同下，沿着特莫洛斯山脉那些四周爬满葡萄蔓的山丘散步。走着，走着，只有那位白发苍苍的酒徒西勒诺斯不见了。原来这位老者因不胜酒力而落在后头睡着了。弗里吉亚的农民发现了这位酣睡的老人，他们给他戴上花环，把他带到弥达斯国王那里。国王虔敬地接待这位神圣不可侵犯的酒神的朋友，热情地招待他，盛宴款待了他十天十夜。在第十一天的早上，国王把这位客人送到吕狄亚旷野，交给了酒神。

酒神又见到了自己的老朋友，非常高兴，便要求国王说出他的愿望，并承诺一定满足他。于是弥达斯说："伟大的酒神，如果允许我选择的话，那就请您让我把我所触到的东西都变成闪光的金子吧。"酒神感到很遗憾，对方竟没有做出更好的选择。但酒神还是满足了他的这个愿望。弥达斯得到这个糟糕的馈赠，心里喜不自胜，就赶快走了，而且马上就试了试这个许诺可靠不可靠——看啊！他从橡树上折下的一根橡树枝变成了金子。他急忙从地上拾起一块石头，这块石头就变成了闪光的金块。他从麦秆上摘下成熟的麦穗，就收获了金子。他从树上摘下来的水果，像赫斯珀利得姊妹的金苹果一样闪闪发光。他欣喜若狂地急急走进王宫，手指刚一碰到门柱，门柱就像火焰似的发光。甚至他把手浸在水中，水也变成了金水。

国王高兴得忘乎所以，命令侍从为他备一桌美味的饭菜。餐桌上很快就摆上了可口的烤肉和白面包。现在他伸手去拿面包，掌管谷物成熟的得墨忒尔女神的神圣赠品就变成了石头般坚硬的金属。他把肉放在嘴里，闪着微光的金片便在他的牙齿间颤动作响。他端起高脚杯，啜饮香气扑鼻的葡萄酒，便觉得是金汁滑到咽喉。现在他才明白，他祈求来的是多么可怕的财富。他很富，却也很穷，他诅咒自己的愚蠢，因为他甚至连饥渴都解不了啦，真可怕，他必死无疑！他绝望地用拳头捶打自己的脑门，哦，真可怕，连他的脸也像金子一样闪烁着光辉了。这时，他万分惊恐地举起双手，朝天祈祷起来："哦，狄俄尼索斯大神啊，发发慈悲吧！宽恕我这个愚不可及的罪人吧，取缔我身上这触物成金的能力吧！"

待人亲切友好的酒神准了这个深感悔恨的笨蛋的请求，答应帮他解除他拥有的魔法，说："你到帕克托罗斯河去，逆流而上，直到在山里找到它的发源地。哪里有泡沫飞溅的水从山崖里喷出来，你就在哪里把头伸进清凉的急流里，让身上闪光的魔力离你而去。这样你就同时冲洗掉了你跟金子的罪愆。"弥达斯听从神的指令去做，瞧啊——就在这同一时刻，魔法离开了他；但是，造金的力量转移到河流里去了，从此以后这条河便大量地携带着这种宝贵的金属了。

从这时起，弥达斯就憎恨一切财富了。他离开自己豪华的宫殿，总喜欢在山林里和河流边散步，崇拜乡间纯朴的神潘，潘喜爱逗留的地方全是阴凉的岩洞。但国王的心还是像以前那样愚钝，不久以后，他就获得了一种新的他不该再失去的馈赠。

在特摩罗斯的群山中，潘，这位长着山羊蹄子的神，习惯用芦笛为山林水泽的女仙们吹奏调情的小曲。有一次他竟大胆地提出与阿波罗比赛音乐。白发苍苍的老山神特摩罗斯，用橡树叶围住他淡蓝色的头发和太阳穴，坐在一个山岩上，充当决定争斗胜负的裁判。坐在四周倾听的，有迷人的女仙，也有尘世凡胎的男人和女人，他们当中也有弥达斯国王。潘开始吹奏他的牧笛，笛管里传出惊人的野蛮的调子。只有弥达斯听得十分入迷。潘演奏完毕，阿波罗便上来演奏，他的长满金色鬈发的头戴着月桂花冠，身上穿着紫色的长袍，左手抱着象牙柄的七弦琴，面容和举止透露着神的庄严。他奏起了无比动听的曲调，所有的听众欢喜异常、肃然起敬。最后，特摩罗斯这位有经验的裁判判定阿波罗获胜。

所有其他的人都热烈地鼓掌，表示一致赞同他的裁决，与此同时，弥达斯并没有闭上他那张一向胡说八道的嘴，他高声指责这个裁决，说什么得胜者应该是潘。这时，阿波罗悄悄地走到这个傻瓜国王跟前，揪住他的双耳。他轻轻一抻，那两只耳朵就变得很长，瞧，它们变得很尖，里外都长出灰色的绒毛了。这位神轻轻一动就造出了耳骨的关节，因为他不能容忍这样一双耳朵继续保留人耳的样子。两只长长的驴耳朵装饰着这个可怜的国王的头，因为这副不光彩的零件，他羞得无地自容，想用一条巨大的头巾遮盖，让世人不知道这个秘密。但在那个经常给他理发的仆从面前，这两只耳朵是没法隐藏的。这个仆从一见到主人的这种新装饰，就恨不得把这个秘密泄露出去。只不过，他不敢把这个秘密透露给任何人。为了减轻自己的心理负担，他走到河边，在岸上挖了一个洞，对着这个洞小声说出了他那不可思议的秘密，随后，他又细心地把这个洞穴填上，轻松地离开那里。但是没过多久，这里就密密实实地长出一丛芦苇，微风吹来时芦苇秆就奇妙地沙沙作响，彼此小声却清晰可闻地说：“弥达斯国王有两只驴耳朵！”于是，这个秘密就泄露出来了。

坦塔罗斯

坦塔罗斯是宙斯的一个儿子，他统治着吕狄亚的西皮罗斯。他非常富，特别有名。如果说奥林匹斯山诸神曾经尊崇过一个肉体凡胎的人，那就是他。

由于血统高贵，他被众神尊为亲密的朋友，最后他还被准许与宙斯同桌用餐，听众神谈论神明之间的一切。但他的爱虚荣的人类灵魂承受不了天上的幸福，于是他就开始采取各种各样的方法触犯诸神的尊严。他向凡人泄露神仙的秘密；他从神的餐桌上盗取仙酒和神食，拿去分给人世间的朋友；他窝藏别人从克里特当地宙斯神庙里偷来的宝贵的金狗，当宙斯要他归还时，他发誓说金狗不在他手中，拒绝归还。

最后，他竟狂妄自大地又把诸神请到他那里做客，试探他们是否无所不知。他让人杀死他的亲生儿子珀普罗斯，为他们备宴。只有得墨忒尔因为陷于女儿珀耳塞福涅被掠的痛苦的思虑中，吃了这可怕的肴馔中的一块肩胛骨。其余的神都发觉了这令人毛骨悚然的暴行，纷纷把孩子被分割的肢体扔到一个盒子里，命运三女神之一的克罗托却伸手取出一个完美如初的孩子。只是有一个象牙做的肩胛骨，顶替了被吃掉的那一个。

至此，坦塔罗斯恶贯满盈，诸神将他打入了地狱，让他遭受酷烈的痛苦折磨。

他站在一个池塘的中央，池水触动着他的下巴，但他忍受着嗓子眼儿冒火似的焦渴，池水就在嘴边却一滴也喝不到。每当他低头，贪婪地想让嘴接近水，水就在他眼前消失，池塘干涸，黑土地在他脚下出现。好像有一个妖魔把池塘变干了。同时他还忍受着难熬的饥饿。他身后的岸上有美丽的果树茂盛地生长，树枝垂在他的头顶。每当他挺起身来，多汁的梨、鲜红的苹果、火红的石榴、芬芳的无花果和绿色的橄榄便笑盈盈地映入他的眼帘。但他伸手想抓住它们时，一股骤起的大风就把树枝刮到云端。与他这种巨大痛苦相伴的，是永不间断的对死的恐惧，因为有一块巨石悬在他的头顶，随时都可能掉下来压在他身上。这样，这个蔑视神的凶恶的坦塔罗斯，就命中注定要在地狱里身受这永无终止的三种苦刑。

珀罗普斯

坦塔罗斯对诸神犯下了重罪，他的儿子珀普罗斯却十分虔诚地敬奉神。父亲被打入地狱以后，由于和相邻的特洛伊国王伊罗斯交战失败，他被赶出他祖先的王国，浪游到希腊。尽管他还很年轻，他却在心里为自己选定了一个妻子，那就是厄利斯的国王俄诺玛俄斯美丽的女儿，名字叫希波达弥亚。但想要把她娶到手可不是一件容易的事，因为神谕曾向她的父亲预言：女儿结婚，父亲就会死亡。因此，这位吓破了胆的国王想尽一切办法不让任何一个求婚者接近自己的女儿。他向全国宣告，只有同他赛车并且获胜的人，才能娶他的女儿为妻。谁败在国王手下，谁就得丧命。竞赛的起点是比萨，而发车的时间这位父亲却是这样规定的：在求婚者驾着四马战车出发时，他本人先要从容不迫地向宙斯献祭一只野羔羊。献祭完毕，他才出发，他坐在由驭手密耳提罗斯驾驭的马车上，手持一杆长矛，追赶那个求婚者。如果他真的赶上了先走的那辆车，他就有权用长矛刺穿求婚者。

倾慕希波达弥亚美貌的许多求婚者听到这样的条件，勇气依然不减。他们以为国王俄诺玛俄斯是一个衰弱的老人，他明知道自己没有能力与青年人比赛，就故意让他们先走这么一大段路，以便用宽宏大量来说明他可能的失败。因此，一个又一个求婚者被吸引到厄利斯来了，他们向国王自荐，请求娶他女儿为妻。国王每一次都亲切友好地接待他们，向他们提供漂亮的四马战车，让他们先行，他却首先去向宙斯献祭他的羔羊，一点匆忙的样子也没有。然后他才登上一辆轻车，前边驾车的是他的两匹骏马费拉和哈耳吕娜，它们跑得比疾风还快。每一次都是离终点很远他的驭手就追上了求婚者，残暴国王的矛突然从背后刺死他们。就这样，他已经杀死了十二个以上求婚者，因为他总能依仗他的快马追上他们。

现在，珀罗普斯在奔向他心爱少女的途中在一个半岛登陆，后来这个半岛就因他而被命名为伯罗奔尼撒半岛。很快他就听说了那些求婚者在厄利斯的遭遇。后来，他在夜里来到海边呼唤他的保护神——手持三叉戟的大神波塞冬，波塞冬从海浪里钻出来，到了他的脚边。“威力无比的神啊，”珀罗普斯祈求道，“假如爱情女神的礼物使你欢喜，那就别让俄诺玛俄斯的钢矛扎到我。请用最快的马车把我送到厄利斯去，让我取胜。他已经杀死了十三个求婚者，还在推迟他女儿的婚礼。巨大的危险吓不倒勇敢的人。我要在比赛中获胜。请你保佑我成功。”

珀罗普斯就这样祈祷着，他的祈求并非徒劳无益。海水又轰轰地响起来，四匹箭一般快的飞马拉着金光闪闪的金车破浪钻出海面。珀罗普斯纵身跳到车上，随风飞向厄利斯去参加比赛。

当俄诺玛俄斯看见他到来时，不禁大惊失色，因为他一眼就认出了海神波塞冬的神车。但他并没有拒绝按往常的条件与这个外乡人比赛，他还是信赖自己的骏马胜过疾风的神力。珀罗普斯的马匹在穿过半岛的行程后稍事休息，他便驱策它们踏上了赛程。他离目的地很近的时候，那个像往常一样祭献完羔羊的国王随着他的如飞的骏马突然逼近了他，而且挥舞长矛向这位勇敢的求婚者发出致命的一击。就在这时，保护珀罗普斯的波塞冬的妙计奏效了：国王的车子散架了，因为波塞冬趁车奔跑时弄松了车轮。俄诺玛俄斯坠地而死。就在这同一瞬间，珀罗普斯的四马神车到达了目的地。他回头一看，只见国王的宫殿正冒着熊熊的烈焰。是一道闪电把它点燃，彻底毁灭了它，烧得只剩下了一根柱子。珀罗普斯赶快乘着飞车奔向燃烧中的宫殿，从火中救出了他的未婚妻。

尼俄柏

底比斯国的王后尼俄柏因很多事感到自豪。她的丈夫安菲翁从缪斯女神那里得到一架精美的竖琴。弹奏它时，条石便自动组合成了底比斯的城墙。她的父亲坦塔罗斯是众神的上宾。她是一个强大王国的统治者，本人也精神高尚，庄严而美丽。但最使她得意的是她数目可观的十四个朝气蓬勃的子女，其中一半是儿子，一半是女儿。人们都说尼俄柏是人间最幸福的母亲。假如她不以此而妄自尊大，她很可能一直是这样的人。但她的傲慢终于导致了她的毁灭。

一天，预言家忒瑞西阿斯的女儿，女预言家曼托，在神性冲动的驱使下，穿过大街小巷，召唤底比斯的妇女敬奉勒托和她的双生子女阿波罗和阿耳忒弥斯。她吩咐她们头戴桂冠，在焚香献祭时做虔诚的祈祷。当妇人们潮水般拥在一起时，尼俄柏身穿金线织成的长袍，在随从的簇拥下，突然出现。尽管一脸怒色，她的美貌依然光彩照人。她那美丽的头一转动，披肩的长发也随着飘摆。她站在露天下忙着献祭的妇女中间，用傲慢的目光环视众人，高声说：“你们发疯了吗，竟然来敬奉人们向你们灌输的众神？可是留在你们中间的是备受天国宠信的人类呀！你们为勒托建立祭坛，为什么不为我的神圣的名字焚香？难道我的父亲坦塔罗斯不是曾在天神的餐桌上欢宴的唯一凡人吗？我的母亲狄俄涅不是天上闪烁的七星普勒阿得斯的姐妹？我的一位祖先阿特拉斯力大无比，他能把天宇扛在肩上。我父亲的父亲宙斯，是众神的君父。连弗里吉亚的人民都服从我。卡德摩斯的城池，它的城墙，都听命于我和我的丈夫，那城墙是在竖琴演奏声中自动砌起来的。宫殿的每间屋子里都摆满我的无价珍宝。此外，我有女神才配有的面容。没有一个母亲像我有这么多的孩子：七个花一样美丽的女儿，七个健壮的儿子。不久以后我还会有数目相等的女婿和儿媳。难道我没有理由骄傲吗？你们竟胆敢不敬奉我而敬奉勒托！她不过是提坦的不知名的女儿，大地都不赐她一块地方让她为宙斯生儿育女，直到水中时隐时现的小岛提洛出于怜悯给了这个东奔西走的女神一个暂时的住处。这个可怜的女人在那里生了两个孩子。这只是我做母亲时可喜收获的七分之一！谁能否认我是幸福的？谁会怀疑我将长久幸福？即使命运女神想要彻底损伤我的财富，她也得费一番周折！即使她从我众多的子女中夺去一两个，剩下的也不会少得像勒托那样只有两个。所以你们拿走供品，摘下头上的花环吧！通通散开回家去！别让我再看见你们干这种蠢事！”

那些女人都怯生生地从头上摘下花环，把未完成的献祭撂在那里，以默默地祈祷，向这个感情上受到伤害的女神表示崇拜。

勒托和她的双生子女站在铿托斯山的峰顶，神目圆睁，观察着遥远的底比斯发生的一切。“瞧，孩子们！我，你们的母亲，因为生了你们感到骄傲。除了赫拉我不低于任何女神，现在我却遭到了一个狂妄的尘世女人的诽谤。我的孩子，要是你们不帮助我，我就被赶出这古老的神坛了！就连尼俄柏说你们不如她的那一大堆孩子，也是对你们的侮辱！”勒托还想补充一句，说说她的请求，阿波罗却打断她说：“母亲，别光抱怨！抱怨只能耽搁惩罚！”他的妹妹赞成他的看法。二人身披白云，穿空而过，眨眼间就来到了卡德摩斯城市和堡垒的上空。

城墙外边是一大片荒芜的田地，这里已规定不再耕种，只供赛马赛车之用。安菲翁的七个儿子正在这块空地上嬉戏：有的骑在勇敢的骏马上，有的在进行摔跤比赛。最年长的伊斯墨诺斯用手紧紧地拉着缰绳，正安稳地骑马绕圈小跑，突然大喊一声“好疼啊”，缰绳就从他松开的手里滑落下去，他慢慢地从马的右侧跌到地上，原来是一支箭射中了他的心脏。他的弟弟西皮罗斯听到空中频频传来箭翎的飞鸣，便拉起放松的缰绳策马逃跑。但是一支标枪赶上了他，颤响着刺入他的脖颈，铁枪头从喉管穿出来。这个垂死的中枪者从马头的鬣鬃上蹿出去跌在地上，喷涌的鲜血溅了满地。

另外两个弟弟正躺在地上，彼此抱在一起角斗。弓弦重新响起，他们被一箭射穿。二人同时哀号着，在地上扭动着痛苦地抽搐着的肢体，转动着失神的眼睛，在尘土中双双咽气。第五个儿子阿尔斐诺耳看见二人倒下，就赶快跑过来，想要抱住他们使他们苏醒过来，但阿波罗一箭射进他的心房，他也倒在了那里。第六个儿子达玛西克同，是一个肩披长发的可爱的青年，他的膝关节中了一箭。当他仰身往外拔那支飞来之箭时，另一支箭嗖地从他张着的口射进来，一直戳到咽喉里，鲜血像喷泉一样从喉管溅得老高。最后的也是最小的儿子伊利俄纽斯还是个孩子呢。他看见了这一切，便跪倒在地，张开两臂，祈祷道：“哦，所有的神明啊，请你们饶恕我吧！”听了这话，就连那残忍的射手也动了恻隐之心，但是箭已射出，没法收回了。这孩子慢慢地倒下了。不过他死的时候看不出有多么重的伤，那支箭正好穿透他的心脏。

不幸的消息很快就传遍了全城。孩子的父亲安菲翁听到这令人恐怖的噩耗，便以剑刺穿心脏自杀了。他的仆从和人民嘈杂的悲鸣迅即传到后宫。尼俄柏久久不能理解这可怕的事件。她不肯相信天上的神有特权敢于这样做和能够这么做。但是，很快她就不再怀疑了。哦，现在的尼俄柏和此前的尼俄柏是多么不同啊！刚才她还从供奉权威女神的祭坛前赶走众人，在全城高视阔步！对从前的尼俄柏，她最亲密的朋友也很嫉妒；对现在的这个尼俄柏，就连敌人也表示怜悯了。她跑到旷野里去，扑在那些僵冷的尸体上，最后一次亲吻她的每一个儿子。随后她举起两只疲惫的手臂，对天高呼："你就幸灾乐祸地看着我的不幸吧！就让你那愤怒的心得到满足吧，你这个残忍的勒托！这七个儿子的死将把我送进坟墓！你胜利了，专横的敌人！"

现在，她的七个女儿也走来站在死去的兄弟身旁，人人都穿着丧服，披散着长发。看见她们，尼俄柏惨白的脸上闪现出一道幸灾乐祸的光。她忘乎所以地朝天上嘲讽地瞥了一眼，说："你是得胜者！不，即使我现在很不幸，我的孩子还是比幸福之中的你的孩子多！虽然这里躺着这么多尸体，我所拥有的孩子仍然占压倒性的多数！"这句话刚说出口，就听到拉弓射箭的声音。所有的人都吓得直哆嗦，唯独尼俄柏一点儿也不打战，不幸已经使她勇气倍增了。七姐妹中的一个突然用手捂住心窝；她拔出一支戳进心底的箭，就昏厥在地，把垂死的脸转向躺在身边的兄弟的尸体。尼俄柏的另一个女儿跑到不幸的母亲那里安慰她，但一个隐蔽的创伤使她弯下腰来，永远失声不语了。第三个女儿刚要逃跑，就倒在了地下。又有几个女儿在俯身看顾她们死去的姐妹时也倒下死去了。只剩下了最小的女儿，她躲到了母亲的怀里，藏在衣裥中，像幼小的孩子那样紧紧地偎依着。

“把这唯一的一个孩子留给我吧！”尼俄柏悲号着朝天上喊叫，“只留下这么多孩子中最小的一个吧！”但就在她还在祈求时，那孩子已经从她怀里坠落在地。尼俄柏孤零零地坐在她的丈夫、儿子和女儿的尸体中间。她因悲哀过度而变僵硬了。微风再也吹不动她的头发了。她脸上已经没有一丝血色，双眼嵌在悲哀的面孔上一动不动，整个形象已失去生命。血液不再流，脉搏也消失了。脖子不再转，胳膊不再动，脚也不能再迈步了。就是身体里的心也变成了冰冷的岩石。除了眼泪，她已经没有生命了。眼泪总是不断地从那双化成岩石的眼睛里往外流。这时，一阵特大的暴风吹来，卷起这个石头人，越过大海，到达尼俄柏的故乡吕狄亚的荒山野岭里，把她放在西皮罗斯的悬崖上。在这里，尼俄柏化为大理石的石像，牢牢地立在这座山的峰顶，直到今天仍然泪流不止。

西绪福斯

西绪福斯是埃俄罗斯的儿子，他是尘世间最阴险狡诈的人。他是科林斯城的建造者和国王，该城位于两个国家之间的狭窄地带里，风景却很优美。在宙斯拐走河神阿索波斯的女儿——美丽的神女埃癸娜以后，西绪福斯为了自己的利益向埃癸娜的父亲阿索波斯透露了宙斯藏匿他女儿的地方，阿索波斯果真在科林斯境内从巉崖中为西绪福斯打了一眼著名的波林娜井，以示报答。

宙斯决意惩罚这个泄密者，便派死神塔那托斯到他那里去。但西绪福斯巧妙地抓住死神，给他戴上了沉重的镣铐，结果人世间就没有人死亡了。直到强大的战神阿瑞斯解放了死神，死神才把西绪福斯带到冥府去。然而西绪福斯过去曾叮嘱妻子，他死后不要杀生给他举行祭奠。冥王哈得斯和冥后珀耳塞福涅以为是他妻子破坏习俗，大为愤怒。西绪福斯借机进行巧言劝说，冥王便准许他回到人间去督促他那迟迟不举行祭奠的妻子。

西绪福斯就这样从冥府溜掉了。他压根儿就没想到要回冥府。在人间，他一味地寻欢作乐。但当他正坐在丰盛的筵席上大吹他怎样成功地欺骗了冥王时，塔那托斯突然出现，毫不留情地把他抓到了冥府。在地狱，他受到的惩罚是手脚并用，使足气力，从平地往高山推滚一块沉重的大理石。但每当他以为已经把它滚到了山顶时，这重物便翻转过来，又滚到山下去。这个备受折磨的罪犯一而再、再而三，永不停歇地往上滚这块巨石，冷汗不住地从肢体上流下来。

直到今天，人们还根据这个传说把艰难而无效的工作叫作西绪福斯的工作。

俄耳甫斯和欧律狄刻

无与伦比的歌手俄耳甫斯是色雷斯国王河神俄阿格洛斯与缪斯女神之一卡利俄珀所生的儿子。阿波罗本人也是音乐之神，他送给俄耳甫斯一把七弦琴。每当俄耳甫斯弹琴，同时放声歌唱母亲教他的动听的歌时，天上的鸟、水里的鱼、森林中的野兽，甚至树木和岩石都赶来倾听他绝妙的歌声。他的妻子是美丽可爱的水神欧律狄刻。他们俩柔情满怀，相亲相爱。啊，但是他们的幸福实在太短暂了！因为婚礼的快乐歌曲刚刚沉寂，死神便过早地夺走了他正值灿烂年华的爱妻的生命。美丽的欧律狄刻和她的女仙游伴在溪边草地上散步时，被一条藏在草丛里的毒蛇咬伤了脚后跟，死在惊恐万分的女友怀里。这位水神的悲鸣和哀号不停地在高山峡谷里回荡。俄耳甫斯的痛哭和歌唱也夹杂其中，他的哀婉的歌曲倾诉着悲痛。小鸟和有灵性的大小麋鹿跟这位孤独男子一起举哀。但他的祈祷和哭诉并不能唤回他已失去的爱妻。

于是，他做出了一个闻所未闻的决定：下到可怕的冥府里去，请求冥王冥后把欧律狄刻还给他。在泰纳隆，他从冥府的入口走了下去。死人的影子阴森恐怖地飘浮在他周围。但他大步流星地从死人王国的种种恐怖场面中走过去，一直走到面无人色的冥王哈得斯和冥后珀耳塞福涅的宝座前。在那里，他操起七弦琴，和着优美的琴声唱道："哦，地下王国的统治者啊，请恩准我诉说衷肠，请赏脸倾听我的愿望！不是好奇心驱使我下来参观阴间，也不是为了好玩儿抓住看门的三头犬。哦，我是为了我的爱妻来到你们的身旁。她给我的王宫带来欢乐和骄傲没有几天，就被毒蛇咬伤，正当青春年华便归了阴间。瞧，我要承受这无法测度的痛苦呀！作为一个男人，我奋斗了多年，但爱情撕碎了我的心，我不能没有欧律狄刻。我祈求你们，可怕的神圣的统治亡魂的神！在这充满恐怖的地方，在你们辖区的这片沉默的荒野，请你们把她，把我的爱妻，还给我！还她自由，让她过早凋零的生命重获青春！如果不能这样，哦，那就把我也归入亡魂的行列，没有她我永远也不重返阳世。"亡魂听了他的祈求，都放声痛哭起来。冥后珀耳塞福涅招呼欧律狄刻，欧律狄刻摇摇晃晃地走来。"你把她带走吧，"冥后说，"但你要记住，在你穿过冥府大门之前，一眼也不能看跟在身后的妻子，她才属于你。如果你过早地回过头去看她，她就永远不属于你了。"

现在，俄耳甫斯带着妻子，默默地快步沿着笼罩着夜的恐怖黑暗的路向上攀登。俄耳甫斯心里突然产生一种无法形容的渴望，他偷偷侧耳试了试，看能不能听到他妻子的呼吸或她裙裾的窸窣声，结果什么也听不见，他周遭的一切都是死一般寂静。他被恐惧和爱情所压倒，无法控制自己，就壮着胆子迅疾地朝后看了一眼。哦，真不幸呀！就在这时，欧律狄刻两只充满悲哀和柔情的眼死死地盯着他，飘然坠回那令人毛骨悚然的深渊。他无比绝望地把手臂伸向渐渐消失的欧律狄刻。一点用处也没有！她又遭遇了第二次死亡，但没有哀怨——假如她能抱怨的话，那她也只能怨她被爱得太深了。

她已经在他的视线中消失了。“再见，再见了！”从远方传来这样低沉微弱的渐渐消失的声音。

由于伤心和惊骇，俄耳甫斯呆立了片刻，随后他又冲回黑暗的深渊。但现在冥河的艄公堵住了他，拒绝让他渡过黑色的冥河。于是这个可怜的人便不吃不喝，不停地哭诉，在冥河岸边坐了七天七夜。他祈求冥府的神再发慈悲，但他们不讲情面，绝不第二次心软。随后，他只好无限悲伤地返回人间，走进色雷斯偏僻的深山密林。他就这样避开人群，独自一人生活了三年。见到女人他就憎恶，因为他的欧律狄刻可爱的形象一直飘浮在他周围。是她使他发出一切悲叹和歌声；一想起她，他就弹起七弦琴，唱起动听的哀怨的歌。

一天，这位神奇的歌手坐在一座遍是绿草却无树荫的山上唱起歌来。森林立刻移动，一棵棵大树移得越来越近，直到它们用自己的树枝为他罩上阴影。林中的野兽和欢快的小鸟也都凑过来围成一圈倾听他绝妙的歌唱。就在这时，色雷斯的一群正在参加酒神狄俄尼索斯的狂欢活动的女人吵吵嚷嚷地冲上山来。她们憎恶这个歌手，因为他自从妻子去世以后就鄙视所有女人。现在她们突然发现了这个女性蔑视者。

“瞧，那个嘲讽女子的人，他在那儿！”第一个酒神的狂女这么喊了一声，这一群狂女就咆哮着冲向他，一边还朝他投掷石块，挥舞酒神杖。在很长的时间里，都有忠实的动物保护着这位可爱的歌手。当他的歌声渐渐消失在这群疯狂女人的怒吼中时，她们才惊慌地逃到密林里去。这时，一块飞石击中了不幸的俄耳甫斯的太阳穴，他立刻就满脸是血地倒在绿草地上死了。

那群杀人的狂女刚刚逃走，鸟儿就呜咽着扑翅飞来。山岩和一切兽类都悲伤地走近他。山林水泽的女仙也都匆匆聚拢到他身边，而且都裹着黑色的袍子。它们都为俄耳甫斯的死悲伤不已，埋葬了他残缺不全的肢体。赫布鲁斯上涨的河水收起并卷走了他的头颅和七弦琴。从无人拨弄的琴弦和失去灵魂的口舌发出的动听的琴声和歌声，一直在水中不停地飘荡飞扬，河岸则轻声地报以悲哀的回响。这条河就这样把他的头和七弦琴带到大海的波涛里，直达斯伯斯小岛的岸边，那里虔诚的居民把他的头和七弦琴捞了上来。头颅被他们葬埋了，七弦琴则被挂在一座神庙里。因此，传说那个小岛出了不少杰出的诗人和歌手，甚至为了祭奠神圣的俄耳甫斯的坟墓，那里的夜莺的歌声也比别处的更悦耳。他的魂灵飘飘摇摇地下了冥府，在那里他又找到了心爱的人。现在，他们留在了那个仙境中，他们幸福地拥抱，不再分离，彼此永远结合在一起。

阿耳戈船英雄的传说

伊阿宋和珀利阿斯

伊阿宋是埃宋的儿子，克瑞透斯的孙子。克瑞透斯在忒萨利亚海湾修建了城市，缔造了伊俄尔科斯王国，并将这个王国传给了他的儿子埃宋。但克瑞透斯的幼子珀利阿斯篡夺了王位。埃宋被杀后，他的儿子伊阿宋被藏在喀戎那里。喀戎是一个半人半马的怪人，他曾培养出许多伟大的英雄。伊阿宋就是在这样一个良好的培育英雄的环境里成长起来的。

珀利阿斯年老时，由于听到一道隐秘的神谕而心惊胆战。神谕警告他，提防一个穿一只鞋的人。珀利阿斯无论怎样冥思苦索也弄不清这句话的意义。这时，伊阿宋已经在喀戎那里接受了二十年的教育和培养，正偷偷地动身返回他的故乡伊俄尔科斯，准备从珀利阿斯手中收回王位继承权。他按照古代英雄的装备，随身携带两支长矛，一支用来投掷，一支用来刺杀。他身穿旅行装，上面扎着一张豹皮——豹是他亲手杀死的。他那不曾修剪的长发披在肩上。

途中，他路过一条宽阔的河。站在河岸的一位老妇求他帮助她过河。这正是天后赫拉，国王珀利阿斯的敌人。因为她这样伪装起来，伊阿宋没有认出她。出于同情，他用双臂托着她涉水渡过河去。半道上，他的一只鞋陷在淤泥里了。但他还是继续往前走，来到了伊俄尔科斯。这时，他的叔叔正在城里的市场上率领众人向海神波塞冬举行庄严的献祭。

人们见到伊阿宋这样英俊和魁伟，无不感到惊奇。众人还以为是太阳神阿波罗或战神阿瑞斯降临他们中间了呢。正在献祭的国王也把目光投向这个外乡人，他惊恐地发现这个人只有一只脚穿着鞋。祭神仪式一完，他就朝这个生人走去，强压着内心的震惊，问他叫什么、家乡在哪里。伊阿宋大胆而又语调平和地回答说，他是埃宋的儿子，在喀戎的山洞里受过教育，现在是回来瞻仰父亲的故居的。精明的珀利阿斯听完他的话便热情地接待他，惊恐的神情一点也不外露。他命人陪伊阿宋在王宫里四处参观，伊阿宋满怀思念之情地欣赏着他幼年时期最早的住地。一连五天，他都和他的堂兄弟或朋友们在一起，参加为庆祝他的归来举办的宴席。

到了第六天，他们才离开为了宴客临时搭起的帐篷，一起来到国王珀利阿斯面前。伊阿宋温和而谦逊地对他叔父说：“哦，国王啊，你知道，我是法定国王的嗣子，你现在所占有的一切都是理应属于我的。尽管如此，我还是把羊群和牛群，还有你从我父母手中夺去的所有土地，都留给你。我只要求你把我父亲拥有的王位和王杖归还我。”

珀利阿斯眼珠一转，计上心来，亲切地答道：“我很愿意满足你的要求，但你也要答应我一个请求，你得为我做一件事。这是适合你这样的青年人去做的事，这样的事像我这样的老年人已经做不了了。长久以来，我老是在夜里梦见佛里克索斯的阴魂，他要求我给他的灵魂带来安乐。你现在应该到科尔喀斯的埃厄忒斯国王那里去，把金羊毛取回来。我把完成这一业绩的荣誉送给你：如果你带着这个绝美的胜利品归来，你就可以得到王国和王权。”

阿耳戈船英雄远征的动机和启航

金羊毛的故事是这样的：佛里克索斯是玻俄提亚国王阿塔玛斯的儿子，他的后母即他父亲的宠妾伊诺百般虐待他。为了保护他不受排挤，他的生母涅斐勒在他姐姐赫勒的帮助下把他抢走了。涅斐勒让她的两个孩子骑在一只长翅膀的公羊背上；这只公羊是神明赫耳墨斯作为礼物送给她的，而这只羊的毛或皮则是纯金的。姐弟俩骑着这个奇畜腾云驾雾越过大地和海洋疾驰。半路上，姐姐因为眩晕严重从空中跌落，葬身大海。这一片海便因她而得名，称作赫勒海，或赫勒斯滂。

佛里克索斯则顺利地来到了黑海边的科尔喀斯。在这里，国王埃厄忒斯热情地接待了他，还将一个名叫加尔吉俄珀的女儿许他为妻。佛里克索斯宰了公羊向保护他逃跑的宙斯献祭，把金羊毛赠给了国王埃厄忒斯。而埃厄忒斯则把金羊毛献给了战神阿瑞斯，并把它钉在敬奉战神的小树林里。埃厄忒斯命一条毒龙守卫金羊毛，因为神谕宣示，他的生命完全取决于他是否拥有金羊毛。全世界都把金羊毛视为无价之宝。希腊也长久以来就听说有这件宝物了，许多英雄和王侯都渴望得到它。所以珀利阿斯鼓励他的侄儿伊阿宋去夺取这样一个绝妙的宝物，这个想法并没有错。

伊阿宋没有看出叔叔的用意是想让他死在这次危险的远征中，

便郑重地承担起了这次冒险的任务。希腊著名的英雄都被请来参加这次英勇的行动。希腊技术最高的造船工匠，在雅典娜的指导下，于珀利翁山脚下，用一种在海水中不易腐烂的木料，造了一艘五十桨的豪华大船，并按照造船师阿耳戈斯（即阿瑞斯托尔的儿子）的名字命名为阿耳戈船。这是希腊人敢于用来航海的第一艘长船。船壁的镶板上有一块雅典娜女神赠送的能发布神谕的神奇的多多那橡木板。船的两侧是用许多雕刻作品装饰起来的。不过船体仍然很轻，英雄们可以扛着它行走十二天。

大船完工，英雄们聚集起来以后，便抓阄决定各人在船上的位置。伊阿宋任全队的指挥，提费斯掌舵，慧眼人林扣斯领航。船首坐着威严的英雄赫拉克勒斯，船尾则坐着阿喀琉斯的父亲珀琉斯和大埃阿斯的父亲忒拉蒙。此外，内舱的水手中有宙斯的两个儿子卡斯托尔和波吕丢刻斯，有阿德墨托斯、神奇的歌手俄耳甫斯、雅典后来的国王忒修斯、赫拉克勒斯年轻的朋友许拉斯、波塞冬的儿子欧斐摩斯，以及小埃阿斯的父亲俄琉斯。伊阿宋把他的船奉献给了海神波塞冬，在起航之前，全船向波塞冬和其他所有海里的神明举行了隆重的献祭和庄严的祈祷。

阿耳戈英雄们在楞诺斯岛

他们首先到达楞诺斯岛。一年前，岛上的女人把自己的丈夫都杀死了，甚至根除了所有的男人。原因是她们的丈夫曾经从色雷斯带来了小妾，爱神阿佛洛狄忒的愤怒使她们压不住怒火，嫉妒心理引发了她们的杀机。只有许普西皮勒没有加害她的父亲托阿斯国王，她把他装在一个箱子里投进大海，交给海洋去挽救他，从此以后，岛上的妇女无时无刻不在担心色雷斯人到来，害怕来自她们情敌的亲属的攻击，她们常常以警惕的目光观察海上的动静。现在，当她们眼看着阿耳戈船划近时，她们全体便惊恐地跑出家门，像阿玛宗女人一样手持武器冲向海岸。

阿耳戈船的英雄们看到海岸上遍是全副武装的妇女，而不见一个男人，都感到十分惊奇。他们派出一个手持和平杖标的使者乘小船来到这奇异的人群跟前。这使者被女人们带到未婚的女王许普西皮勒面前后，用谦卑恭顺的话提出阿耳戈船员想在此短时客居的请求。女王把她的全体妇女召集到本城的集市广场上来。她本人坐在她父亲的大理石宝座上，她的老保姆拄着拐杖紧挨着她，左右两边各坐着两个美丽的金发少女。女王向众人报告完阿耳戈船员们的和平要求后，站起来说："亲爱的姐妹们，我们曾犯下一个大罪，这件蠢事使我们失去了男人。现在我们不应该把对我们表示友好的朋友拒之于千里之外了。但我们也必须注意，不能让他们知道我们所犯下的罪行。因此我建议把食品、酒和一切生活必需品送到这些外乡人的船上去，通过这样的殷勤效劳使他们远离我们的城池。"

女王又坐下时，那位老保姆却站了起来。老人费力地抬起缩在两肩之间的头，说："送给外乡人礼物，这是好事。不过，也要想到，一旦色雷斯人来了，你们可怎么办。即使有一个慈悲的神使他们接近不了这里，你们就安全了吗？就能逃脱一切灾祸吗？像我这样的老妇倒没有什么可担心的，因为我们会在灾难逼近和我们的一切储备耗尽之前死去。但你们年轻人到那个时候可怎么生活呢？难道牛会自动为你们驾轭，为你们犁田？夏天过去以后，它们会代替你们收割吗？你们自己是不愿意干这类艰苦的农活的。我劝你们不要拒绝这送上门来的符合你们愿望的保护。把你们的土地和财产交给这些高贵的外乡人，让他们来管理你们这座美丽的城市吧！"这个忠告完全符合所有女人的心意。

女王派她身旁坐着的一个少女随信使登船，向阿耳戈船的英雄们通报女人大会亲善的决定。听到这个消息，英雄们都万分高兴，他们都以为许普西皮勒是在她父亲死后和平地继承王位的。伊阿宋披上雅典娜女神送给他的紫色斗篷向城里走去，好似一颗闪烁的星。他走进城门，妇女们便向他拥去，高声致意，因客人的到来而欢呼雀跃。他谦逊畏缩地两眼盯着地面，匆匆走向女王的宫殿。宫女们为他敞开高大的宫门；随同的少女把他领到女王的居室。在这里，他坐在女王对面的一把华丽的椅子上。

许普西皮勒目光低垂，处女的两颊泛着红晕。她羞怯地转向他，用奉承的言辞说："外乡人，你们为什么如此畏缩地停留在我们的城外呀？这个城里没有男人，你们不必害怕。我们的男人对我们不忠。他们都带着他们在战争中抢来的色雷斯小妾迁到那些女人的国土上去了，而且带走了他们的儿子和男仆，只有我们女人孤独无助地留在了这里。因此，你们如果满意，就到我们中间来长住。如果你愿意，你就可以代替我父亲托阿斯管理你的人和我们。你不会说这个地方不好的，它是这一带海洋里最丰裕的岛屿。善良的首领啊，去向你的朋友转达我的这个建议吧！你们不要再滞留在城外了。"她说了这样一席话，只是把杀害自己丈夫的事隐瞒下来了。

伊阿宋回答她说："女王，我们怀着感激的心情接受你对我们这些急需帮助的人提供的援助。等我把这个消息转告给我的同伴以后，我就回到你们的城市里来，但是王杖和岛国还是由你自己掌管吧！不是因为我看不上它，而是因为远方还有艰苦的斗争在等待着我。"伊阿宋把手递给身为女王的少女，与之握别，然后就回海边去了。

紧接着，女人们也乘着快船带着许多待客的礼品随后赶到。那些英雄已经得知他们的首领带来的消息，所以她们没费吹灰之力就说服了这些英雄进城并住在她们家里。伊阿宋本人住在王宫里，其他的人分别住在不同地方。只有赫拉克勒斯憎恶女人的生活，跟少数几个被选拔出来的伙伴留在船上。现在城里处处都在欢宴和跳舞，献祭的香烟袅袅升向蓝天。女居民和男客人都在祭祀岛屿的保护神赫淮斯托斯和他的妻子阿佛洛狄忒。行期一天一天推迟，要不是赫拉克勒斯从船上跑来，背着那些女人把伙伴们召集起来，那些英雄很可能还要在友好的女主人那里逗留更久呢。"你们这些可耻的家伙，"他呵斥他们说，"你们在自己的家乡不是有足够的妇人吗？你们是因为需要结婚才到这里来的吗？难道你们愿意在楞诺斯务农耕田？当然，神会为我们取来金羊毛放在我们的脚边！我们最好还是各自返回家乡吧。让那个人，让那个伊阿宋娶许普西皮勒为妻，跟他的子孙住在楞诺斯岛上，去听别人创造英雄的伟绩吧！"

没有一个人敢抬起眼睛看这位说话的英雄，更没有一个人敢反对他。他们立刻准备起航。楞诺斯的女人们猜到了他们的意图，便像嗡嗡叫的蜂群似的同他们怨诉和请求，但到最后她们还是屈从于英雄们的决定了。许普西皮勒眼中噙着泪水从众人中走过去，握着伊阿宋的手，说："愿诸神如你们所愿，赐给你和你的同伴金羊毛！如果你愿意回到我们这里来，这个岛国和我父亲的王杖随时等待着你。但我心里很清楚，你是不会回来的。那么，到了远方，至少还想念着我吧！"伊阿宋赞叹不已地与高贵的女王分别，第一个登上大船，其他英雄紧随其后。

赫拉克勒斯被留下了

在暴风雨中航行了一程以后，英雄们在靠近喀俄斯城的比堤尼亚的一个海湾登陆。居住在这里的密西亚人热情地接待了他们，为他们堆起干柴生火取暖，用绿树叶为他们铺成柔软的床，在夜色朦胧中还把酒菜端到他们面前。

赫拉克勒斯鄙视旅行中的舒适享受。他让同伴们坐在那里饮宴，独自一人走到森林里去，想用枞木为明天早晨的航行做一支更好的桨。很快，他便找到了一棵正合他意的枞树。

与此同时，他年轻的伙伴许拉斯也站起来离席，想为自己的主人和朋友汲取饮水，也想为归程做好一切准备。在反对德律俄珀斯的征战中，赫拉克勒斯因口角杀死了许拉斯的父亲，他于是收留了这个孩子，把许拉斯教育成他的仆人和朋友。当这个美少年在泉边汲水时，一轮满月在头顶闪着光辉。他拿着水罐刚刚俯身水面，泉中的水泽女仙就看见了他。水泽女仙被他的美迷住了，于是她便伸出左臂抱住他，用右手抓住他的臂肘，把他拉到水下去。这时，一个名叫波吕斐摩斯的英雄正在离那眼泉不远的地方等候赫拉克勒斯归来，他听到了这个少年的呼救声，但怎么也找不到那少年，却碰到了从林中归来的赫拉克勒斯。“太不幸了，”他朝赫拉克勒斯喊道，“我必须第一个把这个悲哀的消息告诉你！你的许拉斯到泉水汲水，没有再回来！不是强盗把他劫走了，就是野兽把他撕烂了，我亲耳听到了他的惨叫。”赫拉克勒斯听到这话，额头立刻冒出汗珠，热血在他胸中沸腾起来。他愤怒地把枞树枝抛在地下，就像一头被牛虻叮了的公牛离开牧人和牛群一样，撒腿就跑，尖叫着穿过密林奔向泉边。

晨星高悬在山峰上，刮起了顺风。舵手劝说英雄们利用顺风登船航行。他们在朦胧的晨光中愉快地航行，当他们想起有两个弟兄——波吕斐摩斯和赫拉克勒斯还留在岸边时，已经太晚了。在英雄们之间发生了一场激烈的争论，对于他们应该不应该丢下两个最勇敢的朋友继续航行，双方各执一词。伊阿宋一言不发，他静静地坐在那里，忧虑撕扯着他的心。但忒拉蒙却压不住满腔的怒火。“你怎么能这样不动声色地坐在这里呀？”他对这位首领高声说，“当然你是怕赫拉克勒斯压倒你的名声！光说有什么用？即使同伴们都跟你意见一致，我一个人也要返回寻找被遗忘的朋友。”

他一边说，一边揪住舵手提费斯前胸的衣服，眼睛里闪射着火焰。要不是玻瑞阿斯的两个儿子卡拉伊斯和仄忒斯抓住他的手臂，用责怪的言辞制止他，他真会逼迫他们返回密西亚人的海滨。

这时，海神格劳科斯从白沫翻滚的浪涛中冒出来，用强有力的手拉着船尾，对忙于航行的人喊道：“英雄们，你们吵什么？你们为什么非要违背宙斯的意志带勇敢的赫拉克勒斯到埃厄忒斯的地方去呢？命运已经为他安排了别的工作，一个慈爱的女仙抢走了他的许拉斯，他是出于对她的依恋才留下的。”向他们揭示了这一切之后，格劳科斯又沉入海中，黑色的海水在他的周围打着旋儿咆哮。

忒拉蒙满面羞色，他走到伊阿宋面前，握着英雄的手说：“别生我的气，伊阿宋！是痛苦使我昏了头，说了些蠢话！让海风把我的错误吹走吧，让我们和好如初！”

伊阿宋也表示愿意和解。于是他们乘着强劲的顺风继续航行。波吕斐摩斯留在密西亚人当中也很适应，而且为他们修建了一座城池。赫拉克勒斯则到宙斯指派他去的地方去了。

波吕丢刻斯和柏布律西亚人的国王

第二天早上，太阳升起时，他们在一个凸入大海很远的岬角抛锚停靠，那里有未开化的柏布律西亚人的国王阿密科斯的畜栏和住房。国王为外乡人制定了一条可恶的法律：不同他较量拳击就不能离开他的领地。他已经用这种方式打死了许多邻人。现在，船一靠岸，他又走近前来轻蔑地说："听着，你们这些海上的流浪汉，有一事你们必须知道！外乡人不在拳击中打败我，就休想离开我的国土。挑选出你们当中最有能耐的人到我这儿来，否则你们可要遭殃咯！！"

眼下，在阿耳戈英雄们当中，有一个全希腊最好的拳击手，这就是勒达的儿子波吕丢刻斯。对方的挑衅激怒了他，于是他冲着国王喊道："别啰唆了！我们愿意遵守你的法律。我就是你找的对手！"

柏布律西亚国王转动着眼珠子，仔细打量这位勇敢的英雄，就像一只受伤的狮子看着它的攻击者。波吕丢刻斯这位年轻的勇士看上去却像天上的星星一样明朗。他甩了甩他的两手，看看它们在长时间的摇桨之后是不是有些不大灵活。

英雄们都离船了，两个拳击手面对面摆好架势。国王的侍从把两副拳击手套抛在二人之间的地上。"你随意选一副吧，"阿密科斯说，"我不愿意跟你抓阄！你很快就会凭自己的感受知道，我是一个很棒的鞣皮匠，我要叫你尝尝两颊血肉模糊的滋味！"波吕丢刻斯默然一笑，捡起离他最近的手套，让朋友把手套绑在他手上。柏布律西亚国王也这样做了。

现在拳击比赛开始了。犹如海浪冲击航船，舵手使尽招数也抵挡不住，那国王向这希腊人步步进击，不让他有喘息的机会。但波吕丢刻斯总是巧妙地躲过袭击，没有受伤。他很快摸清对手的弱点，给了他几下挡不住的硬拳。国王也发现了他的优势所在，于是在双方的拳击下，颚骨的破裂声和牙齿的咯咯声响成一片，直到二人气喘吁吁才休息了一下。他们都跳到一边，透一透气，擦去不住流淌的汗水。拳击又开始以后，阿密科斯击对手的头没有击中，他的手臂打中了对方的肩膀；而波吕丢刻斯却击中了他的耳根，打碎了他的头骨，他疼得跪倒在地。

阿耳戈英雄们齐声欢呼起来。但柏布律西亚人跑到他们的国王身边，同时掉转棍棒和猎矛对准波吕丢刻斯，向他逼近。英雄们都拔出闪光的刀剑来站在前面保护他。一场血战展开了，柏布律西亚人被打得抱头鼠窜，不得不躲到内陆去。英雄们扑向畜群，获得了许多战利品。他们整夜都留在岸上，他们包扎了伤口，向诸神献祭，随着俄耳甫斯的琴声高声歌唱。

菲纽斯和美人鸟

黎明时分，阿耳戈英雄们继续航行。经过几次冒险，他们便在一处海岸停船抛锚。住在这里的是英雄阿革诺耳的儿子菲纽斯国王，他正遭受着极大的灾殃。因为他滥用了阿波罗赐给他的预言家本领，所以到了高龄便被罚双目失明，还有那些可恶的怪鸟，即美人鸟，搅扰他，不让他安静地进餐。它们使尽浑身解数抢劫他的食物；剩下的食物它们也要弄脏，叫人没法下咽，甚至叫人一靠近食物就要呕吐。菲纽斯得到一道宙斯的神谕：玻瑞阿斯的儿子们和希腊的船员到来时，他就可以安静地进食了。

因此，这位老人一听到阿耳戈船到达的消息，就离开了他的居室。这时他已经饿得只剩一把骨头了，看上去就像一个影子。他年迈体衰，两腿颤抖，一根手杖支撑着他迈着摇摇晃晃的步子，眼前天旋地转。他一来到阿耳戈英雄们身边，就耗尽精力，倒在地上了。他们站在这位不幸的老人周围，看到他那副样子无不惊愕。当他清醒过来，听到他们就在眼前时，便突然以祈求的口吻说：“噢，高贵的英雄啊！如果你们真是神谕所预言的那些人，就请帮帮我吧！复仇女神不仅迫使我双目失明，而且让可恶的怪鸟夺走我这年迈人的食物！你们援救的不是外乡人，我是希腊人，是阿革诺耳的儿子菲纽斯。我曾经是色雷斯的统治者，玻瑞阿斯的儿子们想必参加了你们的远行，他们应该来救我，他们是克勒俄帕特拉的弟弟，而克勒俄帕特拉是我在色雷斯时的妻子。”

听了这一席话，玻瑞阿斯的儿子仄忒斯就扑到老人的怀里，并向他许诺，有他兄弟的帮助，他一定会摆脱美人鸟的折磨。他们就地为他准备了一餐饮食，这将是贼鸟最后侵扰的一餐。老人还没来得及去碰食物，那些恶鸟就像突如其来的风暴一样，扇动着翅膀从云层中直冲而下，贪馋地落在食物上。英雄们又吼又叫，但这些美人鸟一动也不动，它们一直待到把所有食物啄光，才又飞向天空，留下一种难闻的气味。玻瑞阿斯的儿子仄忒斯和卡拉伊斯立即拔剑追赶它们。玻瑞阿斯的两个儿子精力充沛，紧追不舍。他们常常觉得都能用手抓住它们了，终于他们离恶鸟很近了，无疑有可能置它们于死地，但就在这时，宙斯的女使者伊里斯忽然出现，对两位英雄说：“玻瑞阿斯的儿子要用剑杀死这些美人鸟，伟大的宙斯的这些猎犬，是得不到准许的。我当着斯提克斯的面以众神的誓约向你们保证，这些猛禽再也不会侵扰阿革诺耳的儿子了。”玻瑞阿斯的两个儿子听了伊里斯的誓言，便不再追赶，转身返回航船去了。

与此同时，希腊的英雄们为了保养年老的菲纽斯的身体，备下了圣餐，宴请了饥饿至极的老人。他贪馋地吃着洁净而丰盛的食物，就好像他是在梦中充饥似的。

到了夜里，趁大家等候玻瑞阿斯的儿子归来的时候，老国王菲纽斯为了表示感谢给他们讲了一个预言。“首先，”他说，“你们将在一个海峡遇到撞岩。这是两个有陡峭的巉岩绝壁的岛屿，它们在海底没有根基，总是浮在大海中。它们时常飘动，彼此聚拢，随后又被潮水波涛从中分开。你们如果不想全船被挤得粉碎，就得像鸽子飞越那么快地从它们之间拼力划过去。穿过撞岩，你们将到达玛里安底尼海滨，那里有通向冥府的入口。然后你们经过许多海角、河流和海岸，经过阿玛宗女人国和汗流浃背地挖掘铁矿石的卡吕柏斯人的领土。最后你们将到达科尔喀斯海岸，宽阔的法细斯河翻卷着波涛从那里流入大海。在那里，你们将看到埃厄忒斯国王高耸入云的堡垒，不眠的巨龙守护着挂在橡树梢头的金羊毛。”

英雄们聚精会神地听着老人的讲述，人人都心怀恐惧。他们正想提别的问题，玻瑞阿斯的两个儿子从空中落到了他们中间。他俩带来的伊里斯的誓约，使国王菲纽斯打心眼儿里高兴。

撞　岩

菲纽斯怀着感激之情激动地与恩人们告别。现在英雄们又继续航行，去迎接新的冒险。途中，他们忽然听到从远处传来一声震耳的巨响。原来这是不断碰撞又不断分开的撞岩发出的轰隆声、岸边的回响和海涛怒吼合在一起的响声。

舵手提费斯警觉地站在舵旁。欧斐摩斯在船里站起来，右手掌上托着一只鸽子。菲纽斯对他们发出过预言，如果一只鸽子能毫不畏惧地从撞岩中间飞过去，他们就可以大胆地穿行。两个巨岩一分开，欧斐摩斯就把鸽子放飞了，大家都满怀希望地翘首观望。鸽子正从中间飞越时，两个岩石又相互靠近了。翻滚的海浪轰轰然升上来，咆哮声响彻海空。现在两个岩石碰在了一起，把鸽子的尾羽夹断了，幸好它还是飞过去了。

提费斯大声呼叫着鼓励摇桨的船员。这时岩石又分开了，冲进岩石中间的浪涛把船吸了进来。死亡威胁着他们：一股数丈高的巨浪朝他们滚来。一见这可怕的景象，他们都瑟缩着低下了头。提费斯命令停止摇桨，冒着白沫的海浪在船底翻滚，把船举得高过正在合拢的岩石。英雄们用力摇桨，船桨都给摇弯了。现在漩涡又把船拉下来让它落在两座浮岩的中间。两座浮岩从两侧向船腹撞来，就在这时，全船的保护女神雅典娜冥冥之中推了一把，使船顺利地通过了，相合的巉岩只把船尾最外面的船帮擦伤了一块。当英雄们又看见开阔的大海时，他们都长舒了一口气，摆脱了死的恐惧，仿佛觉得从冥府归来一般。

“我们闯过夹缝不是单靠我们自己的力量，”提费斯高声说，“我清楚地感觉到，我身后有雅典娜的神手发出迅疾而强大的力量，使大船穿过撞岩！”

但伊阿宋悲哀地摇了摇头，说：“善良的提费斯呀，当初我要求珀利阿斯让我承担这个差事，真是给诸神添麻烦了。还不如让他把我杀死了呢！现在我日夜悲叹不止，并不是为了我自己，我只是考虑你们的生命和幸福，考虑怎样让你们脱离可怕的险境，平安地把你们带回故乡去。”英雄这样说，无非是试探同伴们的心。同伴们都向他欢呼，要求继续前进。

新的冒险

经历了各种各样的遭遇，英雄们继续前进。在航行中，他们忠实的舵手提费斯病死了。他们只好把他埋葬在异乡的海岸，又选中安开俄斯代替他的位置。安开俄斯对这艰难的工作推辞了好一阵，直到女神赫拉使他有了勇气和信心，他才接受了这个工作。他走上舵手的岗位，船驾驭得极好，简直就像提费斯本人还坐在舵旁一样。

十二天后，他们张满船帆，来到卡利科洛斯河的河口。到了这里，他们望见了立在山丘上的英雄斯忒涅罗斯的坟墓。他是在和赫拉克勒斯进攻阿玛宗人时中箭阵亡在此地的。他们正要继续航行，斯忒涅罗斯的亡魂显现了，他热切地看着他的本族乡亲。他高高地站在墓丘上，形象跟他出征时一模一样：战盔上装饰着的四根红色羽毛在他头上不停地颤动。但他只显现了一小会儿，就又沉入黑暗的深渊。英雄们都吓得放下了桨，只有预言家摩普索斯懂得这亡灵的要求。他劝乡亲们为他举行一次奠酒礼以慰死者的英灵。他们立即落帆停船，走到墓前围成一圈，洒酒在地，焚烧宰杀的羊。

然后他们又向前驶行，终于到达忒耳摩冬河的河口。世上没有别的河流可以与这条河流相比。它的发源地是深山中的一眼泉，后来就分成九十六条支流，一起奔腾入海。它们像一群蛇挤挤压压地爬进广阔的大海。

在河口最宽阔的地方住着阿玛宗人。这些女人是战神阿瑞斯的后裔，全都嗜战成性。如果阿耳戈英雄们在这里登陆，势必陷入与这些女人的血战，因为她们在战斗中完全可以与这些勇敢的英雄们相匹敌。她们不是住在一个城市里，而是分成许多部落，散居四乡。这时西方的顺风把阿耳戈英雄们刮得远离了这些好战女人的国土。

经过一天一夜的航行，正如菲纽斯所预言的，他们来到了卡吕柏斯人的地区。这里的人不种田，不栽果树，也不在湿润的草地上放牧。他们只在荒地上挖掘矿砂和铁矿石，以此换取食品。他们的劳动十分繁重，从来看不见阳光，他们在黑暗的地洞和浓烟中劳作，苦度岁月。

他们从许多民族地区周边驶过去。当他们接近阿瑞提亚岛的时候，本岛的一种鸟振翅朝他们飞来。它飞临船的上空时，一抖动翅膀，便落下一支翎管，这翎管一下子就扎进了俄琉斯的肩膀。英雄受伤后，疼得松开了手中的桨，同伴们看见这箭一般的翎管扎在他的肩膀里，全都十分惊讶。离他最近的伙伴替他拔出翎管，包扎了伤口。一眨眼，又出现了第二只鸟；克吕提俄斯这时已持弓守候，他一箭射去，那中箭的鸟立时落在了船上。

“大概离岛屿很近了，”航海经验丰富的英雄安菲达玛斯说，“但要提防那些鸟，它们肯定很多。如果我们登陆，要想射杀它们，我们的箭可能就不够了。我们得想个办法驱逐这些好斗的飞禽。大家都把有羽毛飘动的头盔戴上，一半人摇桨，另一半人用闪亮的矛和盾把船遮挡起来，然后我们大声呼喊。当这些猛禽听见我们的吼叫，看到头盔上飘拂着的羽毛、矗立的矛和闪光的盾的时候，它们就会被吓跑。”

英雄们都很赞赏这个计谋，并且立即照办了。他们向前航行时，一只鸟也没有看见。当他们接近岛屿，盾牌发出叮当的声音时，海岸上无数的鸟惊叫着飞起来，像遇上暴风雨急忙逃难一样从船上飞过去。但是英雄们犹如遇到冰雹立即关上窗户一样，赶紧用盾牌遮住自己，所以那些落下来的尖锐翎管没有伤着他们。这些被称作斯廷法利得斯的可怕的鸟，则越过大海远远地飞到对岸去了。于是阿耳戈英雄便按照预言家国王菲纽斯的建议在这个岛登陆了。

他们在这里找到了意想不到的朋友和伙伴。他们在岸上刚走了几步，就遇到了四个衣衫褴褛、一无所有的青年人。其中一人快步向正在靠近的英雄们走来，跟他们说话。“好汉，不管你们是谁，”

他说，“请帮帮可怜的沉船人吧！给我们点儿穿的遮遮体，给我们点儿吃的充充饥吧！”

伊阿宋好心地答应向他们提供一切帮助，同时问了问他们的名字和家族。“你们一定听说过阿塔玛斯的儿子佛里克索斯的故事吧，”那青年应答道，“是他把金羊毛带到科尔喀斯去的。国王埃厄忒斯把长女嫁给了他。我们是他的儿子，我叫阿耳戈斯。我们的父亲佛里克索斯不久前去世了。我们按照他的临终遗嘱乘船去拿他留在俄耳科墨诺斯城的宝物！”

听了他的话，英雄们非常高兴，伊阿宋待他们如同手足，因为阿塔玛斯的祖父和克瑞透斯的祖父是亲兄弟。几个青年接着讲了他们的船怎样在凶狂的暴风雨中被巨流打碎，他们怎样抓着一块木板漂到这个荒无人迹的岛上。但当阿耳戈英雄们把自己的计划告诉他们，并要求他们参加冒险时，他们显出惊恐的表情。“我们的外祖父埃厄忒斯是一个很残暴的人。据说他是太阳神的儿子，因此具有超人的力量。他统治着无数科尔喀斯地方的民族，而金羊毛由一头恐怖的巨龙看守。”

有几个英雄听了这话，吓得面如土色。但珀琉斯站起来说：“不要以为我们一定会败在科尔喀斯国王的手下。要知道，我们也是神的子孙啊！他要是不和和气气地把金羊毛交给我们，我们就毫不客气地把它抢走！”接着他们又在丰盛的宴席上议论了好长时间。

第二天早上，佛里克索斯的四个儿子都穿戴一新，精神焕发地跟英雄们一起上了船。英雄们又继续航行了。一天一夜以后，他们看到了高加索山的一个个高峰耸立在海面上。暮色渐浓时，他们听到上空响起飞禽的聒噪，那是折磨普罗米修斯的巨鹰从航船的上空飞过。它的翅膀猛烈地扇动，使所有的帆都鼓满了风。不久，他们就听见普罗米修斯的呻吟从远处传来，那是巨鹰在啄食他的肝脏。

过了一会儿，呻吟声才渐渐消失，这时他们看见那只巨鹰又从头顶飞回去了。

当天夜晚，他们到达了目的地，把船划进法细斯河的入海口。船员愉快地爬上桅杆，解下帆索。然后他们划桨进入宽阔的河面，河里滚动的波浪好像在这行驶的庞然大物前面胆怯地倒退。左边是高耸的高加索山和科尔喀斯的首都库塔，右边是辽阔的田野和阿瑞斯的圣林。金羊毛就挂在圣林里一棵高大橡树枝叶繁茂的树枝上，巨龙两眼圆睁，看守着金羊毛。

伊阿宋站在船舷上，手中高举起了一个斟满美酒的金杯，把酒洒在地上，祭奠江河、大地母亲、此地的神明和死在途中的英雄。他请求各路神灵向他们伸出宽爱的手，并看顾他们正想停泊在这里的船。

“看来我们是平安地到达了科尔喀斯国，”舵手安开俄斯说，“现在我们该认真地讨论一下，看我们是好心地请求国王埃厄忒斯，还是用别的办法实现我们的计划。”

“明天再说吧！”疲倦的英雄们大声说。

伊阿宋立即下令，把船停在港湾的一个荫凉的地方。所有的人都躺下酣睡起来，但他们只睡了一小觉，多少解除了些疲乏，因为没过多长时间，曙光便把他们照醒了。

伊阿宋在埃厄忒斯的宫殿里

清晨，英雄们聚在一起展开了讨论。伊阿宋站起来说：“各位英雄，我的同伴们，如果你们赞成我的看法，你们所有留下的人就手持武器安稳地待在船上。只有我，佛里索克斯的四个儿子，和你们当中的两个人，到埃厄忒斯的王宫里去。到了宫里，我将首先客客气气地问他，愿不愿意把金羊毛让给我。我不怀疑他会拒绝我的请求。这样我们就可以从他口中探到准信，知道我们必须怎样做了。谁又说得准，我们的话不能使他大发善心呢？从前他友善地接待、保护了逃离后母虐待的无辜的佛里克索斯，不正是说辞打动了他的心吗？”

年轻的英雄们全都赞成伊阿宋的见解，于是他便抓起赫耳墨斯的和解杖，带着佛里克索斯的四个儿子和两个同伴离开了船。

科尔喀斯人口众多。为了让伊阿宋和他的陪同者免遭险难，阿耳戈英雄的保护神赫拉降下一层浓雾罩住城市护送他们，直到他们平安地进了宫，浓雾才散。他们站在王宫的前院，欣赏着厚实的宫墙、高大的宫门，以及墙边时不时突现在外的巨大的柱子。整个建筑都拦腰围着一圈凸出的石头墙围，墙围的卷边装饰着铜制的竖三线槽。他们默默地跨进前院，然后又走向中院的柱廊。柱廊向左右延伸，后面有许多入口和房间依稀可见。正对面矗立着两座主殿，一座里边住着国王埃厄忒斯本人，另一座里面住着他的儿子阿布绪耳托斯。其余的房间里则住着宫女和国王的女儿卡尔喀俄珀和美狄亚。

国王的小女儿美狄亚，是人们难得一见的。她是赫卡忒神庙的女祭司，几乎所有时光都在庙里度过。但这天早上，希腊人的保护神赫拉使她产生了一种留在王宫里的心愿。她离开自己的卧室，正想到她姐姐的房间去，竟同正往里走的英雄们不期而遇。她禁不住惊呼一声，卡尔喀俄珀和她的所有侍女闻声急忙冲出房来。姐姐一看，却忍不住欢呼了一声，并且朝着天空伸出两臂感谢上苍，原来她一眼就认出了那四个年轻的英雄都是她的孩子，佛里克索斯的儿子。孩子们都与母亲热烈地拥抱，问长问短，高兴得热泪盈眶。

美狄亚和埃厄忒斯

最后，国王埃厄忒斯和他的王后厄伊底伊亚也被女儿忍着喜悦泪水的欢声笑语吸引出来了。整个前院立刻人声鼎沸，但谁也没觉察到爱神厄洛斯已飞临上空。他从箭囊里抽出一支给人带来苦痛的箭，搭弓射中了美狄亚，这支谁也看不见的箭立刻在她胸中像火焰一般燃烧。她不时偷偷地看一眼英俊的青年伊阿宋，其他的一切都从她的记忆中消失了，唯一的一种甜蜜的痛苦占据了她的心灵。她的脸色一阵白又一阵红轮番地交替。

欢乐冲昏了头脑，没有一个人注意到美狄亚的变化。仆人端来了备好的食物。阿耳戈英雄们已经洗了个热水澡，把奋力摇桨时留下的一身汗水洗净，精神饱满而愉快地坐在餐桌旁享用盛餐，痛饮美酒。饮宴中，埃厄忒斯的外孙向外祖父讲述了他们中途被阿耳戈英雄救回的经历，埃厄忒斯也小声地问了问这些外乡人的情况。

“外祖父，我不想对你隐瞒，”阿耳戈斯小声说，“这些人是来恳求你把我父亲佛里克索斯的金羊毛给他们的。有一个国王，他想霸占他们的财产，把他们驱逐出祖国，才让他们担负了这个危险的使命。他希望，他们还没把金羊毛带回祖国之前就触怒宙斯，遭到佛里克索斯的报复。帕拉斯·雅典娜帮助他们造了一艘船，我们科尔喀斯人所用的船当中没有一艘比得上它。我们，你的外孙，驾驶的当然又是我们船队中最差的船，它连风暴的第一次袭击都抵挡不了……而这些外乡人的船却特别坚固，什么样的风暴也休想把它摧垮，况且英雄们自己也不停地摇桨。全希腊最勇敢的英雄都聚集在这艘船上。”

国王听了这一席话，不禁心生恐惧，对外孙们极端不满，因为他以为，这些外乡人是他们引到宫廷里来的。他浓眉紧皱，双眼放着怒光。大声说：“滚开，别叫我看见你们，你们这些孽种，诡计多端的人！你们不是来取金羊毛的，你们是来夺取我的权杖和王位的！假如你们不是作为客人坐在我的宴席上，我早就割了你们的舌头，剁了你们的手，只让你们留下脚从这里跑出去了！”

忒拉蒙听到这话，非常愤怒，真想站起来用同样的话回敬国王。但伊阿宋制止了他，并温和地答道：“请镇静，埃厄忒斯王！我们到了你的城里，进了你的王宫，不是来掠夺你的。有谁愿意穿行如此辽阔而危险四伏的大海来夺取陌生人的财产？是命运和一个凶恶国王的残忍命令迫使我下了这样的决心。请你答应我们的要求，行行好，把金羊毛给我们吧！全希腊都将因此而赞颂你。我们随时准备报答你。如果邻近发生战争，你想征服邻国人民，你就可以把我们当作同盟者，我们愿意跟你一起出征。”

伊阿宋就是用这样的言辞安抚国王的。而埃厄忒斯心中却拿不定主意，不知是当场杀掉他们好呢，还是应该先试探一下他们的力量。思索片刻以后，他觉得还是后者更好，于是他比之前更镇定地答道：“外乡人，何必说这些心虚胆怯的话呀！如果真是神的子孙，或者出身不比我差，同时对别人的财产感兴趣，你们就把金羊毛拿走吧。我愿意把一切赠给勇敢的好汉。但是你们首先给我做出一个样子来，你们必须来做一做我平时做的一种相当危险的劳动。在阿瑞斯的田野里有两头公牛，它们都生着铁蹄，会往外喷火。我就是用这两头牛来犁地，地翻耕好了以后，我便往垄沟里撒种，但我撒的不是农业女神得墨忒尔的金黄谷粒，而是可怕的龙牙。以龙牙为种长出的是人，他们从四面八方把我包围起来，我就用长矛把他们一个个杀死。清晨我驾公牛犁地，夜晚我收获后休息。如果你当天就完成这项工作，哦，首领啊，你当天就可以把金羊毛拿去，返回你的国王的故乡。如果你不能，你就拿不到金羊毛，天下哪有勇敢者向无能者让步的道理！”

国王说话时，伊阿宋一直默默地坐在那里盘算；他不敢立即答应去做这可怕的事情。经过反复思考，他镇定自若地答道：“虽然这工作极为艰巨，但我愿意经受它的考验，哦，国王啊，即使我为此而牺牲，也在所不惜。等待一个凡人的，最坏的也不过一死，我听凭把我派遣到这里来的命运的摆布。”

“那好，”国王说，“现在你就找你的同伴去吧，不过你要考虑好。如果你不完成这一切，那就留给我自己干好了，你就悄悄地离开这里吧！”

阿耳戈斯的建议

伊阿宋和陪他来的两个英雄从座位上站起身来。佛里克索斯的儿子们中只有阿耳戈斯跟着他们走，因为阿耳戈斯已经示意他的弟兄们继续留在国王身边。伊阿宋看上去既英俊又高雅，少女美狄亚的目光透过面纱扫视着他，她的思绪犹如在梦中追随着他的脚步。当她又一个人坐在闺房里时，她竟失声痛哭起来。然后她又自言自语：“我为什么要悲伤呢？那位英雄与我有什么相干？他是所有半神中最伟大的英雄也好，最无能的也罢，该死就让他死好了！不过，哦，但愿他能逃离毁灭，绝处逢生！令人敬畏的女神赫卡忒啊，让他返回家乡吧！假如他一定要被公牛击败，在此之前至少应该让他知道我很担心他不幸的命运！”

就在美狄亚如此忧思满怀的同时，英雄们正走在回船的路上。

阿耳戈斯对伊阿宋说：“我有一个建议也许会受到你的痛斥，但我还是要对你说。我认识一个少女，她善于使用魔药。如果我们能请她来相助，我相信你一定会胜过公牛。你要是愿意，我就去把她争取过来助我们一臂之力。”

“如果你觉得这样做好，我的朋友，”伊阿宋应答道：“我不反对。不过，依靠女人取胜然后返乡，我们面子上实在不光彩！”

说着说着，他们已经到了船上，回到同伴中。伊阿宋告诉大家，国王向他提出了什么要求，他向国王做了什么许诺。有好一阵子同伴们都默不作声地坐在那里，你看看我，我看看你。最后，珀琉斯站起来说：“好汉伊阿宋，如果你相信自己能实现诺言，就请做好准备吧。如果你没有十足的把握，你就待在一边别管了，也不要在我们当中寻求合适的人选，因为我们除了死还会期望别的结局吗？”

听到这话，忒拉蒙和另外四个英雄跳了起来，个个充满斗争的勇气和喜悦。但阿耳戈斯抚慰他们说：“我认识一个姑娘，她善于使用魔药。她就是我母亲的妹妹。让我去说服我母亲，求她把那个姑娘争取过来帮助我们，然后才好讨论伊阿宋自告奋勇去进行的冒险。”

他的话音刚落，天上就现出一个预兆，一只被大鹰追逐的鸽子，躲到了伊阿宋的怀里，那只紧追在后的猛禽则掉到了船尾的甲板上。这时，一个英雄想起年老的菲纽斯对大家说过的预言：女神阿佛洛狄忒将帮助他们返回故乡。几乎所有的英雄都赞成阿耳戈斯的建议，只有伊达斯不满地站起来说：“天哪！难道我们到这里来是为了当女人的奴隶吗？不去求助阿瑞斯，却去请求阿佛洛狄忒。难道见到苍鹰和鸽子，一场恶斗就能避免吗？好，那就忘了战争，去欺骗柔弱的少女吧！”但伊阿宋仍决定采纳阿耳戈斯的建议。于是，英雄们把船拴在岸边，等待着派出去的使者归来。

与此同时，埃厄忒斯在王宫外召集科尔喀斯人开了一次大会。他向众人讲了讲一个外乡人的到来，他们的要求和他为他们准备的下场。等公牛一杀死那个头领，他就命人砍掉一整片树林放火烧毁那条船，烧死那些船员。对那几个引来这次惊险活动的外孙，他也要给以可怕的惩罚。

与此同时，阿耳戈斯正在请求母亲说服姨母出面帮助。他母亲卡尔喀俄珀本来就十分同情这些外乡人，但她当初不敢触怒父亲。儿子的请求正合她的心意，她立即答应支持他们。

美狄亚躺在床上烦躁不安地睡了一小觉，做了一个令人焦虑的梦。她梦见伊阿宋已经准备跟公牛搏斗。但他进行搏斗，不是为了取走金羊毛，而是为了把她作为妻子带回故乡去。她在梦中又觉得是她亲自在搏斗中制服了公牛。但她的父母不信守诺言，不给予伊阿宋应得的奖赏，说什么驾牛犁地的应该是伊阿宋，不应该是她。为此，父亲和伊阿宋发生了激烈的争执，双方都推她做仲裁人。在梦中她判外乡人胜。钻心的痛苦袭上父母的心，他们大声喊叫起来——美狄亚也就随着这一声喊叫醒来了。

正是这个梦促使她前往姐姐的房间。但到了前院，由于羞怯，她又犹豫了好长时间。她四次向前，又四次退回来。最后她还是回到自己的房间，扑在床上哭了起来。她的一个信得过的小侍女发现她在哭泣，很同情主人，就把这情况告知了她的姐姐。卡尔喀俄珀急忙赶到美狄亚的房间，看到她正泪流满面，哭得很伤心。“你怎么了，可怜的妹妹？”她深表同情地说，“你心里有什么悲伤？难道是老天爷让你突然生病了吗？是父亲当着你的面痛斥了我和我的儿子？哦，我真想远离父母的家宅，到一个听不到科尔喀斯名字的地方去！”

美狄亚答应帮助阿耳戈英雄

听了姐姐的一连串问话，美狄亚不禁满面绯红，羞得答不出话。最后还是爱情给了她勇气，她狡猾地说："卡尔喀俄珀，我心里难过，是为了你的几个儿子。我担心父亲把他们连同那些外乡人一起就地杀害。这是一个难解的梦预示给我的。但愿有一位神明能阻止他这么做。"

卡尔喀俄珀听了这话十分恐惧，她说："我也正是为这件事到你这里来的，我恳求你帮助我反对我们的父亲，如果你拒绝了，我和我的被杀害的儿子到了阴间也要像复仇女神一样缠着你不放！"说着她用双手抱住美狄亚的膝部，把头伏在她的怀里。两姐妹痛哭起来。随后美狄亚说："姐姐，你提复仇女神干什么？天地作证，我向你发誓：为了救你的几个儿子，只要我能做的，我都愿意去做。"

"那么，"姐姐进而说："为救我的儿子，你就给这个外乡人一点魔药，让他在与公牛的搏斗中顺利地过关吧！是他派我的儿子阿耳戈斯找我，请求你援助他这个来此做客的朋友。"

听了这话，美狄亚高兴得心怦怦直跳，她美丽的脸泛起了红晕，闪亮的眼睛在一时的眩晕下显得黯然无光，于是她突然说道："卡尔喀俄珀，如果我不把你和你孩子生死攸关的事看成我最重要的事，就让我明天看不见曙光。明天一大早我就到赫卡忒神庙去为那个外乡人取那种能减弱公牛攻击力量的魔药。"卡尔喀俄珀离开妹妹的卧室，把这个可喜的消息带给了她的儿子们。

美狄亚躺在床上，整整一夜内心都进行着激烈的斗争。"我的许诺是不是太多了？"她心中嘀咕着，"我有什么理由为这个外乡人做这些事？要想让我们的计策成功，我就非得单独去见他，和他接触不可吗？是的，我要救他一命，让他想去哪儿就去哪儿。但他搏斗胜利之时便是我死亡之日，一根绳索或一杯毒汁就可以使我摆脱这可憎的生命。我所干的这件事能使我得救吗？恶毒的流言不是要在全科尔喀斯迫害我吗？他们不是会说我为一个外乡人殉情，辱没了我的家族吗？”她就在这样的思绪下走去取来一个装着致死药和活命药的小匣。她把小匣放在膝上打开，想尝一尝致命的毒药，这时，她眼前浮现出生活中的一切烦恼和欢乐，浮现出所有女游伴的面影。她觉得太阳比以前更美丽了。于是，她心里产生了一种对死的不可抗拒的恐惧，便把小匣放在地上了。伊阿宋的保护神赫拉改变了她的心绪，她等不及曙光来临，就去取她答应给伊阿宋的魔药，并带着魔药见她心爱的英雄去了。

伊阿宋和美狄亚

就在阿耳戈斯赶忙把这个可喜的消息带到船上的时候，美狄亚已经跳下床来。她穿上一件漂亮的长袍，用弯曲的金针别紧，在光闪闪的头上罩了一方白色的面纱，把一切悲痛都忘得一干二净。她蹑手蹑脚穿过门厅，吩咐年轻的侍女套好她时常乘坐前往赫卡忒神庙的骡车。侍女在为她的出行做准备时，美狄亚从她的小匣里拿出一种叫作普罗米修斯油的油膏。谁身上涂了这种油膏，谁当天就能刀枪不入，火烧不伤，一整天都有压倒敌人的力量。

骡车备好了。两个侍女跟随主人上了车，美狄亚亲自握缰扬鞭，在其余侍女徒步陪同下，驱车穿过城池。走到哪里，哪里的民众都恭敬地给公主让路。当她穿过广阔的田野来到神庙时，她对侍女们狡猾地编造说：“女友们，我大概是犯了一个大错，我没有远离那些来到我们国家的外乡人！现在我姐姐和我姐姐的儿子阿耳戈斯要求我接受他们首领的礼品，要知道，就是他答应了要制服公牛。我呢，则要把免受伤害的魔药送给他！我已经假装答应了他并约他到神庙这里来单独见面。现在我要接受他的礼品，然后我们平分。但我送给他本人的却是一种致人死命的药，叫他用了以后一命呜呼！他一来，你们就躲得远远的，免得他生疑，我已经许诺我一个人来见他。”

听了这个狡黠的计谋，侍女们都很高兴。她们都躲到神庙里去时，阿耳戈斯陪着他的朋友伊阿宋和预言家摩普索斯正好也出发了。美狄亚和侍女们待在神庙里，她的目光从来没有落在周围侍女的身上，而是充满渴望地越过庙门注视着外面的大道。每当听到一声脚步、一息微风，她都禁不住焦渴地把头高高地抬起。伊阿宋终于带着他的陪同走进了神庙，美狄亚突然觉得心都要跳出来了，她感到眼前的世界变成了黑夜，热血涌上面颊，满脸通红。

这时，侍女们已经都离开了她，伊阿宋和美狄亚彼此相对，默默地站了好长时间。伊阿宋首先打破了沉默：“你身边只有我一个人，为什么怕我呀？我不像别的男人那样自负，就是在家里也从来都不自负。你想问什么，说什么，尽管开口！但别忘了我们是在一个圣地，说谎是有罪的。因此不要甜言蜜语地欺骗我。我是一个恳求保护的人，我是来请求你给我那种药物的，就是你答应你姐姐要给我的那种药物。是紧急的需要迫使我寻求你的帮助，你想要我怎样感谢你，就请提出来吧。要知道，你将以你的帮助解除我的同伴们的母亲和妻子的焦虑悲伤，你的不朽英名将永远活在全希腊人民的心中。”

美狄亚一直等他把话说完。她低下目光，甜甜地一笑。她的心因他的赞美而无限喜悦，她又抬起头来，恨不得把涌到嘴边的话一股脑儿都说出来。但她一直没有开口，只是解开了那条裹着小匣的香喷喷的带子，伊阿宋赶快高高兴兴地从她手中接过那个小匣。要是他向她提出要求，她连整个的心都愿意给他，爱神正在把甜蜜的爱的火焰向她心中吹去。二人都害羞地瞅着地面，然后他们彼此又四目相对，目光中充满着渴慕。过了好一阵子，美狄亚才开口说话。

“听着，看我想怎样帮助你。等我父亲把那些需要播种的、使人遭灾的龙牙交给你以后，你就单独到河水里去沐浴。你要穿上黑色的袍子，挖一个圆形的坑，在坑里堆上干柴，杀一只母羊羔，放在柴堆上烧成灰。然后把怀里的蜂蜜洒在上面向赫卡忒女神献祭，再离开这个火葬场。如果听到脚步声和狗叫声，你千万不要回头，否则献祭就不起作用了。第二天早上，你要用我刚才给你的这种油膏涂抹你的身体。它会使你超凡地强壮，力大无比。你将感到自己不仅能与凡人战斗，甚至能与世外的神明匹敌。你的剑、矛和盾也必须涂上油膏，这样，任何人类手中的铁器、神牛喷出的火焰，就都伤不了你，也无法抵抗你。不过你不能坚持很久，你只能在当天有这样的神功。尽管如此，你也绝不要退出战斗，我还有别的办法帮助你。等你驾驭巨牛犁了地，撒下的龙牙种子有了收获以后，你就往生长出来的人当中抛一块巨石。这时，从土里冒出来的那一伙狂躁的人就会群狗争食那样争夺那块石头。你可以趁这个机会冲到他们中间，把他们一个个砍倒杀死。然后你就可以心安理得地从科尔喀斯拿走金羊毛，想到什么地方去就到什么地方去。”

她说到这里，心中想到这位高贵的英雄就要航海远去，泪珠便悄悄地从面颊上流下来。悲伤使她忘了身份，她竟抓着他的右手伤心地说：“你回家以后，不要忘了我的名字，我也会想着你。告诉我，你将乘坐这艘美丽的船返回的祖国在什么地方。”

伊阿宋听了她的话十分感动，他说："请相信我，尊贵的公主，如果我能活下来，无论白天还是黑夜，我每时每刻都不会忘记你。我的故乡是伊俄尔科斯，普罗米修斯的儿子丢卡利翁在那里建立了许多城市，修了许多神庙。那里的人还不知道你们国家的名称。"

"外乡人啊，那么说你是住在希腊了？"美狄亚接着说，"那里的人比我们这里的人要好客多了，因此你不要讲你在我们这里受到过什么样的接待，你只要暗暗想着我就行了。哪怕这里的所有人都把你忘了，我也会想念你的。假如你忘了我，哦，但愿风能把一只鸟从伊俄尔科斯送到这里来，我会通过它让你想起我是怎样帮助你从这里逃出去的！啊，我真想亲自到你家里去提醒你记起我呀！"说着，她哭了。

"哦，善良的姑娘，"伊阿宋答道，"你说哪儿去了！如果你能来到希腊，来到我的故乡，哦，你肯定会受到那里的女人和男人的尊崇，你将像一个神似的被人礼拜，因为是你的计谋使他们的儿子、兄弟和丈夫免遭杀害，愉快地回到了故乡。而你是完全属于我的，除了死，任何人任何事都破坏不了我们的爱情。"

听他这么一说，她高兴得荡魄销魂。但一想到要离开祖国，她又感到无比忧伤。尽管如此，还是有一种奇异的力量推动她向往希腊，因为赫拉已在她心里撒下这种渴望的种子。

伊阿宋满足埃厄忒斯的要求

伊阿宋高高兴兴地回到同伴们中间。美狄亚走向她的侍女们，她轻捷地登上车，赶骡起步，骡便自动朝着回家的方向急奔。转瞬间，美狄亚回到了王宫。

这当儿，伊阿宋告诉他的同伴们，美狄亚刚刚交给他一种神奇的魔药，并拿出油膏来给大家看。所有的人都很高兴，只有伊达斯坐在旁边，气得直咬牙。第二天早上，他们派了两个人到埃厄忒斯那里去拿龙牙种。国王埃厄忒斯把当年卡德摩斯在底比斯杀死的那条龙的牙齿给了他们。把龙牙交给他们时，他很自信，因为他相信伊阿宋绝对不可能活到把龙牙种子撒到地里的时候。

就在这天夜里，伊阿宋按照美狄亚的吩咐沐浴，献祭赫卡忒女神。女神听到他的祈祷，从地下洞底走出来，那样子十分吓人，她周围是许多丑恶的龙，龙嘴里都衔着直冒火焰的橡树枝。地底的狗也围着她狺狺狂吠蜂拥而来。野草在她的脚步下不停地颤抖，法细斯河的女神们也吓得嗷嗷地号叫。连伊阿宋往回走时听到背后的嘈杂和犬吠也吓得毛发倒竖，但他一丝不苟地遵守着美狄亚的要求，决不回头，直到又回到同伴们中间。这时，朝霞已在高加索的雪峰上辉映。

埃厄忒斯穿上他与巨人战斗时穿过的那副坚硬的甲胄，戴上四羽的金盔，抓起四层皮革的重盾，除了他和赫拉克勒斯再也没有别的英雄能够举起它。他上了车，抖动缰绳，车便疾驰出城，后面跟着数不清的民众。他想参观这一幕话剧，却像亲自出战一样披挂起来。伊阿宋按照美狄亚的指导用油膏涂抹了他的剑、矛和盾。同伴们围着他，都想用自己的武器跟他的矛较量，但他的矛毫无损伤，他们的武器甚至不能使他的矛稍有弯曲。那支矛拿在他坚实的手中就像变成了石头一般。见到这个情景，伊达斯很生气，他举起剑来猛地向枪柄砍去，但剑就像铁锤落在铁砧上一样被挡回。英雄们看到可喜的胜利前景，都热烈地欢呼起来。

现在，伊阿宋用油膏涂抹了身体。他立时感到四肢增添了奇异的力量，双手脉络胀起，更加有力，渴望投入战斗。像一匹临阵前的战马，精神振奋，竖耳扬头，马蹄踏地，放声嘶鸣，伊阿宋也做好了战斗的准备，他伸展了一下身体，高抬起腿，手中举着长矛，挥舞着盾牌。英雄们随同他们的首领来到阿瑞斯田野，便遇到了国王埃厄忒斯和一大群科尔喀斯人。

船一到，伊阿宋就手持矛和盾跳到岸上，立刻收到一顶装满尖锐龙齿的金光闪闪的战盔。随后，他用一根带子把剑背在肩上，大步走上前来，像阿瑞斯或阿波罗一样威武庄严。他在田野上环顾四周，很快就看见了驾牛的金属轭放在地上，旁边有犁和铧，这一切器具都是铁制的。他仔细看了看这些农具，把枪头固定在长矛坚硬的矛杆上，又把战盔放在地下。然后他带着盾往前走，寻找公牛的足印。但这些被关在地洞里的牛突然钻出来，从另一侧向他猛冲。伊阿宋的朋友们见到这些怪物无不吓得失魂落魄，伊阿宋却叉开双腿，岿然不动，他持着盾牌，等待它们进攻，就像海边的岩石等待海浪冲击一样。公牛也真的晃着犄角向他冲来，但它们没能使他后退半步。就像在冶炼厂里风箱扇起熊熊的火焰，它们反复地咆哮，喷着火焰向前冲击，炽热的火光像耀眼的闪电射向这位英雄。但少女的魔药保护了伊阿宋。

最后，他终于从左侧抓住一头公牛的角，使出全身气力把它拖到放铁轭的地方。到了这里，他把它踢倒，让它跪在地上。他又用同样的方法制服了第二头牛；牛飞快地冲向他，他只一击就把牛打倒在地。然后，他甩开他那宽大的盾牌，在火舌的舔舐下用双手死死按住被摔倒的牛。连埃厄忒斯也禁不住惊叹伊阿宋的神力。

这时，卡斯托耳和波吕丢刻斯按照事先的安排，把放在地上的轭递给了他，他连忙把它套在牛脖子上。然后他又抬起犁套把它扣在轭的铁环里。那时孪生兄弟赶快跳离火焰，因为他们不像伊阿宋那样不怕火烧。伊阿宋则又拿起他的盾，抓起装满龙齿的战盔，手持他的矛赶着暴怒而又喷射火焰的公牛拉着铁犁往前走。由于拉犁的牛和扶犁者全都具有神力，土地犁得很深，巨大的土块嘎嘎响着，在犁沟里变得粉碎。他迈着坚定的步伐跟在后面，把龙齿撒在垄沟里，同时小心地往后头顾盼，看这些龙齿是否已经长成巨人向他追击。公牛迈着铁蹄往前走着犁地。

整片土地尽管足有四亩，但到了下午，已经全被不知疲倦的耕种者犁完了。他把公牛从犁上卸下来，用武器朝牛摆出威胁的样子，它们就越过开阔的田野逃跑了。他见垄沟里一直没有长出巨人，便回到船上去了。

同伴们围着他欢呼；他却什么也没有说，光是用战盔盛满河水咕嘟嘟地喝下去以解火烧火燎的焦渴。他活动了一下膝关节，心中充满再战的渴求，正如一头狂怒的野猪冲着猎人磨牙。这时，整片田野都长出了巨人，整个阿瑞斯圣林里到处都是盾牌和长矛，战盔闪闪发光，闪烁的光辉直达天穹。伊阿宋想起足智多谋的美狄亚的话：他轻而易举地搬起一个四个壮汉也抬不起来的巨大圆石，把它远远地抛到那些从地里生长出来的武士中间，他自己则勇敢而小心翼翼地藏在他的盾牌后边。科尔喀斯人大声呼叫，连埃厄忒斯也无比惊叹地注意到了伊阿宋怎样把巨石抛掷出去。那些从土里生出来的人突然像猛犬一样相互冲击撕咬起来，都呜呜地怒吼着相互残杀。他们在相互拼杀的长矛下像被旋风连根拔起的枞树或橡树一样，倒在他们的母亲大地上。当他们仍在酣战时，伊阿宋拔出宝剑，跳进去左砍右刺，把还立在那里的砍倒，把刚长到肩高的像割草一样削平，又割掉其余人的头。垄沟里血流成河，负伤者逃往四面八方，许多人一脸是血，又像从地里冒出来一样深深地沉到土里去。

国王埃厄忒斯不禁震怒了。他一句话也没说，便转身回城，心里只想着怎样才能更有把握地制服伊阿宋。

美狄亚夺得金羊毛

国王埃厄忒斯连夜把民间的长老召集到王宫里，商讨怎样智胜阿耳戈英雄们，因为他已确切知道，白天所发生的一切，没有他女儿的协助是不可能出现的。赫拉看到伊阿宋处境十分危险，便让美狄亚心中充满令人丧胆的恐惧，使她像一头在密林中听到猎犬狂吠的小鹿一样发抖。美狄亚立即预感到她对伊阿宋的帮助已被父亲发觉。泪水从她眼中夺眶而出，如果没有命运女神的阻拦，她就会用服毒自杀的办法结束她的痛苦。转瞬间，她又精神振作起来，她决心逃走。于是她铺好卧榻，亲吻门柱以示告别，用双手再次抚摩了一下卧室的墙壁，然后剪下一绺头发放在床上，给母亲留作纪念。

“别了，亲爱的母亲，”她泪汪汪地说，“别了，卡尔喀俄珀姐姐和宫里所有的人！哦，外乡人啊，你真不如在来到科尔喀斯之前就淹死在大海里呢！”

随后她就离开了她可爱的家，像一名囚犯逃离关押她的严酷的牢房。

她默默地念起咒语，宫廷的大门自动敞开。她光着脚奔跑，穿过侧面的窄路，不一会儿就到了城外，连守卫都没有认出她来。然后她一下子就走上了通往神庙的人行小道，她因为时常采集草根调制魔药和毒汁，对田野里所有的道路了如指掌。月亮女神塞勒涅看见她急急地奔走，便自言自语道：“原来受到爱情煎熬的不止我一人啊！你常常用你的魔法把我驱逐出天空，现在你自己也在为伊阿宋忍受巨大的痛苦啊！好了，那就走着瞧吧，你尽管诡计多端，也休想逃脱这痛苦的折磨！”塞勒涅这么对自己说着，而美狄亚却撒腿匆匆跑过去了。

到了船对岸，她高声呼叫她姐姐的小儿子佛戎提斯。佛戎提斯和伊阿宋都听出了她的声音，她喊了三声，他们也回答了她三声。英雄们听到这一喊一答，开始都很惊讶，接着就划船去迎她。船到对岸还没有停泊，伊阿宋就从甲板一跃而踏在岸上，佛戎提斯和阿耳戈斯也跟着跳上了岸。

“救救我吧，”美狄亚抱住她外甥的腿喊道，“让我们赶快从我父亲手中逃命吧！一切都败露了！趁他还没跨上快马追来前，我们赶快乘船逃走吧！我会给那条龙催眠，然后你们就可以把金羊毛拿到手。但是你，哦，外乡人啊，你要当着你同伴们的面对神发誓，到了异乡你也不会欺负我这个孤女！”

她说得这么悲伤，伊阿宋心里却感到无比喜悦。他温柔地扶起她，拥抱着她说：“亲爱的，宙斯和婚姻的保护神赫拉作证，回到希腊后我一定把你作为我的合法妻子带到家里去！”他一边发誓，一边把自己的手放在她的手里。

现在美狄亚吩咐众英雄连夜把船划到圣林去骗取金羊毛。英雄们摇船疾驶，船到后，伊阿宋和美狄亚从草野上的小道奔向圣林。他们在那里找到了那棵高悬着金羊毛的高大橡树，金羊毛透过夜色闪闪发光，就像朝阳照耀下的一片朝霞。对面，不眠的龙瞪着锐利的眼睛望着远方，伸着它的长脖子对着步步走近的人，同时发出可怕的咝咝声，连河边和森林都传来阵阵的回响。像火焰越过点燃的树林冲过来一样，这个怪兽鳞甲闪烁，蜿蜒向前爬行。美狄亚勇敢地迎上前，用甜美的声音祈求众神中最强大的睡神使怪兽入睡，又吁请冥府的神后为她降福。伊阿宋不无恐惧地跟在她身后，但美狄亚的神奇的歌唱已使毒龙迷迷糊糊地有了睡意。那毒龙弓起的背放松了，它那蜷曲的身躯伸展开来。只有那恐怖的头还直立着，张着大口想吞掉他们俩。这时，美狄亚一边念着咒语一边用一根杜松的枝条蘸着魔液向龙的眼睛里洒去，魔液的芳香迷得毒龙酣睡起来。现在，它的血盆大口闭上了，整个身躯伸展在长林中。

伊阿宋按照美狄亚的吩咐从橡树上拉下金羊毛，而美狄亚则继续往毒龙的头上喷魔液。然后，二人匆匆离开荫蔽的圣林。伊阿宋愉快地用双手捧着大张的金羊毛，那张金羊毛的反光把他的前额和金发照得金光闪闪，也照亮了他踏上远去的夜路。

天刚放亮，他们就来到了船上，同伴们把他们的首领团团围住，咂舌赞叹那如雷神的闪电一样放光的金羊毛。伊阿宋对朋友们说："现在，我亲爱的弟兄们，让我们赶快返回祖国吧。在这位姑娘的帮助下我们完成了这次远航的任务。为了报答她，我要把她当作我的合法妻子带回家去。但是你们要帮助我保护这位全希腊的恩人，我相信，埃厄忒斯很快就会到这里来，带着他的全体民众阻止我们的船驶出这条河的河口。因此，你们中间要有一半人摇桨，另一半人手持咱们的巨大的牛皮盾牌迎击敌人，保护我们返航。现在能否返回家乡，全希腊的荣辱，全都掌握在我们手中了。"

阿耳戈英雄们和美狄亚一起逃跑

在这同时，埃厄忒斯和全体科尔喀斯人都知道了美狄亚的恋情、行为以及她已经逃跑。他们全副武装，到市场上集合起来，就一路下坡向河岸进发。他们来到河口时，阿耳戈英雄们的船由于有不知疲倦的水手奋力摇桨，已经远远地行驶在高高的海上。埃厄忒斯举起双手，吁请宙斯和太阳神证明敌方的恶行，怒气冲冲地向他的臣民宣布：如果他们不从海上或陆上把他的女儿捉到带来见他，使他能严惩她，他们就全要被砍头。吓破了胆的科尔喀斯人当天就把他们的船推到海里，扬帆出海了。

顺风鼓满了阿耳戈英雄们的船帆，第三天曙光初照时，他们就把船停泊在哈吕斯河岸边。在这里，他们按照美狄亚的要求向拯救了他们的女神赫卡忒举行了献祭。这时，他们的首领和其他英雄突然想起了老预言家菲纽斯对他的建议：返程时要选择一条新路。但没有一个人熟悉这个地区。阿耳戈斯叫大家驶向依斯忒耳河。忽然，他们前进方向的上空，出现了一道宽宽的彩虹。

科尔喀斯人一直没有停止他们的追击，他们的船轻，行驶得比阿耳戈船快，所以先到了依斯忒耳河口，他们在这里埋伏起来。他们停泊在河口，也就堵住了阿耳戈英雄船入海的出路。阿耳戈英雄们有些害怕人数众多的科尔喀斯人，他们上岸占领了河中的一个岛。科尔喀斯人紧追不舍，一次遭遇战即将爆发。这时被困的希腊人提出进行谈判，双方谈妥：希腊人可以带走国王埃厄忒斯许诺过伊阿宋工作完成后应得的金羊毛。但是，国王的女儿美狄亚要交给他们带到另一个岛上的阿耳忒弥斯的神庙里去，然后让一位公正的邻国国王以公断人的身份判定她应该回到父亲家中，还是让她跟随英雄们到希腊去。

美狄亚听到这样的条件，心中充满痛苦和忧虑。她立刻把她的情人拉到旁边一个别人听不到他们说话的地方，含着眼泪说："伊阿宋，你打算怎样决定我的命运？你在紧要关头曾对天向我盟誓，保证我永远幸福，难道这一切你都忘到九霄云外去了吗？我实在太轻率了，竟然抱着对你的希望，抛弃了我最宝贵的一切，离开了我的祖国、我的家和我的双亲！为了救你，我才跟你漂泊在海上，是我的痴情让我帮你夺到了金羊毛。为了你我不顾少女的名誉，以你的情人、你的妻子和你的护理人的身份，随你到希腊去。因此，你应该保护我，不要把我一个人留在这里，不要把我交给别的国王去审判！如果那个公断人把我判给我的父亲，我可就要命归黄泉了。这样，你回去了还有什么快乐可言呢？宙斯的妻子，你自豪地奉为保护神的赫拉，她怎么能赞成你的这种行径呢？甚至可以说，假使你抛弃了我，总有一天你会十分痛苦，时时想念我。金羊毛也会像一场梦一样消失，落在冥王哈得斯手中！那时我复仇的灵魂将把你赶出你的祖国，就像我被你诱离我的祖国一样！”

她说话时，情绪异常狂躁，简直有心向船上放一把火，烧毁一切，自己也干脆跳进火海。

见到美狄亚这样一副表情，伊阿宋犹豫不决了。但他受到了良心的谴责，便温和地说：“我的善良的姑娘，请你镇静，我根本没把那个协议当一回事！只是为了你我们才设了这么一个缓兵之计，大批的敌人像乌云压顶一样把我们包围了。所有住在这里的人都是科尔喀斯人的朋友，他们都愿意帮助你的兄弟阿布绪耳托斯，让他把你抓到手带到你父亲那里去。如果我们现在开战，我们大家都将悲惨地送命；如果我们死了，让你成了敌人的俘虏，你的处境将更加绝望。确切地说，这个协议只不过是一个计策，一个使你的兄弟阿布绪耳托斯走向毁灭的诡计。一旦首领死了，邻国的朋友就不会再援助科尔喀斯人了。”

他就这样好言相劝，美狄亚听完即刻献了一条狠毒的建议：“你听我说，我已经触犯了一次成规，受厄运的蒙蔽铸成了大错。我没有退路，只能在罪恶的泥潭里往前走。如果你在交战中击退了科尔喀斯人，我愿意设计把我兄弟骗来，让他落在你的手里。你设一桌豪华的宴席招待他，然后我可以劝说使者们离开，说我要跟他单独谈话，这时你就可以把他杀死——我不会反对的——然后战胜科尔喀斯人。”

他们就这样布置了杀害阿布绪耳托斯的阴谋。他们送给阿布绪耳托斯许多礼物，其中包括一件楞诺斯的女王给伊阿宋的华丽紫袍。狡猾的少女告诉使者们，让阿布绪耳托斯夜黑人静时到另一个岛上的阿耳忒弥斯的神庙里来，她将设计让他重新得到金羊毛，然后把它带回去献给他们的父亲埃厄忒斯。至于她，她谎称，她是被佛里克索斯的儿子们抓走交给外乡人的。事情的进展完全如她所愿，阿布绪耳托斯为这些庄严的许诺所骗，便在黑夜乘船前往那个圣岛与他的姐姐会面。姐弟二人正在谈话，伊阿宋突然从埋伏处冲了出来，手中握着明晃晃的宝剑。美狄亚转过脸去，同时蒙上了面纱，不忍看到兄弟被杀的惨象，伊阿宋像宰杀一只献祭的羔羊一样，手起剑落，把美狄亚的兄弟砍倒在地。只有复仇女神在隐蔽处用她阴险的目光看到了这里发生的恶行。

伊阿宋洗去手上和脸上的血，把尸体埋葬了以后，美狄亚已经用火把向阿耳戈英雄们发出了事先定好的信号。英雄们立即冲向阿布绪耳托斯的随从，科尔喀斯人没有一个人生还。伊阿宋想援助他的同伴，也已经没有必要了，胜利已成定局。

阿耳戈英雄的返航

剩下的科尔喀斯人还没有醒过神来，英雄们已经按照珀琉斯的建议急速远去了。当科尔喀斯人得知发生的一切时，开始他们还想追击敌人。但赫拉从天上发出闪电警告他们，他们才被吓住了。他们知道，如果他们不把国王的儿子和女儿带回去，国王肯定震怒并严惩他们，所以他们就留在依斯忒耳河口有阿耳忒弥斯神庙的岛上定居了。

阿耳戈英雄们乘船经过许多海岸和岛屿，也经过了阿特拉斯的女儿卡吕普索斯居住的岛屿。他们相信他们已经看见远方正在升起故乡最高的山峰，这时，赫拉因为害怕盛怒的宙斯的计划，扇起了一阵暴风雨阻挡他们，于是船便被狂风刮到了荒无人烟的埃莱克特律斯岛。现在雅典娜安装在船龙骨中间的那块能宣示预言的木板开始说话了，他们仔细听了以后，无不大惊失色。“你们逃不脱宙斯的愤怒，也躲不开海上漂泊的命运，”那块空心的木板说，“除非女巫师喀耳刻禳解你们残忍杀害阿布绪耳托斯的罪孽。要让卡斯托尔和波吕丢刻斯向神明祈祷，请求诸神为你们在海上开辟一条小通道，指引你们找到太阳神和珀耳塞所生的女儿喀耳刻。”这就是阿耳戈船上的那块木板黄昏时说的话。

英雄们听到这个奇异的预言家宣示这样可怕的命运，无不胆战心惊。只有那对双生兄弟卡斯托耳和波吕丢刻斯站起身来，勇敢地祈求天上诸神的保护。但是船继续漂泊，冲进了伊里丹纳斯的内海湾，那里是法厄同被太阳车烧死坠海的地方。直到现在，他被烧灼的伤口仍然从河底喷出火焰和烟雾，没有一条船能轻易越过这片水域，它总是被卷入火焰里去。法厄同的几个姐妹，赫利俄斯的女儿们，已变成沿岸的白杨，它们在风中叹息，晶莹的琥珀泪珠落在地上，然后太阳把泪珠晒干，潮水把它冲到伊里丹纳斯河里去。

坚实的大船帮助阿耳戈英雄们脱离了这次危险，但他们失去了对一切饮食的欲望。因为白天有法厄同烧焦的尸体的恶臭从伊里丹纳斯河涌上来折磨着他们，夜间有赫利俄斯的女儿们的悲叹和像油滴似的琥珀泪珠滚落困扰着他们。赫拉发出温和的声音，提醒他们，给他们指明正确的道路，并放出黑雾罩住船，把船保护起来，他们就这样航行了许多日夜，经过刻尔提克家族的许多地方，直到终于看见提瑞尼亚海岸，紧接着就顺利地进入了喀耳刻居住的岛屿的港口。

在这里，他们找到了那位女巫：她正站在海滨，在海浪里洗头。她曾梦见她的卧室和房子里血流成河，火焰吞噬她用来麻醉外乡人的一切魔药，她则用手掬血把火浇灭。正当黎明时分，噩梦把她惊醒，她立刻下床跑到海边去冲洗她的衣裙和头发，好像她真的沾上了血污似的。成群的巨大猛兽跟随在她后面，就像牛群出棚跟在牧人后面一样，但这些猛兽和一般家畜不同，它们的头和身是一类动物的，四肢是另一类动物的。英雄们不禁心生莫名的恐惧，特别是因为他们只要看一眼喀耳刻的脸便可认出，她正是残暴的埃厄忒斯的妹妹。这位女神很快就转身回来了，她像对待家犬那样招呼和抚摩这些怪兽。

伊阿宋命令全体船员留在船上，只有他本人带着美狄亚跳到了岸上。一上岸，他就拉着这位不愿意去的姑娘朝喀耳刻的宫殿奔去。喀耳刻不知道这些陌生人到她这里来做什么。她请他们坐在漂亮的软椅上，他们却默默地、悲伤地坐在火炉旁边。伊阿宋把用来杀死阿布绪耳托斯的宝剑插在地上，双手按住剑柄，把下巴抵在手背上，不再睁开眼睛。喀耳刻这时才知道他们原来是祈求保护的人，立刻明白这与他们的被逐和一桩谋杀的罪恶有关。于是，她宰杀了一只刚生下来的母狗，把它作为牺牲献祭给宙斯，这些祈求者的保护神，然后请求宙斯允许她为他们净罪。她吩咐她的侍从，那些水中的女神，把赎罪用具带到海边来。她自己则站在那灶旁，焚烧圣饼，郑重地祈求复仇女神息怒，请求天父宽恕这些手上沾有谋杀血污的人。

这一切做完以后，她就让外乡人坐下，她坐在他们对面。她询问他们的职业和航行的情况，问他们从哪儿来，为什么在这里登陆，为什么要请求她的保护，因为这时她又想起了那个血腥的噩梦。当少女抬起头来注视她的脸时，少女的眼睛引起了她的注意，因为美狄亚和喀耳刻一样都是太阳神的后代，所有太阳神的后继者都有一双闪耀金光的眼睛。现在她要求这位逃亡的少女用母语说话，于是少女便用科尔喀斯的方言如实地讲述了埃厄忒斯和阿耳戈英雄们之间发生的不快，只是不肯承认谋杀兄弟阿布绪耳托斯的一节。但对女巫喀耳刻是什么也隐瞒不了的。她说："可怜的孩子，你很不正当地离家出走，又犯了一桩大罪。你父亲肯定会追到希腊去，为他被谋杀的儿子找你报仇。不过你在我这里不会再遭到什么灾难，因为你是祈求保护的人，又是我侄女。只是不能从我这里得到任何帮助。你赶快带着这个外乡人走吧，不管是谁我都不能管了。我既不赞成你的那些计谋，也不赞成你不光彩的逃跑！"听到这样的话，美狄亚十分痛苦。她蒙上面纱，伤心地哭起来，直到伊阿宋抓起她的手，她才踉踉跄跄地跟着他走出了宫殿。

然而赫拉很同情她的被保护人。她打发她的女使者伊里斯踩着七色彩虹的道路到下边把海洋女神忒提斯召来，让她保护阿耳戈英雄船。伊阿宋和美狄亚一跳上甲板，就刮起了和风。英雄们高高兴兴地起锚张帆。不久，他们就接近了一个百花盛开的小岛，这是骗人的女妖的住地，这些女妖惯以美妙的歌声诱骗过路者，然后让他们死在这里。她们都是半鸟半人的形体，总是坐在那里等候猎物，经过这里的外乡人没有一个可以幸免于难。现在它们也正在冲着阿耳戈英雄们唱美丽动听的歌，他们都听得入迷了，正准备抛缆上岸，就在这时，色雷斯的神歌手俄耳甫斯，从座位上站起来，弹奏起他的七弦神琴，以最强的声音压倒了那些鬼怪少女的歌声。同时一股嗖嗖响的神赐之风从船尾吹来，使得女妖的歌声全部消失在空中。同伴中只有波忒斯一人经受不住女妖歌声的诱惑，弃桨跳到海里，朝着那诱人的歌声游去。要不是阿佛洛狄忒看见了他，他早就没入海底了。她从漩涡中把他拽出来，抛在该岛的一个海岬上，从此以后他就生活在这个地方了。

科尔喀斯人继续追击

在阿耳戈英雄们又平安地躲过了一些危险之后，他们继续在大海上航行，来到了一个岛屿。这里住着善良的淮阿喀亚人和他们的贤明的国王阿尔喀诺俄斯。英雄们在这里受到了友好热情的接待，他们正想好好休息一下，科尔喀斯人的一支威武的队伍突然出现在海滨，敌方的船队是从另一条海路追到这里来的。他们要求阿耳戈英雄们把国王的女儿美狄亚交给他们带回她的家乡，他们威胁希腊英雄们说，如果埃厄忒斯亲自率领一支更强的部队追来，就要血战一场，后果将会更糟。当英雄们准备去迎战时，善良的国王阿尔喀诺俄斯阻止住了他们，而美狄亚则抱着国王的妻子阿瑞忒的双腿。“王后，我请求你，”她说，“别让他们把我带到我父亲那里去！我跟这个人逃跑不是由于轻率，而是因为实在太怕我的父亲。他带走我，是把一个少女带回他的家里去啊。请你怜悯怜悯我吧，诸神将赐你长寿，让你多子多孙，保佑你的城地获得不朽的英名。”

她又跪在每一个英雄的脚下求救。每个人都鼓励她振作起来，他们摇着长矛，拔出宝剑，向她保证：一旦国王把她交出去，他们就坚决援助她。

夜里，国王和他的妻子商量怎样解决这个科尔喀斯的少女的难题。阿瑞忒请求帮助这个少女，她告诉国王，伟大的英雄伊阿宋打算要美狄亚做他合法的妻子。阿尔喀诺俄斯本来就是心慈面善的人，他听妻子这么一说，心就变得更软了。“为了这些英雄和美狄亚，”他对妻子说，“我愿意刀枪相见，把科尔喀斯人赶走，但我们这样做会破坏宙斯的待客之道。再说，去惹恼强大的国王埃厄忒斯也不明智，因为即使他住得很远，他也有能力把一场战争强加给希腊。因此，你听着，我的决定是：如果这个姑娘还是处女，就应该把她还给她父亲；如果她已经成了那青年的妻子，我也不会把她从丈夫身边夺走，因为这时她已经属于这个青年，不再属于她父亲了。”

阿瑞忒听到国王做出这样的决定，非常惊慌。当夜她就派了一名使者到伊阿宋那里报告这一切，并劝他在天亮以前和美狄亚完婚。阿耳戈英雄们听到伊阿宋转达的意想不到的建议，都很高兴，于是在一个山洞里，俄耳甫斯奏起音乐，美狄亚便庄严地成为伊阿宋的妻子。

第二天早上，全副武装的科尔喀斯人已经站在岛的另一端了。国王阿尔喀诺俄斯遵照诺言走出宫殿，他手持黄金的王杖宣布对这个姑娘的判决。他身后是成群养尊处优的贵族，女人也都聚拢来参观希腊的著名英雄，许多村民也聚集到这里来了，因为赫拉已把这消息广为传布了。一切都在城墙前边准备好了，献祭的烟气一直升到天穹。英雄们等待决断已经等了好长时间。国王在他的宝座上就座以后，伊阿宋立刻走上前来，以发誓的语调断然宣布埃厄忒斯国王的女儿已经成为他合法的妻子。阿尔喀诺俄斯听完伊阿宋的声明，又见了见几个婚礼在场的证人，便以庄严的誓言判决道：不能交出美狄亚，而要把她作为客人保护起来。科尔喀斯人表示反对也毫无用处。国王宣称：要么他们作为和平的客人留居此地，要么乘船离开他的港口。他们害怕没把国王的女儿带回去，他们的国王会暴怒，于是便选择了第一个方案。第七天，阿耳戈英雄们赠给主人很多礼品，依依不舍地与国王阿尔喀诺俄斯告别，就又起程了。他们顺利地经历了几次冒险，驶进了他们的家乡伊俄尔科斯的港湾。

伊阿宋的结局

尽管伊阿宋经历了许多危险四伏的航行，把美狄亚从她父亲那里夺到手，卑鄙无耻地杀害了她的兄弟阿布绪耳托斯，伊阿宋也没得到伊俄尔科斯的王位。他不得不把王国让给珀利阿斯的儿子阿卡斯托斯，他本人则与年轻的妻子逃到科林斯去了。他在这里和美狄亚居住了十年，美狄亚为他生了三个儿子。前两个是双生子，取名忒萨罗斯和阿尔喀墨涅斯；第三个儿子提珊得耳比两个哥哥要小得多。在这些年里，伊阿宋爱她，尊敬她，不仅仅是因为她美若天仙，而且因为她见解高尚和别的许多优点。

后来，伊阿宋为科林斯国王克瑞翁的女儿格劳刻的美色所动，迷恋上了这个年轻的少女。他背着妻子美狄亚向这个少女求婚。得到克瑞翁同意，婚期已定时，他才找到妻子劝她自动解除婚约。他又向她发誓说，他想缔结这门新的婚姻，并不是因为厌倦了她，而是为了孩子着想，才力求与高贵的王室攀亲。

他的要求激起了美狄亚极大的愤慨，她愤激地呼唤神明为他以前的誓言作证。伊阿宋对此不予理睬，仍然决意要娶国王的女儿为妻。美狄亚在她丈夫的宫殿里绝望地四处游走。“我的命好苦啊，”她高声说，“但愿天火降到我头上把我烧死！我活下去还有什么意义呢？愿死神能可怜我！哦，父亲啊！哦，我可耻地逃离的故乡啊！哦，我所杀害的兄弟啊，现在你的血正流在我的身上！但是，惩罚我的不应是我的丈夫，我是为了他才犯了罪的呀！正义的女神啊，请你把他和他那年轻的恶毒女人毁灭吧！”

她正这样悲叹地徘徊时，伊阿宋的新岳父克瑞翁在宫殿里遇到了她。“你的目光里充满了敌意，”他招呼她说，“立刻带着你的孩子离开我的国家吧！不把你赶出我的国界，我是不会回宫的。”美狄亚强压着愤怒，语气镇静地说：“克瑞翁，你为什么怕我作恶呀？我跟你有什么仇怨？你干吗做出这种对我不利的事？你把你的女儿许给了你所喜爱的人，许给了我的丈夫，这跟我有什么相干？我只恨我的丈夫，在我面前他是有罪的。不过，木已成舟，就让她与他作为夫妻生活下去吧。但还是让我住在这个国家吧，我虽然受到了很大的伤害，我还是愿意保持沉默，屈从于权势者的。”

尽管美狄亚抱着他的双膝，以她怀恨在心的克瑞翁的女儿格劳刻的名义发誓，但克瑞翁见她眼里射出暴怒的光，仍然不相信美狄亚。“走吧，”他回答说，“让我减少点儿烦恼吧！”于是她便请求暂缓一天离境，好让她找一条逃亡的路，为她的儿子们选择一个避难地。“我不是一个狠心的人，”国王说，“过去，由于不恰当的畏缩不前，我做了不少愚蠢的让步。现在我也觉得自己做得并不聪明，那就照你说的办吧，小女子！”

美狄亚获准了她所企盼的延期放逐，她的心就变得更加狂暴了。于是，她便着手实施她的毒计。尽管这个毒计在她头脑里还很模糊，而且自己也不完全相信它有实现的可能，但她还是想最后试探一下，看她的丈夫能不能承认他的不义和罪恶。她来到他面前，对他说：“哦，你这个最坏的男人，我为你生了孩子，你还是背叛了我，要娶新人。如果我们没有孩子，我也许会原谅你，你倒还算有借口再娶，但现在你是不可饶恕的。我不知道，是不是你以为当初你发誓忠于我时统治世界的那些神不再管事了，还是人类又有了新的行动准则，允许你破坏你的誓言。我现在想把你当作我的朋友一样问问你，你告诉我：你打算让我到哪里去？为了爱你，我背叛了我的父亲，还谋杀了他的儿子，难道你要把我送回我父亲的家里去吗？或者你为我找到了别的可以安身的地方？是啊，你的前妻带着你的儿子在世上漂泊乞讨，你跟你的新人那才真的光彩呢！”

伊阿宋已经变得心如铁石。他答应给她和孩子们相当多的黄金，让她带着他写给朋友们的信去请求收容，但她鄙视地拒绝了这一切。“走吧，去结你的婚吧，”她说，“你将举行一次使你痛苦不堪的婚礼！”

她离开丈夫后，又有些后悔，觉得不该说出最后那句话。不过，这并不是因为她改变了主意，而是因为她担心他会注意到她的行动，阻挠她实施罪恶计划。因此她又一次找他交谈，以完全不同于之前的态度对他说：“伊阿宋啊，请你原谅我刚才所说的话吧！是盲目的愤怒使我做了错事。我现在看清楚了，你所做的一切确实会给我们带来最大的好处。我们是在穷困潦倒中流落到这里来的。你是想通过新的婚姻庇护你自己，照料你的孩子们，也照料我。一旦他们远离你一段时间，你就会召回他们，让他们分享兄弟相互友爱的幸福。过来，过来，孩子们，拥抱你们的父亲吧，像我一样跟他和解吧！”

伊阿宋果真相信美狄亚不再怨恨他了，因此心里非常高兴，他答应给她和孩子们最好的照顾。美狄亚则尽量让他更相信自己，她请求把孩子留在他身边，让她一个人离去。为了得到他的新妻子和他的新岳父的准许，她吩咐从她的储藏室里取出几件珍贵的金袍，让伊阿宋送给国王的女儿作为新婚礼物。考虑了好一阵子，伊阿宋才默许了，随即派一个侍从把这些赠品送到新娘那里去。但这些珍贵的衣服都是靠魔力用毒汁浸泡过的长袍，美狄亚假惺惺地跟她丈夫告别以后，便时时等待着她的一个可靠的传话人为她带来公主接受礼品后的消息。

传话人终于回来了，他朝美狄亚喊道："赶快上船逃走吧，美狄亚！你的情敌和她的父亲都死了。你的儿子们随着父亲走进那个新娘的屋子里时，我们所有的仆人都很高兴，因为仇恨将不再存在，事情将完全和解。年轻的公主两眼含笑欣喜地迎接你的丈夫。但当她看见孩子们，便用面纱遮住眼睛，掉过脸去，她讨厌他们的到来。伊阿宋竭力平息她的愤怒，为你说好话，同时在她面前摊开你的礼物。她一看见这些华丽的长袍，就被它们夺目的光彩所吸引，情绪大变，于是她答应了新郎的一切要求。你丈夫带着儿子们离开她以后，她急不可待地抓起赠品，披上那件金袍，把金花冠戴在头上，在明亮的镜子前面满意地欣赏自己。然后她慢步穿过各个房间，高兴得像一个穿上新装的天真烂漫的小姑娘。但不一会儿，这一幕活剧就起了变化。她突然脸上变了颜色，四肢颤抖，摇摇晃晃地往后倒退，还没来得及走到座位，就倒在地上了。她脸色煞白，两眼直往上翻，口里吐着白沫，于是宫殿里发出一片哭叫声。几个仆人赶忙去找她的父亲，另外几个仆人跑去找她未来的丈夫。这当儿，她头上那顶有魔力的花冠燃烧起来，直喷火焰，毒药和火焰吞噬着她的皮肉。她父亲哀号着跑过来时，只看见女儿变了形的尸体。他绝望地扑在她身上。那件长袍上致人死命的毒汁立刻浸入他的身体，他也很快死了。至于伊阿宋的情况我还不知道。"

关于这个恐怖事件的叙述非但没有使美狄亚息怒，反而更加燃烧起她的怒火。于是她变成了复仇的女神，快步如飞地跑去准备给她丈夫，也给她自己致命的一击。夜色降临时，她匆匆奔向儿子们睡觉的房间。"我的心啊，你也应该武装起来，"半路上她对自己说，"在做这个可怕但又必须做的事情时你为什么犹豫不决呢？不幸的人呀，忘记他们是你的孩子吧，忘记是你生了他们吧！在这一刻，我要忘记这一切。以后你再用整个一生悲悼他们！你现在要做的，是为了他们好啊。假如你不杀了他们，他们也要死在敌人手里。”

当伊阿宋赶来，寻找杀死他年轻的未婚妻的女凶手，准备复仇时，竟听到他的孩子们的惨叫。他走进屋门洞开的房间，发现儿子们都躺在地上死去了；但他没有看见美狄亚。他绝望地离开屋子，听到头顶的空中发出隆隆的响声。他抬头望去，看见那个可怕的女凶手正坐在她用魔法召来的、由龙驾着的车上腾空而去，离开了她复仇的现场。伊阿宋知道，再也没有希望惩罚她的罪行了。绝望攫住了他的心，对阿布绪耳托斯的谋杀又在撞击他的灵魂。于是，他便举剑自刎，倒在了他住房的门槛上。

（关惠文　译）

赫拉克勒斯的传说

赫拉克勒斯的出生

赫拉克勒斯是宙斯与阿尔克墨涅的儿子。宙斯的妻子赫拉嫉恨她的情敌阿尔克墨涅，也嫉妒她的这个被万神之父宙斯曾经宣布有伟大未来的儿子。自从阿尔克墨涅生下赫拉克勒斯，她相信他待在王宫中不会安全，因此把他放到另外一个地方，这个地方后来被称作赫拉克勒斯之地。如果不是一个美妙的奇遇，这个孩子在此地肯定会被忽视的。一天，他的敌人赫拉在雅典娜的陪伴下路过这里，雅典娜惊讶这个孩子有如此美丽的外表，赫拉怜悯他，并把他抱在胸前，让他吸吮众神之母的乳汁，可是这个孩子吸吮得太用力，不是他同龄人可比的。赫拉感到疼痛，气愤地把孩子扔到地上。雅典娜无限怜悯地把他又抱了起来，把他带到离此最近的城市，把孩子当作可怜的弃婴交给这里的王后阿尔克墨涅，请求她仁爱地抚养他。这也就是说赫拉克勒斯是被他的敌人救起的，并且她还成了他的继母。还有，赫拉克勒斯虽在赫拉的乳房上留下了一排牙印，但几滴神的乳汁的注入足以让他不死。

阿尔克墨涅一眼就认出了自己的孩子，欢喜地把他放入摇篮。但是赫拉也发觉到在她怀里的是谁，并察觉到自己是如何粗心地错过了报复的机会。她马上就命令两条可怕的蛇去咬死这个婴儿。两条蛇爬过阿尔克墨涅卧室敞开的门，在熟睡的母亲和女仆们发觉以前，爬到摇篮里，缠住孩子的脖子。赫拉克勒斯被惊醒，哭叫起来，他抬起头，这是他第一次证明他超人的力量，他两只手各抓住一条蛇的脖子，只用力一捏就掐死了它们。

女仆们这时才发现两条蛇，但是由于巨大的恐惧，不敢上前。阿尔克墨涅被孩子的哭声惊醒，她从床上跳下来，没来得及穿鞋，就惊叫着冲了过去，发现她的儿子已经扼死了两条毒蛇。现在底比斯的贵族们听到呼救声，拿着武器冲了进来。国王安菲特律翁把义子看作宙斯给予的礼物，他手拿着剑，也冲了进来，站在那里。他看到和听到的事情让他对这个新生儿的神力又高兴又惊惧。他把这件事当作一个先兆，召来了宙斯赋予先知和预言能力的忒瑞西阿斯。他对国王、王后以及在座的所有人预言，这个孩子将如何杀死陆地和海上的巨怪，如何战胜巨人，以及如何经历人间的苦难，最终享有神祇们永生的生命，并和青春永驻的女神赫柏结婚。

赫拉克勒斯的教育

当安菲特律翁从先知的嘴中得知这个孩子将来的命运时，他决定让他接受成为一个英雄的教育。他聚集了所有的英雄，请他们教授赫拉克勒斯各种各样的知识和本领。安菲特律翁自己传授他驾驶战车的技术；欧律托斯教授他弯弓射箭；哈帕吕科斯教他摔跤术与拳击术；卡墨尔克斯教他歌唱和演奏乐器；卡斯托尔教他全副武装地在战场上作战；阿波罗的儿子利诺斯教他拼写文字。

赫拉克勒斯是一个好学的学生，但是他不能忍受折磨。利诺斯是个脾气暴躁的老师，赫拉克勒斯有一次被他不公正地责打，于是他抓起一把里拉琴掷向老师的脑袋，老师立刻摔倒在地死去。虽然他很后悔，可还是因为这起谋杀案上了法庭，但是著名而公正的法官拉达曼迪斯宣布他无罪，并为此制定了一条法律，由于自卫而致人死亡者不得被判处死刑。

但安菲特律翁害怕他具有超凡神力的儿子再犯类似的错误，把他送到乡下去放牧。他在这里长大，并因为他比所有其他人都高大和强壮而出名。他高三米六，两眼炯炯有神，在射箭和投掷标枪的比赛中从没输过。他十八岁时成为希腊最漂亮和最强壮的男人。现在，该看看他会用天赋在人间为善还是为恶了。

赫拉克勒斯在十字路口

此时赫拉克勒斯离开放牧的人们和牧群走到一个僻静的地方，思考着他应该选择哪条人生的道路。正当他坐着沉思的时候，有两个高大的女人向他走来。一个高贵而礼貌，洁净、目光纯朴，穿着一尘不染的白色长袍。另一个丰满，妆容更显得她皮肤白皙。她身姿窈窕，看起来比实际高一些，身着长袍，尽显妩媚。她时常睁着双大眼睛注视着自己，然后又看看周围是否有人在注视自己，她也时常顾盼自己的影子。

当两个女人走近的时候，第一个仍然安详往前走，但第二个抢在另一个之前跑近这个年轻人，并跟他说起话："赫拉克勒斯！我看你还没决定你的人生之路。你愿不愿意选我做你的朋友？我可以让你过上舒适和安逸的生活：你不用花费精力去逃避麻烦，你不需要关心战争和交易，只要享受美酒佳肴；你的眼睛、耳朵，还有感觉会通过最舒适的感受而轻松愉快；你不用费力和工作就可在任何一处睡觉和享受这所有一切。万一你缺少什么，不用害怕，我不会让你的身体和精神受到重负，相反，你将享受到别人辛勤的果实而不用付出。因为我赋予我所有的朋友这样的权力。"

赫拉克勒斯听到这些诱人的建议，他诧异地问她："哦，女人，你叫什么名字？""我的朋友叫我幸福，"她回答，"不过我的敌人侮辱我，把我叫作'堕落的享受'。"

这时另一个女人也走了过来。"我来了，"她说，"亲爱的赫拉克勒斯，我认识你的父母，了解你的禀赋和你所受的教育。这些给了我希望，如果你选择我为你指的道路，你将成为在一切善良和伟大事业中的杰出人物。但我不会用享乐来欺骗你，我将告诉你神祇要人们做的事情。要知道，人们不经过劳动和辛苦，神祇是不会让他有所收获的。如果你希望神仁慈地待你，你必须崇敬神，如果你希望朋友尊敬你，你必须帮助他们……让国家对你的死表示敬重，你必须对国家尽你的职责，如果你要全希腊赞美你的德行，你必须成为希腊的恩人。你要收获，就要播种；你要战斗得胜，就要熟知战斗的技术；你要身体强壮，就要经历辛勤的劳动。"

"堕落的享受"打断了她的话。"你看，亲爱的赫拉克勒斯，"她说，"这个女人带你走的是一条多么漫长艰难的道路。相反，我将引领你走的是一条近便舒适的通往幸福的路。"

"可怜哟，""美德"反驳她说，"你怎能幸福呢？你享受了什么？你还没见到它们就满足了。你在还不饿的时候就吃饱了，你在还不渴的时候就喝足了。为了刺激食欲，你寻找厨师；为了加深酒瘾，你追求昂贵的美酒。在夏天你妄想下雪，没有一张床让你觉得足够柔软，你让你的朋友们在夜间穷奢极欲，白天睡觉。这就是为什么人们在年轻时享乐，年老时羞愧于他们的过去。而你自己虽然不朽，却被神祇放逐，被善良人所鄙视。你永远听不到最美好的声音：赞美；你永远看不到最悦目的事物：美好的工作。

“我则被神祇和所有善良的人关注：对于艺术家们，我是受欢迎的帮助者；对于父亲们，我是忠实的守护者；对于仆人们，我是可爱的帮助者。我是和平忠实的支持者，是战争中忠实的盟友，吃饭、睡觉、喝酒对于我的朋友来说要比对懒惰者更有意义。年轻人受到老年人的夸奖，老年人受到年轻人的尊敬。他们回忆过去的行为感到很满足，也感到现在很幸福。通过我，他们受到神祇和朋友的喜爱，被祖国尊重。最后，他们不是死得默默无闻，而是受到后世的赞扬和纪念。赫拉克勒斯，选择这样的生活吧，幸福将属于你。”

赫拉克勒斯的第一次冒险

幻象消失了，赫拉克勒斯又是独自一人了。他决定选择“美德”的路，而且很快就找到了做好事的机会。当时的希腊到处都是森林和沼泽，到处游荡着凶猛的狮子、粗暴的野猪和其他许多害人的野兽。古代英雄最大的目标就是伏击这些漫游在荒野中的恶魔和怪兽，把它们从国土上消除。赫拉克勒斯也注定要做这项工作。

当他回到国内时，他听说有一只可怕的狮子在喀泰戎山脚下糟蹋了国王安菲特律翁的羊群。年轻的英雄听到这些后，马上做出了决定。他武装好自己，爬上山去，战胜了狮子，扒下了它的皮披在身上，并用它的巨颚当作战盔。

当他冒险归来时，他遇到弥倪安斯的国王厄尔奎诺斯的一些使者，他们每年一次向底比斯人征收不义的和不公正的贡品。赫拉克勒斯把自己当成一切被压迫者的斗士，迅速地解决了这些曾多次苛待过希腊的使者，并砍断他们的双足，把他们捆绑着送回到他们的国王那里。厄尔奎诺斯要求把闹事者交出来，底比斯的国王克瑞翁惧怕他的势力，准备服从他的命令。

赫拉克勒斯说服一些勇敢的年轻人去反抗敌人。只是谁家也没有武器，因为弥倪安斯人解除了整个城的武装，这样底比斯人就不会反抗他们。这时雅典娜召唤赫拉克勒斯到她的庙里，用自己的武器武装他，其他年轻人则取用庙里挂着的武器，这些都是以前缴获并献祭的战利品。武装好的英雄们组成一支小型的队伍与逼近的弥倪安斯人在一个峡谷相遇。在这里，敌人强大的兵力发挥不了作用。厄尔奎诺斯自己战死，他几乎全军覆灭。但是在战斗中赫拉克勒斯的继父安菲特律翁也丧生了。赫拉克勒斯在打完这次战役后，很快开始进攻弥倪安斯的首都俄耳科墨诺斯，并攻入城里，烧毁国王的城堡，毁坏了这座城。

整个希腊都赞美他的勇敢，底比斯的国王克瑞翁为了向这个年轻人表示敬意，把自己的女儿墨伽拉嫁给了他，她后来给他生了三个儿子。神祇也给了这个半神人许多礼物：赫耳墨斯送给他一把剑，阿波罗送给他神箭，赫淮斯托斯送他一个金箭袋，雅典娜送他一件盔甲。

赫拉克勒斯与巨人战斗

赫拉克勒斯很快就得到一个机会来报答神祇们的高贵礼物。大地女神唆使她的儿子们反对宙斯，因为宙斯曾经放逐她更年长的儿子提坦们到塔耳塔洛斯。这些有着可怕的面孔，长发长须，并以鳞片斑驳的龙尾代足的巨大怪物是盖亚与天神乌拉诺斯生下的。巨人们从地下冲到广阔的田野，来到忒萨利亚的佛勒格拉。天上的星星见到他们变得苍白，阿波罗也掉转他太阳车的方向。

“去吧，为我和那些年长的神祇的子孙们报仇，”地母对他们说，“老鹰在啄食普罗米修斯，秃鹰在撕扯提堤俄斯，阿特拉斯必须背负天空，提坦们在围栏里。去吧，报仇吧，去救他们！带着我的身体，用山当作天梯和武器！爬上闪耀光芒的殿堂！你，堤福俄斯，从宙斯手中攫取神杖和雷电。你，恩刻拉多斯，去征服海洋，赶走波塞冬！洛托斯去把太阳神的缰绳夺过来，波耳费里翁去夺取德尔斐的神坛。”

听到她的话，巨人们欢呼着，好像他们已经夺取了胜利，好像他们正拽着波塞冬或者阿瑞斯，好像他们正扯着阿波罗美丽的鬈发。一个巨人在想阿佛洛狄忒已经是他的妻子，另一个想着阿耳忒弥斯，第三个又想着雅典娜。他们就这样向着忒萨利亚的山走去，要从那里暴风般地扑向天堂。

就在这个时候，天神的使者伊里斯召集所有的神祇们到一起——包括住在水中和河里的，她甚至召来了冥府里的命运女神。珀耳塞福涅离开她的冥土和她的丈夫——缄默者的国王，驾着怕光的马车来到光芒四射的奥林匹斯山。如同在一个被敌人袭击的城市，居民们从四面八方聚到一起来保护他们的城市一样，神祇们聚在万神之父的家中。“集合在一起的神祇们，”宙斯说，“你们看到，地母是如何同她的孩子们阴谋反对我们的。她派遣来多少个儿子，我们就还她多少具尸体！”当万神之父说完的时候，天上发出一声惊雷，地母盖亚也用猛烈的地震回击他。大自然陷入了混乱，一切如同开天辟地时一样，因为巨人们将一座座的山连根拔起。他们把俄萨山、佩利翁山、俄塔山和阿托斯山拽到洛多珀山，并把它们叠到折断的洛多珀山上，往神祇们住的地方爬去，还用点燃的松树和巨大的岩石块向奥林匹斯山暴风雨般地猛击。

众神曾得神谕告之，天神们消灭不了这些巨人，只有同人类一起作战才可以杀死他们。盖亚获得这个信息，因此想找一种药物让她的儿子们不会被人类伤害；确实有这种草药，但宙斯抢到了她的前面，他禁止黎明、月亮和太阳发光，当盖亚在昏暗之中到处寻找这种药物时，他自己飞快地去割掉它，并让他的儿子赫拉克勒斯经过雅典娜的召唤来参加战斗。

此时，奥林匹斯山上，众神已经投入战火之中了。阿瑞斯驾驶着他的战车，冲到敌群之中，他的金色盾牌比火焰还要亮，钢盔上的缨子在风中飘动。他杀死了蛇足的巨人珀罗洛斯，然后驾车碾过他扭曲的身躯，但直到这个巨人看到刚登上奥林匹斯山最后一级台阶的赫拉克勒斯，他的三个灵魂才出窍而死。

赫拉克勒斯环视了一下战场，用箭射死了堤福俄斯，堤福俄斯立刻跌落下山顶，但当他一触摸到大地，马上又复活了。听从了雅典娜的劝告，赫拉克勒斯也跟着下山，把堤福俄斯从他出生的大地上举了起来——后者一离开大地就死去了。

现在巨人波耳费里翁同时威胁着赫拉克勒斯和赫拉，要一个人与他们战斗。但宙斯马上就让他产生了要看一看这个女神漂亮面孔的念头，当他拽下赫拉的面纱时，宙斯用雷电击中他，赫拉克勒斯补上一箭，结果了他的性命。接着巨人厄菲阿耳忒斯的作战队伍出现，他们都睁着闪烁发光的眼睛。“对于我们的箭来说，这是多明显的目标啊！”赫拉克勒斯大笑着对站在他身边的阿波罗说，阿波罗射中了巨人的左眼，赫拉克勒斯射中了巨人的右眼。狄俄尼索斯用神杖击倒了菲托斯；赫淮斯托斯如下冰雹般掷出一阵灼热的铁弹，将克吕提俄斯打倒在地；雅典娜则举起西西里岛向正在逃跑的恩刻拉多斯掷去。那个被波塞冬追击的巨人波吕玻忒斯逃到科斯岛，但是海神将这个岛屿撕下一块将他压住。赫耳墨斯头上戴着普路同的隐形战盔，杀死了希波吕托斯，命运女神们则用铜棒击毙了另外两个巨人。其他的则被宙斯的闪电击毙或被赫拉克勒斯用箭射死。

由于赫拉克勒斯的这些功绩，众神对于这个半神人心存好感。宙斯封所有参加这次战斗的神祇为奥林匹斯神，这个名称用来区别勇敢者与懦弱者。宙斯也把这个称号赐予了他在人间的两个儿子：狄俄尼索斯和赫拉克勒斯。

赫拉克勒斯和欧律斯透斯

在赫拉克勒斯出生之前，宙斯曾当着众神宣布，珀耳修斯的长孙，将统治珀耳修斯的所有子孙。这个荣誉本来是要给予他和阿尔克墨涅的儿子的。但是阴险的赫拉，为了不让她情敌的儿子得到这个荣誉，让同样是珀耳修斯孙子的欧律斯透斯比赫拉克勒斯提前出生，因此欧律斯透斯成了阿耳戈斯地区的迈锡尼的国王，而后出生的赫拉克勒斯则成了他的臣民。

欧律斯透斯担忧地注意到他年轻手足的声誉越来越高，于是向对待仆人一样派给他不同的工作去做。因为赫拉克勒斯不愿服从，宙斯于是命令他为阿耳戈斯的国王效力。但是赫拉克勒斯不愿意听命于人类，他来到德尔斐请求神谕。神谕给了他这样的回答：被欧律斯透斯窃取的统治权会被神祇进行纠正，但是赫拉克勒斯必须完成欧律斯透斯要他做的十件工作，然后才可升为神。

赫拉克勒斯由此陷入了深深的忧郁中：服从一个低微的人，这违背了他的自尊以及他的尊严；但是不听从他的父亲宙斯，会带来灾祸，而且也是不可能的。这时赫拉觉察到这点，并使他的烦闷转变为野性的暴怒。赫拉克勒斯完全疯了，他甚至想谋杀他珍爱的侄儿伊俄拉俄斯。当他的侄儿逃跑时，他射死了墨伽拉为他们生的儿子，他想象自己是在射杀巨人。他疯狂了很久，直到他清醒过来，克服了所遭遇的巨大不幸。最终，时间缓解了他的苦闷，他决定接受欧律斯透斯要他做的工作，并且来到了国王的领地提任斯。

赫拉克勒斯最初的三件工作

国王交给他的第一件工作是要他把涅墨亚狮子的毛皮带回来。这个庞然大物栖身于伯罗奔尼撒的森林里，人类的武器不能伤到它。有些人说它是巨人堤丰和巨蛇厄喀德那的儿子，还有些人说它是从月亮上掉下来的。

赫拉克勒斯出发到克勒俄奈去追捕狮子，在那里他受到了一个叫摩罗科斯的穷苦人的热情招待。他遇见摩罗科斯时，摩罗科斯正要为宙斯宰杀祭祀品。“好人，”赫拉克勒斯说，“让你的动物再多活三十天吧。那时如果我幸运地打猎归来，你再为宙斯宰杀他们吧。如果我死了，你就把我当作长眠的英雄祭祀。”

赫拉克勒斯继续出发，他背着箭袋，一手拿着一张弓，另一只手拿着用连根拔起的野生油树做成的木棒，这是他在赫利孔发现的。一天后他到达涅墨亚森林，赫拉克勒斯用目光扫视各个角落，要在狮子发现他之前找到这个巨大的动物。中午时分，他没有找到涅墨亚狮子的足迹，也没有打听到通往它兽穴的小路，因为在森林里他没有遇到一个牧人，所有的人都由于害怕而远远地躲在自己的农庄里。

整个下午他走遍了树叶茂盛的树林，他决定在他发现狮子时证实一下自己的力量。黄昏时分，这只狮子顺着林间小道跑了出来，在狩猎之后返回到它的峡谷，它已经饱餐一顿血肉。赫拉克勒斯躲在茂密的灌木丛后，远远地看着它，等狮子靠近，就向它的肋骨和胯之间射了一箭。但是这一箭并没有射到肉里，就像射到石头上，弹了出来，落到长满苔藓的地上。狮子向上抬起了它血淋淋的头，转动眼珠四处寻找，并且张开大嘴露出可怕的牙齿。现在它的胸部正对着半神赫拉克勒斯，于是他很快向它的心脏中心射出第二支箭。但这一次又没有成功，箭被弹了出来落在巨兽的脚下。当狮子看到赫拉克勒斯时，他马上又向它射出第三支箭。狮子把它的长尾夹在两腿之间，脖子因恼怒而肿胀，它的鬃毛竖了起来，背部弓起，跳向它的敌人。赫拉克勒斯扔掉手中的箭和背上的兽皮，右手挥动着木棒打向狮子。当它从地上跳起一半时，他击中了它的脖子。在它开始喘息之前，赫拉克勒斯抢先冲过来，他扔掉弓和箭袋，腾出手从后面扑向狮子，用手臂勒紧它的咽喉，直到它窒息而死，它可怕的灵魂回到冥王哈得斯那里。

他试了很久要把狮子的皮剥下来，可是它的皮不被铁器和石器所伤，赫拉克勒斯终于想到用狮子自己的利爪来剥，最后狮子的皮被剥了下来。后来他用这张狮子皮给自己做了面盾，用它的上下颚给自己做了一个新的头盔，而现在他穿起他来时的衣物，带着武器，把涅墨亚狮子皮扛在肩上，回提任斯去。

当他回到正直的摩罗科斯的家时，正是第三十天。当英雄进入农庄时，摩罗科斯正准备祭祀赫拉克勒斯。现在他们一起祭祀宙斯。之后，赫拉克勒斯高兴地与他告别。当国王欧律斯透斯看到赫拉克勒斯带着这可怕动物的皮归来时，他被赫拉克勒斯非凡的神力吓得躲在一只锅里，他通过科普柔斯把命令传达给城外的赫拉克勒斯。

英雄的第二件工作是杀死许德拉，许德拉正是堤丰和厄喀德那的女儿。它来到陆地上，撕碎牲畜，使田野成为荒野。许德拉是一条巨大的九头蛇，其中八颗头是可以杀死的，但中间的那一颗是杀不死的。赫拉克勒斯勇气十足地面对这次战斗：他马上驾车和他的侄子伊俄拉俄斯向勒耳那出发。

终于，他们在阿密摩涅河的源头发现了许德拉，那是它的洞穴。赫拉克勒斯让伊俄拉俄斯勒住马，他跳下车点燃箭想把九头蛇从它的洞中逼出来。果然许德拉喘着气冲了出来，它摇摆着的九条细长的脖子，就好像狂风中摇摆的树枝。赫拉克勒斯无畏地向它走去，用力抓住它。它却缠住他的一只脚，不打算正面交战。赫拉克勒斯试着用木棍打它的头，但是没有成功。因为打掉了一个头，它就又长出了两个头。赫拉克勒斯叫伊俄拉俄斯来帮忙，伊俄拉俄斯用烧着的树枝点燃附近的树林，火焰烧灼巨蛇刚刚生出来的头，使它不能长大。最后，赫拉克勒斯砍下了许德拉不死的那颗头，把它埋在路上，并推了块巨大的石头压在上面。他把许德拉的躯干分为两段，并把他的箭浸在它有毒的血液中，从此以后，被他射中的敌人无药可治。

欧律斯透斯的第三件任务是生擒刻律涅亚山的赤牝鹿。这是一只非常漂亮的动物，它有金色的鹿角和铜脚，在阿耳卡狄亚的山上吃草。它是女神阿耳忒弥斯用于狩猎练习的五只鹿之一，只有它被留在森林中，因为命运决定赫拉克勒斯辛苦地追逐它。他追逐它整整一年，经过许珀耳玻瑞俄和伊斯忒耳河的源头，终于在拉冬河追到了它。因为没有别的办法可以抓住它，所以他用箭使它瘫倒在地，并把它背起来。在那里他遇到了女神阿耳忒弥斯和阿波罗。他们责备他要杀死女神的祭祀物，并想夺走他的猎物。赫拉克勒斯为自己辩护说："我不是故意这样做的，伟大的女神，我是被逼无奈，否则怎样才能完成欧律斯透斯给我安排的任务呢？"他这样平息了女神的愤怒，带着生擒的牝鹿回到迈锡尼。

赫拉克勒斯的第四、五、六件工作

紧接着他开始执行第四件任务：活捉厄律曼托斯山的野猪。它同样是阿耳忒弥斯的祭祀物，厄律曼托斯一带一直受到它的祸害。在他开始这次冒险的路上，他遇到了西勒诺斯的儿子福罗斯。他同所有马人一样是半人半马，他对待客人十分友好，把烤肉给客人吃，虽然他们自己吃生肉。但赫拉克勒斯向他要求美酒来佐食这顿佳肴。"亲爱的客人，"福罗斯说，"在我的地窖里正好有一罐酒，但它属于所有的马人；我不敢打开它，因为我知道，马人们不喜欢客人。""勇敢地打开它，"赫拉克勒斯回答，"我向你保证，保护你不受任何人攻击，我现在很渴。"

这罐酒原是交给一个马人的，并命令他不要自己打开，直到一百二十年后赫拉克勒斯来到这个地方。现在福罗斯走到地窖，他刚刚打开罐子，所有的马人都闻到了这罐陈年葡萄酒的香味，他们蜂拥而来，向福罗斯的地窖扔石块和树枝。第一个冒险闯入者被赫拉克勒斯用燃烧的树枝赶了出来。他边射箭边追赶其余的马人，直追到赫拉克勒斯的老朋友、善良的马人喀戎居住的玛勒亚半岛。马人们逃到喀戎这里，赫拉克勒斯弯弓向他们射了一箭，箭穿过另外一个马人的肩膀，不幸地射中喀戎的膝盖，钉在那里。现在赫拉克勒斯认出了他童年时的朋友，他关心地跑上前，把箭拔出来，给他敷药，那药正是精通医药的喀戎亲手送给他的。但是由于箭曾在许德拉的毒血里浸过，所以伤口是不可治愈的。马人要他的兄弟们把他抬到他的洞中，希望在好朋友的怀中死去。可怜的喀戎忘记他是不死的。赫拉克勒斯挥泪告别被痛苦折磨的马人，并向他许诺，不惜任何代价要求死神——苦难的解脱者到这里来。

当赫拉克勒斯和其他马人回到他朋友的洞穴中时，他们发现福罗斯死了。这是因为福罗斯一边把那支置马人于死地的箭拔出来，一边想为什么区区一支箭会射死巨大的生物。而这支有毒的箭从他的手中不慎滑落下来，刺伤了他的脚，他毒发立即毙命。赫拉克勒斯非常悲伤，他为福罗斯举行了隆重的葬礼，将福罗斯埋在大山下面，后来这座山就被称为福罗山。

赫拉克勒斯继续出发，寻找野猪。他大声叫喊，把它从茂盛的灌木丛中赶出来，跟着它爬进雪山，他用绳索套住这只野物，把它活着带到迈锡尼，完成了他的使命。

国王欧律斯透斯派他去做第五件工作，一件英雄不屑去做的工作。他需要在一天内把奥革阿斯的牛棚打扫干净。奥革阿斯是厄利斯的国王，拥有非常多的牛。他的牛分年龄在宫殿前面用篱笆围起来，这三千只牛已经被养了很长时间，牛粪也就堆积很高。赫拉克勒斯要在一天内完成这个不可能完成的工作。

而当这个英雄站在奥革阿斯面前，自愿提出这个请求时，没有提及欧律斯透斯国王的命令。奥革阿斯打量这个披着狮皮有着健美身材的人，想到如此一个高贵的战士愿做奴隶做的工作，就忍不住要笑出来。但他又想：重赏之下必有勇夫，或者他来做这事是贪图厚利。他想给他重赏是无妨的，因为在一天内将牛棚打扫干净，这是无论何人都不能做到的。因此，他安慰赫拉克勒斯说："听着，外乡人，如果你能够在一天内把所有的牛粪打扫干净，我将把牛群的十分之一奖赏给你。”

赫拉克勒斯接受了这个条件，国王以为他将开始挖粪，但赫拉克勒斯先叫来奥革阿斯的儿子费琉斯来为此作证，然后在牛棚的一边挖了条沟，让阿尔甫斯河和珀涅俄斯河通过渠道流进来，把牛粪冲掉，又通过另一个出口流走。他就这样完成了这项工作，没有贬低自己去做挖粪的工作。

当奥革阿斯得知赫拉克勒斯是奉欧律斯透斯的命令来完成这件事后，他拒绝付酬金，并且否认他曾许下的诺言。但他解释说，他准备让法官来解决此事。当法官开庭裁判时，费琉斯出庭作证反对自己的父亲并且解释说，在赏金上他父亲确与赫拉克勒斯达成协议。奥革阿斯不等宣判结果，而是盛怒之下命令儿子放弃自己的地位和财富，如外乡人一样离开。

经历了这次新的冒险，赫拉克勒斯回到欧律斯透斯那里。但欧律斯透斯却宣布他这次工作无效，因为赫拉克勒斯从中获得了报酬。于是他马上派赫拉克勒斯去开始第六次冒险——驱赶斯廷法罗斯湖的怪鸟。这是一群硕大的隼鹰，像鹤一样大，有着铁翼、铁嘴和铁爪。它们栖身于阿耳卡狄亚的斯廷法罗斯湖边，它们的羽毛可以像箭一样射出，它们的嘴可以啄穿铜盾。它们在那里伤害了许多人畜。

赫拉克勒斯在经过短暂的旅程之后到达了湖边的树丛中。在这片树林里他刚好遇到一大群怪鸟，它们正在逃避狼群的袭击。赫拉克勒斯无措地站在那里，他望着这些怪鸟，不知该如何对付这一大群敌人。他感到有人轻轻地拍他的肩，回头一看，是雅典娜。她给他两面坚硬的铜钹，这是赫淮斯托斯为她铸造的，用它来对付斯廷法罗斯湖的怪鸟。赫拉克勒斯爬到靠近湖的一个小山上，敲击铜钹吓唬怪鸟们。它们由于忍受不了这种刺耳的呼啸声，恐惧地飞出树林。赫拉克勒斯抓起弓，一箭箭地将它们从空中射下来。逃走的怪鸟则离开这个地方，不再回来了。

赫拉克勒斯的第七、八、九件工作

克里特的国王弥诺斯曾对海神波塞冬许诺，将海中最先浮出的东西祭献给他，因为他强调自己没有一个值得献给如此高贵的神的动物。波塞冬要考验一下他，让一头美丽的牛浮出海面。弥诺斯把这只体形美丽的牛藏在自己的牛群里，用另一头牛来替代祭祀海神。海神因此非常愤怒，作为惩罚，他让这头牛发病，并在克里特岛上造成巨大的混乱。赫拉克勒斯的第七件工作就是驯服它，并把它带到欧律斯透斯这里。

当赫拉克勒斯带着这个使命来到弥诺斯这里，弥诺斯为可以除去这个破坏者感到非常高兴，他亲自帮助赫拉克勒斯去捕捉这只发狂的动物。欧律斯透斯对这个工作结果十分满意，虽然在满心欢喜地看过这只动物后就把它给放了。当这头牛感到不再有赫拉克勒斯的控制后，它又开始发狂。它跑遍了整个拉科尼亚和阿耳卡狄亚，通过海峡跑到阿提卡的马拉松，把这里破坏得像以前在克里特岛一样，一直到很久以后忒修斯才又驯服了它。

赫拉克勒斯的第八件工作是要将色雷斯的狄俄墨得斯的牝马带回到迈锡尼。狄俄墨得斯是阿瑞斯的儿子，他是好战的比斯托涅斯族的国王。他拥有这些狂野强壮的牝马，它们被人用铜槽和铁链锁住。它们的饲料不是燕麦，而是来到城堡的不幸的外乡人，他们被扔到马槽里，牝马将他们的肉作为食物。当赫拉克勒斯来到这里时，他首先抓住这个凶残的国王，把他扔进马槽里，然后制服了马厩中的看守者。牝马们饱餐之后，变得驯服了，于是赫拉克勒斯把它们赶到海边。但是比斯托涅斯人拿着武器追了过来，赫拉克勒斯只得转身与他们战斗。他把这些牝马交给他最好的朋友和追随者阿布提洛看守——他是赫耳墨斯的儿子。当赫拉克勒斯把比斯托涅斯人打跑回来时，他发现他的朋友已经被牝马撕裂。他深深地哀悼阿布提洛，并为纪念他建立了阿布提洛城。然后他再次驯服牝马，平安地把它们带给欧律斯透斯。

第九项工作是对抗阿玛宗人。他的这次新历险是要把阿玛宗人的女王希波吕忒的腰带带给欧律斯透斯的女儿阿特梅塔。阿玛宗人住在蓬托斯的忒耳摩冬河畔。这是一个女人国，她们买卖男人，并且只养育她们的女儿。她们成群结队地去作战，希波吕忒是她们的女王。她戴着战神亲自送她的腰带，以显示她的荣誉。

赫拉克勒斯召集一些自愿前往的战友到一条船上，在经过许多的冒险后，他们到达了阿玛宗城的忒弥斯库拉海港。在这里阿玛宗的女王遇到了他，英雄的俊美引起了她的注意。当她探听到他来此的目的时，她答应把腰带给他。但是赫拉——赫拉克勒斯的不可调解的敌人变成一个阿玛宗人的样子，混在其他人中间，传播谣言，说有个敌人要拐走她们的国王，所有的人即刻都骑上马到城外对赫拉克勒斯进行攻击。普通的阿玛宗人和赫拉克勒斯的随从战斗，高贵的阿玛宗人与赫拉克勒斯本人进行艰苦的战斗。第一个与他战斗的人叫作埃拉或风娘，她以快速著称。但她发现赫拉克勒斯比她还要快，她不得不屈服，并在逃跑时被他抓住杀死。第二个敌人刚与他交手就倒下了。第三个叫普洛托厄，她曾在一次战斗中连胜七人。在她失败后，又有八个人倒下，其中三个曾被选为阿耳忒弥斯的狩猎伙伴。阿尔喀珀这位曾经发誓终身不嫁的女子也死了。此后阿玛宗人的领队墨拉尼珀也被捉住，赫拉克勒斯捉住了所有的逃跑者，女王希波吕忒把腰带交了出来，就像她在战前许诺过的那样。赫拉克勒斯把它当作赎金，放了墨拉尼珀。

赫拉克勒斯的最后三件工作

当赫拉克勒斯把国王希波吕忒的腰带放到欧律斯透斯的脚下时，后者不允许他休息，而是命他马上出发，把巨人革律翁的牛带来。这是在伽得伊拉的海湾上，名叫厄律提亚岛上的一头漂亮的棕红色的公牛，它由一个巨人和一只两个头的狗看守着。革律翁长得无比巨大，有三个身躯、三个脑袋、六条胳膊和六只脚，还没有一个人类来向他挑战过。

赫拉克勒斯为这次艰巨的工作做了许多准备。他要与著名的伊柏里亚国王克律萨俄耳，也就是革律翁的父亲作战；除了革律翁，还要与克律萨俄耳的三个儿子作战。他们每人都拥有由好战的男人们组成的人数众多的军队。由此可以看出，欧律斯透斯在交给赫拉克勒斯每件工作时，都希望他憎恶的这个人的生命能够在这样一场战斗中结束。

但是赫拉克勒斯并不惧怕他面对的危险，就像先前一样。他在克里特岛上——这个岛是他从野兽的威胁下解放出来的——集结好他的军队。他们首先到达利比亚，在这里他与盖亚的一个巨人儿子安泰俄斯格斗，安泰俄斯一触摸到他的大地母亲，就可以重新恢复力量。赫拉克勒斯用强有力的手臂将他抱起，并把他举起来，在空中把他扼死。赫拉克勒斯把食人的动物从利比亚清除干净；在他去完成任务时，他遇见的都是这些野兽和邪恶的人在进行残酷而不公平的统治，所以他痛恨这些野兽和邪恶的人。

经过长时间的跋涉，赫拉克勒斯来到了大西洋。在这里，他找到了有名的赫拉克勒斯双柱。

太阳在可怕地燃烧着。赫拉克勒斯不能忍受，他瞄准天空，弯弓搭箭威胁要把太阳神射下来。太阳神钦佩他的勇气，借给他一只金碗让他可以继续前进，太阳神每晚用它从地面回到天上。赫拉克勒斯用这只碗和他的同伴们向对面的伊比里亚航行。

在这里他发现了克律萨俄耳的三个儿子和三支庞大的军队，三支军队都在相距不远处扎营，但赫拉克勒斯只用两次战斗就杀死了他们的统帅，征服了这片土地。

然后他来到了厄律提亚岛，革律翁和他的牧群居住在这里。当那只两个脑袋的狗发现赫拉克勒斯到来时，它想逃跑。但赫拉克勒斯还是用棒子打死了它，虽然当时巨大的牧牛人也来帮忙。赫拉克勒斯绑住那头牛，但是革律翁抓住他不放，于是开始一场恶战。赫拉现身亲自帮助巨人，但赫拉克勒斯一箭射中她的胸部，女神惊恐地逃走。他第二箭射中巨人的身躯，杀死了他。在经历了各种各样的冒险后，赫拉克勒斯带着牛经过伊柏里亚、意大利，回到希腊和连接色雷斯与伊吕里亚的海峡。

现在赫拉克勒斯开始做第十一件工作。因为有两件工作欧律斯透斯不承认，所以他还要再多完成两件工作。

很久以前，在宙斯和赫拉的婚礼上，所有的神祇都带着礼物献给他们，就连地母盖亚也不落后，她从海洋西岸带来一棵长满金苹果的树。夜神的四个女儿赫斯珀利得姊妹看守着这个圣花园，此外还有生着百个头的巨龙拉冬也守在那里，它永远不睡觉。它的每个咽喉都发出不同的声音，所以一听到声音就知道它在附近。

欧律斯透斯的命令就是让赫拉克勒斯摘圣花园的金苹果。这个半神踏上了漫长而危机重重的旅程。首先他到达了巨人忒墨洛斯居住的忒萨吕，忒墨洛斯遇到赫拉克勒斯，他要用坚硬的脑壳撞死半神人，但是赫拉克勒斯的脑壳把巨人的头撞得粉碎。接着，在厄刻多洛斯河，英雄碰到了另一个怪物，阿瑞斯和皮瑞涅的儿子库克诺斯。当赫拉克勒斯向他询问去赫斯珀利得姊妹的花园的路时，他向这个过路人进行挑战，但被他杀死。这时阿瑞斯现身，战神要亲自为被杀死的儿子报仇。赫拉克勒斯被迫同他开战，但是宙斯不愿意他的儿子们自相残杀，突然一道闪电在他们中间炸响，把他们分开。

赫拉克勒斯继续前进，经过伊吕里亚，跨过厄里达诺斯河，来到宙斯和忒弥斯所生的仙女处，她们就住在河岸上。赫拉克勒斯向她们打听去赫斯珀利得花园的路。“去找老河神涅柔斯，”她回答，“他是个先知，知道许多事情。在睡觉时袭击他，绑住他，这样他会被迫给你指出正确的方向。”赫拉克勒斯听从这个建议，制服了河神，虽然他像往常一样变换为不同的形象。他抓住河神不放，直到打听到赫斯珀利得的金苹果树花园在哪个地方，然后继续向利比亚和埃及进发。

在埃及，那里发生了严重的饥荒，波塞冬和吕西阿那萨的儿子部西里斯统治着那里。先知对他预言，如果每年为宙斯杀死一个异乡人，可使贫瘠变为富饶。部西里斯为了感激他的神谕，便先把这个先知杀掉。渐渐地，这个野蛮人喜好上这种行为，把所有到埃及的外乡人都杀死了。所以赫拉克勒斯也被抓起来，他被拖到宙斯祭坛前。他拽断绳索，把部西里斯、他的儿子和祭司撕成碎片。

经历了另一些冒险后，赫拉克勒斯终于到达了阿特拉斯背负着天的地方，这里离赫斯珀利得看守的金苹果树很近。普罗米修斯建议他不要自己去抢金苹果，而是让阿特拉斯去摘它，而赫拉克勒斯自己则替阿特拉斯背负着天空。阿特拉斯同意他的办法，于是赫拉克勒斯用强有力的肩膀负起了天顶。阿特拉斯诱使巨龙盘在树下睡觉，并杀死了它，然后骗过了看守者们，摘下了三个金苹果，平安地带给赫拉克勒斯。他说："我的肩膀头一次感到没有黄铜天空的负担，我不愿再扛着它了。"他把苹果扔到赫拉克勒斯脚下，让他继续背负着不能忍受的重负。

赫拉克勒斯必须想个对策来获得自由，他对阿特拉斯说："让我往头上绑团棉花，不然我的脑袋就会被这可怕的重物压碎了。"阿特拉斯认为这是个合理的要求，就又接过了重负。他想用不了一会儿，就不用背着天了。但要等到赫拉克勒斯重新接过重负，他就要一直等下去。这个骗子也被骗了。赫拉克勒斯从草地上捡起金苹果，把它们带给欧律斯透斯。欧律斯透斯以为他会因此丧命，赫拉克勒斯却没有死，于是他把金苹果赐给赫拉克勒斯。而赫拉克勒斯把它们供给雅典娜，但女神知道这些圣果是不可以放到别处的，就把金苹果带回赫斯珀利得的花园。

最后一次冒险，狡诈的国王让赫拉克勒斯到一个英雄无用武之地的地方：与冥府的黑暗势力搏斗。他要把冥王哈得斯的看门狗刻耳柏洛斯从冥府里带出来。这只怪物有三个头，每张可怕的嘴都流着毒涎，身后是一条龙尾，头和背上的毛是盘着的咝咝作响的毒蛇。

赫拉克勒斯为了给这次可怕的行程做准备，来到了厄琉西斯城，在那里一个见闻广博的祭司向他透露了上天和冥府中的秘密。这样赫拉克勒斯带着神秘的力量来到伯罗奔尼撒的泰那戎城，在这里他找到了冥府的门。由灵魂的陪伴者赫耳墨斯引导，他下到幽深的山谷里，来到冥王哈得斯，即普路同的冥府之城。在哈得斯城门前悲惨徘徊的阴魂们，一看到活生生的、有血有肉的人就逃跑了；

只有美杜莎和墨勒阿革洛斯的灵魂敢驻足。赫拉克勒斯想用剑杀死他们，可是赫耳墨斯拉住他的手臂，告诉他这些灵魂只是空壳，剑无法伤到他们。半神人同墨勒阿革洛斯的灵魂很友好地谈话，并答应他向他在人间的亲爱的姐姐问候。

在快到哈得斯大门时，他看到了朋友忒修斯和庇里托俄斯。忒修斯是陪庇里托俄斯到冥府向珀耳塞福涅求婚的。这两个人由于这次狂妄大胆的行为而被普路同锁在他们休息的大石头上。当他俩看到好朋友时，颤抖地向他伸出求助的手，期望可以依靠赫拉克勒斯的力量，重新回到上面的世界。赫拉克勒斯抓住忒修斯的手，解开他的锁链，把他扶起来。当他要释放庇里托俄斯时，却失败了，因为他脚下的地面开始摇动，使得他打不开锁链。

死亡城市的门口站着冥王哈得斯，他挡在那里。英雄的箭却射穿了他的肩膀，他感到死亡般的疼痛。当赫拉克勒斯请求他把看门狗交出时，他立刻答应了。但他有一个要求，赫拉克勒斯必须不用武器去制服这只狗。于是赫拉克勒斯只穿着胸甲，披着狮子皮，去找寻这只怪物。他发现它蹲坐在阿刻戎的门口，他不管它的三个如钟一样大的头发出如雷声般的狂吠，用胳膊抱着它的脖子，用腿夹住三个头，不让它跑掉。怪物的尾巴是条活着的蛇，它扑到前面，咬他的身体。他任由怪物咬他，死扼住它不放，直到把这个难以驾驭的怪物驯服。于是他举起它，通过阿耳戈利斯的特洛曾，那儿有地府的另一个出口，他又平安地回到了人间。

这只狗看到地上的阳光，恐惧地开始口吐毒涎，于是这里长出了有毒的乌头树。赫拉克勒斯马上锁上它，把它带到提任斯。当这个怪物被带到欧律斯透斯面前时，他惊讶得不敢相信自己的眼睛。他这才相信除掉他所恨的赫拉克勒斯是不可能的，这是命运安排的。他释放了英雄，让他把恶狗带回冥府。

赫拉克勒斯和欧律托斯

在经历了这些磨难之后，赫拉克勒斯终于从欧律斯透斯的工作中解脱出来，他回到底比斯。但他不能再和妻子墨伽拉一起生活了，因为他在失去理智时杀死了他们的孩子。他遵从她的意愿，把她给了他喜爱的侄子伊俄拉俄斯做妻子，现在他开始寻找一个新的妻子。

他爱上漂亮的伊俄勒，她是国王欧律托斯的女儿。在赫拉克勒斯童年的时候，欧律托斯曾经教他射箭。国王许诺，谁在射箭比赛中战胜他和他的儿子们，就可以得到他的女儿。得到这个消息，赫拉克勒斯赶忙来到俄卡利亚，混在一大群竞争者中。在这次竞赛中，赫拉克勒斯战胜了国王和他的儿子们，证明了自己不愧为老欧律托斯的学生。国王很尊重地对待他的客人，但他心中对于他的胜利却很震惊，他想起了墨伽拉的遭遇，害怕他的女儿遭到同样的命运。他对英雄解释说：他还需要充分的时间来考虑这门婚事。

这时候，欧律托斯最年长的儿子伊菲托斯却对这个强壮而有英雄气概的客人非常慷慨，他与赫拉克勒斯同年，他们成为亲密的朋友。伊菲托斯利用谈论各种技术的机会来使他父亲对这个外乡人产生好感，欧律托斯却固执地拒绝。赫拉克勒斯忧郁地离开了王宫，在异地徘徊了很久。这时有人来报告国王欧律托斯，有一个强盗偷了国王的牛群。这是狡猾的骗子奥托吕科斯干的坏事，他在许多地方偷窃并且因此臭名昭著。恼怒的国王却说："除了赫拉克勒斯没有人敢做这件事。因为我没有答应把女儿嫁给这个杀死自己孩子的人，他卑鄙地报复我！"伊菲托斯委婉地为他的朋友辩护，并亲自去找赫拉克勒斯，请求同他一起把被偷的牛找回来。赫拉克勒斯友好地接待了国王的儿子，并表示准备和他一起去找丢失的牛。正当他们爬上提任斯的城墙，寻找丢失的牛时，赫拉使赫拉克勒斯失去了理智，他又一次疯病发作，把他忠诚的朋友当作他父亲的同谋者，并将他从高高的城墙上扔了下去。

赫拉克勒斯和阿德墨托斯

当赫拉克勒斯离开俄卡利亚王宫，在异乡流浪时，发生了下面这件事。在忒萨利亚的费赖城住着国王阿德墨托斯和他年轻漂亮的妻子阿尔刻提斯，她非常爱她的丈夫，他们有几个可爱的孩子，并为幸福的人民所爱戴。当国王阿德墨托斯的生命即将结束时，他叫来朋友阿波罗保护自己。命运女神答应阿波罗，如果有人愿为阿德墨托斯死，代替他到冥府里，那么他就可以逃脱死神的威胁。阿波罗离开奥林匹斯山来到阿德墨托斯身边，把死亡的消息带给他，同时也告诉他怎样才能摆脱命运的安排。

阿德墨托斯是个诚实的人，但他热爱生命。当他的亲人和所有子民得知要失去家庭的顶梁柱、贤夫和慈父、贤明的君主时，他们都很吃惊。因此阿德墨托斯四处找寻愿意替他死的朋友，却没有一个愿意替他死。虽然开始时他们悲叹将要遭受的损失，但当他们听到如何可以保住国王的生命时就沉默了。国王年老的父亲斐瑞斯和同样年迈的母亲虽然已是风烛残年，却也希望多活几日，而不愿替儿子去死。只有他青春并且充满活力的妻子，他美丽孩子们的母亲阿尔刻提斯纯洁无私地爱着她的丈夫，愿意为他去死。她刚说出这句话，死神塔那托斯的黑暗使者就来到了宫门口，要把牺牲者带到阴暗的冥府。

当阿波罗看到死神的到来时，他飞快地离开了王宫，因为他是生命之神，不愿意被死神所玷污。虔诚的阿尔刻提斯把自己当作牺牲者，在清泉中沐浴，穿上节日的盛装，佩戴上珠宝。她装饰完毕后，在屋里的祭坛前向死神祈祷，然后她拥抱了孩子们和丈夫。她一天天地消瘦，直到最后的时刻。她被仆人们簇拥着，身旁站着她的丈夫和孩子们，迎接地狱的使者。

她与她的家人欢庆别离。“让我告诉你我的心里话，”她对丈夫说，“因为我把你的生命看得比我自己的还重要，我愿意为你去死，虽然我现在可以不去死，但没有你照看孩子们，我活不下去。你的父亲和母亲背叛了你，本来他们可以光荣地代你而死，这样你也不会孤独地活着，我们的孩子也不会成为没有母亲的孤儿。不过神是这样安排的，所以我只请求你记住我做的善事，不要为你也深爱的孩子们找继母，她可能会因为嫉妒而折磨我们的孩子。”她的丈夫流着泪向她发誓，她活着是他的妻子，死了也是他的妻子。然后阿尔刻提斯把孩子们交给他，昏倒在地。

在人们为阿尔刻提斯准备葬礼时，四处流浪的赫拉克勒斯来到了费赖城的王宫门前。他正和王宫的一个仆人聊天，国王阿德墨托斯刚好走了过来。他隐藏着自己的悲哀，热情地招待这个客人，赫拉克勒斯看到他穿着丧服，询问他的不幸时，他不愿客人也悲伤或被吓跑，所以只是含糊地回答他，他的一个远亲死了。赫拉克勒斯没有改变快乐的心情，叫一个仆人到屋里，给他端酒。

当注意到仆人悲哀的神情时，他对仆人的过分悲哀感到不满。“你怎么看起来这么严肃庄重？”他说，“一个仆人应该很热情地对待客人！一个外人死在这里，你就这样，你不知道这是凡人共同的命运吗？痛苦会让生命更加悲惨。去吧，在头上戴个花环，就像我一样，和我一起喝酒！我知道满溢的酒杯会很快抹去你额上的皱纹。”但仆人悲伤地走向他。“我们遭受了不幸！”他说，“这使我们失去欢笑和饮宴的心情，斐瑞斯的儿子真是一个好客的主人，他可以在心情如此悲伤的时候招待一个这样快活的客人。”

“我不应该快活吗？”赫拉克勒斯愠怒地问道，“就因为一个不相识的女人死了？”

“一个不相识的女人！”仆人诧异地喊道，“对你来说她是个不相识的人，对我们可不是的！”

“这样说来，阿德墨托斯没有对我说实情。”赫拉克勒斯沉思着。仆人却说：“随你去快活吧，只有她的朋友和仆人才会痛苦！”直到赫拉克勒斯了解到实情，他不再沉默。“这怎么可能？”他叫道，“他失去了一个如此美丽善良的妻子，竟还可以殷勤地招待一个外乡人。进门的时候我还感到勉强，而现在我在一个哀伤的屋子里却头戴花环，饮酒作乐！告诉我，她葬在什么地方？”

“如果你顺着拉里萨大道一直走，”仆人回答道，“就可以看到已经竖起的墓碑。”仆人边说边走了出去。

独自留下的赫拉克勒斯并不悲伤，而是迅速做出了一个决定。“我一定要救活这个已死的妇人。”他对自己说，“让她重新活在她丈夫的屋子里，除此以外没有别的方法可报答他的礼遇。我要在她的墓碑旁等待死神，当他来饮祭祀给死者的血时，我从后面跳出来，迅速抓住他，用手臂勒住他。世上没有任何力量可以让我放走他，除非他把他的战利品交出来。”带着这个决心，他离开了寂静的王宫。

阿德墨托斯回到没有人的屋子，悲哀地看着孤独的孩子们，深深地哀悼他的妻子，没有人能够安慰他，减轻他的悲哀。此时他的客人赫拉克勒斯又回来了，他手牵着一个戴面纱的女人。他说：

“哦，国王，你不应该对我隐瞒你妻子的死。你在家里款待我，好像你只是在哀悼一个陌生人。因此我在不明真相的情况下犯了错误，在你不幸的家里饮酒作乐。我希望你不要在不幸中继续悲哀。听我说，我之所以要再次回来，是因为我在一次比赛中赢了这个女人，现在我要去特拉西亚与比斯托涅斯人的国王作战，在我完成此事之前，我把这个女人作为仆人交给你，你要把她当作朋友的财产照顾。”

听到赫拉克勒斯这样说，阿德墨托斯很惊讶。“我并不是因为蔑视或看不起朋友而隐瞒我妻子的死，”他解释说，“而是我不愿意你到另外一个朋友家而增加我的悲哀。至于这个女人，我求你把她带到别人家吧，不要带到我这里，我的负担已经够重了。在这个城里，你还有很多别的朋友。我怎能在家里看到这个女人而不流泪呢？我怎能安排她住在我死去妻子的屋里？太过分了！我害怕费赖城人的闲话，我也害怕死者的指责！”国王这样拒绝赫拉克勒斯，但他好奇地盯住这个戴着厚厚面纱的女人。“哦，女人，你是谁？”他叹息道，“知道吗，你的高矮和体形与我的阿尔刻提斯非常相像。赫拉克勒斯，我对天神发誓，把她带走吧，我的痛苦会小一点；因为我一看到她，就像看到我死去的妻子，泪水就会涌出来，我就会陷入新的悲痛中。”

赫拉克勒斯隐藏起他真实的情感，悲哀地回答他：“哦，要是宙斯给我力量把你勇敢的妻子救回到人间，来报答你的友情就好了！”“我知道，如果能够，你会做的，”阿德墨托斯悲哀地说，“但有哪个死人可以回到人间呢？”“现在，”赫拉克勒斯愉快地走上前，“因为这不能发生，所以让时间来减轻你的痛苦吧，死者也不愿看到你的悲哀。不要忘了，你第二个妻子可以带来幸福愉快。为了我，接受我带到你家里的高贵的女子吧，至少试一试。”

阿德墨托斯看出他的客人不是要侮辱和纠缠他，因此命令仆人把这个女人带到里面去。“这个年轻的女人不相信仆人，你要自己带她进去！”赫拉克勒斯对他说。

“不！”阿德墨托斯说，“我不能碰她，不能破坏我对死者的誓言。我不会带她进去！”赫拉克勒斯还不放弃，直到要他牵住戴面纱女人的手。“现在，”赫拉克勒斯高兴地说，“珍爱她吧，仔细看看这个年轻的女人，是不是真的像你的妻子，结束你的悲哀吧！”

说着他揭开女人的面纱，把又活过来的妻子交给吃惊且怀疑的国王。当他抓住妻子的手，害怕而颤抖地看着她时，赫拉克勒斯向他述说他是如何在坟墓前抓住死神，把他的战利品夺了过来。阿德墨托斯拥抱妻子，但她沉默不语，不能回答他热情的话语。“你现在不会听到她的声音，”赫拉克勒斯解释，“直到第三天，死神的束缚完全结束，她才会说话。先把她带到你的房间，庆祝你们的团圆。因为你对一个外乡人高贵的款待，所以她又属于你了。我还要继续走我自己的路。”

“祝你平安，英雄！”阿德墨托斯在分别后喊道，“你带给我更美好的生活，相信我，我感谢老天赐福！所有我的人民将以歌唱舞蹈来庆祝，让祭坛燃起香火！让我们为你，宙斯伟大的儿子哟，用感谢和爱祈祷！”

赫拉克勒斯为翁法勒服役

虽然赫拉克勒斯是由于疯病而杀死伊菲托斯的，但他仍感到心情沉重。他从一个国家走到另一个国家，寻求净罪。首先他来找皮罗斯的国王涅琉斯，然后到斯巴达拜见国王希波科翁。但两个国王都拒绝了他。最后亚密克莱的国王伊福玻斯接待了他，为他净罪。天神这回严厉地惩罚他，让他患了重病。这位向来健康有力的英雄，不能忍受突然的虚弱，他来到德尔斐，希望皮提亚的神谕可以找到医治他的办法。但是女巫拒绝同这个罪犯说话。于是赫拉克勒斯把三脚圣坛偷了出来，扛到旷野中，自己请求神谕。他这种大胆的行为激怒了阿波罗，阿波罗现身向赫拉克勒斯挑战。但宙斯不愿看到他们兄弟互相残杀，再次调停战斗，在两个人中间放了一块陨石。现在赫拉克勒斯终于得到了神谕，如果他卖身三年为奴，把所得的钱交给死者的父亲，就能赎罪。

赫拉克勒斯由于疾病缠身，听从了苛刻的神谕。他与几个朋友航海到亚细亚，在那里他把自己卖给翁法勒做奴隶。翁法勒是那时被称为迈俄尼亚的地方的女王，那里后来被称作吕狄亚。卖身的钱转交给了欧律托斯，但他拒绝这些钱，钱又转送给伊菲托斯的孩子们。

现在赫拉克勒斯的病痊愈了，他对自己重新获得的力量充满自信，开始展现他的英雄气概。虽然他还是翁法勒的奴隶，但他继续造福人类。他惩罚了他主人境内的所有强盗，使邻国恐慌。在厄斐索斯附近居住的刻耳科珀斯人，由于他们四处掠夺引起了人们的不安，赫拉克勒斯把他们一部分杀掉，一部分锁起来带给翁法勒。奥利斯的国王绪琉斯是波塞冬的儿子，他抓住往来的过客，逼他们为他耕种葡萄园。赫拉克勒斯用铲子挖平葡萄园，把葡萄树连根拔起。他毁坏了伊托涅斯城，使所有的居民成为奴隶，因为绪琉斯经常侵犯翁法勒的领土。在吕狄亚，弥达斯的一个儿子利堤厄耳塞斯作恶多端，他是一个极富的人，邀请所有经过的客人，他对他们非常礼貌，在吃完饭后逼迫他们为他耕种，晚上他就砍下他们的脑袋。赫拉克勒斯也杀死了这个恶人，把他扔到迈安提洛河里。

翁法勒对她的奴隶的英勇行为很震惊，怀疑这个奴隶是一个闻名的英雄。此后她得知赫拉克勒斯是宙斯伟大的儿子，她不但承认他的功绩，并还给他自由，而且嫁给了他。赫拉克勒斯在这个东方国家过着奢华的生活，忘记了他年轻时在十字路口美德女神对他的教诲。他变得纵欲无度，他的妻子翁法勒也以羞辱他为乐。她披着赫拉克勒斯的狮子皮，而让赫拉克勒斯穿着女人的衣服。她使他陷入盲目的爱，他竟然坐在她的脚下纺线。那曾经替阿特拉斯支撑起天空的脖子现在戴着金项链，强壮英雄的臂膀上戴着镶着珠宝的手镯，他那被修剪的鬈发上带着吕狄亚女人的发饰，身上披着女人的长服。他同其他爱奥尼亚的侍女坐在一起，用他的手指纺线，并害怕因完不成当天的工作而受主人的责骂。当女主人心情好时，这个男扮女装的英雄必须为她和她的宫女们讲述他过去的英雄事迹：他婴儿时用手掐死两条大蛇；少年时杀死巨人革律翁；他如何把许德拉的不死之头割下；他如何把冥府的看门狗带出来。这些故事吸引着这些女人，就如孩子们喜欢保姆讲故事一样。

最后，当他为翁法勒的服役期满时，赫拉克勒斯从迷惑中清醒过来。他憎恶地摔下妇人的服饰，他又成为宙斯那充满神力的儿子，充满英勇的决心。当他获得自由时，他决定向仇人们报仇。

赫拉克勒斯以后的英雄事迹

首先，他出发前往特洛伊，要惩罚那个凶暴而专制的国王拉俄墨冬。因为当赫拉克勒斯结束阿玛宗人的战斗回来的时候，他救了拉俄墨冬那被恶龙威胁的女儿赫西俄涅。拉俄墨冬违背了给他阿瑞斯的快马作为报酬的诺言，而且还辱骂他。

现在赫拉克勒斯带着六只船和一小队战士，其中有希腊第一流的勇士珀琉斯、俄琉斯、忒拉蒙。赫拉克勒斯身披狮子皮来到他们举行的盛宴上。忒拉蒙从桌后站起身，用一只盛满酒的金碗迎接客人，请他坐下并饮酒。赫拉克勒斯为他的盛情所感动，举手向天请求道："父亲宙斯，如果你仁慈地听到我的请求，我现在恳求你，赐予没有子嗣的忒拉蒙一个勇敢的儿子。他将如披着涅墨亚狮子皮的我一样永远充满勇气！"赫拉克勒斯刚说完，天神就派来一只雄鹰。赫拉克勒斯满心欢喜，像一个预言家般高声地说："是的，忒拉蒙，你将得到一个你所期望的儿子！他将如这只威严的雄鹰一样英勇。埃阿斯是他的名字，他将在战斗中取得声望。"

然后赫拉克勒斯与忒拉蒙和其他英雄出发远征特洛伊。当他们登陆后，他让俄琉斯看守船只，他自己和其他勇士向城市前进。此间，拉俄墨冬带着他匆忙召集的士兵攻击英雄们的船。俄琉斯在战斗中被杀。他重新回到城里时，却被赫拉克勒斯包围了。忒拉蒙攻破城墙，首先冲进城里，赫拉克勒斯随后攻入。这是他生命中第一次落于人后，他嫉妒忒拉蒙，心中升起一个可怕的想法。他举起剑，砍向走在他前面的忒拉蒙，忒拉蒙看到他的举动，并从他的姿势中猜出他的图谋。他冷静地堆集他身旁的石头，赫拉克勒斯问他这是做什么，他回答："我为胜利者赫拉克勒斯建立圣坛！"这个回答消除了赫拉克勒斯由于嫉妒产生的恼怒，他们重新一起战斗。赫拉克勒斯用箭射死了拉俄墨冬和他的几个儿子，只有一个除外。

当他们征服了城市时，赫拉克勒斯把拉俄墨冬的女儿赫西俄涅送给忒拉蒙作为战利品，同时许可她选择一个战俘释放。她选择了她的弟弟波达耳刻斯。"很好，他是你的了，"赫拉克勒斯说，"但他首先必须忍受耻辱，成为奴隶，然后你可以用钱赎回他！"当男孩被卖作奴隶时，赫西俄涅从头上扯下皇族的头饰，用它赎回他的兄弟。以后他就改名叫普里阿摩斯，意为被卖的人。

赫拉嫉恨这半神英雄的胜利，在他从特洛伊回去时，使他遭遇猛烈的风暴，但他被愤怒的宙斯搭救了。在经历了许多冒险后，赫拉克勒斯决定第二个报仇的对象是国王奥革阿斯。他也是在以前拒绝给赫拉克勒斯报酬的人。他征服了厄利斯城，杀死了奥革阿斯和他的儿子们，除了费琉斯。由于他们的友情，他将厄利斯王国赠给了费琉斯。这次胜利后，赫拉克勒斯恢复了奥林匹斯竞技会，并给创始人珀罗普斯建立了圣坛。

现在该惩罚斯巴达的希波科翁了，他是第二个在赫拉克勒斯杀死伊菲托斯后不为他净罪的国王。他对国王的儿子们也很仇恨，因为他们用棍棒打死了他的朋友兼舅父俄欧诺斯。赫拉克勒斯召集一队人征服了勇敢善战的斯巴达人。他杀死了希波科翁和他的儿子们后，使卡斯托尔和波吕丢刻斯的父亲廷达瑞俄斯登上王位，但他保留着交给廷达瑞俄斯的国家，这是他为他的子孙准备的。

赫拉克勒斯和得伊阿尼拉

赫拉克勒斯在伯罗奔尼撒做出了许多英雄事迹，随后他来到了埃托利亚和卡吕冬的国王俄纽斯那里。俄纽斯有一个漂亮的女儿名字叫得伊阿尼拉，由于一个讨厌的求婚者，她遭受到的苦恼比任何一个埃托利亚女人都多。她原来住在她父亲的另一个城市普琉戎。河神阿刻罗俄斯变成三种形象向她的父亲要求娶她：一次他变成一头牛；另一次他变成一条闪光的龙；最后一次变成有牛头的人形，从多毛的下巴流着泉水。得伊阿尼拉深深地苦恼着，不能忍受这个可怕的求婚者。她请求神祇赐她一死。她长时间地拒绝这个求婚者，可是他更加固执，她的父亲好像并不拒绝把她嫁给古代神祇的后裔。

第二个求婚者赫拉克勒斯的出现虽然晚了点，却也正是时候。他的朋友墨勒阿革洛斯曾经在冥府里向他讲述得伊阿尼拉如何美丽，他知道要经过激烈的竞争才可赢得这个可爱的年轻姑娘。当他来到王宫时，微风吹动他披着的狮子皮，箭袋里的箭在摇动，他在空中摇动着木棒。当头上有角的河神看到他的到来时，牛头上的青筋暴突，他企图用角撞赫拉克勒斯。国王不想因为拒绝而冒犯两个强大的求婚者。他应允将女儿许给两人中的胜者为妻。

很快，在国王、王后和他们的女儿得伊阿尼拉面前开始了一场激烈的争斗。赫拉克勒斯用拳头、弓箭袭击对方，却没有对巨大的牛头造成损伤，而河神试图用角撞死赫拉克勒斯。最后这场战斗成为肉搏，他们手臂扭着手臂，脚缠着脚，汗从他们头和身上涌出，两个都由于超人的力量而发出雷鸣的吼声。最后宙斯的儿子占了优势，把河神摔到地上。河神马上变成一条蛇，赫拉克勒斯抓住它，若不是阿刻罗俄斯突然又变成牛，他会杀死它。赫拉克勒斯没有因此张皇失措，他抓住它的角，用力把它摔到地上，角被折断了。河神承认失败，离开了胜利的新郎。

英雄的婚礼并没有改变他生活的态度，他又立即如同以前一样开始一个接一个的冒险。有一次他与妻子和岳父在家中时，他无意中杀死一个男仆，他又一次逃亡，并带着他年轻的妻子和他们的小儿子许罗斯。

赫拉克勒斯和涅索斯

他们来到达欧厄诺斯河，在那里他遇到了马人涅索斯。马人通过背负过路人过河来赚取报酬。他说这是神相信他的忠诚而交给他的特权。赫拉克勒斯不需要他的服务，他可以大力跨过河流不需要别人帮忙。他把得伊阿尼拉交给涅索斯，并给了涅索斯索要的报酬。马人把赫拉克勒斯的妻子背在肩上，驮着她过河，但到了河中间，由于被这个女人的美貌所迷惑，他冒险抚摸她美丽的手臂。在港口的赫拉克勒斯听到妻子的呼救声，急忙转身。当他看到这个多毛的怪物欺凌他的妻子时，他毫不迟疑地从箭袋里掏出一支箭，射向正在上岸的涅索斯。箭射穿了他的胸膛。

得伊阿尼拉从倒地的涅索斯手中逃脱出来，想要奔向丈夫，这时濒临死亡还想要报仇的马人叫住她，欺骗她说："听我说，俄纽斯的女儿，因为你是我背的最后一个人，所以你应从我的服役中得到一些好处。你照我说的做，收集从我致命伤口中流出的新鲜血液。在浸过许德拉蛇毒的箭射入的地方，血液凝结，容易拾取。这样你就可以把它用作魔药来管束你的丈夫。给他的内衣涂上这种魔药，这样他就永远不会爱上除你以外的女人！"他说完这些恶毒的劝告之后，马上毒发身亡。

得伊阿尼拉虽然不怀疑丈夫对她的爱，但还是照涅索斯所说，把凝结的血块收集到手中的小罐里保存起来。她没有让远处站着的赫拉克勒斯看到。两个人共同经历了其他的冒险，幸福地来到忒萨利亚的特拉喀斯，好客的国王刻宇克斯让他们在那里住下。

伊俄勒、得伊阿尼拉与赫拉克勒斯的结局

赫拉克勒斯最后的战斗是与欧律托斯作战，这是出于他与欧律托斯的旧怨：欧律托斯拒绝把他的女儿伊俄勒嫁给他。他在希腊组

成一支庞大的军队，向欧玻亚出发，准备包围欧律托斯和他儿子们所在的首都俄卡利亚。他胜利了，巍峨的宫殿被夷为平地，他杀死了国王和他的三个儿子，毁灭了整个城市。依然美丽和年轻的伊俄勒成了赫拉克勒斯的俘虏。

这时，得伊阿尼拉正在家中担心地等待着丈夫的消息。终于使者来报信："你的丈夫，啊，公主，他还活着，将带着胜利的荣誉归来！他的仆人利卡斯在宽阔的草地上向民众们宣布胜利。赫拉克勒斯由于要绕道到欧玻亚的刻奈翁半岛上祭祀宙斯，所以要晚一些到达。"很快利卡斯护送着俘虏出现了。"我的公主啊，"他对得伊阿尼拉说，"神疾恶如仇，他们保佑赫拉克勒斯正义的事业。生活豪华而善于欺骗的人都被打到冥府里去了，他们的城市已经被我们奴役。但对于我们带来的俘虏，你的丈夫希望你饶恕他们，尤其是跪在你脚边的不幸女人。"

得伊阿尼拉带着深深的同情看着这个漂亮年轻、有着可爱的身材和眼睛的女孩，她把女孩从地上扶起来说："是啊，可爱的人，我一看到不幸的人流落异乡，自由的人遭到奴役，就总是很心疼。啊，宙斯，啊，征服者，但愿你的手永不要将这样的忧愁加在我们身上！但你是谁呢，可怜的女子？你看起来还是个处女，诞生于高贵的家庭。告诉我，利卡斯，她的父母是谁？"

"我怎么知道呢？你为什么要问我？"使者掩饰着，推诿道。但是他的表情泄露了实情。"她是……"他犹豫了一下继续说，"她肯定不是来自俄卡利亚的小户人家。"

因为可怜的女孩只是叹息和沉默，得伊阿尼拉因此也不再追问，而是把她送到一间房间里，并慈爱地对待她。当利卡斯执行这个命令时，第一个到达的使者进来，靠近女主人，看到没有人偷听，就对她轻声说："不要相信你丈夫派来的人，得伊阿尼拉。他对你隐瞒了事实，我在市场中，当着许多见证人的面，听他说过你的丈夫赫拉克勒斯是为了这个年轻女人而摧毁俄卡利亚的宫殿的。她是伊俄勒，你接纳的是欧律托斯的女儿，赫拉克勒斯在认识你之前曾狂热地爱着她。她来你的家不是作为奴隶，而是作为一个竞争者、一个情敌。”

这个消息使得伊阿尼拉大声地叹息。但她很快恢复了平静并把她丈夫的仆人利卡斯叫来。他向宙斯发誓，他不知道这个女孩的父母是谁，也不认识她。他坚持了这个谎言很久。得伊阿尼拉对他悲叹：“不要再嘲讽宙斯了。我的丈夫可能会由于坏心肠而对我不忠，”她向他哭喊道，“我还不至于卑贱到敌视她，因为她并没有侮辱我。我只是很可怜她，因为她的美丽不仅给自己带来不幸，还让她的祖国被奴役！”当利卡斯听到她深情的表白后，他承认了一切。得伊阿尼拉没有责备他并让他离开。

得伊阿尼拉遵照恶毒的马人的指示，把她所收集的箭伤处的毒血药膏保存在远离火焰和光线的隐秘地方。她要用她精心保存的魔药赢回她丈夫的心。自从她小心地把它藏在柜子里以来，她第一次由于烦恼想到魔药。现在该是用它的时候了。她偷偷地在房间里，用一簇羊毛浸上魔药，涂在送给赫拉克勒斯的一件华贵的内衣上，她小心翼翼地不让羊毛和衣服接触到阳光，然后把血红的衣服锁在一个小匣子里。最后她叫来利卡斯，让他把它作为礼物交给她的丈夫。“带给我的丈夫，”她说，“这件贴身衣服是我亲手缝制的，除了他谁也不可以穿。在他举行祭祀前，不能让这件衣服接近火焰或暴露在阳光中。因为我许下心愿，如果他胜利归来，一切都要这样做。你一定要把我的口信带给他，他看到这个指环，就会相信的。”

利卡斯答允一切按女主人的吩咐去做。他在王宫没有作片刻的停留，马上带着衣服到欧玻亚。几天过后，赫拉克勒斯与得伊阿尼拉所生的儿子许罗斯赶去见他的父亲，将母亲的焦急等待转告赫拉克勒斯，催促他赶快动身回家。其间，得伊阿尼拉偶然走进她给衣服涂药的房间，她发现地上有一片羊毛，是她不小心落在地上的。太阳照在上面，使它受热。她看到了可怕的景象，这片羊毛化得像灰尘或者说像锯末一般，还嗞嗞作响冒着有毒的气泡。可怜的女人有一种不祥的预感。她在王宫中痛苦不安地徘徊。

终于许罗斯回来了，但是没有和父亲一起。“哦，母亲，”他向她憎恶地喊道，“我希望这世界上没有你这个人，或者你不是我的母亲，或者神赐予你另外一个灵魂！”公主本来已经焦躁不安了，现在儿子的这些话更让她大为吃惊。“孩子，”她对他说，“你为何这样仇恨我？”

“我从刻奈翁半岛回来，母亲，”儿子大声哭泣地回答她，“是你使我的父亲死在那里！”得伊阿尼拉脸色苍白，强作镇定说：“是谁告诉你的，我的儿子？是谁把这样可怕的罪名加在我身上呢？”

“没有别人告诉我，”年轻人继续说，“是我亲眼见到可怜的父亲。我在刻奈翁半岛见到他，他正为全能的宙斯建立感恩圣坛，并且宰杀祭品。那时他的仆人传令官利卡斯带着你的礼物出现，你的可憎的、杀人的衣服。照你的意思，父亲马上穿上那件衣服，然后开始献祭，做起祈祷。父亲对这件漂亮的衣服很喜欢，但当他点燃祭品时，他身上流了很多汗。那件衣服看起来像用铁焊在他身上，他全身痛苦地抽搐，如同被毒蛇吞噬着身体一般。他痛苦地喊叫利卡斯，这个送来有毒衣服的无辜的人，他走过来，天真地重复你所说的话。父亲抓住他的脚，把他摔向海边的石头，他被摔得肢体破碎，血水飞溅。所有的人都被父亲这种疯狂的举动吓坏了，没有人敢冒险接近他。他很快摇摇晃晃地倒在地上，但又很快哀号地跳了起来，使岩谷和山林发出回声。他咒骂你和给他带来巨大痛苦的婚姻，最后他看着我，对我说：‘我的儿子，如果你同情你可怜的父亲，即刻带我上船，我不愿死在异乡。’我们把可怜的父亲抱到船上，他在喊叫和抽搐中到达了这里。一会儿你就可以看到他是活还是死。这所有的都是你的杰作，母亲，你可耻地谋杀了千古的英雄！”

得伊阿尼拉沉默而绝望地离开儿子。她所信任的仆人告诉这个孩子，他的愤怒对母亲是不公平的，因为得伊阿尼拉曾经告诉过他怎样用涅索斯的神奇药膏来保持丈夫的爱。他马上去追那不幸的女人，但是他来晚了，他的母亲躺在卧室里，死在丈夫的床上，胸前插着一把双刃刀。儿子双手抱起可怜的母亲的尸体。

他父亲的到来打破了痛苦的寂静。“儿子，”父亲喊道，“儿子，你在哪里？拔出你的剑来杀死你的父亲吧，把我的喉咙刺穿，来医治你那不信神的母亲给我造成的癫狂！不要退缩，可怜可怜我，可怜我这个哭泣得像个女人的英雄吧！”然后他转身向站在周围的人，伸出手臂喊道：“你们还认识这双手吗？虽然它们已失去力量，这仍是那双手，那双曾经杀死牧羊人的敌人涅墨亚狮子，曾经扼死巨大的许德拉，帮助解决了厄律曼托斯山的野猪，把刻耳柏洛斯从地狱中带出来的手！没有戈矛，没有山林野兽，没有巨人的队伍可以征服我，但我死在妇人的手里！因此，儿子，杀死我并惩罚你的母亲吧！”

但当赫拉克勒斯从儿子许罗斯的神圣保证中得知，他的母亲无意害死她的丈夫并且以一死来弥补她的过错后，赫拉克勒斯从暴怒转为忧郁。他让儿子许罗斯娶他过去爱过的年轻的伊俄勒为妻，然后让人把他抬到俄忒山顶。依据他的吩咐，在这里堆好柴堆，把他放到柴堆上。

他叫人从下面点燃柴堆，但是没有人愿意做这件事。最后，被疼痛折磨而绝望的他急切地请求朋友菲罗克忒忒斯来实现他的愿望。为了感谢他，赫拉克勒斯把他无人可抗拒的弓箭赠给他。当柴堆刚被点燃时，天空中发出闪电，加速了火焰的燃烧。然后从天上降下云彩，在雷电中托起这不死的英雄升向奥林匹斯圣山。当伊俄拉俄斯和其他朋友靠近灰烬，拾取英雄的骨灰时，他们什么也没有找到。他们不再怀疑，神谕应验，赫拉克勒斯已从人间解脱，成为天神。他们祭祀他，所有的希腊人都把他当作神来崇拜。

在天上，雅典娜接待了成为神的赫拉克勒斯，把他引入诸神的团体。在他完成人间的历程后，赫拉自愿与他和解。她把她的女儿永远青春的女神赫柏，许给他为妻。赫柏为他在奥林匹斯山上生育永生的孩子们。

（高晕　译）

忒修斯的传说

英雄的出生和青年时代

伟大的英雄，雅典的国王忒修斯，是埃勾斯和特洛曾国王庇透斯的女儿埃特拉所生的儿子。在忒修斯出生以前，埃勾斯忧心忡忡，担心他的婚姻不能给他带来子嗣。他作为雅典国王，非常惧怕他兄弟帕拉斯的五十个儿子，因为他们都对他心怀敌意，蔑视他这个没有儿子的人。因此他就想瞒着他的妻子秘密地再娶，希望得一个儿子，让儿子成为他晚年的依靠和王位的继承人。他把这个心思透露给了他的朋友——特洛曾小城的建造者庇透斯。幸运的是，庇透斯恰恰得到一个奇特的神谕，他被告知：他的女儿不会缔结很光彩的婚姻，但她将生出一个声誉卓著的儿子。

这个神谕促使庇透斯把他的女儿埃特拉秘密地嫁给这个有家室的男子。秘密地娶了埃特拉以后，埃勾斯只在特洛曾待了几天就返回雅典了。当他在海岸与新娶的妻子告别时，他把自己的宝剑和鞋藏在一块巨石下面，对她说："我跟你结婚，不是因为我轻率，而是为我的家族和王国造就一个继承人。如果是神明缔造了我们的婚姻，又保佑我们的结合，让你生一个儿子，那么，你就要秘密地把他抚养成人，千万不要告诉任何人他的父亲是谁。等他长大，有足够的力气搬开这块巨石的时候，你就把他领到这个地方，让他把剑和鞋取出，打发他到雅典去见我。"

埃特拉果真生了一个儿子。她给他取名忒修斯，让他在外祖父庇透斯的照顾下成长。遵照丈夫的叮嘱，她一直隐瞒着孩子父亲的真名实姓。他的外祖父则散布传言，说他是波塞冬的儿子。这个孩子长大后，不仅具有健壮美丽的身体，而且机智勇敢，意志坚强。这时他母亲埃特拉便把他带到那块巨石前，告诉他其真实出身，叫他取出他父亲埃勾斯留下的证物，乘船到雅典去。

忒修斯用身体顶住巨石，轻而易举地把它推到了后面。他穿上鞋，把宝剑挎在腰间。虽然外祖父和母亲苦苦劝他，说从陆路越过伊斯特摩斯地峡到雅典去很危险，因为到处都有强盗和歹徒出没，但他还是拒绝从海上走。忒修斯非常钦佩英雄赫拉克勒斯，一心向往做出同样的功绩，便不耐烦地说："要是我给父亲带去一双一尘不染的鞋和一把没有血迹的剑，人们传言是我父亲的那位神明，将会怎样去想我在他安全的海水怀抱里做这种怯懦的旅行？我真正的父亲又将会说什么呢？"这一席话说得外祖父喜出望外，他当年也是一位勇敢的英雄啊！母亲为他祝福，忒修斯走上征程。

忒修斯投奔父亲的旅途

他在路上最先遇到的是拦路大盗珀里斐忒斯，此人手中的武器是一根铁棍。当忒修斯来到厄庇道洛斯地区时，这个大盗就从幽暗的树林里冲出，挡住他的去路。但这个少年满怀信心地朝他喊道：“可怜的强盗，你来得正是时候！你的铁棍正好可以成为世上第二个赫拉克勒斯手中的武器。”喊声未落，他便冲向强盗，交战片刻就把强盗杀死了。他从死者手中拿起铁棍，作为战利品和武器带走了。

他在科林斯地峡遇到了另一个恶徒，名叫辛尼斯，外号“扳松贼”。人们这么叫他，是因为每当过路人被捉，他就用他的大手扳弯两棵树的树枝，把他的俘虏绑在两边的树枝上，然后让树枝绷回去把人撕成两半。忒修斯挥起铁棍打死了这个恶魔。

忒修斯不仅沿途肃清坏人，而且认为必须勇敢地与害人的野兽搏斗。其间，他杀死了那头名叫菲阿的克罗米俄尼亚的猪，这不是一头普通的家畜，而是一头很难制服的好斗的野兽。

忒修斯一路奔走，最后到达了墨伽拉的边界。在这里他碰到了第三个臭名昭著的劫匪斯喀戎。此人总是伸出腿来，狂妄地命令外乡人给他洗脚，然后趁他们为他洗脚时，一脚把他们踹到海里去。现在忒修斯对他本人实行同样的死的惩罚：忒修斯蹲伏等待，他一出现，便冲向他，把他撞到大海的波涛中。

忒修斯又走了一小段路，遇到最后一个最凶残的劫匪达玛斯忒斯，人称普洛克儒斯忒斯，意思就是“铁床匪”。这个歹徒有两张床，一张很短，一张很长。一个外乡人落入他手中，假如他很矮，这个邪恶的匪徒就把他领到那张长床上去睡觉，然后就说：“你瞧，我的床对你太长了。朋友，让我把你弄得跟床一样长吧！”说着就把他拉长，直到他气绝身亡。如果来的是一个高个子的客人，他就把他带到短床旁边，对来人说：“很抱歉，朋友，我的床不适合你，它太小了。我倒是可以帮帮你！”于是他就把来人超过床长的双脚剁掉。如今忒修斯把这个身材高大的普洛克儒斯忒斯抛在短床上，用剑砍短他过长的身躯，致使他痛苦地死去。这样，忒修斯便以其人之道还治其人之身了。

直到这时，我们的英雄在整个旅途中都没有碰到一件开心的事。直到他来到刻菲索斯河畔，他才终于遇到几个费塔利得斯族的男子，受到他们热情的接待。他们首先应他的要求，洗净喷在他身上的血污，然后把他留在家中做客。他稍事休整，便衷心谢过那些勇敢正直的人，动身到他父亲的家乡去了。

忒修斯在雅典

在雅典，这位年轻的英雄没有得到他所希望的和平与欢乐。全城一片混乱，市民四分五裂。他发现他父亲埃勾斯的家也处在不幸的境况里。美狄亚乘坐她毒龙驾着的车子离开科林斯和绝望的伊阿宋，来到了雅典。她许诺用她的魔药使老埃勾斯重新获得青春的活力，便神不知鬼不觉地得到他的宠幸。因此，国王就跟她亲密地同居了。

美狄亚依靠她的魔力预先得到了忒修斯到来的消息，于是她就蛊惑埃勾斯说，她认为这个青年是刺探他的一个危险的奸细，埃勾斯千万不能把他当作自己的儿子，应该把他当作客人来款待，然后毒死他。

忒修斯进早餐的时候，并没有亮出自己的身世，他是想等父亲亲自认出他是谁时满心欢喜一番。毒酒已经摆在他的面前，美狄亚焦急地等待着新来的人抿上头几口毒酒的时刻，因为她害怕被他赶出宫去。忒修斯虽然很想饮酒，却更期望父亲的拥抱，他好像是想要切割眼前盘中的肉似的，抽出父亲放在巨石下留给他的宝剑，希望父亲能从这把宝剑上认出他来。埃勾斯一看见这把十分熟悉的宝剑，立刻把斟满毒酒的杯子打翻在地。他非常愉快地拥抱自己的儿子。这位父亲立刻把忒修斯介绍给聚集起来的民众，民众热烈欢呼向他致意。嗜杀成性的美狄亚则被赶出了这个王国。

忒修斯和弥诺斯

现在，忒修斯作为阿提刻的王子和王位继承人生活在父亲的身边。

当时，雅典人是要向克里特的国王弥诺斯进贡的。据说，进贡的原因是：弥诺斯的儿子在阿提刻的山里被阴谋杀害了。弥诺斯为了给儿子报仇，向雅典居民发动了毁灭性的战争，而众神也使这个地方遭到干旱和瘟疫。这时阿波罗的神谕做出判决：只要雅典人能够平息弥诺斯的震怒，得到他的宽恕，神的愤怒和雅典人的灾难就可解除。于是雅典人便向弥诺斯求和，而弥诺斯讲和的条件却是：雅典人每九年向克里特送去七个童男和七个童女作为贡品。据说，这些童男童女送去后，就被弥诺斯关在他有名的迷宫里，任凭凶残的怪物弥诺陶洛斯残害。

现在，第三次进贡的时间已经临近。有童男童女的父亲们都有可能眼看着自己的子女遭到悲惨的命运，因此民众对埃勾斯的不满又抬头了。他们责备他，说他是整个灾祸的根源，他本人却没有受到惩罚，竟然冷漠无情地眼看着别人的亲生儿女被夺去。这些怨言使忒修斯的内心充满无限的痛苦。在民众的集会上，他毅然站出来表示自己不用抓阄，愿意当贡品亲自送上门去。人民都赞美他的高尚品格和献身精神。他对失去自制的父亲们保证，他和那些抓阄决定前去的童男童女，非但不会遭到毁灭，而且要制服弥诺陶洛斯。

抓完阄以后，年轻的忒修斯就带领那些中选的童男童女先到阿波罗神庙去，以大家的名义向这尊神献上用白羊毛缠起来的橄榄枝作为祈求保护的献礼。念完祈祷词后，他就在众人陪同下，与选定的童男童女走下海岸，登上令人悲恸的大船。

德尔斐的神谕曾劝他选择爱情女神做向导，并恳求她护送。忒修斯不明白这个神谕的意思，但他还是向阿佛洛狄忒献了祭礼。但结果证明了这个预示的良好意向。因为当忒修斯在克里特登陆，出现在国王弥诺斯面前时，他俊美的英姿吸引了美丽迷人的公主阿里阿德涅的注意。在跟他秘密交谈时，她向他表白了她的爱，并给了他一个线团。她教他把线的一头紧紧地拴在迷宫的入口处，然后放开线团继续向前走，一直走到那可恶的守卫弥诺陶洛斯的地方。她同时给了他一把能够杀死这个怪物的魔剑。

忒修斯和他的同伴都被弥诺斯送进了迷宫。他带头走在前面，在一场恶斗中用魔剑杀死了弥诺陶洛斯，十分幸运地靠着他松开的线团与他身边所有的人走出迷宫中条条地狱般令人摸不着头脑的路。然后，他就与他的那些同伴和阿里阿德涅一起逃走了。但在临走前，他按照阿里阿德涅的主意凿穿了克里特人船的船底，让弥诺斯无法追捕他们。

忒修斯以为他和他可爱的战利品阿里阿德涅彻底安全了，于是他就和她半途中无忧无虑地在狄亚岛上休息下来了。这时，酒神狄俄尼索斯出现在忒修斯的梦里，声称阿里阿德涅已由命运女神定为他的未婚妻，并威胁说，如果忒修斯不把这个情人留给他，他就会使忒修斯遭遇一切灾祸。忒修斯早在外祖父那里接受过敬畏神明的教育，非常害怕惹神愤怒。因此他就把这位哀婉抱怨、灰心丧气的公主留在这座孤岛上，自己乘船继续航行了。夜里，狄俄尼索斯到来，把阿里阿德涅拐到了德里俄斯山。在那里，首先是神不见了，不久以后阿里阿德涅也无影无踪了。

得知公主被劫，忒修斯和他的同伴都很悲伤。由于悲伤，他们都忘了换下他们离开阿提刻海岸时升起的表示哀恸的黑帆，挂上白帆。坐在海岸悬崖上瞭望的埃勾斯，看见船越来越近，从船帆的颜色上判断，认为他的儿子死了。于是，他站起身来，满怀悲痛地跳到无底的大海里。就在这时，忒修斯登陆了，并根据他出发时在海岸上向神许下的愿进行献祭。当传令官给他带来他父亲的死讯时，他几乎悲痛欲绝。他带着他的同伴走进雅典城，一路上放声痛哭，哀号震天。

忒修斯登上王位

做了国王的忒修斯，不久便以行动证实他不仅是进行战斗和平息世仇的英雄，而且也有能力治理国家，使人民安享和平和幸福。在这方面，他甚至胜过了他视为榜样的赫拉克勒斯。他执政以前，阿提刻的大多数居民，散居在城堡和雅典小城周围的农家庄院和小村落里。他们很难被召集在一起讨论公共事务，甚至有时为了一些小事跟邻邦争战。忒修斯把阿提刻地区所有的人民都联合在一个城市里，把分散的地区建成一个共同的国家。他不是像一个暴君那样通过暴力去完成这个伟大事业，而是巡视每一个地区，走访各个家族，试图通过各方的赞同而自愿实现。

忒修斯废除各城镇的议会和独立政权，建立了一个共同的议会，这时雅典才成了一个公认的城邦。为了扩大这个新的城邦，他提出从各地接纳新的移民，许诺给予他们同等的公民权利。为了不使大量涌来的人群给新建的城邦带来混乱，他把人民分为贵族、农民和手工业者三个阶级，规定了每个阶级的权利和义务。他还削弱了国王的权力，使他的权力受到贵族会议和人民大会的约束。

和阿玛宗人的战争

当忒修斯正忙于加强国家安全的时候，雅典遭遇了一场超乎寻常的罕见的战争灾难。忒修斯在早年的一次征战中，曾登上阿玛宗人的海岸。阿玛宗的巾帼英雄并不害怕男人，她们把这个高大的英雄当作客人赠送了许多礼物。忒修斯不仅很喜欢这些礼品，而且喜欢上了送礼物来的那个美丽的阿玛宗女人。她的名字叫希波吕忒，英雄邀请她到船上小坐。但她刚刚登上他的船，他便扬帆开船把美人夺走。到了雅典，他就跟她结婚了，而希波吕忒也愿意做一个英雄和优秀国王的妻子。

好斗的阿玛宗妇女对这种肆无忌惮的掳掠大为愤怒，一直企图进行报复。一天，雅典人的城池好像没有设防，她们便突击登陆，包围了城市；她们甚至在市中心搭起一个营盘，使那些惊慌失措的居民退到城堡里去。起初，双方都不敢攻战，后来忒修斯从城堡里冲下来开始了战斗。希波吕忒王后也跟丈夫站在一边参加了反对阿玛宗人的战斗。一支投枪刺中了忒修斯身边的王后，她立刻倒地身亡。为了纪念她，后来在雅典建立了一座纪念石柱。战争和平解决后，阿玛宗人遵照条约离开雅典，撤回本国。

忒修斯和庇里托俄斯、拉庇泰人及马人的战斗

忒修斯以超凡的力量和勇敢著称于世。

古代最著名的英雄之一庇里托俄斯很想跟他比试一番，为了向忒修斯挑战，他从马拉松赶走了忒修斯的牛群。忒修斯听到消息，就拿起武器去追赶庇里托俄斯。但是庇里托俄斯并不逃跑，他甚至迎着忒修斯走来。这两个英雄彼此走近，相互一看，不禁都从心底赞美起对方的英俊和勇敢，在震惊中两个人像同时得到一种信号似的，都把武器抛在地上向对方奔过去。庇里托俄斯向忒修斯伸出右手，请求他裁决这次掠夺牛群的罪名；无论忒修斯决定怎样赔罪，他都自愿服从。“我所要求的唯一赔偿，”忒修斯眼睛一亮，回答道，“是要你成为我的知己和战友！”于是，两个英雄拥抱在一起，发誓要建立忠诚的友谊。

不久，庇里托俄斯与拉庇泰族的忒萨利亚公主希波达弥亚结婚，并请他的战友忒修斯参加婚礼。婚礼在拉庇泰人的辖区举行。拉庇泰人是忒萨利亚的一个著名的部落，是一些喜欢动物形象的山居野蛮人，他们是最先驯服马匹的人类。新娘虽然出身于这个部落，但她与这个部落的人没有一点相似之处。她身材优美，面貌靓丽，所有的客人都赞颂庇里托俄斯娶了她是他的福气。忒萨利亚的所有贵族都参加了婚宴。庇里托俄斯的亲戚，那些生活在忒萨利亚森林里的半人半马的野蛮马人也来了。他们长久以来就是拉庇泰人的敌人，但是这一次他们是新郎的亲属，便捐弃宿怨，前来参加欢宴。喜宴开始了，唱起了赞美新娘的歌，各个房间都热闹无比，散发着酒菜的芳香。因为厅堂容纳不下所有的客人，拉庇泰人和马人交错地挤在树荫下待客山洞里的餐桌旁。

宴会长时间在无所顾忌的欢乐气氛中吵吵嚷嚷地进行着。由于饮酒过量，马人中最野蛮的欧律提翁的心绪开始迷乱，他一看见美丽的少女希波达弥亚，就发狂地想把这个新娘抢走。谁也不知道事情怎么会是这样，谁也没有注意到这种荒诞的行为是怎样开始的：

客人们突然看见狂暴的欧律提翁抓着希波达弥亚的头发在地上拖着她走，希波达弥亚拼命抵抗着，高声呼救。醉酒的马人把他的罪恶行径当作一种信号，也要大胆地干同样的罪恶勾当，在异乡的英雄和拉庇泰人还没来得及站起身来时，马人就各自抢了一个在国王宫中服务或作为客人参加婚礼的忒萨利亚少女作为战利品。宫廷和花园就好像变成了一个被占领的城池。女人的呼喊在大厅里震荡。

“你头脑发昏了吗？竟然在我还活着的时候激怒庇里托俄斯，你惹恼一个人不就是侮辱两个英雄吗？”忒修斯冲着欧律提翁喊着，并冲到这个狂暴强盗跟前夺回新娘。欧律提翁没有反驳，他举起手来，照着忒修斯的胸脯就是一拳。忒修斯一把抓起一个铜壶，朝着对手的脸抛去，结果将他打得脸朝天倒在沙地里，血从他头上的伤口汩汩地流出来。“拿起武器呀！”马人在四面八方高喊。酒杯、酒瓶和碗盘在空中飞个不停，一场导致许多人丧命的恶斗开始了。到了夜里，马人才被击退。

庇里托俄斯合法地占有了他的新娘。第二天早上，忒修斯辞别了他的朋友。共同的战斗使他们新结成的兄弟同盟迅速发展成至死不渝的友谊。

忒修斯和淮德拉

当忒修斯刚进入青春期，把他的情人弥诺斯的女儿阿里阿德涅从克里特拐走时，她的小妹妹淮德拉就陪伴着她。后来，狄俄尼索斯夺去了阿里阿德涅，淮德拉因为不敢回到专横的父亲那里去，便跟随忒修斯到雅典来了。她的父亲去世以后，这个可爱的女孩才回到她的故乡克里特岛。这时，他的哥哥即弥诺斯的长子丢卡利翁在这个岛上执政，她就在哥哥的王宫里成长为一个美丽聪颖的少女。忒修斯在他的妻子希波吕忒死后，很长时间没有再娶，他听到许多称赞淮德拉如何美丽动人的传言，希望她能像他的第一个情人阿里阿德涅一样漂亮可爱。克里特的新国王丢卡利翁并不敌视英雄忒修斯，不久忒修斯就把这个几乎长得和他的情人一模一样的少女从克里特岛娶回家去。他真是福上加福，结婚的头一年，她就为忒修斯国王生了两个儿子：阿卡玛斯和得摩福翁。

但是，美丽的淮德拉并不贤良忠贞，她喜欢上了国王年轻的儿子希波吕托斯。希波吕托斯和她年龄相同，她喜欢他胜过喜欢她年老的丈夫。他美丽的身体和纯洁的灵魂在她心里点燃起不纯的欲火，但她把激情紧锁在胸中。最终，她还是把心思告诉给了她的老奶娘，一个狡诈阴险，盲目而愚蠢地爱她、忠于她的女人。不久，老奶娘便受托向这个青年转达了他继母的罪恶的爱。但这个心地纯洁的青年听到这话十分厌恶，而当他听到他的继母甚至鼓动他推翻父亲，和她分享王权时，他都惊呆了。由于憎恶，他诅咒一切女人。他觉得，单单听到这卑劣的提议就有失圣洁了。因为忒修斯这时恰恰不在国内，而希波吕托斯又不愿意与淮德拉同在一个屋檐下相处片刻，便在体面地把老奶娘打发走以后，迅速跑进旷野，到森林里狩猎去了。他希望在父亲回来以前为他可爱的女神阿耳忒弥斯服务。

淮德拉不能容忍她罪恶的计划遭到拒绝。一种罪恶感和罕见的爱情在她心中展开了斗争，但是恶毒的阴谋最终占了上风。忒修斯归来时，发现妻子已经自缢，她紧紧握着的右手里有一封她临死前写的信。信中写道：“希波吕托斯想要玷污我的名节。要逃避他的纠缠，只有这样一条路。我宁可死，也不能损害对我丈夫的忠诚。”

由于惊愕和憎恨，他像脚底生了根似的久久站在那里。最后他举起双手向天祈祷："波塞冬，我的父呀，你爱我一直像爱你的儿子一样。你曾经答应可以满足我三个请求，现在我希望你信守诺言。我只有一个愿望，请你满足我：让我可恶的儿子不要活过今天！"他刚说出这句诅咒，希波吕托斯就走进宫来，发现他正在恸哭的父亲站在继母的尸体旁。他温和平静地回答父亲的辱骂："父亲，我的心是纯洁的。我没有罪。"但忒修斯只把他继母的信递给他看，二话没说就把他逐出国外了。

就在当天的傍晚时分，一名快使来见国王忒修斯，说："国王，我的主人啊，你的儿子希波吕托斯已经离开人世了！"忒修斯听到这个消息，态度十分冷淡，并苦笑着说："他是像侮辱父亲的妻子那样侮辱了别人的妻子，被情敌打死的吗？""不，我的主人！"信使答道，"是他自己的马车和你亲口发出的诅咒杀害了他！""哦，波塞冬啊！"忒修斯说，"你答应了我的请求！使者，你告诉我，我的儿子是怎么死的？"

"我们这些仆从正在海边洗刷我们主人希波吕托斯的马匹的时候，"使者说，"听说他已经被放逐了。不久，他本人就在一大群牢骚满腹的儿时朋友的陪同下走来，命令我们备好出行的马匹和车辆。当一切都准备停当时，他高举双手对天祈祷道：'宙斯呀，假如我是坏人，你就把我消灭吧！无论我是死是活，但愿我父亲知道他斥责我是不公正的！'说完他就跳上马车，抓起缰绳，在我们仆从陪同下，离开了那里。我们就这样来到了荒凉的海岸，右边是大海的波涛，左边是从群山向外凸出的峻岩。突然，我们听到深处传来一声巨响，如同地下的闷雷。我们往海上一瞧，看见一个巨浪蹿上天空，有塔楼那么高，紧接着就是排山倒海的波涛卷着白色的泡沫吼叫着冲向海岸，正好冲上马匹所走的那条狭路。随着轰鸣的海涛，从海里冒出一个怪物——一头巨大的公牛，它的吼声震响了海岸和山岩。一见这个怪物，马就全惊了。它们使劲儿咬着嚼子狂奔，希波吕托斯怎么也控制不住。这个海怪挡住它们的去路，逼着马车撞到巉岩上，车轮都撞得粉碎。你的不幸的儿子头朝下栽了下去，但他仍然同翻了的车子一起，被无人驾驭的马拖着生生磨死在沙石上。这一切发生得特别快，我们这些仆从都来不及救他。”

听到这个报告以后，忒修斯久久地默默地呆望着地面。“对于他的不幸，我既不感到高兴，也不感到悲哀。”他若有所思地说，并深深地陷入怀疑之中，“但愿我能见到他还活着，我好问问他，跟他谈谈他的过失。”一个老妇人的悲号打断了他的话。她披散着灰白的头发，身穿一件撕破了的袍子，走过来跪在国王忒修斯的脚下。这是王后淮德拉的老奶娘，她受良心责备，再也不能保持沉默，便哭着喊着向国王说出了王子的无罪，揭露了王后的罪过。不幸的父亲还没有完全清醒过来，他的儿子希波吕托斯就躺在担架上被哀号的仆从抬进宫来，他遍体鳞伤但仍有一口气。忒修斯万分懊悔和绝望地扑在将死的儿子身上。王子强挺着最后的残喘问站在周围的人：“我的无罪大白了吗？”站在身边的人向他点了点头，并安慰了他。“不幸的被人欺骗了的父亲呀，”这个将死的青年说，“我不怨你！”说完他就断气了。

忒修斯抢妻

忒修斯渐感衰老和孤独，与年轻的英雄庇里托俄斯结成的友谊，在他心中唤起进行一次大胆而鲁莽的冒险的欲望。庇里托俄斯的妻子结婚后不久就死了，忒修斯如今又是鳏居，二人就一起去冒险，想各为自己抢一个妻子。

当时，宙斯和勒达所生的女儿，后来闻名遐迩的海伦还很年轻。她是在她的继父斯巴达国王廷达瑞俄斯的王宫里长大的。不过，她已经成为那个时代最美丽的少女，她的妩媚动人在全希腊人尽皆知。当忒修斯和庇里托俄斯远征到巴格达的时候，他们看见海伦正在阿耳忒弥斯神庙里跳舞。二人心中都燃起了对她的爱情，他们忘乎所以，从神庙抢走这位公主，首先把她带到阿耳卡狄亚的忒革亚。在这里，他们为她抓阄，双方友好地保证：谁赢了，谁就要帮助对方去劫夺另一个美女。忒修斯抓阄得胜，他便把这个少女带回阿提刻地区的阿菲德那，交给他母亲埃特拉，让另一个朋友保护。

随后，忒修斯就和他的战友继续远征，二人想要建立一桩英雄的业绩。庇里托俄斯决定从冥府里掳走普路同的妻子珀尔塞福涅，以补偿他没有得到海伦的损失。但是，这个计划失败了，忒修斯和庇里托俄斯被罚永囚冥府。赫拉克勒斯本想把两个人都救出来，但结果只把忒修斯救出了冥府，忒修斯的朋友则不得不永远留在那里了。

而在忒修斯被囚禁在冥府里的时候，海伦的哥哥——卡斯托耳和波吕丢刻斯就动身来解救他们的妹妹了。他们到了雅典，要求以和平的方式接回海伦。但城里的人说，他们那里既没有这位年轻的公主，也不知道忒修斯把她留在哪里了。这时兄弟二人大怒，威胁说要用武力解决。这时，雅典人都害怕了，于是一个曾探听到忒修斯的秘密的雅典人告诉这两兄弟说，隐藏海伦的地点是阿菲德那。卡斯托耳和波吕丢刻斯围困了那个城池，一举得胜，以疾风暴雨之势占领了那个地方。

同时，雅典城里也发生了动乱，珀透斯的儿子墨涅斯透斯企图夺取王位。他自立为人民的领袖，煽动暴民反对忒修斯。海伦的两个哥哥占领了阿菲德那，雅典人都吓破了胆。墨涅斯透斯趁机利用了人民的这种恐慌的情绪。他劝说市民打开城门，热情地迎接带着妹妹的卡斯托耳和波吕丢刻斯，因为他们进行战争只是为了反对抢夺了海伦的忒修斯。两兄弟的行为证明了这话是真的：他们虽然从洞开的城门开进雅典，城里的一切都控制在他们的武力下，但他们没有伤害任何一个人。他们只要求，能像其他高贵的雅典人和赫拉克勒斯的亲属一样，参加厄琉西尼亚神秘习俗中的秘密的祭神仪式。祭神仪式完毕后，他们就带着被救出去的海伦重返故乡了。

忒修斯的结局

经过在冥府里的长期监禁，忒修斯终于认识到他最后行为的轻率和卑劣，并甚感懊悔。他以一个神情严肃的老翁的身份回到雅典，得知海伦被她哥哥救走并没有表示不满，因为他为他的掳掠行为感到羞耻。他在国内遇到的仇视使他充满忧虑。虽然他再度执政，把墨涅斯透斯一派镇压下去，但他没再长久享受到真正的安宁生活。当他想要严于治国时，反对他的暴动又重新爆发，领头的永远是墨涅斯透斯，他的背后有贵族党徒的支持。开始，忒修斯企图依靠暴力恢复秩序，但暴乱四起，他的一切努力全归于失败。于是，这位不幸的国王便失望地决定自行离开他的城市，乘船到斯库洛斯岛去。他在那里拥有父亲留给他的大宗财产，他把那里的居民当作自己要好的朋友。

当时，斯库洛斯的统治者是吕科墨得斯。忒修斯去见这位国王，请求把他的财产归还他，他打算在这里长住。吕科墨得斯却心中盘算着怎样毫不引人注意地把这个客人除掉。因此，他把忒修斯带到岛上最高的岩峰，说是从那里可以让他看到他父亲在岛上占有的珍贵财产。忒修斯走到山顶，欣喜地放眼眺望周围美丽的风光，那个背信弃义的国王从后边猛地一推，忒修斯就从悬崖上掉了下去，沉入海底。

在雅典，忘恩负义的人民很快就把他忘记了。墨涅斯透斯当了国王，就好像他的王位是从他祖先那里继承下来的似的。

数百年以后，当雅典人不得不在马拉松平原抗击波斯人时，这位伟大英雄的神灵从地下站出来，领导他不忠臣民的后代打败了敌人。因此，德尔斐神谕要求雅典人找回忒修斯的遗骸。但他们到哪儿去找呢？就在这时，凑巧弥尔提阿得斯的儿子，即那个名声大振的雅典的喀蒙，在一次新的远征中占领了斯库洛斯岛。他正在热心地寻找英雄的坟墓时，看见一只鹰在一座山上飞翔。他跑到那里停下，很快就看见那只鹰落了下去，用利爪刨开坟丘的泥土。喀蒙把这一幕看成一种神的安排，便让随从往下挖掘，果然在很深的地下找到一个巨人尸体的棺木，旁边还放着一支矛和一把剑。喀蒙和他的随从谁也不怀疑他们找到了忒修斯的遗骸。喀蒙用一艘美丽的三列桨座战船把这神圣的尸骨运回。他们进入雅典城时，人们欢声雷动，列队欢迎，并举行祭奠。那情景就像忒修斯本人胜利归来一般。这位雅典的自由和公民宪法的缔造者，他的无知的同代人曾经愧对于他，现在他的人民的子孙在几百年之后对他表示出由衷的谢意和崇敬。

俄狄浦斯的传说

俄狄浦斯的出生、青年时代和他的逃亡

拉伊俄斯是底比斯的国王。他跟城里的贵族墨涅扣斯的女儿伊俄卡斯忒结婚后，过了很久，也没有子女。因为渴望得到子嗣，他便向德尔斐的阿波罗请问根由，神谕的内容却是："拉布达科斯的儿子拉伊俄斯，你祈求得到一个儿子。好吧，你将会有一个儿子。但你要知道，命中注定你将死在你亲生孩子的手里。这是克洛诺斯之子宙斯的旨意，因为他听到珀罗普斯的诅咒，说你过去曾抢走他的儿子。"就是说，拉伊俄斯年轻的时候曾逃离本国，在伯罗奔尼撒半岛被国王的宫廷接纳为客，但他不知感恩，反而拐走了珀罗普斯国王英俊的儿子克律西波斯。拉伊俄斯知道自己曾犯下这一过失，对神谕深信不疑，长时间与他的妻子分居。但是彼此之间的真心相爱，使他们俩再也顾不得命运的警告，又在一起同居了。伊俄卡斯忒终于为她的丈夫生了一个儿子。

在孩子降生以后，他们又想起了神谕。为了逃避神的裁定，他们刺穿了出生刚三天的婴儿的脚脖子，拴好后让人把孩子抛到喀泰戎荒山里去。但执行这个残忍命令的牧人对这个无辜的婴儿起了怜悯心，便把孩子交给了另一个在同一座山里为另一个国王波吕玻斯牧羊的牧人。执行人回到宫里，在国王和王后伊俄卡斯忒面前佯言已经把婴儿抛进荒山。国王夫妇相信那孩子不饿死冻死，也得被野兽撕碎，这样神谕就不会实现了。他们还以这样的思想抚慰自己的良心：牺牲了儿子，却避免了他的弑父之罪。于是他们才真正过上了轻松愉快的日子。

波吕玻斯的牧人解开婴儿脚上的绑带，他不知道这个孩子是从哪里来的，便根据脚上的伤取名俄狄浦斯，意思就是“肿胀的脚”。然后牧人就把孩子带到科林斯，送给他的主人波吕玻斯国王了。国王很同情这个弃儿，把他交给妻子墨洛珀当作亲生儿子抚养。在宫里和全国都把这个孩子当作国王的儿子对待。他成长为一个青年王子以后，一直被视为最高尚的公民，他也在幸福的生活中确信自己是国王波吕玻斯的儿子和王位继承人——要知道，国王除他之外没有别的子女。这时发生了一个偶然事件，让他突然丢掉了自信，跌进怀疑的深渊。

有一个科林斯人，他老早就出于嫉妒而仇视俄狄浦斯。在一次宴会上他竟然醉醺醺地冲着俄狄浦斯喊叫，说他不是国王真正的儿子。这声非难给了他沉重的打击，他第二天早上来到父母——实为养父母——面前，请求告诉他的身世。波吕玻斯和他的妻子对说这话的恶意挑拨者十分愤怒，他们极力排除儿子的怀疑。他在父母的言谈中体会到的爱虽然使他略感舒畅，但怀疑从那一天起一直折磨着他的心，因为敌人所说的话给他留下的印象实在太深了。

他终于悄悄地离开了王宫，连父母都没告诉一声，就去寻觅德尔斐的神谕，希望听到神对那句破坏他名誉的责难的驳斥。太阳神阿波罗却对他的问题不屑回答，反而向他揭示出一个他所面临的新的更可怕的不幸。“你将杀死你的亲生父亲，”神谕说，“你将娶你的生母为妻，生下可憎的后代留在人间。”听了这番神谕，俄狄浦斯心里说不出有多么恐惧。因为他的心总是对他说，像波吕玻斯和墨洛珀这样慈爱的父母，肯定是他真正的双亲，所以他就不敢回家，他害怕命运女神会驱使他的手杀死他亲爱的父亲，让他与他的母亲结成邪恶的乱伦婚姻。

离开德尔斐，他就走上了去玻俄提亚的路。突然，他看见一辆马车朝他走来，车上坐着一位不相识的老人、一个使者、一个驭手和两个仆从。赶车的人粗暴地把这个走在同条狭路上的步行者挤出路外。天生易怒的俄狄浦斯顺手就给了那个顽固的驭手一拳。那位老人看到这个青年竟然如此鲁莽地冲着马车大喊，便急忙抓起他手边的双排钉棍，照着青年的脑袋重重地一击。这一下，俄狄浦斯暴怒了，他第一次发挥神赐的英雄伟力，立即举起他旅行用的木杖，使劲儿打了一下老人，结果老人眨眼间就背朝下从车座上滚了下去。一场恶斗过后，原来车上的人除了一人逃脱，其他人都被俄狄浦斯打死了。俄狄浦斯继续走他的路。

他认为，他干的事只不过是出于迫不得已的自卫。他遇到的那位老人没有任何标志说明自己的高贵身份。但这个被击毙的老者正是拉伊俄斯，底比斯的国王，俄狄浦斯的父亲。拉伊俄斯是要到皮提亚神殿才走在这条路上的。父子二人从神谕得知而又竭力规避的预言还是变成了现实。

俄狄浦斯娶母

那场恶斗之后不久，在底比斯城的城门前出现了斯芬克斯，她是一个长着翅膀的怪物，有少女的头、狮子的身体。她是巨人堤丰和妖蛇厄喀德那所生的一个女儿。厄喀德那是一个蛇身女妖，她生了许多怪物，其中有冥府的三头狗刻耳柏洛斯、勒耳那的多头水蛇许德拉和喷火的喀迈拉。斯芬克斯这个怪物趴在一个悬崖上，要求底比斯的居民破解她从缪斯女神那里学来的谜语。如果过路的人猜不中，她就抓住他，把他撕碎吃掉。

谁也不知道，国王在路上被什么人打死了，王后伊俄卡斯忒的兄弟克瑞翁继承了王位，执掌了政权。正当全城为死去的国王举哀的时候，这个怪物带来的灾难降临了全城。紧接着，克瑞翁自己的儿子就被斯芬克斯抓住吞食了。这个灾难促使国王克瑞翁发出公告：谁能使全城摆脱这个吃人的怪物，谁就可以得到王国并娶他的姐姐伊俄卡斯忒为妻。

这个公告刚刚宣布，俄狄浦斯就走进了底比斯城。危险和因冒险而得到奖赏都使他感到很刺激，同时他并不看重他那笼罩在不祥预言之中的生命。因此，他奔向斯芬克斯占据的那个悬崖，让她给他出一个谜语。这个怪物想给这个勇敢的外乡人出一个完全解不开的谜语，便说出下列警句：“早晨四条腿，中午两条腿，黄昏三条腿。在一切造物中唯独这种造物用不同数目的腿行走。腿最多的时候，正是力量和速度最小的时候。”

听了这个谜语，俄狄浦斯觉得这个谜语一点儿都不难猜，便微微一笑说：“你的谜底就是人呀。在生命的早晨，人是弱小无力的孩子，便用两手和两脚爬行。人长大了便是生命的中午，当然用两脚走路。到了老年就是生命的黄昏，人就要拄拐杖，这不就是三条腿走路吗？”这个谜语幸好被猜中了。斯芬克斯由于羞惭和绝望从悬崖上跳下去摔死了。作为奖赏，俄狄浦斯得到了底比斯王国，娶了前国王的遗孀，她的生母。伊俄卡斯忒接连为他生了四个孩子：先是双生的男孩厄忒俄克勒斯和波吕尼刻斯；接着是两个女儿，大的叫安提戈涅，小的叫伊斯墨涅。这四个孩子是他的子女，同时也是他的弟弟和妹妹。

真相大白

这个可怕的秘密很长时间都没有被揭露。俄狄浦斯虽然有些过失，却是一个有正义感的好国王，他愉快地治理着底比斯，和伊俄卡斯忒过着美满的生活。最后，诸神向他的国土降下瘟疫。瘟疫在民间猖獗流行，没有办法救治。底比斯人认为这场灾害是神降的惩罚，又认为他们的国王是天国的宠儿，因此都企图在他的庇护下抵御可怕的灾害。于是王宫前出现了男女老幼汇成的人群，领头的是一些手持橄榄枝的祭司。他们坐在神坛的周围和台阶上，静候国王露面。

俄狄浦斯走出国王的城堡，询问为什么全城都缭绕着熏烤献祭的烟雾，到处都是悲泣和哀号。那位最老的祭司代表众人回答道：“哦，主人呀，你亲眼看见了一场什么样的灾难降临在我们的头上：无法忍受的热浪烤焦了牧场和田野，使人耗尽生命的瘟疫在我们每个人家里肆虐，全城都拼命想从灭顶的血浪中抬起头来，却枉费心机。敬爱的国王啊，在这水深火热中，我们只能到你这里来请求保护。你曾经把我们从斯芬克斯吃人的灾难中解救出来，没有神力相助这肯定是办不到的。因此我们信赖你，这一次你也会靠神力救助我们。”

“我可怜的孩子们，”俄狄浦斯答道，“你们祈求的原因我很理解。我的内弟克瑞翁已经被我派到德尔斐去恳求阿波罗，请他告知究竟什么活动或什么行为才能使这座城得救。”

俄狄浦斯正说着，克瑞翁也来到了人群中，并当着人民的面向国王报告神谕的内容。不过，这道神谕并不使人感到心安：“神说，是对国王拉伊俄斯的杀害构成了一桩严重的血腥的罪恶，压在这块土地上。只有这个罪人离开这个国家，全城才能得救。”

俄狄浦斯怎么也想不到，他打死的那个老人就是拉伊俄斯，神迁怒于人民原来是为了这件事。他听了国王被杀害的经过，仍感茫然。他宣称他本人能够处理好有关死者的问题，并责令聚集起来的人民解散。然后，他向全国发出通告：凡是知道杀害国王拉伊俄斯的凶手消息的人，都要如实上报。外国的知情者如来报告则将得到本城的重金酬谢。对知情不报者和推脱同谋罪责者，则不准其参加一切宗教仪式，不准其享用祭餐，甚至不准同国人交往和谈话。那个凶杀者则要受到最恶毒的咒骂，一生经历困苦不幸，终将可耻地毁灭。

随后他派了两个使者去请双目失明的预言家忒瑞西阿斯。这个预言家很快就来到国王和聚集起来的人民面前。俄狄浦斯向他说明了困扰着他和全国人民的烦恼，请他施展预言家的本领，帮助大家找到凶杀者的踪迹。

但忒瑞西阿斯突然发出一声悲叹，同时伸出双手，好像要挡住国王似的，说：“知情是可怕的，知情只能给知情者带来灾难！国王，让我回去吧！还是你管你的事，我管我的事吧！”

这样一来，俄狄浦斯反而更是力劝这位预言家说出实情，他周围的民众则跪在他面前祈求。见他不做进一步的说明，国王俄狄浦斯突然动怒了，骂忒瑞西阿斯不是知情人也是杀害拉伊俄斯的帮凶。这样一指控，失明的预言家便不得不说出真相。“俄狄浦斯，”他说，“服从你自己的通令吧！你本人就是使全城遭殃的罪人！是的，你本人就是杀死国王的凶手！”

俄狄浦斯大骂预言家忒瑞西阿斯是巫师和阴险的骗子，那个预言家则把他叫作杀父的凶手、娶母的罪人，预言他已灾难临头。然后他就扶着给他带路的小童，愤愤地离去了。

妻子伊俄卡斯忒比国王更摸不着头脑。她一从丈夫口中得知，忒瑞西阿斯说俄狄浦斯是杀害拉伊俄斯的凶手，就禁不住愤怒地咒骂这个预言家和他的预言才能。“亲爱的，你瞧，”她高声说，“这些预言家多么无知！从一个例子上就可以证实这一点：我的第一个丈夫拉伊俄斯也曾得到过一个神谕，说他将死在儿子的手里。但杀死他的却是十字路口的一群强盗，而我们唯一的儿子生下来才三天就被捆住双脚抛到荒山野岭里去了。哼，预言家的裁决就是这样实现的！”

王后冷嘲热讽地说出的这一席话，却在俄狄浦斯心里产生了与她的期望完全不同的影响。他万分震惊地问：“拉伊俄斯是死在一个十字路口？哦，告诉我，他长什么样？多大年纪？”

“他很高大，”伊俄卡斯忒答道，完全不理解俄狄浦斯为什么如此激动，“一头灰白的老人发髻。亲爱的，他的体格和长相都很像你。”

“忒瑞西阿斯并不是瞎子，忒瑞西阿斯什么都看得见！”俄狄浦斯惊呼道，最后的疑团驱使他进行详细的调查。他终于了解到，国王被杀是一个逃走的仆从报告的。俄狄浦斯渴望见到他，于是这个奴仆就被从乡下叫来了。但在他到达之前，从科林斯来了一个使者，向俄狄浦斯报告他父亲波吕玻斯国王的死讯，要他回去继承王位。

听到这个消息，王后又得意扬扬地说："崇高的神谕啊，你预言的结果在哪里？说俄狄浦斯将杀死的父亲，现在不是安享天年寿终正寝的吗！"

这个消息对虔诚敬神的俄狄浦斯的影响却完全不同。他虽然从心底里愿意承认波吕玻斯是自己的父亲，但他无法理解，一道神谕怎么会没有实现。他不想到科林斯去，还因为他的母亲墨洛珀还活着，而神谕的另一部分关于他将娶母亲为妻的宣示仍然可能实现。但这个使者很快就打消了他的这个疑虑。原来他就是多年前在喀泰戎山上从拉伊俄斯的仆从手中接过新生婴儿的那个牧人，捆在婴儿被穿透的脚后跟上的绑带就是他给解开的。他毫不费力地证明了俄狄浦斯只是国王波吕玻斯的养子，尽管他是科林斯的王位继承人。

当伊俄卡斯忒听到这话的时候，便悲痛地呼号着离开了丈夫和集聚的人群。这时，从远方召来的、拉伊俄斯被杀时逃脱的那个年老的牧人到了。科林斯的使者一眼就看出，他就是从前在喀泰戎山上将孩子交给他的那个仆人。老牧人吓得脸色煞白，想要否认这一切。俄狄浦斯勃然大怒，说要对他严加惩罚，他才说出了真相：俄狄浦斯是拉伊俄斯和伊俄卡斯忒的儿子，因为可怕的神谕说这孩子将杀死父亲，所以他们就把孩子交给他扔掉，但他出于怜悯救了孩子。

伊俄卡斯忒和俄狄浦斯的自惩

一切怀疑都消除了，骇人听闻的事实大白于天下。俄狄浦斯狂喊着冲出去，在王宫里四处乱走，想找到一把剑，从人间铲除他那既是母亲又是妻子的怪物。他怪声吼叫着奔向寝室，砸开紧锁的双重房门，冲了进去。一幕触目惊心的景象使他停住了脚步：伊俄卡斯忒已经自缢，披着一头蓬乱的长发。俄狄浦斯木然呆立好久，才悲咽着走过去，把吊上去的绳子拉下来，直到尸体落到地上。他从她的袍子上拽下纯金锻造的胸针，使劲儿刺穿自己的眼珠，直到鲜血从眼窝里涌出。他诅咒他的眼睛，它们不应该再看到他所做的和他所容忍的这一切。随后他让人把他领出去，告诉全体底比斯人民，他就是杀害父亲的凶手、娶母为妻的乱伦者、天神诅咒的恶徒、大地的妖怪。仆从们把他领了出来，但人民对他们从前十分爱戴和尊敬的统治者并不憎恶，反而非常同情。降低身份的俄狄浦斯见到人民如此慈爱，深受感动。他命他的内弟克瑞翁任摄政王，扶助他本应继承王位的幼子。他请求埋葬他不幸的母亲，请求新国王保护他的两个孤女。至于他自己，他要求把他赶出这个他以双重的罪过玷污的国家，放逐到喀泰戎山里去——那里是他的父母早已决定埋葬他的地方，现在他到那里去，是死是活全由神来安排。他说，克瑞翁对他表示过这么多爱，为此他衷心祝福他，希望神比他当政时更好地保护克瑞翁和人民。

俄狄浦斯和安提戈涅

在最初真相大白的时刻，俄狄浦斯心里想的是最好尽快死去。如果人民起来反对他，用石头砸死他，他会把这一切当作一种善行来接受。后来，他觉得他所请求的，他内弟克瑞翁同意的放逐，也是一种恩典。但当他在家里坐在黑暗中，满腹怒气渐消时，他又感到，一个盲人流落他乡实在可怕，便毫不迟疑把他想留在家里的愿望告诉克瑞翁和他的两个儿子了。

但这时的情况是：摄政王克瑞翁的同情已经成为过去，两个儿子也是一副极端自私的硬心肠。克瑞翁坚持放逐，两个儿子拒绝援助他们的父亲，甚至连一句话也不说，就硬把一个行乞的棍子塞到他手里，把他赶出底比斯的王宫。只有两个女儿天真地怜悯被驱逐的父亲。小女儿伊斯墨涅留在哥哥的家里，尽其所能料理父亲的事务，俨然就是被流放者的代理人；大女儿安提戈涅跟随父亲放逐，为这位失明者引路。

于是，安提戈涅便随他走上漫无目的的艰苦旅程。她脚上无鞋，忍饥挨饿，伴随父亲穿过原始森林。娇柔的少女和父亲一起忍受着日晒雨淋，尽管留在哥哥的家里她会得到无微不至的照顾，但在苦难中只要父亲能够饱餐一顿，她也会感到十分满意。

俄狄浦斯最初的意向是，在喀泰戎的深山老林里苦熬岁月或干脆结束生命。但是因为他是一个虔诚敬神的人，所以他不想在没有神的旨意时贸然迈出这一步，于是他便先去朝圣，求取阿波罗的神谕。在圣地他听到了使他感到安慰的神谕。诸神很清楚，俄狄浦斯是在规避犯罪的情况下，无意犯下了违反自然和人类社会最神圣的法则的大罪。因此，神告诉他：如果他能听从命运女神的安排到达那些可敬的女神——复仇女神为他准备的栖身地，即使经过很长时间，他也能等到被解救的那一天来临。复仇女神也被称作慈悲女神，这是人类为了敬重和抚慰三位复仇女神想出来的一个别名。这道神谕的言辞既难以捉摸又令人不寒而栗。俄狄浦斯将在复仇女神那里使他反自然的罪过获得赦免，从而得到安宁和解救！他相信神的诺言，并在全希腊流浪。他心地善良的女儿安提戈涅领着他，照顾他，全靠好心人的施舍过活。

俄狄浦斯在科罗诺斯

时而经过城乡，时而穿过荒野，经过很长时间的流浪，一天黄昏，父女二人来到温暖地区一个坐落在景色宜人的小树林中的美丽村庄。夜莺扑打着翅膀飞过灌木丛，用悦耳的声音高歌。葡萄藤上绽放的小花吐露着芬芳，橄榄树和桂树的枝条遮住了凹凸不平的山岩。就是双目失明的俄狄浦斯，也能通过他其余的感官感觉到这个地方的优美，听了女儿的描述就更认定这是一个圣洁的地方。俄狄浦斯因为走了一整天的路觉得累了，便坐在一块大石头上。但一个村民要他赶快站起来，因为这里是圣地，不容许踏入。这时，两个流浪人才知道，他们已经来到了科罗诺斯村。这正是洞察秋毫的复仇女神的地区和圣林。不过在这里，雅典人把复仇女神称作欧墨尼得斯。

俄狄浦斯知道，他已经到达他流浪的终点，他那恼恨的命运即将得到和平的解决。

“在你们这里，谁是国王？”俄狄浦斯问。在长期的苦难中他对世界的历史和现状已经很生疏了。

“你知道威猛而高贵的英雄忒修斯吗？”那个村民问，“他的名声可威震世界呀！”

“如果你们的国王确实如此高贵，”俄狄浦斯应答道，“那么就请你把我的口信带给他，请他到这儿来一趟。为了他的这个小恩惠，我将给他重大的酬报。”

“一个盲人会有什么能力酬报我们的国王？”那个村民说，同时微笑着不无怜悯地看了这个外乡人一眼。“不过，”他补充道，“你呀，要是你不是双目失明，你这高贵的外貌也会让我尊敬。所以我乐意满足你的心愿，把你的请求告诉国王和我的同胞。你坐在这里别走，等候我的回话，让他们决定你是可以留下来，还是应该再去流浪。”

当俄狄浦斯和他的女儿又单独在一起的时候，他向复仇女神祈祷说：“你们令人恐惧，但你们也是慈悲的，现在就请指示我生活的道路吧！发发慈悲吧，你们这些黑夜的女儿！哦，可敬的雅典娜啊，可怜可怜站在你面前的国王俄狄浦斯的影子吧，他本人的躯体早就不存在了！”

他们单独待在那里的时间并不长。听说有一个仪表令人尊敬的盲人来到这个不准凡人踏入的复仇女神的圣林，村里的长老们很快就聚集到了他的周围。当这个盲人告诉他们，他是一个被命运女神追逐的人时，他们就更惊慌了。他们害怕，要是容许一个受神惩罚的人在这座圣林中逗留太久，会招来神的震怒，于是他们就叫他立刻离开这个地方。俄狄浦斯迫切地恳求他们不要把他从他流浪的目的地赶走，这个目的地是神谕规定的。安提戈涅也和他一起恳求他们。“如果你们不愿意怜悯我白发苍苍的父亲，”这个少女说，“那么，看在我这个无辜受罪的背井离乡人的分儿上，把他收留了吧。请你们赶快同意，出人意料地厚待我们吧！”

当双方正在对话，村民们正迟疑不决，摇摆在同情来人和惧怕复仇女神之间的时候，安提戈涅看见一个女子骑着一匹小马走来，一个仆人骑马跟随在后。“这是我的妹妹伊斯墨涅！”安提戈涅惊喜地说，“她肯定给我们带来了家乡的新消息！”

转瞬，那个女子，被放逐的国王的小女儿，来到他们面前，给父亲带来了有关底比斯情势的消息。俄狄浦斯的两个儿子在国内，正陷在自己惹来的困境中。最初，他们都想把王位让给舅舅克瑞翁，因为对家族的诅咒一直威胁着他们。但是，对他们父亲的印象越来越淡薄以后，这种让出王位的冲动也就消失了。他们心里滋生了对权力和国王的威严的渴求，随之而来的便是彼此失和结仇。波吕尼刻斯因为拥有长子继承权先做了国王，但弟弟厄忒俄克勒斯不满意兄长所建议的轮流执政，便煽动人民叛乱，把他的哥哥驱逐出境了。根据底比斯城里的传言，波吕尼刻斯逃到了伯罗奔尼撒的阿耳戈斯，在那里成了国王阿得拉斯托斯的乘龙快婿，结交了朋友和盟邦，扬言要征战报仇，正威胁着他的祖国。同时又有一道新的神谕传扬开来，说俄狄浦斯的儿子如无父亲则将一事无成。假如他们珍惜自己的幸福，不管父亲现在是死是活，他们都必须寻找父亲。

科罗诺斯人听了这话无不惊愕。俄狄浦斯站起身来。“我的情况原来如此，”他说，他那双目失明的脸上闪着光辉，“他们要到一个被放逐者、一个乞讨者这里来寻求帮助？现在我都是废物了，反倒成了他们要找的人？”

“就是这样，”伊斯墨涅继续报告她的消息，“父亲，正是因为这个缘故，我们的舅舅克瑞翁很快就要到这里来，我是赶在他前头来的。他是想说服你，只把你带到底比斯地区的边界。这样，既可满足神谕的要求，又对他本人和我的哥哥厄忒俄克勒斯有好处，而你的出现又不会亵渎底比斯城。”

“这你是从谁那儿听说的？”父亲问。

“是从去德尔斐朝圣的人那里听来的。”

“假如我死在底比斯的边界，”俄狄浦斯接着问，“他们会把我葬在底比斯的国土吗？”

“不会，”她答道，“你的血债不容许他们这样做。”

“那么，”年老的国王愤慨地高声说，“他们也就永远得不到我！如果他们认为统治欲比对父亲的爱还要重要，那么神永远也不会使他们免除彼此的仇视。如果他们的争端要靠我的决定来解决，那么，不管是现在王座上的执政者还是被驱逐者，都不可能再见到自己的祖国！只有这两个女儿才是我真正的后人！让我的罪过在她们心中死灭吧，我要为她们向天神祈福！好心的朋友们呀，我要为她们请求你们的保护！”

俄狄浦斯和忒修斯

随后，忒修斯来了。他亲切而恭敬地走向这个失明的外乡人，用温存体贴的话跟他攀谈：“可怜的俄狄浦斯，你的命运我是知道的，你那双刺瞎的眼睛已经告诉了我你是什么人。你的不幸深深地触动了我的灵魂。请你告诉我，你是怎样来到本城的？你找我有什么事？无论你要求我帮助你做什么，我都不会拒绝。我没有忘记，我和你一样，也在异国他乡长大，经历过无数艰难险阻。”

“从这短短的几句话里我已经看出你的灵魂有多么高尚，”俄狄浦斯答道，“我到这里来，是要向你提出一个请求，这个请求其实也是一份捐赠。我要把我疲惫不堪的身体送给你，自然，这是一项微不足道的财产，但也是一项很宝贵的财产。请你把我埋葬在地下，你将因你的仁慈宽爱得到很大的酬报。”

“你所恳求的恩惠实在是太微小了，”忒修斯惊诧地说，“请你提出更好更高的要求吧，所有的要求我都会满足你。”

“这个要求并不像你所想的那么微小，”俄狄浦斯继续说，“为了我苦难深重的身体，你将经受一场战争的考验。”

俄狄浦斯向他讲述了他怎样遭到放逐，现在他的亲属又怎样为了一己私利想要找到他。接着他就恳求忒修斯大胆地援助他。忒修斯聚精会神地倾听了他的叙述，然后庄重地说："我王宫的大门对每一个外乡的客人都是敞开着的，因此我就不能把你排除在外。何况你是神明引到我的家乡来的，而且你还答应祝福我和我的国家，我怎么能不接待你呢！"他让俄狄浦斯自己选择：是随他到雅典去，还是就留在科罗诺斯这里做客？俄狄浦斯选择了第二个方案，因为命运规定，他要在此刻驻足的地方战胜他的仇敌，荣耀地走完生命的最后历程。那位雅典人的国王忒修斯答应尽最大的力量保护他，说完就回城里去了。

俄狄浦斯和克瑞翁

不久，底比斯的国王克瑞翁带着他的武士闯入科罗诺斯，急速奔到俄狄浦斯面前。"我进入阿提刻地区，你们一定觉得很意外，"他转身对聚集过来的村民说，"请你们不要发怒，我还不至于幼稚到敢于向希腊最强大的城市挑战的地步。我是一个老人，我只是受我国人民的差遣到这里来劝说这个人跟我回底比斯去。"说完克瑞翁又转向俄狄浦斯，花言巧语地假意对俄狄浦斯和他两个女儿的苦难命运表示同情。

但俄狄浦斯举起行杖向前一伸，示意克瑞翁不要走近他。"无耻的骗子，"他喊道，"假如你到这里来把我抓住带走，这不过是在我悲苦的伤口上加一把盐啊！别指望通过我解放你的城市，使你们免受迫在眉睫的惩罚。我不会跟你们走的，我只会把复仇的恶魔派给你们。我那两个忤逆的儿子只能在底比斯占有埋葬他们的那一点点土地！"克瑞翁想要用武力劫走这位失明的国王，但科罗诺斯的公民都起来反对他，他们根据忒修斯的嘱托，不准许他把俄狄浦斯劫走。

当时，在混乱中，底比斯人根据主人的示意，抓住伊斯墨涅和安提戈涅，要把她们从父亲身边拖走。这些歹徒驱散反抗的科罗诺斯人，拖着两姐妹跑掉了。克瑞翁讥讽地说："我至少夺走了你的依靠。你这个瞎子呀，试试看，你再继续流浪呀！"克瑞翁因为胜利胆子壮了一点，又走向俄狄浦斯准备动手，这时忒修斯赶来了。他听说并亲眼看到这里发生的一切，立刻派随从徒步或骑马顺着底比斯人劫走两姐妹的大道追赶。忒修斯对克瑞翁宣称，他不把俄狄浦斯的两个女儿放回来，就不放他走。

俄狄浦斯和波吕尼刻斯

尽管如此，俄狄浦斯还是没有得到安宁。忒修斯带来追回两姐妹的队伍报告的消息：俄狄浦斯的一个亲人现已来到科罗诺斯，正在附近忒修斯刚刚献祭过的波塞冬神庙祭坛前跪地祈祷。

"这是我可恨的儿子波吕尼刻斯，"俄狄浦斯愤怒地喊道，"听他说话，我受不了！"但安提戈涅认为这个哥哥还比较温和、比较友善，一直比较喜欢他，所以她劝父亲息怒，说至少可以听听这个不幸的儿子说些什么。

波吕尼刻斯一露面，态度就和他的舅父克瑞翁截然不同。安提戈涅赶忙让他失明的父亲注意到这一点。"我看见那个青年一个人走过来！"安提戈涅大声说，"他是泪流满面的呀。""是他吗？"俄狄浦斯问，同时把头转开。"爸爸，是他，"这个善良的妹妹答道，"你的儿子波吕尼刻斯到你面前了。"

波吕尼刻斯跪在父亲面前抱住他的双膝。儿子抬头看着父亲，痛苦地看到父亲一身行乞者的褴褛衣服、凹陷的眼睛、未加梳理在微风中飘散着的灰白头发。“哦，所有这一切情形我知道得太晚了，”他高声说，“哦，我懊悔呀，我忘记了父亲！没有妹妹的照顾，你还说不定会怎么样呢！父亲呀，我对你犯下了深重的罪孽，你能饶恕我吗？你一言不发吗？你倒是说话呀，父亲！别怒气不消呀！哦，亲爱的妹妹，你们倒是帮我劝劝，让父亲启齿说话呀！”

“还是你先说说，哥哥，你到这里来是干什么吧！”温柔的妹妹说，“说不定你的话会使他开口呢！”

波吕尼刻斯告诉他们，他怎样被他兄弟驱逐出来，怎样在阿耳戈斯被国王阿德拉托斯收容，娶他女儿为妻，他在那里怎样争取到与率领七倍于他的军队的七位王公结成联盟，来为他的正义事业征战，现在已经把底比斯地区团团围住。说到这里，他泪流不止地请求父亲随他启程回归故里，待父亲帮他推翻他那个狂妄的弟弟，父亲就可以从儿子手中第二次接过底比斯国的王冠。

但儿子的悔悟并不能使深受伤害的父亲回心转意。“卑鄙的小人！”父亲说，并没有把跪在地上的人扶起来，“当王位和王杖在你手中时，你把父亲赶出了家园，让他穿上乞丐的衣衫。现在，同样的灾难落到你头上，你才不忍心看他这一身打扮！你和你的兄弟不是我真正的儿子。依靠你们，我早就死了。只因为有女儿的照料，我才活下来。神的惩罚已经在等着你们了。你灭不了你的故乡城。你将死在你的血泊里，你的兄弟也一样。这就是你能带给你的那些盟友王公的回答！”

在父亲痛骂时，波吕尼刻斯惊恐地从地上站起来，往后退了几步。这时，安提戈涅走到哥哥跟前，十分明智地对他说：“听我一句诚心诚意的劝告吧，波吕尼刻斯！带着你的军队撤回阿耳戈斯，别把战争带给你的故乡！”

“这是不可能的，”他迟疑片刻，答道，“逃避只能带给我耻辱，甚至毁灭！即使我们兄弟俩都面临灭顶之灾，我们也不会言归于好！”说完他就转过身去，也不跟妹妹拥抱，绝望地冲了出去。

俄狄浦斯就这样经受住了来自两方面亲属的诱惑，把他们丢弃给了复仇的神。现在他个人的命运就要完结了。霹雳声一声接着一声从天上滚滚传来。这位老人明白这声音是什么意思，他渴望见到忒修斯。整个地区都笼罩在雨骤风狂的黑暗里。一种难以抵抗的恐惧攫住了失明的国王。他害怕他不能活着或毫不心慌地见到把他待为上宾的朋友，不能对这位东道主的恩惠报以深深的感激。

忒修斯终于来了，俄狄浦斯向他说出他对雅典城的庄严祝福。随后，他请求忒修斯国王遵从神的旨意，单独伴他到他应该死去的地方去，但不能让任何凡人的手碰他，只准忒修斯看着他。不能告诉任何人俄狄浦斯离开人间的处所。要让吞没他的这座坟墓永远无人知晓，这样，它就会变成一种防御雅典一切敌人的武器，胜似利矛坚盾和一切盟友。他容许他的两个女儿和科罗诺斯的居民陪他走一程。谁也不准碰俄狄浦斯。本来还由女儿拉着的盲人好像骤然变成了一个明眼人，昂首健步走在所有人的前面，他把那条通向命运女神所规定的目的地的道路指给大家。

在复仇女神的圣林里，人们看见一个裂开的地洞，入口有青铜的门槛，有许多纵横交错的路与它相通。自古以来就传说，这个洞穴是进入冥府的一个入口。俄狄浦斯走上一条弯曲的小路，但他不让陪同他的人走到洞口。他在一棵空心的树下停住脚步，坐到一块石头上，解开系在他那肮脏的褴褛衣衫上的腰带。然后他要来一些流动的水，洗去他长久流浪时黏在身上的污垢，穿上女儿给他带来的华丽的服装。

当他换完服装，变了一个人似的站在那里时，隆隆的雷声从地下传来。他的两个女儿浑身颤抖着扑在他的怀里。俄狄浦斯搂住她们，亲吻她们，说："孩子，别了！从今天起你们就没有父亲了！"

俄狄浦斯正拥抱着两个女儿，一种不知是从天上还是从地下传来的雷鸣般的声音惊醒了他们。那是一声叫喊："俄狄浦斯呀，为什么还在拖延时间？为什么还迟疑不走？"当这位失明的国王听到这个声音，知道是神要把他带走时，他便推开女儿们的手臂，请忒修斯国王走到他面前，把两个女儿的手放在忒修斯的手里，托付他永远保护她们。然后他吩咐其他人都转身离去，只允许忒修斯陪他走向那个敞着的洞口的门槛。

在他们二人背向众人走了很长一段路以后，他的女儿和随同者才遵嘱回过头来看。这时，发生了一个惊人的奇迹：俄狄浦斯踪影全无了。没有电闪雷鸣，不见了横扫一切的狂风，周遭是一片深沉的寂静。冥府的黑洞洞的门槛仿佛轻轻地无声地为他开放，这位得到解脱的老人既不悲叹也不痛苦，他进入大地的裂罅，被托到了冥府的深处。众人看见忒修斯用手捂着眼睛，给人的感觉神圣而不可侵犯。做了简短的祈祷以后，忒修斯国王转身走到俄狄浦斯的两个女儿跟前，说他一定会像父亲一样保护她们，然后带着复杂的感受，带着她们回雅典去了。

七雄攻底比斯

阿德拉斯托斯收留波吕尼刻斯和堤丢斯

塔拉俄斯的儿子阿德拉斯托斯，是阿耳戈斯的国王。他有五个子女，其中两个女儿叫阿耳祭亚和得伊皮勒。一个奇异的神谕说到她们：父亲将把一个女儿嫁给狮子，把另一个女儿嫁给野猪。阿德拉斯托斯苦苦思索这句隐晦的话到底是什么意思，但他百思不得其解。两个女儿长大以后，他打算赶快把女儿嫁出去，让那个可怕的预言无法实现。但神的话是不能不应验的。

这时，两个逃亡者从不同的方向来到阿耳戈斯的城门前。一个是波吕尼刻斯，他是被他的兄弟厄忒俄克勒斯赶出底比斯的。另一个是堤丢斯，俄纽斯和珀里玻亚的儿子，墨勒阿革洛斯和得伊阿尼拉同父异母的兄弟，他是因为打猎时无意中杀死了一个亲戚从卡吕冬逃来的。

两个逃亡者在阿耳戈斯的王宫前相遇。黑夜里，他们都以为对方是敌人，便互相搏斗起来。阿德拉斯托斯听到城堡下武器相击的骚乱声音，便手持火把走下城堡，把二人分开。当这两个英雄站在他身旁时，他突然惊呆了，因为他看见波吕尼刻斯的盾上画着一个狮子的头，堤丢斯的盾上则是一个野猪的头。波吕尼刻斯是因为崇拜赫拉克勒斯才使用雄狮徽章的；堤丢斯选择野猪的徽章则是为了纪念狩猎卡吕冬的野猪和怀念墨勒阿革洛斯。现在阿德拉斯托斯明白了那道隐晦的神谕的含义，便把这两个逃亡者招为女婿。波吕尼刻斯娶大女儿阿耳祭亚为妻；小女儿得伊皮勒则嫁给了堤丢斯。阿德拉斯托斯同时许诺再把他们送回他们被逐出的祖国去。

首先决定攻打底比斯。阿德拉斯托斯召集各路英雄，连他在内共七位王公，率领七队大军。他们的名字是阿德拉斯托斯、波吕尼刻斯、堤丢斯、安菲阿拉俄斯、卡帕纽斯和他的两个兄弟希波墨冬及帕耳忒诺派俄斯。国王的姐夫安菲阿拉俄斯是一个预言家，过去曾长时间与他为敌，现在他预言整个征讨将落得不幸的下场。他见竭力劝说阿德拉斯托斯和其他英雄改变计划无效，就找了一个只有他妻子才知道的隐蔽处藏了起来。英雄们找了好久也没找到他，没有他，阿德拉斯托斯是不敢出征的。

当初波吕尼刻斯逃出底比斯时随身带来了一条项链和一个面网，这都是阿佛洛狄忒送给哈耳摩尼亚的结婚礼物。不过这是给人带来不幸的礼物，谁戴上它们谁就会有杀身之祸。现在他决定用这条项链贿赂厄里费勒，让她把她丈夫的藏身之处透露给他和他的战斗伙伴。当这个女人看到项链上闪闪发光的宝石和黄金串链时，她就抗不住这诱惑了。她让波吕尼刻斯跟她到藏人的地方把安菲阿拉俄斯拉了出来。他再也不能逃避这次远征了，只好穿上戎装拿起武器，集合他的武士。但在出发之前他把儿子叫到跟前，让儿子向神明发誓，在他死后向不忠的母亲复仇。

英雄们出发，许普西皮勒和俄斐尔忒斯

其他英雄也都做好了准备。阿德拉斯托斯很快把一支庞大的军队集合起来，把它分为七个支队，由七个英雄率领。大队人马在号角和军笛声中充满必胜的信念，浩浩荡荡地离开了阿耳戈斯城。但在进军的途中，灾难就来临了。他们到达涅墨亚大森林后，那里所有的泉源、河流和湖泊都已干涸，他们受到炎热的天气和咽喉冒火般焦渴的熬煎。人人都觉得盔甲和盾牌过于沉重，走在路上扬起的尘土粘在嘴里，就连马匹嘴里吐出的涎沫也干枯了，它们鼻翼干涩，把嚼铁咬得嘎嘎地响。

当阿德拉斯托斯带着几名武士在树林里四处走动，徒劳无功地探寻泉源的踪迹时，他们突然遇到一个满脸愁容的美人儿。她坐在树荫下，怀里抱着一个小男孩，披肩发不停地飘拂，衣衫褴褛不堪。阿德拉斯托斯十分惊异，以为见到了一个林中女仙，立刻向她下跪，祈求她救他和他的人马脱离灾难。

但那妇人垂下目光，谦恭地答道："外乡人，我不是女神。从你光鲜的外表来看，你倒很可能是出身于神族。如果说我身上有什么与凡人不同的地方，那必是我所经历的苦难比常人多得多。我叫许普西皮勒，是伟大的托阿斯的女儿，楞诺斯岛女人国从前的女王。我被海盗抢走又卖掉，受尽了无法形容的苦难，现在是涅墨亚国王吕枯耳戈斯的奴隶。我哺育的这个小男孩，不是我自己的孩子。他叫俄斐尔忒斯，是我主人的儿子，我是被指定做他的看护的。不过，你们想从我这里得到的东西，我很愿意替你们弄到。在这令人绝望的荒原里，只有一个泉源还在往外喷水，去那里的秘密通道除

了我谁也不知道。那个泉源的水非常丰富，足够你的全部人马解渴提神。都跟我走吧！”

那妇人站起身来，小心地把婴儿放在草地上，轻声哼唱了一支摇篮曲催他入睡。

阿德拉斯托斯和他的武士招呼着其他伙伴，于是整个部队立刻跟着许普西皮勒走在穿过密林的秘密小道上。不久，他们来到一个峻岩壁立的大峡谷，清凉的水花从峡谷里挤出来往上蹿，跑到女向导和他们的国王前面去的第一批武士干热的脸接触到轻盈的水珠，立刻提起了精神。他们同时听到了瀑布的轰轰巨响。“水！”他们异口同声地欢呼，几步跳到峡谷里，用头盔去接飞溅直下的泉水。“水，水呀！”整个部队都重复着这一个字。于是欢呼声压倒了瀑布的轰鸣，又从瀑布四周的群山中传来回响。这时大家都伏在蜿蜒流淌的小溪绿草如茵的岸边，大口地饮着甘甜的清泉，体味着长时间没有得到过的享受。后来他们又找到了横穿树林直通谷底的山间车道，驭手们不卸马，直接把车赶到清水波动的平地，让马在水中凉爽凉爽，戴着挽具解解渴。

全部人马都恢复了精神，许普西皮勒领着阿德拉斯托斯和他的武士们回到较宽的路上，大队人马与他们保持着礼貌上应有的距离跟在他们后面。然后他们向此前她抱着孩子坐在下面休憩过的那棵伞状树下走去。但他们还没到达那个地点，许普西皮勒就被远处传来的一声凄惨的哭叫吓了一跳。一个不祥的预感使她温柔的心抽紧。她急忙赶到英雄们的前面，向她经常坐着休息的地方跑去。啊呀，孩子不见了。她那迷乱的目光四处搜寻孩子的踪迹，但不仅不见踪影，就连哭叫声也听不见了。很快她就明白了：原来是她在热诚地为阿耳戈斯军队带路的时候，她所抚育的孩子惨遭了横祸，因为离大树不远的地方，蜷缩着一条丑恶的大蛇，它正把头放在肚子上在懒洋洋的睡眠中消化它刚刚吞下去的食物。这位不幸的保姆吓得毛发倒竖，不禁失声哭叫起来。

这时，英雄们也赶来了。第一个看见这条大蛇的是希波墨冬，他毫不迟疑地从地上搬起一块巨石向怪物身上砸去，但大蛇长满鳞甲的背把抛过去的石头抖落了，石头碎得像一片泥土。希波墨冬紧接着把矛抛了出去，飞矛正好刺中了巨蛇。那怪物旋转缠绕在立在伤口中的矛杆上，整个儿看去好似一个陀螺，最后它嗞嗞地叫着，渐渐断了气。

大蛇被杀死以后，那可怜的保姆才壮起胆来去追寻孩子的踪迹。附近有很多草都被鲜血染红了，最后她在离她休息处很远的地方发现了那个孩子的被啃得光光的骨头。这个绝望的女人把尸骨收集起来放在怀里，然后把它交给了那些英雄。阿德拉斯托斯和他的整个军队为这个因他们而牺牲的不幸的孩子举行了隆重的葬礼。他们为了纪念他创立了神圣的涅墨亚赛会，称他为阿耳刻摩洛斯，意即过早的完人，并尊他为半神。

吕枯耳戈斯的妻子欧律狄刻因为丧子而怒不可遏，立即把不幸的许普西皮勒投入大牢。但幸运的是，许普西皮勒远在故乡的年长的儿子们正在寻找他们的母亲，事情发生不久他们就到了涅墨亚，解救了沦为奴隶的母亲。

英雄们到达底比斯

“你们从这里应该得到远征结束的预兆了吧！”在那个男孩俄斐尔忒斯的遗骨被发现时，预言家安菲阿拉俄斯脸色阴沉地说。但其他人想得更多的是杀死巨蛇的事，都说这是一个喜庆的象征。因为军队刚刚渡过一个大的难关，大家的情绪都很好，对不祥预言家的长叹并没有人去理睬，于是大队人马继续前进。

几天以后，他们到达了底比斯城外。在城里，厄忒俄克勒斯和他的舅父克瑞翁也做好了顽强守城的一切准备，厄忒俄克勒斯对集合起来的民众说：“公民们，现在你们记住，你们要报答你们的故乡，是这座城养育了你们，把你们培养成勇敢的战士。你们都应该拿起武器抗击敌人，为了保卫故乡神明的圣坛，保卫你们的父母妻子，保卫你们脚下的自由土地！一个鸟卜者向我报告，今天夜里，阿耳戈斯人的军队将要集结起来攻城。因此，所有的人都要到城堞跟前去，到城门口去！你们要拿起一切武器！守住掩体，用你们的箭石堵住每一道门，防护好每一个出口，不要害怕敌方人多势众！城外到处都有我的探子，我相信，他们会随时向我报告准确的消息。我将根据他们的报告部署一切。”

就在厄忒俄克勒斯进行动员的时候，年轻的安提戈涅正和她祖父拉伊俄斯的一个年老的卫士站在王宫城墙最高的雉堞上。父亲死后，她没在雅典的忒修斯国王充满爱心的保护下居留很久，而是跟她的妹妹伊斯墨涅一起返回了故乡。她希望能对他的哥哥波吕尼刻斯有所帮助，同时也对她的故乡献上一份爱心。她不赞成她的哥哥围攻底比斯城，她想要分担故乡的命运。到了底比斯，克瑞翁和他的哥哥厄忒俄克勒斯张开手臂热烈地接纳了她，因为他们都把这个少女看作一个自投罗网的人质，一个受欢迎的调停人。

现在，安提戈涅沿着宫殿陈旧的雪松木楼梯爬上来，站在雉堞的平地上倾听老人给他讲解敌人的态势。

城市周围的田野里，沿着伊斯墨诺斯河的两岸，驻扎着敌人庞大的军队。部队正在运动，队与队彼此分开。整片田野都闪烁着金属盔甲和武器的光辉，好像一片起伏波动的海洋。大队的步兵和骑兵呼喊着拥向被困城市大门的周围。看到这一幕，年轻的姑娘十分惊恐，老人却安慰她说："我们的城墙又高又坚固，我们的橡木城门都是用沉重的大铁栓锁住的，何况又有不怕厮杀的勇敢的战士守卫，城里是绝对安全的。"

墨诺扣斯

在这同时，克瑞翁和厄忒俄克勒斯则在举行军事会议，并根据决议为底比斯的七处城门各派一名领队，这是跟敌人的领队数额完全相对应的。但是在城下战役打响以前，他们想研究研究飞鸟观测所提供的有关战斗结局的预兆。

在底比斯人当中有一个名叫忒瑞西阿斯的盲人预言家。克瑞翁派他的小儿子墨诺扣斯去把这个预言家领到王宫里来。老预言家由自己的女儿曼托和墨诺扣斯扶着，很快就双膝哆哆嗦嗦地来到了克瑞翁面前。克瑞翁逼迫他报告飞鸟向他预示的城市的命运。忒瑞西阿斯沉默了很久，最后，他说出下面一些令人悲伤的话："俄狄浦斯的两个儿子对他们的父亲犯下了重罪，他们将给底比斯这块土地带来深重的苦难。阿耳戈斯人和卡德摩斯人将会自相残杀，一个儿子死在另一个儿子的手中。我知道，只有一个办法能够拯救这个城；但这办法对被拯救的人来说太痛苦了，以至于我都说不出口。再见！"

他转身就想走，但克瑞翁一再恳求他，直到他留了下来。"你非听不可吗？"预言家严肃地说，"那我就说给你听！不过，你要先告诉我，你的那个把我领到这里来的儿子墨诺扣斯现在在哪儿？"

"他就在你身边！"克瑞翁回答道。

“那就让他快逃，能跑多远就跑多远，躲开我将说的神谕！”老人说。

“这是为什么？”克瑞翁问，“墨诺扣斯是父亲的好儿子。如果不让他说，他就会保持沉默。让他知道拯救我们大家的方法，他会很高兴的！”

“那就听听我从鸟雀飞翔中看出的预兆吧，”忒瑞西阿斯说，“幸福是会来的，但要跨过一个冷酷的门槛。龙种最小的儿子必须死。只有在这个条件下，你们才会获得胜利。”

“真可怕，”克瑞翁说，“哦，老人，这话是什么意思？”

“如果想让全城得救，卡德摩斯最小的孙子必须死！”

“你是要求我可爱的孩子，我的儿子墨诺扣斯去死？”克瑞翁突然愤怒地站起来说，“你给我滚开吧！我不需要你的预言！”

“难道真理会因为给你带来灾难就不成为真理吗？”忒瑞西阿斯严肃地问。听到这话，克瑞翁一下子扑倒在忒瑞西阿斯面前，抱住他的腿，请求预言家看在他已年迈的分儿上收回这个预言。但预言家毫不退让。“这个要求是不可避免的，这孩子必须把他献身的血洒在毒龙曾经伏卧的狄耳刻泉源旁边。当初龙牙播种下去以后，这片土地曾经给予卡德摩斯以人的血液，现在只有它把卡德摩斯亲族的人的血液收回去，它才能成为你们的朋友。如果这个少年在这里为他的故乡献出生命，那么，他就以自己的死成为你们的拯救者。而对阿德拉斯托斯和他的军队来说，他这次返乡则将落得个非常可怕的下场。克瑞翁，现在你就在这两种命运中选择你愿意接受的一种吧！”说完了这些话以后，预言家便扶着女儿的手离去了。

克瑞翁久久地陷入沉默中，最后他无比恐惧地喊道：“我自己多么愿意为我的故乡去死呀！但是你，我的孩子，我却要你去牺牲。逃走吧，我的孩子，逃得远远的，离开这个可诅咒的地方，它对你这个无辜的孩子实在太坏了。你要取道德尔斐、埃托利亚和忒斯普洛提亚，一直逃到多多那的神庙，在那里躲在圣坛的保护下。”

“好！”墨诺扣斯目光一闪说，“父亲，那就为我准备必要的行装吧，请相信我，我不会走错路的。”

克瑞翁这才镇静下来，回去处理要务。等剩下墨诺扣斯一个人的时候，他却俯伏在地，热诚地向众神祈祷说：“诸位天神，宽恕我吧，我刚才说了谎，为了消除他无谓的恐惧，我用假话骗了我的老父亲！如果我出卖了这个生我养我的故乡，那我就是多么可恶的胆小鬼呀！诸位神明，请倾听我的誓言，请仁慈地接受这誓言吧！我要走拯救故乡的路！逃跑将使我蒙受耻辱。我愿意走上城头，从那里跳进黑暗的毒龙深谷，按照预言家的指点拯救底比斯城。”

墨诺扣斯高兴地从地上跳起来，向城堞跑去，准备跳城。他站在城堡围墙的最高处，向下看了一眼敌人的作战布局，简短地说了一句对敌人的诅咒。然后他就抽出藏在袍子里的匕首，戳穿自己的咽喉，跌到深谷里去了。

攻打底比斯城

神谕实现了。克瑞翁强忍着自己的悲痛。厄忒俄克勒斯拨给七个守门英雄七队人马。从哪里抽调了部队，就不断地用骑兵补充哪里。此外轻装的步兵跟在持盾者的后面，使因受攻击而受损的地方都有武力守卫。阿耳戈斯人现在也出现了，攻城开始了。战歌轰然震响，从敌军和底比斯人的城墙上同时吹起战斗的号角。

首先是女狩猎家阿塔兰塔的儿子帕尔忒诺派俄斯带领他的队伍，以紧密排列的盾牌为掩护，冲击一个城门。他的盾牌上刻画着他母亲飞箭射杀埃托科亚野猪的图形。冲向第二个城门的是僧侣预言家安菲阿拉俄斯。他带的武器没有任何装饰，盾上既没有徽章，也没有华丽的图案。向第三个城门推进的是希波墨冬，在他的盾牌上可以看到百眼的阿耳戈斯看守着被赫拉变成小母牛的伊俄姑娘。堤丢斯指挥他的部队攻打第四个城门。他的盾牌上画着一张毛绒蓬松的狮皮，左手以野蛮的动作挥舞着一支大火把。被驱逐的国王波吕尼刻斯领导部队进击第五个城门。他的盾牌是几匹愤然腾跃的驾车骏马。卡帕纽斯领着他的队伍拥向第六个城门，他说他敢和战神阿瑞斯比个高低。奔向第七个也是最后一个城门的才是阿耳戈斯的国王阿德拉斯托斯，他的盾牌上画着一百条嘴里衔着底比斯儿童的巨蛇。

当所有的人马逼近城门时，战斗便立即开始，首先是投石，继而使用了弓箭和长矛。但第一次进攻被底比斯人击退了，阿耳戈斯人只好后撤。这时，堤丢斯和波吕尼刻斯灵机一动大声喊道：“同伴们，你们为什么不趁敌人的箭和矛没把你们击倒，齐心协力突击城门呢？步兵、骑兵、战车驭手，让我们猛打猛冲吧！”这声呼喊在军队中迅速传播，鼓起了阿耳戈斯人的勇气。所有的人都重新振作起来，攻城的战斗以更强大的力量再次展开，但结果并不比第一次好。攻城者大批地死在守城者的脚下，城外干燥的土地上血流成河。

这时，阿耳卡耿亚人帕耳忒诺派俄斯像狂风一样冲向城门，高喊着要用火和斧头把城门夷为平地。底比斯的英雄珀里克吕墨诺斯正在城墙上防守，他看见冲击者来势凶猛，在紧急关头急速把胸墙上的一块巨石推下去，那巨石大得几乎跟一辆战车的重量相等。坠落的巨石一下子就砸碎了攻击者长满金发的头颅，把他的骨头压得粉碎。

厄忒俄克勒斯看到这个城门已经安全了，便跑到别的城门去督战。在第四个城门前他看见堤丢斯像一条被阳光灼痛的龙一样暴怒；他摇着头，头盔上的羽毛随之飘拂，他挥动着盾牌，镶在边上的铜环哗啦哗啦响个不停。他亲自用右手把标枪投掷到城墙上去，一大队手持盾牌的武士围着他，也冰雹般把矛抛向最高的城堡边缘，底比斯人不得不逃离胸墙的边沿。

就在这时，厄忒俄克勒斯赶来了。他像猎人招呼四散的猎犬一样集合他的武士，然后带领他们回到城墙的雉堞前。随后他又继续从一个城门跑到另一个城门去巡查。他又遇到了狂怒的卡帕纽斯。卡帕纽斯正扛着一架云梯，夸口说，就是宙斯的闪电也不能阻止他把这个被围困的城池摧毁。他一边夸着海口，一边搭好云梯，踩着很滑的梯阶往上爬。但他因狂妄蛮干应得的惩罚，并没有留给底比斯人去实施；是宙斯给了他惩罚，当他爬上城头时，宙斯发出霹雳击中了他。这声霹雳把大地都震得直抖。卡帕纽斯被殛毙后坠落在地，燃烧的头发飞上了天，鲜血流在了地上。

国王阿德拉斯托斯从这个征兆中认识到，众神之父是反对他们的进攻计划的。于是，他命令他的士兵离开城外的战壕，率领他们撤退了。底比斯人则看出了宙斯给予他们的吉兆，命令步兵和战车冲出城来。他们的步兵冲进了阿耳戈斯队伍中混战厮杀，战车疾驰前去攻击敌方的战车。底比斯人胜利了，他们把敌人逐至离城很远的地方，才返回城里。

兄弟对阵

攻打底比斯城的战斗就这样结束了。但在克瑞翁和厄忒俄克勒斯带领他们的队伍退守城垣以后，被打败的阿耳戈斯人的军队重新进行了整顿，不久便又有能力向被围困的城推进了。底比斯人看到这种情势，知道在受到第一次攻击的损失后第二次胜利的希望相当渺茫，国王厄忒俄克勒斯便做出了一个重大的决定。他派他的使臣出城到阿耳戈斯的军队里去请求停战，这时，阿耳戈斯军队又密集地驻扎在底比斯城周围，俯伏在城外战壕里。随后，厄忒俄克勒斯站在城堡的最高处，向他自己的守卫在城里的部队和包围城池的阿耳戈斯人大声喊话："你们达那俄斯人和阿耳戈斯人，所有围城的人，还有你们底比斯的人民，你们都不要为波吕尼刻斯和我——他的兄弟一再牺牲生命了。还是让我自己经受战斗的危险，让我单独和我的哥哥波吕尼刻斯决一死战吧！如果我杀死了他，我就仍然是底比斯城的国王；如果我死在他的手下，我就把王位让给他。你们阿耳戈斯人就该放下武器，回到自己的故乡去，不必在这座城下作无谓的流血牺牲。"

波吕尼刻斯立刻从阿耳戈斯人的队伍里跳出来，朝城堡上面喊，说他愿意接受他兄弟的挑战。双方军队早已厌倦了流血的战争，因此双方的士兵都欢声雷动，赞成这个合理的建议。双方还签订了一个协议，两位首领也都宣誓坚决遵守。

现在，俄狄浦斯的两个儿子都全副武装起来了。在殊死的决斗开始之前，双方的预言家都聚拢过来准备向神献祭，想从献祭的火焰中推断战斗的结局。预兆是模棱两可的，似乎说明双方谁都可能胜利，谁都可能失败。

号角吹响，这是战斗开始的信号。两兄弟先后冲出来，相互进击，就像两头怒龇獠牙正在争斗的野猪。两支标枪嗖嗖响着，向对面飞去，又双双被盾牌反弹落地。接着他们就使长矛相刺，但急速挡在前面的盾牌又使刺杀落空。观战者看见这场恶战都吓得直冒冷汗。厄忒俄克勒斯先受了伤：他在出击时想用右脚踢开挡在路上的一块石头，不小心把腿露在了盾牌下面；波吕尼刻斯立刻手持长矛冲过来，刺穿了他的胫骨。见到这一击，全体阿耳戈斯人都不停地欢呼，以为这就是决定性的胜利。但厄忒俄克勒斯始终头脑清醒，一眼看见对方的一个肩头暴露在外。他马上一矛刺去，单单地扎进对方的肩胛里，连矛的头都断在里边了。厄忒俄克勒斯慌忙后退，搬起一块石头，砸断了他哥哥的矛杆。

现在双方各自失去了一件投掷武器，他们又势均力敌了。他们飞快地抽出各自的剑，彼此身体凑得很近，盾牌相撞，发出震耳的轰鸣。最后，厄忒俄克勒斯冲上前去，一剑刺中他哥哥的身体。因为疼痛，波吕尼刻斯歪向一边，跌倒在地，血流不止。这时，厄忒俄克勒斯确信他已获胜，便抛开宝剑，俯伏在垂死的哥哥身上，准备夺走他的武器。不料，这一举动竟给他带来了毁灭。尽管波吕尼刻斯倒在了地上，但手中仍然紧紧地握着他的剑，于是他使足气力把他的剑深深地刺入厄忒俄克勒斯的肝脏。厄忒俄克勒斯当即死亡，倒在他垂死的哥哥的身旁。这样，父亲对他们二人的诅咒终于变成现实了。

这时，双方的军队大声争吵起来。底比斯人认为胜利属于他们的国王厄忒俄克勒斯，而阿耳戈斯人则判定波吕尼刻斯为胜利者，争着争着便又要动武。不过，只有底比斯人是全副武装的，而阿耳戈斯人因为坚信自己的胜利已经把武器放在一边了。阿耳戈斯人还没来得及披挂整齐，底比斯人就冲向了阿耳戈斯军队。他们没有遇到任何反抗，手中没有武器的阿耳戈斯士兵四散奔逃。尽管如此，阿耳戈斯人还是成百上千地死在底比斯人的标枪下，血流遍地。

克瑞翁的决定

两兄弟死后，底比斯的王位便落到他们的舅父克瑞翁的手里。他现在一手操持两个外甥的安葬事宜。他立刻命人以国王的礼仪安葬了厄忒俄克勒斯，城里的所有居民都加入了送葬的队列。波吕尼刻斯的尸体却被丢在原地，暴露在荒野里。克瑞翁决定，把这具尸体留给猛禽和恶犬去啄食撕扯，并且派兵秘密看守，防备被人偷走或埋葬。如果有人敢于违抗，把它盗走或安葬，就毫不留情地处死：要在城里公开地用石头把他击毙。

安提戈涅也听到了这个残酷的通告。她曾经在她哥哥波吕尼刻斯临死时答应把他的尸体埋葬在故乡。她心情沉重地去找她的妹妹伊斯墨涅，想劝妹妹帮助她把兄长的尸体从他们敌人手里夺走。但伊斯墨涅是一个懦弱的姑娘，不愿干这种冒险的活动。“姐姐呀，”她啜泣着说，“我们的父亲和母亲叫人胆寒的死你难道忘了吗？我们两个兄长刚刚暴死你也不记得了吗？你想要让我们活在世上的人也同样横死吗？”安提戈涅冷淡地转过脸去，不再理睬怯懦的妹妹。“我不想要你帮助了，”她说，“我一个人去掩埋哥哥的尸体。等我办完了这件事，我就高高兴兴地去死，就死在我一生都爱戴的这位兄长的身边！”

没过多久，就有一个看守迈着胆怯迟疑的步子来到国王克瑞翁面前。“你命令我们看守的那具尸体被人埋葬了，”他高声对这位统治者说，“干这事的人从我们眼皮底下溜掉了。我们也不知道这事是怎么发生的。白天的看守人指给我们看的时候，我们大家都觉得很奇怪。盖在死者身上的只有薄薄的一层土，仅够冥府的神承认这是埋葬。那里看不出动用过锹铲，地上也没有走车的痕迹。我们看守人为此发生过争吵，人人都把这错推给别人，而且彼此动手打了起来。最后大家取得一致意见：把那里发生的事报告你，国王。这个幸运的差事落到了我的头上！”

听到这个消息，克瑞翁大为震怒。他威胁所有的看守人，如果他们不赶快把埋葬者抓来，就活活绞死他们。这些看守人只好按照命令扒去尸体上的泥土，照旧看守着他。他们从清晨坐到烈日炎炎的中午。这时，突然起了暴风，空中灰尘弥漫。看守们还在揣度这意外的景象时，他们看见一个少女款步走来，她悲伤地哭泣着，就像一只发现自己的巢被掏空的鸟。她手里提着一个铜喷壶，迅速地往喷壶装满尘土，然后小心翼翼地走近尸体，向死者身上倾洒三次泥土。就在这时，看守们走上来，抓住了她，随后把这当场捉到的少女拖去见盛怒未消的国王。

安提戈涅和克瑞翁

克瑞翁一眼就认出作案人是他的外甥女安提戈涅。“傻孩子，”他冲着她喊道，“你一直垂着头站在那里，这桩事你是承认还是否认？”

“我承认。”少女答道，同时高高地昂起头。

“你知道你无所顾忌地违犯的法令吗？”

“我太知道了，”安提戈涅平静地说，“但这条法令不是出自永生的神之口。我也知道其他永远适用的法规。没有一个人违反这个法规而不引起神的愤怒。这条法规命我不可以不埋葬我母亲死去的儿子。这种行为在你看来是愚不可及的，实际上责备我愚蠢的人才真正愚蠢。”

“你以为，”克瑞翁说，因为遭到少女的反对而更加愤怒，“你的坚强意志是不可折服的吗？在别人的控制下，就不应该太固执！”

安提戈涅立刻答道：“除了杀死我，你还能把我怎样呢！为什么迟迟不动手呀？我的名字不会因我被杀而失去光荣。我知道，这里的人民只是因为怕你才闭口不言。所有人的心里都是赞成我的行为的，因为爱护哥哥是做妹妹的首要义务。”

“如果你非要爱护他不可，”克瑞翁喊道，他越来越愤怒了，“那你就到冥府里去爱护吧！”于是他命令随从把她带下去。这时听到姐姐被捕消息的伊斯墨涅风风火火地跑来了。她好像已经摆脱了女性的怯懦和怕羞，勇敢地走到残暴的舅舅面前，承认自己是知情者，要求和姐姐一起被处死。同时她请国王不要忘记，安提戈涅不仅是他姐姐的女儿，而且是他亲儿子海蒙的未婚妻。克瑞翁没有回答，只是命令仆从把姐妹俩抓起来，由他的胥吏带到内宫里去。

很快就做好了执行克瑞翁可怕决定的一切准备。刑吏当着底比斯人民的面，把安提戈涅带到拱形的洞穴前。她呼唤众神，呼唤着她希望与之亲密联合的亲人，然后无所畏惧地走进洞穴里去。

被打死的波吕尼刻斯的尸体已经开始腐烂，它没有被埋葬，依然躺在那里。野狗和猛禽啄食它，并叼着死者的腐肉跑来飞去，把全城弄得又脏又臭。像过去曾经见过俄狄浦斯一样，年迈的预言家忒瑞西阿斯来到国王克瑞翁面前，说明飞鸟和献祭阵列所预示的灾祸。他听到了以污物充饥的恶鸟的连声聒噪，而神坛上的祭畜并没有在火焰里闪出亮光，而是在暗淡的黑烟里冒出晦气。“很明显，这是诸神生我们的气了，”忒瑞西阿斯这样结束他的报告，“都是因为我们残酷地对待被打死的王子。国王，请不要恪守成命了。向死者让步吧，不要再盯着被杀死的人！再一次屠戮死者，有什么光荣！还是撤销你的命令吧，我这样劝你都是出于好意！”

但是，克瑞翁用伤人的话拒绝听从这位预言家的劝告。他骂他贪图钱财，责怪他说谎。预言家被激怒了，他毫无顾忌地对国王指明了未来。“你要知道，”他说，“在你的亲人中没有为这两具尸体死去一个人之前，太阳是不会落的。你犯了双重的罪：你阻止该下阴间的死者去冥府，又不让属于人间的活人留在世上！”说完，他就扶着领路人的手，拄着预言杖，离开了王宫。

对克瑞翁的惩罚

国王克瑞翁浑身战栗，目送着怒气冲冲的预言家。他把城里的长老们召集到王宫来，请教他们现在究竟应该怎么办。他们一致的意见是：“把安提戈涅从墓穴里放出来，掩埋被曝尸荒野的波吕尼刻斯！”本来顽固不化的克瑞翁是很难让步的，但现在他已经丧失了自信，所以只好不无忧虑地同意采取这个方案，这是能使他的家族免遭毁灭的唯一办法。他亲自带领侍从和护卫首先来到弃置波吕尼刻斯尸体的旷野，然后奔向囚禁安提戈涅的洞穴。他的妻子欧律狄刻独自留在宫中。

不久，欧律狄刻听到大街上传来哀号声，而当哀号声越来越大，她离开内室，来到前庭时，正好有一个使者迎面走来。他就是国王刚才出行的那个引路人。

“我们向冥府的神做了祈祷，”使者愤愤地讲述着，“为死者举行了圣浴，然后焚化了他的遗骸。我们用故乡的泥土为他堆起了坟丘以后，就到囚禁安提戈涅的石洞去了。刚到那里，就有一个走在前面的侍从听到从远处可怖的洞门那里发出的声嘶力竭的悲号。他赶快跑回国王身边，这时悲号声已传入国王的耳中，而且他已经听出这是他儿子的声音。我们这些侍从遵照他的命令赶快跑到前面去，从岩石的缝隙往里看。哦，好惨啊，我们看到了什么呀！在很深的岩洞背阴处，我们看到安提戈涅姑娘吊在用面纱条拧成的绳索上，早就断气了。你的儿子海蒙跪在她前面，抱着她的双膝，放声大哭，而且口出怨言，痛悼他未婚妻的死，诅咒他父亲的残忍。就在这时，克瑞翁也来到了墓穴，从开着的门走了进去。'不幸的孩子呀，'他呼唤着，'你想要做什么？你迷乱的目光怎么这样吓人？出来，到父亲这里来吧！我跪在这里求你了！'但海蒙绝望地凝视着他，不作回答，只是从剑鞘里抽出他的那把双刃剑，父亲只好躲出来了。不幸的海蒙向利剑上一扑，就立刻死去，倒在他未婚妻的尸体旁边了。"

欧律狄刻一直默默倾听着。听到这里，她仍然是好言或恶语一句也没有说，就急匆匆地跑开了。绝望的国王悲痛地回到王宫，噩耗便劈面而来：他的妻子欧律狄刻在内宫里倒在血泊里死了，胸口上有一个很深的剑伤。

俄狄浦斯的整个家族里，现在活着的，只有死去的两兄弟的两个儿子，以及伊斯墨涅了。关于她的传说极少，有的说她至死没有结婚，有的说她没有子女。这不幸的家族随着她的死而销声匿迹了。

赫拉克勒斯后裔的传说

赫拉克勒斯的子孙来到雅典

赫拉克勒斯升入天庭，他的堂兄欧律斯透斯，阿耳戈斯国王，不必再惧怕他了，于是他便怀着复仇的心理迫害这位半神的子孙。赫拉克勒斯的子孙大部分随着他的母亲阿尔克墨涅住在阿耳戈斯的首都迈锡尼。他们逃脱他的追捕后，在特拉喀斯得到了国王刻宇克斯的保护。当欧律斯透斯要求这个小国的首脑交出他所保护的人，并以战争威胁对方时，他们感到躲在特拉喀斯已不安全，就离开了那里，在全希腊东藏西躲。赫拉克勒斯的侄儿和朋友，伊菲克勒斯的儿子伊俄拉俄斯像父亲一样照顾着他们。他青年时期曾与赫拉克勒斯一起冒险，一起吃苦，现在他虽已年迈却仍照料着朋友留下的子女，和他们一起在世界上漂泊。他们的意向是占领他们的父亲所征服的伯罗奔尼撒。

尽管有欧律斯透斯不间断的追击，最后他们还是来到了雅典。

现在雅典的统治者是忒修斯的儿子得摩福翁，他刚刚把篡位的墨涅透斯赶下台。到了雅典，这些被追踪者就俯伏在市场上宙斯的圣坛前，祈求雅典人民的保护。他们在这里住下没有多久，国王欧律斯透斯的一个使者也跟踪而来。这个使者非常狂妄，他用嘲讽的口吻对伊俄拉俄斯说："你以为你们在这里找到了一个安全的藏身之地，能被一个结盟的城邦所接纳？愚不可及的伊俄拉俄斯！但是，谁会头脑发热，用与强大的欧律斯透斯的友谊换取你的一文不值的友谊！带领你的全体亲属回阿耳戈斯去吧！在那里，你将依法被判处被乱石击毙！"

伊俄拉俄斯毫无惧色地回答："我知道，这祭坛不仅保护我们不受你这个渺小奴仆的迫害，而且保护我们不受你主人的军队的侵扰。这是自由的土地，我们在这里是可以得救的。"

"可是你要知道，"这个名叫科普柔斯的使者针锋相对地说，"我不是一个人来的，我后边有足够的军队，他们很快就会把你所保护的人从你想象中的自由大地抢走！"

听到这话，赫拉克勒斯的子孙们不禁发出悲叹。但伊俄拉俄斯转向雅典居民大声说："雅典虔诚的公民！你们不能眼看着你们的宙斯所保护的人被人强行带走而不管，也不该容忍我们这些求神者头上的花冠遭到污损，因为这是对你们神明的亵渎，也是对你们城市的侮辱。"

听到这样动人心魄的呼救言辞，雅典人从四面八方向市场拥来。这时他们才看见这伙流亡者拥坐在神坛的周围。"这位可敬的老者是谁？这些满头鬈发的英俊少年是什么人？"上百张嘴同时提出这样的问题。

当他们听说请求雅典人保护的是赫拉克勒斯的子孙时，他们不仅很同情，而且很尊敬。他们以命令的口吻叫那个准备拖走一个流亡者的使者离开神坛，去找本地的国王提出他的要求。

“这里的国王是谁？”科普柔斯问，显然是被市民的坚决态度吓住了。

得到的回答是：“他可是一个人物，他的裁决你是必须服从的。我们的国王是不朽的忒修斯的儿子得摩福翁。”

得摩福翁

不久之后，国王在宫廷里得到消息：市场上拥坐着几个流亡者，一支外国的军队正向这里进军，打算把他们带走。于是，他亲自来到市场，从使者口中听取欧律斯透斯的要求。“我是阿耳戈斯人，”科普柔斯对他说，“我想要带走的全是阿耳戈斯人，我们的国王是有权管制他们的。哦，忒修斯的儿子，你不会丧失理智，为了同情这些流亡者的不幸，而与欧律斯透斯兵戎相见吧？”

得摩福翁是明智而审慎的。“在没有听到双方的见解之前，”他回答道，“我怎么能正确分析，判断争执双方谁是谁非呢？这样吧，保护这几个孩子的老人家，告诉我，你的理由是什么？”

听到对他讲的这句话，伊俄拉俄斯从神坛的台阶上站了起来，向国王恭恭敬敬地鞠了一躬，开口说：“国王，现在我头一次知道，我是在一座自由的城里。在这里，一个人不仅可以为自己申辩，而且有人听他辩解。但在别的地方，我和我所保护的人总是遭到驱逐，没人听我们说话。现在你听我说：是欧律斯透斯把我们赶出阿耳戈斯的，我们一时一刻也不能留在他的国内。既然他剥夺了我们作为臣民的一切权利，他怎么还能说我们是他的臣民，要求我们像阿耳戈斯人那样服从他呢？难道一个逃出阿耳戈斯的人，在全希腊都找不到安身之处吗？不，至少在雅典不是这样！这个英雄城的居民不会把赫拉克勒斯的子孙赶出他们的土地。国王啊，你也不会准许有人把这些祈求保护的人从神坛边拉走。孩子们，都放心好了，我们现在是在一个自由的国度里，而且是跟亲人在一起。雅典的国王啊，要知道，你现在保护的并不是什么外人。这些被迫害的人都是赫拉克勒斯的子孙。你的父亲忒修斯和赫拉克勒斯又都是珀罗普斯的孙子，而且他们俩又是战友。对了，这几个孩子的父亲曾经把你的父亲从冥府里救出来。”说完这一席话以后，伊俄拉俄斯就跪在地上抱住国王的双膝，恳切地拉起他的手，抚摩他的下颌。

国王把他搀起来，说：“我不能拒绝你的请求，这里有三个原因：首先是因为有宙斯和这座神坛；其次是亲戚关系；最后是赫拉克勒斯救过我父亲，我应当有所报答。如果我把你们从神坛这里赶走，那么，这个国家就不是自由的国家，就不是敬神的和讲道德的国家了！因此，使者，你回迈锡尼去把我的话报告给你的国王。你永远也不能把这些人带走！”

“我走，”科普柔斯说，同时举了举他的使者杖以示威胁，“但我会带领一支阿耳戈斯军队再来的。有一万名盾甲兵正在等待着国王的号令。他将亲自统率全军。要知道，他的军队已经驻扎在你的边境了。”

“见你的鬼去吧！”得摩福翁轻蔑地说，“我不怕你，也不怕你的阿耳戈斯！”

使者走了。赫拉克勒斯的子孙，一群朝气蓬勃的孩子，从神坛旁跳起来，热烈地问候他们的亲戚，雅典的国王，他们心目中的大救星。伊俄拉俄斯再次代表他们讲话。他激情满怀地感谢这位英明的国王和雅典城的人民。“如果我们能够返回故乡，”他说，“如果你们，孩子们能够重新夺得你们的父亲赫拉克勒斯的王朝和王位，你们永远也不要忘记你们的这些救星和朋友。你们永远不要头脑发昏，把战争强加给盛情招待过你们的这座城市。确切地说，你们应该永远把这座城看成朋友和最忠实的同盟。”

现在得摩福翁开始准备迎击新的敌人了。他把预言家召集起来，命令他们举行隆重的献祭。他打算让伊俄拉俄斯和他所监护的人住到王宫里去。但伊俄拉俄斯声明，他们不愿意离开宙斯的神坛，他们想在那里为底比斯城祈福。“只有靠神的护佑取得了胜利，”他说，“我们疲倦的身体才能躺在你的贵宾住房里休息。”

随后，国王登上最高的城楼，观看渐渐走近的敌军。他集合雅典的战斗部队，作了战斗部署，然后又和预言家们进行磋商，准备举行隆重的献祭。

当伊俄拉俄斯和他的那一群孩子正在宙斯的祭坛旁潜心祈祷时，得摩福翁突然面带愁容快步朝他们走来。“朋友，你说我该怎么办！”他无限忧虑地对他们高声说，“我的军队已经武装起来，准备迎击越来越近的阿耳戈斯人，但我的预言家说胜利取决于一个无法兑现的条件。他们说，神谕的意思是：‘你们不应该宰杀牛犊和公牛，而要牺牲一个出身高贵的少女，只有这样，你们，或者说这座城才有希望胜利或得救。’但这怎么办得到呢？我自己有几个年轻美丽的女儿住在王宫里，但谁又能指望一个父亲做出这样的牺牲呢？即使我提出要求，又有哪一个高贵的市民会把他的女儿交给我呢？”

赫拉克勒斯的子孙惶恐地倾听着他们的保护者提心吊胆的疑问。“哎呀，”伊俄拉俄斯惊呼，“这真像我们这些沉船遇难者一样，本来已经到了海滩，又被暴风裹进了大海。孩子们，咱们没希望了！即使他把我们交出去，我们也不能责怪他。”但是猛然间老人的眼里闪出一线希望之光。“国王，你知道我产生了一个什么念头？

你知道怎么样拯救我们大家吗？只要你帮帮我，这事就成了！你把赫拉克勒斯的这几个孩子留下，把我送交欧律斯透斯好了！他一定很愿意看到我，伟大英雄的忠实伙伴，惨死在他手下。我是一个老年人，我愿意为这些年轻人献出我的生命！”

“你的提议充满高尚的精神，”得摩福翁悲伤地说，“但这帮不了我们。你以为欧律斯透斯会满足于处死一个老人吗？他是想杀死这些朝气蓬勃的年轻人，他要灭绝赫拉克勒斯这一族。你要是有别的建议，就说给我听。这个提议没有用。”

玛卡里亚

现在，这样的悲叹不仅发自赫拉克勒斯的子孙了，而且发自雅典的民众：这扰攘的悲号一直传到王宫里去了。那些逃亡者刚到不久，赫拉克勒斯的老母亲阿尔克墨涅，和赫拉克勒斯与得伊阿尼拉所生的美丽的女儿玛卡里亚就被得摩福翁藏在宫中，以防好奇者的干扰。她们一直静静地等待着可能到来的一切。阿尔克墨涅年迈力衰，整日昏昏沉沉，外面发生的一切什么也听不见。但她的孙女十分注意倾听从市中心传来的悲鸣。她很担心她兄弟们的命运，便匆匆离开内宫，来到熙熙攘攘的市场。

当人们见到这个少女走进人群时，不仅国王和聚在那里的民众感到惊讶，就连伊俄拉俄斯和他所监护的人也很惊诧。她不声不响地隐没在拥挤的人丛里待了一阵子，便知道了雅典和赫拉克勒斯的子孙正面临什么灾祸，了解到一道什么样不祥的神谕使他们遇到了难以克服的困难。玛卡里亚因此迈着坚定的步子走到国王得摩福翁面前说：“你们正在寻找一个能使战争获得胜利的祭品，它的死可以保护我可怜的兄弟们免遭那个专制暴君的屠戮。难道你们真的忘了门第高贵的赫拉克勒斯年轻的女儿就在你们中间吗？好了，我愿意作这个祭品，诸神一定会更欢迎，因为我完全出于自愿。既然雅典城襟怀如此高尚，能为了保护赫拉克勒斯的后代进行一场冒险的战争，在赫拉克勒斯的后代里怎么就不能有一个人为保证这些高尚的人所进行的战争取得胜利而牺牲自己呢？因此，你们就把我带到我应该作祭品的地方去吧。像装饰一只作为祭品的羊一样给我戴上花环吧。抽刀吧，我的灵魂将心甘情愿地飞走！”

这个正气凛然的少女慷慨激昂地说完以后，伊俄拉俄斯和所有站在周围的人沉默了好长时间。最后，那位赫拉克勒斯后代的监护人说：“姑娘，你不愧为赫拉克勒斯的女儿。不过，我认为最好还是抽签决定你们姐妹中谁去为你们的兄弟牺牲自己。”

“我不愿意由抽签决定我死，”玛卡里亚答道，“因此不要再犹豫了，免得敌人突然袭击你们。让本城的妇女陪我一起去吧，因为我不想让男人看见我死。”

于是，这位品德高尚的少女，便由雅典高贵的妇女伴随，心甘情愿地走向了死亡。

战　争

国王和雅典的公民十分敬佩地目送着那位少女，伊俄拉俄斯和赫拉克勒斯的后裔无比悲伤和痛苦地望着她的背影。但命运没让这两群人过久地沉溺于对她高尚思想感情的追忆中，因为玛卡里亚的身影刚刚消失，一个面带喜悦的使者就高声呼喊着向神坛跑来。“亲爱的赫拉克勒斯的子孙，我向你们致敬了！”他喊道，“告诉我伊俄拉俄斯老人在哪里，我给他带来了一个好消息！”伊俄拉俄斯站起身来，但他无法掩藏他深切的悲痛，所以使者不得不问他为什么这样悲伤。

“我是在为这个家族犯愁啊，”老英雄答道，“不要问了，从你快乐的目光看得出，你是带来了什么好消息！”

“你不认识我了？”那个使者说，“你连赫拉克勒斯和得伊阿尼拉的儿子许罗斯的老仆都不认识了吗？我的主人在逃亡的半途中，为了去寻找同盟军，和你们分开了，这你应该知道啊。现在他带领一支强大的军队回来了，驻扎的地方与欧律斯透斯的军队遥遥相对。”一种快乐兴奋的心情在围在神坛旁的逃亡人群中产生，很快就传给了雅典公民。就连年迈的阿尔克墨涅也被这个快乐的消息引到王宫女眷居室的外边来了。而老伊俄拉俄斯则叫人取来战斗的武器，扣紧甲胄，把朋友的孩子们和他们的祖母阿尔克墨涅托付给留在城里的雅典的老人们照料。他自己则同青年人和他们的国王一起出发，与许罗斯的军队会合去了。

欧律斯透斯亲自统率的强大军队已列队站在对面，当同盟军布好了有利的阵势，广阔的原野闪烁着武器装备的亮光时，赫拉克勒斯的儿子许罗斯从他的战车上走下来，站在敌军留出的狭窄地带中间，向阿耳戈斯的国王喊道：“欧律斯透斯国王呀，趁毫无意义的流血事件还没有开始，在两个大城邦为了少数人的利益作战，而双方又以毁灭相威胁之前，请听听我的建议！还是让我们二人以正当的方式单独交手决定胜负吧。如果我败在你手下，你就带走赫拉克勒斯的孩子，我的兄弟姐妹，随你怎么处置。如果我胜了你，那就把我父亲在伯罗奔尼撒的王位和统治权归还我和我的亲族。”

同盟者的军队高声呼叫，表示欢迎，阿耳戈斯人的军队也小声议论着表示赞同。欧律斯透斯过去在赫拉克勒斯面前就表现得十分怯懦，现在他又非常害怕命丧刀下，就没走出他的队伍。这时，许罗斯也走回了他的部队，预言家举行献祭，随后便吹响了战斗的号角。

“公民们，”得摩福翁对他的战士高喊，“你们要记住，你们现在是为你们的家园，为生你养你的这座城而战！”

在另一边，欧律斯透斯也提醒他的士兵不要使阿耳戈斯和迈锡尼受辱，要为他们强大的国家争光！

这时，响起了提瑞尼亚人的喇叭声，盾牌与盾牌撞得山响，战车的隆隆声、刀剑的铮铮声、长矛刺杀发出的嗖嗖声，轰轰然响成一片，其中还夹杂着受伤者的呻吟声。有那么片刻，赫拉克勒斯的联军在阿耳戈斯人长矛队的冲击下开始后退，阵线险些被敌人突破。但不大工夫，他们就击退了敌人的进攻，于是便展开了肉搏战，以致战斗长时间难分胜负。

最后，阿耳戈斯人的队列动摇了，他们的重兵和战车纷纷向后溃逃。年老的伊俄拉俄斯突然渴望建立一次奇功，为自己的晚年增加一份光荣。于是，当许罗斯在战车上从他身旁驶过，追击逃窜的敌人时，他就一把拉住了他，请求许罗斯让他登上战车代替他。许罗斯恭恭敬敬地答应了他父亲的朋友，他兄弟的保护人的要求；他下了车，老伊俄拉俄斯跳上去坐在了他的座位上。

伊俄拉俄斯用他老年人的双手驾驭四马战车虽然并不容易，但他仍然驱车向前。当他到达雅典娜神庙时，他看见了欧律斯透斯的战车在前面很远的地方往前奔逃。他立刻在战车上站起来，祈求宙斯和青春女神赫柏——他的朋友赫拉克勒斯升入奥林匹斯山后的妻子在战斗的当天赐给他青年人的力量，好让他能向赫拉克勒斯的敌人复仇。

紧接着，一个惊人的奇迹出现了：两颗星星从天而降，落在骏马的轭上，同时，整个战车都被浓密的云雾笼罩。片刻间，云雾消散，星星也不见了。但战车上站着一个重获青春的伊俄拉俄斯，他满头褐发，昂首挺胸，挥着年轻人强有力的臂膀，手里紧握四马缰绳。伊俄拉俄斯就这样向前突进，追上了欧律斯透斯，这时他已越过斯喀洛尼亚山崖，走在他想穿过去逃跑的峡谷入口处。欧律斯透斯不认识追他的人是谁，便站在战车上回身阻挡。由于得到了神赐的青年人一样的力量，伊俄拉俄斯胜利了。他把他的老冤家打下车来，绑在自己的车上，押送给了联军。现在，这次会战胜利了。阿耳戈斯人失去了统帅，个个疯狂逃窜；欧律斯透斯的儿子和无数战士被杀。很快在阿提刻的土地上就见不到一个敌人了。

欧律斯透斯和阿尔克墨涅

凯旋的军队开进了雅典。又恢复了老年常态的伊俄拉俄斯把那个疯狂迫害英雄家族的欧律斯透斯五花大绑，押到赫拉克勒斯的母亲阿尔克墨涅面前来。

“你终于来了，可恨的欧律斯透斯！”老妇人一见他站在眼前，便朝他喊道，“尽管时间很长，但你终归逃脱不了神的正义的惩罚！不要低头瞅着地面，你要正视你的敌对者！多少年里把艰难困苦的差事和种种莫名的侮辱强加在我儿子头上的，不就是你吗！你派他去捕杀毒蛇和猛狮，不就是要他死在致命的搏斗中吗？你把他赶到黑暗的冥府里去，不就是为了让他永远坠入阴间吗？后来，你不是又把我——他的母亲和他的那些孩子，赶出了希腊，还想从庇护他们的神坛那里把他们抢走吗？但你碰到的是一些不惧怕你的强人和一座自由的城市。现在该你去死了，如果你被一下子处死，你倒应该庆幸呀。因为你罪孽深重，对你处以凌迟也不为过。”

欧律斯透斯不愿意在女人面前示弱，他振作起来，故作镇静地说：“你休想从我嘴里听到一句乞求的话。我不拒绝判我死罪，只不过请允许我辩白两句：把赫拉克勒斯当作仇敌对待，不是出于我的自愿，是赫拉女神委托我展开这场斗争的。我所做的一切都是出自她的嘱托。因为我是违心地把这个强大的英雄，这个半神当作敌人的，所以我不是总在竭力防止他发怒吗？所以在他死后，我不是被逼无奈，才迫害他的后代，迫害可能成长为我的敌人和向我报仇的人吗？怎么处置我，随你便吧！我并不求死，但是如果我非死不可，死也不会使我痛苦。”

欧律斯透斯这么说着，似乎正以平静的心态等待着命运的安排。许罗斯站出来亲自为欧律斯透斯说情，雅典的公民也请求按照本城的宽大惯例对被征服的罪犯予以赦免。但阿尔克墨涅依然毫不宽容，她回忆起她现已步入神界的儿子在尘世间做这个残暴国王的奴隶时所蒙受的种种苦难。她眼前仍然浮现着她刚刚死去的可爱的孙女，那孩子是为保证战胜率领大军来犯的欧律斯透斯而自愿赴死献祭的。她以恐怖的色调描绘她本人和她的孙儿们可能遭遇的命运——如果欧律斯透斯现在不是作为俘虏而是作为胜利者站在她面前，她们的命运将如何凄惨。“不，要他死！”她高声说，“谁也不能把这个罪人从我这里带走！”

欧律斯透斯转身对雅典人说：“你们这些英雄，你们如此好心地为我求情，我的死不会给你们带来不幸。如果你们认为我作为一个诚实的人还配你们给我立一座坟墓，把我埋在我遭难的地方——雅典娜的神庙旁，那么，我就会作为一个吉祥的客人守卫你们的边界，任何时候都不准任何敌人越过。你们要知道，你们现在所保护的赫拉克勒斯的这些后代，总有一天会恩将仇报，率领军队袭击你们。那时，我这个赫拉克勒斯家族的死敌，将成为你们的救护者。”这番话一说完，他便无畏地赴死了。可以说，他的死比他的生还光荣。

许罗斯、他的预言和他的子孙

赫拉克勒斯的孩子们发誓永远感谢他们的保护者得摩福翁。然后，他们就在他们的哥哥和父亲的好友伊俄拉俄斯的带领下离开了雅典。现在，他们发现到处都是同盟军。不久他们就进入了原属父亲的领地伯罗奔尼撒半岛。在这里他们一个城一个城地转战了整整一年，征服了除阿耳戈斯以外的所有地方。

这时，整个半岛上流行起了无法制服的凶残的瘟疫。最后，赫拉克勒斯的子孙们从一道神谕里得知，有此不幸是他们自己的过错，因为他们没得到允许就回来了。因此，他们离开了他们已经占领的伯罗奔尼撒，又来到阿提刻地区，住在马拉松田野里。许罗斯遵照父亲的遗愿，娶美丽的姑娘伊俄勒为妻，赫拉克勒斯在世时曾经向她求过婚。现在许罗斯不停地思谋如何重新获得父亲留下的封地。他又一次来到德尔斐请求神谕。他得到的答复是：“第三次结果时，你们可成功地回归。”许罗斯以为这里指的是在第三年庄稼成熟的时候，便耐心地等到第三年夏天，又一次率领大军入侵伯罗奔尼撒。

欧律斯透斯死后，坦塔罗斯的孙子，珀罗普斯的儿子阿特柔斯成了迈锡尼的国王。在赫拉克勒斯的后代许罗斯的大军逼近时，阿特柔斯与忒革亚以及其他邻城结成同盟，迎击进犯的敌人。在科林斯地峡，两军相遇了。许罗斯不愿意伤害希腊，他又提出通过双方首领的单独搏斗来解决争端，他向敌方的随便哪一个挑战。因为他相信他的行动是神谕所准许的，所以他提出了这样的条件：如果他许罗斯战胜了，就要让赫拉克勒斯的子孙兵不血刃地占领欧律斯透斯的王国；如果他失败了，赫拉克勒斯的子孙五十年内不得进入伯罗奔尼撒。当他的挑战条件传到敌军阵营时，忒革亚国王厄刻摩斯，一个正当盛年的勇猛的斗士，便出来应战。两个勇士以罕见的勇气厮杀得难解难分，但最后国王还是把许罗斯打败了，他至死都没有忘记那道意义模棱两可的神谕。现在，赫拉克勒斯的子孙根据协议撤出战斗，转回伊斯特摩斯，仍然住在马拉松地区。

五十年过去了，赫拉克勒斯的子孙从未想过违反协议重新夺取他们应继承的领地。在这期间，许罗斯和伊俄勒所生的儿子克勒俄代俄斯已经五十多岁了。因为这时协议已经失效，他的手脚已不受束缚了，所以他便同赫拉克勒斯的其他子孙一起，起兵奔向伯罗奔尼撒。

这时，特洛伊战争已经结束三十年了。但他也像他父亲一样不幸，在这次战役里，全军覆没，他也战死沙场。

又过了二十年，他的儿子，即许罗斯的孙子，赫拉克勒斯的重孙阿里斯托玛科斯又做第二次进军的尝试。这次战争发生在俄瑞斯忒斯的儿子提萨墨诺斯统治伯罗奔尼撒的时期。这一次，也是一道语义双关的神谕使他走上了歧途。神谕说："通过地峡小道，神会保佑你们胜利。"他从科林斯地峡进军，结果被敌方击退了，他也像他父亲和祖父一样丧失了性命。

再三十年后，即特洛伊战争结束八十年后，阿里斯托玛科斯的三个儿子忒墨诺斯、克瑞斯丰忒斯和阿里斯托得摩斯发起最后一次进军。尽管有过一次又一次模棱两可的神谕，他们并没有失去对神的信仰，他们又来到德尔斐请求女祭司点破迷津。但这一次的神谕，和他们前辈得到的神谕，一字不差："第三次结果时，你们可成功地回归。""通过地峡小道，神会保佑你们胜利。"

三兄弟中最年长的忒墨诺斯诉苦说："我的父亲、祖父和曾祖父都是遵循神谕的，但他们都遭到了毁灭！"于是，神怜悯他们，通过他的女祭司向他们讲解了神谕的真正意义。

"你先辈的不幸，"她说，"过错都在他们自己，因为他们没有弄明白神充满智慧的箴言！神所说的第三次结果，不是指土地上的庄稼成熟，而是指你们家族生出第三代人。第一代是克勒俄代俄斯，第二代是阿里斯托玛科斯，第三代便是预言所指的取得胜利的一代，这就是你们三兄弟。引导你们走向胜利的地峡小道，不像你们的父亲错误理解的那样，以为是指科林斯地峡，而是指右边的那个科任科斯海峡。现在你们已经知道了神谕的意义。你们希望做的事，会在神的帮助下顺利成功！"

忒墨诺斯听到这番讲解，才恍然大悟。他和他的兄弟们赶快装备起一支军队，并在罗克里斯造起战船来。这地方因此得名瑜帕克托斯，也就是"造船厂"的意思。但这次出征对赫拉克勒斯的后代来说也不是很容易的，他们不知经受了多少痛苦，流了多少眼泪。

军队集结后，他们弟兄中最年轻的阿里斯托得摩斯遭了雷殛。他的妻子阿耳癸亚，波吕尼刻斯的重孙女，成了寡妇，他的双生子欧律斯忒涅斯和普洛克勒斯成了孤儿。他们埋葬了暴死的兄弟，舰队正要起航时，突然来了一个预言家，声称自己是受神之托前来宣示神谕的人。他们却把他当成一个巫师，当成伯罗奔尼撒方面派来捣乱的探子。争来争去，他总认为他们不服管束；最后费拉斯的儿子，赫拉克勒斯的重孙希波忒斯，一标枪投中他，把他当场打死了。误杀预言家激起了众神对赫拉克勒斯子孙的愤怒。于是，舰队遭到了暴风雨的袭击，战船沉没在大海里；地面部队也受尽饥饿的煎熬，全军渐渐瓦解。

忒墨诺斯又就这次不幸请求神谕。“因为你们杀了预言家，”神向他揭示，“所以你们遭到了不幸。你们必须把杀人凶手驱逐出境十年，把军队指挥权交给有三只眼的人。”

神谕的第一部分很快就实现了：希波忒斯被赶出了军队，被迫去过流放的生活。第二部分却使可怜的赫拉克勒斯的子孙感到绝望。怎么样去找，到哪里去找一个三只眼睛的人呀？但他们仍然怀着对神的信赖心理不知疲倦地寻找这样一个人。他们偶然碰到俄克绪罗斯。他是海蒙的儿子，埃托利亚族的后裔。就在赫拉克勒斯的子孙进入伯罗奔尼撒的时候，俄克绪罗斯因为杀了人不得不离开故乡埃托利亚，逃到伯罗奔尼撒的小国厄利斯来避难。现在已经过了惩罚年限，他正准备从厄利斯返回故乡，中途遇见了赫拉克勒斯的子孙。因为他只有一只眼睛——另一只眼睛小时候就被飞箭射瞎了——所以不得不靠他的骡子帮他看物，这样加起来不就是三只眼睛了吗？这样，赫拉克勒斯的子孙也就满足了这道奇异的神谕的第二个要求。他们便推选俄克绪罗斯作军队的统帅，率领新组建的军队和重造的战船，向敌人发起进攻，杀死了敌军的领袖提萨墨诺斯。

赫拉克勒斯的后裔瓜分伯罗奔尼撒

在赫拉克勒斯的子孙经过如此艰苦卓绝的征战征服了整个伯罗奔尼撒半岛以后，他们为先祖宙斯建立了三个神坛，在神坛前举行了献祭。然后他们开始通过抓阄分配各个城市。第一个阄儿得阿耳戈斯，第二个阄儿得拉刻代蒙，第三个阄儿得墨塞涅。大家一致同意各自把写着自己名字的阄儿投进一个装满水的坛子里。忒墨诺斯与阿里斯托得摩斯的双生子欧律斯忒涅斯和普洛克勒斯，把两个有标记的石子投进水缸，狡猾的克瑞斯丰忒斯因为最想得到墨塞涅，把一个土块抛在水中，那土块很快就溶化了。首先抓阄儿决定阿耳戈斯的归属，忒墨诺斯的石子即刻露了出来。然后决定拉刻代蒙的占有者，这时阿里斯托得摩斯两个儿子的石子浮出了水面。寻找第三个石子，怎么也找不到；不过也没有必要去寻找了。墨塞涅理所当然地属于克瑞斯丰忒斯。

当他们各自带着随从走到各自的圣坛前向神献祭的时候，他们都得到了奇异的征兆。每个人都在自己献祭的神坛上发现了一只动物。通过抓阄得到阿耳戈斯的人看到的是一只蟾蜍；分到拉刻代蒙的人发现一条蛇；获得墨塞涅的人眼前则是一只狐狸。他们对这些征兆百思不得其解，便请教当地的一些预言家。预言家们解释说："得到蟾蜍的人，最好留在城里，因为蟾蜍外出时得不到保护。在自己的神坛上卧着蛇的那些人，将成为强大的进攻者，可以大胆地越过本国的边界。摆着狐狸的神坛的主人，既不可轻信，也不要使用暴力，他们的防卫武器是施展诡计。"后来，这三种动物成了阿耳戈斯人、斯巴达人和墨塞涅人盾牌上的徽章。

赫拉克勒斯的子孙们也想到了他们的独眼统帅俄克绪罗斯，于是把厄利斯王国送给他，作为对他担任统帅的奖赏。在伯罗奔尼撒全境，只剩下山上的阿耳卡狄亚牧区没有被赫拉克勒斯的子孙征服。他们在这个半岛上建立的三个王国中，只有斯巴达王国存在的时间较长。在阿耳戈斯，忒墨诺斯把他的女儿许耳涅托嫁给了赫拉克勒斯的一个曾孙得伊福涅斯，一切国务都与女婿商定。所以人们推测，他是想把王国的统治权也交给他的女婿。他自己的儿子们对此异常气愤，便合谋反对父亲，竟把父亲打死。阿耳戈斯人虽然承认他的长子继承王位，但因为他们热爱自由和平超过热爱一切，所以他们便极力限制国王的权力，以致他和他的后人只空有国王的称号而已。

墨洛珀与埃比托斯

墨塞涅的国王克瑞斯丰忒斯的命运，也不比他哥哥忒墨诺斯的好。他娶了阿耳卡狄亚国王库普塞罗斯的女儿墨洛珀为妻，墨洛珀为他生了许多孩子，其中最小的儿子叫埃皮托斯。克瑞斯丰忒斯为他自己和他的儿子们修建了一座华丽的王宫。他本人是平民的朋友，只要他办得到，他就极力照顾他们。富人对此异常愤怒，便联合起来打死了他和他的几个儿子。只有他的小儿子埃皮托斯幸免于难，他母亲墨洛珀保护他躲过凶手，救出他后又把他送到阿耳卡狄亚——她的父亲库普塞罗斯那里秘密地抚育。

与此同时，赫拉克勒斯的另一个后裔波吕丰忒斯在墨塞涅夺得了王位，并逼迫遇难国王的遗孀嫁给了他。后来，人们传言，有一个克瑞斯丰忒斯的王位继承者还活在世上，这个新的统治者波吕丰忒斯便重金悬赏收取那个王位继承者的人头。但没有一个人愿意，也没有一个人能拿到这份重赏，因为谁也不知道这个被剥夺了继承权的人究竟在什么地方。

埃皮托斯渐渐成长为一个青年。他私下里离开他外祖父的王宫，出人意料地来到了墨塞涅。他听说国王悬赏收取不幸的埃皮托斯的人头后，就装作一个陌生人大胆地来到波吕丰忒斯国王的宫廷，走到国王面前，当着王后墨洛珀的面说：“哦，国王，我想得到那份重赏。你不就是想要那个威胁你王位的克瑞斯丰忒斯的儿子的人头吗？我熟悉他，就像熟悉我自己一样。我愿意把他交到你手里。”

他母亲听到这里，吓得脸色煞白。她赶忙派人去找来一名曾经帮助营救过小埃皮托斯的忠实的老仆。由于害怕新国王的迫害，他现在居住在离王宫很远的地方。她秘密地派他前往阿耳卡狄亚保护她的儿子不被追捕，或者干脆把他召来领导憎恨专制暴君的人民，推翻波吕丰忒斯的王朝，重新夺回父亲的王位。

老仆人来到阿耳卡狄亚时，发现国王库普塞罗斯和整个王宫的人神色都十分惊慌，因为他的外孙埃皮托斯不见了，谁也不知道他出了什么事。老仆人很失望，急忙赶回墨塞涅，向王后报告那里发生的一切。二人只有一个想法：必定是这个站在国王面前请求领赏的陌生人在阿耳卡狄亚杀害了可怜的埃皮托斯，并把尸体带到墨塞涅来了。

他们没有细加思索，报仇心切的王后便同老仆人一起，手持斧头，深夜闯进陌生人的居室，想趁他熟睡时把他砍死。但这个青年睡得很安稳、很香甜，月光正照在他脸上。二人俯身在他的床上，墨洛珀举起杀人的斧头时，老仆死命地惊叫一声，抓住王后的胳膊。“住手！”他大声喊道，“你想要杀的这个人，正是你的儿子埃皮托斯呀！”墨洛珀垂下拿着斧头的手臂，扑到儿子的身上一阵哭叫，把他惊醒了。

母子二人拥抱了很长时间以后，儿子告诉母亲，他到这里来不是为了自投罗网，而是为了惩罚那些杀人的凶手，使她摆脱可恨的婚姻，他自己也能在承认他合法地位的人民的帮助下重登王位。

接着，他便同母亲和宫中老仆商量向卑鄙无耻的波吕丰忒斯复仇的措施。墨洛珀穿起丧服走到丈夫面前对他说，她刚刚得到她唯一活下来的儿子死亡的消息。她决心从今以后跟他和睦相处，不再去想过去的烦恼。这个暴君果然落入了他们设下的圈套，他变得愉快起来，因为他心中最大的忧虑总算解除了。于是他宣布要向诸神做一次谢恩献祭，因为现在他的一切敌人都从世界上消失了。

全体人民来到了集市广场，但心情十分沉重，因为他们怀念充满爱心的克瑞斯丰忒斯国王，现在又哀悼他的儿子埃皮托斯，他们以为寄托在小王子身上的最后希望也破灭了。当国王波吕丰忒斯正在进行献祭时，埃皮托斯突然冲向他，用利剑刺中他的心脏。墨洛珀和老仆立刻走出来，告诉民众这个陌生人就是埃皮托斯，王位合法的继承人，他并没有死。人民高声欢呼，热烈欢迎。当天，这个青年就继承了父亲克瑞丰忒斯的王位，并且在她母亲的引导下进入了王宫。不久，他便由于为人温和善良而受到高贵的墨塞涅人的拥戴，由于慷慨大方而受到全体平民的热爱，他获得了极高的敬重，甚至他的后裔不再被称为赫拉克勒斯的子孙，而被称为埃皮托斯的子孙。

（关惠文　译）

第二部

Volume II

特洛伊的传说

不要让我们为虚幻的战争荣耀所迷惑，

朋友们，

我们宁愿在和平和安宁中生活，

而不要进行战争冒险，

并最终丧失自由。

特洛伊城的建造

远古的时候，在爱琴海上一个名叫萨摩色雷斯的岛上住着两兄弟：伊阿西翁和达耳达诺斯。他们是宙斯和曾勒阿得斯七姊妹之一厄勒克特拉所生的儿子。伊阿西翁自恃是神之子，于是竟敢觊觎奥林匹斯山上的神的女儿，狂热地追求得墨忒尔女神，想娶她为妻。为了惩治他的这种胆大妄为，他亲生的父亲用闪电将他击毙。另一个儿子达耳达诺斯为兄弟之死极为悲伤，于是他离开故国家园，越过亚细亚大陆，来到了密西亚海岸。

这里的统治者是国王透克洛斯，达耳达诺斯受到他友好的接待。他得到了一块土地，娶了国王的女儿为妻，并在山间建立了一片居民地。这个地带根据他的名字就叫达耳达尼亚，而透克里亚人从这时起就被称为达耳达尼亚人。后来这个地方就依他的孙子特洛斯的名字取名为特洛伊斯，它的主要聚居地就叫特洛伊。现在人们把透克里亚人或达耳达尼亚人也称为特洛伊人或特洛尔人。

特洛斯国王的继位人是他的大儿子伊罗斯。有一次他去邻国弗里吉亚访问，他被弗里吉亚国王邀请去参加正在举行的一场竞赛，他在角斗中赢得了胜利。他得到五十个少男和五十个少女作为奖赏，此外还有一头色彩斑斓的牛。国王把牛连同一个古老神谕一并交给了他，这神谕是：他要在牛躺下的地方建造起一座城堡。

伊罗斯跟在牛的后面，它在国家主要聚居地特洛伊那儿躺了下来，于是他就在这儿的一座山丘上建造了城堡：伊利昂。在建造之前他请求他的祖先宙斯赐以征兆，是否喜欢建造这样一座城堡。翌日他在他的帐篷前面找到了从天上落下来的一幅雅典娜女神的圣像，它有三肘（约 1.4 米）高，画上的女神两脚靠拢，右手执一根长矛，另一只手执纺线竿和纺锤。

这幅像的来龙去脉是这样的：根据传说，女神雅典娜一生下来就由海神特里同养育，他有一个名叫帕拉斯的女儿，和雅典娜同年，是她亲密的伴侣。有一天，这两个少女玩起了战争的游戏，进行了一场面对面的争斗。正当特里同的女儿帕拉斯把矛尖刺向她的伙伴时，为他的女儿性命感到担心的宙斯急忙用山羊皮制成的神盾挡住了。帕拉斯为之一惊，她畏惧地仰望上天，而就在这瞬间，她受到雅典娜致命的一击。雅典娜极度悲哀，为了永远怀念，她为她亲密的伙伴造了一幅逼真的肖像，给她用上一副用同样的羊皮制成的胸甲，像盾牌一样，它就叫作神盾。雅典娜把这幅像放在宙斯神柱旁边，表示崇高的敬意。她本人此后称自己为帕拉斯·雅典娜。现在宙斯取得他女儿的同意，把这幅神像从天上掷落到伊利昂城堡境内，表明这座城堡和这座城市会得到他和他女儿的庇护。

拉俄墨冬是国王伊罗斯和欧律狄克的儿子，他生性乖僻暴戾，蒙蔽众神，欺骗国人。他准备把开阔但还不坚固的特洛伊像城堡一样用墙围起来，使它成为一座真正的城池。那个时候阿波罗神和海神波塞冬因反抗宙斯而被逐出天庭，他们在下界四处游荡，无家可归。宙斯的意志是让他们来帮助拉俄墨冬国王建造特洛伊城墙。这样就在城墙刚开始修建时，他们的命运就把他俩带到伊利昂的附近。他们从国王那里得到了委托，报酬上达成了协议，于是开始了工作。

波塞冬直接投入建造，在他的领导之下，围墙矗立起来，一道坚不可摧的保卫工事宽大而壮丽地拔地而起。与此同时，福玻斯·阿波罗去伊得沟壑蜿蜒和丛林密布的山谷中放牧国王的牧群。他俩答应用这种方式为国王服务一年。当期限到达，威严的城墙已经建成时，狡诈的拉俄墨冬拒不给他们全部的报酬。阿波罗对他进行严厉的斥责，可国王却把他们赶走，威胁说要捆上福玻斯的手脚，还要割下两个神的耳朵。他们极为愤怒地离开，成了特洛伊国王和民众的死敌。一直是这座城市保护者的雅典娜也弃它而去，现在刚建好高大城墙的这座都城连同它的国王和人民都被弃置，交付诸神来蹂躏。

普里阿摩斯、赫卡柏和帕里斯

国王拉俄墨冬的继位人是他的儿子普里阿摩斯。普里阿摩斯第二次结婚的妻子是弗里吉亚国王底玛斯的女儿赫卡柏。他俩生的第一个儿子叫赫克托耳。当赫卡柏的第二个儿子临盆在即时，她在一个漆黑的夜里梦见了一张可怕的脸。她觉得她像是在生出一支烈焰熊熊的火炬，它把特洛伊整个城市烧成一片火海，变成灰烬。她惊恐不安，把这个梦告诉给她的丈夫普里阿摩斯。他召来他前妻的儿子埃萨科斯。他是一个预言家，从他的外祖父墨洛普斯那里学会了占梦的技艺。埃萨科斯解释说，他的继母将生下一个儿子，这个婴儿会给都城带来毁灭。因此他劝告说，要把她怀的这个儿子遗弃。

王后果真生了一个儿子。对国家的爱胜过母子之情，她叫自己的丈夫把刚生下来的婴儿送给了一个奴隶，让他抱到伊得山，扔到那里去。这个奴隶叫阿第拉俄斯，他按照命令这样做了。但一只母熊哺乳了这个婴儿，五天之后，那个奴隶发现孩子躺在森林里，健壮活泼。他把孩子抱了起来，带回家去，在自己的那块土地养育他，像养育自己的孩子一样，并给这个孩子取名叫帕里斯。

这个国王的儿子在牧人中间长成为一个身强力壮、漂亮英俊的小伙子，他成了伊得山所有牧人的保护者，强盗见了他无不望风而逃。

一天，他来到伊得山中迤逦蜿蜒的峡谷，这里崎岖难行，草木葱茏；他透过群山之间的空隙向下俯视，看到了特洛伊的宫殿和远方的大海。突然间他听到一个神祇的脚步声，随后他周围的大地震颤起来。在他还不及细想前，众神的使者赫耳墨斯手中拿着黄金神杖，半是借助他的翅膀，半是凭借他的双脚，就已站在他的面前。可他也只是女神到来的先行使者。奥林匹斯的三位女神迈着轻盈的脚步踏过柔软的、从未被践踏过也从未被啮食过的草地而来。这个青年人为之一惊，那个带翅膀的使者向他喊道："不要害怕，女神到你这儿来是让你做她们的评判。她们选中了你，由你来裁定她们中谁是最美丽的。宙斯命令你来完成这项仲裁任务，他会保护你和给你帮助！"赫耳墨斯说完就振起双翼，飞出峡谷，消逝而去。

赫耳墨斯的这番话鼓起了这个牧人的勇气。他抬起垂下的胆怯目光，去欣赏站在他身旁的三位女神，她们超尘脱俗，美貌绝伦。第一眼就使他想说她们每一个都值得称为最美的。他的目光逗留在她们身上越久，他就越拿不定主意，时而觉得这一个最美，时而觉得另一个更美。可他逐渐地发现其中一个比另外两个更年轻，更温柔，更妩媚，更可爱；他仿佛觉得，从她的眼中放射出的是一张由爱情光华织成的网，把他的目光和额头紧紧地缠了起来。

这时她们中最傲慢的一个开始说话了，她的身材和威严都胜过其他两个。"我是赫拉，宙斯的妻子。这是那只纷争女神厄里斯在一次婚宴上抛在宾客之中的金苹果，它上面刻着'给最美的人'。如果你答应把它给我，那你，尽管只是个从王宫中被驱逐出的牧人，也能成为尘世上最丰腴的王国的统治者。"

“我是帕拉斯·雅典娜，智慧女神，”另一个女神说，她有着纯洁隆起的额头、湛蓝的眸子，美丽的面庞显示出处女的尊严，“如果你承认我是胜利者，你将赢得人类中智慧和刚毅的最高荣誉！”

这时，一直只是用眼睛说话的第三位女神，朝牧人望去，她面带一丝甜蜜的微笑，目光是那样诱人。她说道：“帕里斯，你不要为许诺的赠品所迷惑，它们都充满了危险，而且不会取得成功！你将从我这儿得到一件礼物，它给你带来的绝不会是不快乐：我要把世上最美丽的女人带到你的怀中，让她成为你的妻子！我是阿佛洛狄忒，爱情女神！”

当阿佛洛狄忒对牧人做出许诺时，她站到了他的面前，束着一条赋予她的妩媚以一种极大魅力的腰带。这时另外两位女神在他的眼中就失去了希望的光泽，她们的美丽变得黯然失色。他昏昏然地将从赫拉手中接过来的金色宝物递给了爱情之神。赫拉和雅典娜愤恨地转过身去，并发誓要为这种侮辱向他、向他的父亲普里阿摩斯、向特洛伊人民和国家进行报复并毁灭一切。尤其是赫拉，她从这个时刻起就成了特洛伊人势不两立的敌人。但阿佛洛狄忒用神的誓言庄严地重申对他做出的许诺，随后她离去了。

帕里斯以一个不知名的牧人身份还在伊得山高处生活了一段时间。国王普里阿摩斯为一个死去的亲属举办一次竞技比赛，这吸引了帕里斯前去参加，他终于来到他此前从未踏入过的城市。国王从这个伊得山牧人那里牵来一头公牛作为胜利者的奖赏，恰好这头牛是帕里斯最喜欢的。他不能拒绝他的主人和国王的要求，于是他决定，至少在竞赛中把它夺回来。帕里斯在竞争中取得了胜利，他战胜了他所有的兄弟，甚至他们中最勇敢最强壮、魁梧高大的赫克托耳。国王普里阿摩斯的另一个儿子得伊福玻斯为自己的失败感到羞辱，他极为愤怒，要把这个年轻的牧人击毙。可帕里斯逃到宙斯的神坛和普里阿摩斯的女儿卡珊德拉那里。她从神那儿学会了预言的才能，立刻就认出了他是他们被遗弃的兄弟。于是双亲拥抱了他，重逢的喜悦使他们忘记了他的诞生会带来灾难的预言，他们把他当作儿子来接待。

可帕里斯还是先返回他的牧群，作为国王的儿子，他在伊得山上得到了一处堂皇富丽的住房。但过了不久，国王给了他一项委托。他踏上了旅途，但他不知道，迎接他的是爱情女神阿佛洛狄忒许诺给他的奖赏。

海伦的被劫

当国王普里阿摩斯还是一个柔弱的孩子时，赫拉克勒斯杀死了拉俄墨冬，占领了特洛伊，并把普里阿摩斯的姐姐赫西俄涅作为战利品抢走，转赠给他的朋友忒拉蒙。虽然这位英雄把她升格为自己的妻子并使她成为萨拉弥斯的王后，但普里阿摩斯和他的家族仍对这次掠夺耿耿于怀。有一次，王宫中重又提起这次劫掠的话题，普里阿摩斯陷入对他远方姐姐的深深思念。这时帕里斯声称，若是给他一支舰队前往希腊，他认为借助神的帮助，就能用武力从敌人那里把父亲的姐姐抢回来，并光荣地凯旋。他的希望寄托于女神阿佛洛狄忒的帮助，因此他向父亲和兄弟们讲述了他在放牧时遇到的事情。普里阿摩斯现在不再怀疑他的儿子帕里斯得到了上天的特别庇护，就是得伊福玻斯也完全相信，若是他的兄弟全副武装出现在希腊人面前时，他们一定会赔罪谢过，并把赫西俄涅交还给他。

但在普里阿摩斯众多儿子中间也有一个名叫赫勒诺斯的预言家。他突然说出预言，并肯定若是他的兄弟帕里斯从希腊带回一个女人的话，那希腊人就会前来特洛伊，把这座城市毁灭，把普里阿摩斯的所有儿子全部杀死。这个预言在会议上引起了争论。普里阿摩斯和赫卡柏最小的儿子特洛伊罗斯对他哥哥的预言根本不予理睬，并痛斥他的胆怯，他提出不要为战争的威胁所吓倒。其他人显得犹豫不决。但普里阿摩斯支持他的儿子帕里斯，因为他深切思念他的姐姐。

于是国王召开了一次公民大会，在会上普里阿摩斯声称，他从前派遣过一个使者团在安忒诺耳的率领下前往希腊，要求他们为掠夺他的姐姐谢罪并把她交还回来。可那时安忒诺耳屈辱地被赶了回来。但现在他想，若是全体人民同意，就派他自己的儿子帕里斯带领一支雄壮的队伍前往希腊，用武力去取得用善意得不到的东西。为了支持这项提议，安忒诺耳站了起来，愤怒地诉说了他本人作为和平使者在希腊所忍受的侮辱，并描述了希腊人在和平时期的傲慢和在战争中的无能。

他的这番言辞激起了人民的狂热，他们高喊战争。但聪明的国王普里阿摩斯懂得不能草率行事，他要求每一个人说出心中对这件事的一个忧虑。这时特洛伊最年长的一个老人潘托俄斯在集会上站了起来，他讲述了他受过神谕教导的父亲在年轻时听到的事情：若是拉俄墨冬家族中一个国王的儿子从希腊带回一个妻子到家，那特洛伊人就面临完全毁灭的危险。“因此，”他结束了他讲的事情，“不要让我们为虚幻的战争荣耀所迷惑，朋友们，我们宁愿在和平和安宁中生活，而不要进行战争冒险，并最终丧失自由。”但人民对这个提议不满，他们向他们的国王高喊，不要听取一个老人胆怯的言辞，要去做他心中已经决定要做的事情。

于是普里阿摩斯下令装备战船并派他的儿子赫克托耳到弗里吉亚，派帕里斯和得伊福玻斯到邻国斐俄尼亚，征集结盟的士兵。他同时把特洛伊能拿起武器的男人组织起来准备参加战争，这样不久就集结起一支强大的军队。国王命令他的儿子帕里斯做统帅，要他的兄弟得伊福玻斯、潘托俄斯的儿子波吕达玛斯和他的亲戚——英雄埃涅阿斯辅佐他。这支强大的舰队向大海进发，朝希腊岛屿库忒拉驶去，他们想先在那儿登陆。中途舰队遇到了斯巴达国王墨涅拉俄斯的船队，他正向皮罗斯进发，去拜访贤明的涅斯托耳。墨涅拉俄斯见到这支壮观的舰队感到非常惊讶，而特洛伊人瞥见这支华美的船队也十分好奇。这支船队装饰得格外堂皇富丽，它显然载的是希腊的有名王公。但双方并不认识，每一方都在思索，另一方要驶向何处，这样他们就错身而过，分道扬镳。

特洛伊舰队顺利地抵达库忒拉岛。帕里斯要从这里向斯巴达进发，并同宙斯的儿子卡斯托耳和波吕丢刻斯进行交涉，以接回赫西俄涅。如果希腊英雄们拒绝交还，那他就遵照父亲的命令，把舰队开向萨拉弥斯，并用武力把王后抢回来。

但帕里斯在前往斯巴达之前，要先在一座供奉阿佛洛狄忒和阿耳忒弥斯的神庙里献上祭品。

这期间，岛上的居民向斯巴达通报了这支强大舰队的出现，此时的斯巴达因国王墨涅拉俄斯不在而由王后海伦主政。海伦是宙斯和勒达所生的一个女儿，是卡斯托耳和波吕丢刻斯的妹妹，是她那个时代最美的女人。当她还是一个温柔的女孩时，就被忒修斯抢走，但又被她的哥哥夺了回来。当她在她的继父斯巴达国王廷达瑞俄斯身边长成个如花似玉的少女时，她的美貌吸引来一大批求婚者。可国王害怕，如果他挑选其中一个做女婿的话，那所有其他人就会成为敌人。于是希腊众英雄中最最聪明的伊塔刻国王俄底修斯给他出了个主意，所有求婚者都盟誓为证，用手中的武器保护被选中的新郎，来反对任何一个因这次婚姻而对国王心怀敌意的人。廷达瑞俄斯接受了这个劝告，他让所有求婚者都立下誓言，于是他本人选中阿特柔斯的儿子墨涅拉俄斯做他女儿的丈夫，并把斯巴达这片国土交给他统治。海伦给她的丈夫生了一个女儿赫耳弥俄萨，当帕里斯向希腊进发时，她还躺在摇篮里。

美丽的王后海伦在她丈夫不在时，独自一人在宫殿里百无聊赖地消磨时光；现在她得到通报，说一个异国王子率领一支舰队到达库忒拉岛，受好奇心驱使，她要去看看这个陌生人和他的武装随从。此前她也曾在库忒拉岛上的阿耳忒弥斯神庙里举行过一次庄重的祭祀。她在踏入庙堂时，正赶上帕里斯献完了他的祭品。当帕里斯一看到王后进来时，他就垂下了举起祈祷的双手，由于惊愕而茫然无主，因为他认为他又看到了阿佛洛狄忒本人。他早就听到了海伦美貌的传闻，一直渴求在斯巴达目睹她的风采。可他认为爱神许诺给他的女人一定比人们描述的海伦要美丽得多；而且他以为许诺给他的美女是一个处女，而不是另一个人的妻子。但现在，他亲眼看到了斯巴达王后，并把她的美貌与爱神的美貌加以比较。这时他突然明白了，阿佛洛狄忒为他的裁决许诺给他的报酬就只能是这个女人。他父亲的委托，他这次征途的目的，在这一瞬从他的脑海里消逝得无影无踪。他觉得他同他的士兵就是为了劫掠海伦而来。在他因她的美貌而失神伫立的同时，王后海伦也在观察这个英俊的亚细亚国王的儿子，他长着一头长发，身穿金黄色和紫色的东方式的华丽服装。她毫不掩饰她的好感，在她的脑海中，丈夫的容貌黯然失色了，取而代之的是这个异国年轻人英气逼人的形象。

随后海伦返回斯巴达她自己的王宫，试图从自己的心中抹去这个英俊的青年人的容貌，并希望她那个还一直逗留在皮罗斯的丈夫墨涅拉俄斯回到她的身边。可代替的却是帕里斯本人的出现，他带着挑选出的随从到了斯巴达，同他的使者向国王宫殿走来。虽说国王并不在，但墨涅拉俄斯的妻子殷勤地接待了这位客人，给予他一个国王的儿子应有的礼遇。他的琴艺、他动听的言谈和他的爱情之火搅乱了王后那颗不设防的芳心。帕里斯看到她心旌飘摇，立即就忘记了父亲和人民的委托，灵魂里有的只是爱情女神给予他极富诱惑力的许诺了。他把那些武装起来与他一道来斯巴达的随从集合起来，蛊惑他们劫掠财富，用他们的帮助来实现自己的罪恶勾当。随后他冲入王宫，把墨涅拉俄斯的财富掠夺一空，并把半是抗拒半是顺从的美丽海伦劫往库忒拉岛。

当他携带他诱人的战利品在爱琴海上航行时，突然风停息下来，舰队前面的海浪裂成两半。古老的海洋之神涅柔斯从水中露出身来，他头戴芦苇花冠，鬈曲的长发和胡须上水滴淋漓，他向舰船喊出他诅咒的预言："不祥之鸟伴着你们的航程，该死的强盗！希腊人就会带着大军追来，他们发誓要消灭你们这群匪徒和普里阿摩斯的古老王国！痛苦呵，我看到多少马匹，看到多少人呵！帕拉斯·雅典娜已经武装起来，戴起了盔甲，拿起了盾牌，还有她的愤怒！血腥的战争要持续多年，只有一个英雄的愤怒才能阻止你们城市的毁灭。但时日一到，希腊人的大火将吞噬掉特洛伊的全部房屋！"

老人说完了他的预言，又沉入水中。帕里斯听到后极为恐惧，但当海风又欢快地吹起来时，他躺在劫来的王后的怀抱之中不久就忘掉了诅咒，整个舰队在克拉奈岛抛锚登陆，墨涅拉俄斯水性杨花、轻薄无行的妻子在这儿自愿与帕里斯结为夫妇。两个人都把故乡和祖国抛到脑后，用带来的财宝长期地享受骄奢淫逸的生活，耽于欢乐。多年之后，他们才返回特洛伊。

希腊人

帕里斯作为派往斯巴达的使者，犯下的反对人民权利和违反客人礼仪的罪恶行为，立即产生了严重的后果，激怒了一个最强大的王室家族。斯巴达国王墨涅拉俄斯，他的哥哥迈锡尼国王阿伽门农，他们是坦塔罗斯的后裔，珀罗普斯的孙子，阿特柔斯的儿子。除了阿耳戈斯和斯巴达，其他大多数伯罗奔尼撒国家也都服从这两个力量强大的兄弟，其余的希腊君主都是他们的盟友。

当墨涅拉俄斯从他在皮罗斯的老年朋友涅斯托耳那里听到他的妻子海伦被劫走时，这位愤怒填膺的国王立即奔向迈锡尼他兄弟阿伽门农那里。阿伽门农与他的妻子克吕泰涅斯特拉——海伦异父同母的姊妹是这儿的统治者，他分担了他兄弟的痛苦和仇恨，并安慰他，许诺让海伦的那些求婚者履行他们立下的誓言。两兄弟走遍了整个希腊，要求君主们参加征讨特洛伊的战争。最先一批做出决定的有特勒波勒摩斯，罗得斯岛的著名国王，赫拉克勒斯的儿子，他提供了九十艘战船用来讨伐丧心病狂的特洛伊城；有狄俄墨得斯，阿耳戈斯国王，不死的英雄堤丟斯的儿子，他答应给八十艘战船和最勇敢的伯罗奔尼撒人参加战斗。这期间，整个希腊都行动起来，并听从阿特柔斯两个儿子的要求。到最后只有两个有名的国王还迟疑不决。

一个是伊塔刻狡猾的俄底修斯，珀涅罗珀的丈夫。他不愿意为斯巴达国王的不忠妻子而远离自己年轻的妻子和他襁褓中的儿子忒勒玛科斯。因此，当墨涅拉俄斯的知心好友帕拉墨得斯与斯达巴国王前来时，他就装疯卖傻起来。他驾起一牛一驴拉犁，用这么极不匹配的牲口来耕田，他不是把种子而是把盐播撒在垄沟里，就为了让那两位英雄看到这样的自己，并希望以此避开这次可怕的战争。但帕拉墨得斯能看穿世人的一切花招诡计，在俄底修斯掉转犁头期间，他偷偷地进入王宫，把俄底修斯的幼儿忒勒玛科斯从摇篮里抱来，放在俄底修斯正准备耕犁的地上。这时这位父亲小心地把犁抬过孩子的头上，两位英雄喊叫起来，证明他的理智健全。俄底修斯现在无法再拒绝参加这场征讨了，他答应从伊塔刻和邻近岛屿提供给墨涅拉俄斯国王十二艘满载士兵的战船。

另一个还没有同意参加的是阿喀琉斯，人们不知道他在何处，他是珀琉斯与海洋女神忒提斯所生的年轻而英俊的儿子。他刚生下来时，他的母亲海洋女神也要把他变成一个神，于是她在他的父亲没发现的时候，夜里把他放到天火中烧炼，以便毁掉他从父亲身上承袭的非神的东西。白天她就用圣膏治愈他烧伤的部位。她每天夜里都这样做，可有一次她丈夫暗中发觉了。当他看到儿子在火焰中发抖时，他喊叫起来。这阻止了忒提斯完成她的工作。她沮丧地离开了没有成为神祇的未成年儿子，不再返回她丈夫的王宫，躲进海洋的女儿们居住的潮湿的汪洋大海中去了。而认为他的孩子受到致命创伤的珀琉斯把他从地上抱了起来，带到伟大的医生喀戎那里求医。喀戎是一个聪慧的马人，他曾教育出许多英雄。他慈爱地接受了这个孩子，喂给他熊的骨髓和狮子与野猪的肝脏。

当阿喀琉斯九岁的时候，希腊的预言家卡尔卡斯说，远在亚细亚有一座特洛伊城，希腊的武器要把它毁灭，但没有这个孩子就无法占领这座城市。这个预言也传到海底深处他母亲忒提斯那里，她知道这场战争会给她的儿子带来死亡。于是她重新从海洋中升出，偷偷进入她丈夫的宫殿，给儿子穿上女儿的服装，把他带到斯库洛斯岛吕科墨得斯国王那里，让他在国王的女儿们中间像个少女那样长大。但当这个青年的下颌周围开始长出髭须时，他向国王美丽的女儿得伊达弥亚揭示了自己男扮女装的秘密。国王的女儿对他产生了爱慕之情，就在岛上的所有居民把他看作国王的女性亲戚期间，他已秘密地成了得伊达弥亚的丈夫。

这个神之子是战胜特洛伊必不可少的英雄，现在预言家卡尔卡斯发现了阿喀琉斯居住的地方，于是俄底修斯和狄俄墨得斯受命去请他参加战争。当这两位英雄抵达斯库洛斯岛时，他俩被引见给国王和他的那些少女。但这位未来的英雄隐藏在妩媚少女的面孔后面，尽管两位希腊英雄有着犀利敏锐的目光，可他们依然不能从这群少女中间辨认出阿喀琉斯来。于是俄底修斯想出一个计策。他把一面盾牌和一支长矛放在少女集聚的大厅里，然后吹响了战号，仿佛敌人已经逼近。听到吓人的喇叭声，所有的女人都逃出大厅，可只有阿喀琉斯独自一人伫立不动，他勇敢地拿起长矛和盾牌。现在他被两位希腊英雄认了出来，于是同意率领他的密耳弥多涅斯人或称忒萨利亚人，在他老师福尼克斯的陪同下，携同五十艘战船参加希腊人的队伍。

阿伽门农被任命为最高统帅，他选择玻俄提亚的海港城市奥利斯为所有希腊君主和他们士兵、船队的集合地。

希腊人派往普里阿摩斯的使节

在希腊军队备战的同时，阿伽门农与所有的高级将领一道决定，为了不错过采取和平手段的机会，要向特洛伊国王普里阿摩斯派出一个使团，就希腊人民权利所遭到的伤害和斯巴达王后的被劫提出责难，并要求归还墨涅拉俄斯被夺走的妻子及她的全部财宝。为此选出了帕拉墨得斯、俄底修斯和墨涅拉俄斯承担这项使命。尽管俄底修斯在心里把帕拉墨得斯视为死敌，但他为了共同的利益，服从这个以理智和经验而在希腊军中受到高度敬重的国王的决断，并同意给予他在国王普里阿摩斯宫廷中做发言人的荣誉。

特洛伊人和他们的国王为使团的到达和宏伟壮观的舰队的出现极度震惊。他们对事情的原委还一无所知，因为帕里斯同他抢来的妻子还一直逗留在克拉奈岛上，在特洛伊没有人知道他的消息。普里阿摩斯和他的人民认为，帕里斯率领特洛伊军队前去索还赫西俄涅一定是在希腊遇到了抵抗，而现在希腊人来到这儿是为在自己的国家攻击特洛伊人。因此，希腊使节抵达城市的消息使他们十分紧张。

特洛伊的城门向这几位陌生人敞开，三位英雄立即被带入普里阿摩斯王宫，去会见国王本人，他正同他的众多儿子和城市的领导人物举行会议。帕拉墨得斯在国王面前慷慨陈词，并以全希腊人的名义严厉地斥责他的儿子帕里斯由于抢走王后海伦而犯下了伤害做客之道的恶行。随后他指出，这种不义会引发一场对普里阿摩斯的国家进行战争的危险，他列举了希腊最强大的一些国王的名字，他们会同他们的战士和成千艘战船出现在特洛伊的城前，他要求把掠来的王后和平地交还。

“啾，国王，你不知道，”他这样结束了他的讲话，“你儿子所侮辱的是怎样一种人，他们宁愿死也不愿其中任何一个人受到一个异乡人的无理伤害。但他们希望在他们对这种恶行进行复仇时，不是去死，而是去取得胜利。因为他们数量众多，像海边的沙子，他们充满了英雄气概，为渴求洗雪他们人民所受的屈辱而怒火中烧。为此，我们的最高统帅阿伽门农，强大的阿耳戈斯君主，希腊首屈一指的国王，以及与他在一起的所有其他国王，让我来通知你们：交出你们劫走的王后，或者毁灭你们。”

普里阿摩斯的儿子听到这番话怒不可遏，特洛伊的长老们拔出他们的宝剑，击打他们的盾牌，一个个杀气腾腾。但普里阿摩斯国王请他们安静下来，他从宝座立起身来说道：

“你们这些异乡人，以你们人民的名义对我们进行了如此严厉的责备，但首先我感到诧异。因为我根本不知道你们为什么来加罪于我们；你们强加于我们的罪名，正是我们要对你们进行谴责的。你们的同胞赫拉克勒斯在和平时期袭击了我们的城市，从我们的城市抢走我无辜的姐姐赫西俄涅，让她做俘虏，把她当作女奴送给他的朋友萨拉弥斯的国王忒拉蒙。这个男子心地善良，把她娶为合法的妻子，而不是当作小妾和女仆。可这并不足以补偿这种不光彩的掠夺，我已经两次派出使节了。这次是由我的儿子帕里斯率队前往你们的国家，索还我那被卑劣掠去的姐姐，以使我这个白发老人能为她而欢欣庆幸。我的儿子帕里斯如何完成我的委托，他做了什么，现在何处，我都一无所知。在我的王宫里，在我们的城市里，没有一个希腊女人，这一点我十分清楚。因此即使我愿意，我也无法满足你们的要求。如果我的儿子帕里斯像我这个父亲所希望的那样顺利地返回特洛伊，并带回一个掠夺来的希腊女人，那我会把她交还给你们，若是她不请我们把她当作逃亡者来保护的话。但即使如此也不是没有条件的，你们得把我的姐姐赫西俄涅从萨拉密斯重新交还给我！”

国王的这一番话得到大家的赞同，帕拉墨得斯却桀骜不驯地说：“国王，我们的要求是没有条件的。我们尊敬你和你所说的话，确信墨涅拉俄斯的妻子还不在你的城里。可我不怀疑，她会来的。你那卑鄙的儿子拐走了她，这是肯定无疑的。至于在我们的父辈时代，赫拉克勒斯所做的事情不应由我们负责。但现在你的一个儿子对我们造成严重伤害，我们要向你进行清算。赫西俄涅是自愿跟忒拉蒙的，她本人甚至派她的一个儿子参加这场摆在你们面前的战争，这就是强大的王子埃阿斯。海伦却是违反她本人的意愿被用武力劫持来的。感谢上天吧，你们由于这个强盗在外乡停留而得到考虑的时间，赶快做出决定，以免大限一到，玉石俱焚。”

普里阿摩斯和特洛伊人对使者帕拉墨得斯的傲慢言辞愤怒至极，但他们还是尊重异国使节的权利。会议结束了，特洛伊城一个最年长的老人——贤明的安忒诺耳，埃绪厄忒斯和克勒俄墨斯特拉的儿子，护送三位异国的使节，使他们免于市民们的咒骂，把他们带到自己的家中，用高贵的礼节加以款待。翌日清晨他把他们送到海岸，他们重新登上豪华的舰船，疾驶而去。

阿伽门农和伊菲革涅亚

在舰船集结在奥利斯期间，阿伽门农用打猎去消磨时间。有一天，他看到一只要祭献给女神阿耳忒弥斯的美丽牝鹿，于是猎兴大发，把这只神圣的动物射杀了并夸耀说，就是狩猎女神阿耳忒弥斯也不能射得这样准。

女神对这种亵渎行为大为恼火，于是在全部希腊士兵都集聚在奥利斯港湾，舰队要启航出发时，就使风停了下来，这样他们就只能无所事事地滞留在奥利斯。一筹莫展的希腊人向他们的预言家卡尔卡斯求助。从前他就对他的同胞做出过巨大的贡献，现在他是随军的祭司和预言家。卡尔卡斯说道："如果希腊人和他们的统帅阿伽门农王把他和克吕泰涅斯特拉所生的可爱女儿伊菲革涅亚祭献给阿耳忒弥斯的话，那女神就会宽容，风就会刮起，就再不会有超自然的妨碍来阻止特洛伊的毁灭了。"

预言家的这番话使希腊统帅十分沮丧。他立即召来希腊传令官斯巴达的塔尔提比俄斯，并让其在全希腊人面前用响亮的声音宣布，阿伽门农辞去希腊军队的统帅职务，因为他的良知不允许他谋杀自己的孩子。但这项决定的宣布在集合起来的希腊人中激起了狂暴的愤怒。

墨涅拉俄斯听到这可怕的消息后，立即来到他兄弟的统帅营盘，提醒他这个决定给他带来的后果。如果他墨涅拉俄斯被夺走的妻子海伦仍留在敌人的手里，会给自己带来什么样的耻辱。他摆出了所有的理由，最终使阿伽门农决定去做杀害女儿这件可怕的事情。他向身在迈锡尼的妻子克吕泰涅斯特拉派去一名信使，命令她把女儿伊菲革涅亚送到奥利斯供差遣听用。为了使他的妻子听从这项命令，他找了个借口，说女儿在军队抵达特洛伊海岸之前应该同珀琉斯年轻的儿子，英俊的佛堤俄提斯的王子阿喀琉斯订婚。这时阿喀琉斯与得伊达弥亚秘密结合一事尚不被人所知。

信使刚一出发，阿伽门农心中的父爱之情又占了上风，为忧愁所折磨，为这个轻率的决定而悔恨。就在当晚，他喊来一个年老的亲信，送一封写给妻子克吕泰涅斯特拉的信。信中告诉她不要把女儿送到奥利斯，他这个做父亲的有了另一个想法，婚期必须推迟到明年春天。

这个忠实仆人携信急忙上路，但他没有抵达目的地。他黎明前刚一离开大营，就被墨涅拉俄斯抓住了，因为他已经看出他兄弟的三心二意，早就密切注意他的一举一动了。墨涅拉俄斯搜出了信，读了后就又一次踏进统帅的营盘。

他愤怒地朝阿伽门农喊道：“除了这种反复无常还有更不忠不义的事吗！兄弟，难道不再记得你是多么贪求统帅的荣誉，你对所有希腊的诸王显得多么谦卑，又是怎样地与每一个人握起右手？你的大门总是敞开，每一个人，即使是民众中最底层的，也能随意踏入，所有这一切讨好和笼络不都是为了得到统帅的荣誉吗？但是，当你成了统帅，一切都变了样。你不再像从前那样，与你的老朋友见面了，就是在营里也难以找到你，你只是偶尔在军队面前露露面。一个高尚的人不能这样，即使他的朋友们不需要他的帮助，他也应对他们始终如一！”

出之兄弟口中的这些责备并不能使阿伽门农的心平静下来。“你看起来是如此令人可怕，”他回答说，“为什么你的眼睛像在流血？是谁侮辱了你？你失去了什么？是你可爱的妻子海伦？我无法把她重新给你找回来。如果我深思熟虑之后去补救一个过失，我就成了傻瓜？你不为能摆脱掉一个水性杨花的女人而庆幸，反倒要设法重新去得到她，你这样的行为才是丧失理智的，不，我永远不会做出残害自己亲生骨肉的决定。你最好是自己去惩治你那个伤风败俗的女人。”

两兄弟激烈地争吵起来，就在这时一个使者来到他们面前，向阿伽门农王报告说他的女儿伊菲革涅亚、妻子和他的小儿子俄瑞都特已经抵达这里。使者刚一离开，阿伽门农热泪盈眶地说：“兄弟，她是你的了，你胜利了！我算毁了！”墨涅拉俄斯为兄弟的绝望而感动，他向阿伽门农王发誓，要放弃这古老的要求，甚至警告他，不能杀死自己的孩子，墨涅拉俄斯解释说，不能为了海伦而毁掉一个好兄弟。“洗去你脸上的泪水，”墨涅拉俄斯喊道，“如果神谕使我对你的女儿享有权利的话，那我知道，我要放弃它并将它让给你。”

阿伽门农投身到兄弟的怀抱，但他仍为女儿的命运忧心忡忡。“我感谢你，亲爱的兄弟，”他说，“你高贵的思想又把我们带到一起。但命运已经对我做出了决定。女儿注定得死，整个希腊要求她死亡。卡尔卡斯和狡黠的俄底修斯已经达成了默契，他们将得到人民的支持，把你和我谋害，并杀死我的女儿。我们能逃到阿耳戈斯，但相信我，他们会赶来把我们从宫墙里拖出来，将古老的库克罗普斯城夷为平地！因此，我的兄弟，当你进入军营时，务必对我的妻子克吕泰涅斯特拉保持沉默，使她一无所知，直到我们的孩子死于神谕为止！”

女人们的到达打断了兄弟俩的谈话，墨涅拉俄斯忧郁地走开了。

夫妻俩仅略事寒暄，阿伽门农显得冷峻和窘迫；但女儿却怀着孩子的信赖拥抱起父亲，并喊道：“父亲，好久没见到你了，现在又见到你我多么高兴啊！”她更贴近父亲，望着他那忧郁的眼睛，关心地问道：“为什么你的目光那么不安，父亲？难道你不高兴见到我吗？”“亲爱的女儿，不要问了。”他回答说，感到揪心的痛苦，“操心的事情太多了！”“舒展开你的愁眉，”伊菲革涅亚说，“用可爱的眼睛望望你的女儿！为什么它含着泪水！”“因为就要长时间地分离。”父亲说。“若是我能跟你一起航行，”姑娘喊道：“那我该多么幸福呀！”“喏，你会踏上一次航程的，”阿伽门农严肃地说，“但此前我们还得进行祭祀——一个祭品，亲爱的女儿，这次祭祀是少不了你的！”

说最后一句话时他已热泪盈眶，随即他把满面狐疑的女儿打发到为她准备好的帐篷，那里有她的一些侍女。阿伽门农得继续在他的妻子面前编造谎言，王后不断好奇地询问起她想象中的新郎的家世和财产。他支吾几句，随即摆脱开妻子，去到预言家卡尔卡斯那里，与他商议这无法避免的祭祀的一些细节。

这期间，一个不祥的突发事件使克吕泰涅斯特拉与年轻的阿喀琉斯在大营里聚在一起。她把他当作是未来的女婿，热情地表示欢迎。但阿喀琉斯却惊愕地向后退去。“你在说什么婚礼，王后？”他说，“我从未有向你的女儿求过婚，你的丈夫阿伽门农也从未向我谈起过结婚的事情！”现在克吕泰涅斯特拉开始弄清这个谜团，她在阿喀琉斯面前羞愧难当。但他怀着年轻人的热情，慷慨陈词：“你不必担忧，王后，就是有人欺骗你，你也不要怕。放心吧，如果我的惊愕伤害了你，那请你原谅我。”正当他示意作别，要去寻找统帅时，阿伽门农的一个仆人进入帐篷，他满脸惶恐地朝两个说话的人跑来。他是阿伽门农和克吕泰涅斯特拉的那个忠实的奴仆，墨涅拉俄斯就是从他身上搜出了阿伽门农写给妻子的信的。他轻轻地说，几乎是屏住呼吸：“听我说，相信你忠实的仆人说的话。阿伽门农要亲手杀死你的女儿！”这个浑身颤抖的母亲从忠实的奴仆嘴里知道了整个秘密。

克吕泰涅斯特拉扑在年轻的阿喀琉斯脚下，像一个寻求保护的人抱着他的双膝，她喊道：“我跪在你面前的尘土里，我不为此感到羞耻。我，一个普通的女人，跪在神的后裔面前。母亲的义务使任何骄傲都变得软弱无力！你，女神之子，请从绝望中拯救我和我的女儿！在所有神的面前，在你神祇母亲的面前，我祈求你现在救救她。你看，我没有可以前去逃避的神坛，只有你的双膝！你听到了阿伽门农要做怎样残忍的事；你看到了，我，一个无助的女人，在一支残暴的军队中是如何孤苦无依！张开你的双臂，保护我们，我们就能得救！”

阿喀琉斯敬畏地把跪在他面前的王后从地上扶了起来，并说道：“放心吧，王后！我是在一个虔诚的、乐于助人的家庭中长大的，在喀戎的炉边学到了朴实的、纯贞的思想。如果阿特柔斯的儿子们领我走向光荣之路，那我乐于服从他们，但我不会服从卑鄙的命令。因此我要保护你的女儿，尽我一个青年人的双臂所能做到的，她一度被称为是我的，我绝不让她被她的父亲杀死。如果这个捏造出来的婚姻致这个孩子于死地，我觉得我本人也不是无罪的；如果我的名字被你的丈夫用作杀害一个孩子的借口，那我就成了这支军队中最最胆小的坏蛋，成了一个罪犯的儿子。”

“高贵的、富同情心的王子，这真的是你的意愿？”克吕泰涅斯特拉喜出望外地喊道，“或者你还在期待我的女儿作为一个求助者来环抱你的双膝？这虽然不是一个少女所应做的，但如果你喜欢的话，那她会庄重地来到你的面前，像一个高贵的人一样。”

“不，”阿喀琉斯回答她说，“不要把你的女儿带到我的面前，这样我们就不会招人怀疑和引起流言蜚语。但你相信我，我绝不食言。如果我不能救你的女儿，我宁愿自己去死。”珀琉斯的儿子做了这样的保证，随后离开了伊菲革涅亚的母亲。她现在怀着无法掩饰的憎恶来到她丈夫阿伽门农的面前。他还不知道他的妻子已经知道了全部秘密，于是用语义双关的话朝她喊道：“现在把女儿从帐篷里喊出来，把她交给父亲，因为面粉和水，以及婚宴前要死在刀下的祭品都已准备妥当。”

“做得好啊！”克吕泰涅斯特拉喊了起来，她的眼睛在熠熠闪光，“女儿，你自己从我们的帐篷里出来，你会完全明白你父亲的用意，你也把你的小弟弟俄瑞斯忒斯带出来！”当女儿出现时，她继续说道，“看吧，你这做父亲的，她站在这儿供你派用场，让我先向你说一句话：直截了当地告诉我，你是不是要杀死我的——也是你的——女儿？”

统帅长时间伫立不动，一声不响，终于他绝望地喊了起来：“我的命运，我罪恶的灵魂！我的秘密泄露了，一切都完了！”

“听我说，”克吕泰涅斯特拉继续说，“我要把我心里的所有话都对你说出来。我们的婚姻是从一桩罪行开始的：你用暴力把我抢来，杀害了我从前的丈夫，把我的孩子从我的怀中夺走并杀死了他。我的兄弟卡斯托耳和波吕丢刻斯率领大队士兵驱马追赶你，是我年老的父亲廷达瑞俄斯救了你这个乞求活命的人，并使你成了我的丈夫。你本人可以证实，我在这桩婚姻中没有任何可指责之处，你在家中得到快乐，在外边感到骄傲。我为你生了三个女儿和这个儿子，现在你要夺走我们最大的孩子，当人们问你为什么时，你会回答：这样墨涅拉俄斯就能重新夺取他那不贞的妻子！”

“众神作证，不要逼我凶狠地去反对你，不要这样凶狠地反对我！你要杀死你的女儿？你去祭祀时要怎样祈祷？在女儿被杀害时你要祈求什么？祈求像你现在离开家一样的一个不幸的归程？或者我应当为你祈福？若是我这样做了，那我就是把神也变成了凶手！为什么你自己的女儿一定得成为牺牲品？为什么你不去对希腊人说‘如果你们要舰队抵达特洛伊城下，那你们就抓阄好了，看谁的女儿该死’？为什么我，你忠实的妻子要失去自己的女儿，而他，就是为自己进行战争的那个墨涅拉俄斯，他的女儿赫耳弥俄涅却无忧无虑地活着，他那不忠的妻子也知道这个孩子安全地在斯巴达受到照顾？回答我，我说的话有哪一句不对？如果我讲的都是实话，那就不要杀死我的——也是你的——女儿，不要这样做，你想想吧！”

现在伊菲革涅亚也跪在她父亲的脚下，用哽咽的声音说道：“如果我有俄耳甫斯感动崖石的魔力声音，父亲，那我就要用动听的言辞来乞求你的怜悯。但现在我唯一有的就是泪水。父亲，不要过早地毁掉我！看到光明是多么可爱啊。不要逼我去看黑夜里的隐藏的东西！想想我是一个孩子时在你的胸怀中你所给予我的爱抚！我还记得你所讲的话！当你返回家看到我长得如花似玉时，你说，你多么希望将我嫁给一个高贵的男人。但你现在把这一切都忘了，你要杀死我！不要这样做，我在母亲面前求你，她在生我时痛苦，而现在为了我她遭受着更大的痛苦。海伦和帕里斯与我有什么相干？为什么我一定得死？就因为他来过希腊？”

但阿伽门农主意已定。他站在那里像岩石一样无情，他说：“在我可以同情时，我会同情，因为我爱我的孩子。妻子，做这件可怕的事情我心情十分沉重，但我必须这样。你们看，我统率的是怎样一支舰队，有那么多的英雄身披甲胄环立在我的四周。他们都无法前去特洛伊，孩子，遵照预言家的神谕，如果我不牺牲你，就不能占领特洛伊。在这儿我的权力有一个界限，我不是顺从我的兄弟墨涅拉俄斯，而是听命于整个希腊。如果我抗拒神谕，那他们就会杀死你们，也杀死我。”

国王不再听其他辩白，起身而去，把这两个悲哀的女人单独留在他的帐篷里。这时突然响起了兵器的撞击声。“是阿喀琉斯。”克吕泰涅斯特拉欢喜地叫了起来。伊菲革涅亚在这个假造出来的新郎面前羞赧至极，她来不及回避。这时珀琉斯的儿子匆忙地进入帐篷，由几个手持兵器的人伴随。“不幸的克吕泰涅斯特拉，”他喊道，整个军营骚乱起来，“他们要求你女儿去死，我去阻止这种喊叫，自己差点被他们用石头打死。”“那你的士兵呢？”克吕泰涅斯特拉屏住呼吸问道。“就是他们首先叛乱的，”阿喀琉斯继续说道，“他们骂我是个害相思病的饶舌者。我带这些忠实的亲兵来这里保护你们，对抗向这儿逼近的俄底修斯。姑娘，你贴近你的母亲，我用我的肉体来掩护你们，我要看看，他们是不是敢攻击我这个决定特洛伊命运的女神的儿子。”这最后一句话，露出了一线希望之光，使那个母亲又松了口气。

但现在伊菲革涅亚挣脱开母亲的双臂，昂起头来，迈着果断的脚步，对王后和阿喀琉斯说道：“听我讲！”她的声音没有任何一丝畏惧。“亲爱的母亲，你激怒你的丈夫是没有用的。他无法抗拒这必然发生的事。这个陌生人的热情值得尊敬和赞美，但他必然要为此付出代价，而你也将受到侮辱。因此听从我已经考虑好了的决定。我决意去死。我要从我自由的胸中驱走每一种低下的情感，我要自己去完成。现在美丽希腊国土上的每一双眼睛都在望着我，舰队的航行和特洛伊的陷落都系于我，希腊女人的尊严都取决于我。我将用我的死来维护这一切。我的名字将赢得荣誉，我将成为希腊的解救者。如果女神阿耳忒弥斯为我的祖国要求我献出生命，那我，一个普通的女人，应当抗拒她吗？不，我自愿献身，牺牲我，毁灭特洛伊，这便是我的纪念碑，是我的婚礼盛宴。”

在她说这番话时，她像一个女神，目光炯炯，站在母亲和这个年轻人的面前。这时阿喀琉斯跪在她的面前喊道：“阿伽门农的孩子！如果你能成为我的新娘，那众神就使我成了最最幸福的人。我为你而妒羡希腊，为了你所属于的希腊而妒羡你。对你的爱和对你的渴慕使我不能自持；你，美丽高贵的人，我看到了你的内心。好好考虑考虑！死亡是一种可怕的事，我愿意救助你，秘密带你走，去生活，去得到幸福！”伊菲革涅亚微笑地回答他说：“我亲爱的朋友，由于海伦，女人的美已经引起了男人之间的战争和屠杀。你不要为一个女人去死，也不要为我去杀死某个人。不，若是我能够的话，那就让我来拯救希腊！”

“高贵的灵魂，”阿喀琉斯喊道，“做你想做的事，但我要手拿武器奔向神坛，去阻止你的死亡。”于是他离开了少女，她随即怀着拯救祖国的神圣思想向死亡走去。她的母亲在帐篷里倒在地上，无法随同她前往。

这期间，整个希腊军队都在奥利斯城郊女神阿耳忒弥斯长满鲜花的圣苑中集聚。圣坛已经备妥，站在它旁边的是预言家和祭司卡尔卡斯。伊菲革涅亚在她忠实女仆的伴同下踏入圣苑向阿伽门农走去，在军队中引起一阵惊异和同情的呼声。阿伽门农大声地叹了口气，背过脸去，强忍住泪水。但少女把父亲推到一旁，说道：“亲爱的父亲，看，我已经来到这儿！在神坛前我献出我的生命。我遵从神谕，为了祖国而成为祭品。我高兴看到你们幸福和带着胜利的酬报返回故国。我不需要任何人的搀扶，我要勇敢而自愿地把自己奉献给祭祀的刀刃！”

一阵响亮的惊异声传遍整个军队，随后传令使塔尔堤比俄斯请求安静和祈祷。预言家卡尔卡斯从刀鞘里抽出一把锃光的战刀，把它放在圣坛前的一个金色匣子里。现在阿喀琉斯身披甲胄手执宝剑走到圣坛前，但少女的一道目光就改变了他的决心。他把宝剑掷到地上，用圣水泼洒圣坛，捧起金色匣子，绕着圣坛走动，像一个祭司似的说道：“啊，高贵的阿耳忒弥斯女神，请接受这个神圣的自愿的牺牲，阿伽门农和希腊军队现在把她献祭给你。让我们的舰船一帆风顺，让特洛伊倒在我们的长矛之下！”

阿特柔斯的两个儿子和整个军队都默默地垂下头来。祭司卡尔卡斯拿起他的钢刀，念着祷词，抓住少女的喉咙，目不转睛。人们清楚地听到挥刀的声音。然而，奇迹发生了，就在这一瞬间少女从全军的眼中消失了。阿耳忒弥斯生了怜悯之心，一只高大而漂亮的牝鹿在地上挣扎着，随即圣坛溅满了祭品的鲜血。“希腊联军的首领们，”卡尔卡斯从惊喜中恢复过来，他喊道，“你们看吧，这儿的祭品是女神阿耳忒弥斯送来的，它比少女更受她的欢迎，少女高贵的血不该溅在圣坛上。女神与我们和解了，能让我们的舰船顺利地航行了，并应允我们去征服特洛伊。奋勇前进吧，伙伴们，今天我们就能离开奥利斯港湾！”当祭品被焚烧，最后一丝火光熄灭时，人们从圣苑中爆发出响亮的欢呼声，各自奔回自己的帐篷。

当阿伽门农从祭祀仪式返回时，他的妻子克吕泰涅斯特拉已经不在了。她的忠实仆人已在他之前跑回来，把她女儿得救的消息告诉给瘫倒在地的女主人，把她扶了起来。怀着一种骤然而至和旋即离去的感激和欢喜的情感，恢复了镇静的王后向上天举起了双手，但却极为痛苦地喊道：“我的孩子被抢走了！他是破坏我做母亲的欢乐的凶手！我们走，我的眼睛不要看到这杀害孩子的罪犯！”仆人跑去安排车辆，召集随从。当阿伽门农返回他的帐篷时，他的妻子早已走在驶往迈锡尼的路上了。

希腊人启航，菲罗克忒忒斯被弃

就在当天，希腊舰队驶入大海，经过短暂的航行，他们在克律塞小岛上陆，以便补充饮水。在这儿来自墨里波的波阿斯国王的儿子，赫拉克勒斯的战友菲罗克忒忒斯发现了一个废弃的神坛，这是从前阿耳戈船上的英雄伊阿宋在航海中为祭祀女神帕拉斯·雅典娜而修建的。这位虔诚的英雄对自己的发现十分高兴，并要为这位希腊人的保护神在这座被遗弃的神坛上献上祭品。这时，一条毒蛇窜到这个走近的人身边，并在英雄的脚上咬了一口。他倒了下来，被抬回到船上，舰队继续航行。但中毒的伤口越来越大，波阿斯的儿子疼痛难忍，他同船的伙伴无法忍受伤口长时间散发出的恶臭和他不断发出的痛苦号叫。他们连做祭祀和祈祷时都不能得到安静，他恐怖的叫喊声搅乱了一切。

终于阿特柔斯的儿子和诡计多端的俄底修斯聚在一起进行商议，因为这位受伤英雄的伙伴们所传播的不安情绪已经在全军扩散开来，他们害怕菲罗克忒忒斯会在到达特洛伊前就给全军带来瘟疫，他无休止的痛苦叫喊会使希腊人的生活备受磨难。因此军队的首领做出残忍的决定，当他们途经楞诺斯岛荒无人迹的海岸时，就把这位可怜的英雄遗弃在了这里。他们可没有考虑到，他们失去这个勇敢的人的同时，也就失去了他无人可敌的弓箭。

狡黠的俄底修斯承担了去完成这项阴谋的任务。他背起昏睡的英雄，用一艘小船把他带到海岸附近的一个岩洞里，给他留下衣服和大量的食品，足够他生活一年时日之用。这艘船在岸边停留很短时间，只够用来安顿这个不幸的人；俄底修斯返回来后立即登程，不久就与大队舰船会合在一起。

希腊人到达密西亚，遇到忒勒福斯

希腊舰队现在顺利地抵达小亚细亚海岸。但英雄们对这个地带一点都不熟悉，先是一阵顺风把他们吹到远离特洛伊南面的密西亚海岸，所有的船只都在这儿下锚。沿海都有武装人员守卫，他们以当地统治者的名义说，在禀报国王之前不许登陆，不管是什么人。但密西亚国王本人是一个希腊人，他的名字叫忒勒福斯，是赫拉克勒斯和奥勒的儿子，经过奇妙的遭遇之后在密西亚的国王透特拉斯那里遇到了他的母亲，并得到了国王女儿阿尔癸俄珀为妻。在国王死了之后他就成了密西亚的国王。

希腊人没有问谁是这儿的国王，也没有对守卫的士兵做出回答，他们就拿起了武器，登陆上岸，发起了进攻。只有少数人得以逃脱并向国王忒勒福斯报告说，有许多不知名的敌人侵入国土，杀死守兵，占领了海岸。国王急忙召集军队，去抵御异乡人。他本人就是一个出色的英雄，不愧是赫拉克勒斯的儿子，他也用希腊军队的方法来训练他的士兵。因此希腊人遇到了他们意想不到的抵抗，爆发了一场血腥的、杀得难解难分的战斗，展开了一场英雄与英雄的较量。

在这场战斗中，希腊人中著名的俄狄浦斯的孙子、波吕尼刻斯的儿子特耳珊得耳冲在前面，他杀死了忒勒福斯国王最亲爱的朋友和第一勇士。为此国王怒发冲冠，于是在奥狄波斯的孙子和赫拉克勒斯的儿子之间展开了一场你死我活的决斗。结果是赫拉克勒斯的后代得胜，特耳珊得耳倒在了地下，他被一柄长矛刺穿。他的朋友狄俄墨得斯从远处看到了这个场面，于是痛苦地大声叫了起来，赶在忒勒福斯国王扑向特耳珊得耳的尸体并剥掉其装备之前奔跑过来，把朋友的尸体扛在肩上，迅疾地从杀得天昏地暗的战场中逃了回来。他背负死者经过埃阿斯和阿喀琉斯的面前，这激起了他们痛苦而狂暴的愤怒。他们集合起溃散的士兵，把他们分成两部分，并通过改变攻击方向而扭转了战局。

希腊人现在又占了上风，忒勒福斯的异母兄弟透特然提俄斯被埃阿斯击中，忒勒福斯本人前来救助倒地的兄弟，却被一片葡萄藤绊倒在地。阿喀琉斯不失时机，就在忒勒福斯站起来的当儿，投掷出一根长矛穿透了密西亚国王的左腰。但忒勒福斯依然站了起来，拔了长矛，在他士兵的保护下逃了出来。

若不是黑夜来临和双方都需要退出战场休息的话，这场战斗还会长时间持续下去。翌日双方互派使者，要求暂时休战，以便搜寻死者并把他们埋葬。现在希腊人才惊讶地获悉，英勇地捍卫自己领土的国王是他们的同乡，是他们伟大的半神赫拉克勒斯之子，忒勒福斯痛苦地知道了他手上沾满的是他的同胞之血。

事实表明，希腊军队中有忒勒福斯的三个亲戚：赫拉克勒斯的一个儿子特勒波勒摩斯；国王忒萨罗斯的两个儿子，也即赫拉克勒斯的孙子菲狄波斯和安提福斯。这三个人在密西亚使者的陪同下，出现在他们的兄弟和叔叔的面前，向他们做了更详细的说明：登上他海岸的都是哪些希腊人，他们来亚细亚是为了什么。国王忒勒福斯亲切地接待了他的亲戚，并倾听他们所说的一切。现在他知道了，帕里斯用他的恶行侮辱了整个希腊，知道了墨涅拉俄斯与他的兄弟阿伽门农和所有的希腊联军前去讨伐特洛伊。为此，国王可爱的异母兄弟、其他两人的代言人特勒波勒摩斯说："亲爱的兄弟和同胞，你不要离开你的人民，我们亲爱的父亲赫拉克勒斯在世界的每一处每一地都为人民而战，整个希腊为他对祖国之爱建造了无数的纪念碑。把你的军队与我们的军队联合起来，作为我们的同盟者一齐去征讨特洛伊人，以此来医治希腊人给希腊人留下的创伤。"

忒勒福斯费力地从他的位置上立起身来，友好地回答说："你们的责备是不公平的，亲爱的同胞。你们从朋友和血亲变成我的凶狠的敌人，这是你们自己的过错。难道我的海岸守卫士兵不是按照我的严格命令像对所有登陆者一样问过你们的姓名和来处吗？他们并不是以一种野蛮的方式，而是用希腊人的礼节对待你们。但你们认为对野蛮人怎么做都是对的，擅自登陆上岸，不对他们的询问给予回答，不听他们的劝告，就杀死我的下属。就是给我，"说到这里他指了指他的伤口，"也留下一个纪念，这使我毕生都会想起我们昨天的相逢。可我并不对你们心怀怨恨，而是高兴地在我的国家接待了亲戚和希腊人，这代价还不高吗？"

"你们听着，这是我面对你们的要求不得不说的话。我不会去参加反对普里阿摩斯的战争，我的第二个妻子阿斯提俄刻是他的女儿。再说，他本人是一个可敬的老人，他的那些儿子都是高尚的。他和他们与轻薄的帕里斯所犯下的罪行毫无关系。你们看，坐在那儿的我的孩子欧律皮罗斯，我怎么能伤他的心，去帮助你们毁灭他外祖父的国家？正如我不能去伤害普里阿摩斯一样，我也决不去反对你们，我的同胞。收下我的礼物，拿去你们所需要的食品。然后你们走吧，在神的名义下去进行一场我无法进行调解的战斗。”

三位英雄带着国王的善意回答满意地回到了希腊大营，向阿伽门农和其他人报告了他们以希腊人的名义与忒勒福斯所建立的友谊。随后他们准备继续他们的航行。

帕里斯的归来

尽管特洛伊人对一支巨大的希腊舰队的出发还一无所知，但自希腊使节去后，这座城市里还是产生了对即将来临的战争的恐慌和惧怕。这期间，帕里斯携着他掠来的海伦、大量的战利品和整个舰队返回了特洛伊。国王普里阿摩斯看到这个不请自来的儿媳进入他的宫殿并不高兴，他立即召集他众多的儿子举行会议。可他们都收到了帕里斯送的珍贵宝物，他的那些尚未结婚的兄弟都得到了海伦带来的出身高贵家族的女人为妻，这样他们就变得昏昏然，再加上他们中许多人年轻气盛，喜欢争强斗狠，于是会议做出决定，把这个异乡女人置于王家的保护之下，不向希腊人交出。

但这个城市的民众不是这样，他们为国王的儿子帕里斯的归来，以及接受他掠来的美丽妻子而引起的敌人的进攻和围困，感到恐惧不安。帕里斯在穿越大街时激起一些人的咒骂，甚至当他陪同他掠来的妻子进入父王的宫殿时，还有人向他投掷石头。但出于对年迈国王和他的意志的敬畏，那些人才没有更激烈地去反对接纳这位新的市民。

在会议做出了不驱逐海伦的决定之后，国王派他的妻子去她那里，以证实她确实是自愿随同帕里斯来到特洛伊的。海伦声言，从她的出身来说，就像属于希腊人一样，她也属于特洛伊人，因为达那诺斯和阿革诺耳是她的祖先，他们也是特洛伊国王家族的祖先，她虽然不是自愿的而是被劫持来的，可她现在深深爱上了她的新丈夫，自愿成为他的人。在发生这一切之后，她无法从她从前的丈夫和她的人民那里得到宽恕；如果她被交回去，等待她的只能是耻辱和死亡。

她声泪俱下，匍匐在王后赫卡柏的脚前，王后充满爱意地扶起这个乞求保护的女人，并告诉她国王和他的儿子们做出的保护她的决定。

希腊人兵临特洛伊城下

这样海伦就安全地生活在特洛伊的王宫，随后她同帕里斯移居自己的宫殿。民众不久后也开始喜欢她的美丽绰约和希腊式的妩媚可爱，就是当外国人的舰队真的出现在特洛伊海岸时，城市的居民也不像此前那样惶惶不安了。他们在计算他们有多少市民，有多少同盟者。他们发现，他们的英雄和战士在数量上和力量上都胜过希腊人。于是他们希望众神保佑他们的城市不要遭到围困并能很快击退敌人。

虽然他们的国王普里阿摩斯已是一个无法再去战斗的老人，但是他有五十个儿子，其中十九个是他的妻子王后赫卡柏所生，有些年轻气盛，有些血气方刚。军队已经做好战斗准备，国王的儿子赫克托耳出任最高统帅，与他一道执掌大权的是统治达耳达尼亚人的埃涅阿斯，他是国王的女婿。其他一些重要人物则统领另外一些部队，部分是特洛伊人的同盟者。

这期间，希腊人也登陆了，他们沿着海岸建营扎寨，把船只拖上陆地，列成阵势，密匝匝连成一片，并在船的下面垫上石头以便通风，避免潮湿受损。排在陆上的第一列是埃阿斯和阿喀琉斯的船队，他们建造了他们的营盘。阿喀琉斯的大营看起来像是有规有矩的住宅，有食库，有为战马和家畜准备的厩圈和料房。在他的船旁边是竞赛、殡葬和其他节庆用的场地，紧挨着埃阿斯的是普罗忒西拉俄斯的船队，随后是另外一批忒萨利亚人、克里特人、雅典人、福喀斯人、玻俄提亚人、阿喀琉斯和他的密耳弥多涅斯人。集结的士兵把他们的船布成四列，最后一列是狄俄墨得斯、俄底修斯和阿伽门农的。

在俄底修斯营前是“阿戈拉”，即用来举行会议和进行商谈的空地，这儿建有神坛。整个用船只围成的大营像是一座城市，由许多大街和小巷分割开来，但主路联通四个队列。营房都是用泥土和木头建成的，上面铺有芦苇。每个头领都把他的大营放在他军队的最前一排，而每一个营房都按居住者的不同等级饰有不同的标记。船同时用来保卫整个大营，希腊人还在这些船前面用泥土堆成一道围墙，直到包围的最后时刻才垒成一道城墙。在这后面是一道壕沟，前面栽上密密麻麻的木桩。

因为特洛伊国王和议会一直在讨论最有效的保卫方法，花了很多时间，所以希腊人得以顺利地完成了他们的一系列布置。希腊的士兵在值班看守舰船的同时，能得到食品，至于其余的生活用品则由每个人自行解决。普通的士兵用轻武器徒步作战，身份高贵的站在战车上进行战斗，每一个乘车作战的人都配有一个驭手。在那个古老的时代，各个民族对骑兵还一无所知。载有大英雄的战车都被安排在最前一列，带头冲锋陷阵。希腊人的船营和特洛伊城之间的空地四周环绕着斯卡曼德洛斯河和西摩伊斯河，繁花似锦的斯卡曼德洛斯草地和特洛伊平原极为宽阔，徒步要走上四个小时，它成为一个天然的战场，在它后面是拔地而起的壮丽城市特洛伊城（或称伊利昂城）。它的高楼、雉堞和塔楼巍然屹立。

战斗爆发，普洛忒西拉俄斯和库克诺斯

希腊人正在备战时，特洛伊的城门突然打开，特洛伊全副武装的士兵在赫克托耳率领下冲向斯卡曼德洛斯平原，攻击毫无准备的希腊人的船队，他们没有遇到抵抗。船营最外一列首先拿起武器分散开来，向逼近的敌人还击，但是寡不敌众，败退下来。可这次战斗赢得了时间，使军营中的希腊人集结起来，能列成阵势向敌人进攻。随之开始的战斗极不平衡，凡是赫克托耳本人所到之处，特洛伊人就占了上风，可在离他远处的战斗中，希腊人则取得了优势。

终于阿喀琉斯同他的士兵出现在战场上了。他那勇猛的攻击所向披靡，连赫克托耳也阻挡不住。他杀死了普里阿摩斯两个儿子，国王从城墙上看到他孩子的死，悲痛地叫了起来。与阿喀琉斯并肩作战的是埃阿斯，他的高大身躯在其他的希腊人中显得十分突出。在这两位英雄面前，特洛伊人避犹不及，他们像是鹿群遇猎犬一样望风而逃。到最后，所有的敌人都被击退了，特洛伊人又紧紧关上城门。希腊人重又安心地回到他们的舰船旁，从容地继续去建筑他们的营房。阿喀琉斯和埃阿斯被阿伽门农指定去看护舰船，而他们

又布置另外一些英雄去守护舰队部分的船。

特洛伊附近的科罗奈是国王库克诺斯统治的地方，国王是女仙和海神波塞冬所生的儿子，在忒涅多斯岛上由一只天鹅抚养成人，因此他得到库克诺斯的名字，意思是天鹅。他与特洛伊人结盟，普里阿摩斯还没有向他提出什么要求，他就把援助他的朋友看作自己应尽的义务。于是他在自己的国家里集聚起一支数量可观的队伍，埋伏在希腊船营的附近。当希腊人从第一场与特洛伊人的战斗中凯旋，并为他们第一个战死的英雄普洛忒西拉俄斯举行葬礼时，他们刚隐蔽好。就在希腊人毫无准备、赤手空拳地集结在焚烧场周围时，他们突然发现自己被战车和士兵包围起来了。他们还来不及思索，库克诺斯同他的军队就已经开始对他们进行一场血腥的屠杀了。

好在只有一部分希腊人参加了这场葬礼。其余在船旁和在营房的人拿起手边的武器，跑来救助他们的伙伴，阿喀琉斯率领他们冲在前面，很快他们就全副武装、队伍整齐地迎向敌人。阿喀琉斯本人坐在战车上，令人恐惧地环顾四周，他的致命的长矛时而刺死这个科罗奈人，时而刺死那个科罗奈人。这时他从远处的厮杀中看到了库克诺斯，他也站在一辆高大的战车上，他凶狠有力地刺杀，所到之处，左右两边的希腊人纷纷败退。阿喀琉斯调转他的白马，两人面对面时，他喊道："不管你是谁，年轻人！你是死得其所，因为你遇到的是女神忒提斯的儿子！"说罢就把长矛掷向库克诺斯，准确地击中了他，可长矛却从敌人的胸前滑落下来，没有对她造成任何伤害。

"女神的儿子，你不感到奇怪吗？"库克诺斯微笑着朝他喊道，"令你惊讶的不是我的头盔，也不是我左手执的保护我的身体不受攻击的盾牌。我佩带的这些保护装备只是装饰品，就像战神阿瑞斯有时为了开心取乐而拿起武器一样，他肯定不需要用这些装备来保护他的神的躯体。就是我把全部甲胄都卸了下来，你也不能用你的长矛刺伤我的皮肤。知道吗，我的全身几乎像一块铁，这就是说，我不仅仅是一个海洋仙女的儿子，我是统治着涅柔斯及其女神以及所有海洋的神的亲爱的儿子。告诉你吧，站在你面前的是波塞冬本人的儿子！”说完这番话他就把他的长矛向阿喀琉斯投去并刺穿了他盾牌的隆起部。但阿喀琉斯抖落了他盾牌上的长矛并把他的长矛向神的儿子投去。可敌人的身体没有受到丝毫伤害，甚至第三次击中也依然不起作用。

现在阿喀琉斯勃然大怒，又一次把用白杨木削成的投枪掷向库克诺斯，也真的击中了他的左肩，他大声欢呼起来，因为肩部鲜血淋淋。但他白欢喜了一场，这血不是神之子的血，而是站在库克诺斯身边的墨诺忒斯溅出的血，他被另一个人击中了。现在阿喀琉斯恨得咬牙切齿，他从战车上跳下，抽出宝剑奔向敌人，狠狠砍去。然而就是宝剑也从钢铁般的身体上弹落。这时绝望的阿喀琉斯举起十层厚的盾牌击向肤发无损的敌人，用盾牌中间的凸起部猛击他的额头，三次、四次。库克诺斯两眼昏黑，他要转身后退，可是被一块石头绊倒。随之阿喀琉斯用手抓住他的背，把他完全摔倒在地上，用盾牌和膝盖压住他的胸膛，用自己头盔上的皮带紧紧勒住他的喉咙。

科罗奈人看到他们的国王倒地，当即丧失了勇气。他们狼狈奔窜逃离战场，不久战场上别无所见，只有尸体狼藉，血水汩流；许多希腊人和科罗奈人在这场突然袭击中战死。

这场战斗的结果是，希腊人侵入了战死的国王库克诺斯的国土，从它的都城门托拉掳走许多孩子作为战利品。随后他们进攻毗邻的喀拉城，也占领了这座坚固的城市，满载大量的战利品返回他们警卫森严的船营。

帕拉墨得斯之死

在希腊军队中，帕拉墨得斯是有远见的人，聪明、能干、正直、坚定、英俊，善于唱歌弹琴。他的能言善辩使希腊的大多数英雄参加了这次远征特洛伊的战争，他的智慧都胜过了拉厄耳忒斯的儿子俄底修斯。但他也因此成了俄底修斯日日夜夜都在想方设法报复的、势不两立的敌人。帕拉墨得斯在诸王中间的声望越盛，他的仇恨就越深。现在阿波罗给希腊人一个神谕，他们应当在建有他的神柱和神庙的地方献上百牲大祭。帕拉墨得斯被阿波罗选中去把这批大量的祭品带往圣地。阿波罗的祭司克律塞斯在那儿等候着完成这次庄严的祭礼。

帕拉墨得斯通过阿波罗的这次安排赢得了荣誉，然而这加速了他的死亡。因为俄底修斯现在完全被嫉妒所左右了，他想出了一条阴险的诡计，以便去毁掉这个高贵的人。他亲手极为秘密地在帕拉墨得斯的营帐中埋了一大笔黄金，然后以普里阿摩斯国王的名义给这位希腊英雄写了一封信，在信中谈及送来的黄金并感谢泄露给他希腊军队的机密。俄底修斯让这封信落在来自弗里吉亚一个奴隶手里，然后再把这个奴隶抓住，搜出这封信，而那个无辜的持信人当场就被打死了。

俄底修斯在希腊军营的诸王会议上出示了这封信，帕拉墨得斯被送上军事法庭。这个法庭由阿伽门农指定一些最显赫的国王组成，而俄底修斯知道自己肯定会成为法庭的首席。根据他的提议，搜查了被指控人的营帐，于是就找到了狡黠的俄底修斯埋在那里的黄金。法官们不去追查事情的真相，就一致赞同对帕拉墨得斯执行死刑的判决。帕拉墨得斯不为自己做任何辩解。他已经看穿了这个阴谋，但他无法为他的无辜和他的对手所指控的罪行提出证据。当执行石刑（即用石头打死）时，他只是喊道："你们希腊人，你们打死的是最有才学的、最无辜的、最擅长唱歌的夜莺！"

糊涂的诸王都对这种辩解大加嘲笑，把这位最高贵的人推到希腊士兵中间去受死，他以一种英雄般的坚定去忍受这种最无情的死亡。当第一批石头把他砸倒在地时，他喊道："真理啊，你为死在我的前面而高兴吧！"他刚说完了这句话，俄底修斯就把一块石头击向他的额头，帕拉墨得斯垂下头死了。复仇女神涅墨西斯从天上看到了这一切，于是决定对希腊人和诱骗其犯罪的俄底修斯的恶行，在他们达到目的时惩罚他们。

阿喀琉斯和埃阿斯的战功

有关随后几年的特洛伊战争，传说上根本没有细谈。由于特洛伊人要保存他们的力量，很少出击，这样希腊人就把他们的军力用于进攻周围地区。阿喀琉斯用他的舰队接连毁灭和掠夺了十二座城市，其中陆上征服了十一座。在一次征讨密西亚的战斗中，他俘获了祭司克律塞斯美丽的女儿克律塞伊斯。在占领吕耳涅索斯时他袭击了国王布里修斯的王宫，国王在绝望中自缢而死。国王可爱的女儿布里塞伊斯落入胜利者手中，阿喀琉斯把她当作自己宠爱的战利品带回希腊军营。勒斯玻斯岛和密西亚的底比斯城也都被他征服。

统治底比斯城的是国王普里阿摩斯的女婿厄厄提翁，他的女儿安德洛玛刻嫁给了特洛伊最勇敢的英雄赫克托耳，他的七个年华正茂的儿子还生活在王宫里。阿喀琉斯攻破了这座城池，杀死了国王和他的七个儿子。当国王高贵而令人敬畏的尸体摆放在这位英雄的面前时，恐惧和惊骇攫住了他，他不敢将死者的武器留作自己光荣的战利品。于是他将身着全副精美盔甲的尸体焚烧，进行隆重的安葬，并在榆树浓荫中间为国王建立起一座高大的纪念碑，此后这座碑长时间成为这一带的名胜。阿喀琉斯把国王的妻子，安德洛玛刻的母亲掳走为奴，但他很快得到一笔很大的赎金还她自由，她返回故乡。狩猎女神阿耳忒弥斯发出一支箭将她射杀于纺车旁。

在希腊人中间能与阿喀琉斯相提并论的是最勇敢最伟大的英雄，忒拉蒙的儿子埃阿斯。他带领他的舰队驶向色雷斯半岛，波吕墨斯托耳的王宫就炫目地坐落在那里。特洛伊国王普里阿摩斯把他的小儿子波吕多洛斯送到波吕墨斯托耳这里，以避免战争的殃及。国王为此给了他大量的金钱和珠宝作为报答。但是，当埃阿斯进攻他的国家，包围了他的王宫时，这个不忠不义的野蛮人竟然用这批财富和孩子来求和。他背叛了国王普里阿摩斯的友谊，诅咒他并把从他那里收到用来扶养孩子的金钱和粮食分给了希腊士兵，而交给埃阿斯本人的则是普里阿摩斯送来的黄金和珠宝，最后还有孩子。

埃阿斯带着他的战利品，没有立即返回希腊船营，而是把他的舰队驶向弗里吉亚海岸。在那里他进攻透特拉斯的王国，在战斗中他杀死了国王并掳走他的女儿，美丽的忒克墨萨，将她作为自己的战利品。这个少女人品高尚、身姿曼妙，他不久就因其高贵和妩媚而爱上她了。他待她像一个妻子，若不是希腊风俗不允许娶一个野蛮人为妻，他早就与她正式结婚了。

阿喀琉斯和埃阿斯大奏凯歌，满载而归，他们同时返回特洛伊城前的希腊船营。所有达那俄斯人都唱起赞颂的歌曲迎接他们，不久他们就被大批战士包围起来。人们把英雄围在中间，在欢呼声中把橄榄花冠放在他们头上，作为胜利的酬报。随后英雄们举行会议，对他们带来的战利品——它们被希腊人视为共同的财产——做出决定。那些掳来的女人也被带到面前，所有的希腊人都对她们的美丽惊奇不已。国王布里修斯妩媚的女儿布里塞伊斯理所应当归于阿喀琉斯，而英雄埃阿斯占有少女忒克墨斯则得到认可。此外阿喀琉斯还被允许保留布里塞伊斯的女伴，美丽的少女狄俄墨得亚，因为她不愿意与国王的女儿分离。受人尊敬的国王阿伽门农得到了祭司克律塞斯的女儿，并也得到了阿喀琉斯的同意。另外一些战利品——俘虏和财富，也都分配给了希腊军队中的每个战士。

随后，在俄底修斯和狄俄墨得斯的要求下，埃阿斯从他的船上把从波吕墨斯托耳国王那里掠来的财宝卸了下来，国王阿伽门农从中得到大部分的黄金和白银。

波吕多洛斯

最后英雄们就战利品最贵重的部分——国王普里阿摩斯的儿子波吕多洛斯的命运进行商议，他们在简短地讨论之后一致同意：由俄底修斯和狄俄墨得斯作为使节前去会见国王普里阿摩斯，只要将海伦还给希腊人，那就将波吕多洛斯送还给国王。海伦的丈夫墨涅拉俄斯作为第三位使节陪同两位英雄一道前往，于是三人带着波吕多洛斯一同上路。神圣的使节受到了人民权利的保护，特洛伊人毫无异议让他们进入城内。

当使节来到特洛伊的市集广场，墨涅拉俄斯向拥在他们周围的人群发表演讲时，普里阿摩斯和他的儿子对城里发生的事情还一无所知。墨涅拉俄斯用悲愤的言辞控告了帕里斯对人民权利的卑劣践踏，帕里斯抢走了他的妻子——他最神圣最珍贵的财富。他讲得如此雄辩有力和令人感动，使环立在四周的特洛伊人（其中有城市的长老们），都动容得流下泪水，认为他是对的。

当俄底修斯看到特洛伊人的激动情绪时，他也开始讲话，他说："特洛伊的长老们和其他居民们，我愿意你们知道，希腊人是一个绝不轻举妄动的民族。他们从先人那里学到了，凡事深思熟虑，都是为了赢得赞扬而不是遭到唾骂。你们也都知道，你们国王的儿子帕里斯抢掠海伦，使我们受到了闻所未闻的侮辱。在我们拿起武器反对你们之前，为了善意地解决这件事情，我们向你们派出了使节，直到交涉失败之后才发动了战争，而这还是由于你们的一次偷袭才开始的。

“就是现在，在你们知道我们的力量，你们周围的属地或与你们结盟的城市都已变为废墟之后，这次战争的和平结局仍然掌握在你们手里，在你们特洛伊人手里！你们把从我们那里抢去的归还给我们，我们就立即拆掉我们的营房。当然我们也不是空手而来，我们给你们国王带来了一个他非常喜爱的宝贝，这比那个隐藏在你们这座城市、给他也给你们带来诅咒的外国女人要宝贵得多了。我们带给他的是波吕多洛斯王子，他最小和最亲爱的儿子。我们的英雄埃阿斯从色雷斯国王波吕墨斯托耳那里把他抢来。孩子就被绑在这里，站在你们面前，他的自由和生命取决于你们，取决于他父亲的决定。把海伦交还给我们，你们今天把她交到我们手中，那孩子立刻就得到自由，回到他父亲的宫殿。如果你们拒绝交出海伦，那你们的城市就会毁灭，并且你们的国王必定会看到他一生所不愿看到的一切！”

当俄底修斯讲完话时，会聚在他周围的特洛伊人一片寂静，鸦雀无声。终于最年长最聪明的安忒诺耳说道：“亲爱的希腊人，你们曾一度是我们的客人！你们向我们说的一切，我们都知道并且认为你们是对的，可我们缺少意志去改正这件事。我们生活在一个国王的命令就是一切的国家里。我们国家的法律、我们从先辈那里继承下来的信仰和我们人民的良知，不允许我们哪一个人去反对他。只有国王向我们征询意见时，我们才可以对公众事务说出我们的看法；即使我们说了，那他依然能随心所欲，愿意做什么就做什么。但为了使你知道人民中最优秀的人对你们这件事情的意见，我们人民中的长者将召集会议，在你们面前表明他们的意见。这是我们所能做的，我们的国王不能拒绝我们。”

他们也就这样做了。安忒诺耳召开了一个长老会议，并把使节带来参加。他本人主持会议并逐个询问他们对帕里斯残暴不仁的看法。特洛伊城最受尊敬的人一个接一个说，他们认为这是一件该受诅咒的恶行；只有安提玛科斯，一个好战而阴险的人，为帕里斯掠夺海伦一事辩护。帕里斯贿赂给他大量的金钱，只要一有机会，他就支持帕里斯，反对交出海伦。这次他也这样做，为达到目的不遗余力，他竟然背着英雄们提出卑鄙的建议，要杀死希腊人的使节，这三位最勇敢最聪明的英雄。但特洛伊人厌恶地拒绝了这个建议；可他又提出，至少要把这几个使节抓起来，直到他们不要赎金和交换就把普里阿摩斯被俘的儿子波吕多洛斯交出来。但这个主意被谴责为不守信义之举，由于安提玛科斯不停地，甚至在会议上公开地对他们恶语相向，于是他被他的同胞连轰带骂，撵出了会场。

安提玛科斯愤恨地跑到王宫，向国王通告了希腊使节抵达的信息。于是国王和他的儿子举行了会议，时间很长，意见不一。老国王十分信赖的一个长老，高贵的潘托俄斯也被请来开会。他面向国王众多儿子中最勇敢、最正直、最有道义感的赫克托耳，恳切地祈求他听从特洛伊长老们的劝告，交出那个引发这次战争的不祥的女人。他说：“帕里斯已经享有他抢来的女人多年了，并为他的欢乐付出了代价！现在与我们结盟的所有城市都已毁灭，他们的灭亡预示了我们自己的命运。此外，希腊人又抓住了你们的小弟弟，如果我们不把海伦交还给希腊人，我们不知道他会落得什么样的下场！”

赫克托耳一想起他兄弟帕里斯的恶行，就羞得满脸通红，难过得落泪。可他听从国王的意见，不赞成交出海伦。他回答潘托俄斯说：“她是向我们请求保护的人。我们是把她当作被保护者才接纳她的，否则我们早就把她逐出王宫大门之外了。我们不单这样做了，还给她和帕里斯建造了一座华丽的宫殿，长年来他们豪奢和快乐地住在里面，你们大家对此沉默，于是看到了这场战争！为什么你们现在才要驱逐她？”

“我们没有沉默，”潘托俄斯回答说，“我的良心是清白的。我把我父亲的预言通知给你们，对你们提出了警告。我现在第二次警告你们。不管怎样，即使你们不听从我的忠告，我也会与你们一道保卫城市，保卫国王！”说完这番话他便离开了国王和他的儿子们的会议。

最后根据赫克托耳的建议做出决定，他们虽然不交出海伦，但是会为随同海伦被掠夺来的一切做出补偿和赔罪。为代替被抢来的海伦，墨涅拉俄斯可以与普里阿摩斯国王的一个女儿结婚，聪明的卡珊德拉或者正值豆蔻年华的波吕克塞娜可以嫁给他，并带有一大笔丰厚嫁妆。希腊使节被带到国王及其儿子们面前，当他们听到这个建议时，墨涅拉俄斯恼怒起来，他说：“真的，我这样做算什么呀！我选择的妻子被抢走这么多年，最终却要敌人给我找一个老婆！留下你们野蛮人的女儿吧，把我年轻时娶的女人还给我！”

国王的女婿英雄埃涅阿斯站了起来，这时墨涅拉俄斯带着轻蔑的嘲笑刚讲完最后一句话，埃涅阿斯朝他粗暴地喊道：“若是由我和所有那些热爱帕里斯以及保护这个古老王室荣誉的人来决定，可怜的家伙，你既得不到卡珊德拉也得不到波吕克塞娜！普里阿摩斯的王国还有它的保卫者！即使普里阿摩斯失去了波吕多洛斯这个孩子，他也不会因此而没有孩子的！难道希腊人从我们这里收到去抢夺女人的一封特权证书吗？够了！如果你们不立即同你们的舰队一道离开，你们就会知道特洛伊人的厉害！我们还有足够的勇敢善战的青年，我们强大的同盟者每天都会从远方赶来，即使附近弱小的盟国被你们击败了！”

埃涅阿斯的讲话在会议上得到了热烈的喝彩，希腊使节只有借助赫克托耳的保护才免于受到粗暴的对待。他们强忍愤怒带着他们的俘虏波吕多洛斯——国王普里阿摩斯只能从远处看到他——离开了这里，返回希腊人的船营。他们在特洛伊的遭遇、安忒玛科斯的污言秽语、埃涅阿斯及普里阿摩斯儿子们——赫克托耳除外——的傲慢无礼，当这些消息传播开来时，军队中间的人群聚集起来，所有的人带着狂暴的表情，高喊复仇。

他们没有怎么去征询诸王的意见，在一次士兵会议上就做出了决定，让这个不幸的孩子为哥哥们和父亲所犯下的过失付出代价，并当即付诸实行。这个可怜的孩子被带到特洛伊城前的空地上，普里阿摩斯国王和他的儿子们为城外士兵的喧闹声所吸引，他们登上了城墙，可不久就从城墙上发出了一声悲惨的叫声，因为他们亲眼看到了俄底修斯曾威胁对孩子所使用的处决。石块从四面八方掷向他光秃秃的脑袋和毫无遮拦的身体。在无数的石块下孩子可怜而悲惨地死去。希腊人允许将砸得稀烂的尸体交还给乞求着的父亲去厚葬。国王的仆人来到现场，含着眼泪痛苦地哀号着把孩子的尸体装到送殡的车上，送到那悲恸的父亲面前。

克律塞斯，阿波罗和阿喀琉斯的愤怒

战争的第十个年头就是在这样一些事件中开始的，希腊英雄埃阿斯多次征战并凯旋。波吕多洛斯之死在两个民族之间引发起比此前更为强烈的仇恨，甚至上界诸神也参加进这场战争。赫拉、雅典娜、赫耳墨斯、波塞冬和赫淮斯托斯站在希腊人一边，而站在另一边的是阿瑞斯和阿佛洛狄忒；这样，对围困特洛伊城的第十个年头，即最后一年的叙述和吟咏，要比其他几年多上十倍。现在开始唱起的是阿喀琉斯的愤怒和这位最伟大英雄的怨恨带给希腊人的灾难之歌。

阿喀琉斯的愤怒是由下面的事情引发的：希腊人在他们的使节返回来之后没有忘记特洛伊人的威胁，他们在自己的兵营里准备决定性的战斗；这时阿波罗的祭司克律塞斯带着大量的赎金到希腊人的船营来赎还他的女儿。他站在整个军营前面乞求说："阿特柔斯的儿子们，在场的希腊人，如果你们收下这笔丰厚的赎金，把我的女儿交还给我，那众神会帮助你们毁灭特洛伊和顺利地返归家园！"

整个军队都对他的话鼓掌欢迎，提出收下他丰厚的赎金，满足这令人尊敬的祭司的请求。只有不顾祭司失去可爱女儿的阿伽门农感到恼火，他说：

“老家伙，你再不要靠近我们的舰船，不论是现在还是将来。你的女儿现在是，将来也是我的女仆，她将永远坐在阿耳戈斯的我的王宫里，在纺织车旁终其一生！走吧，不要惹我发火，快，好好回到你的故乡去！”

克律塞斯惊恐不已，他服从了，默默地走到海滨。但他在那儿向阿波罗举起双手，祈求他：“听我说，阿波罗神，你这克律塞斯、喀拉和忒涅克斯的统治者！我曾装饰你的神庙令你高兴欣喜，为你送上挑选出来的祭品……那现在用你的神箭来惩罚希腊人吧！”

他大声地祈祷，阿波罗答应了他的请求。阿波罗满怀愤怒地离开了奥林匹斯圣山，肩上背着弓和装满利箭的箭袋。他像阴沉的黑夜来到下界，随后他坐在离希腊船营稍远的地方，箭箭连发，他银色的弓发出了可怖的响声。谁中了这看不见的箭矢，谁就立即死于瘟疫。他先只是射杀军营中的驴和狗，但不久他开始射杀人，于是人一个接一个倒了下来，不久焚烧尸体的火场不停地燃烧起来。这场瘟疫在希腊军营肆虐已有九天了。在第七天，阿喀琉斯召开过一次会议，他讲了话并建议去问军队中的一个高级祭司、预言家或释梦人，通过什么样的祭品才能平息阿波罗的愤怒和消除这场灾难。

这时预言家卡尔卡斯站起来说道：“不是因为不遵守誓言或祭品的缘故，神才发怒。他是因阿伽门农恶待他的祭司才动了肝火；不把女儿无偿地交还给父亲，并且让他带百姓的祭品回去，那阿波罗是不会撤回使我们毁灭的手的。只有用这种方式，我们才会重新赢得神的恩宠。”

阿伽门农国王听到预言家这番话怒火中烧。他的两眼冒出火花，目光咄咄逼人，开始说道：“不幸的预言家，他还从来没有说过一句使我中意的话，现在你还蛊惑人民，说什么阿波罗给我们送来瘟疫，是因为我拒绝了克律塞斯为女儿送来的赎金。说真的，我喜欢把她留在我的家里，因为我爱她胜过我青年时娶的妻子克吕泰涅斯特拉，她的身材、美貌、精神和技艺都不比我妻子差！即使如此，与其看到我的人民毁灭，我宁愿把她交出来。但是我要求另外一件赠品作为失去她的补偿！”

在他之后阿喀琉斯讲话了。“我不知道，光荣的阿特柔斯的儿子，”他说，“你向阿耳戈斯人要求的是什么样的赠品。可哪儿还有什么公共的财富？从那些被占领城市抢回的战利品早就分配光了，而一些分配给个人的不能再要回来！因此要释放祭司的女儿！如果宙斯保佑我们占领特洛伊，我们会给你三倍四倍的补偿！”

“勇敢的英雄，”阿伽门农国王朝他喊道，“不要想骗我！你保有你的，而我却要服从你的命令把我得到的交出来？不，如果希腊人不给我补偿，那我就从你们的战利品中取走一件，不管是属于埃阿斯的或是俄底修斯的或者是你阿喀琉斯的，不管你们怎么发火，我都不在乎。但这事以后再说。现在去准备船只！祭司的女儿愿意你来送她，我认为应由你——阿喀琉斯来指挥这艘船！”

阿喀琉斯阴沉地回答说：“无耻的人，自私的国王！有哪一个希腊人还愿意服从你！特洛伊人并没有伤害过我，我之所以跟随你，是为了替你的兄弟墨涅拉俄斯复仇。你看不到这一点，而且要夺走我的战利品，这是我用我的血汗夺来的，是希腊人赠送给我的！在占领每一座城市之后，我也能得到像你得到的那样多的宝贵战利品吗？我的双臂经常承受的是战斗的最艰难的重担，但一到分配虏获的东西时，你却领到最好的，我战斗得精疲力竭返回船营，得到的却是很少一部分！现在我回佛提亚老家。看看吧，没有我，你的财富还能增加多少！”

“去吧，随你的便，”阿伽门农朝他喊道，“没有你，我也有足够的英雄，你是一个惹是生非的人！但你要知道，既然克律塞斯又得到了他的女儿，我就要从你的帐篷里取走布里塞伊斯，好让你懂得我比你更强大，没有一个人敢像你这样当面顶撞我！”

阿喀琉斯怒不可遏，他极力控制住自己。因为雅典娜女神这时突然隐身于他的身旁，只有他一个人能看见她。她抓住他的头发，耳语道：“你要镇静，不要拔剑。如果你听我的话，我答应给你三倍的赏赐！”

阿喀琉斯听从这个警告，把他的剑又放回剑鞘，他的话却不饶人。“你这不要脸的人，”他说，“你心里什么时候想过，与希腊最高贵的人一齐去伏击或者在面对面的战斗中冲锋陷阵？对你来说，在军营中把敢于反对你的人的战利品占为己有，这是最快意不过的了。我对着这柄权杖向你发誓，从今以后你再不会在战场上看到珀琉斯的儿子了。当勇猛无敌的赫克托耳像刈草似的杀死希腊人时，你休想来找我求救；你对希腊最高贵的人加以鄙视，等到你的灵魂受到折磨时也无人来帮你了！”说罢他把权杖抛到地上，自己坐了下来。

可德高望重的涅斯托耳试图用温和的言辞来为两个争吵者进行调解，但毫无用处，到最后阿喀琉斯向阿伽门农说道：“随你怎么做好了，但别想让我服从你。我决不会因为这个少女而起来反对你或其他人。你们把她给了我，你们也能把她从我这儿拿走。但是你别想再碰我的舰船，一点儿也不行。若是你敢的话，那我的投枪就会要你流血。”

会议散了。阿伽门农让人把克律塞斯和百件祭品带到船上，由俄底修斯来押送。随后他喊来塔尔提比俄斯和欧律巴忒斯两个传令官，命令他们去阿喀琉斯的帐篷取布吕塞斯的女儿。两位传令官并不高兴，却不得不服从他们统帅的命令。他们看见阿喀琉斯坐在他的帐篷前面，但由于胆怯和敬畏而不敢说出他们的来意。倒是阿喀琉斯向他们喊道："过来些，宙斯和人的传令官，你们所做的，错不在你们，是阿伽门农的错。来吧，帕特洛克罗斯，我的朋友，把那个少女带出来，交给他们。但他们该成为我在众神面前，在人的面前，在那残暴之人面前的证人：如果有人再需要我的帮助，而我没有答应的话，这并不是我的过错，而是阿特柔斯儿子的过错。"

帕特洛克罗斯把姑娘带出来，她不情愿地跟随他们，因为她已经爱上了她那温柔的主人。阿喀琉斯坐在海滨哭泣，望着阴沉的海水，乞求他的母亲忒提斯帮助他。她的声音自海底深处传来："我的孩子，我痛苦我生下了你。你的生命如此短暂，现在还得遭受这么多的痛苦和伤害！但我会祈求宙斯帮助你。你就一直坐在你的舰船那儿，向希腊人发泄你的愤怒，不要去参加战争。"听到这个回音阿喀琉斯就离开了海岸，回到自己的帐篷。

忒提斯这期间去履行她的诺言。她直上天庭到奥林匹斯圣山，手环宙斯的双膝对他说："宙斯父亲，如果说我用语言或行动为你效过力的话，那请答应我的要求：阿伽门农深深地侮辱了我的儿子，夺走了他本人得到的战利品。因此我请求你，众神之父，让特洛伊人一直得到胜利，直到希腊人重新向我的儿子表明他应当得到的荣誉！"宙斯长时间动也不动，沉默不语。但忒提斯越来越紧地抱着他的膝盖并轻声地说："父亲，请答应我的请求，或者你干脆加以拒绝，这样我就知道，我不比诸神更讨你的喜爱！"她终于使众神之父不满地回答说："你逼我去惹恼众神之母赫拉，这不是件好事；她原本就反对我的。你赶快离开，别让她看见你。我已经点了头，你该满意了。"他耸动眉毛，点了点头，奥林匹斯圣山在震颤。

忒提斯满意地返回海底深处。赫拉已经看到了她的丈夫与女神的晤面，于是走到宙斯跟前，大声责骂，激怒他。但众神之父安静地回答说：“不要胡乱猜疑我做出的决定。别说话，服从我的命令。”赫拉对她丈夫说的话感到惊恐，她不敢去反对他的决定。

阿伽门农的试探

随后不久，宙斯派梦神到希腊人的营盘并进入正在酣睡的阿伽门农国王的帐篷。梦神变成阿伽门农极为敬重的涅斯托耳的形象，靠近他的头对他说："你还在睡，阿特柔斯的儿子？一个为整个民族出谋划策的人不可以睡这么久啊。我是作为宙斯的使者到你这儿来的，听我说，众神之父命令你率领希腊人去战斗，现在是去征服特洛伊的时候了。上天已经做出决定，毁灭已降临特洛伊城上空。"

阿伽门农醒来，匆忙地离开营盘。他穿上衣服，佩上宝剑，手执权杖，凌晨时就来到舰船旁。传令官按照他的命令，召集众人举行会议。军队中的诸王都集合到涅斯托耳的船这儿。阿伽门农第一个讲话："朋友们，高贵的人们！宙斯赐我一个神梦，它告诉我，毁灭已降临特洛伊城上空。让我们看看，我们能否成功地集合起因阿喀琉斯的愤怒而失去斗志的人去战斗。我本人要试探，用言辞打动他们，劝告他们乘船离开特洛伊海岸。随后你们分散到四处，奔走不停，说服他们留下。"

涅斯托耳离开会议，诸王也都跟随他前往广场，士兵早已集聚在那里，像一个蜂群。站在人群中间，阿伽门农讲话了：“亲爱的朋友，希腊人的勇敢战士！残忍的宙斯使我陷入深深的愧疚之中，他先前曾仁慈地向我许诺过，我是特洛伊的毁灭者，然后才能返乡。可现在，这个已经粉碎了许多城市并且还要以他的威力粉碎更多城市的众神之父却命令我不光彩地返回希腊。如果我们的后代知道，强大的希腊在一场反对比它软弱得多的敌人的战斗中不能得胜，这当然是一种耻辱。诚然，敌人在许多城市里有强悍的同盟，他们的力量不容许我如我们希望的那样去消灭这些城市。九年的时光已经过去了，我们舰船的木头已经断裂，绳子已经腐烂，我们的女人和孩子坐在家里思念我们。我们遵照宙斯的旨意，登船返回亲爱的故乡，这样做更好！”

阿伽门农的话使人群激动起来，整个军队陷入骚乱。大家都向舰船跑去，人们相互激励把船只拖入海中。船底下垫的枕木被抽掉了，与大海相连接的水沟被疏通了。

奥林匹斯圣山上的希腊支持者看到希腊人如此忙乱，也感到不安起来；赫拉提醒雅典娜赶快下山，用她的甜言蜜语阻止希腊人的奔逃。雅典娜听命，随即飞下奥林匹斯高地，径直进入希腊人的船营。她找到了俄底修斯，他动也不动地站在自己的船前，满腹愁肠。女神走近他，现身在他的眼前，亲切地对他说道：“你们真的要乘船逃走？你们要使普里阿摩斯得到荣誉并把海伦留给特洛伊人？就是这个希腊女人使许多希腊人远离祖国死于异地。不，你不能忍受这件事，高贵的聪明的俄底修斯！快到希腊军队中去！用你的雄辩言辞去警告他们，去阻止他们。”

俄底修斯听从女神的话，来到士兵中间。每遇上一个英雄或者一个高贵的人，他就用亲切的话劝阻他们，并对他们说：“难道你也像一个懦夫那样贪生怕死？你应当安心地留下来，并去安慰其他人。难道你不知道，阿特柔斯的儿子心里的想法吗？他是在试探希腊人！”每当他碰上一个乱喊乱叫的士兵，他就用他的权杖把他打翻在地，并大声地恫吓他：“可怜虫，不要乱动。我们希腊人不能每个人都是国王！人人发号施令是不行的，宙斯只把权杖给了一个人，其他人要服从他！”

俄底修斯坚定的声音响遍军营，士兵终于离开了舰船，拥回到广场。人们逐渐平静下来，耐心地在座位上等待着。

这时英雄俄底修斯出现在众人面前；站在他旁边的是雅典娜女神，她化身为一个传令官，要求大家安静下来。俄底修斯把权杖举向空中，他说：“阿特柔斯的儿子，真的，事情已经到了这一步，希腊人准备使你受辱，他们不忠于自己的诺言。我们在这儿停留了很久，现在空手而归，这对我们是怎样一种耻辱呀！因此，朋友们，你们再忍耐一段时间。你们想想我们从奥利斯启程时在美丽的槭树下面向圣坛献上百牲祭品时我们得到的征兆。一条披着深色鳞甲的可憎的蛇从神坛下面钻了出来，缠着槭树爬到上面。高处树枝上悬着一个里面有幼雏的麻雀巢，其中八只依偎在树叶中间，第九只是抚育它们的母鸟。母鸟发出悲哀啁啾声，在幼雏四周盘旋。大蛇调转过头来，咬住可怜的鸟儿的翅膀。当它把母鸟和它的全部幼雏吞食之后，把它派来的宙斯就把它变为一块石头，显现出一个奇迹。你们希腊人都极为惊恐地看到了。这时你们的预言家卡尔卡斯却向你们喊道：‘你们希腊人，为什么站在这儿一声不响？难道你们不知道，这个奇迹是宙斯的一个预言吗？九只麻雀是九年，夺取特洛伊需要九年的战争。在第十年你们就能占领这座美丽的城市。’当时卡尔卡斯是这样预言的。可现在战斗就要结束了！战争的九个年头已经过去，第十个年头已经来临，胜利必然与第十个年头一同到来。你们希腊人，共同地等待吧！留下来，直到我们毁掉普里阿摩斯国王的城堡！”

集聚起来的希腊人用欢呼声回答俄底修斯的讲话。聪明的涅斯托耳利用士兵的转变情绪，劝告阿伽门农重新调整氏族和部落的士兵并开始战斗。这样他就能准确地知道，谁是战士中和首领中最勇敢的或者最胆小的，并知道究竟是神的力量、恐惧还是缺少战斗经验阻止了对特洛伊的占领。

阿伽门农对这个建议感到高兴：“涅斯托耳，你这老头，真的，你的智慧超过众人，如果在我们希腊人会议里有十个像你这样的人的话，那特洛伊高耸的城堡不久就会被我夷为平地。我必须承认，我因为一个姑娘而同阿喀琉斯决裂是不智之举。宙斯当时使我变得盲目无知。一旦我们两人重新和解，那特洛伊必定毁灭无疑。但现在我们要发起攻击！每个人都吃得饱饱的，准备好盾牌和投枪，喂饮好你们的战马，检查好战车，要想到这场战斗会持续到傍晚。若是谁故意畏缩不前，逗留在舰船的话，那就把他的身体抛给狗和鸟！”

阿伽门农一说完，希腊人就大声喊叫起来，这声音顺着南风撞击在高耸的崖石上，发出了海浪般的呼啸声。士兵们跳了起来，每个人都奔向自己的舰船。阿伽门农向宙斯祭献了一头牛，并请希腊人中最高贵的人与自己共同进餐。当这一切结束后，他命令传令官召集希腊人去战斗，不久士兵们就冲向斯卡曼德洛斯原野，王中之王的阿伽门农看起来魁梧威严，他的眼睛和头像众神之父，他宽阔的胸膛像波塞冬，他身披战袍顶戴头盔像是战神。

帕里斯和墨涅拉俄斯

当他们终于看到蜂拥而来的特洛伊人时，希腊人也开始移动了。他们按照涅斯托耳建议以民族部落编排的希腊军队排开了阵势。两支军队面对面开始战斗，这时国王的儿子帕里斯从特洛伊人中走了出来，他披着斑斓的豹皮，肩上扛着弓，宝剑悬在一侧。他晃动手中两支锋利的投枪，要求希腊人中最勇敢的人与他单独决战。墨涅拉俄斯一看到这样一个漂亮猎物出现，就兴奋得像是饥饿的狮子，立即全副武装地从战车上跳了下来，他要惩罚这个抢走他妻子的无耻强盗。帕里斯看到这样一个对手，惶恐起来，就像看到一条毒蛇似的，他面色苍白欲退出战斗。

这时赫克托耳在特洛伊人群看到他后退，于是愤怒地向他喊道："兄弟，你徒有英雄的外表，除了是个拐骗女人的狡猾家伙，实际上什么都不是。你最好在得到海伦前就死去！难道你没看到，希腊人在怎样嘲笑你？你竟然不敢面对那个你抢走他妻子的男人吗？"帕里斯回答说："赫克托耳，你的心是硬的，你的勇敢像铁制的斧头那样不可抗拒。如果你要看到我战斗，那就让特洛伊人和希腊人安静下来。然后我要为海伦和她所有的财宝与英雄墨涅拉俄斯在所有人面前单独决斗。我们中谁胜了，谁就把她带回家；特洛伊得到和平，希腊人返回阿耳戈斯。”

赫克托耳听到兄弟的这番话感到惊喜，他走到士兵前面，制止特洛伊人向前推进。当希腊人看到他时，他们竞相把投枪、弓箭和石头向他投去。但阿伽门农大声地向希腊士兵喊道：“停下，希腊人，住手，赫克托耳要说话！”于是希腊人垂下手来，沉默地等待；赫克托耳大声地向全体士兵宣布他兄弟帕里斯的决定。随之是一片寂静，鸦雀无声；终于墨涅拉俄斯在两军阵前说话了。“听我说，”他喊道，“我的灵魂承受着最沉重的痛苦！阿耳戈斯人和特洛伊人在这场由帕里斯所挑起的战争中忍受了那么多的苦难，现在我希望你们彼此可以和解了！我们俩中间的一个，不管命运选中谁，必须得有一个人去死。让我们祭祀和发誓，然后开始决斗。”

双方士兵都对这番话感到高兴，因为他们早就盼望这场灾难性战争快点结束。双方的战车驭手都勒住了马的缰绳，英雄们跳下战车，卸掉盔甲，放下武器，敌人和敌人并肩坐到地上。赫克托耳急忙派两个传令官回特洛伊城，去取做祭祀用的羔羊并把国王普里阿摩斯喊来。但众神的女使者伊里斯化身为普里阿摩斯的女儿拉俄狄刻，急忙进入城内向海伦报告了这个消息。她在纺车旁找到了神情专注的海伦。“亲爱的孩子，快出来吧，”她朝她喊道，“你该看看这罕见的事情！刚才还怒目相对准备拔刀厮杀的希腊人和特洛伊人，现在安安静静地面对面坐在那里。战争结束了。只有你的丈夫帕里斯和墨涅拉俄斯拿着长矛为你而战，谁战胜了对手，谁就得到你作为妻子！”

女神的话使海伦心中充满了对她青年时的丈夫墨涅拉俄斯的思念，对故乡和朋友们的思念。她很快披上一件银白色的面纱，掩盖住她的泪水，带着两个女仆，匆匆地来到斯开亚城门。这儿的雉堞上坐着国王普里阿摩斯和特洛伊人中最年长和最睿智的老人。当他们从城垛的高处看到海伦走来时，相互低语说："真的，没有人会责备特洛伊人和希腊人为这样一个女人而忍受如此长时间的苦难。她美丽得像一个永生的女神！但她尽管天生丽质，还是应随希腊人乘船回去，这样我们和我们的儿辈就不必受苦受难了！"可普里阿摩斯亲切地把海伦召到身边。"靠近些，"他说，"坐在我这儿，我要你看看你的前夫、你的朋友、你的亲人。这场充满苦难的战争不是你的过错，是神的过错，是他们把战争加于我的。告诉我那个威武有力的英雄的名字，在希腊人中间我还从没有看到如此高贵的仪表。"

海伦充满敬畏地回答国王说："尊敬的父亲，我一到你的近旁，胆怯和畏惧就使我颤抖不止。想到我随你的儿子来到这里，离开了故乡，离开了我的女儿和朋友们，我真不如悲惨地死去。事已至此，我真想号啕大哭一场！听我说：你问的那个人是阿伽门农，杰出的国王和勇敢的战士。他，他一度是我的夫兄。""可爱的女儿，你也告诉我那个人的名字，"普里阿摩斯说，"他不像阿特柔斯的儿子那么高大魁伟，但他的胸膛宽阔，他的双肩健壮。他的武器放在地上……他在众人中间像是羊群里的一头公羊。""那是拉厄耳忒斯的儿子，"海伦回答说，"狡猾的俄底修斯。他的家乡在伊塔刻岛。"

普里阿摩斯继续环顾四周。"那儿的那个巨人是谁？"他喊道，"他是那么高大和雄壮，在所有其他人中间显得那么突出！""那是英雄埃阿斯，"海伦回答说，"他是阿耳戈斯人的栋梁，那边稍近一点的是伊多墨纽斯，他在克里特人中间像是一个美神。我熟悉他，墨涅拉俄斯经常在我们家里招待他。啊，他们我都认识，是我的国家里的骁勇战士。若是时间允许，我会把他们的名字都告诉你！只是我没有看到我可爱的哥哥卡斯托耳和波吕丢克斯。难道他俩没有到这儿来？或者他们不敢在战场上露面，因为他们为自己的妹妹感到羞愧？”海伦一想到此就沉默下来。她不知道，她的哥哥早就战死了。

在他们交谈期间，传令官从城里带来了祭品：两只羔羊和当地酿制的美酒。传令官伊代俄斯跟在后面，手捧一个闪闪发亮的酒壶和金杯。他们穿过了斯开亚城门，走近普里阿摩斯国王，并对他说：“请你起来，国王，特洛伊人和希腊人的诸王请你下到战场，让你为一项神圣的协定主持宣誓。你的儿子帕里斯和墨涅拉俄斯单独为那个女人用投枪决斗。谁在战斗中胜了，海伦和她的财宝就归谁所有，随后希腊人就乘船返回家园。”

国王愕然，可随即他命令随从备车，安忒诺耳随他一同登车。普里阿摩斯拉动缰绳，不久马车就穿过斯开亚大门向田野驶去。抵达两军阵前，国王同他的陪伴者下车，站到中间。现在阿伽门农和俄底修斯从希腊军队中急忙跑出来。传令官把他们领到祭祀台前，把酒在壶中混合，并将圣水溅洒到两个国王的身上。随后阿伽门农抽出刀子，像通常的祭祀一样，割下羔羊额上的毛，呼唤众神之父为缔约作证，紧接着他割断羊的喉咙，把这个祭品放到地上。传令官在祈祷中把酒斟入金杯，所有的希腊人和特洛伊人都大声地祈求：“宙斯和其他诸神！我们之中谁破坏了誓言，他的脑浆就像这酒一样流淌满地！”

但普里阿摩斯说：“特洛伊人和希腊人，现在让我重新回到伊里昂的城堡去，因为我不忍心在这儿亲眼看我儿子与墨涅拉俄斯的生死决斗；只有宙斯一个人知道，两个人中间谁死谁活！”他把被宰掉的羔羊放到车上，同他的随从登上座位，调转马头，重新驶回特洛伊城。

随后赫克托耳和俄底修斯量出决斗的距离，并在一个铁盔中摇动两个阄儿，以便决定谁先向对手掷出投枪。帕里斯拈得先筹。两位英雄装备停当，穿上铠甲，戴上头盔，手执沉重犀利的投枪，目光逼人地站到特洛伊人和希腊人的中间。终于他俩分离开来，面对面地站在量好的场地里，愤怒地挥动他们手中的投枪。通过拈阄，帕里斯先投出他的投枪，投枪击中墨涅拉俄斯的盾牌，但矛尖刺到铁上弯曲了，落到地上。墨涅拉俄斯随之投出了他的投枪并大声地祈祷:“宙斯，让我惩罚那个首先侮辱我的人，使他们的子孙后代再不敢对好客的人为非作歹！”投枪射穿了帕里斯的盾牌，透过他的胸甲，刺破了侧腹上的内衣。随之墨涅拉俄斯从剑鞘里拔出宝剑，朝对手的头盔上砍去，剑锋却当啷地碎成几截。

“残酷的宙斯，你为什么不愿意我取得胜利？”墨涅拉俄斯喊道，他冲上敌人，抓住他的头盔，并把他拽到希腊军队面前。如果不是阿佛洛狄忒看到情况危急，把头盔的皮带割断的话，帕里斯肯定会被紧缠着的皮带勒死。这样墨涅拉俄斯手里拿的只是空空的头盔。他把它抛给希腊人并重新扑向对手，可阿佛洛狄忒把帕里斯裹在一层起保护作用的浓雾里，带他回特洛伊去了。她把他放到海伦散放着芳香的内室，然后化身为一个斯巴达纺织老妇，去到海伦面前，海伦这时正坐在塔楼上一群特洛伊女人中间。女神扯动她的衣服并对她说:“来，帕里斯在叫你，他身穿华丽的服装在内室等你。人们会认为他是要去参加舞会，而不是去进行决斗。”

当海伦抬头观望时，她看到千娇百媚的阿佛洛狄忒在自己面前消失不见了。她避开众人偷偷地离开，直奔回自己的宫殿。她在自己的内室里找到她的丈夫，他被阿佛洛狄忒打扮得光彩照人，坐在一把扶手椅里。她坐在他的对面，把眼睛转到别处，责备他说:“你从战场上回来的？我宁愿看到你被我从前那个强有力的丈夫杀死！

不久前你还夸口说，你在投枪和格斗中能战胜他！去，再去向他挑战一次！不，我劝你，安静地留下，第二次他会把你打得更惨！”

“不要用你的辱骂来伤害我的心，”帕里斯回答她说，“如果说墨涅拉俄斯战胜了我，那是因为雅典娜帮助了他。下一次我会打败他的，神祇也没有忘记我们。”这时阿佛洛狄忒改变了海伦的心肠，她亲切地望着他，与他和解了，并送上她的嘴唇与他亲吻。

这期间墨涅拉俄斯还一直在战场上像只野兽似的来回奔跑，想在军队中寻找消失了的帕里斯，但既没有一个特洛伊人也没有一个希腊人能指点他帕里斯去哪里了。终于，阿伽门农提高他的声音说道：“听我说，你们这些达耳达尼亚人和特洛伊人，墨涅拉俄斯显然是个胜利者！现在请把海伦连同她的全部财宝交还给我们，并且此后永远向我们纳贡！”阿耳戈斯人对这个建议热烈欢呼，而特洛伊人沉默不语。

潘达洛斯

在奥林匹斯圣山上，众神正举行一次大型的会议：赫柏在桌间逡巡斟酒，众神相继品尝金杯中的美酒并俯视着下界的特洛伊城。这时宙斯和赫拉已经决定了特洛伊的毁灭。众神之父转身面向他的女儿雅典娜，命令她快到战场上鼓励特洛伊人，去侮辱正为自己的胜利而感到骄傲的希腊人。雅典娜立即混进特洛伊人中间，她化身为安忒诺耳的儿子拉俄多科斯。她找到了桀骜不驯的潘达洛斯，他是特洛伊的一个同盟者。她对他说："听着，聪明的潘达洛斯，现在你能做件事了，所有特洛伊人都将为此而称赞你和感谢你，特别是帕里斯，他肯定会赠给你贵重的礼物。你看到站在那儿趾高气扬的胜利者墨涅拉俄斯了吗？鼓起勇气，把你的箭射向他。"

愚蠢的潘达洛斯听从她的话，瞄准墨涅拉俄斯射出了一箭。但雅典娜把这支箭引向他的腰带，箭虽射穿了腰带并透过铠甲，可只擦伤了上方的皮肤。阿伽门农和墨涅拉俄斯的伙伴惊叫起来，闯了过去。"亲爱的兄弟，"阿伽门农国王喊道，"我为你缔结了生死誓约，可不讲信义的敌人却践踏了它。他们要为此赎罪，我肯定，特洛伊与普里阿摩斯和他的全体民众都要毁灭的日子已经到来了。你无比痛苦的死亡使我伤心。若我失去你而返回家乡，在祖国等待我的是怎样一种耻辱啊！”但墨涅拉俄斯安慰他的兄弟说：“放心吧，这一箭并没有射死我，我的腰带救了我的命。”“啊，这就好。”阿伽门农叹了口气，并让他的传令官赶快把精通医术的玛卡翁召来。

就在医生和众英雄为墨涅拉俄斯忙碌期间，特洛伊人的军队在向前推进，希腊人也重新装备停当进行迎战。不久达耳达尼亚人进入战场。诸王在发布命令，另外一些人在无声地走动不停。特洛伊人则大声吵吵嚷嚷，队伍中响起了不同民族的不同语言。众神的叫战声也掺杂其间：阿瑞斯在激励特洛伊人，而雅典娜则为希腊人鼓劲。

两军大战，狄俄墨得斯

不久两军进入战斗：盾牌相击，长矛交错，人声鼎沸，这儿痛苦哀鸣，那儿欢呼高喊，此起彼伏。一场血腥的战斗开始了，双方都有许多英雄死于当场。

雅典娜用异乎寻常的力量和勇敢来武装堤丢斯的儿子狄俄墨得斯，使他在希腊人中超凡出众，赢得了不朽的荣誉。她使他的头盔和盾牌明光锃亮，像是秋夜中的天狼星一样灿烂，并驱使他进入敌人密集之处。

在特洛伊人中间有一个赫淮斯托斯的祭司名叫达瑞斯，是一个有权有势的富人，他把他的两个儿子斐勾斯和伊代俄斯送到战场。他们俩乘着战车从他们的队伍中冲出，直扑向徒步作战的狄俄墨得斯。斐勾斯首先投出他的长矛，但它从狄俄墨得斯的左肩滑过，没有伤到他。可狄俄墨得斯的投枪射中斐勾斯的胸膛并把他从战车上击倒在地。伊代俄斯看到这个情景，不敢去保护他的兄弟，而是从战车上跳下逃之夭夭。

现在雅典娜拉起她兄弟战神阿瑞斯的手并对他说："兄弟，我们现在作壁上观，让特洛伊人和希腊人自行厮杀，看看我们的父亲希望哪方得胜不好吗？”阿瑞斯被他的姊妹带出战场，可雅典娜很清楚，她宠爱的狄俄墨得斯正在用她赋予的力量战斗。

现在希腊人开始加劲去压迫敌人，在每一个希腊人面前都有一个特洛伊人倒下。狄俄墨得斯在战场横冲直撞，人们不知道他是希腊人还是特洛伊人，因为他时而在这儿时而在那儿。突然潘达洛斯张弓朝他瞄准，一箭就射中了他的肩膀，鲜血顺着铠甲喷溅而出。他朝他的伙伴喊道：“特洛伊人，策动你们的战马，向前冲啊！我射中了最勇敢的希腊人！他很快就要倒下起不来了！”但这一箭并没射杀狄俄墨得斯。他站在自己战车前面并向雅典娜祈祷说：“宙斯的蓝眼睛女儿！把我的投枪引向那个伤我的人，现在欢呼吧，他再不能看到阳光了！”雅典娜听到他的祈求，使他的胳膊和双脚精力充盈，变得像只鸟儿一样敏捷，重新扑向战场，伤口一点也不碍事了。她对他说：“去吧，我也拔掉你眼睛上的白翳，这样你就能区别出战场上的神祇和凡人了。你不要与神战斗。如果阿佛洛狄忒靠近了你，你只能用你的矛伤她！”

狄俄墨得斯迅即冲到最前面，他有三倍的勇气和力量，像一头山狮。在这儿他一枪就刺穿了阿斯堤诺俄斯的肩胛，使他倒地；在那儿他用投枪穿透了许庇戎；随后他把普里阿摩斯的两个儿子——克洛弥俄斯和厄肯蒙从战车上抛了出来，剥掉他们的盔甲，而他的随从把抢到的战车驶回船营。

普里阿摩斯国王勇敢的女婿埃涅阿斯，看到特洛伊人的队伍在堤丢斯的儿子狄俄墨得斯的投枪和长矛的攻击下溃退下来，便冒着箭矢跑到潘达洛斯跟前。“吕卡翁的儿子，”他说，“你的弓箭呢？你的无人敢与争锋的荣誉呢？瞄向那个使许多特洛伊人命丧黄泉的人，只要他不是一个化身为人的神，就给他一箭！”潘达洛斯回答他说："只要他不是一个神，那就是我以为已经射死了的狄俄墨得斯。但若真的是狄俄墨得斯，那就是神保护了他，并且神现在还在帮助他！而我大概就成了一个不幸的战士！"潘达洛斯飞身上了埃涅阿斯的战车，两个人策动战马直冲向狄俄墨得斯。

斯忒涅罗斯看到他们逼近，就朝狄俄墨得斯喊道："你看，两个勇敢的人在朝你冲来！让我们逃离开来，你的愤怒没法帮助你对付他们！"但狄俄墨得斯阴恻恻地望去，回答他说："不要告诉我什么恐惧！我的力量还没有用完。不，只要我站在这儿，我就要迎击他们。"说话时潘达洛斯的一支投枪已飞向狄俄墨得斯，它穿透了盾牌，但被他的铠甲弹掉。"没有击中，落空了！"狄俄墨得斯向欢呼的特洛伊人喊道，并把他的长矛刺进敌人的颌骨，杀死了他。潘达洛斯从战车上栽倒在地。他的战马匆匆地向一边奔驰而去，但埃涅阿斯从战车上跃下保护尸体，他准备杀死任何来凌辱死者的敌人。现在狄俄墨得斯举起一块通常两个普通人都无法举起的巨石。他投中了埃涅阿斯的髋骨，击碎他的骨头，撕裂他的肌腱，使他瘫倒在地。若不是阿佛洛狄忒用洁白的双臂环抱她亲爱的儿子，用她银色衣服的褶裥把他裹了起来，并从战场上抢了下来的话，他早就死了。

狄俄墨得斯认出了女神阿佛洛狄忒，他穿过密集人群进行跟踪并接近了带着儿子的阿佛洛狄忒。这个英雄向她掷出了投枪，射穿了她手腕的皮肤，鲜血开始汩汩流个不止。受伤的女神大声叫喊起来，埃涅阿斯也落到地下。她向她的兄弟战神阿瑞斯奔去。"啊，兄弟，"她乞求道，"快把我带走，给我匹马，我要逃到奥林匹斯山去，我的伤口痛得很。狄俄墨得斯这个凡人伤了我，他简直能与我们父亲宙斯进行较量呢。"阿瑞斯把战马让给了她，阿佛洛狄忒一到奥林匹斯圣山就哭着投入她的母亲狄俄涅的怀抱。

在下界战场上，狄俄墨得斯扑到躺在地上的埃涅阿斯身上，连击三次要置他于死地，但三次都被愤怒的阿波罗——他在他的姊妹阿佛洛狄忒受伤后迅速赶了过来——用盾牌挡住了。他用威胁的声音说道："你这个凡人，竟敢同神进行较量！"狄俄墨得斯胆怯起来，脚步迟疑地避开了。阿波罗背起埃涅阿斯，穿过密集的人群回到他在特洛伊的神庙。在那儿由他的母亲勒托和他的姊姊阿耳忒弥斯来护理埃涅阿斯。现在阿波罗提醒战神阿瑞斯，要把那个竟敢与神进行战斗的胆大妄为的狄俄墨得斯弄得远远的。战神于是化身为特忒刻的阿卡玛斯，他混在普里阿摩斯的儿子们中间，斥责他们说："你们这些王子，你们要那个希腊人杀戮到什么时候呢？难道你们要等到兵临城下才战斗吗？难道你们不知道埃阿涅斯已经倒下了吗？起来，让我们从敌人的手中来拯救我们高贵的伙伴！"阿瑞斯激发起特洛伊人的勇气，所有的人又都向着敌人冲去。就是埃涅阿斯也恢复了健康，被阿波罗遣到战场精力充沛地投入战斗，与他的伙伴会聚在一起冲向敌人。

由狄俄墨得斯、埃阿斯和俄底修斯率领的希腊人，严阵以待敌人的临近。阿伽门农先是用投枪掷向逼近的特洛伊人，并击倒了埃涅阿斯的朋友，受人尊敬的一向冲锋在前的得伊科翁。但埃涅阿斯强有力的手也杀死了两个勇敢的希腊人：克瑞同和俄耳西罗科斯。墨涅拉俄斯为他俩的死而悲愤，他挥动长矛并迅速地迎向冲在前面的敌人。在一番血腥的战斗之后，他成功地把两具尸体从敌人手中夺回并交给朋友守护。

但现在赫克托耳率领一群最勇猛的特洛伊人逼了上来，战神阿瑞斯本人时而出现在他的面前，时而跟在他的身后。当狄俄墨得斯看到战神走来时，他惊恐起来并朝着他的士兵喊道："朋友们，不要为赫克托耳的无畏而惊慌，因为有一个神在一直保佑他，使他不会灭亡。如果我们后退，那是在神的面前退缩！”这期间特洛伊人越逼越近了，赫克托耳杀死了同乘一辆战车的两个勇敢的希腊人：安喀阿罗斯和墨涅斯忒斯。特拉蒙的儿子埃阿斯赶来复仇，他用投枪掷向特洛伊人的一个同盟者安菲俄斯，击中了他的腰带下面，使他栽倒在地。一阵密集飞来的长矛阻止了他去夺取死者的甲胄。

阿瑞斯和赫克托耳现在压迫着希腊人，逼使希腊人逐渐退向他们的船营。仅在赫克托耳手上就死去了六个出色的英雄。众神之母赫拉从奥林匹斯山上惊愕地看到特洛伊人在阿瑞斯的协助下的杀戮。在她的催促下，雅典娜的战车装备停当，它的车轮是用铁制成的，周边装饰有黄金，白银的车轴、黄金的车辕，赫拉亲自给战车套上她的战马。雅典娜披上她父亲的铠甲，头顶金盔，握住绘有女妖戈耳工蛇头的盾牌，拿起长矛，跃上用金带缚牢的银制座位。赫拉坐在她的旁边，挥动皮鞭，催马疾行。由时序女神守护的天庭大门自动敞了开来，两位强大的女神驶过巉岩绝壁。宙斯坐在圣山的顶峰，赫拉朝他喊道：“你的儿子阿瑞斯对抗命运，毁灭希腊人中的精英，难道你不感到愤怒吗？难道你没看见鼓动这个莽夫的阿佛洛狄忒和阿波罗是多么兴高采烈啊？现在请允许我给这个狂妄之徒沉重一击，使他从战场中滚出来！”“你完全可以这样做，”宙斯回答她说，“可只能派我的女儿去对付他，她知道如何去跟他进行一场恶斗。”战车从星空中飞速直驶下界，到西摩伊斯河与斯卡曼德洛斯河交汇的地方才停了下来，马匹落到地上。

两位女神立即奔向战场，在那儿士兵像狮子和公猪一样拥在堤丢斯的儿子四周进行厮杀。赫拉化身为斯屯托耳混在他们中间，并用这位英雄钢铁般的声音喊道：“你们阿耳戈斯人，可耻啊！难道只有令人畏惧的阿喀琉斯站在你们一边你们才能战斗吗？他现在坐在船旁边，你们就成了一群废物！”她用这种呼喊，激起了希腊人已动摇了的勇气。而雅典娜本人则径直驱向狄俄墨得斯。她发现他站在自己的战车边，在冷却他的伤口，这是潘达洛斯的弓箭射伤的。“狄俄墨得斯，”她说，“我选中的朋友！从现在起你既不要怕阿瑞斯也不要怕另一个神祇，我要成为帮助你的人，勇敢地调转你的战马向疯狂的战神冲去！”随后她轻轻地推了他的驭手斯忒涅罗斯一把，使他心甘情愿地跃下战车，而她本人则坐在这位伟大英雄的旁边。

车轴在女神和希腊人中最强壮的英雄的重压下呻吟作响。雅典娜立即抓紧缰绳挥动鞭子，直驱向战神阿瑞斯。阿瑞斯正在剥下他杀死的最勇敢的埃托利亚人珀里法斯的铠甲。当他看到狄俄墨得斯驾着战车冲向自己时——女神雅典娜本人用浓重的黑夜掩蔽自己——他放下珀里法斯，朝狄俄墨得斯奔去，用他的长矛对准这个英雄的胸膛掷去。但隐身的雅典娜用手抓住长矛，拨转了方向，使它偏离目标飞向空中。狄俄墨得斯从车座上立起身来，雅典娜本人把长矛对准阿瑞斯，刺中他腰带下部的软肋。战神咆哮起来，声音之大像是战场上万人齐声呐喊。特洛伊人和希腊人战栗发抖，他们以为听到了宙斯发出的响雷。但狄俄墨得斯看到阿瑞斯裹在云中直飞向天庭。

战神到了奥林匹斯圣山，坐到众神之父的身边，指给他看正在流血的伤口。宙斯阴沉地看了看，说道：“儿子，你不要到我这儿哀求！在所有奥林匹斯众神之中，你是我最厌恶的。你总是喜欢争吵打闹和寻衅滋事；比起所有的神，你更像你的母亲赫拉，那样倔强和顽固。你的这种痛苦肯定也是你母亲造成的，但我不愿意看你这样长时间痛苦下去，众神的医生会给你医治。”于是就把他交给神医派厄翁。派厄翁给他疗伤，伤口立刻就愈合了。

这期间其他神祇也返回奥林匹斯圣山，重又把战事交给特洛伊人和希腊人自行解决。现在忒拉蒙的儿子埃阿斯首先冲进特洛伊人群中间并为他的伙伴打开一条通路，同时他刺穿了最强大有力的色雷斯人阿卡玛斯头盔下面的额头。随后狄俄墨得斯杀死了阿克德罗斯及其驭手。阿德拉斯托斯被马掀翻在地，于是被墨涅拉俄斯活捉，他的空车与别的空车跑回城里。阿德拉斯托斯抱起墨涅拉俄斯的双膝，悲哀地乞求说："阿特柔斯的儿子，活捉我吧，若是我的父亲能重新看到我活着，他会用他财宝中的铁和黄金来赎我回去。"

墨涅拉俄斯被这番话所打动，可阿伽门农却向他走来并斥责他："墨涅拉俄斯，你要关怀你的敌人？没有一个人能逃出我们的手心，就是一个在母亲怀中的孩子也不能饶过！凡是特洛伊教育长大的都得死！"说罢他就用长矛刺死了阿德拉斯托斯。

若不是普里阿摩斯的儿子赫勒诺斯对赫克托耳和埃涅阿斯说了下面一番话，那特洛伊人几乎就都逃进城里去了。他说："现在一切都靠你们了，朋友们。如果你们能在城前阻止士兵逃进去，那我就还能与希腊人进行一战。埃涅阿斯，众神首先就把这项任务交给你。而你，赫克托耳兄弟赶快回特洛伊，告诉我们的母亲：把最受尊重的女人召集到雅典娜神庙，把最华丽的衣服放到女神的膝前，并许下十二头完整的牛作祭品，求她保佑特洛伊的女人、儿童和他们的城市，去抵御可怕的堤丢斯的儿子。"赫克托耳随即从战车跃下，从士兵中穿过，鼓舞他们的勇气，随后，他便向城中奔去。

赫克托耳在特洛伊城

当赫克托耳抵达宙斯的山毛榉下和斯开亚城门时，特洛伊的女人和儿女们把他围了起来，畏惧地问及她们的丈夫、儿子、兄弟和亲戚。他无法准确地给予答复，只是提醒她们去祈求神祇的保佑。可许多人都为他的消息痛苦和悲哀地垂下头来。

现在他到了父亲的王宫。这是一座美轮美奂的建筑，四周都围有石柱大厅。里面是五十间用光滑大理石建成的内室，一间连着一间。这里居住着国王的儿子及其妻子。在内宫的另一侧有相互排列起来的十二间用大理石建成的内室，那里居住着国王的女婿们和他的女儿。整个王宫被一面高墙围了起来，形成一座壮观的宫堡。赫克托耳在这儿遇到了他慈祥的母亲赫卡柏，她正在去看她最喜爱也是最漂亮的女儿拉俄狄刻的路上。年迈的王后奔向赫克托耳，握住他的手，忧愁而关爱地说："儿子，你怎么从血腥的战场上到我们这儿来了？那些可怕的敌人一定会加紧逼迫我们，你来了一定要去祈求宙斯。我去给你带来美酒，你好向宙斯父亲和其他神祇献上，然后你自己饮上一杯，这能使你精力充沛。"但赫克托耳回答王后说：

“亲爱的母亲，不要酒，免得我失去力量。你听我说，你同特洛伊最高贵的女人一同去雅典娜神庙，带上薰香，把最宝贵的衣服放到女神的膝前，给她祭上十二头纯净的牛，求她保佑我们。我本人要去喊我的兄弟帕里斯去参加战斗。愿大地把他活生生地吞掉，因为他生来就要使我们毁灭。”

母亲按照儿子的吩咐去做了。她下到芬芳的内室，那里边存放有最华美的衣服，她拿了一件最绚丽最漂亮的，由一群高贵的女人陪同登上雅典娜神庙。特洛伊的雅典娜女祭司，安忒诺耳的妻子忒阿诺给她们打开了女神的圣堂。她们一排一排地围着雅典娜神像，悲泣地举起双手。随后忒阿诺从王后手中拿过去那件衣服，放在神像的膝前，并对宙斯的女儿祈求说：“帕拉斯·雅典娜，城市的保护神，庄严和威力强大的女神：你折断狄俄墨得斯的长矛，让他栽倒在地，滚翻在我们城门前；你保佑我们的城市、女人和孩子。我们怀着这样的希望向你献上十二头纯净的牛！”但雅典娜心里拒绝了她们的祈求。

这期间，赫克托耳到了帕里斯的宫殿。他右手执着长矛——它有十一肘长，靠近铁制矛尖的根部挂着一枚金环。他看到自己的兄弟在内室里检查武器，磨平弓上的角质。他的妻子海伦坐在一些女人中间，领导她们操持家事。当赫克托耳看到帕里斯时，他责备道：“兄弟，你闷闷不乐地坐在这儿是不对的，因为你的缘故，士兵们都在城前血战。起来！在城市被敌人焚毁之前，你要与我们一起保卫它！”

帕里斯回答他说：“兄弟，你责备我不是没有道理的，可我在这儿不是因为闷闷不乐，而是由于苦恼而心余力绌。我的妻子在亲切地劝我去战场作战，我正等着穿上铠甲。你先走吧，我很快就会跟上你的。”

赫克托耳沉默无语，海伦却羞愧地对他说："呶，兄弟，我是一个可怜的、不祥的女人！在我与帕里斯登上这块土地之前，我真愿海浪把我吞没！但愿我至少有一个争气的丈夫，他能感受到他所招致的耻辱和大量的责骂。但他没有骨气，他的怯懦一定会带来恶果的。但你，赫克托耳，进来坐一坐，休息休息。""不，海伦，"赫克托耳说，"我的心在驱使我去帮助特洛伊人。你去鼓励鼓励这个人，让他赶快在城内就赶上我。此前我还要回自己家一趟，看看我的妻子、儿子和仆人。"

随后赫克托耳匆忙别去，但他没有在家中找到他的妻子。"当她听到特洛伊人遭到失败，希腊人得到胜利时，"女管家说，"她就像发疯了似的离开了家门，登上了一个碉堡，女仆只好抱着孩子随她而去。"

赫克托耳飞快地穿过特洛伊的大街返了回来。当他到达斯开亚大门时，他的妻子安德洛玛刻，底比斯城国王厄厄提翁如花似玉的女儿，正迎面向他跑来。跟在她后面的女仆怀中抱着幼小的婴儿阿斯堤阿那克斯。父亲面带安静的微笑睇视着孩子，但安德洛玛刻两眼饱含泪水走到他的身边，温柔地握起他的手说道："可怕的人，你的勇气肯定会使你丧命的。你既不可怜你牙牙学语的孩子，也不可怜你不幸的女人，你很快就要使她变成一个寡妇。如果我失去了你，那我会埋骨黄沙随你而去。阿喀琉斯杀死了我的父亲，我的母亲死于阿耳忒弥斯箭下，我的七个兄弟都丧于珀琉斯之手。再失去你，我将无依无靠，赫克托耳对我来说，是父亲、母亲和兄弟。因此，请可怜我，你留在塔楼上，不要让你的孩子成为孤儿、你的妻子成为寡妇！把军队调到无花果丘陵地，那儿的城墙无人去守卫，很容易攻破。最勇敢的希腊人已经向那里冲击了三次，他们或许是受过一个预言家指点，或许是受自身心灵的驱使！"

赫克托耳亲切地回答他的妻子说:“这也是使我感到担心的事,亲爱的,但如果我在这儿从远处观望战斗,那我会在特洛伊的男人和女人面前羞愧难当。虽然我的心在告诉我,神圣的特洛伊和普里阿摩斯及其人民的毁灭必将到来,但我更为关心的,既非特洛伊人的苦难,也非自己父母兄弟的苦难,而是一个希腊人把你掠去做奴隶,让你在阿耳戈斯坐在纺织车旁或者担水,去受强迫劳役之苦。如果你被带走,我不得不听到你的叫喊声时,我宁愿死去。”随后他深感忧愁地抚摸她,继续说着:“可怜的女人,心里不要过分忧伤,命不该绝就没有人能杀死我,但没有一个凡人能逃脱开自己的厄运。你到纺织车那去吧,指挥你的那些女仆!特洛伊的男人都得为战争尽力,尤其是我!”说毕赫克托耳戴上头盔就离开了。在路上他遇到了他的兄弟帕里斯,后者手执闪闪发亮的武器,他俩一同前行。

赫克托耳与埃阿斯的决斗

当女神雅典娜从奥林匹斯圣山上看到两兄弟走进战场时，她迅急地飞向特洛伊城。她在宙斯的山毛榉树旁遇见了阿波罗，后者正去城堡的雉堞上调动特洛伊人去进行战斗。阿波罗对雅典娜说："你怎么这样焦急地从奥林匹斯下来了，雅典娜？你还一直要让特洛伊陷落，你这无情的人！听我的话，今天不要让他们进行决战，让他们下一次再战，因为你和赫拉不把高耸的特洛伊城夷为平地是不会罢手的！""正如你所说的，"雅典娜回答他说，"我就是抱着这样的目的下奥林匹斯山的。但告诉我，你想使这场战斗停下来吗？""我们要给赫克托耳更大的威力，"阿波罗说，"这样他再去向一个希腊人进行决定性的挑战。让我们看看他们怎么做。"雅典娜同意了。

预言家赫勒诺斯的心灵听到了两位神祇的谈话。他急忙跑到赫克托耳的身边说："普里阿摩斯的聪明儿子，你这次要听我的劝告，我是你亲爱的兄弟。命令所有特洛伊人和希腊人停止战斗，但你本人要向所有希腊人中最勇敢的人挑战。你不会有危险的，相信我的预言，死亡还没有降临到你的身上。”

赫克托耳对他的话感到高兴，于是对希腊人中最勇敢的英雄提出单独决斗的挑战。“宙斯是我的证人，我的条件是：如果对手用长矛把我杀死，他可以把我的铠甲拿走带回自己船上，可要把我的尸体送回特洛伊，使之在故乡得到焚化；但如果阿波罗给予我光荣，使我打败对手的话，我就把他的铠甲挂到特洛伊的阿波罗神庙上，你们可以把死者带回到你们船上进行安葬，并为他在赫勃斯蓬托斯建立一个纪念碑，使后代过往的水手能够说：看吧，这儿耸立的是一位古代战士的坟墓，他是在与赫克托耳决斗中被杀死的。”

希腊人一片沉默，因为拒绝这种挑战是可耻的，而接受它又是十分危险的。终于，墨涅托俄斯站了起来，责备他的同胞说：“你们这些说大话的人令我难过，你们不是希腊的男子汉，你们是希腊的女人！如果没有一个希腊人敢于对抗赫克托耳，这会是怎样一种耻辱？我要亲自去进行这场战斗，让神祇来决定胜负！”说毕他就拿起武器，若不是希腊的诸王阻止了他并把他拉了回来，他注定是要死的。

这时涅斯托耳对军队说了一番话，他讲述了自己当年同阿耳卡狄亚人厄柔塔利翁的决斗，并在最后责备说：“如果我还年轻，还像那个时候有力量的话，那赫克托耳很快就会找到他的对手！”有九位英雄站了起来作为对他的责备的回答：首先是阿伽门农，随之是狄俄墨得斯，之后是两个埃阿斯，紧接着是伊多墨纽斯，还有他的伙伴墨里俄涅斯、欧律皮罗斯、托阿斯和俄底修斯。他们都要进行这场可怕的决斗。“让抓阄来决定，”涅斯托耳又开始说了，“无论是谁抓到了，希腊人都会高兴的；而我们中的出战者成为这场血战的胜利者时，他本人也会高兴的。”很快，准备工作就绪，埃阿斯抓到了，他兴高采烈地把阄儿抛到脚下并呼喊道：“朋友们，真的，我抓到了，我的心是快乐的，因为我希望战胜赫克托耳。在我进行武装时，你们为我祈祷吧，不管是默默地还是大声地！”

士兵们听从他的话。他很快就冲到阵前，巨大的身躯穿着铿光闪亮的铠甲，活像威风凛凛的战神本人。所有希腊人都为这一景象欢呼起来，特洛伊的士兵都感到惊恐不安。

埃阿斯手执铁制的、蒙上七层皮革的盾牌走向赫克托耳。当走到他的面前时，埃阿斯威胁地说道：“赫克托耳，你清楚，在希腊人中间除珀琉斯的狮心儿子阿喀琉斯之外，还有很多英雄。让我们开始这场流血的战斗吧！”赫克托耳回答：“忒拉蒙神一般的儿子，不要把我当作一个软弱的孩子或一个不会打仗的女人。男子汉的战斗我早就熟悉了。开始吧，我不会偷偷地把我的长矛投向你，勇敢的英雄，不，我要公开地投，看看吧，我能否击中你！”说着这句话，他就把投枪飞快地掷了出来。它击到了埃阿斯的盾牌上，射穿了六层皮革，直到第七层才停了下来。现在忒拉蒙儿子的投枪穿越空气直飞而来，它击碎了赫克托耳的盾牌，穿过了他的胸甲，若不是他快速闪开，就会射入他的腹部。两个人像狂暴的野猪似的冲向对方。赫克托耳把矛刺向埃阿斯的盾牌中心，但是他的矛尖弯了，没有刺穿铁盾。相反，埃阿斯刺透了对手的盾牌，划破了他的脖子，黑色的血喷溅而出。

赫克托耳虽然稍稍后退了几步，但他用右手抓起了一块大石头，击到了敌人盾牌的隆起部，盾铁发出了巨响。可埃阿斯从地上举起一块更大的石头，用力掷向赫克托耳，把盾牌击裂，敌人被打倒在地。但赫克托耳没有丢掉手中的盾牌，隐身的阿波罗在他身旁帮他很快重新从地上站了起来。

两个人现在本该用剑扑向对方以决胜负，可这时两方的传令官——特洛伊人伊代俄斯和希腊人塔尔堤比俄斯跑了过来，把木杖横在他俩中间。“孩子们，不能继续战斗了，”伊代俄斯喊道，“你们两人都是勇敢的，都受到宙斯的喜爱，我们大家都看到了！但现在黑夜已来临，请听从黑夜的安排。”于是两个人离开了战场。可在此之前，赫克托耳把他的银柄宝剑，连同剑鞘和装饰华丽的剑带，递给他的对手。埃阿斯随即从身上解下他的紫色腰带，递给赫克托耳。随后埃阿斯回到希腊军队，赫克托耳又重新走进特洛伊人的队伍。特洛伊人很高兴他们的英雄完整无损地从可怕的埃阿斯手中返回。

休　战

现在，希腊诸王集聚在他们统帅阿伽门农的军帐里，并决定明日休战，在缔结休战之后把战场死亡的士兵抬下来进行火化。

另一方的特洛伊人也在他们的宫堡里开会，无人不为决战的前途感到痛苦。聪明的安忒诺耳提出了他的要求，把海伦与其全部财宝交还给希腊人。帕里斯站起来表示反对，他说："如果你这番话是当真的，那看来众神确实使你丧失了理智。我可以明确地说，我绝不会交出我的女人。让他们拿去我从阿耳戈斯带回来的财宝好了，我也自愿交出来，作为他们要求得到的赔偿！"

年迈的国王普里阿摩斯在儿子讲完后善意地说："今天我们就不要再说下去了。我们的传令官伊代俄斯明天去希腊人的船营，通知他们我儿子帕里斯的和平意愿。同时请求他们休战，以便我们火化死者。如果双方不能取得一致，那随后再战。"

事情就这样办了。翌日，传令官伊代俄斯出现在希腊人的面前，告知了帕里斯和国王的建议。希腊众英雄听到后，长时间沉默不语。终于狄俄墨得斯说话了："你们这些希腊人，不要想着去拿这些财宝，就是你们得到了海伦，也不能拿这些财宝。连头脑最简单的人也看得出来，特洛伊人已经害怕毁灭了。”他的这番话受到了诸王的热烈欢呼，现在阿伽门农对传令官伊代俄斯说：“你本人听到了希腊人对帕里斯的建议做出的答复了，但焚烧死者的事不会被拒绝的。”

伊代俄斯返回特洛伊，特洛伊人又重新召集会议。令人高兴的通告很快使全城活跃起来，一部分人去搬运尸体，另一部分去森林里收集木材，同样的事情也发生在希腊人的船营里。在晨曦的光辉中敌人和敌人相遇，并排去寻找死者。白天他们做完了这项工作，晚间双方都回去用餐。但宙斯不让他们得到安静，整夜都用响雷去惊扰他们。这雷声不断响起，像是在向他们宣告灾难的来临。他们陷入恐怖，若是他们不先向愤怒的众神之父泼洒美酒进行献祭，都不敢把酒杯放到嘴边。

特洛伊人的胜利

宙斯暂时做出了另外的决定。“听我说，”他在翌日对召集来的众神说道，“谁今天下去帮助特洛伊人或者希腊人，我就把他抓起抛到冥府下塔耳塔洛斯的深渊里，让他永远不会再回来。”众神对他的话十分畏惧。

宙斯本人则登上他的雷霆神车，驶往伊得山。他坐在这儿的山顶上，欢快而威严地观察特洛伊人的城市和希腊人的船营。双方的男人都在戴盔披甲。特洛伊人虽然少些，但也渴望战斗。不久他们的城门大开，士兵们蜂拥而出，或徒步或乘战车。整个清晨双方势均力敌，地上血流成河。但当太阳升到天顶时，宙斯把两个死者当作筹码放到他的黄金天平上，在空中加以称量。希腊人的重量向地面倾斜，而特洛伊人的重量则升向天空。

用一次雷击，宙斯宣告希腊军队的命运改变了。一种预感不祥的恐慌使希腊人胆战心惊，那些伟大的英雄开始动摇了。伊多墨纽斯、阿伽门农，甚至两个埃阿斯都不再那么坚定了。只有年迈的涅斯托耳还在战场上战斗，但也是迫不得已，因为帕里斯把他的马用箭射死了。如果不是狄俄墨得斯及时赶来，并把他拉到自己的战车上，这个高贵的老人肯定丧命。随即，狄俄墨得斯奔向赫克托耳。

狄俄墨得斯掷出了他的长矛，虽然没有击中赫克托耳，却射穿了他的驭手厄尼俄剖斯，他随即栽于轭下。赫克托耳为朋友的死极为悲痛，他把朋友放好，召来另一位英雄驾驭他的战车，直向狄俄墨得斯冲去。若是他与堤丢斯的儿子进行较量的话，赫克托耳肯定会丧生的，好在宙斯知道得很清楚，若是赫克托耳倒下，那战局就会急转直下，希腊人在今天就会占领特洛伊城。宙斯不愿意这样，于是他向狄俄墨得斯战车前抛去一道闪电，亮光直射入地下。涅斯托耳惊恐万分，缰绳从手中掉下，他说："快，狄俄墨得斯，调转马头，赶快逃命。难道你看不出来，宙斯今天不会让你得到胜利吗？""你说得对，老人，"他回答说，"但我多么愤怒啊，因为赫克托耳会在特洛伊人的聚会上说：堤丢斯的儿子在我马前逃之夭夭，跑回船营去了！"说毕他驱马逃走，赫克托耳与特洛伊人在后面追赶，他喊道："堤丢斯的儿子，希腊人在集会和宴会上看重你，可他们今后会蔑视你，像蔑视一个胆小的女人一样！那个要占领特洛伊、把我们的女人用船载走的人不会是你了！"狄俄墨得斯在想，是否调转马头，与这个嘲笑者决一死战。但宙斯的响雷从伊得山传来，十分可怕，狄俄墨得斯策马逃走，赫克托耳在后面紧追不舍。

看到这种情形，赫拉忧心忡忡，她要去说服希腊人的特别守护神波塞冬去帮助他们，但是失败了，因为他不敢违抗他那强大的兄长所说的话。现在逃跑的人到了船营前的围墙和壕沟，若不是被赫拉激励的阿伽门农把惊慌失措的希腊人集合在自己身边的话，赫克托耳肯定会冲进来并把火把投进希腊人的船营。

阿伽门农进入俄底修斯那艘巨大的船里，它位于中间，高于所有其他船只。他站在甲板上，向逃跑的人喊道："可耻啊，你们这些该诅咒的家伙，现在你们英雄般的勇气哪儿去了？你们这些喝酒时吹牛皮的人，在赫克托耳面前都成了一群废物，不久他就会把我们的舰船烧成一片灰烬！啾，宙斯，你把怎样的诅咒加于我的身上？如果说我曾用祈祷和祭品表达了我对你的尊敬，那就让我现在至少能躲避和逃走，不要在舰船这儿被特洛伊人的武力征服！”他泪流满面地叫喊，使众神之父宙斯也起了恻隐之心，于是他从天上给希腊人一个吉兆：他派来了一头鹰，它巨爪中攫着一头幼鹿，投落在宙斯的神坛前面。

这个征兆使希腊人力量大增，他们重新迎向蜂拥而来的敌人。狄俄墨得斯驱使战马，带头跃过壕沟，冲向特洛伊人阿革拉俄斯，阿革拉俄斯向前调转战车准备逃跑，但狄俄墨得斯的长矛刺穿了他的后背。阿伽门农和墨涅拉俄斯冲到前面，两个埃阿斯紧跟他们身后，随后是伊多墨纽斯和墨里俄涅斯，还有欧律皮罗斯。

现在透克洛斯上来了，他用弓箭把一个又一个特洛伊人射倒在地，他已射杀了八个敌人。这时阿伽门农向他投去火热的目光并朝他喊道：“高贵的朋友，就这样射下去，你是希腊人的光明！如果宙斯和雅典娜同意我们毁灭特洛伊，你就是第一个我要授予荣誉赠礼的人！”“国王，你不用老是鼓励我，”透克洛斯回答他说，“我不会吝惜我的全部力量！我只是没有成功地射杀那只疯狗！”说着他就向赫克托耳射出一箭，但没有射中，仅是射杀了普里阿摩斯的一个庶子。第二箭由于阿波罗的引导，赫克托耳得以逃脱死亡。赫克托耳现在狂暴地冲向透克洛斯，正当透克洛斯重又向他弯弓时，他用一块长形的、带有棱角的石头击中了透克洛斯的锁骨。透克洛斯的肌腱断了，手的骨节麻木了，他跪倒在地。但埃阿斯没有忘记他的兄弟，守卫在他的身边，用盾牌长时间地保护他，直到两个朋友把大声呻吟的透克洛斯抬回船上。

但现在宙斯又重新鼓起特洛伊人的勇气。赫克托耳两眼闪闪发光，愤怒地冲在最前面去追赶希腊人。希腊人又被驱赶到船边，畏惧地向他们的神祇祈求。赫拉不忍了，转向雅典娜说道："我们还能一直不去拯救面临死亡的希腊人吗？难道你没看到，赫克托耳在下界的屠戮是多么残忍？他已经杀得血流成河了！""是的，我的父亲太残忍了，"雅典娜回答说，"他完全忘了，我们是怎样忠诚地帮助他的儿子赫拉克勒斯冒险时所做的一切了。但那个狐媚子忒提斯已经用她的曲意奉承讨得了他的欢心。他变得讨厌我了。赫拉，帮助我套上车，我要到伊得山去见他！"

宙斯一发现这件事就大发雷霆，当载着两个女神的车刚要穿越奥林匹斯圣山的第一道门时，宙斯的女使者伊里斯迅速赶来阻止。她们听从他怒火冲冲的指示，调转车头返了回来。不久，宙斯本人乘着雷车出现了，众神之山的顶峰由于他的临近而震颤不止。他面对妻子和女儿的请求一声不响。"你明天还要看到特洛伊人更大的胜利，"他对赫拉说，"不到希腊人惊恐万状，麇集在他们舰船的舵盘四周进行战斗，愤怒的阿喀琉斯在他的帐篷里重新挺身而起时，威武的赫克托耳是不会在战斗中停下来的。这就是命运的意志。"

这期间，赫克托耳在船边召集他的战士，说："如果不是黑夜到来，敌人现在就会被消灭。但我们也不要返回城市，而要赶快把牛羊赶来，还有美酒和面包，都要从家里运来；在我们四周点上营火以防敌人的袭击，同时进餐和护理伤员。天一破晓，我们就重新向舰船发起攻击，我要看看，是狄俄墨得斯把我逼回城墙，还是我把他的铠甲从尸体上剥下！"特洛伊人大声向他欢呼。他们整夜都在休息，成千上万堆营火保护着他们。他们大吃大喝，马匹在挽具旁嚼食着小麦和大麦。

希腊人的使者去见阿喀琉斯

在希腊军营里逃跑的恐惧还没有平息下来时，阿伽门农把诸王秘密分头找来开会。他们不久就忧郁地坐到了一起，这位统帅深深地叹了叹气，对诸王说："朋友们、民族的保卫者们，宙斯使我陷入深深的愧疚之中。他的吉兆预示我，在消灭特洛伊之后我能以胜利者的身份凯旋，可他欺骗了我，并命令我耻辱地返回故国。我们不能违反他的意志，他毁灭了那么多的城市，并且还要毁灭更多，但是我们不应当占领特洛伊。我服从他，让我们登上快船逃回我们父辈居住的地方！"

希腊的英雄们听到这番悲哀的话后，都长时间沉默不语，满面愁容。终于，狄俄墨得斯说话了："刚才你还在希腊人面前辱骂我没有勇气，缺少胆量。啾，国王，但现在我觉得，宙斯给了你统治的权力，却没有给你勇气。你真的认为，希腊的男子汉都像你说的那样不堪一战吗？好吧，如果你的心那样急于返乡，那你就走吧！路是敞开的，船是备好的，我们其他的希腊人要留在这儿，直到把普里阿摩斯的宫堡摧毁为止。就是你们大家都要离开，我和我的朋友斯忒涅罗斯也要留在这里，继续战斗。我相信，是神祇领我们到这儿来的！”英雄们听到这番话都欢呼起来。这时，涅斯托耳说：“欧，年轻人，你可以成为我的小儿子，你讲得头头是道。来吧，阿伽门农，给诸王摆下宴席，你的帐篷里有足够的美酒。那些守卫的人埋伏在壕沟外土墙前，而你在举杯时要听从民族中精英们的劝告。”

于是事情就这样进行了。诸王在阿伽门农这里欢宴，宴毕，涅斯托耳又在会议上说：“阿伽门农，你知道，从你违反我们的意愿，把布里修斯的女儿布里塞伊斯从愤怒的阿喀琉斯的帐篷里夺走之日起，都发生了什么事情。现在是时候了，我们该想一想如何去使这颗受伤的心得到安慰。”

“你说得对，老人，”阿伽门农回答说，“我犯了错误，我承认。我愿意弥补，并给予受侮辱者以尽量多的赔偿：十塔兰黄金、七座三脚鼎、二十个盆、十二匹马，我从勒斯玻斯亲自夺来的七个美女，最后还有温柔的布里塞伊斯姑娘本人——尽管我从阿喀琉斯那里把她带走，但她一直受到尊敬，对此我以神圣的誓言作证。当我们占领了特洛伊并分配战利品时，我要把他的船装满黑铁和黄金，他可以挑选除海伦外二十个最美的特洛伊女人。当我们返回阿耳戈斯时，他可以选择我的一个女儿作为妻子。他将成为我的女婿，我要把他与我唯一的亲生儿子俄瑞斯忒斯一样看待。我要给他七座城市作为新娘的嫁妆。只要他火气消了，这一切我都去做。”

“真的，”涅斯托耳回答他说，“你答应给阿喀琉斯的礼物不算少了。我们当场就派精英人物到愤怒的英雄的帐篷去，福尼克斯带头，有大埃阿斯、高贵的俄底修斯，以及随同前往的传令官荷狄俄斯和欧律巴忒斯。”

在一次隆重的祭祀之后，由涅斯托耳挑选出的英雄离开了会场，随后不久他们就到了密尔弥多涅斯人的舰船那里。他们找到了阿喀琉斯，他正在弹奏一支精美的带有银制琴马的竖琴，并吟唱英雄们的赫赫战功。他的朋友帕特洛克罗斯坐在他的对面，聆听他的歌唱。当阿喀琉斯看到来人时，他急忙从座位上立起身来。帕特洛克罗斯也站了起来，两个人向他们迎去。阿喀琉斯握住福尼克斯和俄底修斯的手喊道："忠实的朋友，很高兴看到你们！你们肯定是因为遇到了某种麻烦而来找我，可我爱你们胜过所有希腊人，即使我仍恼怒不止，还是欢迎你们。"

很快就摆上了宴席，他们又吃又喝。俄底修斯与阿喀琉斯干了一杯并说道："祝你健康，阿喀琉斯，你的宴席丰盛，但这美味佳肴并不是我们所渴求的，是我们巨大的不幸使我们来到你这儿的。因为你会不会与我们走，正关系到我们的得救或灭亡。特洛伊人已逼近围墙和威胁我们的舰船；赫克托耳得到了宙斯的信赖，他眼睛里充满了杀戮的喜悦，在大开杀戒。你要挺身而出解救希腊人。制止住你心灵的骄傲，相信我，友情胜于争吵。"随后俄底修斯一一列举了阿伽门农为了赎罪向他献上的大批礼物。

但阿喀琉斯回答说："拉厄耳忒斯高贵的儿子，我必须用'不去'回答你美好的言辞。我憎恶阿伽门农就像憎恶地狱之门一样，不论是他还是别的希腊人，都不能说服我重新回到他们中间去战斗，因为我不曾得到对我战功的酬谢。我像一只宁愿自己挨饿也要为它的幼雏送上食物的母鸡一样，度过无数的不宁之夜和血腥的白昼，竟是为这个忘恩负义的人去夺取一个女人。我所夺到的，都交给了阿特柔斯的儿子，但他把大部分归为已有，只把少部分分给其他人。他甚至把我最喜爱的战利品也抢走，为此明天我要向宙斯和众神献上我的祭品。在天一破晓时我的舰船就要在赫勒斯滂海上航行，三天之后我希望回到佛提亚我的家中。他欺骗了我一次，第二次就骗不了我了，他够得意的了！你们回去把这个消息告诉他，但福尼克斯要留下来，如果他愿意的话，可以和我一同乘船回故乡去。”

福尼克斯无法劝动他的老朋友和领袖，使这位年轻的英雄改变想法。这时埃阿斯站了起来说道：“俄底修斯，让我们走吧，残忍的人胸中没有温情。伙伴的情谊感动不了冷漠无情的人，他胸中有的是一颗冷酷的心！”俄底修斯也从餐桌旁站了起来，在他们向众神行了祭祀礼之后就同传令官一样，离开了阿喀琉斯的帐篷，只有福尼克斯留了下来。

俄底修斯从阿喀琉斯的帐篷带回来令人沮丧的消息，阿伽门农和诸王都一言不发。他们彻夜不眠，有两位英雄在破晓前就心怀恐惧地起身了：墨涅拉俄斯到帐篷中去把诸王唤醒，而阿伽门农则到了涅斯托耳的住处。他发现老人还在软榻上休息，铠甲、盾牌、头盔和两支长矛都放在旁边。老人从梦中惊醒，他用肘部支撑住自己，向阿伽门农喊道：“你是谁？在黑夜里人们都在睡觉，你却在漆黑的夜里孤身一人在舰船中间游荡，你是在找一位朋友还是一匹走失的驴子？说话，你这沉默的人，你在找什么？”“是我，涅斯托耳，”那个人轻声地说话，“我是阿伽门农，是宙斯使他陷于灾难深渊的阿伽门农。我的眼睛无法闭合睡眠，我的心在跳动，我的四肢在为希腊人而恐惧得发抖。让我们去守卫人那儿看看，他们是不是都没睡觉。我们中没有人会知道，敌人会不会在夜里发起一次攻击！”

涅斯托耳急速穿上羊毛内衣，披上紫色斗篷，拿起长矛，与国王一起在舰船中间巡视。他们先唤醒了俄底修斯，一听到召唤，他立即背上盾牌跟在他们身后。随后涅斯托耳走进狄俄墨得斯的帐篷和宿地，用脚跟触动他的脚，责备地把他唤醒。“不知疲倦的老人，”

这位英雄睡眼惺忪地说道，“你总是静不下来！不是有不少年轻人夜间在军中巡视并随时叫醒睡眠中的英雄吗？可你总是控制不住自己，老人！”“你说得有理，”涅斯托耳回答他说，“我有足够的人可用，再加上我那些出色的儿子，他们都能承担这项工作。但是希腊人的忧心事太多了，我的心要求我做的，我自己做不过来。你们已面临生死关头，因此你要站起来，帮助我们把埃阿斯、费琉斯的儿子墨革斯唤醒！”狄俄墨得斯立即披上他的狮皮，唤来要找的英雄。他们集在一起去查看守卫者，但他们中没有一个在睡觉，所有的人都全副武装、精神抖擞地坐在那儿。

希腊人的第二次溃败

已是清晨了。阿伽门农命令士兵束紧腰带，穿上铠甲，进入战斗。赫拉和雅典娜用欢快的响雷从上天向身穿华丽装束的国王致意。徒步的士兵们首先挥舞铁制武器蜂拥而出，越过壕沟，随后是乘坐战车的巨人，整个队伍大声呐喊向前冲去。在另一方，特洛伊人聚集在一起，守在战场上的一座山丘上；他们的领袖是赫克托耳、波吕达玛斯和埃涅阿斯；与他们在一起的还有波吕玻斯、阿革诺耳和阿卡玛斯，以及安忒诺耳三个勇敢的儿子。赫克托耳像黑夜天际中的一颗明星，他时而出现在最前列，时而穿越最外层的队伍指挥战斗。

很快，特洛伊人和希腊人开始面对面进行厮杀：人头攒动，拥在一起大砍大杀，双方的士兵都像狼一样嚎叫奔突。终于希腊人用他们的力量冲破了敌人的阵线。阿伽门农带头开路，他刺死了王子比厄诺耳及其驭手，随后扑向普里阿摩斯国王的两个儿子，安提福斯和他的驭手伊索斯。希腊士兵越来越深入，像林中的一条火带一样在暴风中蔓延开来。

依照宙斯的指点，赫克托耳穿过战场急忙向城市逃去，但阿伽门农在后面大声喊叫，紧追不舍。终于到达离斯开亚城门不远的宙斯的山毛榉丛旁，这时赫克托耳和与他一齐溃逃的人站住了。宙斯派遣他的使者女神伊里斯前来命令他，只要阿伽门农冲在前面，他就留在后面，让其他人战斗，直到阿特柔斯这个儿子受伤，那时他再出面，众神之父会再次帮助他取得胜利。

赫克托耳听从他的吩咐。他召唤他的战士进行战斗，厮杀又开始了。阿伽门农冲在前面，在特洛伊人及其同盟者之间左冲右突。他首先碰上了安忒诺耳的儿子伊菲达玛斯，这是个身体高大威武有力的英雄。阿伽门农的长矛没有刺中，而伊菲达玛斯的矛头刺到敌人的腰带而弯曲了。现在阿伽门农抓住对手的长矛，把它从手里扯出并用宝剑刺穿他的脖子。阿伽门农解除了他的武装，手执敌人的华丽铠甲在希腊人的队伍中炫耀着他的胜利。这时安忒诺耳的大儿子科翁，特洛伊最受称赞的战士之一，看到他就奔了过来。兄弟的死使他怒火中烧，但悲痛并没有令他失去理智。他趁阿伽门农没有注意的时候，就从旁边用长矛刺中阿伽门农的手臂紧靠肘弯的地方。阿伽门农感到全身突然颤抖，但他依然奋不顾身继续战斗。当科翁握住他兄弟的脚试图将他从死人堆中拖出来时，阿伽门农的长矛从盾牌下面刺穿了他，于是他动也不动地躺倒在兄弟的尸体旁边。

阿伽门农继续用长矛、宝剑和石头在特洛伊人中间进行厮杀。但剧痛越来越厉害地折磨他，他不得不跳上他的战车，命令他的驭手返回船营。

当赫克托耳看到阿伽门农逃离时，他想到了宙斯的命令，于是急忙跑到特洛伊人和吕喀亚人的前方队伍中，大声疾呼：“朋友们，你们是男子汉大丈夫，起来战斗！希腊最勇敢的人已经逃走，宙斯赋予我胜利的荣誉。起来，到希腊人中间去，催动战马，我们会赢得更大的光荣！”话毕，他就像一阵狂风带头冲入敌人中间，在很短时间就有九个希腊英雄和许多普通士兵死于他的手下。他已经把逃跑的士兵逼向舰船，这时俄底修斯提醒狄俄墨得斯：“我们能忘记抵抗吗？靠近些，朋友，紧挨着我，让我们来阻止赫克托耳占领我们船营的厄运！”

狄俄墨得斯朝他点了点头并用投枪刺穿了特洛伊人提布赖俄斯的左胸膛，使他从车上栽倒在地；俄底修斯则杀死了他的同车伙伴摩利翁。他们继续在敌人中间横冲直撞，希腊人又可以松一口气了。还在伊得山上俯瞰的宙斯让战事左右摇摆保持平衡。赫克托耳终于穿过人群看到这两个疯狂的英雄，于是同他的士兵扑了上去。狄俄墨得斯及时地看到了他，就把长枪掷向他的盔顶。尽管它滑落一旁，可赫克托耳急忙返回士兵中间，跪倒在地，他的右手撑住地面，眼前一片昏黑。这时狄俄墨得斯飞奔过去抢自己的投枪，赫克托耳趁机跳上他的战车，得以逃生，跑回到他的士兵之中。狄俄墨得斯恼怒地转向另一个特洛伊人，把他打倒在地，准备去剥下他的铠甲。

帕里斯利用这个时机，躲在伊罗斯的墓碑后面，射中了单膝着地的英雄的脚跟。箭矢射穿了他的脚掌，紧紧钉入肉里。帕里斯从后面笑着跳了出来并大声地嘲弄他的敌人。狄俄墨得斯环顾四周，当看到这个射手时，他喊道：“你就是那个抢夺女人的英雄？你从不敢面对面同我进行公开的较量，现在却夸耀你从后边射伤了我的脚？这对我没有关系，就像一个姑娘或一个孩子射中了我一样！”此时，俄底修斯奔了过来，挡在受伤者前面，狄俄墨得斯十分疼痛，但他安全地把箭矢从脚上拔了出来。随后他跃上战车，坐在他朋友斯忒涅罗斯身边，驶回他的舰船。

现在只有俄底修斯一个人留在密集的敌人中间。突然特洛伊人把他包围起来。他果敢地迎敌，在短暂的时间里，有五个特洛伊人死在他的武器之下。这时来了第六个，叫索科斯，俄底修斯刚刚杀死了他的兄弟。他喊道："俄底修斯，今天不是你杀死希帕索斯的两个儿子就是你在我的长矛下丧命！"随之他就刺穿了他的盾牌，伤到了他肋骨处的皮肤——雅典娜不让矛尖刺得更深。俄底修斯先是后退少许，随即扑向敌人，索科斯转身逃跑，俄底修斯刺穿了他的背部和肩部，使他栽倒在地，一命呜呼。随后俄底修斯从敌人伤口中抽出自己的长枪。特洛伊人一看到他，就朝他围了过来，他连连后退并一连大呼三声求援。

墨涅拉俄斯首先听到了求救声，于是向他身边的埃阿斯喊道："让我们冲进敌人中间去，我听到了俄底修斯的喊叫声！"两个人很快就赶到奋力坚持的俄底修斯身旁，看到他挥舞长枪在同无数的敌人战斗。埃阿斯的盾牌像一堵巨墙挡在俄底修斯前面，特洛伊人一看到他便吓得发抖。墨涅拉俄斯乘机抓住俄底修斯的手，帮他登上他的战车。

这期间赫克托耳战斗在正面战场的左翼，在斯卡曼德洛斯河岸边，在那儿大开杀戒。若不是帕里斯的一支三棱箭射中了希腊人伟大的医生玛卡翁的右肩的话，那希腊的英雄是不会在赫克托耳面前退却的。这时伊多墨纽斯惊恐地喊道："涅斯托耳！快把玛卡翁扶到车上！一个能医治箭伤和减轻伤痛的医生胜过一百个普通的英雄！"涅斯托耳急速驱动他的战车，带上受伤的玛卡翁，两个人飞奔回船营。

在路上他们经过心怀愤怒的阿喀琉斯身旁，他坐在自己的船的后甲板上，平静地观察他的同胞如何被特洛伊人追杀。他没有想到，他的话造成了他朋友的不幸，他呼叫帕特洛克罗斯说："去看看，帕特洛克罗斯，那儿的涅斯托耳把哪一个受伤的人带出战场。不知为什么，我的心对希腊人产生了怜悯之情！”帕特洛克罗斯听从吩咐，就跑向舰船。当老人看到门口的英雄帕特洛克罗斯时，就从椅子上跳了起来，用手抓住他，亲切地逼他坐下。可帕特洛克罗斯说：“不需要了，尊敬的老人！阿喀琉斯派我来只是想看看，你带回来的伤员是谁。现在我自己已经认出来了，是精通医术的英雄玛卡翁，我要赶快回去告诉他。你知道我朋友的急性子，就是无过失的人也会轻易地受到他的责备。”

涅斯托耳却用深沉感人的言辞回答他说：“阿喀琉斯真的这样关心受到致命枪伤的希腊人？所有勇敢的人都躺在舰船的周围：狄俄墨得斯受了箭伤，俄底修斯和阿伽门农受了枪伤，我刚才从战场上带回的这个无比珍贵的人被弓箭所伤！但阿喀琉斯不知道同情，他也许在等待我们的舰船在海边化为灰烬，我们希腊人一个接一个倒在血泊之中吧！”帕特洛克罗斯为涅斯托耳的话所感动，他急速跑回阿喀琉斯那里。

围墙四周的战斗

希腊人在他们舰船四周挖沟筑墙，可没有进行祭献，这激起了众神的愤怒。因此围墙也无法保护他们，不能长时间地坚如磐石。现在，在特洛伊人遭受围困的第十个年头，波塞冬和阿波罗决定，把这个建筑摧毁，使山洪灌入，让海水冲击。但在特洛伊毁灭后才能这样做。

现在，在这巨大的建筑四周正进行着激烈的战斗。赫克托耳像一头凶狮在士兵中奔来跑去，鼓舞他们的斗志，去穿越壕沟。但没有一匹战马敢这样做，都是一到了壕沿就嘶叫着竖立起来，畏缩不前，因为壕沟太宽太陡无法越过，下面还栽有密密麻麻的尖木桩。只有步兵才能设法通过。波吕达玛斯看到这点，就去与赫克托耳商议，他说："若是我们用战马，那肯定完蛋，会不光彩地死在沟底。因此我们让驭手把马停在这儿。我们组成一个步兵群，在你的率领下越过壕沟，突破围墙。"

赫克托耳同意这个建议。按着他的命令，所有的英雄都从战车上跳了下来，只留下驭手。他们组成五支队伍，第一支由赫克托耳和波吕达玛斯率领，第二支由帕里斯指挥，统领第三支的是赫勒诺斯和得伊福玻斯，第四支是埃涅阿斯带领，萨耳珀冬和格劳科斯率领的同盟军是第五支军队。其他英雄则协助诸王。只有阿西俄斯一个人不愿意离开他的战车。他率领他的人杀向左边，那儿的希腊人在围墙旁留了一条为自己的马匹和战车出入的通道。他看到大门敞开，因为希腊人在等待，看还有没有最后从战场逃回营中的伙伴。这样阿西俄斯调转战马直向通道冲去。其他特洛伊人徒步跟在后面大声呐喊。但通道由两位勇敢的英雄守卫，是庇里托俄斯的儿子波吕波厄忒斯和勒翁透斯。他们迎向蜂拥而来的特洛伊人，从围墙和坚固的塔楼上抛下雨点般的石头。

就在阿西俄斯和他周围的人进行这场艰苦的遭遇战的同时，其他人也在浴血奋战，他们徒步冲过壕沟，围攻希腊人的其他营门。只有由赫克托耳和波吕达玻斯率领的人数众多也最勇敢的特洛伊人犹豫地停留在他们刚才登上的沟岸，因为他们的眼前出现了一种不祥的征兆：一头鹰在士兵的左上方盘旋。它的利爪中抓着一条红色的、挣扎不已的长蛇。这条蛇在鹰爪中反抗，把头转到后面，咬住了鹰的脖颈。鹰痛得厉害就把蛇扔下逃走，但这条蛇正好落在特洛伊士兵中间。他们惊恐地看到它卧在土里，并认出了这是宙斯给的一个征兆。

“我们不要深入了，”波吕达玛斯恐惧地朝赫克托耳喊道，“我们会像那只鹰一样，无法把猎物带回家里。”但赫克托耳阴沉地回答说：“鹰与我们有什么相关，管它落到左边还是右边呢。我只认识一种真的征兆，这就是拯救祖国！”说毕赫克托耳就冲到前面，所有的其他人都紧随其后，大声嘶喊。这时宙斯从伊得山上向下吹来一阵巨大的风暴，飞沙走石，直扑向船营，这使希腊人气馁，斗志消沉。但特洛伊人信赖雷神和自己的力量，奋勇争先，冲破了希腊人的防御工事，毁掉了塔楼的围墙，并开始用撬棍推倒围墙高耸的柱石。

然而希腊人并没有从阵地上退让。他们像篱笆一样把他们的盾牌架到围墙上，用石头和弓箭迎击冲向围墙的特洛伊士兵。两个埃阿斯轮流在墙上为战斗在塔楼上的士兵鼓劲，对勇敢者大加称赞，对软弱者厉声恫吓。这期间石头如飘雪般地落下，若不是宙斯激励他的儿子萨耳珀冬像一头饥饿的狮子扑向敌人的话，那赫克托耳和他的特洛伊人还是一直冲不破这道坚固的防线。萨耳珀冬同格劳科斯一起带领他的人径直地冲向前去。

墨涅斯透斯看到他们愤怒地逼近并把他的人大批杀死，感到惊恐。他畏惧地环视四周，指望其他英雄前来援救。他看到了远处的两个埃阿斯和还近一些刚从帐篷返回来的透克洛斯，可他的喊声传不到那么远，他敲打头盔和盾牌，响声却被战场上的厮杀声吞没了。于是他派传令官托俄忒斯去两个埃阿斯那里，请求他来解救。大埃阿斯和他的兄弟很快决定沿着围墙直奔而来。

正当吕喀亚人登上围墙时，他俩到了墨涅斯透斯的身边。埃阿斯立即从围墙上折下一块锋利的大理石，击碎萨耳珀冬的一个朋友厄庇克勒斯的头盔和脑袋，他掉下塔楼死了。而透克洛斯刺伤了正好登上墙头的格劳科斯的赤裸的手臂。格劳科斯偷偷地跳下墙去，以免让希腊人看见并因他的受伤而遭到嘲笑。萨耳珀冬伤心地看到他的兄弟退出了战场，但他本人继续前进，用长矛刺中阿尔克迈翁，并用全力摇动围墙，使它崩裂。墙坍塌了，成为许多人的通道。

战斗的天平长时间摇摆不定，最终宙斯使赫克托耳占了上风。他逼近围墙的大门，士兵紧跟在他的后面。大门紧闭，它的两扇门都用两个门闩闩住，一块厚厚的、上端尖尖的崖石把门顶住。赫克托耳用超人的力量把崖石从地面搬起，击碎了门枢和门板，于是大门闷声倒下。赫克托耳身穿亮得吓人的铠甲，两眼炯炯闪光，直冲进希腊军营。他身后的士兵蜂拥冲进敞开的大门，成千上万人则援墙而上。希腊人一片惊惶，他们都逃往舰船。

为舰船而战

当宙斯使特洛伊人获得这么大的胜利时，他把希腊人继续留在灾难里。他坐在伊得山顶，把目光从船营移开，冷漠地移向色雷斯。

这期间，海神波塞冬并没有闲着，他坐在草木葱茏的萨摩色雷斯岛最高的山峰上，在这儿伊得山和整个特洛伊及希腊人的船营都尽收眼底。他悲哀地看到，希腊人卧在特洛伊人面前的血泊之中。他离开嶙峋的山岩，迈开了使丘陵和森林震颤的四大步，就到了埃盖的海岸，在海底深处就是他永远闪烁着黄金光华的宫殿。他在这里束上他的黄金铠甲，套上黄金鬃毛的战马，握起金鞭，跃上他的宝车，调转马头在海水上面行驶。海怪认得这是他们的主人，都从礁石的缝隙中跳出来，欢快地把波浪分开，不让车轴沾水。波塞冬到了位于忒涅多斯和印布洛斯岛之间的一处深深的洞穴，希腊人的舰船就在这附近。他在这儿把战马卸下，用金镣套上马脚，喂它们精美的饲料。他本人急速进入猬集的士兵之中，特洛伊人像一股飓风一样围在赫克托耳四周，狂暴地呐喊，他们现在正力图夺取希腊人的战船。

波塞冬混在希腊人的士兵中间，他装扮成预言家卡尔卡斯，个头和声音都极为相似。他先是朝两个斗志旺盛的埃阿斯喊道："你们两位英雄，只要想到你们的力量，那就能拯救希腊士兵。在其他地方特洛伊人的战斗并不使我担心，集结在一起的希腊人能守得住。我只是不放心这儿，因为狂暴的赫克托耳像一团烈火一样在肆虐。愿一个神祇赋予你们灵魂，去进行抵抗，也去激励他人的意志。"随后波塞冬用他的神杖击打他们一下，并像一只隼一样飞出了他们的视线。

俄琉斯的儿子埃阿斯先认出了他。他对自己的同名兄弟说："这不是卡尔卡斯，是波塞冬，我是从后面他的脚步和大腿认出来的。现在，在我内心深处要求我去进行决战。我的双脚和双手已变得急不可耐！"忒拉蒙的儿子回答他说："我紧握长矛的双手也在剧烈地震颤，我的灵魂在使我上升，我的双脚要飞翔。与赫克托耳单独进行决斗的渴望攫住我不放！"

这时，波塞冬却到了他们后面，去激励那些由于哀伤和疲惫而在船边休息的英雄。他斥责他们，直到所有的勇士都集结在两个埃阿斯周围，他们镇定地等待着赫克托耳和他的战士。长矛接着长矛，盾牌连着盾牌，头盔靠着头盔，战士挨着战士。头盔上的羽饰相互触碰，战士密集地聚在一起，严阵以待。可特洛伊人也以全力蜂拥而来，赫克托耳冲在前面。"停下来，特洛伊人和吕喀亚人，"赫克托耳向后面喊道，"那些列成阵势的希腊士兵不会坚持多久的。他们将在我的长矛前面退却，雷神肯定在引导我们！"他用这样的话来激起他的士兵的勇气。

在此期间，其他的战斗在继续，人人都大声呐喊。而波塞冬却跑到帐篷中，去把希腊人的斗志更加旺盛地煽动起来。

这时他遇到伊多墨纽斯，后者把一个受伤的朋友送到医生这儿，现在正在帐篷里寻找自己的长矛。海神化身为安得赖蒙的儿子托阿斯，走近伊多墨纽斯身边，并用响亮的声音说："克里特国王，你们的勇气哪儿去了？凡是今天自动退出战斗的人永远不能从特洛伊回到家里，活该把他撕成碎片！""说得对，托阿斯。"伊多墨纽斯朝着匆匆离去的神祇喊道，他从帐篷里找出两根长矛，手执更尖利的武器，急速奔向战场。

伊多墨纽斯尽管已头鬓斑白，却依然不停地鼓励希腊人，很快他就像一个年轻人那样受到了战士们的欢迎。他的投枪投中的第一个人是俄特律俄纽斯，此人是普里阿摩斯国王的女儿卡珊德拉的求婚者，站在特洛伊一边进行战斗。这时阿西俄斯冲了过来，要为死者复仇。可正当他抬臂准备掷出长矛时，伊多墨纽斯的长枪却击中他的下颌，穿进咽喉，从颈部透出，他栽倒在战车前死去。

随后得伊福玻斯扑向伊多墨纽斯，向这个克里特人掷出武器。被战斗的激情所点燃，伊多墨纽斯现在向对手提出挑战并一对一决斗。这当儿他完全躲在自己的盾牌后面，一杆投枪从他上方倏地飞了过去，只把他的盾牌击得发出响声，可他却刺穿了许普塞诺耳的肝部，不久也倒地不起。得伊福玻斯考虑片刻：是要接受单独决斗，还是找另一个勇敢的特洛伊人帮忙？他觉得还是后一种方法更好些，很快，他就把他的姻兄埃涅阿斯领来对付伊多墨纽斯。伊多墨纽斯看到两个强大的英雄奔向自己，他毫不犹豫，一点儿不像孩子似的畏惧后缩，而是等待他们，像是野猪在等待猎狗一样。但他也招来在附近作战的英雄，于是阿法柔斯、阿斯卡拉福斯、得伊皮洛斯和安提罗科斯立即集结在他的四周。同时，埃涅阿斯也把他的伙伴帕里斯和阿革诺耳喊了过来，特洛伊士兵像羊群跟着公羊一样尾随他们而来。

不久长枪叮当作响，两个人的单挑决斗变成了一场混战。埃涅阿斯首先向伊多墨纽斯投出他的长矛，但从这位英雄的身边滑落。相反的是，伊多墨纽斯却击中了俄诺玛俄斯的身体，使他倒地死去。胜利者只来得及从尸体上拔出他的长矛，箭矢就纷纷向他射来，他不得不决定逃走。

另外的人在继续战斗。埃涅阿斯击中了阿法柔斯，安提罗科斯击中了托翁。特洛伊人阿达玛斯没有击中安提罗科斯，却很快死于墨里俄涅斯的矛下。希腊人得伊皮洛斯被赫勒诺斯用剑砍中额头，踉踉跄跄。墨涅拉俄斯悲痛地把他的枪向赫勒诺斯投去，这当儿赫勒诺斯正弯弓向他射来。墨涅拉俄斯的投枪击中普里阿摩斯儿子的盾牌，并使它滑落一旁。但赫勒诺斯的箭矢也落空了，墨涅拉俄斯的长矛投中了他还擎着弓的手，赫勒诺斯就拖着这支长矛逃回他的朋友们中间。战友阿革诺耳从他手上拔出武器，从一个伙伴的投石器上扯下皮带，为这个预言家包扎上伤口。

现在厄运把特洛伊人珀珊德洛斯带到英雄墨涅拉俄斯的对面。阿特柔斯儿子的投枪没有击中，同时珀珊德洛斯把长矛奋力刺到敌人的盾牌上。墨涅拉俄斯抽出宝剑，珀珊德洛斯从盾牌下举起他的长柄战斧，两个人厮杀在一起。特洛伊人只是击中了对方头盔的尖顶，而墨涅拉俄斯闪电般出击，砍裂了敌人鼻子上的骨头，使他倒地死去。墨涅拉俄斯从死尸上剥下溅满鲜血的铠甲，并把它交给他的朋友，随后他又冲到前方，再去寻找敌人。

战斗在继续，赫克托耳没有预料到，在船营左翼，胜利的天平在倾向希腊人一边。他跑到那里，率先冲进城门，到围墙建得最低的地方。他所向披靡，冲入希腊队伍之中。一开始玻俄提亚人、忒萨利亚人、罗克里斯人和雅典人都不能阻挡住他，他们无法逼使他后退。两个埃阿斯犹如两头野牛犁地一样并肩而来，忒拉蒙的儿子与他的队伍毫不畏缩，这都是些坚定勇敢的男子汉。但罗克里斯人忍耐不住了，他们没有跟在埃阿斯的后面。他们满怀信心，此前他们没有用头盔、盾牌和长枪，仅是手执强弓和投石具，就攻打过特洛伊，用他们的箭矢和石块击溃过一些特洛伊士兵。现在他们向特洛伊人逼近，将自己掩护得很好，从远处发射弓箭，在特洛伊人中间造成了很大的混乱。

若不是波吕达玛斯说服了倔强的赫克托耳，那特洛伊人现在真的会从希腊人的舰船和帐篷里被耻辱地赶回城里。他劝赫克托耳说："朋友，你为什么拒绝所有的忠告？就因为你是战斗中最勇敢的人吗？难道你没有看到，战火正在你的上方燃烧吗？特洛伊人一部分带着战利品脱离开战斗，一部分分散在舰船之间各自为战。因此，退下来，召开一次领袖会议，让我们决定是冲进舰船之间的迷宫，还是安全地转移。因为，真的，只要希腊的那些最骁勇善战的士兵还在舰船旁等候我们，我害怕他们会对我们昨天的过失进行加倍的报复！"

赫克托耳听从他的劝告并委托他的朋友，把士兵的领袖集在一起。他本人则奔回战场，每遇上一个领袖就命令他到波吕达玛斯那里。他在最前方找到了他的兄弟得伊福玻斯和赫勒诺斯，阿西俄斯和他的儿子阿达玛斯。他发现前两个人已经受伤，后两个人已经死亡。他看到他的兄弟帕里斯时，愤怒朝他喊道："我们的英雄都在哪儿，你这个诱拐女人的家伙？不久我们的城市就要完蛋了，那时你也逃躲不了恐怖的厄运！但现在，你得去战斗，其他人要开会！""我用火热的灵魂陪伴你，"帕里斯安慰他说，"你不应当怀疑我的勇气！"

他们两人并肩奔向最炽烈的战场，最勇敢的特洛伊人像狂风一样呼啸向前，不久赫克托耳又站到他们前面。但希腊人不再像以前那样怕他了，强大的埃阿斯愤恨地向他提出挑战。可这个特洛伊人却不理睬他的责骂，而是向前冲入密集的战斗人群之中。

波塞冬增强希腊人的力量

战斗在外面进行得如火如荼，这时老人涅斯托耳却平静地坐在他的帐篷里饮酒和照料受伤的英雄兼医生玛卡翁。但当战斗的呐喊声越来越响、越来越近时，他把客人交给女仆赫卡墨得，命令她为客人准备温水浴，并拿起他的盾牌和长枪走到帐篷外面。在这儿他看到战局发生的不利转折，他站在那儿犹豫不决，不知是该奔向战斗还是去找统帅阿伽门农进行商讨。这当儿，从海岸舰船那边返回来的阿伽门农遇见了他，同阿伽门农一道的还有俄底修斯和狄俄墨得斯。他们三个人都拄着长矛，负伤在身。他们到了这儿也只能观望，毫无亲自参加战斗的力量。他们忧心忡忡地与涅斯托耳会合，商讨他们军队的命运。

阿伽门农终于说道："朋友们，我不再抱有希望了。因为我们费去那么多力气挖的壕沟、那看来坚不可摧的围墙都不能保护我们的舰船，战斗早就在它们中间进行了。若是我们不自动地撤走，那宙斯就必定要我们全体希腊人毁灭在这陌生的地方。因此，我们要把摆放在海边的舰船拖到大海里去，等到黑夜的降临。一旦特洛伊人收兵回去，我们就把其他的船拽入海中，这样夜间就脱离了危险。”

俄底修斯听到这个建议十分不满。“阿特柔斯的儿子，”他说，“你只配去领导一支比我们军队要胆小得多的军队。在两军交战的当儿你要求把船只拖入大海，这就必然使那些被留在战场上的可怜的希腊人孤立无援，他们恐惧地向四周张望，失去了战斗的意志。”“我连想都没有想过要违反希腊人的意愿，”阿伽门农回答说，“并且不去听取他们的意见就去做这样的事！如果我知道有一个更好的办法，我愿意放弃我的主张。”“最好的主张，”堤丢斯的儿子喊道，“就是我们立即返回战场！如果我们自己不能去战斗，作为士兵的忠实的领袖怎能去鼓励他人勇敢作战呢？”

希腊人的保护者海神波塞冬听到这番话十分满意，他一直在偷听英雄们的交谈。波塞冬化身为一个白发老兵走向阿伽门农，握着他的手并说道：“可耻的阿喀琉斯，他现在对希腊人的溃逃得意了！但你们放宽心，众神并不恨你们，你们很快就会看到特洛伊人逃跑时所搅起的尘土！”海神说完就离开他们冲进战场，他在希腊士兵中间大声呼叫，这声音像一万人同时呐喊一样雄浑有力，直进入每一个英雄的内心，使他们变得勇敢坚定。

正在奥林匹斯圣山上观望下界战斗的天后赫拉，看到她的兄弟和姻兄波塞冬介入战争，帮助她的朋友时，她也想有所作为。她向坐在伊得山顶峰的宙斯瞥去，他对希腊人是那样地充满敌意，这使她在心灵深处极为愤恨。她思来想去，如何去欺瞒他，转移他对战斗的关注。

突然间，她想出了一个好主意。她去了儿子赫淮斯托斯在万神宫专为她建造的那间密室。密室的门安装的是无法打开的门闩，她进入后就把门锁上。她在这儿沐浴，往美丽的胴体上涂抹香膏，把头发梳理成惹眼的鬈状，穿上华丽的锦服——这是雅典娜为她缝制的——胸前佩戴金别针，围上熠熠闪光的腰带，戴上闪烁光华的宝石耳坠，并在头上罩上一件透明的面纱。她雍容华贵地离开了密室，去寻找爱神阿佛洛狄忒。

“不要生我的气，小女儿，”她讨好地说，“因为我支持希腊人，你支持特洛伊人。也不要拒绝我的心向你提出的请求。把你那条能驯服人和神的爱情魔带借我一用，因为我要去大地的边缘那里拜访我的养父母俄刻阿诺斯和泰西斯，他们一直生活在争吵之中。我想用热情的言辞使他们和解，为此我需要你的腰带。”阿佛洛狄忒没有发现这是个骗局，于是率真地回答：“母亲，你是众神之王的妻子，拒绝你这样一个请求是不对的。”她随即解下那条艳丽无比、色彩斑斓的腰带，它有着神奇的魔力。“带上吧，”她说，“总是贴在你的心上，你肯定会成功地从那里返回。”

赫拉随即离开，前往遥远的色雷斯，到了睡神居住的地方，恳求他在下一夜使众神之父昏睡过去。但睡神害怕，他曾按照赫拉的命令使宙斯昏睡过一次，当时是赫拉克勒斯从荒芜的特洛伊返回家中，而他的敌人赫拉要把他打发到科斯岛去。那时，宙斯发现了这个骗局，大发雷霆，就在神殿大厅里把众神抛来掷去。若不是睡神逃进使神和人都能平静下来的夜神的怀抱之中，宙斯就会把他杀死。现在睡神惊恐地使宙斯的妻子忆起这件事，但赫拉安慰他说：“你想到哪儿去了，睡神！你认为宙斯维护特洛伊人会那么热心？像爱他的儿子赫拉克勒斯一样？聪明点儿，按我的意思去做，随后我就让美惠三女神中最年轻、最漂亮的那个做你的妻子。”睡眠之神让她以斯提克斯河为证立下誓言，随后他答应听从她的支配。

现在赫拉光彩照人、绰约多姿地登上了伊得山顶。宙斯一看到她，心中充满了炽热的情爱，这使他立即就忘掉了特洛伊的战斗。“你怎么从奥林匹斯到了这儿？”他说，“你把马和车放到了哪儿，亲爱的女人？”赫拉狡黠地回答他说：“亲爱的，我要到大地的边缘，去调解我养父母的争端。”“难道你要永远与我为敌？”宙斯回答说，“你也可以以后再去。让我们在这儿开心地观望这场民族之间的战争。”

赫拉听到这番话，感到十分惊恐，因为她看到，她的美丽和阿佛洛狄忒的神带都不能使丈夫完全从心里抛开对战争的关注和对希腊人的愠怒。可她遮掩住自己的惊惶，亲昵地搂抱住他，抚摸着他的面颊，说道：“亲爱的，我要按你的意志去做。”但在同时，她示意睡神。睡神也隐身地随她而来，站在宙斯的身后，等待她的命令。睡神阖上了宙斯的眼睑，趁他还来不及回答时，就把他的头埋到妻子的怀中，令他沉沉地睡了过去。现在赫拉急忙派睡神作为使者去船边波塞冬那里，告诉她的兄弟：“现在正是你采取行动的时候，使希腊人得到光荣，因为宙斯在伊得山上由于我的迷惑而酣睡不醒。”

波塞冬很快冲到最前方的人群之中，他化身为一个英雄，对希腊士兵喊道：“现在让我们去打败赫克托耳，男子汉们，难道让他夺取我们的舰船和赢得光荣吗？虽然我知道，他是因阿喀琉斯的拒绝出战才这样肆无忌惮的。但如果我们没有阿喀琉斯就不能取胜，那对我们就是一种耻辱！握紧你们强大的盾牌，戴上你们闪闪发光的头盔，挥动你们犀利的长枪，我们要前进，我要冲在最前面！我们要看看，赫克托耳在我们面前能不能挺得住！”希腊人听从这个强大的斗士发出的响亮声音：受伤的诸王亲自指挥作战，让士兵们交换武器，给身强的人以重武器，给体弱的人以轻武器，随后拥向前去。地震神冲在前面，握在右手的令人恐惧的宝剑就像一道闪电一样在闪动，他成为他们的领袖。他所向披靡，无人敢与他交战。同时，他使大海怒吼，波浪冲击希腊人的舰船和帐篷。

但赫克托耳对这一切并不惧怕。他与特洛伊士兵冲入战斗，两支军队又开始了厮杀。赫克托耳首先就把他的长矛掷向大埃阿斯并击中了他，但交叉横在他胸前的盾牌和宝剑的皮带保护了他的身体。失去了长矛的赫克托耳不情愿地退回自己的士兵之中。埃阿斯向逃走者投去一块石头，把他击倒在地，他的长枪、盾牌和头盔都飞散到空中，铁制的铠甲叮当作响。希腊人发出一片欢呼声，随之长矛如冰雹一样飞来，他们要把倒在地下的赫克托耳拖走。但特洛伊人立即奔来，首先到达的是埃涅阿斯、波吕达玛斯、高贵的阿革诺耳、吕喀亚人波耳珀冬和他的伙伴格劳科斯。他们都用盾牌保护他，把昏迷过去的赫克托耳抬起来，送到没有危险的战车上，返回城里。希腊人更加猛烈地冲向敌人。

阿波罗使赫克托耳变得强壮

特洛伊人一到他们战车旁就停了下来，他们惊恐万状，脸色苍白。但现在宙斯在伊得山峰醒了过来，从赫拉的怀中抬起了他的头。他很快跳了起来，瞥向希腊人和特洛伊人，特洛伊人在狼狈逃窜，希腊人在后面穷追不舍。在希腊人中间，他认出了自己的兄弟波塞冬。他看到赫克托耳倒在地下，他的伙伴围在他的周围。他昏迷不醒，呼吸困难，鲜血流淌。众神和人类之父将目光停留在他的身上，充满了怜悯。随后宙斯阴沉而恫吓地转向赫拉，说道："狡诈的骗子，你做了什么啊？难道你记不起来，两手铐上金铐，两腿缚在铁砧上倒悬在空中之苦？没有一个奥林匹斯的神敢于冒着我把他掷到大地的危险去接近你，那是你煽动众神反对我的儿子赫拉克勒斯所受到的惩罚，难道你要第二次尝尝这个苦头？"

赫拉惊呆了，沉默少顷，然后说道："天地和斯提克斯河水做证，我没有鼓动地震之神去反对特洛伊人，是他的情感驱使他这样去做的。是的，我该好好地劝他服从你的命令。"宙斯变得高兴起来，因为赫拉带着的阿佛洛狄忒的腰带一直在发生作用。终于，他温和地说道:“如果你在众神会议上与我的思想一致，那波塞冬的想法很快就会转到我们这一边的。如果你认真地看待这件事，那你就去喊伊里斯和阿波罗。叫伊里斯去命令我的兄弟退出战斗，返回宫殿；叫福玻斯·阿波罗去为赫克托耳治伤，鼓起他的勇气，赋予他新的力量，去投入战斗！”

赫拉满脸惊恐，她服从了，从伊得山峰回到奥林匹斯，进入众神欢宴的大厅。他们敬畏地从座位上跳了起来，向她举杯敬酒。但她拿起忒弥斯的杯子，啜饮了一口，并传达宙斯的指示。阿波罗和伊里斯急忙奔向伊得山。伊里斯按宙斯的命令，火速降到战场。波塞冬从她的嘴里听到了他兄长宙斯的命令，悻悻地说:“那好吧，我走！但宙斯知道，如果他与我这名希腊人的奥林匹斯朋友分道扬镳，并决定不让特洛伊毁灭的话，那就会激起我们灾难性的愤怒！”他说完就潜入海水，希腊人立刻就见不到他了。

现在宙斯派他的儿子阿波罗从伊得山到赫克托耳那里。他看赫克托耳又站立起来，宙斯使他变得强壮，他的呼吸轻松了，生命又回到了他的身上。当阿波罗怜悯地走近他时，赫克托耳悲哀地望着他说:“你是谁？是天庭最仁慈的神前来看我吗？难道你听到了，强大的埃阿斯在舰船旁用一块巨石击中了我的胸部并阻止了我的胜利？我以为就在今天我就得去见黑色的地狱之神哈得斯呢！”“放心吧，”阿波罗回答他说，“你看，是宙斯把我本人，他的儿子阿波罗派到你这儿来的，从现在起，我按照他的指示来保护你，你看到的我手中的这把金剑，它将为你而挥舞。重新登上你的战车，我在前面为你的战马开路，帮助你把希腊人赶得四下逃窜！”

赫克托耳刚听完阿波罗神的话，就从地上跳了起来，起身跃上战车。希腊人看到这位英雄飞奔而来都怔住了，突然间就停下了他们的追赶。第一个看到赫克托耳的是埃托利亚人托阿斯，一个善于言辞的人，他立即提醒在他周围进行战斗的希腊诸王注意，并呼喊道："哎呀！我的眼睛在那儿看到的是怎样一个奇迹！我们大家亲眼看到被大埃阿斯用石头打倒在地的赫克托耳又站在车上奔了过来，他威风凛凛地冲在前面。雷霆之神宙斯肯定站在他的一边！请听我的劝告，把大批士兵撤到舰船。我们军队中最勇敢的人来抵抗他。无论他怎样骁勇，也难以冲破我们的队伍。"

英雄们听从这有道理的劝告。他们召集来最英勇的英雄和战士，这些人很快围绕两个埃阿斯、伊得墨涅斯、墨里俄涅斯和透克洛斯列成阵势。在特洛伊人那一方，士兵们蜂拥而来，赫克托耳站在他战车上冲在前面。阿波罗隐身在云层中间，手执令人丧魂失魄的神盾，他指引着赫克托耳。希腊英雄严阵以待。双方军队都大声呐喊，很快箭镞如雨，投枪呼啸。特洛伊人总是无击不中，因为阿波罗与他们在一起。当这位神祇对着希腊人晃动那令人恐怖的神盾，并发出可怕的咆哮时，希腊人的心在发颤，他们忘记了抵抗。赫克托耳利用这个机会，与特洛伊人一起作战，杀死了无数的敌人。

在特洛伊人剥下所有这些死者的铠甲期间，希腊人乱成一团，朝壕沟和围栏方向溃逃，一会拥到这里，一会拥到那里，有一些在慌惊中越过围墙逃命。赫克托耳声音洪亮地向特洛伊人喊道："让这些身穿铠甲的死尸躺在这里，快直接冲到船上去。谁留在这儿，谁就得死！"他一边喊一边鞭策他的战马，向着壕沟驶去，所有特洛伊的英雄都驱动战车跟在他的后面。阿波罗用他的神脚踏平壕沿的凸起部，为他们铺好一条路桥。他自己先在这条路上跨过了壕沟，并用他的神盾，一击就把希腊人的围墙毁成一堆泥土。

希腊人现在又蜂拥挤在船巷中间，举起双手，向神祇祈求。宙斯用响雷对涅斯托耳的祈祷做了仁慈的回应。特洛伊人把这看成上天赋予的、对自己有利的征兆，于是乘着战车、呐喊着通过坍塌的围墙。当希腊人逃到他们舰船的甲板上时，特洛伊人就从战车上下来进行战斗。一方在船舷上，一方在地面上厮杀。

战斗在船边进行得如火如荼，双方势均力敌。赫克托耳和埃阿斯在为一艘船而殊死战斗。但埃阿斯没能把赫克托耳从甲板上赶下来并把火把投到船上去，赫克托耳也不能把埃阿斯从船上击败。埃阿斯的长矛刺死了赫克托耳的亲戚卡勒托耳，赫克托耳的长枪击中了埃阿斯的伙伴吕科佛戎。透克洛斯跑去援救他的兄弟，射中了波吕达玛斯的驭手克利托斯的脖子。徒步进行战斗的波吕达玛斯拽住无人驾驭的战车。透克洛斯的第二支箭射向赫克托耳，但宙斯使他的弓弦折断，箭镞射到了旁边，这位射箭好手痛苦地觉察到了神的充满敌意的力量。

赫克托耳向他的士兵喊道："男子汉们，勇敢前进！我刚才看见雷霆之神折断了一个最勇敢的希腊人的弓弦！让我们全力冲向舰船，众神与我们在一起！"

"可耻呀，希腊人，"在另一方的埃阿斯喊道，"若不拯救我们的舰船，我们就去死！若是强大的赫克托耳放火烧毁了我们的船，你们想徒步越过海水返回家乡吗？或者你们认为赫克托耳是来邀请你们跳舞而不是去战斗的？在生存或死亡之间速做抉择，不要这样耻辱地犹豫不决，死在那些受神祇保佑的坏家伙手中。"埃阿斯喊着并杀死了一个特洛伊英雄，但赫克托耳用一个希腊人的死为倒下的特洛伊人复了仇。

特洛伊战士像一群嗜血的狮子扑向舰船。观望这场战斗的宙斯，只在等待一艘战船在大火中燃烧，升起熊熊火焰，然后就使特洛伊人溃逃和被追赶，让希腊人重新赢得胜利的荣誉。此时的赫克托耳怒气冲天，口中喷吐白沫，阴沉的眼眉下双目闪闪发亮，他头盔上的羽饰在令人胆寒地飘动着。因为他的时日已经不多，于是宙斯就再一次赋予他力量和威严，胜于所有其他人。雅典娜已经在为他安排一场恐怖的死亡灾难。但现在他冲破希腊人的队列，扑向密集的敌人。希腊人惊骇之极，闻风而逃。

希腊人已经从最前列的舰船那儿退了下来，可他们没有分散在营巷之中，羞愧和恐惧把他们集聚在帐篷旁边，他们相互鼓励，特别是老英雄涅斯托耳，他用战斗的呐喊来激发起士兵们的勇敢。这期间，赫克托耳和他的队伍也不是无所作为。他冲向一艘战船，宙斯本人帮了他一把，使他首先跃上，士兵也随他蜂拥而至。

于是重新爆发了一场争夺舰船的鏖战。希腊人宁愿死也不愿逃走，特洛伊人方面的每一个人都希望把第一束火把掷到船上。赫克托耳占据了普洛忒西拉俄斯所乘的一艘漂亮的战船的船尾，现在希腊人和特洛伊人围绕这块地方展开了殊死之战。不再有什么弯弓射箭和抛掷投枪，士兵都挤成一团，只能用锋利的战斧、大钺和宝剑砍杀，用长矛对刺。有些利剑从手中掉到地下，或者把对手的肩膀砍下，地上血流成河。赫克托耳向他的人喊道："现在拿火来，大声呐喊！宙斯给了我们这一天，用来补偿我们所有其他日子所受的损失！"

这期间，埃阿斯用他的长矛抗击携带火具拥来的特洛伊人。同时他向同胞吼道："朋友们，现在你们是男子汉！难道你们认为在舰船后面还有援兵，还有一个坚固的城墙来保护你们？在你们身后没有像特洛伊人那样可以逃到里面的城池。在敌人的土地上，远离祖国，现在你们被逼到了海边！我们的安全就掌握在我们手中！"他喊着并用长矛迎击每一个手持火把靠近舰船的敌人，很快在他面前躺下了十二具尸首。

帕特洛克罗斯之死

这期间，帕特洛克罗斯返回阿喀琉斯的帐篷。他泪流满面，告诉他的朋友说："希腊人的灾难在折磨我的灵魂！所有最勇敢的人都躺倒在舰船周围，不是被投枪所伤就是被长矛刺中。狄俄墨得斯受伤了，俄底修斯和阿伽门农伤于长矛，欧律皮罗斯被枪刺中了大腿。医生都在为他们疗伤，他们都无法参加战斗。但你冷酷地留在这里。你的双亲不可能是英雄珀琉斯和女神忒提斯，你一定是阴沉的大海和僵硬的崖石所生，才会这样的无情！好吧，如果是你母亲的话和众神的旨意把你留在这儿，那至少派我和你的战士去帮助希腊人。让我戴上你的铠甲，也许特洛伊人一看到我英勇战斗，就会把我看作你，这样希腊人就有了喘息的时间！"

但阿喀琉斯愠怒地回答说："朋友，你使我伤心！阻止我的既不是母亲的话，也不是神祇的命令，只是剧烈的痛苦，在撕扯我的灵魂，一个希腊人竟敢从我——他的一个平等的伙伴手中夺走我的荣誉的赠品。但即使这样，我也不会永远地怀恨在心，并且我决定了，一旦战斗蔓延到舰船时，我就忘记我的怨恨。我还不能决定是不是要亲自去参加战斗，但是你可以披挂上我的铠甲并且率领我勇敢的战士去战斗。全力向特洛伊人冲击，把他们从舰船旁赶走。但不要去与一个人交战，而这个人就是赫克托耳。你也要保护自己，不要落入一个神的手中，因为阿波罗喜欢我们的敌人！一旦你挽救了舰船，你就再返回来。至于其他人，就让他们在战场上相互厮杀好了，若是一个希腊人也不剩下，那就更好了。我们两个人单独去战斗，就能把特洛伊城毁灭。”

突然间，阿喀琉斯看到舰船那边火焰冲天而起，一阵痛苦使他震颤。“去吧，高贵的帕特洛克罗斯，”他喊道，“站起来，不要让他们夺走舰船，阻止我们的人逃走！我要自己去召集我们的士兵。”帕特洛克罗斯听到他朋友的话高兴极了，他火速裹上铠甲，束上加工精致的胸甲，把宝剑背在肩上，戴上飘动着马鬃的头盔，左手握住盾牌，右手抓起两支锋利的投枪，随后就去套马。阿喀琉斯召来他的密耳弥多涅斯士兵，共有五十艘战船，每艘五十个战士。由五个领袖率领这支战斗队伍，他们是：墨涅斯提俄斯——河神斯帕尔加斯和妩媚的波吕多瑞所生的儿子；欧多拉斯——赫耳墨斯和波吕墨勒的儿子；珀珊德洛斯——迈玛罗斯的儿子，一个在军队中仅次于帕特洛克罗斯的优秀战士；最后是两鬓斑白的福尼克斯和莱耳刻斯的儿子阿尔喀墨冬。

珀琉斯的儿子向这些就要出发的人说道：“你们这些密耳弥多涅斯人，每个人都不要忘记，你们在过去是怎样威胁过特洛伊人。现在你们渴望的时刻终于出现了。战斗吧，遵照你们勇敢的心所命令的那样去做吧！”说毕他返回自己的帐篷，拿出一个精致的酒杯，除了他没有第二个人用这个酒杯喝过美酒，除了宙斯也没有第二个神接受过用这个酒杯献上的灌礼。现在他站在房间的正中，向宙斯祭酒，并请求他保佑希腊人得到胜利，保佑他的战友帕特洛克罗斯平安归来。宙斯对他的第一个请求示意满足，但对第二个请求则摇头。英雄对宙斯的两种表示均没有看见。随后阿喀琉斯回到自己的帐篷，从这儿去观望特洛伊人和希腊人之间的血战。

这期间密耳弥多涅斯人在前进，他们像一个蜂群，帕特洛克罗斯冲在最前面。当特洛伊人看见他时，他们心惊胆战，阵势一片混乱，因为他们认为阿喀琉斯本人前来参战，他们在考虑如何逃开免得丧命。帕特洛克罗斯利用了他们的畏惧，挥动闪闪发亮的长矛径直冲入他们中间，在那儿围着普洛忒西拉俄斯那艘船的四周是人群最密集的地方。他的投枪击中了派俄尼亚人皮赖克墨斯，他痛苦地朝后栽倒。所有的特洛伊人恐惧地夺路逃走，希腊人冲入船巷追赶。到处都是一片惊慌混乱，但不久特洛伊人又镇静下来，希腊人被迫徒步进行作战。

大埃阿斯心中什么也不想，就只是想如何用长矛击中赫克托耳。但赫克托耳战斗经验丰富，用牛皮盾牌保护自己，使箭镞和投枪都纷纷落地。这位统帅虽然看出来胜利已离他和他的军队而去，但他依然坚定地进行战斗，这至少能保护和援助他忠诚的战友。直到希腊人的攻击变得无法阻挡时，他才调转战车越过壕沟逃走。但帕特洛克罗斯催动他的战马穷追不舍。凡是他在沿途的舰船之间或在围墙和河流之间遇到的人都得丧命。普洛诺俄斯、忒斯特耳、厄律拉俄斯和其他九个特洛伊人，在他前进的路上，或死于他的投枪，或毙命于他的长矛，或倒于他投石之下。吕喀亚人萨耳珀冬悲痛而愤怒地目睹了这一情景，他斥责般地激励他的士兵，自己全副装备地跳下战车。帕特洛克罗斯同样跃下战车，他俩吼叫着冲向对方，像两只利爪勾喙的苍鹰一样。现在这两个英雄已接近投枪射程内的地方，但帕特洛克罗斯首先投中的是萨耳珀冬勇敢的战友特拉德得摩斯。他的第二次攻击，长矛才射中萨耳珀冬的腰部，他栽倒在地，像是被斧头砍倒的一棵巨大的松树。临死的萨耳珀冬呼喊他的朋友格劳科斯与吕喀亚的士兵抢救他的尸体，随后就死去了。

诸王得知萨耳珀冬死亡都非常悲痛，他们要去复仇。他们狂暴地冲向希腊人，赫克托耳冲在最前面。而希腊人在帕特洛克罗斯的鼓励下也呐喊着冲了过来，双方为争夺萨耳珀冬的尸体进行血战。密切注视战局发展的宙斯在考虑帕特洛克罗斯的死，但他觉得还是先让他赢得胜利更好些。于是，阿喀琉斯的朋友把特洛伊人连同所有的吕喀亚人都向城里逼去。希腊人夺走了死去的萨耳珀冬的铠甲，正当帕特洛克罗斯要把萨耳珀冬的尸体交给密耳弥多涅斯人时，阿波罗已奉宙斯之命将他扛在自己的神肩之上，背到了远处的斯卡曼德洛斯河旁。在这儿他在水里把尸体洗净，涂上香膏，交给双生子睡神和死神。他俩携他飞起，把他带回他的故乡吕喀亚。

逃跑的赫克托耳在斯开亚门旁勒住了他的战马，思忖了片刻：他是驱马返回战场，还是命令他的士兵退到城墙后面，把城门紧闭？正当他犹豫不决地拉动缰绳时，阿波罗化身为赫卡柏的兄弟阿西俄罗——赫克托耳的一个舅舅，走到他的身旁，对他说道："赫克托耳，你为什么要撤出战斗？调转你的马头，向帕特洛克罗斯冲去，有谁不知道阿波罗正使你获得胜利呢？"这位使人认不出的神祇在他耳边轻声低语，随之就在密集的士兵中消失了。紧接着赫克托耳激励他的驭手刻布里俄涅斯，策马重新返回战场，阿波罗在他前头开路，直冲入希腊人的队列，使他们陷入一片混乱。但赫克托耳甩开其他希腊人，径直奔向帕特洛克罗斯。

当帕特洛克罗斯看到他接近时，就跳下战车，从地上举起一块尖角的大理石，击中了刻布里俄涅斯的额头，使他立即倒地毙命。随后，帕特洛克罗斯像一头雄狮扑向尸体，想去占有死者的铠甲。但赫克托耳为他的异母兄弟拼命战斗，他抓住死者的头，而帕特洛克罗斯抓住脚，特洛伊人和希腊人都卷了进来，他们就像东风和西风相互搏斗一样。接近傍晚，局势对希腊人变得有利，他们夺走了刻布里俄涅斯的尸体，留下了他的铠甲。

现在帕特洛克罗斯以双倍的愤怒扑向特洛伊人，接连三次，共杀死了二十七人。但当他发起第四次冲击时，死亡已在窥伺他了，因为这次他在战斗中遇到的是阿波罗本人。帕特洛克罗斯没有逼近阿波罗，因为他隐藏在一团浓密的云雾里。阿波罗站在他的身后，对着这个英雄的后背和肩上猛击了一掌。随后，他扯掉昏昏沉沉的帕特洛克罗斯头上的战盔，头盔落到地上，在马蹄下面来回滚动，盔上的羽饰沾满了尘土和血污。他又折断了手中的长矛，从肩上撕下了盾牌的皮带，从身上扯掉胸甲，并使他的心也一片懵懂，让他木然地僵立在那里。这时，潘托俄斯的儿子欧福耳玻斯从后面用长矛刺穿他，随即急速退回阵里。

但现在赫克托耳又从阵中冲击，并从前面用长枪刺入受伤的帕特洛克罗斯柔软的腹部，枪尖从后背透出。他用长枪来结束他的生命并高兴地叫喊道："哈，帕特洛克罗斯！你还想把我们的城市变为一堆瓦砾，把我们的女人装到船上带回你们的国家做奴仆吗？现在我至少把你们奴役的日子推迟了，还要把你喂给老鹰！你的阿喀琉斯能救你的命吗？"垂死的帕特洛克罗斯声音微弱地回答他说："你由衷地高兴吧，赫克托耳！宙斯和阿波罗使你不费力地赢得了胜利的光荣，因为是他们解除了我的武装。但有一点我要告诉你：你不会活多久了！厄运已经站到了你的身旁，我知道是谁使你丧命的。"他费力地说出了这几句话，随后灵魂就离开他的身体，前往冥府。赫克托耳从伤口中抽出他的铁矛并把死者甩到后面。

现在，特洛伊人欧福耳玻斯和阿特柔斯的儿子墨涅拉俄斯手执武器，来争夺帕特洛克罗斯的尸体。"你得偿命，"欧福耳玻斯喊道，“你杀死了我的许珀瑞诺耳，使他的妻子成了寡妇！”说着就举起长矛对着墨涅拉俄斯的盾牌刺去，但矛尖弯了。而墨涅拉俄斯举起他的长枪，刺穿了敌人的咽喉。欧福耳玻斯栽倒在地，若不是阿波罗嫉妒他，墨涅拉俄斯就会把死者的铠甲和武器都一同带走。这时，阿波罗化身为喀科涅斯国王门忒斯，提醒赫克托耳重新看向欧福耳玻斯的尸体。赫克托耳立即转身，他突然看见墨涅拉俄斯正要把欧福耳玻斯华丽的铠甲拿走。墨涅拉俄斯一听到这个特洛伊英雄的大声咆哮，就放下尸体和铠甲，火速地奔向战场，去寻找大埃阿斯。

他终于在密集的士兵中认出大埃阿斯，就朝他喊叫，要求他与自己一道去夺取帕特洛克罗斯的尸体。时间已很紧急了，因为赫克托耳正在忙着将铠甲从死者身上剥下，把尸体拖到身边，用剑把他的头从肩膀上砍下，并把身体抛给狗吃。赫克托耳看到埃阿斯手握七层牛皮的盾牌向自己奔来，放下了手头上的血腥工作，急速地逃回到他的战友中间。

吕喀亚人格劳科斯向赫克托耳投去阴沉的目光，斥责他说：“如果你在英雄面前怯懦地逃走的话，那你的声誉就变得毫无用处，赫克托耳。你考虑考虑吧，怎样单独来保卫城市，在你把我们的国王萨耳珀冬的尸体交给希腊人和野狗之后，再不会有哪一个吕喀亚人与你并肩战斗了。”

“你不聪明，格劳科斯朋友，”赫克托耳回答说，“你以为我害怕埃阿斯的强大？还没有什么战斗使我害怕。但宙斯的旨意比我们的勇敢更有威力，现在靠我更近些，我的朋友，看我怎么做，然后再说我是不是胆小，像你所想的那样！”说完他就向那些把帕特洛克罗斯身上的属于阿喀琉斯的铠甲当作战利品带回城里的朋友追去。他追上了他们，把自己的铠甲卸下，换上阿喀琉斯那副神圣的铠甲，这是天庭众神在珀琉斯与海洋女神忒提斯结婚时送的礼品，后来父亲年纪大时就把它送给了儿子。但儿子穿上父亲的装备，注定不会活到老年。

当众神和人的统治者宙斯从天上看到赫克托耳穿上了英雄阿喀琉斯那副神圣的铠甲时，他摇了摇头，在内心深处说道："你这可怜人，还压根儿没有想到死亡的命运，它就已经守候在你的旁边了。你杀死了令其他人都心惊胆战的伟大英雄的亲密朋友，你割下了他的头颅，剥下了铠甲，现在你用女神儿子的神圣铠甲来武装自己。即使如此，你也不会从战场返回，你的妻子安德洛玛刻不会为你解下这身美丽的铠甲，不会欢迎你的归来，所以我要使你再一次得到胜利的荣誉作为补偿。"

在宙斯说这番话期间，赫克托耳已经穿好铠甲。战神阿瑞斯的精神在燃起他的战斗激情，他的四肢充满力量，显示出威风。他大声呐喊，跃回到伙伴中间，并率领他们冲向敌人。为争夺帕特洛克罗斯尸体的战斗重又燃起，双方全都在这里浴血奋战。希腊人喊道："我们宁愿死于这里，也不能让特洛伊人把尸体抢去，耻辱地返回舰船！"而特洛伊人对之高喊："为了这个尸体，我们就是都死了也无所畏惧！"

这期间宙斯改变了他的主意。他在浓云中间派雅典娜做他的使者到下界去，她化身为福尼克斯走近墨涅拉俄斯。她使他肩膀和双膝充满力量，并使他变得坚韧不拔、勇猛顽强。但阿波罗化身为淮诺普斯走向赫克托耳，并提醒他说："喂，赫克托耳，若是一个墨涅拉俄斯能把你吓跑的话，那在所有希腊人中将来还会有谁怕你？他杀死了你最好的朋友，现在，他，全希腊军队中最懦弱的一个人，也要从你手中夺走帕特洛克罗斯的尸体！"这番话使赫克托耳异常恼怒，他身着熠熠发亮的铠甲冲到前面。宙斯摇着他的神盾，把伊得山隐蔽在浓云中间，发出闪电和雷霆，向特洛伊人显示出胜利的征兆。

决战更加激烈，埃阿斯对墨涅拉俄斯说：“墨涅拉俄斯，你有没有看到涅斯托耳的儿子安提罗科斯还活着？向阿喀琉斯报告他的朋友帕特洛克罗斯的死讯，他是最合适的使者了。”墨涅拉俄斯用他敏锐的目光扫视四周，很快就在相互厮杀的人群中发现了涅斯托耳的儿子。“安提罗科斯，”墨涅拉俄斯朝他喊道，“你还不知道，一个神祇把灾难降到希腊人身上，并把胜利赐给了特洛伊人吗？帕特洛克罗斯已经死了，全希腊人失去了他们最勇敢的英雄。只有一个比他更勇敢的还活着，是阿喀琉斯。去问他，他是否来拯救帕特洛克罗斯赤裸裸的尸体，他的铠甲已让赫克托耳剥去了。”这个年轻人大吃一惊，他一听到这个消息便泪流满面，长时间一声不响。终于他把铠甲交给了驭手拉俄多科斯，随后向舰船方向奔去。

当墨涅拉俄斯重新返回尸体旁时，他同埃阿斯商量如何把死去的朋友抢夺回去，他们对阿喀琉斯的到来不抱多大希望，因为他神圣的铠甲已被抢走了。他们把尸体用力举高，尽管特洛伊人尾随在后面大声吼叫，挥动宝剑和长枪，可只要埃阿斯一转过身来，他们就吓得面色苍白，不敢去抢夺他扛着的尸体。他们用很大气力才把这具尸首从战场上运到舰船，其他希腊人也同他俩一起逃了回来。赫克托耳和埃涅阿斯紧追不舍，那些溃逃的希腊人慌不择路，乱成一团，越过壕沟退了回去，路上到处是他们丢弃的武器。

阿喀琉斯的悲恸

这期间，安提罗科斯带着可怕的消息哭着奔向阿喀琉斯，还从老远的地方向他喊道：“我感到痛心啊，珀琉斯的儿子，你现在不得不听到的事本是不应该发生的。我们的帕特洛克罗斯已经阵亡了，他们在为争夺他那赤裸裸的尸体而战，铠甲已被赫克托耳剥走。”阿喀琉斯一听到这个噩耗，眼前变得一团漆黑。他用两手抓起黑色的尘土撒向自己的头、脸和衣服。随后躺倒在地上，可怕地喊叫起来，这哭泣的声音直透过空间，传到海底深处他母亲忒提斯那里。她与她的姊妹们一道穿越分离开来的海浪到达海岸，从船旁浮出上岸，直奔向恸哭的儿子。“孩子，你哭什么？”她问道，哀叹地把他的头搂在怀里，“谁伤害了你的心？说出来，什么都不要对我隐瞒！你所想的不是已经都发生了？希腊人都拥到你的舰船来，渴求你的帮助！”

终于，阿喀琉斯沉重地叹息：“母亲，帕特洛克罗斯死了，这对我还有什么用呢？我爱他就像爱自己的脑袋一样！我的那副精美的铠甲，就是众神在你的婚礼上送给珀琉斯的那件礼物，已被杀害他的凶手赫克托耳从他身上剥走。啾，若是珀琉斯的妻子是一个凡人的话，那你就得为你死去的儿子承受人世间的痛苦，因为他永远不会返回他的故乡了！是的，若是赫克托耳不被我的长矛刺穿，为我的帕特洛克罗斯的死赎罪的话，我的心不允许我活下去！”

忒提斯含泪回答说：“啊，我的儿子，你的生命很快就要枯萎，因为在赫克托耳之后，你的末日注定也就到了。”但阿喀琉斯愤怒地喊道：“如果命运不允许我为死去的朋友复仇，那我宁愿现在就死去。没有我的帮助，远离故乡，他死去了。我短暂的生命对希腊人有什么用？我没有给帕特洛克罗斯，没有给无数被杀害的朋友们带来安全。当其他人在战斗中死去时，我却坐在船边不为所动。我的愤懑在神祇和人的面前该受到诅咒，这种愤懑最初使心灵甘之如饴，可不久就像在胸中燃起熊熊的烈火！过去的已经过去！我要去为我的朋友复仇，杀死凶手。我的命运已经注定，宙斯和众神随时处理好了。特洛伊人应该知道，我在战争中休息得够长了！亲爱的母亲，不要阻止我去战斗！”

“你是对的，我的孩子，”忒提斯回答他说，“感到遗憾的是，你灿烂的铠甲在赫克托耳手上，他还把它穿上了。可他不会笑得很久的，在明天太阳升起的时候，我就给你带来新的装备，是赫淮斯托斯亲手制造的，但你在我回来前不要去参加战斗。”女神说完就与她的姊妹下潜，回到她们的海洋宫殿。她本人匆忙前往奥林匹斯，去拜访锻冶之神赫淮斯托斯。

这期间，争夺帕特洛克罗斯尸体的战斗仍在继续。若不是伊里斯按照赫拉的命令——她瞒着宙斯和众神——飞到阿喀琉斯那里，带去让他武装起来的指示，那赫克托耳几乎就成功地将帕特洛克罗斯的尸体抢走了。“但是我怎样去作战？”阿喀琉斯问神祇的女使者，“因为我的敌人穿着我的铠甲。我的母亲也禁止我穿其他人的装备，直到她把由赫淮斯托斯制造的新铠甲给我带来。我知道没有任何人的武器适合我，除了埃阿斯的盾牌，但那是他自己要使用的，用来保护我死去朋友的尸体。”

“我们知道，”伊里斯回答他说，“你出色的铠甲被抢走了，你就这个样子靠近壕沟，出现在特洛伊人面前。若是他们从远处看到了你，那他们就会停止战斗，希腊人就可以得到休整。”

当伊里斯重新飞走时，神一般的阿喀琉斯站了起来。雅典娜把她的神盾挂到他的肩上，使他的面庞辉映出超凡的光华。他就这样子很快越过围墙，出现在壕沟旁边，可他没有忘记母亲给他的警告，没有参加战斗，只是停留在远处并大声吼叫。雅典娜的呼喊声与他的吼叫声混在一起，像是战号一样直冲进特洛伊人的耳鼓。当他们听到了阿喀琉斯钢铁般的声音时，他们的心一下子就有了一种不祥的预感，战车和战马纷纷后退。驭手们惊恐地看到珀琉斯儿子的头上闪现出火光。他们在壕沟那边发出三次吼叫，就使特洛伊的士兵三次陷入混乱，他们的十二个最勇敢的战士倒在战车下面死去，或被他们自己的朋友的投枪刺中毙命。

不久，帕特洛克罗斯的尸体从敌人那里夺了回来，英雄们把他放在床上，朋友们悲恸地集在尸体四周。阿喀琉斯看到安放在灵床上的、忠诚的朋友的尸体，它被乱枪刺得血肉模糊。他终于又回到希腊人之中了，并伏身在尸体上泪如雨下。西沉的太阳映照着这悲恸的一幕。

阿喀琉斯重新武装

现在，两支军队在激烈的战斗之后休息了。特洛伊人从战车上解开马匹，但他们还没有想到去吃饭，而是匆忙地集在一起开会。所有人都心存余悸，没有一个人敢坐下来，因为阿喀琉斯令他们心惊肉跳，他们都怕他再次出现。终于，潘托俄斯的儿子，明智的波吕达玛斯建议，不要在这儿等到天明，而是立即返回城里。“若是明天早晨全副武装的阿喀琉斯发现我们还在这儿，”他说，“那逃进城里的那些人会高兴，可这儿的许多人都得丧命，成为野狗和老鹰的食物。我不想这种事情发生，因此我建议我们全副武装在城内广场上过夜，有高墙和坚固的城门保护我们。一大早我们就再度站在城墙上，如果他来进攻，同我们夺取舰船，那我们就给他个厉害。”

赫克托耳也站了起来，目光阴森，他说：“波吕达玛斯，你说的我一点儿都不感兴趣。在宙斯使我得到胜利的时刻，我已经把希腊人逼退到海边，士兵们都认为你的建议是愚蠢的，没有一个特洛伊人会听从你。而我命令军队就地晚餐，不要忘记警戒，明晨我们重新对舰船发起攻击。如果阿喀琉斯真的再次出现，那就活该他倒霉，因为我不会放弃这场恶斗，直到分出胜负，看看是我还是他得到胜利的桂冠！”特洛伊人不听从波吕达玛斯有益的劝告，而对赫克托耳灾难性的发言报以掌声，他们狼吞虎咽般地饱餐一顿。

但希腊人在整夜里都围着帕特洛克罗斯的尸体悲痛不已，特别是阿喀琉斯。他高声痛哭，把死者的双手都放到自己的胸膛上。“那个时候，我在宫中安慰老英雄墨诺提俄斯，答应他，在特洛伊毁灭之后，我把他的儿子，连同丰富的战利品、荣耀的名声一并带回他的故乡俄波伊斯。哦，现在都成了空话。命中注定，我们俩要用自己的鲜血来染红这片陌生的土地，因为我那白发父亲珀琉斯和我的母亲忒提斯再也不会在宫中看到我了，这儿，特洛伊城前的黄土将把我掩埋。帕特洛克罗斯，因为我将在你之后倒下，在我没有把你的铠甲和杀害你的人的脑袋带来之前，我不会为你举行丧礼。我还要给你送上十二个高贵的特洛伊儿子，作为你火葬时的祭品。亲爱的朋友，在这个时刻到来之前，你先在我的船上安息！”随后阿喀琉斯命令他的朋友把一只装满水的巨大的三足鼎架在火上，洗净死去的英雄的尸体，涂上香膏，把他放到一张漂亮的床上，从头到脚覆上精美的麻布，就像在死者身上盖上了一条闪闪发光的地毯一样。

这期间，忒提斯到了赫淮斯托斯恒久长存和熠熠生辉的宫殿，这是这个跛足艺术家自己用青铜建造的。她看到他在风袋旁汗流浃背地劳作。他的妻子是温柔的卡里斯，美惠三女神之一，她握住忒提斯的手，领她坐到一把银制安乐椅上，在她脚下垫上一只脚凳，然后把她的丈夫喊来。他一看到海洋女神就欢快地叫了起来：“我太高兴了，神祇中最高贵的女神能光临舍下。在我出生之时，是她从死亡中拯救了我。我来到世界时是个瘫痪儿，因此母亲把我从怀中扔掉，如果不是欧律诺墨和忒提斯把我拾抱进她们的怀中，并在海中石洞里抚养我整整九年的话，我早就可怜地死去了。现在我的恩人来到了我的家！亲爱的妻子，好好招待她，我先把这儿乱七八糟的东西清理一下。”

锻冶之神说毕就从铁砧旁立起身来，吃力地跛行，来回走个不停，他把风袋搬离炉火，把各式各样的工具放进一个银制的箱子，用一块海绵擦洗他的双手、脸、脖子和胸膛，穿上一件上衣，由女仆们扶着，一拐一拐地又从房间里走出来。这些女仆可不是真正的人，却像活人一样，充满了青春的魅力，她们都是由黄金铸造的，被赋予力量、理智、声音和艺术才能。她们迈着轻盈的脚步急速从主人身边走开。他坐在忒提斯旁边一把精美的扶手椅上，握住她的手说道：“高贵的、亲爱的女神，是什么把你引到我这所你一向很少光临的住处的？告诉我，你要求什么！我要为你做我所能做的一切。”

于是忒提斯向他述说了她的忧愁，她抱着他的双膝，请求他为她注定要早死的儿子阿喀琉斯，在他活着保护希腊人时，锻制一顶头盔、一面盾牌、一副胸甲、一双护腿和胫甲，因为他战死的朋友在特洛伊城前失去了那副神的铠甲。“高贵的女神，振作起来！”赫淮斯托斯回答她说，“你放心好了。我会为你的儿子制造一套精美的装备，他一定会高兴的，那些凡人一看到这副铠甲就会大吃一惊！”

随后他就离开了女神，跛行到他的火炉旁，把风袋接入火炉，让它起劲地鼓风。它的二十个风孔立即把热风吹进炉膛，在坚实的坩埚里铁、锡、银和黄金都变得通红。随后他把铁砧放正，右手擎起巨大的铁锤，左手握住铁钳。他开始锻制，先是一面巨大的坚固的盾牌。它五层厚，有一个银制的盾带和三道闪亮的盾边。他完成盾牌之后，又锻制了一副比火还要光亮的胸甲。随后，完成了闪闪发亮的头盔，它十分漂亮，上饰有金色的羽毛。最后他用细锡制造了一双护腿。他把整套装备堆放在阿喀琉斯的母亲面前。她接受了这副铠甲，表示感谢并用她的那双神手拿起这套金光灿烂的铠甲离去。

在露出第一线曙光的时刻，女神又到了儿子身边，他与战友们还一直为他的朋友帕特洛克罗斯哭泣，她把这副铠甲放到他的面前。密耳弥多涅斯人一看到都颤抖不止，他们中没有一个人敢于直视女神的面孔。但阿喀琉斯睫毛下的双眼由于愤怒和喜悦而闪闪发亮。他把这神的高贵礼物举向空中，并长时间欣赏不止。随后他穿上铠甲，拿起武器，走到海边。他用响雷般的声音召集希腊人，所有人都会聚而来，甚至那些从来没有离开舰船的舵手。瘸脚的狄俄墨得斯和俄底修斯拄着长矛来了，最后出现的是军队统帅阿伽门农。

阿喀琉斯与阿伽门农和解

当人到齐时，阿喀琉斯站了起来，他说：“阿特柔斯的儿子，真不如阿耳忒弥斯的箭镞在我毁灭吕耳涅斯、把布里修斯的女儿挑选为战利品的那一天，就把她在舰船旁射死，我的愤恨使许多希腊人都失去了性命！忘记过去吧，尽管它使我们的心灵受到了伤害，我的愤恨至少现在已经平息了。起来，现在去进行战斗！我要看看，特洛伊人是否还有心情在船边悠闲自在！”

这番话激起了希腊人雷鸣般的欢呼。这时，统帅阿伽门农站了起来并大声呼喊：“不要狂呼乱叫了！这样乱糟糟地说话，谁能听清？我要向珀琉斯的儿子进行解释，你们其他人注意听，记住我说的话。希腊的儿子已经多次对我在那不幸的一天所做的事情进行了惩罚。”他继续说道，“但这不是我的过错，是宙斯、命运女神和复仇女神在士兵大会上使我失去了理智，让我犯了过错。当赫克托耳在舰船周围杀害成群的希腊人时，我就在不断地想起我的罪过。我知道了，是宙斯蒙蔽了我的心智。现在我乐于补偿我所犯下的过失，向你赎罪，阿喀琉斯，随你有多少要求。去进行战斗，我呈献给你所有俄底修斯前不久以我的名义许诺给你的礼物。”

“光荣的统帅阿伽门农，”英雄回答说，“随你将这些礼品给予我或者自己保留下来，我对这无所谓。但现在，让我们别再延误战斗，因为有许多事情要我们来做，人们都盼望重新在前线看到阿喀琉斯！”

现在聪明的俄底修斯说话了：“天神般的阿喀琉斯，先不要把饿着肚子的希腊人赶向特洛伊！让他们此前在船边饱餐豪饮，恢复力量增强体能！这期间，阿伽门农去把他的礼品带到这里来，让全体希腊人开开眼界。随后他本人在他的帐篷里隆重地举行一场豪华的宴席来款待你。”“我高兴地听到了你的这一番话，俄底修斯，”阿伽门农回答说，“阿喀琉斯，你可以从全体希腊军队中挑选最高贵的青年人，让他们去我的船上，把那些礼品全部运来。传令官塔尔提比俄斯去给我们弄一头野猪来，献祭给宙斯和太阳神，让我们为团结与和睦起誓。”“随你们怎么去做好了，”阿喀琉斯说道，“只要我朋友被蹂躏的尸体还躺在帐篷里，我的喉咙既吞不下食物也咽不下美酒，我渴求屠杀和敌人的鲜血！”但俄底修斯平静地对他说：“全希腊人中最最高贵的英雄，这次你的心要听我的劝告。希腊人当然不能用他们的胃肠来哀悼他们的死者，当一个人死去，我们要埋葬他，为他整天哭泣。但若是忽略了用美酒和食物来增强自己的力量的话，那我们怎能进行更猛烈的战斗呢！”

他这样说着，并与涅斯托耳的儿子们一道向阿伽门农的营房走去。在那儿，他们拿到了阿伽门农许诺的礼物，并给众神献上了一份牺牲。这时阿喀琉斯站了起来，在希腊人面前说道：“众神之父宙斯，你使人变得多么愚昧无知啊！若非你有意使许多希腊人丧命，阿特柔斯的儿子肯定不会如此可怕地激起我的愤懑，或者不会如此顽固地把那个姑娘从我这里抢走！可现在让我们去用餐，然后准备进攻。”

最高贵的希腊诸王都围着阿喀琉斯，请他就餐。可他拒绝了，叹息地说：“如果你们真的爱我，朋友们，那就不要劝我饮食，我的悲痛不容许我这样。让我就这个样子，直到太阳西沉入海。”说完这句话他就离开其他诸王，只有阿特柔斯的两个儿子、俄底修斯、涅斯托耳、伊多墨纽斯和福尼克斯留了下来。他们力图使这个痛苦的人振作起来，但毫无结果。阿喀琉斯一动不动，只有在他言语时呼吸才变得急迫——是在对死去的朋友说话。

宙斯从上天怜悯地望着这个悲哀的人，随即迅速转向他的女儿雅典娜说道：“我忠实的女儿，你的心难道不再挂牵那个高贵的英雄？就是坐在那儿的那个人，当其他人去用餐时，他自己却米水不沾，为他的朋友悲伤起来。立即向他胸膛注入琼浆和美食，使他振作起来，好让他在战斗中不会感到饥饿！”

女神像一只鹰挥动双翼一样急速穿越高空，她早就渴望帮助她的朋友。这时，军队正匆忙地准备战斗，雅典娜轻柔地、不被人注意地把琼浆和美食注入阿喀琉斯的胸中。随后，她返回父亲的宫殿。

这期间，希腊人从船上蜂拥而出，头盔相碰，盾牌相击，胸甲相撞，长枪相交。整个大地被青铜所耀亮，在他们脚下轰鸣。他们中间的阿喀琉斯开始武装自己，他咬牙切齿，眼中冒火。他拿起神赐的装备，先束上胫甲，然后穿上胸甲，肩头挂上宝剑，握起盾牌。随后，戴上沉重的头盔，上面高高的金色羽饰在头上晃动。他穿上铠甲，觉得自己的装备像是翅膀，要让他从地上飘起来一样。奥托墨冬和阿尔喀摩斯套上战马，在每一匹马的嘴里放上嚼环，把缰绳系在座位上。奥托墨冬跃上战车，武器熠熠发亮，随他之后，阿喀琉斯起身上车。“神马，”他朝父亲的这些神驹喊道，“我要告诉你们，在我们进行完战斗之后，你们要把你们乘载的英雄们带回军营，不要像帕特洛克罗斯那样，让他死于荒野。”

他在说这番话时，得到一个可怕的神谕。他的神马克珊托斯垂下头，使波浪般的鬃毛从轭环中涌了出来直拂到地面。女神赫拉突然赋予它说话的能力，它在轭中悲哀地回答他说：“好的，强大的阿喀琉斯，我们现在载着你，生龙活虎般勇往直前，但死亡的日子已经临近了。帕特洛克罗斯的死亡和赫克托耳的胜利不是由于我们的疏忽或者失职，而是因为命运和神祇的全能。我们能和风中最快的西风神仄费洛斯一比高下，并且不会疲倦。但你的命运已经注定——你要死于一个神祇之手。”神马还要继续说下去，但复仇三女神的威力阻止了它。阿喀琉斯悻悻地回答说：“克珊托斯，你为什么跟我说到死亡？不需要你的预言，我自己知道，命运已经在这里捉住了远离父母的我。但不在战斗中杀死足够多的特洛伊人，我是不会停下来的！”随后他大声吼叫策马前进。

人和神祇之战

在奥林匹斯山上，宙斯召开了一次众神会议，在会上他允许神祇随自己的意愿去帮助一方，特洛伊人或希腊人。根据这个旨意，众神立即分道扬镳：众神之母赫拉、帕拉斯·雅典娜、波塞冬、赫耳墨斯和赫淮斯托斯奔向希腊人的舰船；阿瑞斯到特洛伊人那边，随他一道的有福玻斯·阿波罗、阿耳忒弥斯，以及他俩的母亲勒托，河神斯卡曼德洛斯和阿佛洛狄忒。

在众神还没有加入进攻的队伍之前，希腊人已经稳占上风，因为令人恐怖的阿喀琉斯又在他们之中了。特洛伊人一从远处看到身披闪闪发亮的铠甲、如可怕的战神般的珀琉斯儿子，就害怕得四肢发抖。但神祇们突然出现在两军之前，又使战局变得不可预料了。雅典娜时而站在墙外，时而站在海边高声呐喊。在另一方，阿瑞斯在激励特洛伊人，他像风暴一样在咆哮。专司纷争的女神厄里斯在双方之间来回奔跑，此场战争的统治者宙斯从奥林匹斯山上发出可怖的雷霆。波塞冬从下面摇撼大地，使众山之巅和伊得山的地基都动荡不止，甚至黑夜之王普路同都从宝座上惊恐地跳了起来，因为他怕大地裂开，会使他的秘密王国暴露在人和神祇的面前。随后，神祇之间开始了直接的战斗。阿波罗用他的弓箭与海神波塞冬交手，雅典娜对抗的是战神阿瑞斯，阿耳忒弥斯用她的弓同众神之母厮杀，赫耳墨斯和勒托交锋，赫淮斯托斯对抗的是斯卡曼德洛斯。

在神和神相互厮杀时，阿喀琉斯在人群中去寻找赫克托耳。但化身为普里阿摩斯儿子吕卡翁的阿波罗，却使英雄埃涅阿斯与他碰面。埃涅阿斯身披闪耀光华的青铜铠甲，一身是胆，火速冲到最前面。可赫拉在人群中看见了他，她很快把同样站在希腊人一边的神祇召集在一起说道："你，波塞冬，你，雅典娜，你们两人考虑考虑，现在我们的事怎么办才好。那边，阿波罗唆使埃涅阿斯去对抗阿喀琉斯。我们必须把他撵回去，或者我们之中的一个必须增强阿喀琉斯的力量，使他觉得强大的众神站在他这一边。今天特洛伊人绝不能伤害他，我们也正是因此才下奥林匹斯山的。此后，他得顺从命运女神在他生下时所注定的天数。"

"赫拉，要好好考虑一下，"波塞冬回答说，"我不愿意，我和你们联合起来去反对别的神祇，这不合适，因为我们太强大了。不如，我们在旁边作壁上观，如果阿瑞斯或阿波罗首先发难，去妨碍阿喀琉斯不能自由地进行厮杀的话，那我们也就有了理由去参加战斗。这样，对手肯定会被我们的力量所慑服，最后被赶回奥林匹斯众神中间！"海神没有等待回答就首先登上赫拉克勒斯城墙，其他神祇跟随他。于是他们都坐在那儿，裹在一片浓密的云雾之中。阿瑞斯和阿波罗则坐在对面的卡利科罗涅山丘上。这些神祇就这样分离开来，相距不远守候在那里，而且做好了战斗的准备。

这期间，战场四周士兵聚集，战士的武器和战车闪闪发光，大地在他们的脚下隆隆作响。突然间，从双方阵营里跃出两个人来，一个是安喀塞斯的儿子埃涅阿斯，另一个是珀琉斯的儿子阿喀琉斯。埃涅阿斯首先来到战场，他沉重头盔上的羽饰在摇曳，他把巨大的牛皮盾牌护在胸前，恫吓地晃动投枪。随后，他将长矛掷了出去，令阿喀琉斯盾牌四周的空气发出回响。可这次投射只穿透了最外边的两层青铜，而里面由锡和黄金制成的两层却挡住了矛头。现在阿喀琉斯也挥动起他的长矛，击在埃涅阿斯盾牌的外层边缘上，这是青铜和牛皮制成的最薄的部分。埃涅阿斯蹲了下去，并因恐惧而把盾牌擎向高空，投枪呼啸着穿透两层盾边，越过他的肩膀，紧贴在他的身边，直落在地下。埃涅阿斯在死亡危险面前感到一阵晕眩。这时，阿喀琉斯挥动宝剑吼叫着冲了过来，埃涅阿斯立即举起一块两个普通人都无法举起的巨石掷了过去。若是他用巨石击中了阿喀琉斯的头盔或盾牌的话，那他也肯定会死于对手的宝剑之下。

这时，坐在赫拉克勒斯围墙上、厌恶特洛伊人的众神，甚至对此也起了恻隐之心。波塞冬说道："如果埃涅阿斯因为听从了阿波罗的话而命丧冥府，那确实是遗憾的。我也害怕宙斯因此而发怒，他虽然憎恶普里阿摩斯家族，但不想把它完全毁灭。这个王族应该通过埃涅阿斯一代一代继续下去。""你可做你愿意做的事，"赫拉回答说，"我和雅典娜，我们发过誓，无论特洛伊人发生怎样的不幸，我们都不会罢手。"

他们的谈话只是瞬间的事。波塞冬投身到战斗中，他隐去身形，把长矛从埃涅阿斯的盾牌上拔了出来，放到阿喀琉斯的脚下，用一团浓雾遮住这位英雄的眼睛。他自己把埃涅阿斯抛起，越过战车和士兵，直落到战场的边缘，那儿特洛伊的同盟军考科涅斯士兵正在作战斗的准备。

"埃涅阿斯，"波塞冬斥责他救出来的英雄，"是哪个神迷住了你的眼睛，竟然去同众神的宠儿，远比你强大得多的阿喀琉斯作战？此后，你一遇到他时就要退避。当他的劫数已到时，你就可以安心地在最前面冲锋陷阵！”说完他离开了，并撤去阿喀琉斯眼前的浓雾。阿喀琉斯惊奇地看到脚下的投枪，并发现敌人已经消失不见。“他在神的帮助下跑掉了，”他愤愤地说，“他的逃跑已经是常事了。”随后他返回队伍，鼓励他们进行战斗。

但在另一面，赫克托耳也在激励他的士兵，随之发生了一场激烈的肉搏战。当阿波罗看到赫克托耳狂热地去迎向阿喀琉斯时，他就在他的耳边提出警告，于是赫克托耳惊恐地返回他的战士中间。但阿喀琉斯在敌人中间冲杀，他的第一支投枪把勇敢的伊菲提翁的脑袋击碎，使后者倒地死去，躺在最前面的一群密集的士兵中间。随后阿喀琉斯射穿了安忒诺耳的儿子得摩勒翁的额头，当希波达玛斯刚一从战车上跃下时，他的长矛又刺穿了对手的背部。

当赫克托耳看到阿喀琉斯把他的兄弟刺倒在地时，他眼前一片黑暗。他不能再长时间不战斗，虽然有神的警告，他依然径直地冲向阿喀琉斯，挥动他的像一道闪电一样发出亮光的长矛。阿喀琉斯一看到他，高兴地叫道：“就是这个人！”他说，“他使我心碎肠断。赫克托耳，我们还要彼此再逃避吗？再靠近些，这样你就会死得更快些！”“我知道你多么勇敢，”赫克托耳毫无畏惧地回答，“我也知道该离你多近。可谁知道，众神不会保佑我的长矛去夺取你残存的性命，虽然它出自一个比你更弱的人之手。”说罢他就把投枪掷向敌人。但站在阿喀琉斯身后的雅典娜，却用轻轻的一口气把投枪吹向赫克托耳，使它无力地落在他脚下。

现在阿喀琉斯冲了过去，朝着敌人刺了过去，可阿波罗用浓雾罩住了赫克托耳，把他拖了开来，冲了过来的阿喀琉斯三次都没有刺中。当第四次又落空了时，他就咆哮起来，喊道：“你又一次逃脱了死亡，你这条狗，一定是向你的阿波罗祈求了庇佑。但若是一个神下次也伴随我的话，那你就再也逃脱不掉毁灭。现在我要去杀死另外一些人。”说毕他就用长矛刺穿得律俄普斯的脖颈，使他栽倒在脚下。随后，他用投枪洞穿了得摩科斯的膝盖，用剑劈开了比阿斯两个儿子拉俄戈诺斯和达耳诺斯的面颊，使他们倒在地上，用长矛刺穿了色雷斯人里格摩斯的肚子，把他的驭手阿瑞托俄斯从战车的座位上一枪挑了下来。这个神一样的英雄在暴怒，他的战马践踏着盾牌和尸体在狂奔。

阿喀琉斯同河神斯卡曼德洛斯之战

当溃逃者和追逐者到达斯卡曼德洛斯河时，一部分逃向前一天赫克托耳战胜希腊人的平原。赫拉在他们上方布下一片浓云，阻止他们继续前逃。而另一部分则冲进咆哮的河流，他们像一群被大火驱赶进水的蝗虫一样挣扎。阿喀琉斯把长矛放在河岸，手执宝剑跳下去追赶。不久河水被鲜血染红，在他的劈击之下，波浪里不时发出呻吟声。他像一头凶残的野兽，当他的双手由于杀人而逐渐变得麻木时，他还把十二个年轻的特洛伊人揪出水面，交给士兵，因为他要用他们在自己的帐篷里来祭献死去的朋友帕特洛克罗斯。

站在特洛伊人一边的河神斯卡曼德洛斯目睹这一情景后，十分恼怒，他在考虑，如何阻止这可怕英雄的为所欲为，解救他所保护的人。这期间，阿喀琉斯手执长矛冲向派俄尼亚人阿斯特洛派俄斯，后者手执两支长矛刚从河中跃出。河神向他的灵魂中注入了勇气，这使他对这个残酷无情的屠夫极端愤怒，并无所畏惧地迎向这个杀人狂。"你是谁，竟敢同我较量？"阿喀琉斯朝他喊道，"只有不幸的双亲的孩子才敢试试我的力量。"阿斯特洛派俄斯回答他说：

“你问我的出身做什么？我是河神阿克西俄斯的孙子，珀勒工是我的父亲。在十一天前我同我的派俄尼亚人来到此地，是特洛伊人的同盟者。但现在，高贵的阿喀琉斯，你得同我作战。”珀琉斯的儿子举起投枪，而阿斯特洛派俄斯却同时掷出了两支投枪，每只手各掷出一支。一支刺中阿喀琉斯盾牌的隆起部，但没有击碎盾牌，另一支却擦伤了对手的右臂肘部，鲜血立即涌了出来。

现在阿喀琉斯才掷出他的投枪，但没有击中敌人，投枪直射入河岸，没进半截。阿斯特洛派俄斯用他强壮的手连拔了三次都没能把它从地里拔出。当他第四次发力时，阿喀琉斯已手执宝剑冲了过来，劈开他的身体，使他呻吟着倒地死去。阿喀琉斯欢呼着把他的铠甲剥下，让尸体成为鳗鱼的食物。

阿喀琉斯立即冲入派俄尼亚人中间。有七个人死于他的剑下，这时斯卡曼德洛斯，河流的主宰者，化身为人形，突然愤怒地从河水深处浮现出来，并向英雄喊道：“珀琉斯的儿子，你这凶残暴虐、毫无人性的家伙！我的河水里塞满了尸体，它都难以流入大海了！”“我听从你，因为你是一位神祇，”阿喀琉斯回答说，“但在我把特洛伊人赶回城里，与赫克托耳进行一场力量与力量的较量之前，我是不会让我的双臂停下杀戮的。”他说毕就冲入溃逃的特洛伊人中间，把他们重新逼回岸上。当他们向河里逃命时，阿喀琉斯重新跳了下去，完全忘记了神的命令。

于是河流狂暴地掀起巨浪，愤怒的河水波涛汹涌，咆哮着把死尸抛到河岸，激浪恐怖地击打阿喀琉斯的盾牌。他用双手抓住一棵榆树，摇晃不停，把它连根拔出，他爬上树干，漂到岸上。但河神用狂涛巨浪紧追不舍，波浪没过了他的双肩，把他脚下的土地冲刷一空。英雄向上天哀告：“众神之父宙斯，难道没有一个神祇可怜我，把我从河流的暴力中拯救出来吗？我的母亲欺骗了我，她曾预言，说我会死于阿波罗的神弓之下。我宁愿被强中之强的赫克托耳杀死，可我却要耻辱地死于河水之中，像一个牧猎人的孩子在冬天涉渡湍流时被水冲走一样！”

他正在这样哀叹时，波塞冬和雅典娜化身为人形，一同来到他跟前，抓住他的手，安慰他说，他命中注定不会死于激流之中。两位神祇再度离开他，但雅典娜给了他力量，使他能从河水中逃命。可斯卡曼德洛斯依然怒气不止，而是掀起越来越猛烈的巨浪，并大声招呼他的兄弟西摩伊斯：“快来，让我俩一同制服这个人，否则的话，他今天就会把普里阿摩斯的卫城夷为平地！起来，帮助我，把山泉召来，鼓动起每一条急流，把你的河水抬高，卷来巨石！他的力量，他的铠甲都救不了他，让他陷在深深的泥淖里，用淤泥埋葬他。我自己抛上贝壳、沙砾和沙土，让希腊人连他的尸首都找不到。这样我就给他堆个坟丘，让希腊人不必给他建造个玫瑰纪念碑了！”在叫喊的同时，他把泡沫、血污和尸体都涌向阿喀琉斯，很快后者就被波浪所吞没。

赫拉看到这个情景，为她的宠儿害怕得大声叫了起来。她十万火急地对赫淮斯托斯说：“亲爱的儿子，只有你的火能制服强大的河流。帮助阿喀琉斯，我自己从海边鼓西风和南风，使恐怖的火焰直冲入特洛伊人的军队中去。但你让河边燃烧起来，把它烧焦。你不要为任何甜言蜜语所打动，不要为任何恐吓威胁而畏缩。这场大火定能制止这场灾难！”

听了赫拉的话，赫淮斯托斯让烈火扑向原野，先是烧毁了死在阿喀琉斯手下的尸体，随后田野枯焦，河水干涸，烧焦了河岸上的榆树、椰树、赤柽和青草。到最后，整个河流本身也烈火升腾，河神斯卡曼德洛斯从河中呻吟地叫喊道：“火神，我并不想与你作战。让我们停止战斗！特洛伊人和阿喀琉斯的争斗与我有什么相干！”

随后他大声地向众神之母哀求："赫拉，为什么你的儿子赫淮斯托斯这么可怕地折磨我？比起那些站在特洛伊人一边的其他神祇，我没有更多的过错。但现在，如果你下命令的话，我愿意安静下来，只是他也要让我安静！"这时赫拉对她的儿子说："停下来，赫淮斯托斯，你不要为了凡人而再继续使一个神祇受苦了！"随后，火神吹熄了烈火，河流退回他的河岸，远处的西摩伊斯河神也使他的河水平静下来。

神祇之间的战斗

另外一些神祇却相反，他们心中燃起了强烈的敌意，彼此之间厮杀起来，使大地震动，使空气四周像喇叭一样轰鸣。坐在奥林匹斯山头的宙斯目睹了这一切。当他看到众神之间爆发了一场剧烈的战斗时，他的心由于兴奋而跳动起来。先是战神阿瑞斯冲在前面，他手执青铜长矛奔向雅典娜，同时用恶毒的语言辱骂："你这不知羞耻的苍蝇，是什么使你如此卑鄙无耻地挑起众神之间的战斗？你知道你是如何唆使堤丢斯的儿子用投枪来伤害我，你是如何用锃亮的长矛来刺伤我不朽的身体的吗？现在我们该来结清这笔账了，你这放肆的家伙！"说罢他敲击他那可怕的神盾，并用长矛刺向女神。雅典娜躲开了，并抓起平原上的一块巨石，击中暴怒的阿瑞斯的脖颈，使他跌倒在地。青铜铠甲叮当作响，他的长发沾满了尘土。雅典娜笑了起来，并欢快地说："蠢家伙，你大概从来没想到，我的力量要胜过你吧，你居然敢和我较量！现在你要为你母亲赫拉的诅咒付出代价了，她恨你居然撤回对希腊人的支持而去保护傲慢的特洛伊人。"

宙斯的女儿阿佛洛狄忒把逐渐缓过气来但依然呻吟不止的战神带出了战场。当赫拉发现他们俩时，她对雅典娜说道："雅典娜，难道你没看见那个好心的爱神竟敢把凶残的屠夫阿瑞斯从这场决战中带走？你不想赶快追上去吗？"于是雅典娜冲了过去，对准温柔的爱神的前胸击了重重的一拳，使她倒在地上，受伤的战神也一同栽倒。"所有那些敢于支持特洛伊人的，都是这样的下场！若是每一个都像我这样的话，那我们早就安静下来了，特洛伊早就在我们手中化为瓦砾了。"当赫拉看到和听到这一切时，脸上泛出了微笑。

现在地震神波塞冬转向阿波罗，说："福玻斯，我们为什么要站得这么远？其他神不都已经开始作战了吗？如果我们俩不彼此较量一番的话，那返回奥林匹斯山对我们可是一种耻辱。你比我年轻，你先开始吧！你犹豫什么？难道你完全忘了，我们为了特洛伊，忍受了多少可恨的事情，比所有的神都多得多？我们俩为傲慢的拉俄墨冬修建了特洛伊城墙，而他对我们的报答却是那样可鄙！你大概不再去想这件事，否则你就会与我们一道去毁灭特洛伊人，而不是去援助那个狡猾的国王的后人！""海洋的统治者，"阿波罗回答他说，"如果我因为那些像风中残叶一样会死去的普通人而与你——令人敬畏的神祇，进行战斗的话，那我还有什么理智可言。"

阿波罗的妹妹阿耳忒弥斯一听到这话就嘲笑说："你要在战场上逃跑，并把胜利拱手让给吹牛皮的波塞冬？你这个笨蛋，为什么肩上要扛上一张弓？它是一文不值的儿童玩具。"但赫拉对她的嘲笑感到恼火："你在想什么？因为你背上有一张弓，就敢与其他神祇进行较量？你竟这样不知羞耻？"她说，"真的，也许你到森林里去射杀一只野猪或一只牡鹿，比鲁莽地去与强大的神祇作战更好些！可因为你如此不知天高地厚，那让你尝尝我的厉害。"她用左手捉住阿耳忒弥斯双手的手腕，用右手扯下她肩上装满箭镞的箭袋，并狠狠地打她的耳光，使箭镞从箭袋叮当地散落满地。阿耳忒弥斯丢下它们，含着泪水逃向奥林匹斯山。她哭着坐在父亲宙斯的膝上，她精美的、散发着芳香的衣服由于四肢的颤抖而飘动不已。宙斯爱抚地把她抱在怀中，露出慈祥的微笑，对她说道："我可爱的小女儿，是哪一个神竟敢欺负你？""父亲，"她说，"你的妻子，凶狠的赫拉侮辱了我，她挑起众神相互厮杀。"宙斯笑了，轻轻抚摩她，安慰她。

但在下界，阿波罗进了特洛伊城，因为他害怕希腊人今天就攻破这座美丽城池的高墙，这是违背命运女神的意志的。其余的神祇都返回了奥林匹斯山，一些人充满了胜利的喜悦，另一些则愤恨和气恼，他们都围着父亲雷霆之神宙斯坐了下来。

阿喀琉斯和赫克托耳在城门前的决斗

白发苍苍的国王普里阿摩斯站在城里一个高耸的塔楼上，看到威武的阿喀琉斯在追赶溃逃的特洛伊人，却没有一个神祇或一个人出来阻挡他。国王哀叹地从塔楼上走下来，提醒城墙的守卫者："打开城门，让所有逃命的士兵都进入城内，阿喀琉斯快接近他们了，我怕会出现一个很糟的结局。"守城的士兵把门闩撤下，大门分向两边，一条救命之路敞了开来。

特洛伊人焦渴难当，灰头土脸地穿过田野向城里逃命，阿喀琉斯手执长矛，像个疯子在后面追赶。这时，阿波罗离开敞开城门的特洛伊，去解救那些祈求他保护的人。他鼓励英雄阿革诺耳——隐身在浓雾中间，紧挨在宙斯圣榉树边，站在阿革诺耳身旁。于是，阿革诺耳就成了特洛伊人中第一个在逃命中停下脚步的人。他在思忖，并自言自语："是谁在追赶你？难道他不也是一个像其他人一样的普通人吗？"他镇静下来，等待冲过来的阿喀琉斯。他举起盾牌，挥动投枪，朝阿喀琉斯喊道："蠢人，你不要想这么快就毁灭特洛伊人的城市。在我们中间还有男子汉，起来保护双亲、妻子、儿女！"

说着他的投枪就击中了阿喀琉斯的锡制护膝，可投枪被弹落了。阿喀琉斯冲向他的对手，阿波罗却把阿革诺耳裹在雾中使他脱身，而自己却施展一个诡计转移阿喀琉斯的追赶方向。他本人化身为阿革诺耳，穿越麦田，向斯卡曼德洛斯河跑去。阿喀琉斯在后面紧追不舍，想在追赶中抓住他。

这期间，特洛伊人顺利穿过敞开的城门逃回城里。很快，城内就挤满了聚集的士兵。没有一个人在等待别人或环顾四周，看看谁得救了，谁战死了。所有的人只对能逃回城内感到庆幸。在这儿，他们拭干汗水，饮水止渴，并且沿着城墙在雉堞旁躺了下来。

可希腊人，肩上扛着盾牌，以密集的队形向城墙奔来。在所有特洛伊人中，只有赫克托耳一人留在斯开亚大门外面，因为这是命运的安排。但阿喀琉斯还一直追赶阿波罗，把他当作阿革诺耳。这时神祇突然停了下来，转过身来，用神的声音说道：“你为什么对我穷追不舍，阿喀琉斯？难道为了我而忘记了去追赶特洛伊人？你认为追逐的是一个人，可你追赶的是一个你不能杀死的神。”阿喀琉斯突然醒悟，他愤怒地叫喊道：“残忍、狡诈的神！你把我从城墙引开！你剥夺了我的胜利荣誉，把他们安全地救了出来，你是一个神，所以不怕复仇，可我多么想对你进行报复啊！”

阿喀琉斯转过身去，像一匹烈马狂暴地扑向特洛伊城。首先看见他的，是重新坐在塔楼瞭望台上的苍老的国王普里阿摩斯。老人用双手捶击前胸，悲哀地朝着站在斯开亚大门外亢奋地等着阿喀琉斯的赫克托耳喊道：“赫克托耳，我宝贵的儿子！你为什么要一个人留在城外，与其他人分开？难道你要自己鲁莽地落入这个杀人狂之手？他已经夺去了我多少勇敢的儿子的性命！快进城来，保护特洛伊的男人和女人，不要用你的死来增加阿喀琉斯的荣耀！你也可怜可怜你那悲惨的父亲，宙斯诅咒他，让他在痛苦中一直活到这般年纪，还要目睹无休无止的灾难！我不得不亲眼看到我的众多儿子被杀害，众多女儿被抢走，我的王宫内室被劫掠，蹒跚学走的孩子们被掷在地上死去，我们的儿媳们被掠去为奴。到最后，我自己躺倒在宫殿的门前，被一支投枪击毙或被一支长矛刺死，而我喂养过的那些狗，则吃我的肉，舐我的血！”

老人从塔楼上向下叫喊，撕扯他那灰白的头发。赫克托耳的母亲赫卡柏也出现在丈夫的身边，撕扯着自己的衣服，哭着朝下喊道：“赫克托耳，想想我对你的抚养，可怜可怜我吧！到墙后面来，去打败那个可怕的人，但不要在墙外与他作战，你这疯子！”

双亲的大声叫喊和哭泣都不能改变赫克托耳的念头，他一动也不动地停在那儿，等候着阿喀琉斯前来。

赫克托耳之死

阿喀琉斯越来越近，像战神一样威严可怕。他右肩上白蜡木杆的长矛在颤动，而铠甲在他周身熠熠闪亮，像一团大火。赫克托耳一看到他，身不由己地感到战栗，无法再静止不动，转过身朝城门奔去。但阿喀琉斯像一头扑向鸽子的雄鹰一般，追了过来。赫克托耳沿着特洛伊城墙，顺着车道逃跑，越过斯卡曼德洛斯河的两股咆哮的源头—— 一股是冷水，一股是热水，围着城墙跑个不停。一个强者在逃，一个更强的人在追，他们围着普里阿摩斯的城墙跑了三圈。众神都在奥林匹斯山上紧张地观望这场戏剧。“你们这些神，”宙斯说，“好好考虑吧，决定的时刻已经到了。现在的问题是，让赫克托耳再一次逃脱死亡呢，还是不管他多么勇敢都让他死。”雅典娜说：“父亲，你想到哪儿去了？你还要一个劫数已到的凡人摆脱死亡？你可随你的意愿去做，但不要希望众神会赞同！”宙斯朝他的女儿点了点头，随后她像一只鸟似的从奥林匹斯山岩上直飞向战场。

赫克托耳还一直跑在他的追逐者的前面，但阿喀琉斯像一条猎狗一样穷追不舍，一点儿也不给他喘气和休息的机会。阿喀琉斯向他的士兵示意，不要向赫克托耳投掷武器，这会夺走他作为第一个也是唯一一个打败希腊人最可怕敌人的英雄的荣誉。

当他俩围着城墙跑到第四圈，抵达斯卡曼德洛斯河的两个源头时，宙斯从奥林匹斯山上立起身来，擎起金色的天平，放上两个死亡的砝码，一个是阿喀琉斯的，另一个是赫克托耳的。他把它们摆正，然后加以称量。赫克托耳这一头低了下来，直倾向冥府。这一瞬间阿波罗离开了，而雅典娜女神走到阿喀琉斯身边，轻声对他说："停下来，休息一下，我去劝说那个人勇敢地与你作战。"阿喀琉斯听从女神的话，拄着他的白蜡木矛杆停住脚步。雅典娜则化身为得伊福玻斯，走近赫克托耳，对他说："啊，我的哥哥，珀琉斯的儿子紧追你不放！来吧，让我来把他击退。"赫克托耳一看到他，便高兴地说道："得伊福玻斯，你一直是我最最忠实的弟弟，而现在我对你更加敬重，因为当其他弟兄躲在大墙后面时，你却敢出城与我站在一起！"

雅典娜向赫克托耳招手，走在他的前边，向正在休息的阿喀琉斯走去。赫克托耳首先向他喊道："我不再逃避你了，珀琉斯的儿子！我的心在驱使我迎向你，我杀死你或者你杀死我！但让众神为证，我们要立下誓言：如果宙斯保佑我得胜，我将不再虐待你，而是在剥掉你的铠甲之后把你的尸体交还给你的同胞。你对我也同样如此！"

"不要讲什么条件！"阿喀琉斯阴恻恻地回答，"正如狮子和人不能结盟，狼和羊之间不存在和睦一样，我们之间也没有什么友谊，我们之中必须有一个血染黄沙！把你的本领施展出来，你必须既是一个投枪手又是一个击剑手。你用长矛给我的人所造成的痛苦，现在得一次性偿还！"

阿喀琉斯一边说一边投出他的长矛，可赫克托耳蹲了下来，长矛从他的头顶飞越过去插入地里。雅典娜拔了出来，立即偷偷地交还给阿喀琉斯，不让赫克托耳看见。赫克托耳也愤怒地把他的投枪掷出，没有落空，击中阿喀琉斯盾牌正中心，但它滑落了。赫克托耳惊愕地转向得伊福玻斯，因为他手中没有第二支投枪可用，但他的弟弟不见了。赫克托耳立即醒悟过来，那是雅典娜在蒙骗他。

赫克托耳意识到，自己的命运现在已经定了，可他不愿意不光彩地死去。他从剑鞘中拔出巨大的宝剑，像一头鹰从空中扑向一只羊羔一样冲了过去。阿喀琉斯并没有等待，他用盾牌掩护自己迎将上来。他的头盔在抖动，羽饰在摇曳，他左手挥动的长枪在闪光。他在窥伺赫克托耳的身体，寻找机会，以便刺出致命的一击。可赫克托耳用夺来的铠甲护得严严的，只有连接肩膀和脖颈的锁骨处，以及咽喉那里，有少许的裸露。阿喀琉斯急速地刺出一枪，狠狠地刺中了他的脖颈，枪尖直穿过喉咙。赫克托耳用最后一口气向阿喀琉斯乞求说：“阿喀琉斯，面对你的生命、你的双膝、你的父母，我恳求你，不要把我弃于船旁让野狗撕碎吞食！随你要多少青铜、黄金，请把我的尸体送回特洛伊，那儿的男人和女人将给予我火葬的荣誉。”

但阿喀琉斯摇摇他那可怕的脑袋说：“你不必面对我的双膝、我的父母恳求什么。你，这杀害我朋友的凶手，即使你的同胞给二十倍的赎金，我也得用你的脑袋去喂野狗！”“我认识你了，”赫克托耳临死前呻吟说，“铁石心肠！当神祇为我复仇，你在斯开亚门前被阿波罗射中倒地，像我现在这样时，你就会想到我的！”说罢这个预言，他的灵魂离开了肉体，飞入冥府。阿喀琉斯朝着死者喊道：“你去死吧，我接受命运的安排，什么时候随宙斯和众神的意愿好了！”说着他就把长枪从尸体中拔出，放到一旁，随后从死者的肩上剥下原属于自己的那副血淋淋的铠甲。

这时，从希腊军队中跑来许多士兵来围观赫克托耳的尸体。阿喀琉斯站在他们中间说道："朋友们和英雄们，众神保佑我征服了这个男人，他给我们造成的灾难比所有其他人合起来的还要多。现在，让我到特洛伊城去显示一下我们的力量，去看看他们会不会把这座城堡拱手让出，或者没有赫克托耳他们也敢于进行抵抗。可我在讲些什么呀？我的朋友帕特洛克罗斯还躺在船上没有安葬呢！男子汉们，唱起凯旋之歌，让我们先把我为朋友杀死的祭品带给他！"

说完这席话，这个残忍的人又重新转向赫克托耳的尸体，在两只脚的脚踝和脚跟之间的肌腱处刺穿个洞，用牛皮带拴上，绑在战车上。随后，他跃上战车，举鞭策马，拖着死尸，直奔舰船，车后卷起一团尘土。赫克托耳刚才还英俊的头颅在沙地上犁出一条宽宽的小沟，头发已乱蓬蓬毁得不成样子。赫克托耳的母亲赫卡柏从城墙上目睹这一惨状，抛下她头上的面纱，悲泣地望着儿子。国王普里阿摩斯也痛哭和悲叹。特洛伊人和同盟军的哀号和恐惧的叫喊响彻整个城市。年迈的国王几乎把持不住自己，在愤怒的痛苦中冲出城门去追赶杀害他儿子的凶手。他倒在地上呼喊："赫克托耳，赫克托耳！你的死使我忘记了被敌人杀害的所有其他儿子！啾，你应该死于我的怀中啊！"

帕特洛克罗斯的葬礼

阿喀琉斯带着敌人的尸体来到舰船，随即就把这尸体脸朝下放到帕特洛克罗斯的灵床旁边。这期间，希腊人都解下了他们的铠甲，成千上万人都坐在阿喀琉斯舰船的四周，参加隆重的殡宴。宰杀牛、羊、猪，阿喀琉斯为战士准备了精美的酒席，而英雄本人则被他的战友从朋友的尸体旁拉走，进入阿伽门农国王的帐篷。这儿有一只巨大的水罐放在火上，供阿喀琉斯洗去四肢上的血污之用。但他顽固地拒绝了，并且立下重誓："不，以宙斯为证，在我为帕特洛克罗斯举行火葬之前，在我剪去头发和为他树立一个墓碑之前，我决不用一滴水弄湿我的额头！最好我们现在就举行悲哀的殡宴。明天到森林中伐树，阿伽门农国王，请求你为我朋友的葬礼备好一切所需，使悲哀的火焰在我们面前很快升起，使士兵们重新做好战斗准备！"诸王满足他的愿望，围坐一起，享用殡宴。随后各自归营就寝，阿喀琉斯却在海滨躺了下来，四周是他的密耳弥多涅斯士兵，这儿的沙滩被海浪冲刷得十分干净。

他躺在沙地上还长时间为死去的朋友哀叹。当他终于入睡时，帕特洛克罗斯在梦中出现了并对他说道："阿喀琉斯，给我造一座坟，我迫切要求进入冥府的大门！直到现在我只是四处游荡，那儿的守卫者不许我入内！在被火葬之前，我无法得到安息。但你必须知道，朋友，你的命运已经安排好了，你将死于离特洛伊城门不远的地方。因此你要造一座能容我们俩并排躺下的坟墓，就像我们俩在你父亲的宫殿一同长大时那样。""兄弟，我向你发誓，按你说的去做！"阿喀琉斯喊道，并向阴影伸出双手，但这个灵魂像一股烟雾一样消失到地里。

翌日，当朝霞升起时，阿伽门农命令士兵和骡子全都离开帐篷，墨里俄涅斯走在前面。在伊得山的高处，他们伐倒了最高的一些树，劈成木材，放到骡子身上，运到山下，驮到舰船旁边。士兵们也扛着木头，到海滨把它们排列起来。现在阿喀琉斯命令密耳弥多涅斯人披上青铜铠甲，套上战车，成千的步兵密集地跟在后面。帕特洛克罗斯的尸体在中间，由战友和朋友抬着，上面覆盖着他的鬈发，这是他们剪下来并撒在他尸体上的。阿喀琉斯双手蒙头，陷入深深的悲哀之中。

他们到达了墓地，把灵床放了下来，整个森林的树木被垒成了一个个葬堆。阿喀琉斯剪下他一绺褐发，凝视着阴沉的海水，他说："欧，我故乡忒萨利亚的斯帕耳刻俄斯河啊，我的父亲珀琉斯许的愿望落空了。我本应该在返乡时为你剪下我的头发，向你有着圣林和祭坛的源头祭祀五十头公羊！河神，你没有听到他的祈求！你不让我返回家园！现在把我的鬈发献给我的朋友帕特洛克罗斯，让他带到冥府去。请不要对我生气！"说罢这话，他就把他的头发放到朋友的双手中，然后走向阿伽门农并说道："请吩咐士兵分散开去就餐，让我们完成殡葬的仪式。"

按照阿伽门农的命令，士兵们分散回到舰船，只有参加殡葬的诸王留在当场。他们用伐倒和砍好的树干垒成一个架子，将尸体置放在上面。用作祭祀的牲畜被抛到木堆上，盛有蜂蜜和香膏的罐子倚在灵床上。随后，从俘虏中挑选出十二个勇敢的特洛伊青年用来祭献给死者，因为阿喀琉斯的复仇是没有止境的。在点燃起火葬堆时，阿喀琉斯向死者喊道："帕特洛克罗斯，愿你在下界得到欢乐，我们许下的誓愿都已完成了！烈火吞噬了十二个特洛伊人，只有赫克托耳还不能这样死去——不是被火烧死，他应该被野狗分食！"

帕特洛克罗斯的火葬堆虽然点燃了，但火焰烧不起来。这时，阿喀琉斯转身向风神玻瑞阿斯和仄费洛斯许愿，献上祭祀，并从一盏金杯中泼洒美酒，祈求他们，使木材熊熊燃起。随后不久，一股可怕的狂风从海上呼啸而来，直冲入火葬堆里。大风整夜围着火葬堆咆哮肆虐，烈火喷吐升腾，这期间阿喀琉斯不断地为死去朋友的灵魂献上祭品。风和火焰在黎明时停了下来，木材化为灰烬。帕特洛克罗斯的骨骸分散地躺在火炭中间，牲畜和其他人的尸骨混杂地散在外围。根据阿喀琉斯的命令，英雄们用红酒把炽热的火灰浇灭，含着泪水把他们朋友的白骨收集在一起，放入一个金色的缸内，放置在阿喀琉斯的帐篷里。随后他们在化为灰烬的火葬堆四周用石头围出一块土地，垒土堆成一个坟丘。

殡葬之后是为了纪念死去的英雄而举行的赛事。自己并不参加比赛的阿喀琉斯号召士兵进行竞赛，项目有赛车、角斗、拳击、赛跑和投枪，优胜者有贵重的奖品，如三脚鼎、炊具、战马、骡子、壮牛和黄金。

普里阿摩斯去见阿喀琉斯

竞赛结束了，集聚起来的士兵散去，每个人都饱餐、酣睡。只有阿喀琉斯彻夜未眠，一直在怀念被埋葬的朋友。他的心静不下来，于是沿着海岸走去。凌晨时他套上战马，把赫克托耳的尸体系在战车上，拖着它围着帕特洛克罗斯的坟墓跑了三圈，随后就把这具尸体放在尘土里。但阿波罗用他神盾的黄金护罩遮住了尸体，使它不受到损害。这期间宙斯命令阿喀琉斯的母亲忒提斯速去希腊军营，通告她的儿子，说众神和他本人对阿喀琉斯如此蹂躏赫克托耳的尸体感到十分愤怒。

忒提斯听从了，她进入儿子的帐篷，坐了下来，一边用手抚摩他，一边温柔地对他说："亲爱的儿子，忘掉苦恼和悲哀，重新振作和欢乐起来，因为你在世上的日子不会很长了。听我告诉你宙斯说的话，他和众神对你虐待赫克托耳的尸体和把它扣留在船旁极为愤慨。我的儿子，快把它交还回去，要一笔巨大的赎金。"阿喀琉斯抬起双眼，直视母亲并说："就这样好了，宙斯和神祇的命令必须照办。特洛伊人可以得到尸体。"

与此同时，宙斯派使者女神伊里斯，带着自己的指示进入普里阿摩斯的城市。她在这儿除了悲哀别无所见。在宫殿的前庭，儿子们围在父亲的四周在哭泣，老人坐在中间，僵直地裹在斗篷里，背上和头上落了一层尘土。女儿和儿媳们都跪在内室，为死去的英雄痛哭。这时，宙斯的使者突然出现在国王面前，她的轻声低语使他的四肢一阵颤抖。她说："你要镇静，达耳达诺斯的后代，不要沮丧！我通知你的不是坏消息。宙斯可怜你，他吩咐你到阿喀琉斯那儿去，向他献上礼品，赎回你儿子的尸体。你单独一个人去，不要任何一个特洛伊人陪伴，除了一个年老的使者。他用骡车把你送去，然后把你和死者一同载回到城内。既不要怕死，也不要惊恐。宙斯派赫耳墨斯去保护你，他会带你去见阿喀琉斯，在那儿他也会保护你的。"

普里阿摩斯相信女神说的话，他命令儿子备一辆骡车，接着进入用香柏木建造的内室——这儿存放有无数的珍宝。随后他喊来妻子赫卡柏，对她说："可怜的女人，宙斯传达消息，让我到阿喀琉斯那儿去，用礼品缓解他的愤怒并赎回我们可爱的儿子的尸体。"老人这样说了，但他的妻子啜泣起来，说道："普里阿摩斯，你平素受人称赞的理智到哪里去了？你相信那个嗜血的杀人狂看到你会产生怜悯之情？我们最好是远远地在家里悲悼我们的儿子，他的命运注定是被野狗吞食！"

"不要阻止我！"普里阿摩斯坚决地说，"只要我能把最最可爱的儿子抱在怀里，哪怕在船边等待我的是死亡也无妨。"说罢这话，他打开箱盖，选出十二件贵重的华丽服装、十二条地毯，同样多的睡袍和精美的斗篷。随后，他称出十塔兰同黄金，拿出四个熠熠闪光的炊具、两座三足鼎和一个珍贵的酒杯——这些是他从前驻在色雷斯做使节时得到的赠品，现在要作为礼物送给阿喀琉斯。他把所有要阻止他的特洛伊人赶出大厅，召集他的儿子们，斥责说："你们这些可耻的人、无用的人，为什么你们没有代替赫克托耳在舰船旁被杀死？！所有好人都死了，只有坏家伙留了下来，流氓、骗子、寻欢作乐之徒，一些挥霍民脂民膏的家伙！马上给我备车，把这些东西放进大篮子，我好上路。"

儿子们惊恐地听从父亲的吩咐，立即牵来骡子，套上车，并把赎金和礼品放到车上。随后他们备好普里阿摩斯本人的马车，唤来陪伴他的年老使者。赫卡柏揪心地呈给国王一个金杯来做祭祀，普里阿摩斯提高了声音，祈祷说："宙斯父亲，伊得山的主宰，让我在珀琉斯儿子面前得到怜悯和宽容！也请给我一个征兆，使我能顺利地走到希腊人的舰船那里！"他的话刚一说完，一头黑翼大鹰展开翅膀疾飞而来，擦过特洛伊城上空。所有特洛伊人看到都大声欢呼，老人信心十足地登上了马车。骡子拉着沉重的四轮车走在前面，由使者伊代俄斯牵着。在使者后面，老人挥鞭策马，亲人都跟在其后，痛哭流涕，仿佛送他去死似的。

车已到了城外，当普里阿摩斯和使者经过老国王伊罗斯的墓碑时，他俩停了下来，让马和骡子在河边饮水。夜降临了，田野一片朦胧。这时，伊代俄斯发现近处有一个人，他惊恐地对普里阿摩斯说："主人，你看那儿有一个人影，我怕他在窥伺，要来杀死我们。我们手无寸铁又年迈，要不我们调转车头赶快逃回城里，要不抱住他的双膝求他饶命。"老人浑身发抖，寒毛耸立。现在这个人影走到跟前，他不是敌人，而是宙斯派来的使者赫耳墨斯。他带来的是幸运，在路上护送那些被神选中的人。他握住国王的手，并不让他认出自己来，说道："老人，在漆黑的夜里你要把你的马和骡子赶到哪儿去？这时人们都在睡觉呀！可你不必担心，我来保护你，你看起来很像我的父亲。"

“真的，现在我看到了，一位神祇的手在保护我。但你是谁，我的好心人？你的双亲是谁？”“我的父亲叫波吕克托耳，”赫耳墨斯回答说，“我是七个儿子中最后一个，一个密耳弥多涅斯人，是阿喀琉斯的伙伴。”“如果你是可怕的阿喀琉斯的伙伴的话，”现在普里阿摩斯极为焦急地说，“那你告诉我，我的儿子是还在船旁边，还是已经被阿喀琉斯抛给狗吃了？”“没有，”赫耳墨斯回答说，“他还在阿喀琉斯的帐篷里。虽然十二个清晨已经过去，每次太阳升起时阿喀琉斯都无情地拖着他，绕着朋友的坟墓走上三圈，可他的尸体一点也没有腐烂。如果你看到他是多么神采奕奕地躺在那儿，宛然如生，身上没有一丝血污，伤口完全愈合，你自己就会感到惊奇的。神祇在他死亡时也在呵护他。”

普里阿摩斯高兴地从车上取出那个精美的杯子。“接受它吧，”他说，“谢谢你对我的保护，请领我去见你的主人。”赫耳墨斯拒绝了这件礼物——没有得到阿喀琉斯的同意，他害怕接受这份馈赠，却跃上马车，坐在国王身边，拉动缰绳挥动鞭子，使他们很快抵达了壕沟和围墙。在这儿他们见到卫兵们正在用晚餐，可赫耳墨斯用手一指，卫兵们都昏睡过去，用手一按营门的门闩就推了开来。普里阿摩斯连同装载礼品的骡车，顺利地来到阿喀琉斯的营房之前。这座营房四周是一片宽敞的空地，外围竖有密密的栅栏。虽然只有一道木闩锁住大门，但它十分沉重，要三个强壮的希腊人才能推上和拉开。可赫耳墨斯打开门却毫不费力，他劝告老人抱住英雄的双膝并以父亲和母亲的名义向他恳求。随后他跳下马车，显示了神祇的身份并消失而去。

现在普里阿摩斯也从车上跳下，把马和骡子交给伊代俄斯。他本人则径直走向阿喀琉斯的住处。这庄重的老人不被察觉地走了进来，奔向阿喀琉斯，抱住他的双膝，吻他的双手——这双手杀死了老人多少儿子啊——望着他的脸。阿喀琉斯和他的朋友惊愕地看着他，老人乞求道："神一样的阿喀琉斯，想想你的父亲，他和我一样年迈，或许也受到邻国的进犯，感到恐惧和无助，像我一样。可他每日都在盼望他亲爱的儿子从特洛伊返回家园。但是我，有五十个儿子的父亲，当希腊人征战到此时，在这场战争中失去了他们中的大多数。到最后，由于你，我失去了唯一能保护城市和我们大家的儿子赫克托耳。为此，我来到这儿，向你赎买他的尸体，我带来了许多赎金。珀琉斯的儿子，请你敬畏众神，请你可怜我吧，想想你自己的父亲！"

老人的这番话唤起阿喀琉斯思念父亲之苦，他温和地握住老人的手。这使老人想起儿子赫克托耳，于是老人伏在他的脚下开始哭泣起来。阿喀琉斯也哭了起来，时而是为了他的父亲，时而是为了他的朋友，整个帐篷响起了一片哭声。终于，高贵的英雄从椅子上立起身来，充满同情地扶起老人并说道："可怜的人，真的，你忍受了多少痛苦，现在你独自一人前来希腊人的船营，并来到一个曾杀死你那么多的勇敢儿子的人面前，这显示了你怎样的勇敢！你胸中一定有一颗钢铁般的心！你先坐在椅子上吧，让我们稍许平息下我们的悲痛，哀伤不会给我们带来任何好处。这是命运，是神祇给我们可怜的凡人规定的命运，要我们去忍受悲哀，而他们却无忧无虑逍遥快乐。忍受吧，不要不停地哭泣，你无法再次唤醒你高贵的儿子！"

普里阿摩斯回答说："宙斯的宠儿，在我的儿子赫克托耳还躺在你的帐篷里而没有安葬之前，不要让我坐下。请你快点把他给我，因为我渴求看到他。希望你喜欢这笔丰厚的赎金，宽恕我并返回你的祖国！"

阿喀琉斯听到他的话皱起眉头说道："啾，老人，不要激怒我！

我愿意把赫克托耳的尸体交还给你，是因为我的母亲带来了宙斯的指示。我也知道，普里阿摩斯，是一个神祇把你领到我们的舰船这里。一个凡人，即使是一个最勇敢的年轻人，怎么会有这样的胆量？因此不要再使我悲哀的心增添烦恼，否则我会忘记众神之父的命令，不会宽容你，啾，老人，即使你如此谦卑地乞求！”

普里阿摩斯战战兢兢，听从了阿喀琉斯的话。但阿喀琉斯像一头狮子一样跃出门外，他的战士跟在其身后。在帐篷前他们从轭中卸下马匹并把使者带了进来。随后他们从车上搬下礼品并留下两件斗篷和一件衣服，用来包裹赫克托耳的尸体。阿喀琉斯让人洗净死者，涂上香膏并穿上衣服。他本人把尸体抬到一张铺放好了的床上，在他的朋友们把死者安放到骡车上时，他呼叫着朋友的名字并说道：“帕特洛克罗斯，如果你在阴间知道我把赫克托耳的尸体交还给他的父亲，请不要发火，不要生我的气。他带来了不菲的赎金，其中也有你的一部分！”

现在他返回帐篷，重新坐在国王的对面并说：“你看到了，现在你的儿子被赎回了，啾，老人，这正如你所希望的那样。他躺在那里，穿上了受人尊重的服装，明天清晨你就可以把他运回。但现在，让我们吃顿晚餐，你还有足够的时间来哭你亲爱的儿子。”

英雄立起身来，走到外边，宰杀了一只羊。他的朋友们把皮剥掉，把肉切成块，用铁钎仔细地串好递了上来。随后他们坐到桌旁，奥托墨冬分配装在一个精致小篮子里的面包，阿喀琉斯分配肉，大家饱餐豪饮。

普里阿摩斯惊奇地观察高贵主人的身材和仪表，他完全像一位神祇。饭后普里阿摩斯说：“高贵的英雄，请为我准备床铺，我渴望睡一个好觉，因为自从我儿子赫克托耳死后，我的双眼就一直没有阖上，而且这也是我第一次吃肉喝汤。”

阿喀琉斯立刻命令士兵和侍女在厅内为老人安排一张床榻，铺上紫色的床垫，上覆有毯子，以柔软的斗篷作为衾被。他们也给使者另备一张床。

这时，阿喀琉斯友好地说："普里阿摩斯，你还要告诉我，为你儿子的葬礼，你想要多少天，这样我就会休息多长时间，我的士兵也会停止进攻。""如果你允许我为我的儿子举行一个葬礼的话，"普里阿摩斯回答说，"那就给我十一天的时间吧。你知道，我们被围困在城市里，必须到远处的山里去运木材。这样我们就需要九天的时间才能做好准备，在第十天我们安葬他并举行殡宴，在第十一天为他建造一座坟墓。在第十二天，如果无法避免的话，那我们就重新开战。""就像你所愿望的这样好了，"阿喀琉斯回答说，"在你所要求的时间里，我不会让我的军队进攻。"说完这话他就离开了老人，在自己的帐篷里躺下入睡。

大家都睡了，只有赫耳墨斯醒着，他在思考，如何避开卫兵把特洛伊国王从舰船这儿带回去。因此他走近熟睡的老人跟前，对他说："老人，你在敌人身边睡得太坦然安心了。你用了许多金钱赎回了儿子的尸体，这是真的，但若是让阿伽门农和其他希腊人知道了，那你的儿子就得用三倍的赎金来赎买你这个活人！"老人为之一惊，他唤醒使者。赫耳墨斯自己套好马匹和骡子，跃上车坐在国王身边。伊代俄斯牵着运载尸体的骡车。他们悄悄穿越军队，不久就远离了希腊军营。

赫克托耳的尸体在特洛伊城

赫耳墨斯一直陪国王来到斯卡曼德洛斯河的浅滩。在那儿，他跃下车，返回奥林匹斯山。普里阿摩斯和使者悲哀又叹息着驱赶国王的马车和载着尸体的骡车进入城里。正是黎明时分，万物还在沉睡之中，没有人看到他们到来。只有卡珊德拉一个人登上城堡，她从远处看到父亲，于是大声地恸哭并呼喊起来，声音在寂静的城市上空发出回响："看呀，特洛伊的男人和女人，赫克托耳回来了，可回来的是一个死的赫克托耳！每当他从战场得胜回来时，你们都向他——活的赫克托耳欢呼；现在你们也要欢迎死去的赫克托耳！"随着她的呼声，没有一个男人或女人留在家里，悲哀使所有人都心碎肠断，他们在城门旁围住骡车大声恸哭。

随后不久，尸体运到国王的宫殿，人们开始准备殡葬。他们很快套好牛车和骡车，集中在城前。他们用九天的时间运送木材，在第十天清晨，在一片号啕大哭中赫克托耳的尸体被取了下来，放到高高的木架上面。木架点燃了，所有的人都聚集在熊熊燃烧的木材四周。当木架烧倒时，他们用酒把火灰浇灭，赫克托耳的兄弟和战友含着泪水从灰烬中拾取他的白骨，集在一起，用柔软的紫色布料包了起来，放进一个金盒子里，葬入墓穴。随后人们堆起一个坟丘，四周都布置好警戒，以防希腊人突袭。当坟墓用土堆成之后，所有的人都返回城里，人们集中在普里阿摩斯的王宫里，举行隆重的殡宴。

彭忒西勒亚

在赫克托耳的葬礼之后，特洛伊人又都聚在城墙的后面，因为他们对无畏的阿喀琉斯的力量十分恐惧，害怕他的靠近。笼罩整个城市的是对失去最高贵的英雄和强大的保护者的哀悼和悲恸，痛苦是如此之巨大，就像特洛伊已被占领者的大火吞噬了一样。

在这担惊受怕的日子里，被围困者得到了意想不到的援助。从忒耳墨冬河那边，阿玛宗女王彭忒西勒亚带来一小队女英雄来到这里支援特洛伊人，她是战神阿瑞斯的女儿。她采取这个行动，一方面是因为她享受男人间战争危险的乐趣，这是这一族女人的天性；另一方面是因为她无意中欠下的血债，这不仅成为她心灵上的重负，也让她的国家将她当成祸害。那是在一次狩猎时，她向一只鹿掷去投枪，却击中了自己的姊妹希波吕忒。于是复仇三女神无时不在追逐她，而无论她对她们如何祭祀，都无法得到宽恕。她希望最好是通过一场众神喜欢的战争来解除这种痛苦，于是她挑选出十二个女伴来到特洛伊，这些女人都像她一样渴求战争和男人间的争斗。可与彭忒西勒亚相比，这些少女虽然美丽非凡，却只能说像她的女奴。这位女王犹如天空繁星中的皎月闪烁出无比的光华一样，她的丰姿和美貌远远超出她的那些女伴。

当特洛伊人从城上看到，披戴青铜盔甲和闪闪发光铠甲的绰约而威武的女王率领她的少女奔来时，他们从四面八方惊羡地拥了过来，在这一小队女人走近时，他们对女王的艳丽目瞪口呆，惊叹不止。她的表情奇妙地把威严可怖与妩媚融为一体：嘴唇上浮现出一种甜蜜的微笑，长长的睫毛下那双鲜灵的眸子像阳光一样闪闪发亮。她的双颊泛出一层庄重的红晕，整个面庞显示出一种少女的娴雅和战斗的热情。此前特洛伊人是那样悲哀，而现在目睹这一景象却兴高采烈。甚至国王普里阿摩斯悲痛的心又重新变得愉快一些了，但他的喜悦是有节制的，因想起失去许多出色而且英俊的儿子而被冲淡。

他把女王领入他的宫殿，把她当成自己的女儿般盛情地款待。他吩咐送上为她挑选出来的珍贵礼品，并答应她，一旦她顺利地解除特洛伊的危险，还要送给她更多的馈赠。可阿玛宗女王却从她坐的高贵椅子上站了起来，立下一个任何凡人都不会想到的誓言：她向国王保证会杀死神一样的阿喀琉斯，她要消灭所有希腊人，火烧敌人的所有舰船！

这时天已黑了，在女英雄们已从征途的疲劳中恢复过来并饱餐畅饮之后，王宫的女仆为女王和她的女伴准备了舒适的床榻，彭忒西勒亚不久就沉入梦乡。这时遵照雅典娜的命令，一幅催命的景象出现在她的梦中：她自己的父亲战神阿瑞斯出现了，敦促她赶快与阿喀琉斯进行决战。当这位少女瞥见这个乔装的面孔时，她的心在胸中跳个不停，希望就在今天完成这项巨大的事业。她一醒来就立即从床上跳下，披上阿瑞斯送给她的熠熠发光的肩甲，束上黄金的胫甲，围上光华耀眼的胸甲，系上剑带——那上面挂着一柄装在由象牙和白银制成的剑鞘里的利剑。随后她拿起铿亮的盾牌，戴上头盔，上面的金黄羽饰在摇曳不停。左手执两支投枪，右手擎一柄双刃战斧，这是从前纷争女神送给她的武器。她这样全副武装从王宫中冲了出来，就像宙斯从掌中由奥林匹斯山上抛出的一道电光一样。

她欢叫着从城墙冲出，激励特洛伊人进行光荣的斗争。此前不敢面对阿喀琉斯的人们响应她的召唤，立即聚集起来。彭忒西勒亚本人则跃上一匹骏马，它跑起来像旋风女神一样飞快。她冲向战场，所有女伴同样骑在马上尾随而来。整个特洛伊军队都拥在她们周围。留在王宫的国王普里阿摩斯向上高举起双手，对宙斯进行祈祷："听我说，瞰，父神啊，让希腊士兵今天就在阿瑞斯女儿面前毁灭吧，但要让她本人平安地返回我的宫殿。为了你强大的儿子阿瑞斯的荣誉，为了他那神祇所生并且本人也像不朽的神祇一样的女儿，保佑她吧；也为了我，我遭受如此多的不幸，那么多英俊的儿子死于希腊人之手，请保佑我吧！保佑古老的城市特洛伊不被毁灭吧！"他的祷告刚一结束，一只尖叫的雄鹰从左上方朝他飞了过来，它的爪中抓着一只被撕碎的鸽子。这凶兆使国王心惊肉跳，胸中的希望全都破灭。

这时，希腊人在他们的船营里看到特洛伊人冲了过来，他们像群从山上冲向羊群的狂暴野兽一样。几天来希腊人已经习惯特洛伊人的怯懦了，今天的这番景象令他们震惊，他们急忙拿起武器，兴奋地冲出船营。

血腥的战斗很快就展开了。长矛相刺，胸甲相撞，盾牌相击，头盔相碰，特洛伊大地上又被鲜血染红。彭忒西勒亚在希腊英雄中横冲直撞，她的那些女战士奋勇争先。她本人杀死了摩利翁和另外七个英雄。但当阿玛宗的克罗地亚砍倒波达耳刻斯的朋友墨尼波斯时，强大的波达耳刻斯愤怒至极，他一枪就刺中她的臀部。彭忒西勒亚急忙用剑去砍他擎枪的手，但已来不及了，她的女战士倒地而死，波达耳刻斯救出了被抢走的朋友墨尼波斯。

现在幸运转向了希腊人一边。伊多墨纽斯用长枪刺中阿玛宗人布瑞穆萨的右胸。墨里俄涅斯杀死了欧安涅拉和特耳摩多亚。俄琉斯的儿子埃阿斯把狄里俄涅毙于手下。堤丢斯的儿子狄俄墨得斯剑劈阿耳喀比亚和得里玛喀亚，把她俩的头颅从肩膀上砍掉。随后战斗转向特洛伊人。斯忒涅罗斯杀死了来自色斯托斯的卡比洛斯，帕里斯朝他射出了一箭，可落空了，它飞了过去，被坚固的盾牌转移了方向而击中了另一个希腊英雄杜刹喀翁人欧厄诺耳，使他倒地死去。他的遭遇激怒了杜刹喀翁人的领袖墨革斯。他像一头狮子般迅猛，猛地扑了过来，使特洛伊人惊慌逃走。他杀死了特洛伊人的盟友和一些他的长矛所及的特洛伊人。一场可怖的喋血鏖战杀得天昏地暗，在这一天双方都有许多人战死战场。

彭忒西勒亚还一直在希腊人中间往来驰骋，她所向披靡，在她面前人群纷纷后退。这个胜利者扬扬得意，朝他们喊叫：“你们这群狗，今天就要你们为加于普里阿摩斯国王的耻辱付出代价。野兽和飞鸟来撕扯吞食你们腐烂的尸体，没有一个人能回到家里见你们的女人和孩子，你们死无葬身之地！狄俄墨得斯在哪儿？忒拉蒙的儿子埃阿斯在哪儿？阿喀琉斯在哪儿？这都是你们军队中最勇敢的人，他们都在哪儿？为什么他们不来和我进行较量？”她叫喊着并轻蔑地冲进希腊人中去，时而挥动战斧，时而掷出投枪。普里阿摩斯的一些儿子和特洛伊最勇敢的人紧跟在她的后面。希腊人无法阻挡这种冲击，他们像被狂风卷起的落叶般相继倒下。不久战场上希腊人尸横遍野，特洛伊人的战车像碾谷一样践踏倒下去的人和死者。

但这场战斗的喊叫声既没有传到强大的埃阿斯那里，也没有被神祇之子阿喀琉斯听到。两人都在远处帕特洛克罗斯的墓旁，他们在思念他们死去的朋友。命运已经做了安排，使阿玛宗女王还有一两个小时的幸运，并要她带着光荣死去。

特洛伊的女人都站在城墙上，因这个姊妹的战绩武功惊羡不已。其中之一，勇敢的特洛伊人提西被诺斯的妻子希波达弥亚，突然燃起了战斗的渴望。她说："姊妹们，我们为什么不去战斗，像我们的丈夫一样，为祖国、为孩子、为我们自己去战斗？我们不要落在特洛伊青年男子的后面。我们也像他们一样有力量，眼睛与他们的同样敏锐，双膝和他们的同样坚定，阳光、空气和食物像属于他们一样地属于我们，为什么我们不能与他们一样作战？难道你们没有看到那儿的那个女人远远胜过所有的男人吗？可她还不是一个特洛伊人呀，她在为一个异国的国王，为一座并不是她的故乡的城市而战，毫不在乎那些男人，勇往直前，狠狠打击敌人。而我们若是投入战场，却是为了我们自己的幸福去战斗，是为了我们自己的苦难去复仇。我们之中，有哪一个在这场不幸的战争中没有失去孩子、丈夫，或者父亲？有哪一个没为兄弟或者近亲哀悼过？如果我们的男人被打败了，那除了去做奴隶，在我们面前还有更好的出路吗？为此，我们要毫不犹豫地参加战斗。如果我们的丈夫战死，我们的城市变成一片火海，与其让我们和我们的孩子被掠去当作敌人的战利品，我们宁愿战死！"

希波达弥亚的这番话激起了女人们的战斗欲望。她们放下了手中的毛线和织物，像一窝蜜蜂似的跑回家中，拿起武器。如果不是王后赫卡柏的妹妹，安忒诺耳的妻子忒阿诺，反对她们的草率之举并用明智和聪明的言辞说服她们的话，那她们全都会成为鲁莽行为的牺牲品。

在此期间彭忒西勒亚继续大开杀戒。希腊士兵在她面前心惊胆战，英雄们落荒而逃。垂死者哀叫不已，阿玛宗女王的长矛所到之处，人们纷纷栽倒。

特洛伊人越来越大步紧逼，他们已经抵达离希腊人舰船非常近的地方并已开始焚烧某些设备。这时，忒拉蒙的儿子，强大的埃阿斯终于听到了战斗的喊叫声。他从帕特洛克罗斯坟丘旁抬起头来，对阿喀琉斯说道："兄弟，我耳边不断地传来厮杀声，好像什么地方发生了一场危险的战斗！让我们去看看，别让特洛伊人逼近我们，烧了我们的舰船！"这句话提醒了阿喀琉斯，他现在也听到了哀号声。两人急忙披上熠熠发亮的铠甲，武器在闪光，战斗的热情在燃烧，向着人声鼎沸的地方走去。

他俩怀着火热的激情投入战斗。埃阿斯冲向敌人，他的长枪很快就杀死了四个特洛伊人。阿喀琉斯却转向阿玛宗人，用他的宝剑杀死了四个少女。随后两人一同冲进敌人的军队中，没用多大力气就把刚才还密集在一起的敌人杀得七零八落。

彭忒西勒亚一发现这种场面，就暴怒地冲了过来，像是一头豹子奔向猎手。他俩却挺起身来，身上的青铜铠甲叮当作响，他们擎起了自己的长枪。这个阿玛宗女人首先把她的投枪掷向阿喀琉斯，英雄的盾牌挡住了它并使它裂为碎片。现在她把第二支投枪掷向埃阿斯并向两位英雄叫喊："即使我的第一支投枪没有成功，那这第二支就会结束你们这两个牛皮大王的力量和性命，你们再也无法自吹是希腊人中最最强大的人了。现在要让你们知道，一个女人远比你们两个加在一起还要强大！"她的长枪击中埃阿斯的银制铠甲，却无法刺伤皮肤，因为它从金属制的护腿上弹落下来。现在埃阿斯冲向特洛伊人，而把这个女敌人留给阿喀琉斯。

当彭忒西勒亚看到她的第二支投枪也失败了时，她大声地叹了一口气。但阿喀琉斯用目光打量她并朝她喊道：“告诉我，女人，你怎么如此狂妄，胆敢来向我们——世上最强大的英雄进行较量？我们是雷神宙斯的后代，赫克托耳见我们都心惊胆战并且被打倒在地。当你今天用死亡来威胁我们时，你必定是疯了，看吧，你最后的时辰已经到了。”说着话，他就朝她逼近，挥动无坚不摧的长矛。它深深地击中彭忒西勒亚的右胸上部，鲜血很快从伤口喷涌而出，她的四肢变得无力，战斧从手中滑落，她的眼前变得一片漆黑。可她还是又一次站了起来，紧盯着正向她冲来的敌人的面孔，他要把她从奔逃的战马上拖下来。她瞬间思考了一下：是从剑鞘中拔出宝剑抵抗，还是向胜利者乞求活命？但阿喀琉斯不容许她有时间考虑。他被她的傲慢所激怒，一枪就连人带马刺个透亮，彭忒西勒亚倒在地上死去。

特洛伊人看到他们的女英雄死去，都慌乱地向城门奔去，对阿玛宗女王和他们自己的许多亲人之死哀伤不已。但阿喀琉斯欢快地叫道：“你这可怜虫，躺在那儿好了，去喂秃鹰和野狗吧！是谁要你来同我作战？你是希望从普里阿摩斯国王手里得到大量的财宝，来作为杀死那么多希腊人的奖赏吧？可你得到的是另外一种报酬！”他说着就把长枪从她身上和马身上拔了出来。随后他摘下她头上的战盔，打量死者的面孔：虽然被血渍和泥土所玷污，但她的表情就是死时也依然雍容高贵，围在尸体四周的希腊人都不能不对这少女的超凡美丽赞叹不已。阿喀琉斯长时间望着她，一阵痛苦袭上心头。他必须承认，他真不该把她杀死，而应当把出色的她带回佛提亚做他的妻子。

阿特柔斯的儿子阿伽门农和墨涅拉俄斯对死去的阿玛宗女王充满同情和敬仰，他们允许把她的尸体交还给普里阿摩斯国王。普里阿摩斯在城前为她搭起了一个巨大的火葬架，把女王的尸体连同许多珍贵的礼品一起放到上面。随后他点燃木头，烈火熊熊烧了起来。当尸体已被烧成灰烬时，环立在四周的特洛伊人用甜酒熄灭了火焰。然后他们把彭忒西勒亚的遗骸集在一起，放进一个小匣子里。他们号啕大哭，并列队隆重地把骨灰匣送到位于巍然耸立在高高的塔楼旁拉俄墨冬国王的墓穴中。与她葬在一起的还有她的十二个在与男人的战斗中死去的同伴，因为阿特柔斯的两个儿子也使她们享得这份光荣。在另一方，希腊人也埋葬了他们的死者，他们特别为死去的波达耳刻斯感到悲痛，他是被赫克托耳杀死的普洛忒西拉俄斯的兄弟。随后他们返回船营，大家从心里感谢阿喀琉斯，这位伟大的英雄又一次成了希腊人的拯救者。

门　农

升起的太阳照耀着特洛伊，一座灾难深重的城市。特洛伊人警觉地坐在城墙上，他们害怕强大的胜利者随时会用云梯登上城墙，把他们古老的家园变为灰烬。这时，一个名叫堤摩忒斯的老人站了起来说道："朋友们！我殚精竭虑，也想不出有什么办法能使我们摆脱毁灭。自从赫克托耳死于战无不胜的阿喀琉斯之手以后，就是神祇来救助我们，他也会在战斗中死去的。阿喀琉斯不是把所有其他希腊人都当成猛虎般害怕的阿玛宗女王杀死了吗？她是那样令人敬畏，使我们大家都相信她是一位女神，一看到她的面容我们就由衷地感到欢欣。可让人惋惜的是，她是一个凡人，也会死去！这样我们就得考虑一下，如果我们离开这座注定要灭亡的城市而去寻找一个更安全些的住处，使残暴的希腊人无法靠近我们，这样做是不是对我们更好！"

普里阿摩斯在会议中站了起来，对他说："亲爱的朋友，所有的盟友们！让我们不要怯懦放弃我们亲爱的城市。如果我们想在公开的战斗中突破包围我们的敌人的话，那得冒更大的危险。我们最好是等待，埃塞俄比亚人门农已同他的军队在路上了，他是来救助我们的！我向他派出使节已有很长时间了，因此，请再等一段时间。即使你们都在战斗中死去，也胜似在异乡屈辱地生活下去！”

这时英雄波吕达玛斯站出来表达他的意见。“如果门农真的来了，”他说，“那我没有什么可反对的！但是我怕这个人连同他的伙伴都会在我们这里死去，给我们带来的只是更多的灾难。可我也决不同意离开我们父辈的国家。最好的办法依然是，我们把海伦连同她从斯巴达带来的一切，在敌人掠夺走我们的财富和焚烧我们的城市之前，都重新交还给希腊人！”

特洛伊人在心里都欢迎这种讲话，可他们不敢公然地去反对他们的国王。此时，海伦的丈夫帕里斯站了起来，他指责波吕达玛斯最为怯弱胆小：“一个提出这样建议的人在战场上必定是第一个逃跑的人。特洛伊人，你们想一想，赞成这样的建议是不是明智的。”

波吕达玛斯知道得很清楚，帕里斯宁愿在军队中激起一场兵变，甚至宁愿去死，也不会放弃海伦。为此他一声不响，整个会议与他一样陷入沉默。会议还在进行讨论期间，传来了好消息，门农已经到了。特洛伊人一片欢腾，但尤为高兴的是普里阿摩斯国王，因为他毫不怀疑，人多势众的埃塞俄比亚人一定会烧毁敌人的舰船。

因此，当晨光女神厄俄斯的儿子门农到达的时候，国王和王室的人给了他丰厚的礼品并设盛宴对他进行款待。宾主之间的交谈越来越欢洽，他们共同悼念死去的特洛伊英雄。门农讲述了他的双亲厄俄斯女神和提托诺斯，讲述了无边的海洋和大地的尽头，讲述了太阳的升起和他走过的遥远之路：从大洋的海岸直到伊得山的顶峰和普里阿摩斯国王的这座城市。

特洛伊国王高兴地谛听他讲述的一切，热情地握住他的手说道："门农，我感谢众神，他们使我这个老人有幸见到你和你的军队，并让我在宫殿里款待你本人。真的，你超凡出众，更像是神祇，因此我坚信你会大开杀戒消灭敌人！"在说这番话的同时，国王举起一只纯金酒杯，与这位新的同盟者一饮而尽。门农惊奇地观察这只精致的金杯，这是赫淮斯托斯的一个杰作，并成为特洛伊王室的传家之宝。随后他回答说："在欢宴的场合里不适于去说大话和做出保证，因此我不能对你做出许诺。啾，国王，我现在还是静静地去品尝精美的菜肴并为必要的事情做好准备。一个人是不是英雄，必须在战场上表现出来。可现在我们很快要去休息，因为过度享受美酒和一个狂欢之夜对一个期待着决定性战斗的人是有害的！"说毕冷静的门农站了起来，普里阿摩斯并不勉强他的客人再留一些时候。其他的客人也退出，所有的人都各自安寝入睡。

就在世上凡人沉入梦乡时，众神还依然聚集在宙斯的奥林匹斯山宫殿里，并讨论特洛伊的战事。对未来像对当前发生的一切一样清楚的宙斯最后说话了："你们无论怎样关心希腊人或者特洛伊人，都是没有用处的。你们还会看到双方有无数的人马在战斗中毙命。不管你们心里是怎样地同情某些人，但都不要向我求情，无论是为儿子还是为朋友，因为命运女神是冷酷的，对我和对你们都是一样的！"

没有一个神祇敢于去反驳众神之父。他们沉默地离开宴会，每一个神祇都悲哀地倒在床上，直到睡眠怜悯地把他们带入梦乡。

翌日清晨，只有黎明女神厄俄斯勉强地升上天际，因为她也听到了宙斯所说的话，她的心在向她预示，等待她儿子门农的是一种什么样的命运。但门农很早就醒来了，他几乎迫不及待地要去为他的朋友进行决定性的战斗。特洛伊人也身披铠甲，与来自埃塞俄比亚的客人一道迅疾地冲出城门，直杀向战场。路上人群密集，脚下尘土飞扬。

希腊人从远处看到他们蜂拥而来，都感到惊讶，于是迅速地拿起武器，奔了出来。阿喀琉斯站在他们中央，骄傲地坐在战车上，像是一个提坦神，如同宙斯手中的雷电一样。但特洛伊人队伍同样威武雄壮，无数的士兵都聚集在门农的周围，听从他的命令，充满了战斗的激情。于是战斗开始了：两支军队像两片大海一样迎头相撞，像咆哮的海浪彼此翻卷在一起。剑声铿然，长矛呼啸，战斗的厮杀声震天动地，不久两支队伍中倒下的人发出尖厉的哀号。很快特洛伊人在阿喀琉斯的枪下一个接着一个倒了下去。可门农也像一个可怕的灾星一样在希腊士兵中大开杀戒，给他们带来了哀叫和死亡。涅斯托耳的两个高贵的伙伴死在他的手下，现在他逼近这个来自皮罗斯的老者本人，看来涅斯托耳必会死于这个埃塞俄比亚人的长枪之下，因为他的战车的一匹马刚好被帕里斯一箭射伤。当门农捡起枪向他奔来时，他的战车已无法驶行。涅斯托耳惊恐地喊他的儿子安提罗科斯前来救命。他的叫喊声传了过去，救父心切的儿子火速地飞奔过来，挡在父亲的胸前，把他的投枪掷向门农。门农躲开了，投枪却击中了他的朋友——皮拉索斯的儿子厄托普斯。于是门农向他掷去一块石头，可碰在他的头盔上弹落了下来。现在门农用长枪刺穿了他的心脏，安提罗科斯用自己的死亡挽救了父亲的性命。

希腊人看见他倒地死去，都感到极为悲痛。但感到痛不欲生的是做父亲的涅斯托耳，因为正是为了他，儿子才在他眼前死去。但他保持足够的冷静，把另一个儿子特拉绪墨得斯喊来，保护兄弟的尸体。在战斗的厮杀声中特拉绪墨得斯听到了召唤，他同斐柔斯一道赶来与厄俄斯发疯似的儿子战斗。门农笃定地让他俩靠近自己，他们的投枪都从他的铠甲旁掠过，因为他的神祇母亲给他的铠甲施加了保护的咒语。这些投枪击中的都不是要击中的目标。

这时，门农准备去剥取被杀死的安提罗科斯的铠甲，希腊人都毫无作为地围在他的四周，就像一群嚎叫的野狼观望着一头被狮子撕食的牝鹿一样。当涅斯托耳看到这种情形时，他大声地哀号起来，呼喊他的其他朋友，而他本人也跳下战车，要用衰弱的力气为保护儿子的尸体而战。可门农看到他奔来，却自动地避开他，就如同看到自己的父亲一样，充满了敬畏之情。"老人，"他说道，"你不适合与我交手！从远处看我把你当作一个年轻的战士，因此才向你掷出了投枪，但现在我看到你太老了。离开战斗，避开我，我不忍心把你杀死，让你同你的儿子死在一起！如果你敢在这样一场力量悬殊的斗争中进行冒险，那人们一定会骂你是一个傻瓜！"但涅斯托耳回答说："你说得不对，门农！一个人为他儿子的死而悲愤和起来战斗，并要把残暴的凶手从他儿子的尸体旁赶走，没有人会说他是傻瓜！啾，你把我错当成一个年轻人了！现在的我当然像是一头衰老的狮子，连守护羊群的家狗都敢跟它较量！但是，我还能战胜许多人，我的年纪使我避开的人只是少数几个！"随后他退了回去，让他的儿子躺在地下。门农与他的埃塞俄比亚人在战场上继续冲杀，所向披靡。

涅斯托耳转身走向阿喀琉斯。"希腊人的保护者，"他说，"你看，我死去的儿子躺在那里，门农已夺走了他的武器，他很快就要被野狗吞食！快去救助他，因为只有去保护死去的朋友才是一个真正的朋友！"阿喀琉斯注意倾听，当他看到这个埃塞俄比亚人如何把希腊人一群一群地斩杀时，他痛苦得无法自持。现在他果断地冲向门农。门农看到他奔来，就从地上搬起一块巨石，把它掷向敌人的盾牌。但石块被弹落了，而阿喀琉斯把战车留在后面，自己徒步逼向门农，并用长枪刺中了他的右肩。这个埃塞俄比亚人毫不在意这一击，而是疾步冲了上来，用他有力的长矛刺中了阿喀琉斯的胳膊，使英雄血流如注。这时门农扬扬得意，高兴地大叫起来：“可怜虫，你那么无情地屠杀特洛伊人，现在你面对的是一个你无法战胜的神之子，因为我的母亲厄俄斯是奥林匹斯山的一个女神，要比你的只喜欢与海怪为伍的母亲忒提斯高贵得多！”但阿喀琉斯只是微笑地说道：“最后的结局会说明，我们中谁出身于更高贵的父母。现在，我要为年轻的英雄安提罗科斯向你报仇，就像我曾为我的朋友帕特洛克罗斯向赫克托耳报仇一样！”

随后，他用双手握起那支巨大的长矛，向门农刺去。他们厮杀在一起。宙斯在这一刻使他们变得比常人更强大、更有力，精神也更加旺盛。他们都刺不中对方，彼此逼近对手，连头盔上的羽饰都碰在一起。他们时而力图在铠甲上方刺伤敌人，时而想在盾牌下面把敌人刺伤，但都没有成功，铠甲叮当作响。埃塞俄比亚人、特洛伊人和希腊人的厮杀声直冲云霄，尘土在他们脚下飞扬。在英雄们相互厮杀的时候，士兵们之间的战斗却停了下来。

从圣山高处俯视下界的奥林匹斯众神，对这场不分高下的战斗十分高兴，有的是为阿喀琉斯的强大，有的则是为门农的勇敢。若不是宙斯召来两个命运女神并命令她们把黑暗降于门农，把光明照向阿喀琉斯，那很快就会在众神之间爆发一场争吵。奥林匹斯山上的众神一听到这个命令就大声叫了起来，有的是由于喜悦，有的是因为悲痛。

但两位英雄依然在继续厮杀，毫不顾及命运女神的光顾。他们时而用长枪，时而用宝剑，时而用石头进行攻击，没有一个退缩，都像崖石一样坚定。在他俩左右的伙伴也同样杀得难解难分。但阿喀琉斯终于胜利了，他把长枪刺入对手的前胸，直透到后背，门农沉重地栽倒在战场上。

现在特洛伊人开始逃跑了，紧追不舍的阿喀琉斯像一股飓风似的尾随而来，他把门农的尸体交给朋友去剥下铠甲。厄俄斯在天上长叹一声，把自己裹在浓云之中，使大地变得一片黑暗。她的孩子们，各式各样的风，遵照她的吩咐飞下平原，卷起门农的尸体，并把它从敌人的手中夺走。当他被风裹住升向空中时，除了流淌下的滴滴鲜血，没有任何东西留在世上。那些不愿与死去的国王分离开来的埃塞俄比亚人紧跟在后大声哭喊，直到国王的尸体从惊愕的特洛伊人和希腊人的眼中消逝才停了下来。风把门农的尸体放置到埃塞波斯河的河岸旁，河神的女儿们，一群妩媚的姑娘为他在一片幽美的丛林中建立起一座坟墓。从天而降的厄俄斯与另外一些仙女一起，含着热泪把她的儿子安葬在这里。返回城里的特洛伊人也为门农之死悲恸万分，甚至希腊人也毫无纯粹的喜悦可言。他们虽然赞颂军队的骄傲——胜利者阿喀琉斯，但他们同涅斯托耳一道，也为他可爱的儿子安提罗科斯而哭泣。这样，悲痛和欢乐使他们在战地上彻夜不眠。

阿喀琉斯之死

翌日清晨，安提罗科斯的尸体在一片悲哀声中由他的同胞抬到舰船，安葬在赫勒斯滂的海岸。白发苍苍的涅斯托耳十分镇定，他控制住自己的悲痛，可阿喀琉斯难以平静下来。朋友的死激怒了他，驱使他天一破晓就扑向特洛伊人，他们尽管对神一般的阿喀琉斯的长枪十分惊恐，但依然奋不顾身地打开城门投入战斗。很快就又杀得天昏地暗，英雄杀死了大量的敌人，直把特洛伊人追到城下。他的超人力量使他相信自己能把城门从门轴中抬起来，为希腊人打开进入普里阿摩斯城市的通路。

福玻斯·阿波罗从奥林匹斯山上看到了被阿喀琉斯杀死的无数士兵，他愤怒至极。他像一头发疯的野兽，从神座上冲了下来，背上装有致人死命的箭镞的箭袋。箭袋里的箭镞叮当作响，他的眼睛在冒火，他的步伐使大地震颤。随后他站在阿喀琉斯的身后，发出可怕的声音："放开特洛伊人，珀琉斯的儿子，不要如此疯狂！你要当心，不要让一个神祇把你毁灭！"阿喀琉斯听出了这个神祇的声音，但他并不惧怕，毫不在乎这种警告，他大声朝阿波罗喊道："难道偏要激怒我去与神进行战斗？你为什么总是去偏袒那些特洛伊的坏蛋？当你第一次让赫克托耳在我面前逃脱时，你已经使我够恼火的了。我劝你远远离开，到众神那儿去，别让我的长枪击中你，哪怕你是一个不死的神祇！”

说罢这番话他就转身而去，重又追向敌人。愤怒的阿波罗隐身在一片黑云之中，弯弓搭箭，从浓雾中一箭射中阿喀琉斯易受伤害的脚踵。一阵剧痛直从脚跟涌上心头，他像一座毁了地基的高塔一样栽倒在地。他躺在那里环视四周，用尖厉可怖的声音喊道：“是谁从远处朝我射出卑鄙的一箭？有胆量跟我面对面地进行较量！胆小鬼总是从暗处偷袭勇士！好好听着，即使他是一个对我恼火的神祇！我想出来了，这是阿波罗干的。我的母亲忒提斯曾对我说过，我会在斯开亚城门前死于阿波罗的神箭之下，她说的话应验了！”

英雄呻吟不止，他从致命的伤口中拔出了箭镞。当他看到黑血不断涌出时，他愤恨地把它抛得远远的。阿波罗把箭镞拾了起来，隐身在浓云中返回奥林匹斯。他从迷雾中现身并重新混在众神之间。希腊人的朋友赫拉发现了他，极为愠怒地责备他说：“福玻斯，你干了一件坏事！你毕竟参加过珀琉斯的婚礼，像其他神祇一样，享受美酒佳肴并高声吟唱，为珀琉斯的后代祝福。可你却袒护特洛伊人，并最后杀死了他唯一的儿子！你这样做是出于嫉妒。你这愚蠢的家伙，今后有何脸面去见涅柔斯的女儿？”

阿波罗一声不响，离开众神坐到一旁，垂下头去。深色的血液还依然在阿喀琉斯强壮的四肢中沸腾，他渴求着战斗，没有一个特洛伊人敢于靠近这个受伤的人。他从地上一跃，再一次站了起来，挥舞起长矛，冲向敌人中间，击中了他的老对手——赫克托耳的朋友俄律塔翁，矛尖直刺入大脑。随后他的矛又刺中了希波诺斯的眼睛，穿透了阿尔卡托俄斯的面颊，还杀死了许多逃跑的人。但随后，他的四肢变冷了，他不得不停下来，拄枪而立。特洛伊人慑于他的面容和声音而纷纷逃命，他雷鸣般的吼声在那些逃跑之人的身后响起：“逃命吧！就是在我死后，你们也逃不开我的长矛，我的复仇之神将惩罚你们！”特洛伊人惊慌失措，抱头鼠窜，因为他们还认为他依然没有受伤。但他的四肢变僵了，他栽倒在一群死者之中，大地发出轰鸣，他的铠甲铿锵作响。

帕里斯首先发现了他的死。他大声欢呼，提醒特洛伊人去抢尸体，于是一大群士兵集聚到死者四周。但英雄埃阿斯守护住尸体，把那些靠近的敌人用长矛挑得远远的，每当有一个人来同他战斗时，就必定受到他致命的一击。到最后，埃阿斯已不只是保护尸体了，而是冲向特洛伊人，在他们中间大开杀戒。吕喀亚人格劳科斯也倒了下来，死于强大的埃阿斯的长矛之下。高贵的特洛伊英雄埃涅阿斯也受了伤。与埃阿斯一同作战的有俄底修斯和其他的希腊人，但特洛伊人的抵抗越来越顽强。俄底修斯感到右膝受了重伤，鲜血已从闪亮的铠甲中不断涌出；帕里斯这时竟敢突然用长枪刺向埃阿斯。但埃阿斯一发现就抬起一块巨石，掷向他，击中了他的头盔，使他躺倒在地，箭镞从箭袋中撒得遍地都是。他呼吸微弱，气息奄奄，朋友们仅来得及把他抬到战车上，用赫克托耳的战马把他拉回城里。埃阿斯把特洛伊人都赶回城里，这时他跨过横陈遍地的尸体、血泊和散落的铠甲直向赫勒斯滂奔去。

在这期间诸王把阿喀琉斯的尸体从战场上抬到舰船，围在他的四周，陷入无尽的悲痛之中。奔跑而来的埃阿斯号啕大哭，他为失去一个忠实的表兄弟而悲恸。年迈的福尼克斯紧紧抱住魁梧的阿喀琉斯的高大身躯，老泪纵横，伤心至极。他想起了死去英雄的父亲珀琉斯把孩子放到他怀里，让他抚养和教育的那一天，可现在父亲和教育者都活着，而孩子却死了！阿伽门农和墨涅拉俄斯兄弟还有所有希腊人也都为他哭泣。哭声不绝，直冲上天际，并从舰船那儿发出回响。

白发苍苍的涅斯托耳最终使悲泣停了下来，他提醒他们，把英雄的尸体洗净，放到灵床上，然后进行礼葬。于是人们用温水洗净阿喀琉斯的身体，给他穿上他母亲忒提斯在他出征时给他的华丽服装。当他就这样躺在帐篷里时，雅典娜从奥林匹斯向她的宠儿投下同情的目光，并向他的头上洒下几滴芳香的神水，避免死者腐烂和变形。所有希腊人都为躺在灵床上的英雄死后仍如活着般威严庄重而感到惊奇，他仿佛是在恬静的睡眠之中，不久就会重新醒来似的。

希腊人为他们伟大英雄而发出的巨大悲声，也深入海底他母亲忒提斯和涅柔斯的其他女儿那里。剧烈的痛苦使她们五内俱裂，她们放声大哭，连赫勒斯滂大海都发出回响。就在当夜，她们一同穿越分开的海水来到希腊人舰船所在的海岸。所有的海怪也与她们一同哭泣。她们悲哀地走到尸体跟前，忒提斯用双臂抱起她的儿子，吻他的嘴，哭得大地都被她的泪水湿透。希腊人都纷纷退下，直到女神们重新飘去时，他们才又朝尸体靠近过来。

天一破晓，希腊人从伊得山上运下无数的木头，把它们高高地堆了起来，把许多被杀死的人的铠甲、祭祀用的牲畜以及黄金和其他贵金属都放在火葬堆上。希腊英雄们剪下他们的头发，死者喜欢的女奴布里塞伊斯也献上她的鬈发，作为给她主人的最后赠物。随后，他们朝堆起的木材浇上油，放上盛装蜂蜜和美酒的大碗，把尸体置放在木架的上面。然后他们全副武装，或骑在马上或徒步绕着火葬堆环行。火点燃起来，烈焰熊熊而起，战士们迸发出一片哭声。风神埃俄罗斯按照宙斯的命令送来他的疾风，直吹进垒起的噼啪作响的木材中间，这使火葬堆连同尸体在很少几个小时之内就变成灰烬。最后的火焰用酒浇灭。英雄的遗骸像一个巨人的骨骸一样，躺在那里，与所有那些同他一起烧掉的其他东西截然分离开来。他的战友叹息着把遗骸集拢起来，放进一个宽大的、镶着金银的匣子里，安置在海滨的一个最庄严的地方，与他的朋友帕特洛克罗斯的遗骸并排葬在一起，并筑起一座高高的坟墓。

为纪念阿喀琉斯举行的赛会

这几天在特洛伊也举行了一场葬礼。特洛伊人的忠实同盟者吕喀亚人格劳科斯在最近的一场与希腊人的战斗中阵亡，他的朋友从敌人手中救出了他的尸体，把他火化并进行了安葬。

翌日，堤丢斯和儿子狄俄墨得斯在希腊英雄举行的会议上站起来提议，趁敌人在阿喀琉斯死后尚未恢复起勇气之前，立即用战车和大队人马向城市发动进攻并把它攻陷。但忒拉蒙的儿子埃阿斯却表示反对："崇高的海洋女神忒提斯为她儿子的死而悲痛，我们不向她表示致意并围绕她儿子的坟墓举行一场隆重的殡葬赛会，这样做对吗？"他说，"她在昨天回到海洋时向我瞟了一眼，示意我，不要使她的儿子受到不光彩的待遇。至于特洛伊人，只要你、我和阿伽门农还活在世上，那他们就难以鼓起勇气。""我同意你的意见，"狄俄墨得斯回答说，"实现忒提斯的愿望比紧迫的战斗更为重要。"

狄俄墨得斯的话刚一说完，岸边的海浪就分了开来，珀琉斯的妻子就从海水中出现并来到希腊人中间。与她一道的，还有那些仙女，她们是她的侍女。这些仙女从她们披在身上的轻纱中取出精美的奖品，展现在希腊人的眼前。忒提斯本人鼓动英雄们开始进行比赛。这时涅斯托耳站了起来，他不是为了比赛，而是讲一番动听的言辞，称赞涅柔斯的美丽女儿。他讲述了她与珀琉斯的婚礼，颂扬了阿喀琉斯永垂不朽的业绩。

他的这番讲话使悲哀的母亲心灵上得到巨大慰藉，希腊人虽然急于竞赛，却极为高兴地倾听并用欢呼表示对其颂词的赞同。忒提斯把她儿子的两匹骏马赠给涅斯托耳，然后又从带来的礼品中挑出十二头壮牛作为赛跑胜利者的奖品。

现在，两个英雄，狄俄墨得斯和忒拉蒙的儿子——强大的埃阿斯站起来进行角斗。在他们伙伴的好奇目光的注视下，这两个人势均力敌，难分高下。埃阿斯用强劲的双手抱住狄俄墨得斯，要把他摔倒。同样灵活和孔武有力的狄俄墨得斯却从容挣脱开来，用肩部抵住对手，把强大的对手举到空中，使他的双臂耷拉下来，抛下时用左脚一绊就把他摔倒在地。观众大声喝彩。但埃阿斯站了起来，重新投入角斗。他俩像山里的两头野牛一样，狂怒地用他们的铁头相互顶撞。这时，涅斯托耳站到他们中间，说道："孩子们，别斗了。我们大家都知道，自从我们失去伟大的阿喀琉斯之后，你们俩是我们希腊人中最最勇敢的人！"赞同的呼声响了起来，忒提斯赠给他俩四个俘虏来的女奴，她们都是阿喀琉斯在勒斯玻斯岛上掠来的，十分勤劳，心地善良。

随后开始拳击比赛，伊多墨纽斯站了起来，可没有一个人出来与他较量。忒提斯把帕特洛克罗斯的战车赠给他作为奖品。但福尼克斯和涅斯托耳鼓励年轻人参加拳击比赛。于是帕诺派俄斯的儿子厄珀俄斯站了出来，随后不久忒修斯的儿子阿卡玛斯也走到当场。两个人很快用干燥的皮带把他们的手缠住，试试是不是灵活，比赛开始了。忒修斯的儿子不停地抵御对手的进攻并狡黠地进行躲闪，突然他瞅准机会用拳击中对手的额头，血涌了出来。可厄珀俄斯反击回去，击中了阿卡玛斯的太阳穴，他蹒跚了几步就倒在地上。但他又立起身来，战斗重新开始，直到朋友们出来阻止，并使这两个恼羞成怒的人懂得他们不是在进行同特洛伊人之间的战斗。忒提斯赠给他俩两只精美的银制调酒杯，这是她儿子从楞诺斯岛带回来的礼品，两位英雄高兴地接受了。

现在俄琉斯的儿子埃阿斯和透克洛斯争夺射箭的奖赏。阿伽门农在远处安放一个顶上带有马缨饰物的头盔作为箭靶。谁的箭镞射断马缨谁就是胜利者。埃阿斯先弯弓射出了他的箭镞，它射中了头盔，发出响声。透克洛斯也迅速地射出了一箭，箭尖射断了马缨。观看的英雄们大声喝彩，忒提斯把特洛伊的王子特洛罗斯的铠甲赠给他，这一副铠甲是阿喀琉斯在战争初期杀死特洛罗斯时得到的。

随后是投掷铁饼的比赛。许多英雄都参加了，但没有一个人像忒拉蒙的儿子埃阿斯投得那么远，沉重的铁饼在他手中就像一块枯木一样。忒提斯把神祇之子门农的铠甲赠给了他，这副铠甲同样也是阿喀琉斯杀死门农抢来的。

现在轮到了跳远比赛，投枪能手阿伽门农成了胜利者，他得到阿喀琉斯战胜库克诺斯抢来的武器。欧律阿罗斯在投枪中赢得胜利，得到了银碗，这是阿喀琉斯从吕耳涅索斯那儿掠夺来的战利品。

随后是战车竞赛。有五位英雄立即套上了他们的战马。他们是墨涅拉俄斯、欧律阿罗斯、波吕波忒斯、托阿斯和欧墨罗斯。他们每个人都把自己的战车赶到出发点，挥动鞭子，口令一下，五个人同时冲上平原，卷起一片尘土。不久欧墨罗斯的战车超出了其他的战车，在他之后的是托阿斯，在托阿斯之后的是墨涅拉俄斯；另外两辆则逐渐地落到后面。托阿斯的战马也精疲力竭，欧墨罗斯的马匹在急驰中突然绊了一下，当他想用力勒住缰绳时，马匹直立起来，把战车掀翻，欧墨罗斯滚倒在地。观众中迸发出一片呼叫，现在墨涅拉俄斯的战车行驶而过，远远超越了其他人，到达了目的地。阿特柔斯的儿子衷心地为自己的胜利而感到高兴，忒提斯赠给他一个金杯，这是她儿子从厄厄提翁宫殿里掠来的战利品。

大埃阿斯之死

比赛结束时，忒提斯把她儿子的那些铠甲和武器作为奖品摆放在希腊人面前。英雄的盾牌依然熠熠生辉，上面的艺术图案闪闪发光。靠在它旁边的是沉重的头盔，上面的凸起部是宙斯的神像。紧挨着的是精致的隆起的胸甲，它呈黑色，坚不可摧，曾保护了阿喀琉斯的胸部。随之是沉重却舒适的腹甲。靠在腹甲旁的是那柄装在银制剑鞘中的利剑，它的金制的剑托和象牙剑柄发出耀眼的光辉。摆在宝剑旁边的是那只沉重的长矛，像一棵伐倒的冷杉，上面还带有赫克托耳的血渍。

忒提斯站在这些武器的后面，用一张深色的面纱罩住她的头部，极为悲恸地对希腊人说道："在为我儿子举行的殡葬赛会上，胜利者都得到了奖品，但现在我要把我儿子这些出色的武器送给救出我儿子尸体的最勇敢的希腊人，这都是神祇的赠品，就是神祇自己对它们也十分喜爱。"

这时，有两位英雄同时跳出并突然争吵起来，他俩是拉厄耳忒斯伟大的儿子俄底修斯和忒拉蒙魁梧高大的儿子埃阿斯。埃阿斯奔到这些像是晚星一样闪烁光亮的武器旁边，他呼叫伊多墨纽斯、涅斯托耳和阿伽门农为他的功劳作证。但俄底修斯也向这些英雄提出同样的要求，因为他们是全军中最最明智和最最公正的人。涅斯托耳把两个人拉到一边，忧心忡忡地说道："军队中两位最英勇的英雄争夺这些武器会给我们大家带来巨大的不幸！两个人中无论谁落败了，都会受伤并气愤地退出战斗，那我们大家都会对他置身事外的做法感到痛心。因此，请听从我这个见多识广的老人之言。军营中有许多特洛伊人俘虏，我们让他们来仲裁埃阿斯和俄底修斯之间的争论。他们是不偏不倚的，没有从两位英雄中得到任何好处。"

两个最高贵的特洛伊人做了裁判。埃阿斯首先站到他们面前。"是什么魔鬼迷住了你，俄底修斯？"他愠怒地喊道，"竟来跟我较量？你与我就像是狗与狮子，或者你忘记了吗，你是多么想退出希腊人讨伐特洛伊人的征战？啵，你是多么想留在家里！在波阿斯勇敢的儿子菲罗克忒忒斯遭到不幸时，劝我们把他遗弃在楞诺斯荒岛的，不正是你吗！帕拉墨得斯之死正是由于你的过错，因为他的勇敢和他的智慧都胜过你！而现在，你又忘记我对希腊人所做出的许多贡献，在那场鏖战中间，你被大家所遗弃，孤身一人，无法逃脱，正是我救了你的命，你竟然也忘记了！在保护阿喀琉斯的尸体时，把尸体连同所有的武器都抢回来的不是我吗？你根本就没有力量把英雄的铠甲和武器夺回来，更别说阿喀琉斯的尸体了！因此不要同我争他的武器，我不仅比你强大，而且出身也高贵，我本人与英雄还有血缘关系！"

但俄底修斯却流露出一种嘲讽的微笑，他回答说："埃阿斯，你讲这些废话有什么用？你责备我胆小和软弱，可你不知道，只有智慧才是真正的强大。因此，在困难中，一个有智谋的人要比一个有一身蛮力的傻瓜宝贵得多。这也是狄俄墨得斯挑选我作为他最足智多谋的伙伴前去瑞索斯[1]军营的原因。希腊人应当感谢我的智慧，因为是我说服了阿喀琉斯来同特洛伊人作战，我俩在这儿争夺的就是他的武器。如果希腊人有了一个新的英雄的话，请相信我，埃阿斯，他不是你那笨拙的手臂，也不是军队中某一个人的机智所能左右的，而只有我的话能让他听从。再说，众神赋予我的不仅仅是智慧，而且还有坚强的体魄。你说你从敌人手中拯救了我这个逃跑的人，这是不真实的，正相反，我面对敌人的进攻并杀死了攻击我的敌人，你却站在那儿动也不动，想到的只是你自己的安全。”

他俩就这样长时间地争论，到最后裁判们一致认定阿喀琉斯出色的铠甲和武器归俄底修斯所有。

埃阿斯听到这个仲裁时，内心狂跳不已，血管中的血液由于愤怒而沸腾起来。头脑感到针刺似的痛苦，全身颤抖不止。他像一根巨柱一样长时间站在那儿，目光垂地。到最后，他的那些悲哀的朋友好心地、步履缓慢地把他领回到舰船。

这期间，黑夜已从海面上升起，但埃阿斯坐在他的帐篷里，不思饭菜，不想睡眠。他全身武装起来，紧握锋利的宝剑，他在考虑，是不是去杀死俄底修斯，把舰船烧毁或者用他的利剑在希腊人中大开杀戒。

如果不是雅典娜关心她的朋友俄底修斯，并使这位暴怒的英雄发疯的话，那他一定会从这三个计划中选择其一。痛苦像针似的刺他的心，他从帐篷里跑出，冲进希腊人的羊群中间，雅典娜女神已使他目眩眼花，他把这群羊当成希腊士兵。那些牧羊人看到他这副疯狂的样子，就藏身在斯卡曼德洛斯河畔的丛林之中。埃阿斯在羊

1　瑞索斯是色雷西亚国王，特洛伊人的盟友，在他前往援助特洛伊人的途中，狄俄墨得斯同俄底修斯去劫营，杀死了瑞索斯及其随从。

群中间左砍右刺，进行着一场可怕的屠杀。他冲向两只大公羊，接连用长矛刺穿它们，并嘲笑地喊道："你们这些恶狗，躺在地上作秃鹰的食物吧，可恶的阿特柔斯的儿子，你们再不能去认可不公正的裁判了！"

就在他继续发疯期间，忒克墨萨——她是弗里吉亚国王的女儿，被埃阿斯掳来，他把她像妻子一样地对待，而她也炽烈地爱他，一直在整个军营中和舰船中间寻找他。她在帐篷时就发现他心绪恶劣，闷闷不乐，她没有问是什么原因，因为埃阿斯不会回答她的。在他离开帐篷不久，她心中就产生了一种不祥的预感，终于，她在羊群中发现了这场可悲的屠杀。在绝望中她跑回帐篷并看见了埃阿斯，他满面羞愧，垂头丧气。他时而呼叫他同父异母的兄弟透克洛斯，时而呼唤他幼小的儿子欧律萨刻斯，他祈求一种高贵的死。

忒克墨萨含着泪水走近他，抱起他的双膝，恳求他不要把她孤零零抛下，成为敌人的女俘。她也请求他想想在萨拉弥斯的年迈双亲，她把他的儿子抱给他，让他想想，如果孩子没有父亲，得不到呵护，会是怎样的命运。埃阿斯猛地抱起他的儿子，一边爱抚他一边说道："噢，孩子，在一切方面都要像你的父亲，只是不要像你父亲那样不幸！我的兄弟透克洛斯一定会成为你好心的抚养人，但现在，我的盾牌护卫将把你送到萨拉弥斯我的双亲忒拉蒙和厄里玻亚那里。"说罢，他把孩子交给仆人并将他心爱的忒克墨萨委托给他的兄弟。随后他挣脱开她的拥抱，用自己的宝剑结束了自己的生命。

希腊人听到他死亡的消息都极为震惊，他们成群地跑来，伏在地上放声恸哭。最终透克洛斯克制住悲痛，准备安葬他亲爱的兄长的尸体，墨涅拉俄斯却阻挡他。"你敢去安葬这个人，"他说，"他比我们的仇敌特洛伊人更可恶。他丑恶地自杀，所以不能得到一座光荣的坟墓。"在墨涅拉俄斯为埃阿斯的尸体与透克洛斯发生争吵时，阿伽门农也走了过来，他站在他的兄弟一边，在激烈的争论中他斥责透克洛斯是一个奴隶的儿子。透克洛斯提醒他们，要想到死去的英雄为希腊人立下的汗马功劳，要想到特洛伊人焚烧希腊人的舰船和赫克托耳越过壕沟登上甲板时，他是怎样地挽救了全军。但毫不起作用。

突然，俄底修斯出现了："一个忠实的朋友可以向你们说出实话而不被看作怀有恶意吗？""你说吧，"阿伽门农回答说，并惊奇地望着他，"在希腊全军中我把你当作我最好的朋友！""那好，听我说！"俄底修斯说道，"以众神做证，这个人不应当得不到同情，不应当得不到安葬！不要让你的权力把你引向荒谬的仇恨！想想吧，如果你伤害了这样一位英雄，那他不会因此而受到贬抑，而是众神的法律和意志受到了蔑视！"阿特柔斯兄弟俩听到这番话惊讶得长时间说不出话来。终于阿伽门农喊道："你，俄底修斯，难道你没想到他是你的死敌吗？你要对这样一个人大发善心？""虽然他是我的敌人，"俄底修斯回答说，"我恨他，但是现在他死了，我们必须为失去这样一位高贵的英雄而感到悲哀，我不能也不可以再与他为敌了。我本人准备去安葬他，我要帮助他的兄弟去完成这项神圣的任务。"

透克洛斯在俄底修斯到来时，厌恶地走到一旁，可他听到这番话后就向俄底修斯走去，向他伸出胳膊，同他握手。"高贵的人，"他喊道，"你，埃阿斯的伟大敌人，你是死者的唯一保护者！尽管如此，我还是不敢让你去触动这个尸体。在所有其他方面你可以帮助我，你还有很多事情可做，来显示你的宽宏大量！"在说这番话的同时，透克洛斯指向忒克墨萨——她仍一直茫然地坐在那里。俄底修斯亲切地转向她。"啾，女人，"他对她说，"你永远不会成为另一个人的奴隶。只要透克洛斯和我活着，那你和你的孩子就会得到照顾，得到安全，就像埃阿斯还一直站在你们身边一样。”

阿特柔斯的两个儿子感到羞愧，不敢去反对俄底修斯高尚的意见。英雄们一起把埃阿斯魁梧的身躯从地上抬起，送到船上，在那儿洗去尸体上的血污，最后举行了一场隆重的火葬。

玛卡翁和波达利里俄斯

翌日，希腊人都拥入墨涅拉俄斯召集的全体大会。当所有人都到场之后，他站了起来并开始讲话：“听我说，你们诸位！当我看到我们的士兵在我们面前死去时，我的心在流血。他们为我远赴战场，到最终没有一个会返回故乡，重见亲人！与其这样，不如让我们离开这不幸的海岸，还活着的人乘船返回故国。自从阿喀琉斯和埃阿斯死去之后，我们的事业再也无望得到成功。至于我个人，现在我关心你们胜于关心我那不贞的妻子。就让她跟那个女人似的帕里斯在一起好啦！”

墨涅拉俄斯说这番话只是为了试探希腊人而已，在他内心里，没有什么比渴望消灭特洛伊人更强烈的了。狄俄墨得斯没有看出他的用意，于是责备他说：“不可理解！是怎样可耻的怯懦主宰了你英雄般的心胸，使你居然说出了这样的话？希腊的勇敢儿子在把特洛伊城夷为平地之前是绝不会跟随你而去的！但如果有一个人跟随你的话，那我这把蓝色宝剑就使他脑袋搬家！”狄俄墨得斯刚一重新坐到他的座位上，预言家卡尔卡斯就站了起来，用一种聪明的建议来调和这种表面上的争论。“你们大家还都记得，”他说道，“在九年多之前，当我们扬帆出海，前来攻占这座可恨的城市时，我们把赫拉克勒斯的朋友菲罗克忒忒斯丢弃在楞诺斯的荒岛上，因为他那中毒的伤口发出恶臭，他那痛苦的叫声令我们无法忍受。可即使如此，我们的做法也是不对的，用这样的方式遗弃了这个可怜人是无情的。但有一个被俘的预言家告诉我，只有菲罗克忒忒斯从他的朋友赫拉克勒斯继承的神圣且百发百中的神箭，还有阿喀琉斯的儿子皮洛斯，能帮助我们攻占特洛伊城。这个被俘的特洛伊人之所以把他的预言通知我，大概是因为这是不可能做到的。因此我建议尽快派我们最强大的英雄狄俄墨得斯、最能言善辩的俄底修斯到斯库洛斯岛去，阿喀琉斯的儿子在那儿由他的外祖父抚养成人。依靠他的帮助，我们随后就去说服菲罗克忒忒斯重新与我们会合，并给我们带来能征服特洛伊的不朽武器。”

希腊人对这个提议大声喝彩表示赞同，两位英雄随即乘船离去。这期间，军队准备重新战斗。忒勒福斯的儿子欧律皮罗斯从密索斯带领一支队伍前来援助特洛伊人，这使他们力量大增，勇气十足。希腊人则相反，他们失去两位最好的英雄。这样一来，重新开始的战斗使他们遭到了重大的伤亡。希腊人中最英俊的尼柔斯也被欧律皮罗斯的长矛刺中，与其他死者一道倒在尘土之中。欧律皮罗斯对他大加嘲弄，要剥去尸体上漂亮的胸甲。玛卡翁目睹尼柔斯之死，愤怒至极，他迎了上去，用他的长矛刺中了欧律皮罗斯强壮的肩膀，鲜血一下子涌了出来。但欧律皮罗斯像一头受伤的野猪冲向玛卡翁。玛卡翁朝他投来一块巨石，但欧律皮罗斯的头盔保护了自己，同时他急如闪电般把长矛刺入这个希腊人的胸膛，带血的矛尖直透入脊骨，玛卡翁栽倒在地，发出当啷的声音。欧律皮罗斯从死者身上拔出长矛，发出冷笑并重新投入战斗。

透克洛斯看到他俩战死，就召唤希腊人来保护他们的尸体，但最终他们还是被特洛伊人击败了。罗克里斯的埃阿斯被埃涅阿斯用石块击伤躺倒在地，他的伙伴把这个呼吸衰微的英雄从战场上抬下来，希腊人都向舰船退去。特洛伊人在逃跑人中间横冲直撞，若不是此时夜幕降临的话，他们都会把战船烧毁。胜利者欧律皮罗斯与他的士兵在黑夜到来之前返回西摩伊斯河口，兴高采烈地安营扎寨。希腊人则相反，他们停在舰船旁海岸的沙地上，整夜都为在战斗中死去的无数弟兄哀伤和恸哭。

第二天朝霞刚一升上天空，希腊人就又起来，充满战斗的渴望，要向欧律皮罗斯复仇。他们之中的一些人在舰船旁安葬了英俊的尼柔斯和医术高超的医生——勇敢顽强的英雄玛卡翁。这期间，远处的战斗又爆发了，而玛卡翁的兄弟波达利里俄斯——他也是军队中的一个出色的医生，与玛卡翁同样有名——一直伏在地上悲痛不已，拒绝饮食。他不离开他亲爱的兄弟的坟墓，萌生出自杀的念头。他时而握起手中的宝剑，时而拿起烈性的毒药，这是他自己配制并带在身边的。如果不是涅斯托耳老人走近这个绝望的人，那他最终会自杀在他兄弟的新坟之旁。老人看到他哭喊着匍匐在坟上，用神经质的双手捶打自己的胸膛，同时呼叫着死去兄弟的名字。

涅斯托耳走向他并用亲切的话安慰他说：“亲爱的孩子，不要痛哭了。一个有理智的男人不应当像一个女人那样，在死者坟旁那样哭喊。你的悲哀不会使他重见天光，烈火已焚烧了他的尸体，他的遗骸已在地下得到安息。他消逝而去，正如他来时一样，你承受着巨大的悲痛，正如我也承受过我的悲痛一样：厄俄斯的儿子门农杀死了我的孩子，那是我最心爱的儿子，我的那些儿子没有一个像他那样爱他的父亲。想一想吧，所有的人都必须要走这同一条通往地狱的道路。”

波达利里俄斯听到老人的话，依然泪水满面，他说：“老人，我的心怎能不为死去的兄弟感到悲痛呢？当我们的父亲阿斯克勒庇俄斯被接往奥林匹斯时，他把我抱在怀里，像对待自己的孩子一样，与我同桌吃饭，与我同屋共寝，与我共享财物，并将他杰出的医术传授给我。在他死了之后，我再也不想看到可爱的天光了！”

可老人依旧安慰他。“想想吧，”他对这个悲哀的人说，“神祇安排了我们的命运，不管是好的还是坏的，黑暗的命运女神主宰一切，她盲目地向世上抛掷指令，支配人的命运。因此，巨大的灾难经常降临到善良的男人身上，没有一个人能够逃脱。生活不断地变化，时而引向巨大的悲哀，时而又变得欢快。因此，世人们流传着这样的话：善者升向光明的天堂，恶人坠入黑暗的地狱。你的兄弟是一个受人喜爱的人，还是一个神祇之子？我希望他能列身众神之中。”涅斯托耳在说这番安慰话的同时，把长时间躺在坟上的波达利里俄斯从地上扶了起来，并从这悲哀的地方把他带走。波达利里俄斯迟疑地跟随着他并一再回望坟墓。

这期间，密索斯的欧律皮罗斯来到战场，希腊人再度逃回舰船，他们时而在这儿，时而在围墙前面厮杀。

涅俄普托勒摩斯

战斗在特洛伊城前进行期间，希腊人的两位使者狄俄墨得斯和俄底修斯顺利地抵达斯库洛斯岛。他们在这儿找到了阿喀琉斯的儿子皮洛斯，希腊人后来称他为涅俄普托勒摩斯，意思是青年战士，他正在外祖父的房前，时而练习射箭，时而练习投枪。他俩高兴地观察了他一会儿，在他脸上同时看到了悲哀的痕迹，因为这个青年人早已知道了父亲的死。他们走近他时惊喜地发现，这个孩子英俊魁梧，长得完全像他的父亲。

皮洛斯迎上前来，向他们表示问候。“我衷心地欢迎你们，异乡人。”他说，“你们是谁？来自何处？你们要我做什么？”俄底修斯回答他说：“我们是你父亲阿喀琉斯的朋友，我们一点儿也不怀疑，我们正在同他的儿子说话——你的身材和面孔与他长得太像了。我是伊塔刻的俄底修斯，我的同伴狄俄墨得斯是神祇堤丢斯的儿子。我们按照预言家卡尔卡斯的指示来到这儿，是为了接你到特洛伊去参加战斗，这样就可以顺利地结束这场战争。希腊人的儿子们将赠给你丰盛的礼品，我本人则愿意把原是你父亲的、后来奖给了我的武器退还给你。”

皮洛斯高兴地回答他说：“如果希腊人召唤我，那我们明天立即就起程出海。但现在，请同我一起到我外祖父的宫中去，他会盛情款待你们！”到达王宫，他们看到阿喀琉斯的遗孀得伊达弥亚依然沉浸在极度的哀伤之中。儿子走向母亲，通告了异乡人的来临，却对她隐瞒了他们的来意，以免使她担惊受怕。饭后两位英雄就寝安歇。

但得伊达弥亚无法平静下来。她预感到她的儿子也会被召去参加特洛伊战争。因此，翌日刚一破晓她就起来，扑到儿子的胸前，绝望地说道：“啾，我的孩子，你不必向我承认，我已知道了，你要同陌生人一道去特洛伊，许多英雄还有你的父亲都死在那里！可你还很年轻，对战争还一无所知！因此听你母亲的话，留在家里，跟我在一起，不要像你的父亲一样命丧战场！”但皮洛斯回答说：“母亲，不要说丧气话！没有一个人在战争中能违抗命运女神的意志。如果我的命运是死亡，那除了为希腊人而死，我还能有什么更好的事做呢？”

这时，他的外祖父吕科墨得斯走了进来，站在外孙的面前说道：“勇敢的孩子，我看出来了，你和你的父亲一样。但即使你能幸运地从特洛伊返乡，有谁知道，死亡不会在你返乡途中窥伺你呢？海上之行是十分危险的呀！”他一边说着一边吻着他的外孙，可他并不加以阻拦。孩子英俊的脸上露出微笑，他挣脱开哭泣着的母亲的拥抱，离开了父亲的宫殿和故乡。在他后面，紧随着两位希腊英雄和二十个得伊达弥亚的忠实男仆，他们抵达海岸，随即扬帆入海。

海神波塞冬使他们一路顺风，很短时间里，伊得山峰就在晨光中出现在他们面前，随后是克里萨城、西革翁海岬。他们在特洛伊近处登上陆地，恰巧抵抗欧律皮罗斯的战斗正杀得天翻地覆。他们毫不迟疑地奔向俄底修斯的帐篷，武器和铠甲就放在那里。两位希腊英雄分别挑选武器，而涅俄普托勒摩斯则穿上他父亲阿喀琉斯的铠甲，灵活地挥舞起长枪、宝剑和盾牌，看起来很像他的父亲。他冲入激烈的战斗之中，所有与他一起登陆的人都紧跟在他的后面。

现在特洛伊人又从围墙退了下来，他们从四面八方拥集在欧律皮罗斯的周围。从涅俄普托勒摩斯手中掷出的每一枪都击中敌人的脑袋，绝望的特洛伊人认为巨大的阿喀琉斯又全副武装地出现在他们面前了。阿喀琉斯的精神在他儿子身上复活了，除此之外，涅俄普托勒摩斯是在他父亲的朋友女神雅典娜的保护下战斗的，这就使他不受任何刀枪箭矢的伤害。他为他死去的父亲送上一个又一个祭祀的牺牲：富有的墨革斯的两个儿子毙命，一个被他用长矛刺中心脏，另一个被他用巨石击中头部，还有无数的敌人都倒地死去。终于，在傍晚时分，欧律皮罗斯和他的军队在阿喀琉斯的儿子面前退却了。

在涅俄普托勒摩斯从战场回来休息时，老英雄福尼克斯——他是他祖父珀琉斯的朋友，他父亲阿喀琉斯的教师——来到这个年轻英雄面前，惊奇地发现他与阿喀琉斯太相似了。他拥抱起这个英俊的年轻人，亲吻他的头和胸部并喊叫道："啾，孩子，我觉得你父亲又在我们中间复活了！可现在你不要因为哀悼父亲而气馁，你应当来帮助希腊人，杀死忒勒福斯的儿子欧律皮罗斯。"

天一破晓战斗又重新开始。长枪与长枪一来一往，宝剑与宝剑相互砍杀，一个人冲向另一个人。双方打得难解难分，每一边的英雄都在杀人与被杀。最终，欧律皮罗斯的一个朋友倒地毙命，他要向希腊人复仇，于是他冲进敌人中间，杀死敌人就像在浓密的林中伐树一样。这时，涅俄普托勒摩斯站在了他的对面。"你是谁，年轻人？你由何处来跟我战斗？”欧律皮罗斯首先向他的敌人喊道。涅俄普托勒摩斯回答说：“为什么你要像一个朋友一样问我的出身？难道你不是一个敌人吗？那听我说，我是阿喀琉斯的儿子，他曾经打伤你的父亲。我战车的马都是旋风女神哈耳庇厄和西风神仄费洛斯的孩子，它们能越海驰骋。这长枪是我父亲的长枪，你现在可以试试了！”英雄说罢就跃下战车，舞起长枪。这当儿欧律皮罗斯从地上抬起一块巨石，朝他敌人的金盾掷去，但金盾丝毫未颤动。现在他俩像两只野兽扑在一起，他们前后左右的士兵们也都在相互厮杀，队伍犹如波浪翻腾不已。终于，涅俄普托勒摩斯找到了破绽，把长枪刺入对手的喉咙。紫红色的血从伤口喷涌而出，欧律皮罗斯像一棵断根的大树栽倒在地，旋即死去。

这时，战神阿瑞斯挥舞起他的巨矛，大声地激励特洛伊人去打击敌人。他们听到了神的声音，但让他们惊奇的是他们看不到他，因为阿瑞斯隐身在一片云雾之中。普里阿摩斯的儿子，受人称赞的预言家赫勒诺斯第一个听出来是战神的声音，向他的同胞喊道：“不要怕！朋友们，强大的战神就在你们中间，难道你们没有听到他的呼唤吗？”现在特洛伊人又变得勇敢起来，双方的血战又重新爆发了。阿瑞斯给特洛伊人注入巨大的勇气，到最后希腊人的队伍开始动摇了。

但涅俄普托勒摩斯并不惧怕战神，他勇敢地继续战斗并不断杀死敌人。战神对他的大胆极为愤怒，并准备撕掉包围他的云雾，现身出来直接与他进行较量，这时，希腊人的朋友雅典娜急忙从奥林匹斯赶往战场。大地和斯卡曼德洛斯河为她的到达发出震颤，她的武器迸射出灼亮的闪电，她的戈耳工盾牌上的蝮蛇喷吐着火焰，可她却隐而不露她那致人死命的目光。若不是宙斯用一记警告的响雷恐吓他们，战神和雅典娜之间就会爆发一场决斗了。两位神祇知道这是父亲的意志。阿瑞斯返回色雷斯，而雅典娜回到雅典。战场上剩下的又都是凡人了。现在特洛伊人的力量已经消退了，他们向城里逃去，希腊人紧追不舍。特洛伊人在城墙上勇敢地保卫他们的城市，若不是宙斯——他清楚命运之神的意志——用云雾把特洛伊城笼罩起来的话，希腊人真的会突破城门。聪明的涅斯托耳这时建议希腊人撤退回营，安葬死者并进行休整。

第二天希腊人惊奇地看到特洛伊城堡又在清晰的晨光中出现了，知道了昨天傍晚的云雾是众神之父创造的奇迹。这一天双方休战。特洛伊人利用这个机会隆重地安葬了密索斯人欧律皮罗斯。而涅俄普托勒摩斯去拜谒自己父亲的巍峨坟墓，亲吻矗立其上的华丽石柱，含着泪水悲恸地说道："亲爱的父亲，我向你问候，我永远不会忘记你！啾，你在希腊人中若是活着那该多好！可你现在看不到你的孩子，我也看不到父亲——我心里炽烈地在思念你啊！"随后他返回舰船。

翌日又爆发了争夺特洛伊城的战斗，持续了一整天，但希腊人并没有攻进城里。在斯卡曼德洛斯河岸，希腊人伤亡惨重。涅俄普托勒摩斯一听到这个消息，就驱使他的驭手奥托墨冬策马驶往那里。特洛伊国王的儿子得伊福玻惊讶地看到他的接近，他犹豫不决——是逃跑呢，还是迎向这个危险的敌人？但涅俄普托勒摩斯却从远处朝他喊道："普里阿摩斯的儿子，你在颤抖的希腊人面前多么狂妄骄横啊！这不奇怪，你把你当作是世上最勇敢的英雄了嘛。好呀，现在你也同我来较量较量！"说罢就像一头狮子一样向他冲去，若不是阿波罗从奥林匹斯下来，隐身在云彩中间，并把面临死亡的得伊福玻斯带回城内，那涅俄普托勒摩斯肯定会把他连同战车驭手一道杀死。特洛伊人也跟着得伊福玻斯逃了回去。涅俄普托勒摩斯发现他的投枪没有射中，就悻悻地叫了起来："你这条狗，这次逃脱了，可不是你的勇敢救了你的命，而是一个神祇从我手中把你抢走了！”随后他又投入战斗，可站在城墙上的阿波罗保护了这座城市。

这时，预言家卡尔卡斯提醒希腊人退回船营，并在那儿说道：“朋友们，如果我告诉你们的预言的另一部分得不到满足，即把菲罗克忒忒斯和他百发百中的神箭一同从楞诺斯岛带到这儿来，那我们攻不下这座城市，战斗是白费力气。”

于是，大家当即做出决定，派聪明的俄底修斯、勇敢的年轻人涅俄普托勒摩斯前去楞诺斯岛。他俩随即乘船出发。

菲罗克忒忒斯在楞诺斯岛

他们在荒凉的楞诺斯岛渺无人迹的海岸登陆。在九年多之前，俄底修斯因波阿斯的儿子菲罗克忒忒斯患有不愈的创伤，使希腊人不堪忍受，而把他放在这里的一座有两个出口的山洞里——在严冬可以御寒，在酷暑能得到阴凉，附近有淙淙流动的山泉。两位英雄很快就又找到了这个地方。俄底修斯发现这儿还和当年一样，但山洞是空空的，只有用树叶铺成的一张宽大的床榻，像被一个睡过的人压得平平的，还有一个用木头刻成的粗糙的杯子以及一些烧火的用具，表明这儿住有一个人。在阳光下还晾晒着一些带血污的破布，这使人毫不怀疑，生病的菲罗克忒忒斯就是住在这里的这个人。为了避免受到这个病人的偷袭，他们派了一个仆人守候在这里。

"趁这个人不在的时候，"俄底修斯对阿喀琉斯年轻的儿子说，"我们商量一下计划，因为只有借助谎话才能使他就范。你们头一次相见时我不能在场，他恨死我了，并且恨得有理！当他问你是谁和从何处来时，你如实地回答好了，说你是阿喀琉斯的儿子。但你还要说些假话，谎称你愤怒地离开了希腊人，因为他们虽然恳求你去特洛伊却拒绝把你父亲的武器给你，他们把这些武器给了俄底修斯。然后你就在他面前骂我，随你怎么骂好了，因为不用诡计我们无法得到这个人和他的神箭。”

这时，涅俄普托勒摩斯打断了他的话。“拉厄耳忒斯的儿子，”他说，“这样的事我听着不能不感到憎恶，而且我也不能去做。我的父亲和我天生不会这种丑恶的手段。我宁愿用武力去抓住这个人，不要让我搞这种阴谋诡计！再说他只是一个人，而且还只有一只脚，他怎么能胜过我们呢？”“用他那百发百中的神箭就能胜过我们！”俄底修斯平静地回答说，“我清楚地知道，我的孩子，你没有说谎的本事。但是如果你考虑到，只有赫拉克勒斯的弓箭才能征服特洛伊，而你通过这件事情就可以赢得智勇双全的声誉，那你一定不会总是拒绝说几句谎话的！”

涅俄普托勒摩斯屈服于老朋友说的这些理由，随后像约定的那样，俄底修斯离开了。没过多久，他们听到从远方传来备受折磨的菲罗克忒忒斯的痛苦喊叫。他从远处看到了一艘船停靠在没有港口的海岸，于是朝着涅俄普托勒摩斯和他的随从们奔了过来。“痛苦啊，”他向他们喊道，“你们是什么人？怎么来到这荒凉的小岛？虽然我认出你们穿的是令人喜爱的希腊人服装，可我也想听听你们谈话的声音。不要为我粗野的外貌感到惊慌，而应当同情我这个不幸的人，被朋友们遗弃的遭受磨难的人。”

涅俄普托勒摩斯像俄底修斯教他的那样做了回答。于是菲罗克忒忒斯迸发出一阵欢快的笑声：“亲切的希腊人的声音啊，我的耳朵很长时间没有听到过了！阿喀琉斯的儿子啊，这么说希腊人对待你像对待我一样，没有什么不同！告诉你吧，我是菲罗克忒忒斯，波阿斯的儿子。阿特柔斯的两个儿子和俄底修斯在前去征伐特洛伊途中，曾把一个备受可怕的伤痛折磨的人遗弃在这里，那个人就是我啊。那时我无忧无虑地睡在海岸边这个高高的岩洞里，随后他们就不讲信义地逃走了，留给我一些可怜的破烂衣服，像对待一个乞丐似的，还有少许的食物。你相信吗，亲爱的孩子，当我醒来时是怎样的吗？当整个舰船远去，再也看不到一个人时，那是怎样的一种悲哀，怎样的一种恐惧啊？！没有医生，没有帮助，我在这儿过着忍饥挨饿的生活，这是第十个年头了！这一切就是阿特柔斯的两个儿子和俄底修斯给我造成的，愿众神给他们以同样的惩罚！”

涅俄普托勒摩斯听了他的话十分感动，可是他想到俄底修斯的提醒。他说到了他父亲的死，说到了希腊同胞面临的命运，并说了些俄底修斯要他说的谎话。菲罗克忒忒斯非常关心地倾听，随后，握住阿喀琉斯儿子的手，悲痛地哭了起来并说道："亲爱的孩子，请你看在你父母的分儿上，把我从这痛苦中救出去。我知道，我是一个令人讨厌的累赘，可请你把我带走吧，不要弃我于这可怕的孤独之中，你是我的拯救者，带我到你的家乡去。从那儿到我父亲住的俄塔山并不是很远。"

涅俄普托勒摩斯心情沉重地向这个病人许下了不忠实的诺言："只要你愿意，我们就上船，但愿神祇使我们尽快离开这个地方，一帆风顺，到达我们要去的目的地！”菲罗克忒忒斯跳了起来，欢叫了一声，握住青年人的手。在这当儿，被派来伪装成希腊水手进行窥探的仆人与另一个水手一道出现了。他对涅俄普托勒摩斯讲述了一个捏造出的消息，说狄俄墨得斯和俄底修斯遵照预言家卡尔卡斯的指示去抓一个名叫菲罗克忒忒斯的人，要把他带到特洛伊去，因为只有这样才能攻占这座城市。此刻，他俩已在途中了。

这个可怕的消息使菲罗克忒忒斯一下子投入涅俄普托勒摩斯的怀里。他收拾起赫拉克勒斯的神箭，把它交给年轻的英雄，让他保管，随后他们走出石窟的洞口。这时，涅俄普托勒摩斯在他俩到达海岸之前，再也无法隐瞒实情编造谎言了，他说："菲罗克忒忒斯，我不能再欺骗你了。你必须与我一道去特洛伊，到阿特柔斯的儿子们和希腊人那里！"菲罗克忒忒斯惊慌地后退，他恳求，他咒骂。但正当这个年轻人的同情在心里占了上风时，俄底修斯从草丛里跳了出来。

菲罗克忒忒斯立即把他认了出来。"啾，我真倒霉呀，"他喊道，"我被出卖了，被谋杀了！这就是那个把我遗弃在这里的人，现在他又施展诡计骗去了我的神箭！好孩子，"他讨好地对涅俄普托勒摩斯说，"你把我的弓箭还给我！"但俄底修斯打断了他的话。"不行！"他喊道，"即使这个年轻人想这样做也不行。你必须与我们一起走，必须这样！这关系到希腊人的幸福，这关系到特洛伊的毁灭！"随后，俄底修斯把他交给仆人看管并把默默无言的涅俄普托勒摩斯拉走了。

菲罗克忒忒斯与那些仆人走到洞口时停了下来，他诅咒这无耻的欺骗，呼救神衹为他复仇。这时，他突然看到涅俄普托勒摩斯同俄底修斯一边争吵一边返了回来，并从远处听到年轻人愤怒地喊道："不，我错了，我通过可耻的诡计害了一个高贵的人！我不能让这种罪恶的勾当发生，在你把我杀死之前，你不能把这个人带到特洛伊去！"两个人都拔出宝剑，但菲罗克忒忒斯却扑倒在阿喀琉斯儿子的脚下，恳求他说："如果你答应救我，那我的朋友赫拉克勒斯的神箭将保护你的国家不受任何侵犯！""跟我走，"涅俄普托勒摩斯说，并从地上扶起老英雄，"我们今天就回我的故乡佛提亚。"

这时，蔚蓝色的天空在英雄们的头上变得阴暗起来。他们都把目光向上望去，菲罗克忒忒斯第一个看到他的朋友，已经身列神界的赫拉克勒斯站在阴云中间。

“不要走！”赫拉克勒斯从天上用响亮的神的声音喊道，“菲罗克忒忒斯，听我亲口说出宙斯的决定并服从它！你知道，我是费了多么艰苦的努力才身列神界，你也得受命运的安排，通过苦难才能得到赞颂。当你同这个年轻人出现在特洛伊城前之时，你就能解脱伤痛之苦。众神选中了你去杀死这场灾难的制造者——帕里斯，并毁灭特洛伊。你将得到最贵重的战利品，满载宝物回去见你还活着的父亲波阿斯。如果你还有剩余的战利品的话，那就用来祭献给我的坟墓。再见吧！”菲罗克忒忒斯朝正消逝而去的朋友向上伸出双臂。“好吧，”他喊道，“上船，英雄们！阿喀琉斯高贵的儿子，把你的手给我，而你，俄底修斯，永远与我同行，你所要的正是神祇所要的！”

帕里斯之死

当希腊人看见载有菲罗克忒忒斯和两位英雄的那艘船驶入赫勒斯滂海港时，他们成群结队欢呼着奔向海滨，他们一直在盼望它的归来。菲罗克忒忒斯伸出瘦弱的双手，他的陪同者把他抬到岸边，进入欢迎他的希腊人中间。他们看到他那样子都非常感伤。这时，人群中跳出来一位英雄，他做出许诺，借助众神的帮助，一定要很快把他治好。希腊人听到这位英雄的诺言，就大声欢呼起来。此人是医生波达利里俄斯，也是波阿斯的老朋友。就在希腊人洗净菲罗克忒忒斯的身体并涂上油膏的期间，医生很快就拿来了必要的药品。随后，众人向众神祈福，灼人的痛苦从他的四肢中消失，所有的折磨都在他的灵魂中逝去。希腊人看到他恢复了健康，都非常惊奇。此后他饱餐畅饮，安歇就寝。

翌日，特洛伊人在城外安葬他们的死者，这时他们看到希腊人又前来挑战，很快双方又展开了一场血战。涅俄普托勒摩斯用他父亲的长枪一连杀死了十二个特洛伊人，但勇敢的埃涅阿斯的战友欧律墨涅斯和埃涅阿斯本人则冲进希腊军队之中，撕开了几个口子，帕里斯杀死了墨涅拉俄斯的朋友——来自斯巴达的得摩勒翁。

菲罗克忒忒斯在特洛伊人中间横冲直撞，像所向无敌的战神本人一样。一旦敌人从远处看到他，就必死无疑。他所披挂的那套赫拉克勒斯的漂亮铠甲使特洛伊人恐惧，就像他胸甲上的美杜莎的头颅一样，令人生畏。到最后，帕里斯勇敢地举起弓箭，不避危险地向他冲了过来。帕里斯很快射出了一箭，箭却从菲罗克忒忒斯身边掠过，并射中了他身边的克勒俄多洛斯的肩膀。克勒俄多洛斯后退了几步，但帕里斯的第二支箭置他于死地。现在菲罗克忒忒斯抓起他的弓并用雷霆般的声音朝他喊道："你这特洛伊的盗贼，我们灾难的制造者，你得为此付出代价！同我进行较量，你的末日到了！只要你死了，你的家和城市很快就会毁灭！"说罢，他向帕里斯射出一箭，可只擦伤了他漂亮的皮肤。帕里斯也张开了弓，可菲罗克忒忒斯的第二支箭射入了他的侧腹。帕里斯无法再坚持战斗了，他像狮子面前的一条狗似的逃跑了，浑身抖个不停。

血腥的战斗又持续了一会儿，这期间，医生们在为帕里斯医治创伤。夜幕降临了，特洛伊人返回城内，希腊人退回船营。帕里斯痛苦得彻夜难眠。箭镞直透入骨髓，赫拉克勒斯箭上涂的毒液使伤口完全溃烂变黑。医生们虽然用了各种方法，却丝毫不见效。这时帕里斯记起了一个神谕：在他最危急的时刻，只有被他遗弃的妻子俄诺涅才能救他——他还是伊得山上的一个牧人时，曾与她度过了一段美好的时光，他从妻子口中听到了这个预言。

帕里斯让人把自己抬到伊得山去，他虽然不情愿，却为创伤的痛苦所逼，只得如此。到了妻子的住处，他立即扑倒在遭他鄙弃的妻子脚下并喊道："尊敬的女人，啾，现在不要在我痛苦的时刻恨我，因为从前我不是自愿离弃你的，是残酷无情的命运女神把海伦带到我面前的。现在以众神和我们早年的爱情为证，请你同情我，用药敷在我的伤口上，把我从这折磨人的痛苦之中解脱出来吧！你曾经预言过，只有你才能救我！”

但他的这番话并没有软化这个被他遗弃的女人的心肠。“你到被你遗弃而悲痛愁苦的女人这儿来做什么？”她斥责说，“你在青春貌美的海伦那里过得多么称心如意、愉悦欢欣呀！走吧，扑倒在她的脚下，看她能不能救助你。你有眼泪和悲痛，但不要指望我的灵魂会对你有什么同情！”她就这样把他从自己的房子里打发走，却没有想到她本人的命运与丈夫的命运是休戚相关的。帕里斯拖动着身子，由他的仆人搀扶和抬着，悲哀地穿过草木葱茏的伊得山。赫拉从奥林匹斯山俯视到这一情景，高兴极了。帕里斯还没有到达山麓，就毒发身死，在伊得山上他咽下了最后一口气，他的妻子海伦再也看不到他了。

一种意想不到的悔恨攫住了俄诺涅的灵魂，她现在忆起了她与帕里斯在爱情中度过的青春时光。她的心扉敞开了，泪水喷涌而出，终于，她站了起来，匆忙地打开房门，像一阵疾风一样冲了出来。她跃过崖石，穿过山涧和溪流，疾行在深夜里。月亮女神塞勒涅怜悯地从蓝色的夜空俯视着她。她终于到了火葬她丈夫的地方，他的尸体在木材上燃烧，四周围着一些山上的牧人，他们向朋友和国王的儿子表示最后的敬意。当俄诺涅看到丈夫的尸体时，剧烈的痛苦使她变得不知所措。她用衣服蒙住她美丽的面孔，一下子就跃上火葬堆，在四周的人救下她之前，她与丈夫的尸体已被大火吞噬，他们只能为之悲叹了。

木马计

希腊人攻城夺门之战久久不能获胜，从各个方向登城的尝试都归于失败。这时，一个神谕告诉他们，特洛伊的命运取决于存放在特洛伊城内神庙里的一个雅典娜女神的神像。于是俄底修斯和狄俄墨得斯立即决定前去盗取。两位英雄化装成可怜的乞丐进入敌人的城市，并在寂静的夜里偷偷潜入存放神像的神庙。天刚破晓，这两个大胆的人就已经带着他们的战利品回到军营了。可即使如此，对特洛伊城的攻击仍被守城的人击退。预言家卡尔卡斯于是召集了一次英雄大会，他对他们说道：“你们别再花费力气去进行战斗了，用这种方法是不会成功的。你们最好是想出一个计策，能使你们达到目的。听我说，我昨天看到一个迹象：一只老鹰追逐一只鸽子，可鸽子躲进一个崖石的石缝中间逃避捕杀。老鹰长时间恼火地守候在石缝前面，可那个小动物就是不出来。这时，这只猛禽藏到近处的草丛中间，小鸽子就愚蠢地又钻了出来，老鹰扑向这个可怜的小动物，毫不留情地抓住了它。”

这番话给英雄们留下了很深的印象，他们殚思竭虑，却仍想不出任何一个能结束这场战争的方法。这时，俄底修斯想出来个计策。“朋友们，让我们造一个巨大的木马，”他喊道，“我们最勇敢的英雄藏到它那空空的肚子里。其余的人乘船撤到忒涅多斯岛去，此前把所有留在军营中的东西都烧掉，这样特洛伊人从城墙上看到这种情形就会毫不戒备地来到这里。在我们中间要有一个特洛伊人不认识的勇士，他留在木马外边，走向他们，说自己是一个逃跑者，并告诉他们，希腊人为了返乡要把他杀死来祭神，可他逃过了希腊人的这种罪恶的行径。这木马是献给特洛伊人的敌人雅典娜女神的，他就藏在木马下面，直到他的敌人动身之后才爬了出来。他必须说得真实可信，不断地重复，直到特洛伊人消除了对他的怀疑，并把他当作一个值得同情的外乡人带进城里才行。到了那儿，他要想方设法让特洛伊人把这个木马弄进城内。当我们的敌人无忧无虑地进入梦乡时，他要给我们一个约好的暗号，我们就从木马腹中出来，并燃起火把向在忒涅多斯岛的朋友发出信号，用火和剑把这座城夷为平地。”

当俄底修斯说完时，大家都称赞他那奇思妙想的才智，预言家卡尔卡斯尤为赞扬他，并让人们注意听宙斯从天上传下来的表示赞同的雷声。希腊人催着明天就开始这项工作，随后，所有人都相继返回舰船并躺下睡觉。

午夜时分，雅典娜托梦给希腊英雄厄珀俄斯，吩咐这个心灵手巧的人去建造硕大无朋的木马，并答应帮助其尽快完工。

翌日清晨，人们立即动工，在雅典娜的帮助下，三天就完成了。全军都为这位艺术家的杰作而惊叹，他把这个木马造得惟妙惟肖。厄珀俄斯向上苍举起双手并祷告说：“伟大的雅典娜，请保佑你的木马，请保佑我，崇高的女神！”所有希腊人也一同为之祈祷。

这期间，特洛伊人在最近一次战斗之后就畏缩地躲在城墙后面。现在，特洛伊人的厄运即将来临。众神之间也爆发了纷争，他们分成了两派，一派袒护希腊人，另一派则厌恶他们。他们降临人间，来到斯卡曼德洛斯河旁列成阵势，相峙而立——只是凡人看不见他们。就是海洋诸神也分别站到这一边或那一边。海洋女仙们都站在希腊人一方，因为她们是阿喀琉斯的亲戚；另外一些海神则站在特洛伊人一方，他们掀起狂涛巨浪把舰船推向陆地，撞击那个阴险的木马。这期间，在高一级的神祇中间战斗已经开始，阿瑞斯冲向雅典娜。这成了一场混战的信号，神祇们捉对厮杀起来。黄金铠甲叮当作响，海浪呼啸。大地在众神脚下颤抖，他们的战斗呼喊声汇集一起，直达冥界，使塔耳塔洛斯的提坦巨人们也为之战栗。刚远出旅行归来的宙斯一看到这种情景，就向正在战斗的众神之间抛出一道闪电，使他们恐惧地停下战斗。若是他们不听从，宙斯就要把他们全部毁灭。众神由于害怕失去永生，就都退出战场，撤出战斗。

这时，希腊军营中的木马已经完工，俄底修斯在英雄大会上站起发言。“希腊人的领袖们，”他说，“现在是证明谁是真正勇敢和强大的人的时候了，因为在木马腹中面对的是一个黑暗的未来！相信我吧，爬进去，藏身在里面比在面对面的战场上战死需要更多的勇气！因此，谁认为自己是最勇敢的，就站出来参加这项冒险行动。其余的人可以乘船去忒涅多斯岛，但要有一个无畏的年轻人留在木马附近并按照我所说的去做，谁愿意承担这项任务？”

英雄们都犹豫不决。这时，一个名叫西农的勇敢希腊人站了出来，他说：“我请求去做这件必须完成的事情！即使特洛伊人折磨我，即使他们把我活生生抛进火堆里，我也下定了决心！”人们向他发出欢呼声，涅斯托耳站起来激励希腊人，他说：“亲爱的孩子们，鼓起勇气，现在神祇正把这十年艰苦征战的终点交到我们手中，为此迅速地进入木马的腹中去吧。”

老人这样喊了起来，并要第一个跨入侧门进到木马的肚子里，但阿喀琉斯的儿子涅俄普托勒摩斯请求他，把这个荣誉让给自己这个年轻人，而由涅斯托耳领导其余的希腊人去忒涅多斯岛。涅俄普托勒摩斯费了好大力气才说服了涅斯托耳，于是这个年轻人全副武装第一个进入宽大的马腹。随他之后是墨涅拉俄斯、狄俄墨得斯、斯忒涅罗斯和俄底修斯，然后是菲罗克忒忒斯、埃阿斯、伊多墨纽斯、墨里俄涅斯、波达利里俄斯、欧律玛科斯、安提玛科斯、阿革珀诺耳，以及其他英雄们，最后进入马腹的是建造者厄珀俄斯本人。随后，他把梯子抽了上去，从里面把门关紧，插上门闩，马腹中所有人都一声不响，在黑暗里坐在那儿，等待着胜利或者死亡。

其余的希腊人把他们的帐篷和用具付之一炬，随后由阿伽门农和涅斯托耳率领乘船前往忒涅多斯岛。在岛前他们抛锚上岸，盼望看到发出的火把信号。

特洛伊人不久就发现赫勒斯滂海岸烟雾冲天，当他们从城墙上仔细朝海滨观察时，发现希腊人的舰船都不见了。他们成群结队、兴高采烈地向岸边奔去，但并没有忘记全副武装，因为他们依然心存恐惧。他们在原是敌人军营的地方看到木马时，都吃惊地环立在周围，因为这是一个硕大无朋的杰作。就在他们争论怎样处置这个奇妙的玩意儿时，特洛伊阿波罗神庙的祭司拉奥孔急速地向这群好奇的人跑去，老远就喊道：“不幸的同胞们，什么样的疯狂念头在捉弄你们呀？难道你们认为希腊人真的乘船而去，或者希腊人留下的这个东西不是一种诡计吗？你们就这样看俄底修斯？在这个木马里不是隐藏有某种危险，那它就一定是一个作战机器，埋伏在附近的敌人会用它来进攻我们的城市！不管怎么样，不要相信它！”说着他就从站在他身边的一个人手里夺下一柄铁制长矛，深深地刺入马腹之中。长矛在木头中抖个不停，从深处发出回响，像是出自空洞的地窖似的。但是特洛伊人已心智壅塞，变得懵懂迷惘。

就在发生这件事的期间，有几个牧人好奇地走近木马仔细观察，他们从木马肚子下面拖出来狡猾的西农，要把他当作希腊俘虏交给普里阿摩斯国王。这时，一直环立在木马四周的特洛伊人集聚在一起来看这个新的场面。

西农很好地扮演着俄底修斯教他扮演的角色。他向上苍祈求地伸出双臂，啜泣着喊道："痛苦呵，我该信赖的陆地，我该信赖的海洋在哪儿？我这个人被希腊人放逐，并且就要被特洛伊人杀死！"站在他四周的人被他的哭诉所感动，走到他跟前问他是什么人，来自何处。西农终于不害怕了，他说："我是一个希腊人！也许你们听说过欧玻亚的帕拉墨得斯国王吧？由于俄底修斯的怂恿，希腊人用石头把他打死，因为他要退出反对你们城市的战争。我是他的一个亲戚，参加了这场战争，在他死后我无依无靠。因为我敢于声言向谋害我表兄的敌人复仇，虚伪的俄底修斯迁怒于我，在整个战争期间一直不停地对我进行迫害。到最后，他同那个骗人的预言家卡尔卡斯商量好，要置我于死地。我的希腊同胞经常做出逃回希腊的决定，却一再推迟行期。当他们终于实施并在这儿建造这个木马时，他们派欧律皮罗斯去求阿波罗的一个神谕，因为他们在天上看到了一个不祥的征兆。欧律皮罗斯从神庙带回的是一个可悲的回答：'你们在出征时曾将一个处女的鲜血祭献给愤怒的狂风以求得宽恕，现在你们返归时也必须用血来祈求平安，必须牺牲一个希腊人。'当希腊人听到这个神谕时，他们惊得毛骨悚然。这时，俄底修斯吵吵嚷嚷地把预言家卡尔卡斯拽进会场，请他说明神的意志。这个骗子沉默了五天时间，虚伪地拒绝挑选一个希腊人去死，可最后他念到了我的名字。大家都一致同意，因为每个人都高兴自己能躲过死亡了。可怕的一天到了，我被装饰成祭献的祭品，头上缠起一条神圣的彩带，神坛和被碾碎的谷粒都准备停当。可这时我扯断绳索逃跑了，并在附近沼泽地里的芦苇荡中躲了起来，直到他们乘船离去。我爬了出来并在他们这个神圣的木马的肚子下面找到个安身之处。我无法回到我的祖国，无法见到我的同胞。我在你们的国家里，你们宽宏大量地让我生，或者如我的同乡那样要我死，这都取决于你们。”

特洛伊人听了十分感动。普里阿摩斯用好言安慰了这个骗子，叫他忘记可恨的希腊人，若是他能说清楚这个木马的用途的话，就答应给他在城里安排个住处。这时，西农举手向天假意祈祷，他说：“我敬奉的众神啊，你们为我做证，迄今为止把我和我的同胞连在一起的纽带已经扯断，如果我现在揭穿他们的秘密，那我绝不是在犯罪！在这场战争中希腊人把全部希望都寄托在雅典娜的帮助上，但自从狡猾的希腊人从特洛伊城中偷走了她的圣像之后，一切就走了下坡路。女神发怒了，幸运远离了希腊人。这时，预言家卡尔卡斯解释说，必须立即乘船返乡，回国去接受神祇的新的指示。在雅典娜神像被放回原处之前，他们的这场征战不会有好的结局。这番话打动了希腊人，他们决定逃归，也确实付诸实施了。可此前他们根据预言家的劝告建造了这个巨大的木马，留下来作为对受到侮慢的女神的祭品，以缓和她的愤怒。卡尔卡斯让人把木马建得高高的，这样你们特洛伊人就不能通过城门把它运到城里去，他想用这样的方法使你们得不到雅典娜的庇护。”

西农巧舌如簧，说得那么合情合理，使普里阿摩斯和所有特洛伊人都对这个骗子深信不疑。雅典娜却关注她那些在木马中的朋友们的命运。自从拉奥孔提出警告之后，他们坐在里面一直忐忑不安，死亡的恐惧总是在眼前飘忽不定。

由于一个可怕的奇迹，英雄们从这种危险中解脱了出来。阿波罗神庙中的祭司拉奥孔在海滨向众神祭献一只牡牛时，两条巨大的毒蛇从忒涅多斯岛方向穿过明镜般的海面，向岸上游来。它们的腹部和血红的头从水面昂起，蛇身的其余部分在海水下面蜿蜒游动，激起的水花噼啪作响。它们游到岸上，吞吐着舌头，发出咝咝的叫声并用火一样的眼睛环视四周。还一直围在木马四周的特洛伊人吓得面无血色，纷纷夺路逃跑，但这两条毒蛇直奔岸边的海神神坛，拉奥孔和他两个年轻的儿子正在忙着祭祀。两条毒蛇先是缠住了两个孩子的身体，用毒牙咬他们的细皮嫩肉。两个孩子大声呼救，当父亲抽出宝剑要去救助时，两条毒蛇也把他缠住，在他身上绕了两圈，随即在他的头上昂起蛇头，挺起蛇颈。他试图挣脱开蛇的缠绕，但没有用处。拉奥孔和他的两个孩子被蛇咬死了，它们蠕动着爬行到高高的雅典娜神庙，藏在女神的脚下和盾牌的后面。

特洛伊人认为这一可怖的事件是祭司因为怀疑木马而亵渎了神，所以得到了惩罚。一部分人跑回城市，把城墙拆毁，以便为这个不祥的来客打开一条通路；另一部分人则给木马脚下装上轮子，还有一些人用粗大的绳子拴住木马的脖颈。随后，他们成功地把它拖进神圣的城堡。在这种狂热和欢呼中，只有女预言家，特洛伊国王聪明女儿卡珊德拉保持清醒，不幸的是，她得不到信任。她从天上和大自然中观察到了不祥的征兆，为预见到的危险所驱使，她披头散发冲出王宫。“可怜的人们，”她喊道，“难道你们没有看到，我们正在走向地狱之路吗？没有看见我们正站在死亡的边缘上吗？我看到城市里充满了烈火和鲜血，我看到死亡从木马的肚子里涌出，而这木马正是你们欢呼着把它拽进我们的城堡里来的。即使我说上一千遍，你们还是不相信我。你们已把自己奉献给复仇女神了，她们正为海伦的罪恶婚姻向你们复仇。”真的，这女预言家得到的只是讥笑和嘲弄，没有人认真对待她的话。

特洛伊城的毁灭

特洛伊人在上半夜一通狂欢，畅饮豪啖。午夜时他们终于酣然入睡。假装睡觉的西农从床榻上起身，偷偷地潜出城外，他燃起一支火炬，按照约好的信号朝忒涅多斯岛方向摇晃。随后他爬到木马下面，轻轻地敲打马腹，像俄底修斯吩咐的那样。英雄们听到了声音，但所有的人都屏住呼吸，把头转向俄底修斯。他提醒他们走出时要小心，尽可能不出声音。他镇静如常，不急不躁，轻轻地拉开门闩，稍许探出头来，窥视四周，看有没有特洛伊人守护。随后他挂下了一个梯子，走了出来。其他的英雄随他鱼贯而下，心都紧张得怦怦跳动。他们手执宝剑和长枪冲入城市的街道和房屋，在昏睡和醉酒的特洛伊人中间开始了一场可怕的屠杀。他们把火把掷进房宅，不久房顶上燃起了熊熊的烈火。

与此同时，接到西农火炬信号的希腊舰队从忒涅多斯岛起程，借顺风之利很快就驶进赫勒斯滂海港，整个希腊军队随即斗志昂扬地穿过一天前为拖进木马而拆出来的缺口，拥入城内。现在这座被占领的城市已是尸横遍野，满目疮痍。半死的人和伤残的人在死尸中间蠕动爬行，还能站立起来乞求活命的人很快就被长枪刺进后背倒地死去。狗的哀叫声与伤者的呻吟声，女人的哀求声和无助的孩子们的哭喊声，混成一片。

但这场战斗也使希腊人付出了代价，尽管大多数敌人手无寸铁，但他们依旧拼命抵抗。一些人掷杯子，另一些扔桌子，还有一些从通红的炉火中抓出正在燃烧的木头投向拥进来的希腊人。当希腊士兵最终冲进普里阿摩斯国王的宫殿时，有许多特洛伊人已逃进那里并武装了起来，他们中有很多人就死于那些绝望挣扎的敌人手下。

深夜时整个城市被蔓延开来的大火和希腊人的火把映得如同白昼，战斗中再不担心分不清敌友了。狄俄墨得斯杀得兴起，像一个疯子，罗克里斯国王的儿子埃阿斯和伊多墨纽斯同样如此。谁挡住他们的路，谁就必死无疑。涅俄普托勒摩斯寻找普里阿摩斯的儿子，杀死了三个，又杀死了曾敢于同他父亲阿喀琉斯进行较量的阿革诺耳。到最后，他冲向可敬的普里阿摩斯国王的面前，国王正在露天的宙斯神坛前祈祷。涅俄普托勒摩斯迫不及待地拔出宝剑，普里阿摩斯毫无畏惧地直视他。“杀死我吧，勇敢的阿喀琉斯的儿子！”他喊道，“在我不得不忍受如此多的灾难，又看到我几乎所有的儿子死去之后，我怎么能再活下去？”“老人，”涅俄普托勒摩斯回答说，“你提醒我的，正是我自己的心催促我做的！”随即他用剑砍下这个年迈国王的脑袋。希腊军队中那些普通的战士做得更为残忍：他们在国王儿子赫克托耳的宫里，从他的妻子的怀里扯出赫克托耳的儿子阿斯堤阿那克斯，出于对赫克托耳和他家族的仇恨，他们把孩子从塔楼的雉堞上摔了下来。孩子的母亲绝望地朝杀人犯喊道：“你们为什么不把我从可怕的高墙上摔死或把我投入烈火之中？自从阿喀琉斯杀死了我的丈夫之后，我活着只是为了我们的孩子。把我也从这漫长的痛苦中解脱出来吧！”但凶手们并不听她的，而是把她捆了起来，带着离去。

伟大的英雄埃涅阿斯一直在城墙上毫不气馁地进行战斗。现在他看到城市在燃烧，抵抗已经毫无意义，自己就像在暴风雨中驾驶一艘破船的水手，虽然长时间搏斗，但最终不得不放弃，自己只能跳上一只小船自救。他背起白发苍苍的父亲安喀塞斯，牵住儿子阿斯卡尼俄罗的手逃命而去。在他母亲阿佛洛狄忒的庇护下，他的双脚所到之处，火焰为之退让，浓烟为之散去，而希腊人掷向他的投枪、射向他的箭镞纷纷落地。

这期间，墨涅拉俄斯在他那不忠实的妻子海伦的后宫门前发现了得伊福玻斯。帕里斯死后，海伦就成了得伊福玻斯的妻子，晚宴后他还一直头昏脑涨。他发现墨涅拉俄斯逼近，就踉跄地夺路逃命，但墨涅拉俄斯追了上去，用长枪刺中他的脖颈，使他倒地死去。墨涅拉俄斯把尸体踢到一边，开始在宫中搜寻海伦。海伦因害怕前夫的愤怒，颤抖地躲藏在房间的一个昏暗角落，直到很久之后，他才找到她。受狂暴的妒忌驱使，他要用他的宝剑把她杀死。可爱神阿佛洛狄忒使她更加美丽诱人，撞掉他手中的利剑，驱散他胸中的怒火，唤醒他心中的旧爱。一看到她那超凡的美貌，他无法再度举起宝剑，他的力量崩溃了——这一瞥使他忘记她所犯的过失。这时，他听到身后的希腊人——他们正在王宫里烧杀抢掠——的叫喊声，一种羞愧的情感涌向心头，因为他站在不忠于他的女人面前，不像是一个复仇者而像是一个奴隶。于是他狠心地又举起宝剑，重新冲向他的妻子。可在心里他不愿这样做，幸好这时他的兄弟阿伽门农出现了，突然站在他的身后，把手放在他的肩上，并对他喊道：“放下剑，亲爱的墨涅拉俄斯兄弟！你不该杀死你合法的妻子，为了她我们忍受了多少痛苦呀！比起可耻地破坏宾客礼仪的帕里斯，海伦的罪过轻多了。帕里斯和他的人民都受到了惩罚，被消灭了。”墨涅拉俄斯听从了他的话，看起来有些迟疑不决，但心里十分高兴。

就在人世间发生这件事的时候，隐身在浓云中的众神为特洛伊的陷落悲痛不已。只有特洛伊人的死敌赫拉，过早丧命的阿喀琉斯的母亲忒提斯，快乐得欢呼起来。就连雅典娜——虽然特洛伊的毁灭符合她的意愿——看到普里阿摩斯的女儿，她的祭司，虔诚的卡珊德拉的遭遇时，也不禁流下泪来。她逃进雅典娜神庙，抱着神像求救，可俄琉斯的狂暴儿子埃阿斯用粗糙的双手抓住她并扯着她的头发将她拖走。雅典娜没有救助她敌人的女儿，她的面颊却由于羞耻和愤怒而发烧。她的神像使神庙里的土地发出隆隆响动的声音。她转过目光，不再去看这种暴行，可心里决定对这种罪恶进行报复。

烧杀抢掠持续了很长时间。从特洛伊升起的火柱直冲云天，它宣告了这座不幸城市的毁灭。

墨涅拉俄斯和海伦，波吕克塞娜

直到翌日清晨，城市的全部居民被杀或者被俘。希腊人再也遇不到抵抗，他们夺取了这座城市的无数的财宝，把无数的战利品——黄金、白银、宝石、各式各样的家具、妇人、少女和儿童都搬到他们的船上。在人群中间，墨涅拉俄斯领着他的妻子海伦离开了燃烧着的特洛伊，他虽然不无羞愧，可心里却为重新占有她而感到满意。走在他旁边的，是他的兄弟阿伽门农和他从埃阿斯手中救出来的卡珊德拉。阿喀琉斯的儿子涅俄普托勒摩斯带领的是赫克托耳的妻子安德洛玛刻。王后赫卡柏成了俄底修斯的俘虏。特洛伊的无数妇女，年轻的和年老的，跟在后面，走在最后的是少女和孩子；伴随她们的是一路的悲哭和啜泣。

只有海伦一声不响，因为深深的羞耻感使她哭不出声来。她那阴暗的两眼紧紧盯住地面，双颊泛起一片火辣辣的红晕。她的心在急剧跳动，一想到等待她的命运，就禁不住恐惧得颤抖。但当她到了船上时，所有的希腊人都为她那风华绝代的姿色而惊叹，并暗自思忖，能一睹其芳容，跟随墨涅拉俄斯前来特洛伊并经受十年的艰辛和磨难是值得的。没有一个人想要加害这个美丽的尤物，他们高兴见到墨涅拉俄斯友好地对待她；而墨涅拉俄斯的心，经阿佛洛狄忒的安抚早就原谅了她。

舰船上一片欢腾，摆上了宴席，英雄们围在一起。一个弹琴的人坐在中间，吟唱他们伟大的英雄阿喀琉斯的丰功伟绩，欢宴直至深夜。

当海伦同她丈夫墨涅拉俄斯独自在一起时，她扑倒在他的脚下，抱着他的双膝，说道："我知道，你有理由用死来惩罚你不忠的妻子。但你想一想，高贵的夫君，我不是自愿离开你的斯巴达王宫的啊。在你离家的时候，那个骗子帕里斯用暴力把我带走。现在我跪在你的脚下，我后悔，我恳求你的保护。你决定我的命运吧！"

墨涅拉俄斯把她从地上扶起，谅解地说道："不要老想过去的事情，海伦，你的害怕是多余的！已经发生的，隔夜就已忘却。"随后，他把她拥到怀里，在她的嘴唇上印下宽恕的亲吻。

翌日清晨，希腊人焦急不耐地冲出他们的营盘，渴望返乡。这时，涅俄普托勒摩斯踏入群集的人们中间，他说："听我说，希腊人，我不朽的父亲阿喀琉斯昨夜托梦给我，要我通知你们：你们应当把特洛伊的战利品中最珍贵的和最好的献祭给他，使他的心从他仇恨的城市的灭亡中得到慰藉，并让他获得胜利者的奖赏。在对这位死者履行义务之前，你们是不应该离开这个海滨的。特洛伊的陷落应归功于他，如果赫克托耳不被打败，你们永远不会得到今日的成功！"希腊人恭敬地决定，遵从他们死去的英雄表达出的意愿。

但是发生了问题：人们该祭献什么？什么是特洛伊全部战利品中最珍贵的和最好的？每一个希腊人都把他们掠夺的珍宝和抓到的俘虏陈列出来。但所有这一切，无论是黄金、白银、宝石还是其他宝物，在国王普里阿摩斯的女儿波吕克塞娜的花容月貌面前，都黯然失色。当所有的目光都望向她，把她看作特洛伊战利品中最珍贵的部分，想将她献给最伟大的英雄时，她毫无惧意。波吕克塞娜曾在城墙上数次看到战斗中的阿喀琉斯，尽管这位伟大的英雄是她人民的敌人，可他那神一般的身躯和威武强壮已使她心生爱慕。

阿喀琉斯的墓碑前建造好祭坛，所有祭祀用具都已准备停当。这时，国王的女儿从被俘的女人中间跳了出来，握住一把锋利的匕首，一言不发就刺进自己的心脏，倒地死去。希腊人群中迸发出一声悲恸的喊叫，白发苍苍的王后赫卡柏哭喊着扑到女儿的尸体上，被俘的特洛伊女人中也响起了一片哭声。涅俄普托勒摩斯充满同情地奔了过来，把死去的少女从祭坛上移开，并吩咐以王室的荣誉来安葬她。这时，涅斯托耳从人群中站了起来，他欢快地说道："可爱的同胞们，返乡的时刻终于临近了。动身吧，让我们启程，扬帆入海！"

从特洛伊启程，小埃阿斯之死

在欢呼声中，舰船都做好了准备，所有的财宝都被运到甲板上，俘虏们都被带到船上，随后是希腊人。解缆起锚，不久，无数舰船驶入了自由的大海。

船头上到处堆放着被杀死的敌人的武器，桅杆上挂满了无数的胜利纪念品，就是舰船本身也都饰上花环。胜利者给他们的盾牌、长枪和头盔都结上花冠。他们站在前甲板上，向大洋祭酒，热情地向众神祈祷，保佑他们顺利返乡。但他们的祈求毫无意义，在它传达到奥林匹斯圣山之前，疾风已把它从舰船旁吹得远远的，消散在空中，了无踪迹。

这期间，被俘的特洛伊妇女和少女悲哀地回望仍烟火弥漫的特洛伊城，偷偷地哽咽，用泪水来减轻憋在心中的痛苦。少女们在怀中交叉起双手，少妇们抱着她们的孩子。卡珊德拉站在另一群俘虏中间，她高贵的身躯比其他人都高，但她的眼中没有泪水。她嘲笑周围发出的哭声，现在发生的正是她所预言的，而这预言正是遭到了这群悲惨的人的讥讽和嘲弄。

若不是雅典娜因罗克里斯的埃阿斯的渎神行为而恼火的话，胜利者真会顺利地抵达希腊的海岸。现在，当他们到达欧玻亚的多风暴的海岸时，女神想到了去为俄琉斯的儿子埃阿斯安排一个悲惨的、无情的结局。她向奥林匹斯的众神之父控告了他在自己的神庙里对她的祭司卡珊德拉犯下的罪行，并渴求对这个罪犯复仇。尘世正义的主宰者宙斯不仅满足她的愿望，还把用铁铸成的最新雷斧借给她用，并允许他的女儿给希腊人准备一场毁灭性的风暴。

雅典娜很快披上铠甲，拿起闪闪发亮的神盾，盾牌的中间是披着火红的蛇发的戈耳工脑袋。她抓起放在她脚下的父亲的神箭，让奥林匹斯山在雷电中震动，使群山罩上乌云，使大海混沌一片，使陆地陷入黑暗。紧接着，她派使者伊里斯女神去召唤风神埃俄罗斯。雅典娜的使者看到了风神和他的妻子及十二个孩子。风神听从命令，立即行动起来。他用强壮的双手举起巨大的三股神叉，捅进居住着各种狂风的大山，用力扯掉山顶。各种狂风像猎狗一样立即涌了出来，他命令它们立刻汇合成一股遮天蔽日的飓风，刮向卡法尔崖石下面的海浪——崖石的四周就是欧玻亚海岸。

它们还没有完全听清他的话就已经动身了。大海在它们下面呻吟，海浪像山一样翻腾。希腊人看到海的波涛排山般向他们涌来时，已吓得落魂失魄，不久就没有人敢去划桨了。船帆被风暴扯成碎片，到最后舵手也一筹莫展。黑夜降临，得救的希望也随之破灭了。雅典娜毫不留情地向希腊舰船掷去火红的闪电，伴随而至的是一迭声的响雷。到最后，她把最尖利的雷斧劈进埃阿斯的舰船。大地和空气中响起了破裂声，波涛旋起了破碎的船片。人们成群地跃进海中，很快被海浪吞没。埃阿斯力图活命，他攀上舰船的一块横梁，但闪电从四面八方袭来，就在他身边嗞嗞作响，直击入海水之中。可埃阿斯依然没有失去勇气，他抓住从狂涛巨浪中露出的一块岩石，并夸口即使奥林匹斯所有的神祇都来跟他作对，他也能救出自己。

大地的震撼者、海神波塞冬听到这狂妄的大话极为恼怒，他狂暴地同时震动大海和陆地。卡法尔的崖坡在颤抖，海岸在咆哮的海浪冲击下发出雷鸣声。到最后，埃阿斯用双手紧紧抓住的岩石也从根上被震翻，连同埃阿斯一起被甩进海中。波塞冬还向他投掷一个被扯掉的山丘，于是埃阿斯失败了，被大海和陆地所征服。

希腊人的舰船在海上四处漂流。许多已经破碎，还有许多已被海浪吞没。大海继续咆哮，大雨依旧滂沱，就像第二次丢卡利翁时代的洪水一样。

同时，特洛伊城外的大海按照愤怒的波塞冬的命令淹没了海滨，冲毁了希腊人在他们船营旁和在被包围的城市前建造的所有围墙和堡垒。于是，这场巨大的战争除特洛伊的废墟、载着返乡英雄和被俘的特洛伊妇女的几艘船之外，什么也没有留下。风暴使这些返乡的英雄四处漂流，他们费尽千辛万苦才重又抵达希腊海岸，而他们中只有少数的胜利者才得到了真正的幸福。

（高中甫译）

第三部

Volume III

俄底修斯的传说

我是俄底修斯，
拉厄耳忒斯的儿子；
人们都认识我，
我足智多谋的名声在世上广为流传。

忒勒玛科斯及众多求婚人

幸存的希腊人从特洛伊返回了他们的家乡，只有拉厄耳忒斯的儿子、伊塔刻的国王俄底修斯还一直在海上漂流，经历了一种罕见的遭遇。在无数险遇之后，他登上了远方的一座荒芜的、覆盖着茂密森林的小岛。岛的名字叫俄古癸亚，一位高贵的女仙卡吕普索——她是提坦神阿特拉斯的女儿——把他抓来关在她的山洞里，因为她要他做自己的丈夫。她答应他永生和永葆青春，但他忠于留在家乡的妻子——贤淑的珀涅罗珀。最终，就是奥林匹斯圣山上的众神也为俄底修斯的命运感到哀伤。只有海洋之神波塞冬对他的愤怒是无法化解的，即使不敢把他毁灭掉，波塞冬也要在他返乡的路上设置重重的障碍，让他四处漂泊。使他身陷这座荒岛，也是海神的安排。

但上界诸神在会上做出了决定，要俄底修斯摆脱卡吕普索女仙的桎梏。根据雅典娜的请求，众神使者赫耳墨斯被派往俄古癸亚，去向这个美丽的仙女宣布宙斯的不可抗拒的命令，让俄底修斯返回他的故乡。雅典娜脚穿那双黄金神鞋，这样就能穿山越海，她手执威力强大的长枪，飞速地从奥林匹斯山崖冲下，不久就来到位于希腊西海岸的伊塔刻岛的俄底修斯的宫殿。她化身为塔福斯勇敢的国王门忒斯，手执长枪。

俄底修斯的家里呈现出一幅可悲的景象。伊卡里俄斯美丽的女儿珀涅罗珀，和她年轻的儿子忒勒玛科斯，早就不是这座宫殿的主人了。在得到特洛伊陷落和其他英雄早已返乡的消息之后很久很久，只有俄底修斯没有回来，于是关于他肯定已经死亡的传闻逐渐散布开来。这样没过多久，就有上百个本岛的和四周岛屿的求婚者借口向年轻的寡妇求婚，住到珀涅罗珀家里，挥霍俄底修斯的家产，纵情享乐，极度无耻。这些坏家伙已经在这里待了三年之久了。

当雅典娜化身为门忒斯到来时，她发现这一批求婚人正在宫中恣情嬉戏。俄底修斯的儿子忒勒玛科斯闷闷不乐地坐在他们中间，思念着他那伟大的父亲。他别无所求，只希望父亲返回家中，把这群求婚人赶走，重新成为主人。当他看到化身为陌生国王的女神时，他奔向门口迎了上去，握住她的手，表示欢迎。他俩进入拱形大厅，雅典娜把她的长枪搁置到厅柱旁的枪架上，与俄底修斯的长枪摆放在一起。随后，忒勒玛科斯把他的这位客人领到餐桌前，让他坐在一张脚凳上，一个女仆端来一金罐净水供陌生人洗手之用。随后，面包和肉送了上来，一个男仆给金杯斟满美酒。不久，那些求婚人相继进来，也享受美味佳肴。随后他们要求演唱，于是侍仆给歌者斐弥俄斯递上一张漂亮的竖琴，在这群胡作非为的求婚人的逼迫下，歌者拨动了琴弦，开始唱起了愉快的歌儿。

就在这些人听得入神期间，忒勒玛科斯把头靠近他的客人，对化身为门忒斯的女神悄声说："你看到了，这些人是怎样在挥霍他人的财富，这是我父亲的家产啊。他的尸骨也许早就腐烂在海滨的大雨之中，也许还在海浪中到处飘零！他肯定再也不会回来惩治这帮人了！但请你告诉我，高贵的陌生人，你是谁？在何处生活？你的父母在哪儿？”“我是门忒斯，安喀阿罗斯的儿子，”雅典娜回答说，“我是塔福斯岛的统治者。我乘船来到这里，是为了在忒墨萨用铜换铁，并趁机来拜访你的父亲。遗憾的是，他没有回来，但他确实还活着。他肯定漂流在某一个荒岛上，被强制羁留在那里，是的，善于预知未来的头脑告诉我，他不久就会返回家中。告诉我，你家里为什么这样一团糟？你是在举行宴会还是婚礼？”

忒勒玛科斯长叹一声，说道：“啊，亲爱的朋友，我们家过去非常豪华气派，十分富有，可现在完全变样了。你在这儿看见的这些人，都是来向我母亲求婚并挥霍我们的家财的。”怀着一种愤怒又痛苦的心情，女神回答道：“你必须把这群无赖从王宫中赶出去，听从我的劝告，要他们明天就离开这里！告诉你的母亲，如果她想再次结婚的话，就回她自己父亲那里，去那儿安排婚礼、准备嫁妆好了。但你本人去装备你那艘最好的船，带上二十个水手，然后上路去寻找你失踪很久的父亲。先去皮罗斯岛，上岸问那位德高望重的老人涅斯托耳，如果得不到什么消息的话，就去斯巴达找英雄墨涅拉俄斯，因为他是最后一个回家的希腊人。如果在那儿听到你父亲活着的消息，就等上一年。但如果得知你父亲已死的话，那就返回，举行祭礼，为你父亲建立一个墓碑。如果你看到那些求婚人还一直待在你家里的话，就设法杀死他们，不管是使用计谋还是堂堂正正。”说罢，女神消失了，像一只鸟一样飞入云际。忒勒玛科斯为这个陌生人的消失深感震惊。他想到这是一个神祇，他在思考他的劝告。

这期间，大厅里的歌唱在继续。歌手在吟唱希腊人从特洛伊返乡的可悲之行，所有的求婚人都在谛听。这时，忒勒玛科斯踏入大厅并把他们招拢在一起，说道："你们这些求婚人，可以继续安心地享乐，但不要这么喧哗！明天我们要举行一次会议，我要坦率地告诉你们，都回自己家去。该是用你们自己的家财去养活自己的时候了，不要把别人继承下来的财产挥霍一空！"那些求婚人听了年轻人这番斩钉截铁的话都目瞪口呆。

翌日清晨，忒勒玛科斯及时地从床榻上跃下，穿好衣服，把宝剑扛在肩上。随后，他走出自己的房间，吩咐仆人去召集公民大会并邀请求婚人参加。当人来齐时，这位国王的儿子出现了，他手执长枪。雅典娜赋予他高贵和优雅的形体，使市民对他感到惊羡，甚至长老们都敬畏地为他让座。他坐在父亲俄底修斯的王座上时，英雄埃古普提俄斯首先站了起来，他老态龙钟，却见多识广。他说道："自从俄底修斯离开以来，我们一直没有举行过会议。谁会突然想起把我们召集到一起？是一个年老的人还是一个年轻的人？有什么迫切的事情逼使他这样做？是他听到一支军队逼近的消息，或者有一项造福国家的建议？他这样做了，那他肯定是一个诚实的人。不管他心里想做什么，愿宙斯保佑他！"

忒勒玛科斯听出了这番话中的吉兆，非常高兴，于是面向年迈的埃古普提俄斯，回答说："尊贵的老人，是我把你们召来的，因为苦恼和忧愁使我不安。首先我失去了杰出的父亲，你们的统治者。现在，我的家正陷入毁灭，我的所有家财被挥霍一空，我的母亲受到那些不受欢迎的求婚者的骚扰！这些人不接受我提出的建议，去我外祖父伊卡里俄斯那里去向他的女儿求婚。他们长年累月、日复一日待在我的家里，杀牛宰羊，大吃豪饮，穷奢极侈。我怎么能去对抗这么多人？你们这些求婚人要知道，你们是错的！难道你们在其他人面前、在邻人面前不感到害怕吗？难道你们最终不会为众神的复仇而心惊胆战吗？我的父亲什么时候得罪过你们？我本人什么时候冒犯过你们？可你们给我的这种毫无道理的痛苦却如此让人揪心！”

忒勒玛科斯一边说一边流泪，愤怒地将权杖掷到地面。求婚人一声不响地坐在四周，没有一个人敢用激烈的言辞对他的这番话做出回答，但安提诺俄斯站了起来。“你这倔强的毛孩子，”他大声喊道，“你竟敢如此侮辱我们？这一切不是求婚人的过错，错的是你自己的母亲！三年了，很快第四个年头就过去了，可她还一直嘲弄我们的愿望。她对我们所有求婚人都表示好感，可心里想的却完全是另一个样子。我们看穿了她的诡计，她去自己的房间里开始织布，把求婚人召集在一起说：‘你们这些年轻人，必须等到我为我丈夫年迈的父亲拉厄耳忒斯织好葬服用布，才能知道我的决定，并举行婚礼。这样，他在死去时不会有任何一个希腊女人责备我不给一位受尊敬老人的尸体穿上隆重的寿衣！’她用这种虔诚的口气赢得了我们的敬重。她确也是整天地坐在机前织布，可一到夜里点起烛光时，她就把白天织成的布拆掉。她就这样蒙骗了我们这些高贵的希腊儿子，使我们白白等了三年。把你的母亲送到她父亲那儿去，要求她结婚，不管是同她父亲挑选的，还是她本人挑选出的新郎，反正都一样。但如果她还要长时间地愚弄我们，并用她的织机来蒙骗我们的话，那我们还要挥霍你的家财。在你母亲挑选出一个丈夫之前，我们是不会离开你家的炉灶的。”

忒勒玛科斯对此回答说：“安提诺俄斯，我不能强迫我的母亲离开家门，不管是我的父亲还活着或者已经死去，她是生我养我的母亲。她的父亲伊卡里俄斯和众神都不会赞同这样的做法。不，如果你们还知道什么是对什么是错的话，那就离开我的家，去找另一个地方饮酒作乐好了，至少不要挥霍我的家产。但如果你们心安理得地认为可以去耗尽一个人的财富的话，那你们就这样做好了！但我要去大声祈求神祇，宙斯会帮助我向你们索取应得的赔偿！”

就在忒勒玛科斯说这番话的当儿，宙斯给了他一个征兆。两只山鹰挥动巨大的翅膀从空中飞下。它们咄咄逼人地直视会议并用利爪抓挠头顶。随后，它们重新跃起，朝着伊刻塔城疾飞而去。在场观察飞鸟的预言家哈利忒耳塞斯，把这个征兆解释为求婚人的毁灭：还活着的俄底修斯就在不远的地方，求婚人的死亡已经注定了。但求婚人欧律玛科斯嘲笑这种征兆说：“你回家去吧，向你的孩子去宣布他们的命运吧，愚蠢的老家伙，不要来打扰我们，许多鸟都在太阳下翱翔，难道都预示着什么？除了说明俄底修斯已死，什么都说明不了！”

忒勒玛科斯要求人民为他准备一艘快帆船和二十名水手，去皮罗斯和斯巴达询问他失踪父亲的消息。会议在一片嘈杂声中解散了，没做出任何一个决定。每个人回到自己家里，而求婚人重新返回俄底修斯的宫中。

忒勒玛科斯和涅斯托耳

忒勒玛科斯走到海滨，在用海水洗濯双手时，他呼叫一天前化身为人形出现在他家中的那位不知名的神祇。这时，雅典娜走近他——她的身材和声音都与他父亲的朋友门托耳一样——说："忒勒玛科斯，若是你父亲，聪明的俄底修斯的精神还没有完全在你身上丧失的话，那我希望，你就把你的决定付诸行动！我是你父亲的老朋友，我要为你弄一艘快船，并亲自陪你同行！"忒勒玛科斯相信这是门托耳本人在对他讲话，果断地奔回家中，进入他父亲的贮藏室里，那里存放有成堆的黄金和青铜，箱子里有华丽的衣袍，四周是装满芳香油料的罐子和盛装美酒的器皿。他在这儿看到了警惕的女管理人欧律克勒亚，他关上门对她说："姆妈，快给我装满十二缸好酒，再用皮袋装满二十石面粉，然后把它们堆在一起，入夜之前，在母亲回到睡房时，我就来把这一切搬走。等到十一天之后，或者她发现我不见了时，你就告诉她，我已经离去，去找父亲去了！"这个善良的女人啜泣着称赞他，并按他吩咐的去做。

这期间，雅典娜本人化身为忒勒玛科斯，为这次远行招募了一些同伴，并从一个富有的市民诺蒙那里借来一艘船。随后，她蒙蔽了求婚人的心智，使他们的酒杯从手中落地，昏昏入睡。最后她又化身为门托耳，来到忒勒玛科斯身边鼓励他，叫他不要再拖延行程。不久两人就来到海边，在那儿找到了同伴，把物品搬到船上，登船入海。当海浪冲击龙骨，海风吹动船帆时，他们向众神祭酒。一整夜，船都在顺风中疾驶。

太阳升起时他们已抵达涅斯托耳所在的城市皮罗斯，那儿的市民正在向海神祭献九条黑牛。来自伊塔刻的人们登上陆地，忒勒玛科斯在雅典娜的引领下走向人群的中心——涅斯托耳和他的儿子们就坐在那里。他们正在欢宴作乐，仆人们递上佳肴，送上美酒。当皮罗斯人看到有陌生人前来时，他们立即迎上前来。涅斯托耳的儿子珀西斯特拉托斯欢迎他们，并在他父亲涅斯托耳和他的兄弟特拉结墨得斯之间，为忒勒玛科斯同他的领路人准备了座位。随后，他给两位客人送上最好的肉，在两只金杯里斟上最美的酒，击掌畅饮，并对化身的雅典娜说："请两位为波塞冬进行酒祭，所有的凡人都需要神祇的保佑！"雅典娜拿起酒杯，祈求海神赐福涅斯托耳，他的儿子和所有的皮罗斯人也请求保佑忒勒玛科斯完成他的心愿。随后，她洒酒于地，并吩咐她年轻的同伴也这样做。

随后，人们开始大吃大喝。酒足饭饱之后，白发苍苍的涅斯托耳友好地问起陌生人由何处来，想做些什么。忒勒玛科斯回答了这两个问题，当他说到父亲俄底修斯时，他叹息地说道："我们一直想知道他的命运如何，可直到现在，仍毫无结果。我们不知道他已在陆上被敌人杀死，还是已葬身在大海之中。因此，我请求你，若是你清楚他已经死了的话，那就把他的悲惨之死告诉我。不要出于怜悯而对我有所隐瞒，请把一切如实地讲给我听！"

但对俄底修斯的下落，涅斯托耳所知道的就像询问者忒勒玛科斯一样少。他建议忒勒玛科斯去斯巴达找墨涅拉俄斯，由于风暴的肆虐，墨涅拉俄斯最近才从远方归来。墨涅拉俄斯是在归途上耽搁时间最长的希腊英雄，因此，他也许知道俄底修斯在什么地方。

化身为门托耳的雅典娜同意这个建议，回答说："夜已降临，现在请允许我年轻的朋友在你的宫殿里歇息，我去照顾我们的船，安排同伴去做必要的准备，随后我也在那边过夜。明天我去考科涅斯讨还一笔债务，烦请你同你的儿子备上好马快车，把我的朋友忒勒玛科斯送到斯巴达。"

雅典娜说罢，突然就变成一只鹰，飞向了天空，所有人都惊奇地望去。涅斯托耳握住年轻人忒勒玛科斯的手说："我亲爱的孩子，你不要犹豫，不要担心，在你年轻时就已经有神祇保护你了！你这位同伴不会是别的神祇，她是宙斯的女儿雅典娜，在所有的希腊人中她特别敬重你那勇敢的父亲！"说罢，老人向这位女神虔诚地祈祷，并许诺明晨向她祭献一头牛。随后，他与儿子和女婿一起，把客人送到皮罗斯的王宫安歇。忒勒玛科斯的床榻安排在一座大厅里，睡在他旁边的是涅斯托耳的儿子珀西斯特拉托斯。

翌日清晨，人们一大早就备马套车，年轻的客人准备动身前往斯巴达。一个女管家装上面包、酒和其他食品，忒勒玛科斯登车入座，坐在他旁边的是珀西斯特拉托斯。他勒起缰绳，挥动皮鞭，马匹飞驰起来，不久皮罗斯城就被远远抛到身后。他们一整天都在疾驶，不让马匹得到休息。

当太阳开始落山，道路变得昏暗起来时，他们进入斐赖城，高贵的希腊英雄狄俄克勒斯就住在这里。狄俄克勒斯殷勤地接待了这两位少年英雄，安排他们在自己的宫堡里过夜。翌日清晨，他们继续上路，穿越茂盛的麦田，在晚霞中他们终于抵达山城斯巴达。

忒勒玛科斯在斯巴达

墨涅拉俄斯在他的王宫里与朋友们和近邻饮酒作乐。一个歌手在抚琴吟唱，两个杂耍艺人在欢快地跳来跳去。这个国家的统治者在为他的两个孩子举行订婚庆典：一个是他与海伦生的可爱女儿赫耳弥俄涅，被许配给阿喀琉斯勇敢的儿子涅俄普托勒摩斯；一个是他和一个爱妾生的儿子墨伽彭忒斯，与一个门第高贵的斯巴达少女定亲。在喧闹声中，忒勒玛科斯和珀西斯特拉托斯乘坐的马车停在王宫的门前。最先看到他们的士兵立刻向国王禀报了两个陌生人抵达的消息。墨涅拉俄斯让两人入席并坐在他的身边。忒勒玛科斯看到宫殿的堂皇富丽惊叹不已，他轻声地对朋友说："珀西斯特拉托斯，你看，青铜在塔形大厅四周闪闪发光，黄金、白银、熠熠生辉的象牙，都是无价之宝啊！奥林匹斯山上宙斯的宫殿也没有如此美轮美奂！这种景象令我惊叹！"

忒勒玛科斯的耳语十分轻微，使墨涅拉俄斯只听清最后一句话。"亲爱的孩子们，"他微微一笑说道，"没有一个凡人能与宙斯相比，他的宫殿和他所有的财富是永存的！但在人世间难得有一个能与我相提并论，这却是真的。然而，如果在特洛伊城前线死的人们还活着的话，那有这财富的三分之一我就心满意足了。在这些人中间，我尤为悲痛的是俄底修斯，没有一个希腊人像他那样忍受了那么多的苦难。我一直不知道他是活着还是已经死去，也许他那年迈的父亲拉厄耳忒斯，他那忠实的妻子珀涅罗珀，以及他离开时还是一个婴儿的年轻儿子忒勒玛科斯都在为他哀伤悲痛哩。”听到这些话，忒勒玛科斯的眼泪夺眶而出，墨涅拉俄斯很快就认出了这个年轻人是俄底修斯的儿子。

这时，王后海伦也从她的房间里走了出来，她美得像一位女神。在侍女们簇拥下她坐了下来并好奇地问丈夫这两个陌生人来自何处。“在这个世界上我还从来没有看到一个人，如这个年轻人这般，和高尚的俄底修斯这样地相像！”她悄声地对她的丈夫说。丈夫回答：“啾，夫人，我也是这样想的。脚、手、眼神、头、头发，全都一样。当这个年轻人悲恸地流下泪水时，我就想到了俄底修斯！”

忒勒玛科斯的同伴珀西斯特拉托斯听到他们的交谈，大声地说道：“你说得对，墨涅拉俄斯国王，他就是俄底修斯的儿子忒勒玛科斯。我的父亲涅斯托耳把他送到你这儿。他希望从你这里能得到他父亲的消息。”

“众神啊，”墨涅拉俄斯喊叫起来，“我最敬重的英雄的儿子真的是我的客人，若是他返乡时能来我家里逗留，我一定要向他表示我全部的爱！”

他们还长时间地谈论俄底修斯，一种深切的悲哀袭上他们的心头。但他们随后考虑到，只是这样一味地哀伤逗留是徒然的，于事无补，于是各自安息去了。

次日清晨，墨涅拉俄斯问他的客人这次旅行的意图，并打听他的朋友俄底修斯伊塔刻家中的情况。当他听到那些求婚人的胡作非为时，他义愤填膺地喊道："这群可怜虫，居然想在伟大英雄的家里作威作福！这就像狮子在绿色山谷中觅食返归，竟在自己洞中看到母鹿生下它的幼鹿一样。俄底修斯会回来的，并让他们一个个不得好死！听我说，海神普洛托斯在埃及对我谈及他的预言，那时普洛托斯化身为各种形状，但最终被我制住，被迫说出返乡的希腊诸英雄的命运。'我用神眼看到俄底修斯，'海神说，'在一座孤岛上抛洒下思乡的泪水。那儿的女仙卡吕普索强留住他不放，他没有船只没有水手，无法返回故乡。'现在你什么都知道了，亲爱的年轻人；这就是我所能告诉你关于你父亲的一切。你在我们这儿再待上十一二天，然后我赠给你珍贵的礼品，为你送行。"

忒勒玛科斯表示感谢，但他不愿久留。于是墨涅拉俄斯送给他一只十分华丽的银杯，这是赫淮斯托斯的一个杰作，并为告别的朋友准备了一顿用山羊和绵羊烹制的早餐饯行。

求婚人的阴谋

这期间，伊塔刻岛上的求婚人知道了忒勒玛科斯远出寻父的消息。他们感到吃惊并十分愤怒。安提诺俄斯由于愠怒而悻悻地说道：“这个忒勒玛科斯在从事一项伟大的事业。我们从来都不会相信，可他倔强地离开了！但愿他在加害我们之前，就被宙斯毁掉！为此，朋友们，如果你们给我准备一艘快船和二十名水手，我在伊塔刻和萨摩斯岛之间的海峡截击他，他的这次觅父之旅就会可悲地完结！”所有人热烈欢呼，表示赞同，并答应为他准备他所需要的一切。随后，众求婚人回到王宫寻欢作乐去了。

但是他们的密谋却由于使者墨冬而败露了。墨冬是侍候他们的人，但他内心早就恨透了这些可恶的求婚人。他虽然在宫廷外边，却站在离他们很近的地方，安提诺俄斯所讲的每一句话他都听得清清楚楚。他跪到王后珀涅罗珀那里，把他所听到的都讲述给他的女主人。王后一听到这个凶信，十分惊恐，眼里充满了泪水。“墨冬，”她啜泣着说，“为什么我的儿子也去远行？难道我们这一家族的名字注定要从世上灭绝吗？”这时，年迈的女管家欧律克勒亚走到她跟前说道："就是你杀死我，我也要对你说实话。这一切我都知道。他路上所需要的都是我为他准备的，但我对他立下誓言，在第十二天之前或者在你发现他不在之前，我对他远行的事情绝口不谈。现在我劝你，去沐浴和梳妆打扮，与你的侍女一道去神庙那里，求雅典娜保佑你的儿子。"

珀涅罗珀听从了老女人的劝告，在做了庄严的祷告之后，忧心忡忡地去睡了。这时，雅典娜派她的姊妹伊佛提墨进入珀涅罗珀的梦中，安慰她并保证她儿子一定会回来。"放心吧，"她说，"你的儿子有一个令所有男人都羡慕的女领路人，雅典娜本人就一直在他身边。她会在他对抗那些求婚人时保护他，也是她派我来到你梦中的。"随后伊佛提墨的形象从珀涅罗珀的梦中消失了。她从梦中醒来，充满了喜悦和勇气。她相信梦到的都是真的。

这期间，求婚人顺利地装备好了他们的船只，安提诺俄斯与二十名勇敢的水手登船，扬帆入海。海峡中间有一个怪石嶙峋、巉岩陡立的小岛。他们直驶向那里，并潜伏起来等待。

俄底修斯离开卡吕普索，在风暴中落水

宙斯的使者赫耳墨斯从云端直降大海，像一只海鸥一样乘风破浪，按照众神会议的决定，直奔俄古癸亚岛卡吕普索的住地。他在那儿看到了头披美丽鬈发的女仙正在家中。炉上升起熊熊的烈焰，燃烧的檀香木散出的芳香弥漫在整个岛屿的上空。卡吕普索在内室唱起嘹亮的歌，并用金色的线团在织一件精美的衣服。建有她的内室的洞穴上覆盖着一片绿色的丛林，林中有桤木、白杨、柏树，色彩斑斓的群鸟在树丛中啁啾，林中还有鹰隼、枭和乌鸦。一片葡萄藤攀绕在崖石的隆起部，从浓密的枝叶中能看到成熟的葡萄累累。附近有四个泉眼在喷涌，在四周蜿蜒流动，浇灌着茂密的绿色草地，上面长有艳丽的鲜花和香草。

赫耳墨斯对女仙的美丽赞叹不已，随后他进入宽敞的山洞，可他没有在房间里遇到俄底修斯。俄底修斯像往常一样忧郁地坐在海滨，眼里饱含泪水，怀着思念之苦，直视着寂寥的大海。

卡吕普索听完神使的传达之后——她十分亲切地接待了他——惊呆了，终于说道："呶，你们这些残忍而嫉妒的神啊！难道你们真

的不能容忍一个女神挑选凡人做她亲爱的丈夫？难道你们气恼我与一个我从死亡中救出来的男人结为伴侣？那时他抓住他破碎的船的龙骨，被抛到海岸上，是我救了他。他的船被闪电击中，他所有的勇敢的朋友都沉入深渊，他孤零零地一个人抓住碎片漂落到这里。我友好地款待了这个可怜的落难之人，给他饮食，到最后我给予他永生和青春。但宙斯的决定不容违抗，那他就重新回到浩瀚无际的大海上去吧。但不要指望我本人把他打发走，因为我的船既没有水手也没有划桨设备！可我给了他忠告，这样他就能非常安全地抵达他故乡的海岸。"

赫耳墨斯对她的回答感到满意并返回奥林匹斯复命。卡吕普索本人奔向海滨，走到俄底修斯跟前说道："可怜的朋友，你不应当在忧愁中浪费你的生命。我放你走。去吧，用坚实的木梁给自己做一个筏子！我为你准备饮料、清水、美酒和食品，给你一身好衣服并从陆上鼓起一股顺风，愿神伴你顺利返回故乡！"

俄底修斯怀疑地望着女神，他说："美丽的仙女，你心里想的肯定完全是另外一回事！如果你不对我立下神的誓言，发誓不给我造成某种伤害，那我决不登上任何一个木筏！"卡吕普索莞尔一笑，她一面用手温柔地抚摸他，一面回答说："不要用这类想法来恐吓自己！大地、青天和斯堤克斯河是我的证人，我决不做伤害你的事！"说罢这话她就要离去。俄底修斯跟在后面，她还在洞府里与他温柔地告别。

不久，木筏完工了，第五天，俄底修斯在风中扬起船帆。他亲自摇桨掌舵进入大海，他不阖双眼，昼夜不眠，总是望着天空中的群星，朝着卡吕普索临别时指给他的标志驶去。他就这样在海上航行了十七天，在第十八天时终于亲眼看到了费埃克斯陆上昏暗的群山。这陆地迎向他，像一面盾牌浮在昏暗的海水上面。

现在，正从埃塞俄比亚返回的波塞冬从索吕弥山上看到了俄底修斯。他并没有参加众神最近举行的会议，他想到可以以他不在场为借口去折磨俄底修斯了。“好啊，”他自言自语，“我该给他足够的罪受！”随后他集结起浓云，用三股叉搅动大海，召来飓风相互争斗，使海洋和大地完全被裹在黑暗之中。

群风围着俄底修斯的木筏呼啸，使他的心和双膝颤抖，他开始呼号起来。正在他呻吟的当儿，一个巨浪从头上扑了过来，把木筏掀翻。他本人被远远地抛开，舵柄从手中滑落，木筏被击得七零八落，桅杆和帆桁都飞到了咆哮的大海之中。俄底修斯被卷入水里，湿透的衣服更把他拖向深处。终于，他又浮出水面，吐出口中的咸水并向破碎的木筏游去，费了好大的力气才泅到那儿，爬了上去。正当他这样挣扎的时候，海洋女神琉科忒亚看见了他，她十分同情他的遭遇。她从漩涡中现身，坐到木板上，对他说道：“听我的劝告，俄底修斯，脱掉衣服，放弃木筏！快用我的披纱缠住你的胸部，不管大海多么凶暴，你就游你的好了！”俄底修斯接过披纱，女神消失了。尽管他对这个景象心存狐疑，但他还是听从了她的劝告。波塞冬不断地把狂涛巨浪袭向他，零散的木筏已完全变成碎片。俄底修斯像一个骑士一样坐在一条孤零零的木板上，他脱掉卡吕普索送给他的、已经变得沉重的衣服，穿上披纱，跃进水中。

当波塞冬看到这个勇敢的人竟然跳进海里时，他严肃地摇了摇头，并说道：“你就这样在海上漂流吧，备受折磨，直到有人来救你。肯定的，你也该受足颠沛流离之苦！”说罢这话海神就离开大海，返回他的宫殿。俄底修斯在海上挣扎了两天两夜之后，他终于看到了草木葱茏的海岸，海浪在峭壁上发出雷鸣般的声音。在他还未来得及做出决定之前，一阵狂涛把他直卷向海岸。他用双手紧紧抱住一块削岩，可一个巨浪又重新把他抛回海里。他又试了试运气，继续游过去，终于，他发现一处舒适低浅的海岸和一处安全的海湾，那儿有一条小小的河流注入大海。

当到了陆地时，他精疲力竭地躺倒在地上，由于死去活来的挣扎和努力，他已经失去了知觉。当重新苏醒过来时，他拿起女神琉科忒亚的披纱，感激地把它投入海浪之中。晨风像刀子一样袭来，这个赤裸的男人浑身发冷。他决定爬上小丘，在近处的森林里躲藏起来。在两棵靠得很近、相互缠绕在一起的橄榄树下，他发现一个安身之处，树叶是那样稠密，风雨和阳光都透不进来。俄底修斯用树叶铺了一张床，用树叶盖住身体。不久，他就酣然入睡，忘记了过去经历的和即将面对的种种艰险。

瑙西卡

俄底修斯在森林中被疲劳和睡眠所征服，在他沉入梦乡时，他的保护者雅典娜正为他操心。她赶到费埃克斯人那里——他们居住在一个名叫斯刻里厄的岛上，那儿的统治者是聪明的国王阿尔喀诺俄斯。女神进入他的宫殿，并在卧室里找到了国王年轻的女儿瑙西卡，她秀美而优雅得像一个女神。她正在睡觉，由两个侍寝的女仆在门口守护，她的内室高大、光线充沛。雅典娜轻轻靠近少女的卧榻，走到她的床头。她化身为少女的一个伴友，进入她的梦中说道："喂，你这懒惰的姑娘，你母亲会怎样责备你？你从不关心放在衣柜里的那些没有洗的漂亮衣服，也许不久你在结婚时就需要它们了。快些，一大早起来，去把它们洗净。我陪你去，帮你忙，这样你可以快点洗完。你不会老是不结婚的，早就有一些高贵的人来向国王美丽的女儿求婚了！"

少女从梦中醒来，匆忙地起床，命令奴仆为她备车。随后，少女从衣柜里取出那些华丽的衣服，装到车上。母亲为她准备酒、面包和其他用品，当瑙西卡坐到车上时，母亲又交给她一瓶香膏，供她与侍女们沐浴和涂抹之用。

瑙西卡是一个伶俐的驭手，她本人握起缰绳，挥动皮鞭，策动骡子向海岸驶去。抵达之后侍女们解开缰绳，放骡子到茂密的草地觅食，并把衣服拿到洗涤的地方去。在勤奋的侍女们把衣服用脚踩踏、洗净之后，她们就把所有洗好的衣服一件挨一件铺在海岸旁的细沙滩上。随后，她们入海沐浴，在她们涂上香膏之后，就坐在绿色海岸旁愉快地享用带来的食品，等待着阳光把她们的衣服晒干。

早餐之后少女们在草地上跳舞和玩球。有一次，国王的女儿把球掷向一个女伴，在现场隐去身形的女神雅典娜使球转了方向，球落到了海水的深处。于是少女们都尖声地叫了起来，使得睡在附近橄榄树下的俄底修斯醒了过来。他仔细地谛听并自言自语："我这是到了什么人住的地方？我落到野蛮的强盗手里了？可我听到的是快乐的少女们的声音，像是山林和河流的仙女的声音！也许这附近就住着有教养的人！"

他从茂盛的树上折下一根叶子稠密的树枝，遮住他赤裸的身体，从树丛中走出来。在这群温柔的少女中间，他像一头凶猛的狮子。他身上沾满了海水中的污秽物，这使他变得奇形怪状，少女们都认为看到的是一个海怪并纷纷逃走。只有瑙西卡停住不动，因为雅典娜赋予了她勇气。他从远处朝她喊道："不管你是一个女神还是一个少女，我祈求能靠近你！如果你是一个女神的话，那我认为你是阿耳忒弥斯，宙斯和勒托的女儿，你的身材和美丽和她一样；如果你是一个凡人的话，那我赞美你的双亲和你的兄弟们！请你对我慈悲为怀，因为我陷入难以用言语说出的苦难。我从俄古癸亚岛出发，到昨天已经是第二十天了。我遭遇风暴，在海上漂流，最终我这个落难人被掷到这个海岸，我不认识这是什么地方，也没有人认识我！请可怜我吧！给我一件衣物遮身，指点给我你住的城市，愿众神保佑你心想事成，有一个丈夫、一个家庭，还有安宁和友爱！”

瑙西卡回答说：“外乡人，我看你不像是一个坏人或是一个蠢人。因为你求助于我、求助于我的国家，那你就既不会缺少衣物，也不会缺少一个祈求者所期待的东西。我也愿意指给你我的城市，告诉你我们人民的名字。居住在这儿的是费埃克斯人，我则是崇高的国王阿尔刻诺俄斯的女儿。”她说完就喊叫她的侍女们，她们迟疑不决地听从了她的召唤。

俄底修斯去海岸的一个隐蔽地方洗澡，她把给他穿的衣袍和衣服放到草丛里。英雄洗净身体并涂上香膏之后，就穿上国王女儿赠给他的衣服，十分得体。他的保护人雅典娜施法，使他变得十分英俊、十分魁梧：美丽的鬈发从额头上垂落下来，头和双肩显得高贵优雅。他从岸边草丛中出来，神采奕奕，坐在少女的身边。

瑙西卡惊讶地观察这伟岸的男人，她对女伴们说：“肯定不是所有的神祇都在加害他。神祇中的一个必定在保护他，并把他带到费埃克斯人的国家来。当我们最初看到他时，他简直不像样子，可现在他就是天上的仙人！如果这样一个人住在我们人民中间的话，那他就会是命运为我挑选的丈夫！来吧，姑娘们，用美酒和佳肴使他恢复力量！”于是俄底修斯又吃又喝，津津有味地饱餐一通，长时间的饥渴得到了满足。

随后，她们把洗好晒干的衣服放到车上，套上骡子。瑙西卡坐到车上，但她让这个外乡人与她侍女们徒步跟随在车后。当他们到达雅典娜圣林时，俄底修斯依瑙西卡的愿望留了下来，以免城里的人看到会飞短流长。他让国王女儿和侍女们先行，自己稍后再跟上来。可他得先向保护者女神雅典娜祈福。雅典娜也听到了他的祈祷，只是她害怕叔叔波塞冬就在近旁，因而她并没有公开在这个国家现身。

俄底修斯与费埃克斯人

瑙西卡已经到了她父亲的宫殿里，这时俄底修斯正离开雅典娜圣林，沿着同一条路向城市走去。雅典娜现在也去帮助他，她化身为一个费埃克斯少女引导俄底修斯去见国王阿尔喀诺俄斯。到了那里，她还给他忠告：“在这儿你首先去见王后，她叫阿瑞忒，是她丈夫的侄女。前国王瑙西托俄斯是波塞冬和珀里玻亚的儿子，珀里玻亚是巨人族的统治者欧律墨冬的女儿。这对夫妇生有两个儿子，一个是现在的国王阿尔喀诺俄斯，另一个是瑞克塞诺耳，后者活得不长，留下一个唯一的女儿，她就是王后阿瑞忒。阿尔喀诺俄斯尊敬她，世上还没有一个女人得到这样的尊敬，人民也同样尊敬她，因为她睿智颖慧，知道如何用她的聪明去化解男人间的纷争。如果你能得到她的欢心，那就一切顺利了。”

化身为费埃克斯少女的女神说罢就离去了，随后俄底修斯进入宫殿，走进王宫大厅。费埃克斯的贵族在举行宴会，他们正准备向赫尔墨斯神祭酒。被雅典娜用浓雾所笼罩的俄底修斯穿越人群，径直走到国王夫妇的面前。这时随着雅典娜的示意，雾霭立即散去。

他匍匐在王后阿瑞忒的面前，抱起她的双膝，祈求地喊道："欧，阿瑞忒，瑞克塞诺耳高贵的女儿，我跪在你和你夫君面前祈求！愿众神保佑你们健康长寿，你们肯定能帮我，一个漂泊者，返回故乡，我已经远离我的故国流浪多年了！"英雄说罢就在烈焰熊熊的火炉旁的灰堆上坐了下来。

所有的费埃克斯人看到这意料不到的场面都惊呆了，一声不响。终于，客人中最年长且阅历丰富的老英雄厄刻纽斯打破了沉默，他面向国王说道："阿尔喀诺俄斯，真的，在世上任何一个地方，让一个外乡人坐在灰堆上都是不合适的。我们在座的朋友和我肯定都是这样想的，并等待你的命令，让这位外乡人靠近我们坐到一把舒服的椅子上，把他从尘土中扶起来！传令官应该重新调酒，让我们向宙斯、客人权利的保护者也献上一杯佳酿，女仆快为新来的客人送上酒食！"

仁慈的国王听到这番话十分欢喜。他握住英雄的手，将他引到自己身边的一把椅子坐了下来，这是他宠爱的儿子拉俄达玛斯让出的位置。随后，其他的一切也按照厄刻纽斯的忠告做了，俄底修斯在众英雄中间受到尊敬，与他们共同进餐。向宙斯祭献之后，宴会散席，国王邀请所有客人参加明天的一个更为盛大的酒宴。他没有问及这个外乡人的姓名和家世，却许诺尽地主之谊，盛情款待并保证送他返归故乡。

客人们都离开了大厅，只剩下国王夫妇和这个外乡人，这时，王后在观察俄底修斯身穿的做工精美的披风和衣裤。她认出了这是自己的手工，于是说道："首先我必须问你，外乡人，你从何处来？你是谁？是谁给你的衣服？你不是说过，你在海上漂流，被风暴冲到这儿来的吗？"俄底修斯如实地做了回答，讲述了他被卡吕普索留在俄古癸亚岛上的险遇和他最近一次悲惨的航行，最后也谈到了他与瑙西卡的相遇。

“喏，我女儿这样做是对的，”阿尔喀诺俄斯微笑着说道，“若是神的意愿使你这样一个男人做我女儿的丈夫那该多好！如果你留在我们这里的话，我愿意给你房屋和财产！可我不想强迫任何一个人留在我这里，明天你还可以根据你的意愿选择离开，我会帮助你。我给你船和水手，这样你就可以动身，随你到何处去。”

俄底修斯听了这个许诺，表示衷心感谢。他告别了国王夫妇，在一张软榻上安息，缓解他所受的辛劳和疲惫。

翌日清晨，阿尔喀诺俄斯很早就在市集广场上召开民众大会。客人俄底修斯陪同他前往，他俩并排坐在两块雕刻很美的石头上。随着时间流逝，市民越来越多，都向广场拥来。所有人都惊奇地望着拉厄耳忒斯的儿子俄底修斯——保护者雅典娜使他变得高大魁梧，显出一种超凡脱俗的威严。国王在隆重的讲话中向子民介绍了这位外乡人并鼓励他们，为他准备一艘船和五十二名费埃克斯年轻人。同时，他邀请民众中在场的领袖去参加在宫中的一个宴会，这是为这名外乡人而举办的。

民众会议散后，那些得到命令的年轻人去装备船只，拿来桅杆和船帆，在皮制桨环上挂上船桨，扯起船帆。随后，他们进入王宫，这儿的厅院都挤满了邀来的客人，有年老的也有年轻的。王宫的人宰了十二只羊、八头猪和两头牛用来待客，空气中充溢着佳肴的香味。

宴席过后，人们谛听歌者得摩多科斯演唱的歌曲，国王命令进行一场竞赛，以表示对外乡人的尊敬。“我们的客人，”他说，“回到家乡也能向他们同胞讲述，我们费埃克斯人在拳击、角斗、跳跃和赛跑上如何胜过所有的凡人！”于是宴会结束了，费埃克斯人听从国王的号召，都奔向市集广场。

在那儿，一群贵族青年站了出来，其中也有国王的三个儿子：拉俄达玛斯、哈利俄斯和克吕托纽斯。这三个人首先在他们前面的一条沙道上赛跑。随着一声号令，他们飞速冲出，在身后扬起一片尘土。克吕托纽斯第一个到达终点。随后是角斗，在这项竞赛中，年轻的英雄欧律阿罗斯得到了胜利。在随后的跳跃比赛中费埃克斯人安菲阿罗斯成了优胜者。铁饼投掷上厄拉忒柔斯获得了冠军。在最后的拳击比赛中，国王的儿子拉俄达玛斯赢得了第一。

现在拉俄达玛斯在人群中站了起来，说："朋友们，我们也想知道，这位外乡人是不是懂得我们的比赛。他的身躯、大腿和脚看来不会太差，他双臂有力，颈部强壮，体格高大。虽然他受到了灾难和痛苦的折磨，可他不该缺少青年人的活力！""你说得对，"欧律阿罗斯说道，"王子，你去要求他参加比赛！"拉俄达玛斯用友好和客气的言辞向俄底修斯提出了要求。

可俄底修斯回答说："年轻人，你们向我提出这种要求是为了伤害我吗？忧愁在折磨我，我没有心情去参加比赛！我经历了也忍受了足够的苦难，现在除了想回到家乡，我别无所求！"欧律阿罗斯不快地回答说："外乡人，你真的不像是一个懂得竞赛的人。你可能是一个很好的船长、商人，但你不像是一个英雄。"

俄底修斯听到这话紧皱眉头，说："这可不是优美的言辞，我的朋友，看来你是一个很鲁莽的孩子。众神并没有把英俊、优雅、能言善辩与聪颖都赋予同一个人啊。我在竞赛上不是一个新手，当我还信赖青春和双臂的时候，我同最强大的对手进行过较量，但现在战争和风暴使我变得衰弱不堪。即便如此，既然你向我发起挑战，我也愿意试一试！"

说罢这话俄底修斯从座位上站了起来，他握起一个铁饼——这铁饼比费埃克斯青年人习惯用的更大、更厚和更重——用力一投，铁饼呼啸着在空中飞行，远远落到标线以外的地方。化身为一个费埃克斯人的雅典娜早在青年人掷落铁饼的地方做了标记，他说：“就是瞎子也看得出来，你掷得比所有人都远得多！在这项比赛中肯定没有人能胜过你！”俄底修斯很高兴，轻松地说：“你们年轻人——如果你们能的话，那就投投看，超过我好了！你们曾那样严重地侮辱了我，来吧，与我比赛，随你们比赛什么好了，我决不畏缩！我愿意与任何人比赛，只是不与拉俄达玛斯竞争，因为谁愿意与一个款待自己的人比呢？我特别擅长的是射箭，如果有许多同伴与我一起向敌人射箭的话，那第一个射中目标的一定是我。在投掷长矛时我会像另一个射箭的人那样准，那样远。只是在赛跑上也许有人能胜过我，甚至在你们中间就有这样的人，因为狂暴的大海已耗去了我许多力量，再加上我在船上整天整天地吃不到食物。”

年轻人听了这番话都一声不响，只有国王接起话头说道：“啾，外乡人，你已向我们显示出了你的能力，以后不会有人因为你的强大而非难你了。当你返家后与妻儿坐在一起时，请也想到我们的刚强健壮。作为拳击手和角力者我们也许并不出色，但在赛跑上我们却胜人一筹。我们也擅长航海，在美食、弹琴和跳舞方面我们也是能手。在我们这里，你可以得到最美的首饰、最舒适的沐浴和最柔软的床榻。动起来，舞蹈家，驾船能手，竞争者，歌唱家！在外乡人面前展示一下，使他回家后能谈论起你们的本事，把得摩多科斯的竖琴也带到这儿来。”

一个侍者立即去把得摩多科斯找来。挑选出的九个维持秩序的人平整出一块跳舞用的场地并圈好看台。一个艺人拿着一把竖琴走到中间，那些花季少年开始跳起舞来。俄底修斯本人感到惊奇，他还没有看到过如此敏捷和优美的舞蹈。同时，歌手在唱一支吟咏众神生活的动听歌曲。俄底修斯惊羡地转向国王说道：“真的，阿尔喀诺俄斯，你能为拥有世上最最出色的舞蹈家而自豪。在这种艺术上没有人能与你们相提并论。”阿尔喀诺俄斯为这样的评论感到得意。“你们听到了没有，”他对他的子民喊道，“这个外乡人是怎样赞美你们的？他是一个非常通情达理的人，值得我们给他一些可观的礼物。开始吧！国家的十二位王子和我本人，一共十三人，每人给他一件披风和一套衣服，再加上一磅最好的黄金。我们把这些赠给他，作为一笔财富，他会怀着一颗快乐的心与我们告别。但欧律阿罗斯应当用友好的言辞求得他的谅解。”所有的费埃克斯人都欢呼表示赞同。

一个使者去收集这些礼品。欧律阿罗斯拿起他那把银柄宝剑和象牙剑鞘，一同递给客人，并说道：“前辈，我们用侮辱的语言冒犯了你，就让它随风而去吧！愿众神保佑你返乡之行一路顺风！祝你健康快乐！”“愿你也一样，”俄底修斯说，“希望你不会为你的礼品而后悔！”说罢这话他把这把宝剑悬到肩上。

当使者把礼品收拢上来并把它们都摆放在国王面前时，太阳已经西沉。这些礼品都装在一个箱子里，运到俄底修斯在王宫里的住处。国王和全体随从来这里看他，并又给了他另外一些赠品，此外还有一只精美的金杯。为客人准备沐浴时，王后本人把箱子里的全部珍贵礼品指给他看。“你要仔细盖上盖子，把箱子关好。这样，即使你在返乡途中睡觉，也不会有人把它们偷走！”她这样说道。

俄底修斯小心地盖好盖子，并用一种多重的绳结把箱子捆好。随后他洗了一个热水澡，并准备回到业已入席的贵族那里一同欢宴。这时，他发现妩媚的瑙西卡站在大厅的入口处。自从俄底修斯进城以来，她就再没有见到他，现在要在这位高贵客人临行时再一次向他致意。她向高贵的英雄投去久久的、羡慕的目光，温柔地挽留他，但最终她说：“尊贵的客人，祝你幸福！请在你父辈的家园里也想念我，因为我救过你的命啊！”

俄底修斯感动地回答说：“高贵的瑙西卡，如果宙斯使我得以返归故里的话，我将每天为你——我的救命恩人像为一位神祇那样祈祷！”说罢这句话，他重新踏入大厅，在国王身边坐了下来。仆人们在分割烤肉，并从一个大调酒瓶中向杯中斟酒。盲歌手得摩多科斯又被带上来，坐在大厅中间柱子旁的老位置上。这时，俄底修斯示意使者前来，从放在他面前的烤肉上切下最好的一块，放到一个盘子上，递给使者并说道：“使者，把这块肉送给歌手！尽管我本人是在漂泊途中，可我愿意向他表示我的爱心。歌手在人群中受到敬重，因为缪斯女神教给他们歌唱并宠爱他们。”盲歌手感激地接受了这份馈赠。

宴后俄底修斯又一次转向得摩多科斯：“亲爱的歌手，我称赞你超过任何凡人！”又说，“因为阿波罗或缪斯女神教你唱出如此动听的歌曲！你如此生动和准确地描述了希腊英雄们的命运，就像你亲自看到和听到了这一切似的！现在，继续为我们唱一唱美丽的木马故事和俄底修斯在这件事上所做的一切吧！”

歌手高兴地听从了，大家都倾听他的歌唱。当俄底修斯听到人们赞美他的事迹时，他偷偷地流下眼泪。只有阿尔喀诺俄斯注意到了，因此他让歌手停了下来并对周围的费埃克斯人说道：“最好是让竖琴休息一会儿，朋友们。因为并不是每一个人都喜欢听歌手唱的那些故事。自从我们坐下欢宴和听歌手演唱以来，我们悲戚的客人就一直郁郁不欢，我们无法使他快乐起来。主人应当爱护客人，就像爱护自己的兄弟一样。现在，外乡人请忠实地告诉我们，你的双亲是谁？你的故乡在何处？如果我们费埃克斯人要把你送回故里的话，我们得知道你的国家和你诞生的城市。”

英雄对这番友好的话做了同样友好的回答：“高贵的国王，请不要以为你们的歌手使我苦恼！不，听到这样的歌唱是一种幸福，他使人听到了神一样的声音，我不知道还有比这更愉快的乐事了。但你们——亲爱的好客的主人们，希望我能解脱痛苦，可我会陷入更深的悲哀之中，因为我不知道该从何处讲起，到何处结束。那先听我的家世和我的祖国吧！”

基科涅斯人，洛托伐伊人，库克罗普斯、波吕斐摩斯

我是俄底修斯，拉厄耳忒斯的儿子。人们都认识我，我足智多谋的名声在世上广为流传。我住在阳光充沛的伊塔刻岛，岛的中间是草木葱茏的涅里同山。在它周围有许多住有居民的小岛：萨摩斯岛、扎利喀翁岛和查津托斯岛。现在听我讲述从特洛伊返乡的不幸故事吧！

疾风把我从伊利翁一直吹到基科涅斯人的城市伊斯玛洛斯，我和我的伙伴占领了它。我们把男人都杀光，把女人和战利品均分。按照我的意见，本应快点离开这里，但是我的那些轻率的同伴沉醉于那些战利品，最终留下来饮酒作乐。逃走的基科涅斯人联合他们住在陆地上的弟兄来袭击我们，那时我们正在海滨上豪啖畅饮。他们人多势众，我们被打败了。我们每一艘船死了六个人，其余人逃之夭夭，得以活命。

我们继续西进，很高兴逃脱了死亡，但从心里为死去的伙伴悲伤。这时，宙斯从北方给我送来了一股飓风，大海和陆地都被笼罩在浓云和黑夜之中。我们放下桅杆继续航行，在降下船帆之前，帆

杆已经折断，帆布被撕成碎片。我们终于抵达海滨，抛锚下碇，在那儿停了两天两夜，直到重新竖起桅杆和张起新帆，才又登程前进。我们满怀希望，若不是突然刮起北风把我们又吹回到大海的话，我们不久就抵达故乡了。

我们在暴风雨中漂荡了九天，到第十天到达了洛托伐伊人的海岸，他们是只吃莲子不食其他的人。我们登上海滨，汲取清水。我们派去两个朋友打探消息，一个传令人陪同前行。两人到了洛托伐伊人群集的地方并受到了他们友好的款待，这些善良的人从没有过消灭我们的念头。但莲花的果实有着一种独特的功能，它比蜜还甜，谁若是吃了它，就再也不想返乡，而愿永远留在这里。我们只好用强力把那些吃了莲子的伙伴带回船上，不管他们怎样哭泣和反抗。

我们继续航行，到了最野蛮最残忍的库克罗普斯人那里。库克罗普斯人根本就不耕种土地，一切都听天由命——实际上，那儿无须农民的耕耘，一切都长得郁郁葱葱。他们也没有法律，不召开民众大会，所有的人都住在岩洞中，自由自在地与他们的女人和孩子过活。

在海湾外面，离库克罗普斯人住的陆地不远的地方，有一个树木稠密的小岛，岛上有许许多多野山羊，它们无忧无虑在这儿觅食，没有人住在上面。库克罗普斯人不懂得造船，从不去那小岛。天一破晓，我们就登上这个小岛并快乐地猎杀了许多山羊，我的十二艘船每艘都能分派到九只，可我得到了十只。我们整天坐在美丽的海岸旁，愉快地吃着捕来的山羊肉，喝着从基科涅斯人那里抢来的美酒，一直消磨到深夜。

翌日清晨，去探究库克罗普斯人住的地方的好奇心使我不能自持，于是我与同伴登船上路。我们到了那里，看到在最外边的海滨上有一道高高隆起的岩缝，上面覆盖着桂树的叶子，里面饲养着许多绵羊和山羊。四周由垒起的石头和高大的松树与橡树构成一道围栏。这里面住着一个巨人，他孤零零一人在这偏远的草地上放牧羊群，从不与其他人来往，盘算的总是些为非作歹的事情。他是一个库克罗普斯人。在我们打探海滨情况期间，我们看到了他。我挑选了十二个最勇敢的朋友，拿起装有美食和佳酿的篮子，去引诱这个看来恣意妄为、无法无天的野人。

我们到达岩缝时，发现他不在里面，而在草地放牧。虽然如此我们还是进入洞内，对里面的摆设感到惊奇。一些篮子里放有大块的奶酪，羊圈里有许多小绵羊和小山羊，周围摆放着篮子、盛奶桶、水桶和挤奶桶。

终于，他回来了。他巨大的肩膀上扛着一大捆干柴，这是他搜集起来烧晚饭用的。他把柴扔到地上，发出可怕的响声，使我们大家惊得一怔并躲藏到洞穴里最偏远的角落里。随后我们看到他把一些肥胖的羊赶进洞里，却把一些公山羊和公绵羊留在外边圈起来的空地里。他用一块巨大的圆石封住洞口，就是二十二辆四轮车也无法把这块石头移开。他舒适地坐在地上，挨个儿给绵羊和山羊挤奶，把一半的奶放进凝乳酶，形成奶酪，放进篮子里晾干，把另一半奶倒进一个大容器里，供他每天饮用。这一切做完之后，他点起一把火，看见我们在角落里。现在我们也看清了他那巨大的身躯：如所有的库克罗普斯人一样，他也只在额头上长了一只炯炯发亮的眼睛；他的腿像千年橡树一样强壮；他的胳臂和双手巨大而有力，足可以把岩石像球一样玩耍。

“你们是谁，陌生人？”他用粗犷的声音向我们发问，这声音有如山中的响雷，“你们越过大海来自何处？你们是海盗还是做别的什么？”他的吼声使我们的心在发颤，可我还是镇静下来并回答说："不，我们是希腊人，从毁灭了的特洛伊回家，返乡途中在海上迷路了。我们来你这里是祈求保护和救助的。亲爱的人，请敬畏众神和答应我们的请求吧！宙斯保护祈求保护的人并极恨那些虐待他们的人！"

但这个库克罗普斯人狞笑起来，他说："你是一个真正的傻瓜！陌生人，你不知道你是在同谁打交道！你以为我们关心神祇、怕他们报复？对库克罗普斯人来说，那个打雷的宙斯算什么，就是所有的神加在一起又能怎样！我们要比他们强得多了！但现在告诉我，你把你们乘坐的船藏到哪儿了？停在哪儿了？在近处还是在远处？"这个库克罗普斯人问这些话时满脸怒气，可我很快就编了套狡猾的谎话。"好人啊，"我回答说，"大地的震撼者波塞冬把我的船抛到离你们海岸不远的峭壁上，已经成了碎片；我只同这十二个伙伴逃脱了！"

这个怪人根本就不回答我，而是伸出他那双巨大的手，抓住我的两个同伴，像摔小狗一样把他俩摔到地上——他们的鲜血喷了出来。随后他把他俩吃掉了，我们只能伸出双手向宙斯祈祷并为这种罪恶而大声痛哭。

这个怪物填饱了肚子并用羊奶止渴，随后便躺在洞中睡了过去。这时我想，是不是冲到他跟前，用剑刺进他的横膈膜和肝之间的部位。但我很快想出一个更好的方法，因为没人会帮助我们把那块巨石从洞口移去，我们最终都得悲惨地死在洞里。因此，我们让他酣睡，在阴沉的恐惧中等待清晨。当黎明时分这个库克罗普斯人醒来时，他又燃起了火，并抓去我的两个同伴当作早餐吃掉——这使我们害怕极了。随后，他把肥胖的羊群赶出山洞，却没有忘记用那块巨石重新堵在洞口。我们听到他用刺耳的叫声把羊群赶向山里，而留给我们的是死一样的恐惧，因为每个人都害怕下一个被吃的是自己。

我继续思考，如何向这个怪物报仇。终于，我想出了一个我觉得不错的办法。羊圈里有一根巨大的木棒，是这个库克罗普斯人用橄榄树做成的。我们觉得它在长度上和厚度上都像是一艘大船的桅杆。我从这根木棒上砍下一节，修整得光光的，并把上端削得尖尖的，用火让它烘干变硬，随后，把它小心藏在粪堆里。我的伙伴们抓阄，看谁与我一道，在这个怪物睡着时，把这根尖木桩刺入他的眼睛。朋友中四个最勇敢的人抓着了阄，他们也正是我要挑选出来的，加上我，一共五个人。

晚上，这个可怕的牧羊人与他的羊群回到家里。这次，他没有把任何一只羊圈到圈里，而是都赶到洞里。像往常一样，他又用巨石堵住洞口并又从我们中间抓去两个人吃掉。这期间我从酒袋里往一个木桶里倒满酒，靠近这个怪物，对他说道："库克罗普斯人，拿去喝吧，用人肉下酒再好不过了。你也应该知道，我们船上有怎样的好酒。我带来这酒是为了送给你的，希望你同情我们这些可怜的人并放我们回家。可你是一个非常可怕、残忍的人，将来还会有谁来拜访你？不会了，你对待我们太不公道了。"

这个库克罗普斯人拿起木桶，一句话也不讲，露出饥渴的表情，一饮而尽。我们看到了他对酒的芳香流露出的狂喜。他喝光了，于是第一次友好地说道："陌生人，再给我些喝的，也告诉我，你叫什么，这样我马上就送你一件礼物让你高兴，我们库克罗普斯人也有好酒。但你也应该知道，在你面前的是谁，听着，我的名字叫波吕斐摩斯。"

波吕斐摩斯这样说了，我当然愿意再给他酒喝。我把木桶倒满三次，他愚蠢地三次都喝得光光的。当酒使他变得稀里糊涂时，我狡黠地说道："库克罗普斯人，你要知道我的名字吗？我有一个奇怪的名字。我叫没有人，所有人都叫我没有人，我的父亲、母亲、朋友都这样叫我。”这个库克罗普斯人回答说：“没有人，那你也能得到我的礼物了，在吃光了你所有的伙伴之后最后一个吃你。你对这份礼物满意吗，没有人？”

这个库克罗普斯人的最后一句话已经含混不清了，他随即向后仰去，躺到地上。他粗壮的脖颈弯向一边，大声打起呼噜。趁此机会，我飞快地把尖木桩插入火灰里，当它开始要燃起火苗时，把它抽了出来，与抽到阄儿的四个朋友把它深深地插入怪物的眼睛里。我转动尖木桩，就像一个木匠造船时钻洞似的，火焰把他的眉毛和睫毛都连根烧焦了，他变瞎了的眼睛发出吱吱的声音，像烧红的铁浸到水里一样。这个受伤的怪物大声吼了起来，使洞穴里发出了狂叫的回声。朋友和我由于恐惧而发抖，逃到洞穴最偏远的角落躲了起来。

波吕斐摩斯把尖木桩从眼睛里拔出，鲜血淋漓地淌了下来。他把尖木桩抛得远远的，像一个疯子似的东奔西跑。随后，他尖声厉叫，呼喊他的同胞——住在山里的库克罗普斯人。这些人从四面八方跑来，围在洞穴四周，想知道他们的兄弟发生了什么事。他从洞里朝外吼道：“没有人杀我，没有人杀我，朋友们！没有人骗我！”库克罗普斯人听到后却说：“既然没有人伤害你，没有人攻击你，那你叫什么？你大概病了，可我们库克罗普斯人不知道怎样去治病！”他们说罢就又各自离去。我打心眼儿里高兴极了。

变瞎了的波吕斐摩斯在洞里踉踉跄跄，由于痛苦而叫个不停。他把巨石从洞口移开，随后就坐在当中，用双手四处摸索。他想抓住逃走的人——他把我看得太单纯了，以为我会用这样的方法逃出去。

我想出一个新的计划。我们身边有许多长得又大又壮的山羊，我偷偷地用波吕斐摩斯铺床的柳条把每三只羊绑在一起，在中间那只羊的肚子下面藏着我们中的一个人，他紧紧抓住羊毛绑在上面。我本人选了一只强壮的山羊，它长得比其他的更高更大。我双手抓住它的背，贴在它的肚子下面，抱得紧紧的。我们就这样悬挂在山羊肚下，准备逃走。

天一破晓，那些公羊就先从洞里跳了出来。它们受折磨的主人仔细地摸了摸每只奔出去的山羊的背，想知道上面是不是坐有想逃跑的人。这个蠢人不会想到羊肚子和我的计策。现在我的这只山羊慢腾腾地走到洞口，因为我太重了。波吕斐摩斯抚摸着它说道："好山羊啊，你怎么落在羊群的后面走得这么慢？你往常并不会让其他羊走在你的前面。你是为你主人被烧瞎的眼睛而忧愁？是啊，如果你像我一样，会思考和谈话的话，你一定会告诉我，那个罪犯和他的同伙藏在哪个角落里。如果我把他的脑袋摔到石墙上，我的心就会解除'没有人'给我带来的痛苦，最终变得快乐起来！"

波吕斐摩斯说着放这只山羊走出了洞，现在我们都到了外面。当我们离开岩缝稍远时，我先把我的那只羊放开，并把我的朋友们从羊肚子下面解下来。遗憾的是我们现在只有七个人了。我们相互拥抱并为死去的同伴悲恸。随后，我们带着掠来的羊群回到了船上。直到我们重新坐到舱旁并穿越波浪航行到海上时——此时我们离海岸已有一段距离——我嘲弄地大声朝波吕斐摩斯喊道："听着，库克罗普斯人，在山洞里被你吃掉同伴的那个人可不是个坏人！你的恶行终于遭到了报应！宙斯和众神终于对你进行了正当的惩罚！"

这个恶汉听到这番话气得暴跳如雷。他从山上撕下一整块岩石朝我们的船抛了过来。他抛得非常有准头，差一点砸到我们船舵的尾部。落石掀起了狂涛巨浪，汹涌的海水又把我们的船向岸边冲了回去。我们竭尽全力划桨，奋勇前进，以便尽快逃离这个怪物。我的朋友们害怕他第二次投掷岩石，要制止我叫喊，可我依旧再次喊道：“听着，库克罗普斯人，若是有人问你，是谁弄瞎了你的眼睛，你不要像先前那样告诉你的同胞，而应当说：是特洛伊的毁灭者俄底修斯弄瞎了我的眼睛，他是拉厄耳忒斯的儿子，住在伊塔刻岛上！”

这个库克罗普斯人号叫起来：“痛苦啊！那个古老的预言就这样在我身上应验了！从前，我们中间有一个名叫忒勒摩斯的预言家，他是欧律摩斯的儿子，他在库克罗普斯人住的地方一直活到老年。他曾对我预言，我会由于俄底修斯而失明。我一直以为这一定是个很魁梧的家伙，像我这样高大强壮，并与我在斗争中一决高下。现在这个坏蛋来了，这个懦夫，他用酒把我灌醉，烧瞎了我的眼睛！再来呀，俄底修斯！这次我要把你当客人一样款待，要为你向海神祈求安全导航，你要知道，我是波塞冬的儿子。没有别人，只有他才能治疗我的创伤！”随后他向他的父亲祈祷，让我不能顺利返家。“即使他能返回，”他说道，“那至少也要尽可能地迟些，尽可能地不幸和尽可能地孤独，是在一艘陌生的船上，不是在自己的船上，他回到家时遭遇的全部是悲惨痛苦！”他这样祷告，我相信，那个阴沉的海神一定是听到了。

不久，我们就又回到那个小岛上，我们的朋友在那儿等我，其余的一些船都藏在海湾里。我们受到了热烈的欢迎。当抵达陆上时，我们把从波吕斐摩斯那里掠来的羊群分配给朋友们。可我的伙伴事先把那只我在它肚子下面逃命的山羊赠给了我。我立即把它祭献给宙斯，焚烧羊腿，供奉众神之父。但宙斯拒绝这个祭品，不愿宽容我们。他心意已决，要毁灭我们所有的船和除我之外所有的朋友。

可我们对此一无所知。我们整天待在一起，优哉游哉，吃喝玩乐，直到太阳沉入大海，仿佛再没有什么可忧虑的了。随后我们躺在海滨上，伴着浪声，酣然入睡。不久东方又泛起朝霞，我们大家也坐到船上，朝着故乡的方向驶去。

埃俄罗斯的风袋，莱斯特律戈涅斯人，喀耳刻

我们到达了埃俄罗斯居住的海岛，他是众神的好朋友希波忒斯的儿子。埃俄罗斯有六个儿子和六个女儿，他每天都在宫殿里与妻子儿女饮酒作乐。这位善良的君主招待我们在他那里住了整整一个月。他十分急迫地问起特洛伊的战事、希腊人的兵力和返乡的情况，我把这一切都详详细细地告诉了他。当我最终请他帮我们返乡时，他爽快地答应了我们。他赠给我们一个由一头九岁野牛的皮制成的风袋，里面关着各式各样的风。宙斯命埃俄罗斯掌管诸风，并授予他放它们出来和让它们重新停息下来的权力。他用一条银线结成的闪光绳子把风袋紧紧地系在我们船上，扎紧袋口，一点风也漏不出来。

我们在海上航行了九天九夜，在第十天已临近故乡伊塔刻，甚至能望到海岸燃起的烽火了。当我在夜里沉睡时，我的同船伙伴开始议论起埃俄罗斯送给我的风袋，他们想知道袋子里装的是什么。他们大家都相信，是黄金和白银，其中一个人说道："这个俄底修斯到处都受到重视和尊敬！他仅从特洛伊就带回多少战利品啊！可

我们呢，只有冒险和吃苦的分儿，回家时，两手空空！现在，埃俄罗斯又给了他一袋子白银和黄金！我们看看里面装有多少宝贝，怎么样？”

这个糟糕的建议立即得到了其余伙伴的赞同。风袋被打开了，绳子刚一解开，所有的风争拥而出，又把我们的船卷回大海。

呼啸的风暴把我从沉睡中惊醒。当看到这不幸的景象时，我思虑片刻，是不是最好从甲板上跳进大海死了算了。可我重新镇静下来，决定坚持下来并去忍受可能发生的一切。飓风的暴怒把我抛回到埃俄罗斯的海岛上。我让伙伴留在船上并与一个朋友和传令使前去国王的宫殿，他正与妻子儿女用午餐。他们对我的返回显得惊讶。当他们得悉事情的原委时，这位风的主宰者从座位上愠怒地立起身来，朝我喊道：“该诅咒的人，显然是众神在向你报复！对这样的人我既不能收留也不能护送！离开我的家，被诅咒的人！”骂完后他就把我赶了出来。我们离开了那里，沮丧地继续航行。

终于，我们到了一个海岸，看到一座塔楼林立的城市。我把船停在港口，爬上岩石，向四下瞭望。我没有看到耕种的土地、农夫和牛羊，只看到烟云从一座巨大城市直升向天际。于是，我派两个朋友和一个传令使去打探消息。他们在路上遇到了莱斯特律戈涅斯国王安提法忒斯的女儿，她正去阿耳塔刻亚泉汲水。她的高大令他们惊喜，她友好地把她父亲的宫殿指给他们，并告诉他们希望知道的关于这个国家、这座城市和统治者的情况。

他们到达了宫殿，令他们目瞪口呆的是站在面前的莱斯特律戈涅斯王后竟然像一座山峰那样高耸巨大。莱斯特律戈涅斯人是巨人族，也吃人。王后招呼她的夫君——他抓住我们的传令者，并命令旁人立即将此人做成他的晚餐。其余二人吓得夺路逃跑，奔回船上。但国王召集他的臣民，全副武装地追赶，成千的莱斯特律戈涅斯巨人冲了过来，朝我们掷来巨石。我们在船上听到的，除了垂死者的呼叫声，就是船板被击中的破碎声。只有我自己的那只船停放在巨石投不到的地方，我带回那些还没受伤的朋友，奔回我的船上，安全地离开了海港。其余的船连同一大批垂死者、尸体，一道沉入大海。

我们挤在这艘唯一得救的船上继续航行，又到了一座名叫埃儿厄的海岛。这儿住着一位半人半神的美女，她是太阳神和海洋女儿珀耳塞所生的一个女儿，名叫喀耳刻。她在岛上有一座美轮美奂的宫殿。我们驶进海岛的一处港湾，下锚停泊。由于精疲力竭和忧心忡忡，我们都躺倒在海岸上。

在第三天，我背上宝剑，手执长枪，动身去内地打探情况。终于，我看到从喀耳刻宫殿升起的烟云。可我没有立即朝那里走去。根据以往的经验，我把同伴分成两批，一批由我领导，另一批由欧律罗科斯领导。随后我们在一个头盔里抓阄儿。欧律罗科斯抓到了，他立刻率领二十二个人——他们只好叹着气前去——上路，朝我看到烟云的地方进发。

这批人不久就在海岛的一个幽美山岩里发现了女神喀耳刻富丽堂皇的宫殿。当他们在庭院的篱笆里和宫殿的大门前看到尖嘴利齿的群狼和鬃发耸立的群狮闲来逛去时，吓得心惊胆战。他们惶恐地望着这些可怕的野兽，立刻想到逃跑，可它们已经围了过来，但并没有伤害他们，而是缓慢而讨好地靠近，摇起它们长长的尾巴，像狗一样乞求主人施舍给它们一块好吃的食物似的。正如我们后来所知，它们都是喀耳刻用魔法变成野兽的人。

因为这些野兽都很温和，我的朋友们又恢复了勇气并接近了宫殿的大门。他们听到从里面传出来喀耳刻的歌声——她一定是一个出色的歌手，唱得美极了。她歌唱她的劳作，因为她正在织一件只有女神们才能织出来的华丽衣服。英雄波利忒斯首先向宫里瞥去一眼并感到由衷喜悦。根据他的建议，我的朋友们把喀耳刻喊了出来。她友好地来到大门并请这些外乡人入内。只有心思缜密行事小心的欧律罗科斯留在外面，因为他嗅出某种阴谋诡计的味道。

在宫中，喀耳刻让这些客人坐到高大精美的椅子上。随后有人送上奶酪、麦粉、蜂蜜和烈酒，她用这些做出可口的糕点。但在制作的时候她偷偷地在面团中掺进了一种药汁，使吃了的人丧失思想、忘记自己的祖国。确也是如此，他们吃了后立刻就变成全身长毛的猪猡，开始咕咕地叫了起来，并全都被这位施展魔法的女人赶进了猪圈里。喀耳刻让人抛给他们橡实和野果，而不是精美的食物。

欧律罗科斯从远处看到了这一切。他尽快地跑回船来，把我们朋友们的可怕遭遇告诉我和留下来的人。当我听到这令人吃惊的消息时，我很快做出决定，背上宝剑和弓箭，前去宫殿。

半路上，我遇到一个英俊的年轻人，他朝我举起金杖，我认出他是神祇的使者赫耳墨斯。他友好地握住我的手说："可怜人，你不熟悉这一带的情况，干吗在山里乱跑呢？你的朋友们都被会魔法的喀耳刻关到猪圈里了。你要去解救他们？你也会和他们一样！好吧，我给你一件东西保护自己。"说着，他就从地上挖起长有奶白色花的黑色草根，"你带着这种药草，这样，她的骗术就不能伤害你了。她会给你准备一种甜酒，并放魔汁进去。我刚才给你的这种草能阻止她把你变成畜类。若是她要用她那长长的魔杖来触你的话，你就从剑鞘里拔出利剑，冲到她面前，摆出一副要杀她的架势。然后要她许下庄重的誓言，不再加害于你。这样，你可以安全地住在她那儿，当她成为你的好朋友时，她就不会拒绝你的请求——把你的朋友还给你了！"

赫耳墨斯说完就离我而去。我本人焦急而忧心地奔向宫殿。喀耳刻听到我的呼叫就打开了宫门，亲切地让我入内。她把我领到一把华丽的扶手椅上坐下，在我脚下放上一个小足凳，随后立即为我在一只金碗里调酒。她还等不及我把酒喝完，就用魔杖触我，一点也不怀疑我会当场就变成畜类，她说道："滚到猪圈里，跟你的朋友们到一起去吧！"

但我抽出宝剑冲向她。她大声叫了起来，倒在地上，抱起我的双膝，哀求我："你是谁？你这强者，为什么我的魔酒不能使你变形？还没有一个凡人能抵挡我魔法的力量。你就是赫耳墨斯早就对我预言过的那个足智多谋的俄底修斯？如果你是他的话，那就收起你的宝剑，让我们做朋友！"

但我并不改变咄咄逼人的姿态，回答她说："喀耳刻，你把我的朋友们都变成了猪，你怎么能要求我对你友好呢？难道我不会想到你这样讨好我是为了伤害我吗？如果你立下神圣的誓言，不用任何魔法害我的话，那我就能成为你的朋友！"这个女神当场就立下誓言，我也放心了，并无忧无虑地过了一夜。

翌日清晨，四个侍女——都是美貌非凡、娴雅高贵的仙女——来整理她们女主人的房间。第一个人把华丽的紫色垫子铺到扶手椅上；第二个在扶手椅前摆上一张银制的桌子，并把金篮子放到上面；第三个在一个银罐里调酒，并把金杯摆放到桌上；第四个则端来清水，放入三脚鼎上的锅里，在下面点起火来，直到水热——这是给我洗浴用的。当我洗完，涂上香膏，穿好衣服之后，就该与喀耳刻一起享用早餐了。但是，尽管我面前的桌子上摆满了丰盛的食品，可我动也不动。面对着漂亮的女主人，我待在那里一声不响，忧郁愁苦。当她终于问我如此闷闷不乐的原因时，我说道："一个人，当他知道他的朋友们遭到不幸时，他却依旧大嚼大饮自得其乐，那他还算是一个感情正直、品德磊落的人吗？如果你要我在这里心情舒畅的话，那就让我亲眼看到我的朋友！”

喀耳刻没容我多说，就手执魔杖离开了房间。她打开猪圈的门，把我的朋友赶了出来——他们都成了一群九岁的猪，围到我的身边。现在她在他们身边走动，给每一头猪涂上另一种药汁。他们立即褪下了毛皮，又都变成了人，而且变得比从前更年轻、更英俊了。他们欣喜地奔向我，与我握手。女神这时对我讨好地说："现在，亲爱的英雄，我已照你的话做了，该你做我喜欢的事了。把你的船拉上岸，把装载的东西运到岸边的岩洞里，让你和你的伙伴都到我这里来吧。"

她甜蜜的言辞使我动心了，我去找我的船和留下来的朋友。他们都认为我已经死了，为我悲恸，现在含着欢喜的泪水扑向我。当我向他们提出建议，把船拉上岸并去女神那里时，他们立即表示同意。只有欧律罗科斯劝阻伙伴们说："难道你们就这样急着到这个女巫的宫殿去毁灭自己？难道你们想让她把我们大家变成狮子、狼和猪，被迫看守她的家？当俄底修斯愚蠢地使我们落到库克罗普斯人手里时，我们的朋友都遭到怎样的下场，难道你们忘了吗？”听到这种侮辱的话，我真想抽出宝剑把他的脑袋砍下来，尽管他是我的近亲。朋友们注意到我要发作起来，就抱住我的胳膊，使我镇静下来。

我们大家动身去宫殿，欧律罗科斯受迫于我，也不敢不跟随前往。这期间，喀耳刻让我的那些朋友沐浴，涂抹香膏，穿上华丽的衣服，快活地在一起饮酒作乐。我们受到了热烈的欢迎。喀耳刻叫我们放心，对我们殷勤有加，我们一天比一天快乐。就这样，在她这儿一年过去了。但当这一年结束时，我的这些伙伴提醒我该回家了。我听从他们的劝告，就在当晚请求喀耳刻履行她的诺言，因为她在开始时就答应过送我回家。这位女神回答说："你说得对，俄底修斯，我不应当再把你强留在我这儿了。但在回家之前，你还得要走一条弯路。你们必须到哈得斯和他的妻子珀耳塞福涅统治的地狱里去，寻找底比斯城的盲预言家忒瑞西阿斯的灵魂，去问你们的未来——虽然他死了，但由于珀耳塞福涅的宠爱，他的灵魂和预言依然存在。"

听到她的这番话时，我开始哭了起来，悲恸欲绝。去死人的国度使我害怕极了，我问谁为我引路，因为还没有一个凡人在活着时候能乘船进入冥府。"你不必为引路一事操心！"女神回答说，"只要把船的桅杆竖起来，挂上帆就行了！北风会把你们吹到那儿！你抵达大洋河[1]的岸边时，在一块低处的河岸上陆，在那儿你能看到橙木、白杨和柳树。那儿就是珀耳塞福涅的圣林，也是进入地府的入口。你在山岩旁的一个峡谷里——皮里佛革勒河和科库托斯河的黑色激流在这儿直泻而下——可以找到一道岩缝，穿过去就是通向冥府的路。你在那儿挖一个坑，给那些死去的人献上蜂蜜、牛奶、酒、水和麦粉，并立下誓言，一旦你返回伊塔刻，也要为他们祭献牲畜，除此之外，还要为忒瑞西阿斯献上一只黑色的山羊。随后，你还要杀死两只黑色的绵羊，一只公的一只母的。在同伴为众神焚烧祭品和向他们祈祷期间，你会通过岩缝直望到下面汇合的河水。这时，死者的灵魂将出现在你的面前，空中的虚幻景象涌向亮处并要品尝祭品的血。但你要用宝剑加以制止，在你问过忒瑞西阿斯之前，不允许它们靠近。随后不久，忒瑞西阿斯就会现身，并会给你指点你的返乡之路。"

这番话使我得到了几分安慰。第二天一早，我召集朋友们上

1 神话中环绕大地的河流。——译者注

路。“遗憾的是，我们的返乡之路不是一条坦途，”我说，“女神给我们规定了一条非同一般的道路。我们得下到哈得斯可怕的冥府，并在那儿就我们的归程询问底比斯城的预言家忒瑞西阿斯！”我的伙伴们一听到这话，悲伤得几乎心裂肠断。他们揪扯头发，号啕大哭，但悲哀于事无补。我命令他们动身，与我一道乘船前往。喀耳刻早在我们前面了。她给我们带来两只祭祀用的绵羊，让人捆在船上，也给我备好了用来祭献的大量蜂蜜、酒和麦粉。当我们抵达海岸时，她默默地向我们告别并轻盈地悄然离去。我们把船拽入大海，立起桅杆，扬起船帆，忧心忡忡地坐在船板旁边。喀耳刻送来一阵顺风，我们很快就又置身大海之中了。

冥　府

当我们被一股奇妙的轻风吹到大地尽头的大洋河边时，太阳已沉入大海了。我们像喀耳刻指点的那样，献上了祭品。鲜血刚一从绵羊颈上流出，许多死者的阴魂就从冥府深处朝岩缝涌出，来到我们身边。年轻的和年老的，少女和儿童，还有许多身带伤口、盔甲染血的英雄。他们一群一群地围着祭献用的土坑，发出令人恐怖的呻吟声，这使我害怕极了。我匆忙地提醒我的同伴，按照喀耳刻的吩咐，快些把宰掉的绵羊焚烧并向众神祈祷。我本人则从剑鞘里抽出宝剑，阻止这些阴魂来舔羊血。

现在忒瑞西阿斯的阴魂出现了，他右手拄着一根金杖，立即认出了我并说道："拉厄耳忒斯的儿子，是什么使你离开阳界来到这恐怖的地方？快把你的剑收起，我可以喝到祭品的鲜血，这样就能预言你的命运了。"

听到这话我从土坑边离开，并把宝剑还鞘。忒瑞西阿斯喝了黑色的羊血并开始说他的预言："俄底修斯，你希望在我这儿知道，能顺利地回归祖国，但一个神祇会使你的这次返乡之旅变得困难重重，你无法从大地震撼者波塞冬手中逃脱。你烧瞎他儿子波吕斐摩斯的眼睛，这深深地伤害了他。可尽管如此，你还是能返回家中。

“你们首先在特里那喀亚岛登陆。如果在那儿你们不去伤害太阳神的神牛和神羊的话，那你们就能成功地返回家园。但若是伤害了它们，那我预言你的船和你的朋友都要毁灭。即使你本人能够逃脱掉，也只能更晚、更可怜、更孤独地返回故里，而且是乘陌生人的船。就是回家了，你得到的也是苦恼：那些狂妄的人挥霍了你的家财并向你的妻子珀涅罗珀求婚。当你把他们——不论是用计谋还是用暴力——制服后，安谧的幸福朝你微笑时，你将很快再次把船桨扛到肩上出海远游，到那些陌生的大海和不知船为何物的人那儿去，他们的饭菜都是寡淡无味的。当你在那陌生的地方遇到一个漫游者时，他会告诉你，你肩上扛的是扬谷铲，那就把船桨扔进土里，向波塞冬献上一个祭品，再返回家里。你的国家将繁荣昌盛，而你最终会在远离大海的地方得到善终。”

这就是他的预言。我向这个预言家表示感谢并继续说道：“你看，我母亲的阴魂坐在那儿，却不对我说话，也不看我。啾，告诉我，我该怎么做，她才会认出我是她儿子？”“若是你现在允许她喝羊血的话，”他回答说，“那她就会像一个活人一样与你说话，并把真实的情况讲给你听。”说完这句话，预言家的阴魂就消失在冥府的黑暗之中了。

这时，我母亲的阴影朝我走来，并喝了羊血。突然间她认出了我，泪流满面，两眼紧盯住我说：“亲爱的儿子，你怎么活着就到了阴间？大洋河和其他一些可怕的河水没有阻止你来吗？自特洛伊陷落以来你还一直漂泊，没有回到故乡伊塔刻吗？”

我向母亲讲述了我的遭遇并问她是怎么死的，因为我离开她前往特洛伊时，她还健在。我也问起家里的情况，同时心跳得厉害。

母亲的阴魂回答道："你的妻子对你坚贞不渝，白天和夜里都为你哭泣。没有别人执掌你的权力，而是你的儿子忒勒玛科斯在管理你的家业。你的父亲拉厄耳忒斯隐居在乡下，不再进城了。他在那儿住的不是宫殿，睡的不是软榻——他就安身在炉灶旁，衣衫褴褛，像其他奴隶一样躺在干草里，度过整个冬天；夏天他睡在露天里，躺在干树枝堆上。他这样做都是在为你的遭遇忧愁哀伤。亲爱的儿子，我也是为你憔悴而死的，不是什么病夺去我性命的啊。"

她这样说着，更激起了我的思念之情。当我要拥抱她时，她如一个梦一样破灭了。现在其他一些阴魂来了，许多是著名英雄的妻子。她们喝了羊血，向我讲述了她们的命运。当她们一个接一个消失之后，我眼前出现了一个令我怦然心动的景象：走过来的是阿伽门农的阴魂。这个伟大的魂灵忧郁地步向祭坑，喝了鲜血。这时他望着我，认出了我并开始哭泣。他徒劳地想把手伸向我，但四肢瘫软无力。他回到远处并从那里回答了我急迫的问候。

"高贵的俄底修斯，"他说，"海神的愤怒没有把我毁掉，城堡中的敌人没有把我制服。我像被夹在岩石中间的野兽一样，在洗澡时，被我的妻子克吕泰涅斯特拉和她的情夫埃癸斯托斯杀死了。我怀着思念妻子和孩子之情回到家，得到的却是这样的下场。因此，我劝你，俄底修斯，不要完全相信你的妻子，不要因为她的甜言蜜语就把任何秘密都告诉她。不过你的妻子贤淑聪颖，忠贞不渝，你是一个幸福的人！在我们离开希腊时，忒勒玛科斯还是襁褓中的婴儿，现在已是一个年轻人，他能怀着孩子的爱来热情地接待他的父亲了。我那不忠的妻子在谋害我之前，从没有让我看到我的儿子一眼。可我依然劝你，要秘密而不是公开地在伊塔刻登陆，因为没有一个女人是可信赖的！"

说罢这些阴郁的话，这个阴魂就转身消失了。现在阿喀琉斯和他的朋友帕特洛克罗斯、安提罗科斯和大埃阿斯的灵魂来了。阿喀琉斯先喝了鲜血，认出了我，他感到吃惊。我告诉他为什么来到这里。但当我赞美他生前像神一样受到尊敬，死后在地狱里也统领着死者时，他恼怒地回答说："不要对我讲死，俄底修斯！我宁愿在人世做田里的零工，不要财富，没有遗产，也不愿在这儿统治死人。"随后我向他讲述了他儿子涅俄普托勒摩斯的英雄事迹，当听到自己儿子的名声和业绩时，这个崇高的阴魂满意地迈着有力的脚步向深渊走去，随即消失了。

其他一些在此期间喝了鲜血的幽魂也都与我交谈了，只有埃阿斯的阴魂站在一旁怒气冲冲。在急夺阿喀琉斯武器的斗争中，我战胜了他，他因此自杀而死。我温和地对他说："忒拉蒙的儿子，难道你死后仍耿耿于怀不忘旧恶吗？你因阿喀琉斯的武器而迁怒于我，可众神就是用它制造了不和，你因此而去。对于你的死，我们中的每一个人都是无辜的，这是宙斯给我们的灾难。因此，高贵的英雄，抑制你的愤怒，靠近我，同我说说话！"但这个阴魂没有答话，而是返回黑暗之中。

现在我也看到了死去很久的英雄：死人的裁判官弥诺斯、强大的猎人俄里翁、提提诺斯和坦塔罗斯。我也很高兴认出了忒修斯和他的朋友庇里托俄斯。但当无数的阴魂发出可怕的喧闹声时，我突然感到一阵恐怖袭来，仿佛女妖美杜莎朝我转过她那蛇发的脑袋似的。我急忙与我的伙伴离开岩缝，重新回到大洋河河岸我们的船那里。随后，我们扬帆继续航行。

塞壬女仙、斯库拉和卡律布狄斯，特里那喀亚岛和太阳神的牧群，船沉，俄底修斯和卡吕普索

我们不得不经历的下一个冒险，发生在塞壬女仙居住的海岛。这是些唱歌的仙女，谁听到她们的歌声，谁就会被迷住。她们坐在绿色的海滨，向经过此地的旅人唱起迷人的歌曲。谁若被她们吸引过去，谁就必死无疑。因此，她们的海岸上遍地都是腐尸白骨。

当我们抵达极富诱惑性的仙女居住的海岛时，船突然停住了，把我们吹到这儿的轻风一下子就静息下来，海水像平镜一样闪闪发光。我的伙伴们卸下船帆，卷了起来，放倒在船上，然后坐在桨旁，摇桨前进。但我想起了喀耳刻先前说的话："当你经过塞壬仙女居住的海岛时，她们会用歌声威胁你们，你就用蜡封住朋友们的耳朵，这样他们就听不见。但你自己，如果想听她们的歌唱的话，就命令朋友把你的双手和双脚绑起来，捆在桅杆上，你越是祈求放开，他们就应把捆你的绳子绑得更紧！"

现在我一想及此，就割下一大块蜡片，用手把它揉软，然后塞

进我同伴的耳朵里。而他们则按照我的吩咐，把我绑在桅杆上，随后又重新坐在桨旁，放心地划船前行。当塞壬女仙们看见我们驶近时，都打扮成妩媚的少女，来到岸边，用甜蜜而嘹亮的歌喉唱起她们的歌儿：

来吧，俄底修斯，你这受人赞颂的人，
你是希腊人的骄傲！
把船驶向我们，听听我们的歌唱。
听取我们甜蜜歌声的，
还没有一个人在昏暗的船里能从旁划过。
每个人都心甘情愿地返回，
想知道更多更多，
因为我们知道，按照众神的意志，
希腊人的儿子和特洛伊人曾在特洛伊土地上遭遇苦难，
我们知道，在丰饶的大地上发生的一切事情。

当我听到这歌声时，我的心充满了想更长时间听下去的渴望。我用头向朋友们示意，让他们把我放开。但他们听不见，只是更快地摇动船桨。其中两个人，欧律罗科斯和珀里墨得斯走过来，像我事先命令的那样，更有力地勒动绳子，把我捆得更紧。直到我们顺利地驶了过去，到了听不到塞壬仙女歌声的地方，朋友们才从耳朵里取下封蜡，再把我身上的捆绳解了下来。我由衷地感谢他们的坚定果断。

我们刚一踏上航程，我就发现了远处的水雾和一股汹涌的海浪。这是卡律布狄斯漩涡，它每天三次从一块岩石上涌出并再次退回，吞没每一艘落进它当中的船。我的伙伴由于惊恐而让船桨从手中滑落。我本人从座位上站了起来，在船上奔跑，到每一个人跟前，鼓起他们的勇气。“亲爱的朋友们，”我说，“我们都不是应付危险的新手了。不管遇到什么，也没有比我们在库克罗普斯山洞里更危险的了，可我用智慧帮助你们逃了出来。因此，你们大家要听我的，牢牢地坐在你们的桨位上，勇敢地向浪头划去。我想，宙斯会帮助我们逃离险境的。而你，舵手，要聚精会神地尽你所能掌握好船，穿过狂涛巨浪！靠近岩石，不要驶进漩涡里！”

我就这样在卡律布狄斯漩涡前向我的朋友们发出了警告，这都是喀耳刻事先告诉我的。她对我讲过怪物斯库拉——这里我们就要面对的——我却聪明地闭口不谈。

可我却忘了喀耳刻的另一个劝告，即是她禁止我武装起来去跟这个怪物进行战斗。我全身束上铠甲，手执两支长矛，站在甲板上，去迎击即将到来的怪物。尽管我费力地四下环视，却一直没有发现她；我心中充满了对死的恐惧，向着越来越狭隘的洞口驶了进去。

喀耳刻向我这样描述了斯库拉：“她是不会死的。光凭勇敢战胜不了她，唯一的办法就是逃离她。她住在卡律布狄斯漩涡对面一块被浓云永远笼罩的高高的岩石上。这块岩石中间有一个洞，里面一片漆黑。斯库拉就在这里安身，只有听到一种可怖的、在海水上空滚动不已的、野狗般的吼叫声才知道她现身了。这个怪物有十二只奇形怪状的脚，六个蛇一样的脖子。每一个脖子上都长着一个可憎的脑袋，口中有三排密密麻麻的牙齿，一咬起来就会把她的猎物嚼个粉碎。她的下半身藏在岩洞里，脑袋却从下面伸了出来，扑食海狗、海豚和其他更大的海中动物。还没有一条船能完整无损地驶过此地。在船长发觉她之前，她已经把人从船上掠走，放入口中，用牙齿嚼成碎片了。”

这个景象在我脑海中出现，我徒劳地四下窥视。这期间我们的船已经接近了卡律布狄斯山岩，它那巨大的洞口把海水吸进，复又喷出。我们被这一场景吓得目瞪口呆，并下意识地让船避向左侧。就在这当儿，我们一直没有发现的斯库拉来到了跟前，用她的大嘴一下子就从甲板上叼走了我的六个最勇敢的伙伴。我看到朋友们在怪物的牙齿中间，向空中摇晃他们的双手和双脚，还在她的大口中呼喊我的名字求救，可顷刻之后他们就成了碎末了。我在漂泊中忍受了那么多的苦难，可还没有看到过这样一场悲惨的景象！

离开这个可怕的怪物，我们顺利地穿过了卡律布狄斯漩涡和斯库拉山岩，不久，阳光充沛的海岛特里那喀亚就在我们的面前了。从老远我们就听到了太阳神圣牛的哞哞声和他绵羊的咩咩声。我立即想起盲人预言家忒瑞西阿斯的警告，于是把他和喀耳刻的提醒告诉伙伴们，要避免去太阳神赫利俄斯的海岛，因为有最最悲惨的命运在威胁我们。这种解释使我的伙伴们忧心忡忡，而欧律罗科斯则怒气冲冲地说道："俄底修斯，你真是一个残忍的人！难道你真的不许这些精疲力竭的人上岸，并在岛上吃些食物、喝些饮料来恢复一下体力？至少得让我在这个好客的海岸度过这漆黑的一夜吧！"

我的硬心肠被软化了，于是对朋友们说道："我同意了。但你们必须对我许下一个神圣的誓言：如果你们看到了太阳神的牧群，不许杀任何一头牛或者一只羊。你们只能去享用好心的喀耳刻给我们的那些食物。"所有的人都心甘情愿地对我立下誓言。随后，我们把船驶入海湾，甜水从那儿流入苦涩的海水之中。所有的人全都离船登岸，没等多久，晚餐已经备妥。饭后我们为丧身于斯库拉之口的朋友们痛哭，但由于极度的疲惫，我们含着泪水就沉入梦乡了。

清晨时，宙斯送来了一阵可怕的风暴，我们匆忙地把船拽入一个山洞确保安全。我再次警告朋友们不要去杀圣牛，因为从这场迅猛的暴风雨中能看出来，我们不得不在这座海岛上停留更长时间。我们的确在这里待了整整一个月，因为经常吹的是南风，偶尔还改吹起东风——但这两种风对我们都没有用途。只要喀耳刻给我们的食品和酒还够用的话，就没有什么困难。当我们用尽了所有的食品，面临饥饿时，我的伙伴们开始捕鱼捉鸟，而我本人则沿着海岸去巡视一番，看能否遇到一个神祇或凡人，好给我指出一条摆脱困境的出路。当我孤身一人、远离朋友时，我在海水里洗净双手，谦卑地跪在地上，向众神祈求救助，但他们使我酣然入睡。

在我不在的这段时间里，欧律罗科斯在伙伴中站了出来，并给他们出了一个毁灭性的主意。“朋友们，听我说！”他说道，“对人来说，每一种死都是可怕的，但最最令人恐怖的是饿死！动手吧，有什么能阻止我们屠宰赫利俄斯的肥牛祭献给众神，饱餐剩下来的肉的呢？为了求得太阳神的宽恕，当我们顺利地回到伊塔刻时，就给他修建一座华丽的神庙，为他献上精美的祭品。但若是他眼下发怒并降下一场风暴，把我们的船击沉的话，那我宁愿在海水里一下子淹死，也不愿悲惨地在一座荒岛上被折磨至死。”

这番话使我那些饥饿的朋友听了都非常高兴。他们立即动手，把在附近吃草的太阳神的牛群赶了过来，他们在对众神做了祈祷之后，就把它们宰掉，取出五脏六腑，把用牛油裹起的内脏献祭给神祇。他们没有酒可祭，因此把清水喷洒在内脏和牛腿上。剩下的大部分，他们都扎在铁叉上。正当他们大嚼大咽时，我回来了，从老远的地方我就闻到了祭品的香味。我悲哀地向上苍祷告：“啾，宙斯父亲和其他神祇！你们使我昏睡，这真是灾难啊，因为在我睡过去的时候，我的朋友们竟狂妄地犯下如此罪行呀！”

这期间，太阳神已得报告，知道了在他的圣地里发生的这种巨大的罪恶。他愤怒地踏进众神之中，向他们控告了那些凡人犯下的罪行。宙斯听到后也从王座上暴跳起来，特别是赫利俄斯还威胁说，如果罪犯不受到严惩的话，他就把太阳车驶到地狱里去，再也不去照耀尘世了。“你继续照耀众神和人类，赫利俄斯！”宙斯对他说，“我很快就用雷霆把这些该诅咒的强盗的船击得粉碎，使它沉入海底。”

我极为不满地斥责我的伙伴，但遗憾的是一切都已太迟了，摆在我面前的是被屠宰了的神牛。可怕的怪事证明了他们犯下的罪恶：那些牛皮立起四处爬行，好像是活的一样；铁叉上的那些生肉和熟肉都在哞哞叫，就像牛的叫声一样。可我那些挨饿的伙伴根本不顾这些，六天里他们大嚼大咽。直到第七天，当天气转好时，我们才又回到船上，驶向大海。

陆地早已从我们眼中消失，这时宙斯用一片蓝黑色的乌云笼罩住我们，下面的大海变得越来越灰暗。突然，一股咆哮的暴风从西方向我们刮来，桅杆上的两条缆绳断了，桅杆朝前倒去，把所有的部件都甩到船上。整个重量砸到舵手的脑袋上，击碎了他的额头，他像一个潜水人一样栽入海里，海浪很快就将他的尸体吞没。现在带着一声响雷的闪电朝船击来，把它击裂。我的朋友们都落入大海里，他们像游水的乌鸦一样在破船四周挣扎，随着波浪上下起伏，最后都沉了下去。很快船上只剩我一个人，我四下里跑个不停，直到船侧从龙骨上脱离出来。这期间我没有失去镇静，抓住一根还系在桅杆上的桅索，把它与龙骨捆在一起。随后我坐到上面，把自己交付给狂涛巨浪，听任它的摆布。

终于，风暴停止咆哮了，西风止息下来。但随之刮起了南风，它使我陷入新的恐惧，因为我有重被刮到斯库拉和卡律布狄斯漩涡那里的危险。事情也确实这样发生了：天刚亮，我就看见了斯库拉存身的峭壁巉岩和对面可怕的卡律布狄斯漩涡。当我经过漩涡时，它一下子就吞没了桅杆。我抓住了从悬崖上垂下来的一棵无花果树的树枝，紧攀住它，像是一只蝙蝠似的悬在空中，在卡律布狄斯漩涡上方荡个不停。直到桅杆和龙骨又重新从漩涡中涌出，我才利用这一瞬间跳到上面，坐在狭窄的龙骨上面继续划行。

我又在海上漂流了九天。在第十天的夜里，仁慈的神祇终于把我带到卡吕普索居住的俄古癸亚海岛。这个威严的女神照顾我，护理我。

我为什么要向你们讲述这些呢？昨天我已经对你——高贵的国王和你的夫人说过这最后的一次险遇了！

俄底修斯与费埃克斯人告别

俄底修斯讲完了他的冒险故事。

那些听得入迷的费埃克斯人还一直沉醉于他的讲述之中，沉默不语。终于，阿尔喀诺俄斯打破了寂静，说道："祝福你，你是我的王室接待过的最最高贵的客人！你现在来到了我的国家，我希望你在返归故里时不再迷失正路，并在不久后就能回到你父亲的家园，忘记你不得不忍受的苦难！现在你们也听着，亲爱的朋友们和我王宫的常客！我在一只漂亮的箱子里已经为所尊敬的客人备好了华丽的服装，此处还有黄金和一些别的礼物，这是我和王子为他准备的。在座的每一个人还要准备一个大型的三脚鼎和一个盆。这份巨大的礼物对个人来说当然是贵重的，但全民大会会对此做出补偿的！"

大家都对他的讲话表示赞叹，客人们散去了。翌日清晨，费埃克斯人把所有的礼品都带到船上。随后，朋友们一同返回国王的宫殿，在那里共进晚宴。在祭祀完宙斯之后，盛宴开始了。受人尊敬的盲人歌手得摩多科斯唱起了动听的歌曲。

可俄底修斯的思绪早已飞走。他常常透过大厅的窗户望着太阳的位置，并热切希望它快些西沉。终于，他径直对宴会的主人国王说道：“受人称颂的英雄阿尔喀诺俄斯，请奠酒于地，让我动身吧！你已经做了我心中希望的一切。礼品已装到了我的船上，航行已准备停当。我多么想在家中看到我那忠贞的妻子，看到我的孩子、亲戚和朋友们安然无恙！愿众神保佑你一切如意！”

所有的费埃克斯人都大声赞同他的祝愿。阿尔喀诺俄斯命令使者蓬托诺俄斯再次斟满所有客人的酒杯。现在每个人都从座位上站了起来，不约而同为他们客人的顺利返乡向奥林匹斯众神祭酒。俄底修斯立起身来，向王后阿瑞忒举起酒杯说道：“再见，高贵的王后！我现在返家，愿你和你的孩子、你的人民和你尊贵的丈夫共享快乐！”说罢这话他离开了王宫。俄底修斯刚一回到他的船上，一阵倦意袭来，他躺了下来，酣然入睡。

俄底修斯到达伊塔刻

俄底修斯的船快速而平稳地航行。当启明星在天空中出现，白昼来临时，船向伊塔刻岛驶去，不久就进入安全的港湾，这是敬奉海神福耳库斯之地。两个怪石嶙峋的海峡在这儿从两个方向伸入海中，形成一个安全的海港。港湾的中间长着一棵枝叶茂盛的橄榄树，它旁边是一个漂亮的山洞，里面朦胧迷茫，住着女仙。洞里摆了成排的石坛石罐，蜜蜂就在里面酿蜜。这儿还有石制纺织机，女仙们用紫线织成华丽的衣服。那些费埃克斯水手在这个山洞登上陆地，把酣睡的俄底修斯抬出船外，放在橄榄树下的山洞前，把国王阿尔喀诺俄斯和诸王子的礼品摊放在身边，没有唤醒俄底修斯就返回了船上。

但海神波塞冬对费埃克斯人大为恼火，他们竟在雅典娜的帮助下放走了他的猎物，于是他请求众神之父宙斯允许他对他们的船进行报复。宙斯答应了他。当这艘船扬帆疾行，临近费埃克斯人的国土斯刻里厄岛时，波塞冬从海浪中现身出来，用手掌一击，随后又在海水中消逝。被击中的船，连同船上的一切，突然变成了一块岩石，牢牢地立在大海之中。

此时，躺在伊塔刻海滨的俄底修斯从沉睡中醒了过来，但由于多年不在，他已认不出故乡来了。由于雅典娜给他罩上一层迷雾，他变成了一个陌生人，在那些求婚者没有因他们的恶行受到惩罚之前，他的妻子和同胞都不能认出他来。现在英雄所看到的一切都令他感到陌生：曲折的小路、海湾、高耸入云的山崖、高高的大树。他从地上站了起来，畏葸地环顾四周，击打自己的额头，痛苦地喊道："我这个不幸的人，又到了一个什么样的陌生地方？置身在什么样的怪物当中？我带着这些礼品跑到哪儿啦？我真不如留在费埃克斯人那里，在那受到了那么友好的款待！但现在他们也出卖了我，他们答应把我送到伊塔刻，却把我丢在这个陌生的地方。宙斯会惩罚他们的！"

当俄底修斯忧心忡忡并为故乡悲哀得在海滨不知所措时，雅典娜女神化身为一个温柔可爱的青年牧羊人来到他的身边。他打扮得像一位王子，身穿精美的丽装，脚蹬一双漂亮的靴子，手执长矛。

俄底修斯很高兴遇到一个人，和蔼地问他，这是什么地方，是在大陆还是海岛。"如果你首先问及此地的名字的话，"女神回答说，"那你一定是从远方来的。我保证，无论哪儿的人们都认识这个地方。尽管这儿山多岭峻，不能像在阿尔戈斯那样饲养马群，但并不因此而贫穷。此处葡萄和粮食长得茂盛，牛羊成群，还有森林和泉水。它也因它的居民而闻名遐迩，就是去到遥远的特洛伊问问，那儿都会有人讲起伊塔刻岛的事情！"

俄底修斯一听到故乡的名字，心里高兴极了，但是他小心翼翼，不立即把名字告诉给这个所谓的牧人。他说，他带着一半家产从远方的海岛克里特来到此地，把另一半财产留给在那儿的儿子，因为他杀死了掠夺财产的强盗，被迫逃离家园。雅典娜听到这话不禁微笑起来，抚摩他的面颊，突然变成一位妩媚的窈窕少女。“真的，”她对他说道，“若想在计谋上胜过你，那一定得是此中高手，即使他是一个神！你甚至在自己的国家里也不露真相！可我们不再谈这些，你确实是凡人中最聪明的人，正如我是众神中最睿智的一样。但你没有认出我来，没有想到，你身处所有的险境时我一直都在你的身边，并使费埃克斯人对你优待有加。现在我来是为了帮助你把这些礼物隐藏起来，同时给你一些忠告，告诉你在自己的王宫里要经受怎样的考验。”

俄底修斯惊讶地仰望着女神并回答：“当你以各种形象现身时，遇到你的凡人有谁能认出你呢，高贵的宙斯女儿？自从特洛伊毁灭之后，我一直没有看到你的本相。但现在，请看在你父亲的分儿上告诉我，我已身在可爱的故乡，这是真的吗？或者你在用假象来安慰我的心灵？”“用你自己的眼睛来看！”雅典娜回答说，“难道你认不出那是福耳库斯海湾，认不出那儿的那棵橄榄树，你曾经献上祭品的女仙洞，那里阴暗的、树林茂密的高山？”

雅典娜一边说着，一边把他眼前的迷雾驱散，故乡的景象清晰地展现在他的面前。俄底修斯欢快地扑倒在地，亲吻大地并向女仙祈祷。随后，女神帮他把带来的礼品搬进岩洞，放好之后用一块巨石把洞口封上。现在，女神和俄底修斯坐在橄榄树下，讨论如何去结果那些求婚人。雅典娜详细地向她保护的英雄讲述了他们在他家中的胡作非为，讲述了他妻子的忠贞。“痛苦啊，”俄底修斯听了这一切就喊了起来，“仁慈的女神，若是你不把这些事情告诉我，我会像阿伽门农在迈锡尼一样，惨死在自己家中。但如果你保证帮助我，就是三百个敌人我也毫无畏惧。”

女神回答说：“放心吧，我的朋友，我永远不会使你失望的。我首先要做的是使你在这个岛上不被人认出来：让你强壮身体上的肌肉萎缩；使你头上的金发消失；要你衣着褴褛，每一个人见到你都感到可憎；使你炯炯有神的眼睛变得呆滞，不仅是那些求婚人，就是你的妻子和儿子都感到丑陋不堪。你先去找那个牧猪人，他是你最最忠实的仆人，有着一颗忠贞不移的心。你能在科拉克斯崖石旁的阿瑞图萨山泉找到他。你坐在他的身旁，询问家中发生的所有事情。这期间，我去斯巴达把你亲爱的儿子忒勒玛科斯召回，他在那儿向墨涅拉俄斯探听你的消息。”

女神说着就用她的神杖轻轻地触了他一下，随后他的四肢就一下子委顿下来，变成个鹑衣百结的肮脏乞丐。她递给他一根棍子和一个挂在肩上的破烂口袋，然后就消失了。

俄底修斯与牧猪人在一起

俄底修斯就以这样的打扮穿过草木葱茏的高山，前往他的女保护神指点给他的地方。他在山的高原上找到了牧猪人欧迈俄斯。欧迈俄斯在这儿用石头为猪群修建了一个猪场，他正在切割漂亮的牛皮，为自己做一双鞋，并没有注意到俄底修斯的到来。但狗发现了他，于是吠叫着都朝他扑了过来，若不是牧猪人及时叫住它们并用石头把它们驱散的话，都会把他咬伤。欧迈俄斯转向他的主人，却把他看成是一个乞丐，说道："啾！老人，差点儿让狗把你撕成碎片，那你可就真的给我添了麻烦，我现在的苦恼已经够多的了！我帮不了可怜的、身在远方的主人的忙，这使我忧心忡忡、愁肠百结呀。我坐在这儿，为另外一些人把猪养肥，供他们吃喝享乐，而我的主人飘零在异乡，在苦难中也许连一片面包也吃不到。可怜的人，到茅屋里来吧，吃点儿喝点儿。饱了后就告诉我，你来自何处，受到何种折磨，因为你看起来是这样可怜！"

两个人进入茅屋。牧猪人给来人在地上铺上叶子和树枝，摊上他自己的褥子，这是一张大而乱蓬蓬的野羊皮，然后叫他躺下。俄底修斯对他的热情招待表示感谢，对此欧迈俄斯回答说："老人，人们不能怠慢客人，哪怕他是一个一无所有的人。我的招待自然是微不足道的，若是我的主人在家的话，那我会做得更好的。他会给我房屋、财产和女人，我对陌生人的款待会是另一个样子了！可他死了。愿海伦那一家人得到恶报，她使多少勇敢的人都命丧异乡！"

随后牧猪人走到猪圈，捉了两个猪崽，杀了用来招待他的客人。他切下肉，放到铁叉上，把烤好的肉递给客人，又从一个罐子里把酒斟到一个木碗中，放在陌生人的对面，并说道："吃吧，陌生人，这是我们最好的了！新杀的猪崽肉，因为肥猪都让求婚人吃掉了，这些无法无天的家伙，他们的胆子比最无耻的海盗都大，一点儿也不怕神的惩罚！也许他们听到我主人死亡的消息，就向他的妻子求婚，可他们完全不像其他人那样有礼，而是从不回家，心安理得地去挥霍他人的家产。他们日日夜夜宰猪，不是一只就是两只，不，是多只，而酒呢，总是一桶接着一桶。啊，我的主人很富有，有其他二十个人的财产加起来那么多！他在乡下有十二个牛群，还有同样多的绵羊群、猪群和山羊群。仅在这个地方就有十一个山羊群，都由勇敢的牧人看管。他们每天得给求婚人送去挑选出来的雄山羊。我是他管理猪群的头头，可也必须每天挑出最好的公猪，送给这些贪得无厌的馋鬼！"

在牧猪人说这番话期间，俄底修斯匆匆地吃肉，快速地喝酒，一句话也没说。他心里在想，如何向那些求婚人进行复仇。当他吃饱喝足后——牧猪人又一次给他斟满酒杯——他举杯表示感激并说："亲爱的朋友，把你主人的事情向我讲得更详细些！我根本不可能认识他，也不可能在什么地方遇到他，因为我是一个浪迹天涯四海为家的人！"但是牧猪人完全不相信他的话，说道："你以为，一个要我讲述主人事情的四处游荡的人，那么轻易就能得到信任吗？一些流浪人来到我的女主人和她的儿子面前，用他们编出来的关于我可怜主人的童话，使他俩感动得满脸流泪，于是给他们衣物，热情招待他们。可他们都是来骗吃骗喝的——这种事情已经发生多次了。啊，我再也没有一个那么仁慈的主人了，他是那么可亲可爱。我一想到主人俄底修斯，就觉得根本不是在想我的东家，而是在想一个兄长。”

“我亲爱的人，”俄底修斯回答他说，“你那颗狐疑不定的心是那么肯定他不会回来，好吧，我向你起誓：俄底修斯会回来的。当他回来后，我就要我的酬劳：披风、衣服。尽管我现在破衣烂衫，可我不想编出一套谎话来骗取这些东西。我恨死那些说谎的人了。听着，以宙斯，以这张好客的饭桌，以俄底修斯的牧群为证，我发誓：当这个月过去时，俄底修斯一定会回到他的家里，并惩罚那些竟敢欺侮他的妻子和儿子的求婚人。”“欧，老人，”欧迈俄斯回答说，“当俄底修斯回家时，我不会为你的这个消息少付报酬的。不要胡编了，好好地喝你的酒，谈点儿别的，你的起誓就算了！对俄底修斯我再也不抱希望了，只是他的儿子忒勒玛科斯现在叫我担心。我希望在他身上重新看到他父亲的精神，但一个神祇或是一个人把他的思想弄乱了：他去了皮罗斯，打探他父亲的消息，可这期间那些求婚者在半道上埋伏，准备消灭掉古老的阿耳喀西俄斯家族的最后一根苗苗。老人，现在，该你告诉我你来自哪个地方，你是谁，为什么来到伊塔刻了。”

于是，这个有创作才能的俄底修斯向牧猪人讲了一个长长的故事：他来自克里特岛，是一个家道中落的有钱人的儿子，经历了各式各样的冒险。他也参加了特洛伊战争，在那儿认识了俄底修斯。在返乡的路上，风暴把他卷到忒斯普洛托斯海岸。从那儿的国王嘴里他又听到了一些关于俄底修斯的消息。俄底修斯曾在国王那里做客，可在他到达之前就离开，到多多那去求宙斯的神谕了。

当他编的这套谎话说完时，牧猪人十分感动地说："不幸的陌生人，你如此详细地描述了你的海上漂泊，令我十分激动。但是有一点我不相信你，这就是你讲的关于俄底修斯的事情。你不必白费力气用这样的谎话来讨好我了，反正你会受到很好的招待。"

"好心的牧人，"俄底修斯回答说，"我建议同你打个赌。如果俄底修斯真的回来了，那你就给我一件披风和衣服，送我到我想要去的杜里希翁去；如果你的主人没有回来，那你就让奴隶们把我从悬崖上扔进大海，这样其他人就不敢撒谎了。""我这样做岂不是该受诅咒？"牧猪人打断他的话说，"我把客人带进茅屋招待他，然后再把他杀死？怎么能这样做？那样在我的一生里再也不要向宙斯祈祷了！该是吃晚饭的时候了，让我们快活些吧。"

当奴隶们带着猪群从草场放牧归来时，牧人命令他们宰杀一头五岁的肥猪来款待客人。一部分祭献给仙女们和神祇赫耳墨斯，另一部分递给那些去放牧的奴隶，最好的里脊部分他分给了客人，尽管客人在他的眼里是一个乞丐。这使俄底修斯深受感动，他感激地喊道："好心的欧迈俄斯，愿宙斯爱你，我这个人穷苦，你对我却如此尊敬。"牧猪人友好地与他共同进餐。这期间，外面乌云遮住了月亮，西风呼啸，不久大雨倾盆。

俄底修斯衣着褴褛，感到发冷。欧迈俄斯在离炉火不远的地方为客人支起一张床，用绵羊皮和小羊皮把它铺好。在俄底修斯躺下之后又给他盖上一个大的衣袍，这是他本人在严冬时穿的。

俄底修斯躺在那里暖暖的，其他一些奴隶睡在他旁边。欧迈俄斯不在茅屋里过夜，而是手执武器到外边的猪圈去，背上扛着宝剑，身穿一件厚厚的衣袍。他把一张羊皮铺在下面，手里拿着一根锋利的长矛，防御强盗和野狗。他躺了下来，守护着猪栏，抵抗着凛冽的北风。当牧猪人离开茅屋时，俄底修斯还没有睡着，他关心地望着仆人的身影，心里庆幸自己有这样一个忠心耿耿的仆人。他虽然认为主人早已死去，可仍小心翼翼地看管主人的家产。怀着这样的情感，俄底修斯安谧地入睡了。

忒勒玛科斯离开斯巴达

女神雅典娜前往斯巴达，并在墨涅拉俄斯王宫的床榻上找到了两个年轻人，来自皮罗斯的涅斯托耳的儿子珀西斯特拉托斯和来自伊塔刻的忒勒玛科斯。珀西斯特拉托斯很快就入睡了，忒勒玛科斯却彻夜不眠，为父亲的命运忧心忡忡。这时宙斯的女儿雅典娜出现在他的床前并说道："忒勒玛科斯，你不该远离你的家乡在外流浪，让那些胡作非为的人在你的宫殿里瓜分你的家产。快请求墨涅拉俄斯送你回家，否则你的母亲就要成为求婚人的战利品。她的父亲和兄弟们正在催逼她，要她选欧律玛科斯做丈夫，因为他献上的礼品比其他人都多，而且还有丰富的聘礼。若是她选上了这个人的话，那你就会看到，你的情况会很糟的！因此，快点儿回家，在最坏的情况下，把你的家产交给一个忠实的女仆，直到众神赐予你一个高贵的妻子时为止。

但还有一点要记住：一些勇敢的求婚人埋伏在伊塔刻和萨摩斯岛之间的海峡，他们准备在你重返家园之前在那里杀死你。因此你只能在夜里避道而行，有个神祇会为你送上一股顺风。当你抵达伊塔刻的海岸时，要立即派你的伙伴进城，但你本人首要的是前去找那个看管猪群的忠实的牧猪人！你在他那儿待到第二天清晨，并把你从皮罗斯顺利返乡的消息告知你的母亲珀涅罗珀！”

朝霞刚一泛起时，墨涅拉俄斯就从床榻上起身了，比他的儿子起得还早。忒勒玛科斯从远处看到他穿过大厅走来，便迅即穿上衣服，披上披风朝他走去并请求允许他返家。墨涅拉俄斯亲切地回答他说：“亲爱的客人，如果你思念家乡，我当然不能留你再待下去，可要等我把给你的礼物放到车上，让女仆们为你准备好一桌盛宴。”“高贵的墨涅拉俄斯，”忒勒玛科斯回答说，“我之所以要急于返乡，是为了防止在我打探父亲消息期间遭人暗算，因为我的家产已被挥霍，敌人正伺机杀害我。”

墨涅拉俄斯一听到这话，就火速叫人准备饭菜并与海伦和儿子墨伽彭忒斯一道去储宝室。他本人在这儿挑选出了一个金杯，让他的儿子带着一个华美的银罐，海伦从她的箱子里自己缝制的衣服中找出一件最美且最大的。他们带着这些礼物返回到客人身边。墨涅拉俄斯把杯子递给他，墨涅拉俄斯的儿子把银罐放到他跟前，而海伦则手捧衣服走向他并说道：“亲爱的孩子，收下这件礼物，这是出自海伦之手的纪念。在新婚的那一天把它穿到你年轻新娘的身上，此前你把它放在你母亲的内室里。祝你愉快地返回你父亲的宫殿。”

忒勒玛科斯怀着深深的谢意收下了这些礼品。当他和他的伙伴登上车时，墨涅拉俄斯又一次走到车前，右手擎起酒杯向神祇祭酒，祝他们一路顺风，与他们握手作别，并请他们向他的老朋友涅斯托耳问候。正当忒勒玛科斯表达他的谢忱期间，一只大鹰爪中抓着一只温顺的白鹅，正好在车前飞掠而过，一大群男人和女人叫喊着紧追在后面。所有人都为这一征兆欢欣雀跃，而海伦说道：“朋友们，听我的预言！如同这只鹰抓走我们家养肥的这只鹅一样，俄底修斯在长期漂泊和受难之后将作为一个复仇者返回家园，去杀死那些养得脑满肠肥的求婚人！”“愿这是宙斯的旨意，”忒勒玛科斯回答说，“高贵的王后，那我要在家里常年为你祈福，像为一个女神祈福那样。”随后两个客人策马驱车，第二天他们就顺利地抵达皮罗斯城。忒勒玛科斯在这儿依依不舍地与朋友告别，并没有前去涅斯托耳的宫殿，随即乘船向故乡进发。

和牧猪人的交谈

当天晚上，俄底修斯、欧迈俄斯及其他牧猪人在茅屋里一同进餐。俄底修斯为了考验欧迈俄斯，看他能留自己在这儿住多久，就在饭后对他说道：“我的朋友，明天我要持棍进城求乞，不想再长时间给你们增添麻烦。请给我指路，因为我要在神的名义下沿街乞讨，看能否得到少许酒和面包。我也想进入俄底修斯国王的宫殿，并告诉他的妻子珀涅罗珀我所知道的关于他的消息。最终，我也想向求婚人求一份能给我吃住的工作。我能劈柴、生火、烤肉、斟酒，以及其他的高贵之人要求下贱之人做的这一类事情。”

但牧猪人皱起眉头并回答说：“客人，你怎么会起了这么一个毁灭自己的念头？你认为那些狂妄的求婚人会对你伺候他们感兴趣？他们有一大群另外的仆人！那都是穿着华贵衣服的年轻人，长着漂亮的脸蛋，头上抹着香膏。他们布置餐桌，摆上肉、面包和美酒，环立四周，等候吩咐。你还是留在我们这里吧，既不会给我也不会给其他人增加负担，等着俄底修斯好心的儿子归来，他一定会帮你解脱困难的！”

俄底修斯感激地接受劝告，随即请求牧猪人讲讲他主人双亲的情况，是不是还活着或者已不在人世了。“他的父亲拉厄耳忒斯还活着，”欧迈俄斯回答他说，“但他为他不在的儿子而悲恸，他的母亲则因思子心切而一命归阴。我也为这善良的老主妇之死感到十分悲痛，是她把我与她的女儿一道养大成人的，像对待一个儿子一样。后来，她的女儿嫁到了萨摩斯岛；她像母亲一样照顾我，送我到乡下。现在我失去了许多东西，我靠这儿的工作养活自己。现在的王后珀罗涅珀不能为我做什么了。她被求婚人包围和监视，一个忠实的仆人根本不可能到她跟前去。”

他俩几乎是彻夜长谈，睡得很少，直到黎明的曙光又把他们唤醒。

忒勒玛科斯返家

在同一天清晨，忒勒玛科斯与他的伙伴在伊塔刻海滨靠岸。他遵照雅典娜的劝告，吩咐他的同伙继续划船，朝城市驶去，并答应他们，在另一天用一顿丰盛的宴席来对这次旅行表示答谢，而自己则上路去牧猪人那里。这期间，俄底修斯和牧猪人在茅屋内用早餐，奴隶们把猪从圈内驱赶出来。正当他们坐在那里快意地享用饭菜时，他们听到了从外边传来的脚步声，狗变得焦躁起来，却没有吠叫。“肯定有朋友或熟人来拜访你，”俄底修斯对牧猪人说，“若是生人，狗的行动会是另一个样子，这是经验。”这话还没有完全说完，他可爱的儿子忒勒玛科斯就已站在门前了。牧猪人由于惊喜杯子失手落地，他匆忙迈向少主人，拥抱他，哭泣着吻他的脸、眼睛和双手，仿佛他的少主人死而复生似的。当忒勒玛科斯进入屋内，他的父亲俄底修斯要为他让座时，欧迈俄斯友好地说道：“你坐着吧，陌生人，这个人坐我的位置。”

这时，牧猪人已为他的少主人铺上一个由绿色树叶做成的垫子，上面加上一张羊皮。忒勒玛科斯朝着两人坐了下来，牧猪人端来一锅烤肉，摆上面包篮子，用木碗斟上酒。他们三人在一起共同进餐。这时，忒勒玛科斯向他的仆人问起陌生人，牧猪人简短地讲了讲他从俄底修斯那儿听到的情况。“他是从一艘忒斯普洛托斯船上，”他结束时说道，“逃到我这里的。我把他交给你，随你怎样去处置他好了。”“你的话令我忐忑不安，”忒勒玛科斯回答说，“家里是这么一个样子，我怎能去保护他？最好是把他留在你这儿，我会给他送来衣服、披风和鞋的，再加上一把宝剑和足够的食品，这样他就不会成为你和你奴隶的负担。只是我不能同意他去求婚人那里，因为这些人在我家里为所欲为，甚至一个强壮有力的人也不能奈何他们。”

装作乞丐的俄底修斯对此感到惊讶，这些求婚人竟然对主人的儿子如此放肆无礼。“难道是人民仇恨你，或者你与兄弟们不和，或者是你心甘情愿忍受屈辱？如果我要像你这样年轻，如果我是俄底修斯的儿子的话，那我宁愿让一个陌生人把脑袋砍掉，宁愿死在自己的家里，也不愿目睹这样的恶行！”忒勒玛科斯对此回答说：“不是，亲爱的客人，人们不仇恨我，我也没有与我为敌的兄弟，我是家里唯一的孩子。但敌视我的人都是来自伊塔刻周围岛屿和本岛的那些向我母亲求婚的人。她躲避他们，无法对抗他们，不久我的家产就会被挥霍一空。”随后他转向牧猪人说道：“你，好人，替我做件好事，进城去我母亲珀涅罗珀那里，告诉她说我在这儿，可不要让任何一个求婚人听见。”

俄底修斯向儿子表明身份

女神雅典娜正等待欧迈俄斯离开茅屋的机会。这时她化身为一个美丽的少女出现在门口，但是忒勒玛科斯看不见她，只有他的父亲和狗看得清清楚楚。这些狗不但不吠叫，反而哀鸣着爬到庭院的另一侧。女神示意俄底修斯，立即跟她离开茅屋。她站在院墙旁对他说道："俄底修斯，现在你不需要再在你儿子面前隐瞒自己了。你们该共同进城去杀死那些求婚人。我自己也与你们在一起，因为我太想去惩罚这群无赖了！"女神说着并用她的金杖触了触乞丐。于是奇迹发生了：英雄又重新恢复了青春；他的身躯伟岸，他的面容神采奕奕，双颊丰满，头发稠密，额部已长出黑黝黝的鬈须，他身着披风和衣服，像从前一样。在这一切发生之后，雅典娜消失了。

当俄底修斯再次回到茅屋时，儿子惊奇地望着他，认为是见到了一位神祇，他目光一变并说道："陌生人，你看起来跟刚才完全不一样了——你穿上了另外的服装，你的身材变了；你真的是一位神祇，让我们为你献上祭品并请你保佑我们！""不，我不是神祇，"俄底修斯喊道，"看看我吧，孩子，我是你思念多年的父亲呀！"随着这句话，俄底修斯长年抑制的泪水夺眶而出，他冲向儿子，把他拥在怀里。但忒勒玛科斯依然不敢相信。“不，不，”他喊叫起来，“你不是我父亲俄底修斯，你是一个恶魔，你在欺骗我，这只能使我陷入更深的痛苦。一个人怎能用自己的力量变化成这样？”“亲爱的儿子，你不要对返家的父亲感到惊讶，”俄底修斯说道，“我离开故乡二十年了，现在回来了，是我，不是别人。这是雅典娜女神的一个奇迹，她时而把我变成一个乞丐，时而把我变成现在的样子——把一个伟人一会儿变得卑贱，一会儿变得高贵，这对神祇来说不费吹灰之力呀。”

俄底修斯坐了下来，现在孩子才敢热泪盈眶地拥抱起父亲。长期的悲恸使父子俩百感交集，他们开始大声哭了起来，痛苦令人撕心裂肺。终于，忒勒玛科斯问父亲是怎样回到故乡来的，俄底修斯向他说了自己的遭遇，随后说道：“我的儿子，按照雅典娜的指示，现在我要在这儿同你商量，如何去杀死我们的敌人。把那些求婚人的名字一个一个都告诉我，这样我就知道是不是我们两个人就能对付他们了，或者得去寻找帮手。”

“根本不行，”忒勒玛科斯回答说，“我们俩没法对付那么多人。他们不只是十个或二十个，而是多得多：仅杜利希翁就来了五十二个勇敢的年轻人，外带六个仆人；从萨摩斯岛来了二十四人；从扎京托斯来了二十人；甚至来自伊塔刻的还有十二人。同他们在一起的，有使者墨冬、一个歌手和两个厨子。因此，若是可能的话，我们得找人帮助。”

“不要忘了，”俄底修斯随即说道，“雅典娜和宙斯是我们的同盟者，一旦王宫里发生战事，他们很快就会援助我们的。亲爱的儿子，我们这么做：你明天早晨回到城里去，置身在求婚人中间，仿佛没有发生任何事情。我重新变成一个乞丐，让牧猪人带领我随后前往。在大厅里不管他们如何辱骂我，甚至把我打翻在地，拽着脚把我拉到门外，你都必须控制自己，忍受这一切。你可以用话去安慰他们，但他们不会听你的话，这样他们就算死定了。根据我的眼色，你把挂在大厅里的那些武器和装备都摘下去，藏到宫殿的顶层阁楼里。若是求婚人发现它们不在并问起此事，你就说，你让人把它搬走了，因为炉火的烟熏会使它们失去光泽。你只留下两把宝剑、两支长矛和两面牛皮盾牌。若是他们敢于抵抗，我们就能拿起它们来进行战斗。此外，不要让任何人知道俄底修斯已经回来了，连拉厄耳忒斯和牧猪人，甚至连你的母亲都不能告诉。因为我们要考察一下那些仆人和杂役，看谁对我们还怀有敬畏之心，谁忘记了我们，谁对你不恭。”

“亲爱的父亲，”特忒玛科斯回答说，“你完全可以对我放心。但我不认为这种考察有多大用处。考察每一个人当你不在家而那些求婚者挥霍王宫财产期间的表现，需要很长时间。对家中那些女仆的考察由我本人来进行，而对宫中的那些男人，当我们重新成为主人时，再进行也不迟。”俄底修斯觉得儿子说得有理，并为他的深思熟虑感到高兴。

在城内和在王宫

把忒勒玛科斯及其伙伴从皮罗斯带到伊塔刻的那艘船已经抵达城市的港口，他们派出一个使者去见王后珀涅罗珀，告诉她，她的儿子已经返家的消息。与此同时，牧猪人也从乡间带来了同样的信息，这两个人在王宫里遇到了。使者在所有女仆面前对珀涅罗珀大声说道："王后，你的儿子已经回来了。"但欧迈俄斯在没人在场时秘密地向她转达了她儿子所说的话，特别是让她派人到他的祖父拉厄耳忒斯那里，也把这一喜讯告诉给他。牧猪人说完之后就又偷偷地返回，照看他的猪群去了。

求婚人从不忠的女仆那里知道了使者带来忒勒玛科斯返家的消息。他们愠怒地聚在一起，坐在宫门前的凳子上，欧律玛科斯说道："我们没有想到，这个孩子竟能如此顽强地完成了这次绕行。我们赶快派一艘快速帆船去通知埋伏在海峡的朋友，不要白白地等在那里了，叫他们回来。"可当另一个求婚人安菲诺摩斯转身向海港望去时，他看到，他的朋友们乘坐的那艘船业已抵达海港了。

"不需给他们传递消息了，"他叫道，"他们已到了这里。也许是一个神祇告诉他们，忒勒玛科斯已经回到了家里；也许是他逃掉了，他们没能追上。”求婚人站了起来，奔向海岸。随后他们与从船上下来的人一起来到广场，在这个广场上他们只许自己人集会，其他人一律不许入内。安提诺俄斯是去埋伏的那群人中的头头，他站了出来说道：“朋友们，他从我们手中溜掉了，这不怨我们！我们每天都派人去海岸高处巡视。当太阳落山后，我们也从不留在陆地上，而是不断地在海峡巡逻，想捉住忒勒玛科斯并悄悄地把他杀死。但一定是有一个神祇帮助了他，因为没有一艘船在我们面前出现过！我们要在城里把他结果掉，因为这个孩子太聪明了，他慢慢就会长大，并胜过我们。”

在他讲完话之后，求婚人长时间都沉默不语。最终，尼索斯的儿子安菲诺摩斯站了起来，他是求婚人中最高贵和最明智的人，他那机智的言辞甚至都引起了王后珀涅罗珀的注意。他在会上发表了他的意见。“朋友们，”他说道，“我不愿我们秘密地杀害忒勒玛科斯！去谋害一个古老王族的最后一个后裔，这有些令人憎恶。我们事前最好问问众神：若是宙斯表示同意，那我本人就去杀死他；若是众神反对我们这样做的话，那我劝告你们，放弃这个念头。”

求婚人赞成他的这番话，他们推迟了计划，返回宫殿。这次也是王后的秘密拥戴者、使者墨冬，把在这次会议上听到的都告诉给了她。珀涅罗珀听到争执，与女仆们一道匆忙地来到大厅中求婚人那里。她连面纱都没有披上，用一种激烈得令人动容的言辞对这个恶毒计划的倡议人说道：“安提诺俄斯，你这个无耻的教唆犯，伊塔刻人错误地尊你为伙伴中最明事达理的人，可你从来就不是这样。你蔑视那些连宙斯都同情的不幸者的声音，竟然胆大到想去杀害我的儿子。”

代替安提诺俄斯答话的是欧律玛科斯，他说：“高贵的珀涅罗珀，你不必为你儿子的性命担心。只要我活着，就不会有人敢去动你的儿子。俄底修斯曾经多次把我抱在膝上摇动，并喂我好吃的东西。因此，他的儿子也是所有人中我最喜欢的。他不必担心会死，至少是不会被求婚人杀死，但如果神要他死，那任何人也无法逃避！”这个伪善者说话的表情十分和蔼，但他心里想到的不是别的，而是死亡。

珀涅罗珀又回到她的后宫，投身床上，为她的丈夫恸哭不止，直到精疲力竭睡了过去。

忒勒玛科斯、俄底修斯和欧迈俄斯来到城里

在同一天晚上，牧猪人回到茅屋，俄底修斯和儿子忒勒玛科斯正在忙着用一头宰了的猪做晚餐。俄底修斯由于被雅典娜的神杖触动，又变成了一个衣衫褴褛的乞丐，这样欧迈俄斯就不能认出他来了。“你从伊塔刻带来什么消息了？”忒勒玛科斯问道，“那些求婚人还一直埋伏在那儿等我，还是他们已撤了回来？”欧迈俄斯向他报告了他看到的两艘船，忒勒玛科斯满意地笑着朝他的父亲示意，但却不让牧猪人注意到。他们共同进餐，然后躺下安息。

一清早，忒勒玛科斯就动身进城。但此前他对欧迈俄斯说：“老人，我现在得进城去见我的母亲。随后你与这个可怜的外乡人一道前去，使他能沿街乞讨。我不能把整个世界的重负都担起来，我自己的苦恼已经够多的了。”俄底修斯对儿子的掩饰本事打心眼儿里感到惊喜，于是他也说道：“亲爱的年轻人，我自己不打算再在这儿待下去。一个乞丐在城市里会比在乡下活得更好。你走吧，等我在炉边暖暖身子和天气变得暖和些，你的仆人就可以陪我进城了。”

忒勒玛科斯匆忙赶向城里。当他到达宫殿时，天还很早，那些求婚人还没有露面。他把他的长枪倚放在门柱上，跨过石制门槛进入大厅。女管家欧律克勒亚正忙于用精美的毛皮铺垫椅子。当她看到少主人时，她饱含欢喜的泪水跑向他，欢迎他归来。其他女仆也围了过来，吻他的双手，吻他的双肩。这时，他的母亲珀涅罗珀从房间里走了出来，她妖娆得像女神阿耳忒弥斯，美丽得像爱神阿佛洛狄忒。她哭着把儿子揽在怀中，吻他的脸和眼睛。“自从你偷偷地前去皮罗斯打听你亲爱的父亲的消息之后，”她啜泣地喊道，“我就没指望能再见到你！快告诉我，亲爱的孩子，你带回来什么消息了？”

“啊，母亲，”忒勒玛科斯回答说，他不得不极力控制住自己的真实情感，“我自己刚刚从死亡中逃脱出来，不要再提起父亲的事情令我苦恼了。你现在去洗浴，穿上洁净的衣服，与你的女仆一道去祭祀众神，愿他们保佑我们去报仇雪恨。我本人要去市集，把一个外乡人领进家里。他在路上陪伴我，现在正等我去叫他。”珀涅罗珀听从他的劝告，忒勒玛科斯则奔向市集，他手执长枪，那些猛犬跟在后面。雅典娜使他变得雍容华贵，这令所有的市民惊羡不已，就是那些求婚人也立即集聚一起围了上来，对他大加奉承，却心怀鬼胎。

可忒勒玛科斯并没有在他们中间停留多久。他坐到父亲的老朋友门托耳、安提福斯和哈利忒耳塞斯身边，把一些可以讲的事情讲给他们。随后，他向四处漫游的预言家忒俄克吕摩诺斯——他此时暂住在朋友珀拉俄斯处——表示欢迎，并带他入宫。在这儿，两人洗了个舒服的晨浴，并与珀涅罗珀在大厅里共进早餐。这时，珀涅罗珀忧郁地对儿子说道：“忒勒玛科斯，我最好是回到内室，在那儿孤独地以泪洗面，像我一向所做的那样，因为你不愿意告诉我你听到的关于你父亲的消息。”

“亲爱的母亲，”忒勒玛科斯回答说，“我愿意把我听到的一切都告诉你，但愿能使你得到宽慰！涅斯托耳老人在皮罗斯热情地接待了我，但关于父亲的事他根本没有什么可告诉我的，最后他把我同他的儿子送到斯巴达。我在那儿受到了伟大英雄墨涅拉俄斯的殷勤款待，也看到了王后海伦，就是为了她，特洛伊人和希腊人遭受了那么多的磨难。在那儿，我终于得到一些关于父亲的消息，这是海神普洛托斯在埃及告诉给墨涅拉俄斯的。他说，他看见父亲在俄古癸亚岛上陷入困境。仙女卡吕普索强把俄底修斯留在她的洞穴里，他没有船和水手，无法返回家乡。”

预言家忒俄克吕摩诺斯为王后的戚容而感动，他打断了年轻主人的话，说道：“王后，他知道的不是全部，请听我的预言：俄底修斯已经回到他的家乡了，现在某一个地方，或者他秘密地等待时机，要把那些求婚人斩尽杀光，这是真的，征兆已经告诉了我这一切。”“高贵的客人，愿你的话得到应验，”珀涅罗珀长叹了一声，回答说，“那时我会感谢你的。”

在这三个人谈话期间，求婚人像通常一样在宫前掷铁饼、投长矛，到中饭时他们返回宫内进餐。

这当儿，牧猪人欧迈俄斯和他的客人已经在前往城市的路上了。装作乞丐的俄底修斯肩上背了个破口袋；牧猪人递给他一根棍子，把院子交给奴隶们和狗看管。他俩到达城市水井那里，在那儿遇见了牧羊人墨兰透斯的两个奴隶，他们正赶着肥嫩的山羊进城，供求婚人食用。墨兰透斯一看到牧猪人和乞丐就开始大声骂了起来：“真的，一个废物领着另一个废物，这叫物以类聚嘛。你这该死的牧猪人，要把这个饿死鬼乞丐领到哪儿去？挨家乞讨面包皮去？把他交给我去看管围栏，打扫羊圈，给羊羔喂草，这样能吃些羊奶酪和肉，长得胖一点呢！可是他什么也没学过，什么也不会，就知道填满他的肚皮。”那个人说着就恶狠狠地往乞丐的屁股上踢了一脚。俄底修斯动也不动，站在那里，可心里却恨不得用棍子砸向求婚人的脑袋，让他再也站不起来。他控制住自己，忍受了这种辱骂。墨兰透斯大声申斥着，继续走去，到了求婚人那里，坐在他们中间——恰巧是欧律玛科斯的对面。因为他受到求婚人的信赖，常让他与他们一起进餐。

现在，俄底修斯和牧猪人也来到了宫前。当久别之后重新看到他的王宫时，他不禁怦然心动，抓住牧猪人的手说道："真的，欧迈俄斯，这一定是俄底修斯的家了！这是怎样的一座宫殿，怎样的一些房间啊！围墙和雉堞修得多么坚实，两扇大门是多么牢固啊！真的，这样的宫堡是坚不可摧的！我也注意到了，好多人正在里面吃喝玩乐，香味扑面而来，歌手的琴声漾出厅外，他在用他的歌儿为他们佐餐！"

他们彼此商量并决定，牧猪人先进去，为外乡人到厅里察看一下情况。正在他俩商量的当儿，门旁的一条老看家狗抬起了头，竖起了耳朵。它叫阿耳戈斯。俄底修斯在前去特洛伊之前，还喂养过它。狗通常随同人们去狩猎，可现在它老了，受到蔑视，卧在门前的一个粪堆上，身上长满了寄生虫。它看到俄底修斯时，就认出了他。它垂下耳朵，摇晃起尾巴，但由于软弱无力而无法走到跟前来了。俄底修斯注意到了，他偷偷拭掉眼中的泪水。随后，他掩饰住自己的痛苦，对牧猪人说道："躺在粪堆上的那条狗看样子曾是条好狗，现在还能看到它昔日的风采！""当然啰，"欧迈俄斯回答说，"它曾是我那不幸主人最宠爱的猎狗。你真应在山谷中看到它，它在茂密的丛林中追踪猎物那才叫厉害呢！可现在，自从主人走了之后，它趴在这里，受人蔑视，那些女仆从来就不给它必要的食物！”

说罢这番话，牧猪人就进入王宫。而那条狗，它在二十年后再次看到它的主人，然后垂下头去，死了。

化装成乞丐的俄底修斯来到大厅

忒勒玛科斯一发现牧猪人在大厅里，就把他喊到自己身边。欧迈俄斯小心地环视四周，拖了一把空椅子，这原是给分肉者在餐前坐的。他依照主人的示意坐在忒勒玛科斯的餐桌旁，使者立即给他端上来肉和面包。不久，化身成乞丐的俄底修斯，拄着棍子踉跄地走了进来，他在门内坐在梣木门槛上。忒勒玛科斯一看到他，就从自己面前的篮子里拿出一个面包和一大把肉递给牧猪人，并说道："我的朋友，把这些食物给那个外乡人。"俄底修斯满怀感激地收了下来，做了祷告，把它们放在脚前的口袋上并开始吃了起来。

在整个进餐期间，歌手斐弥俄斯一直用他的歌唱娱乐宾客；现在，他沉默下来，人们听到的只是客人们的狂呼乱叫。在一瞬间，雅典娜隐去身形，来到俄底修斯跟前并让他向求婚人乞讨面包。虽然她要他们全都死去，但死法要有所不同。俄底修斯听从女神的吩咐，伸出他的手来，向每一个人乞讨，好像他早就是一个老叫花子似的。

有些人流露出怜悯之情，给了他些食物，可他们禁不住发问：

这个人是从哪儿来的？这时，牧羊人墨兰透斯告诉他们："此前我看见过这个人，是牧猪人把他带来的！"现在安提诺俄斯怒气冲冲朝着牧猪人骂起来了："你这个下流胚，告诉我们，为什么把这个人带进城里来？难道我们这儿的游手好闲的人还少吗？你还要把这样一个好吃懒做的人带进大厅里来？""冷酷的人，"欧迈俄斯泰然地回答说，"我们竞相把预言家、医生、建筑师，以及娱乐我们的歌手召入大人物的宫廷。从没有人去请乞丐，他是自己来的，但我们不能因此把他赶出去！只要珀涅罗珀和忒勒玛科斯还住在这里，那就绝不能这样做。"

但忒勒玛科斯叫他不要说话："欧迈俄斯，不要去理睬他，你知道这个人有恶劣地侮辱别人的习惯。而你，安提诺俄斯，我要告诉你：你不是我的监护人，没有权利要我把这个外乡人从这里赶出去。最好是给他食物，不必吝惜我的家产！但当然啰，你宁愿自己吃独食也不愿与别人分享！""你们看，这个倔强孩子在怎样辱骂我，"安提诺俄斯叫了起来，"如果每个求婚人给这个乞丐一份食物的话，那他就三个月用不着去乞讨了！"说罢他就抓起一个脚凳。这时，俄底修斯在返回门槛时正路过他的身边并且向他乞讨一份食物，他暴怒地喊道："是哪个魔鬼把你这个不要脸的寄生虫带到我们这里来的？离开我的饭桌！"当俄底修斯嘟囔着退回去时，安提诺俄斯把脚凳向他砸去，击中他右肩紧贴着颊部的地方。

俄底修斯岿然不动，像一块崖石，他沉默地摇了摇头，心里在想着用什么方法去进行报复。随后，他返回门槛，把装满食品的口袋放到地上，坐了下来，向求婚人报怨安提诺俄斯对他的伤害。安提诺俄斯却冲到了他的面前："住嘴，吃你的吧，你这个外乡人，若不抓住你，扯起你的脚和手，把你扔到门外去，就叫你断胳膊少腿！"

珀涅罗珀在自己的内屋里，透过敞开的窗户，听到了大厅里发生的一切。她也听到了那个乞丐受到的不公平对待，对他产生了怜悯之情。她悄悄地让人把牧猪人叫到身边，并吩咐他把那个乞丐带来。“也许，”她补充说，“他知道些我丈夫的消息，甚至还亲眼看到过他，因为看样子这个人在各地都流浪过。”“是的，”欧迈俄斯说道，“要是求婚人静下来并愿意听的话，他会讲许多的。他已经在我那儿住了三天了，他讲的那些令我着迷，就像一个歌手唱的歌一样。他来自克里特，他说他的父亲与你丈夫的父亲相识。他也知道俄底修斯目前正生活在忒斯普洛托斯人那里，不久就会带大批财富返回家园。”“快去，”珀涅罗珀激动地说，“把那个外乡人喊来，让他讲给我听！这些傲慢无礼的求婚人！我们就缺少一个像俄底修斯一样的男人。若是他回来的话，那他和忒勒玛科斯很快就会向这群人复仇的！”

欧迈俄斯向乞丐传达了珀涅罗珀的要求，但他回答说：“我非常高兴能把我知道的俄底修斯的事情讲给王后听，但这些求婚人的行为令我担心。特别是现在，那个向我掷脚凳的恶人是那样厉害地伤害了我，可不管是忒勒玛科斯还是另外一个人，都没有为我说话，因此珀涅罗珀应该等到日落之后。她该让我在她的火炉旁坐下，我会把一切讲给她听。”不管珀涅罗珀对这个外乡人如何好奇，她都理解他提出的理由，因而决定耐心等待。

俄底修斯和乞丐伊洛斯

求婚人还一直聚在一起没有散去，这时，一个臭名昭著的乞丐从城里进入大厅，这是一个大肚子汉，个头大，却没有力气。家里人都叫他阿耳奈俄斯，可城里的年轻人给他起了个绰号，叫他伊洛斯。伊洛斯原是一个使者的名字，而他经常传送些消息，于是人们就这样叫他。嫉妒心把他带到这里，因为他听到有了一个对手，当下赶来是要把俄底修斯从这里赶走。“老家伙，离开门那儿，”他一走进门就喊道，“难道你没有看到所有人都在使眼色，叫我把你扯脚拽出去吗？自己走开，别逼我！”俄底修斯阴沉着脸望了他一眼说道：“门槛够容下我们俩了。你看起来跟我一样穷，只是嫉妒我分得了你的一份，不要惹我发火和向我挑衅！”这话使伊洛斯更加恼火，他吼了起来：“你饶什么舌，馋鬼，”他说，“你像一个多嘴的老太婆唠叨什么？我左右开弓，几巴掌就打碎你的下巴、你的嘴，打掉你的牙齿，让它们像从猪嘴里吐出来一样。你有兴趣与一个像我这样年轻力壮的人进行较量？”

求婚人听见两个乞丐争斗，都大声笑了起来，安提诺俄斯说道："朋友们，你们看到那些放在煤火上炙烤的填满血和肥油的山羊肠肚了吗？让我们把它们当作是两位高贵的战士的奖品吧，谁是胜利者，谁就拿去，能拿多少就拿多少，并且除了他，将来任何其他乞丐都不许进入这个大厅！"

所有的求婚人都赞同他的这番讲话，俄底修斯装作胆小怕事的样子，像是一个被苦难折磨得软弱无力的老人。他要求求婚人事先做出许诺，不要在战斗中偏袒伊洛斯。当他们对他做出保证之后，他就束起他的衣服，卷起袖子。这时，他露出粗壮有力的大腿、胳膊，宽阔雄伟的双肩和强壮的胸脯，因为雅典娜偷偷地把他变得威武刚健。求婚人看得目瞪口呆，伊洛斯开始胆怯了，他的膝盖在发抖。安提诺俄斯期待的这场战斗原本不是这个样子，他变得愠怒起来，说道："你这个丢人现眼的家伙，在这个衰弱无力的老人面前竟然浑身发颤，你真不如不来到这个世上！我告诉你，如果你被打败了，那我就用船把你送到厄庇洛斯的国王厄刻托斯那里，他是所有人都害怕的人，他会把你的鼻子和耳朵割下来，把你喂狗！"

俄底修斯想了片刻，是把这可怜的家伙一下子就打死还是轻轻地惩罚他，以免引起求婚人的怀疑。他觉得后一种做法更明智些，因此当伊洛斯用拳击中他的右肩时，他只轻轻地朝他耳后打了一下。可即使这样，他还是打碎了对方的骨头，鲜血从伊洛斯口中喷出，牙齿抖个不停，踉跄地栽倒在地。在求婚人的哄然大笑和鼓掌声中，俄底修斯把他从门口拖走，倚放在墙上，递给他一根棍子，嘲弄地说道："你待在这儿，看着狗和猪，别让它们进来！"随后他返回大厅，重新坐在门槛上。

他的胜利激起了求婚人的尊敬。他们都面带微笑走到他跟前，同他握手并说道："外乡人，愿宙斯和众神保佑你心想事成，你使一个讨厌的家伙安静下来，他该到厄刻托斯国王那里去了！"俄底修斯把这个祝愿当作一个吉兆。安提诺俄斯本人把一大堆山羊肠肚放到他的面前。安菲诺摩斯带来了两个面包，斟满酒杯，在掌声中向胜利者举杯祝贺，并说道:“愿你幸福，陌生的老人，愿你未来无忧无虑！”

俄底修斯严肃地直视他的眼睛，回答说:“安菲诺摩斯，我看你是一个通达事理的年轻人，是一个德高望重的人的孩子。记住我的话，在这个世上除了人，再没有什么是更虚幻、更变化无常的了！只要众神宠爱，他的未来就会一帆风顺；但一旦灾难降临，那他就没有勇气去承受了。这是我本人的经验之谈，年轻时我仗恃年富力强，在幸福的日子里也做了些不该做的事情。为此，我提醒每一个人不要狂妄傲慢，作奸犯科。求婚人现在如此肆无忌惮，冒犯别人的妻子，这是不明智的。这个人也许不久就会返回家园。安菲摩诺斯，在你没有遇见他之前，愿一个好心的神祇带你离开这里！”

俄底修斯说着，接过酒杯一饮而尽，并把杯子递还给年轻人。这个求婚人垂下头来沉思，忧心忡忡地走出大厅，仿佛预感到有什么厄运要来临似的。可即使如此，他也没有摆脱掉雅典娜给他定下的厄运。

珀涅罗珀来到求婚人面前

现在，雅典娜激起珀涅罗珀的热情，出现在求婚人的面前，使他们每一个人都充满了相思之苦，并在她丈夫——她当然对俄底修斯的在场还一无所知——和她儿子忒勒玛科斯的面前，以高雅的举止显示其端庄和忠贞。

雅典娜先使俄底修斯的妻子安静地睡上一会儿，赋予她一种超凡脱俗的美：在她脸上涂上阿佛洛狄忒与美惠女神跳完舞后经常用的香膏；让她变得更加高大、更加丰满；使她的皮肤像象牙一般闪闪发亮。随后女神又消失了。

当珀涅罗珀的两个女仆走进房间时，她从沉睡中醒了过来，擦了擦眼睛并说道："咳，我睡得多么香甜啊。真愿众神使我就这样香甜地死去，使我不必再为丈夫忧伤、忍受家中的苦恼！"说罢这句话，她就从椅子上立起身来并从内室走到求婚人那里。她静静地站在拱形大厅的门口，面上披着轻纱，妩媚艳丽，绰约多姿。求婚人一看到她，心都怦怦跳个不停，每个人都渴望娶她为妻。但王后转身朝着她的儿子说道："忒勒玛科斯，我简直不认识你了，真的，你还是孩子时比现在更通情达理。如今，你怎能让这样的事情在大厅里发生？居然容忍一个在我们家里寻求安宁的可怜外乡人受到如此的侮辱？这使我们在众人面前多么丢脸啊！”

“好心的母亲，你的激动是对的，”忒勒玛科斯回答说，“我也认识到什么是对的，但是坐在我四周的这些对我怀有敌意的人都在捉弄我，没有一个人支持我。可这个外乡人与伊洛斯决斗的结果倒完全出乎求婚人所料。他们刚才都耷拉下脑袋，像坐在外边的那个可怜虫一样！”

忒勒玛科斯说这番话时很轻，让求婚人听不见。这时，欧律玛科斯被王后的天姿国色弄得神魂颠倒，大声喊道：“伊卡里俄斯的女儿，但愿全希腊人都能见到你！真的，那明天就会有更多的求婚人来到这里，因为你的美貌、你的智慧无人能及！”“啊，欧律玛科斯，”珀涅罗珀回答说，“自从我的丈夫与希腊人去特洛伊之后，我的美貌就凋谢了。如果他能回来保护我的话，那我会重新焕发出青春；但现在我感到悲哀。当俄底修斯离开这儿的海岸，最后一次握住我的手时，他说：‘亲爱的妻子，希腊人不会全部健康地返回家园。特洛伊人勇猛善战，都是出色的长枪投掷手、弓箭射手、战车驭手。我也不知道，我是能返回家乡，还是会死在异乡。你好好管理家园，照料双亲。当儿子长大而我不再回来时，你可以结婚，离开这个家。’这是他说的话，而现在都变成真的了。悲哀啊，可怕的婚礼临近了，面对这一天我是怎样的痛苦啊！这儿的这些求婚人有着一种与通常的求婚人完全不同的习俗。其他的人若是想娶一个名门贵族的女儿的话，那他们就自己带来牛羊并给未婚妻送来礼品，而不是毫无补偿地去挥霍别人的家产！”

俄底修斯听了这番聪明的话，内心十分高兴。安提诺俄斯代表求婚人做了这样的回答：“高贵的王后，我们中每个人都愿向你献上珍贵的礼品，并请求你不要拒绝。但在你从我们中间选中新郎之前，我们是不会返回家乡的。”所有的求婚人一致赞同他的讲话。

仆人被打发去取礼品。安提诺俄斯送上的是一身绚丽多彩的衣服，上面钉着十二个金别针和弯得精致的金钩。欧律玛科斯呈上的是一条漂亮的黄金项链。欧律达玛斯赠的是一副上面镶满宝石的耳环。另外的求婚人每人都献上了一份特殊的礼物。女仆们把这些礼品如数收下，珀涅罗珀与她们又返回后宫。

俄底修斯再次受到讥笑

求婚人又歌又舞，恣意享乐直至暮色降临。天黑时，女仆在大厅里点上三盏灯用来照明并搬来些木柴。在她们生起炉火期间，俄底修斯走到她们跟前说道："你们这些俄底修斯的女仆，听我说，最好是坐到你们可敬的王后身边去转动纺锤、梳理毛线。大厅的炉火让我来照料好了，就是求婚人一直待到明晨，我也不会疲倦的。"

女仆们彼此相视，大笑了起来。终于，一个年轻漂亮的女仆墨兰托——珀涅罗珀将她抚养长大，视同己出，但现在她与求婚人欧律玛科斯生活在一起，成了他可耻的同伙——放肆地骂道："可怜的乞丐，你是一个真正的傻瓜，你为什么不去灶房或找另一个地方睡觉？这儿的人都比你高贵，你要破坏我们的规矩？你是在说醉话，还是你是一个蠢材？你要注意，会有人站出来，左右开弓，打碎你的脑袋，把你从王宫里扔出去。"

"你这条母狗，"俄底修斯阴沉地回答说，"我要把你说的这些无耻的话告诉忒斯玛科斯，他会把你揍扁的。"女仆们都相信他不是说着玩的，于是都两膝发抖逃出大厅。现在，俄底修斯坐在炉火旁扇火，盘算着如何复仇。

这时雅典娜唆使那些狂妄的求婚人去嘲弄俄底修斯。欧律玛科斯对他的同伙说的一番话引起了哄堂大笑："真的，这个人是一个神祇派到这个大厅来的一盏活生生的灯啊，他光秃秃的脑袋不正像一个火把在闪闪发光？"他转向俄底修斯，说道："听我说，你这家伙，有没有兴趣给我当奴隶，在我的庄园里给我清除杂草、照看树木？我会管你吃喝的。但我看出来了，你宁愿当乞丐，用乞讨来填饱你的肚子，也不愿意出力流汗。"

"欧律玛科斯，"俄底修斯用坚定的声音回答说，"我愿现在就是春天，那我们俩就可以在草地上进行一场割草比赛，两个人手执镰刀，直干到深夜，这样就会显出谁能坚持得更久！狂妄的人，你自以为高大和有力量，这是因为你只同少数人较量过。若是俄底修斯返回家里，那很快你就会发现，这么大的大厅都不够你逃跑用的！"

欧律玛科斯勃然大怒。"可怜的家伙，"他吼了起来，"你马上就会为你说的混话付出代价了！"随着这句话，他就把一个脚凳掷向俄底修斯；但俄底修斯扑倒在安菲诺摩斯膝边，脚凳飞了过去，击中斟酒侍者的右手，于是酒壶滚到地上，叮当作响，侍者惊叫一声倒在了地下。

求婚人喧哗起来，骂这个外乡人打扰了他们的乐趣。这时，忒勒玛科斯客气而果断地要求客人们去安歇。安菲诺摩斯在人群中立起身来，说道："亲爱的朋友们，你们不要违背你们刚才听到的话。不论是你们还是仆人，将来都不要用语言或行动去伤害这个外乡人。让我们再次斟满酒杯，去祭祀神祇，然后各自回家。但这个外乡人最好是留在这里，由忒勒玛科斯来保护，他在他的灶火旁已经找到了安身之处。"求婚人听从安菲诺摩斯的劝告，不久都离开了大厅。

俄底修斯单独与忒勒玛科斯、珀涅罗珀在一起

现在，大厅里只剩下俄底修斯和他的儿子。“快，现在让我们把武器藏起来！”俄底修斯说。他们把头盔、盾牌和长枪都搬到小屋里去，雅典娜举着金灯走在他们前面，四下里一片光明。“这真是一个奇迹，”忒勒玛科斯轻轻地对父亲说，“这是怎样的亮光！每一根房椽、每一根横梁、每一根柱子都是那么清晰，一切都像火一样地闪耀！真的，一定有一个神祇与我们在一起，一个住在天上的神！”“小声些，儿子，”俄底修斯回答说，“不要问。这是神祇的特征。你现在去睡吧，我还留在这儿，去试探你的母亲和那些女仆。”

忒勒玛科斯离开了，现在珀涅罗珀从她房间走了出来，她像阿耳忒弥斯和阿佛洛狄忒一样美丽。她把镶着白银和象牙的椅子移到火炉旁，铺上羊皮，坐了下去。随即来了一群女仆，移走桌上的面包和酒杯，扇旺炉火，点起宫灯。这时，墨兰托又一次嘲弄起俄底修斯。“外乡人，”她说，“你要整夜留在这儿，在宫殿里四下窥视吗？若不想火棒飞到你的头上，那就马上离开这里，去找你的伙伴

去吧！”

俄底修斯阴沉地看着她，并说道：“你为什么对我这样苛刻？因为我衣着褴褛地乞讨？难道这不是所有流浪者的共同命运吗？我也曾幸福过，华屋锦食，对那些流浪的外乡人，不管其外表如何，都给予周济。我也有过很多的男女仆人。但这一切，宙斯都给我夺走了。记住，你这个女人，如果王后对你发起火来，你也会落到这样下场的。”

珀涅罗珀听了乞丐说的这番话，于是斥责傲慢的女仆：“不知羞耻的女人，我知道你心术不正，晓得你要做什么。你要用你的脑袋付出代价！难道你没有听我说过，我尊敬这个外乡人，并要在我自己的家里问他关于我丈夫的事情吗？可你还依旧胆敢去嘲笑他！”墨兰托吓得脸色煞白。女管家这时给乞丐拿来一把椅子，随后珀涅罗珀开始说话了。

“外乡人，”她说，“首先告诉我你的名字和家世。”“王后，”俄底修斯回答说，“你是一个端庄贤淑的女人，你夫君的名声显赫，你的人民和国土享有很好的声望。但你什么都可以问，只是不要问我的家世和故乡。我忍受了太多太多的痛苦，不愿再去回想这一切。若是我去讲述，必定会绝望地恸哭起来，你的女仆们，甚至你本人会理所当然地责备我。”珀涅罗珀随即说道：“外乡人，你看到了，自从我亲爱的丈夫离开之后，我的日子也十分痛苦。你数一数，有那么多向我求婚的人，他们在逼迫我，三年来我一直通过一个计谋来逃避他们，可现在，这个计谋我也无法继续下去了。”随后，她谈到她怎样用织衣来欺骗他们和女仆如何发现了这个骗局。“我无法再继续逃避结婚了，”她最后说道，“我的双亲在催促我，我的儿子对他们挥霍他的财产感到愤怒。你看，我的处境就是这样。你不必向我隐瞒你的身世了，毕竟你不是从橡树里长出来的，或是从石头里蹦出来的！”

“如果你要求我这样，”俄底修斯回答说，“那我就告诉你。”随后他开始发挥他的想象力，讲述那个关于克里特的故事。他讲得是那样可信，甚至使珀涅罗珀流泪，对此俄底修斯从内心深处感到愧疚、同情。可即使如此，他的眼睛也不动，像是铁石一般，他竭力忍住眼泪。王后哭了好久，随后开始说道：“外乡人，现在我得试试你，看你说的是不是真话；你说过，你在你的家里招待过我的丈夫。那你告诉我，他穿的是什么样的衣服？他是什么长相？他的随从是什么样的人？”“在这么长的离别之后，你这样要求，我感到有些困难，”俄底修斯回答说，“因为这位英雄在我们克里特那里上陆，已经是二十年以前的事了。但就我所能记起的，他的衣服是双层的，紫色的，有长长的羊毛，有一个金别针。衣服前面绣着一头幼鹿，它在一个猎狗的前爪中挣扎。紫色披风里面是精致的雪白的紧身衣。他有一个跟随他的传令官，叫欧律巴忒斯，驼背，褐色的脸，鬈发，因聪明而受到俄底修斯的敬重。”

王后又开始哭了起来，因为这一切都与她的丈夫相吻合。俄底修斯用一个新的故事来安慰她，可这故事里也混杂着某些真实的东西。他讲述了他在特里那喀亚岛上陆和在费埃克斯逗留的情况。这个乞丐对忒斯普洛托斯国王的所有情况都非常熟悉，他亲眼看见这位国王交给俄底修斯一大批珍宝。俄底修斯肯定会回来的。乞丐这样结束了他的讲述。

但他的话仍不能使珀涅罗珀完全相信，她垂下头来说道：“我感到他不会回来了。”她吩咐女仆给外乡人洗脚，为他准备舒服的床榻。但俄底修斯拒绝那些可憎的女仆伺候他，并要留在草垫上过夜。“王后，如果你有一个忠实的老女仆的话，”他说，“她像我一样在生活中忍受了这么多的不幸，那就让她为我洗脚吧。”

“好吧，欧律克勒亚，”珀涅罗珀招呼她的老女仆，“你曾经把俄底修斯抚养长大。你就给这个人洗洗脚吧，他的年岁和你的主人一样大。”“啊，”她朝乞丐瞥了一眼，“也许现在俄底修斯的脚和手也是这个样子，身处不幸中的人总是未老先衰的！”老女仆在说这话时哭了起来。当她准备给外乡人洗脚并从近处观察他时，她说道：“有许多外乡人拜访过我们，但像你这样声音、身材和脚都与俄底修斯如此相似的人，我还从来没有见过！”“是啊，看到过我们俩的人都这样说。”俄底修斯无动于衷地回答说，随即坐到炉火旁，给水罐装满水。

当她开始给他洗脚时，俄底修斯小心地躲在阴影里，因为他从年轻时右膝上就有一个大的伤疤，那是他在一次狩猎时被野猪的牙咬伤的。现在他怕被老女仆认出来，就让双腿避开灯光。但他白费心思了，女仆的手掌一摸到这个地方，她就认出了这个伤疤。由于喜悦和惊讶，她的手一松，俄底修斯的脚就落入脚盆里，铜盆发出响声，水花飞溅出来。她的呼吸急促，声音哽咽，眼睛充满泪水。终于，她抓住他的下颚。“俄底修斯，我的孩子，真的是你，”她叫了起来，“我用我的双手感觉到了。”但俄底修斯用他的右手捂住她的嘴，用左手把她拉到身边并轻声地说：“老妈妈，你要毁灭我吗？你讲的是实情，但不要让宫里的任何一个人知道！如果你说出来的话，那等待你的是与那些坏女仆一样的命运。”“你说的是什么话！”女管家平静地回答说，这时他已放开了她，“难道你不知道我的心坚如铁石？你只提防宫中其他的女仆好了，我要把那些背叛你的女仆的名字都告诉你。”“你不需要这样做，”俄底修斯说，“我已经知道她们了，你只要安静就行了！”

在他洗好脚并涂上香膏之后，珀涅罗珀还与他说了一会儿话。“我一直摇摆不定，”她说，“好心的外乡人，我该不该留下来与我的儿子在一起，怀着等待还活着的丈夫的念头？或者我该与求婚人中最高贵的并且献上最宝贵聘礼的人结为夫妇？忒勒玛科斯还是一个孩子时，我不能结婚；但孩子已经长大了，他希望我离开这个家，因为不这样，他遗承的财产就会被挥霍一空。现在你给我圆一个梦，因为你看起来很聪明。我家里有二十只鹅，我总是很喜欢看它们如何吞食麦粒。于是我做了一个梦，一头鹰从山那边飞来，咬断了这些鹅的脖子。它们都死了，横七竖八地躺在宫里，而那头鹰则飞走了。我开始大声哭泣起来并继续梦下去。我觉得好像来了一些邻家妇女，在我苦恼的时候来安慰我。那头鹰突然又飞转回来，落在阳台上并开始用人的声音说起话来。'放心吧，伊卡里俄斯的女儿，'它说，'这是真的，不是梦。求婚人都是鹅；我曾是一头鹰，现在我是俄底修斯。我返回来，是为了杀死所有的求婚人。'这头鹰这样说着，而我醒了。我立即去看我的那些鹅，可它们都安静地在槽边吃食。""王后，"伪装成乞丐的俄底修斯回答说，"肯定会是这样，像俄底修斯在梦里对你说的。他会回来的，不会有一个求婚人能活命。"

但珀涅罗珀却叹了一口气，她说："梦都是些泡沫，明天就是我离开俄底修斯家的可怕日子。我要召集求婚人进行竞赛。我的丈夫经常将十二把斧头一个接一个竖立起来，随后搭弓射箭，一箭穿过十二把斧头上的洞孔。他们之中谁能用俄底修斯的弓显示出这样的本事，我就跟谁结婚。""高贵的王后，就这样做吧，"俄底修斯果断地说，"明天就布置这场比赛，因为在那些人拉开俄底修斯的弓并射穿十二把斧头的洞孔之前，他就会回来的。"

宫殿中的夜晚和清晨

王后向外乡人道了声晚安就离开了。俄底修斯进入前厅，女管家欧律克勒亚在那里为他准备了床榻。在一张完整的野牛皮上铺上了绵羊皮褥子，他躺在上面，盖了件披风。俄底修斯在床上辗转反侧，不能成寐。那些站在求婚人一边的可恶女仆经过他身边时对他嘲笑和讥讽，这使他义愤填膺。

珀涅罗珀入睡不久就醒了，她坐在床上开始大声恸哭起来。她泪流满面，向女神阿耳忒弥斯祷告。“宙斯的神圣女儿呀，”她喊道，“我宁愿你用箭立刻将我射死，或者用一阵狂风把我卷到大洋河遥远的岸边，也不愿对我的丈夫俄底修斯不忠并与一个恶人结为夫妻！就是整个白天哭泣，夜里得到安静，那这种痛苦也是可以忍受的，但一个恶魔甚至在我睡眠时仍用撕心裂肺的幻梦来折磨我！现在，我觉得丈夫就站在我的身边，威武雄壮，完全像在出征时那样，我的心充满了快乐，因为我敢肯定这是真的呀！”

珀涅罗珀呜咽不已，俄底修斯听到了哭泣的声音。他真怕过早与她相认，于是匆忙地离开宫殿，在露天中祈求宙斯赐给他一个吉兆，能顺利实施他的计划。这时，天空中出现一道巨大的亮光，随即一声巨大的响雷令大地震颤。

大厅中慢慢地喧哗起来，女仆们来来往往生起了炉火。忒勒玛科斯穿上衣服，踏入女仆的房屋，生气地朝女管家喊道："你们给客人送去饭菜和准备床铺了吗？母亲看来心神恍惚，稀里糊涂，她对那些恶劣的求婚人毕恭毕敬，而对一个出色的人却淡然漠视！""你这样说我的女主人是不公平的，"欧律克勒亚回答说，"这个外乡人喝了那么多的酒。他的饭菜足够，都不再要了。给他准备了一个上好的床榻，可他拒绝了。他对一个差一些的就感到心满意足了。"

忒勒玛科斯由他的狗陪同，奔向市集的会议。女管家命令女仆为新月节准备庆宴。一些人把紫色毛毯铺到华丽的椅子上，另一些人用海绵擦洗桌子，还有一些人洗涤酒罐、酒杯，去井里汲水。求婚人的仆人也来了，他们在前厅劈柴。牧猪人送来几头肥猪，并向他的那位老客人致以亲切的问候。墨兰透斯和他的两个助手赶来了挑选出的山羊，奴隶们把它们捆绑起来。墨兰透斯在路过俄底修斯时嘲弄说："老要饭的，你还待在这儿，不从门这儿离开？看来在你尝到我的拳头之前，我们还要相见！"俄底修斯对他的辱骂没做回应，只是摇了摇头。

现在，一个正直的人踏入了宫殿，他是牧牛人菲罗提俄斯，他用船给求婚人带来一头牛和几只肥山羊。经过牧猪人身边时，他说道："欧迈俄斯，那个前不久来到这儿的外乡人是谁？他在身材上太像我们的国王俄底修斯了。灾难也会使一个国王变成一个乞丐的！"随后，他走近装扮成乞丐的俄底修斯，握住他的手并说道："陌生的老人，你看起来如此不幸，愿你至少在将来会生活得幸福！我一看到你，就感到惊讶，眼泪夺眶而出，因为我就会想到俄底修斯，若是他活着的话，那他现在也是衣着褴褛，在各地漂泊！

还是孩子时，他就让我为他看管牛群。现在倒是六畜兴旺，可我却得送来供别人享受！若不是我还一直希望有一天俄底修斯会回来并把这群无赖赶走的话，我早就因为气恼而离开这个地方了。”“牧牛人，”俄底修斯回答他说，“看来你不是一个坏人。宙斯做证，我向你发誓，俄底修斯今天就会回来的，你将亲眼看见，他如何消灭那些求婚人！”

宴　会

求婚人也逐渐进入宫殿，他们已经在自己的集会上商讨好了去谋杀忒勒玛科斯。家畜都被屠宰、烧烤，并分到每个人的面前。仆人们在酒罐里调制美酒，牧猪人传递酒杯，菲罗提俄斯分配篮子里的面包，墨兰透斯斟酒。宴会开始了。

忒勒玛科斯有意让俄底修斯坐在大厅门槛旁的一把破椅子上，面前摆放一张破破烂烂的桌子。他让人送上烤肉并斟满俄底修斯的酒杯，说道："你在这儿安静地享用吧，我不许任何人来打扰你！"安提诺俄斯本人也警告他的朋友们，不要去妨碍这个外乡人，因为他看出来，这个人受到宙斯的保护。雅典娜却促使求婚人去嘲笑他。

他们中间有一个很坏的人，叫克忒西波斯，是从萨摩斯岛来的。"求婚人，你们听着，"他讥笑地说道，"这个外乡人虽然早就得到了他的一份，可如果忒勒玛科斯慢待了一个如此高贵的客人的话，那也是不对的！因此，我还要给他一份特殊的礼物。他可以用它来酬谢那名给他洗净身上污垢的女仆！"随即他从食篮里拣出一个牛脚，把它掷向乞丐。俄底修斯忍住怒火，躲了开来，这块骨头砸到了墙上。

现在，忒勒玛科斯站起来喊道：“克忒西波斯，算你幸运，没有砸到这个外乡人身上。若是真的发生了这样的事，我就用长枪刺穿你的身体！你的父亲为你准备的，就不是一个婚礼，而是一个葬礼！我不允许任何人在我的家里再有这种失礼行为。我宁可被杀死，也不许你们侮辱这个外乡人。我宁愿死去，也不愿目睹这一类恶行！”所有人听到这严厉的话都一声不响。最终，达玛斯托耳的儿子阿革拉俄斯站出来说道：“忒勒玛科斯说得对！但是他和他的母亲得把话说清楚了。只要还存有俄底修斯返回的希望，那拒绝我们这些求婚人是可以理解的。但现在毫无疑问，俄底修斯再也不会回来了。忒勒玛科斯，你应当到你母亲那里，要求她从我们求婚人中间挑选一个最高贵而且聘礼最珍贵的人做她的丈夫，这样你本人将来能完整地享受你父亲的遗产。”

忒勒玛科斯继续说道：“宙斯做证，我也不愿意这样拖下去，我早就对我的母亲说过，让她从你们这些求婚人中间选择一个。但我绝不会强迫她离开这个家。”忒勒玛科斯的这番话让求婚人放肆地笑了起来，因为雅典娜已使他们的精神变得混乱起来，他们的脸都由于狞笑而变得丑陋不堪。可这种放纵却突然转换为一种深深的伤感——他们的眼睛都充满了泪水。

预言家忒俄克吕摩洛斯察觉了这一切。“你们这群可怜人，怎么啦？”他说，“你们的脑袋变得稀里糊涂，你们的嘴巴在叫喊着悲哀！我看到所有的墙上都涂抹着鲜血，大厅里和前厅中熙来攘往的都是地狱里的鬼魂，天空中的太阳都消失了！”但求婚人又重新陷入先前的狂欢之中，开始纵情大笑。终于，欧律玛科斯对其他人说道：“这个前不久来到我们中间的外乡预言家是个真正的傻瓜。仆人们，快点，若是他在大厅里除了黑夜别无所见的话，那就把他赶到大街上去。”“我不需要你的仆人，欧律玛科斯，”忒俄克吕摩诺斯站了起来，愤怒地回答道，“我的眼睛、耳朵、脚都很健康，我的理智也十分正常。我自己走，因为神明已经向我预言了灾难，这灾难就要降临于你们，你们中没有一个人能够逃脱掉。”他说完就匆忙地离开宫殿，去他的主人珀拉俄斯那里，并在那里受到了热情的款待。

但求婚人继续在嘲弄忒勒玛科斯。“忒勒玛科斯，”其中一个说道，“在这个世界上，除了你没有一个人收留过这样恶劣的客人，一个饿怕了的乞丐和一个说预言的傻瓜！真的，你应当带着他俩去周游希腊，到市场上供人参观赚钱！”忒勒玛科斯沉默不语，并向父亲投去一瞥，因为他在等待父亲发出动手的信号。

射箭比赛

现在，珀涅罗珀出场的时刻到了。她拿起一把镶有象牙把手的漂亮铜钥匙，由女仆们陪同前去远处的一个库房，那儿保存有俄底修斯国王的各式各样的珍贵物品，都是用青铜、黄金和铁制成的。那儿也有他的弓和装满箭镞的箭袋，这是拉刻代蒙的一个朋友送给他的礼物。珀涅罗珀拉开了门闩，打开门。她进入库房，巡视一下放满衣服和其他物件的箱子。她也找到了俄底修斯的弓和箭袋，把它们放进一个盒子里，随后她前去大厅，到求婚人那里，后面跟随着两个女仆。她请求婚人安静，开始说道："好吧，你们这些求婚人，谁能把这张弓轻易拉满，并射穿挨个排列的十二把斧头上的洞孔，我就跟他走，做他的妻子。"

随后，她命令牧猪人把弓和箭摆在求婚人面前。欧迈俄斯哭着把武器从盒子里取出来，摊放在那些竞争者跟前。牧牛人也哭了起来，这使安提诺俄斯大为恼火。"愚蠢的乡下人，"他申斥说，"难道你们要用眼泪使我们的王后心里更加难过？用饭堵住你们的嘴巴或者到门外哭去！而我们这些求婚人要进行艰难的比赛，因为拉满这张弓并不容易。在我们中间没有一个人像俄底修斯那样有力，我记得很清楚，虽然我那时还是一个小孩子，还几乎不会说话！”

现在，忒勒玛科斯站了起来并说道：“这是怎么啦，宙斯使我失去了理智！我的母亲声言准备离开这个家，并跟一个求婚人远走他乡，而我还在微笑。好吧，你们这些求婚人，你们在进行一场竞赛，争夺全希腊最美的一个女人。你们自己也知道这一点，无须我来向你们赞美我的母亲。因此，毫不迟疑地弯弓射箭吧！我本人也有兴趣在这场竞赛中试试身手——若是我战胜了你们，我的母亲就不会离开这个家！”他说着就甩掉紫色披风，从肩上卸下宝剑，在大厅的地面上画出一道沟，把斧头挨个插入地里，然后用脚把周围的土踏实。所有的人都对他的力量和准确性大加赞叹。随后，他拿起弓来，站在门槛上。他试了三次想把弓拉开，但三次都失败了，他的力量不够。于是他第四次张弓，若不是他父亲示意他放弃，这次他肯定可以成功。“神祇，”他喊道，“我若不是一个弱者，那就是太年轻了，不能抵抗一个侮辱我的人！你们其他人去试吧，你们比我更有力量！”随后他把弓箭放在门旁，重新坐在椅子上。

现在安提诺俄斯面带胜利的表情站了起来，他说：“朋友们，现在从那后面开始，由左到右。”第一个站起来的是勒伊得斯。他是唯一一个对求婚人胡作非为感到不满的人，他恨这一群人。他踏上门槛，试图把弓拉开，但是失败了。“另一个人试吧，”他喊道，他的两只手瘫软地垂了下来，“我不行！也许没有一个能行。”说罢他就把弓箭放在门旁。但安提诺俄斯责备他说：“你说这话令人不快，勒伊得斯，因为你拉不开，那别人也就不行？墨兰透斯，”他转身对牧羊人说，“点盆火，放在椅子前面，从房里去取一大块猪油，我们要烘烘这变得干硬的弓，涂上油膏，那就好用得多了！”大家按照他的吩咐做了，但还是无济于事，一个个求婚人试图拉开弓，但都失败了。最后只剩下两个最勇敢的人了：安提诺俄斯和欧律玛科斯。

俄底修斯向牧人表明身份

牧牛人和牧猪人在走出宫殿时相遇了，跟在他们身后的是俄底修斯。当他们离开大门和前厅时，俄底修斯叫住了他们，轻声而充满信赖地说道:“朋友们，我有话要对你们说，我希望能信任你们，否则我宁愿沉默。如果俄底修斯现在突然由一个神祇从异地带回故乡的话，你们会怎么样？你们会站在求婚人一边还是站在他这一边？坦率地说，心里怎么想就怎么说。”“啾，奥林匹斯的宙斯，”牧牛人先喊了起来，“如果这个愿望得到满足的话，当这位英雄回来时，你就会看到，我的双臂会做出怎样的动作。”欧迈俄斯同样也向众神祷告，祈求他们送俄底修斯回家。

俄底修斯确信他们对自己的忠诚，于是说道:“好了，你们听着:我本人便是俄底修斯！历经无法形容的磨难，二十年后我返回了故乡，我看到，在所有的仆人之中只有你们俩欢迎我，因为在那些人中间我没有听到一个人祈求神祇让我返回家园。因此，在我消灭了求婚人之后，我要送给你们每人一个妻子、一块土地，给你们建造房屋，你们就住在我的近旁，忒勒玛科斯对待你们要像对待亲爱的兄弟一样。为了不使你们对我说的话有所怀疑，你们可认认我这身上的疤痕，这是我年轻时狩猎让野猪咬的。”说罢，他就揭开他穿的破衣服，露出那个伤疤。

现在，两个牧人开始哭了起来，他们拥抱他们的主人，吻他的脸和肩膀。俄底修斯也亲吻他的奴仆，但随后他说道：“亲爱的朋友，不要沉湎于你们过去的悲哀或眼前的欢乐，让宫殿里的人看出来，我们要一个接一个回到大厅。求婚人不会允许我也去试试拉弓射箭，因此，欧迈俄斯，你只需拿起弓和箭袋，穿过大厅把它们送给我就行了。与此同时，你把那些女仆都关在内宫里，不管听到大厅里怎样的喧哗和呻吟，都不要放她们出来，要她们安静地做自己的工作。而你，菲罗提俄斯，守住宫门，关紧它，并用绳子拴牢。”

做了这些指示之后，俄底修斯返回大厅，两个牧人跟在后面。现在，欧律玛科斯把弓放在火上不停转动地烧烤，想使弓弦绷紧，但是无济于事。他愠怒地叹气说道：“咳，这太使我苦恼了！我并不是为得不到珀涅罗珀而感到伤心——毕竟在伊塔刻或别的地方还有许许多多的希腊女人——而是因为与俄底修斯相比，我们太软弱无力了。我们的孙辈将会因此而嘲笑我们！”但安提诺俄斯责备他说：“不要这样讲，欧律玛科斯，今天我们欢庆一个大的节日，这根本不适合进行射箭比赛。让我们先放下弓箭，来喝一杯吧。让斧头就放在大厅好了，我们明天祭祀阿波罗后，再来完成射箭比赛！”

现在，俄底修斯面向求婚人并说：“你们今天休息吧，希望阿波罗明天能保佑你们赢得胜利。请允许我试试这张弓，看看我这可怜的双臂是不是还保有些力气。”“外乡人，”安提诺俄斯一听到这句话就暴跳起来，“你疯了还是酒喝多了？你一拉起弓来，灾难就会降到你身上，你再也不会在我们中间找到一个同情你的人了！”

这时，珀涅罗珀也介入了争论。“安提诺俄斯，”她温和地说道，

“不让外乡人参加这场比赛，那是不对的！你是担心，他胜利了会把我带走做妻子？根本就没有这种可能，因此你们中不必有任何人把他放在心上！这是不可能的，根本不可能！给他弓，如果他真的能把弓拉开的话，那他从我这儿得到的只是披风、紧身衣、长枪和宝剑，还有脚下的一双绊鞋，他就可以走了，随他到哪儿去。”

忒斯玛科斯打断了她的话，说道：“母亲，关于弓的事，除我之外没有任何一个希腊人有权做出决定。回到你的内室安心纺织吧，射箭是男人的事。”珀涅罗珀对儿子的坚定口气感到吃惊，但她听从了。

于是牧猪人拿来了弓，求婚人愤怒地吼了起来：“你这个疯子，要把弓箭拿到哪儿去？你是不是手发痒了，要我们把你抛到猪圈旁喂猪去？”牧猪人惶恐地把弓放下，但忒勒玛科斯用威胁的声音喊道：“把弓拿来，老人，你只能服从我一个人，否则我要用石头把你打出去，即使我比你年轻！”牧猪人把弓递给乞丐，随后他吩咐老女仆把后宫的大门闩上。菲罗提俄斯奔向宫外，很仔细地把前厅的大门锁上。

俄底修斯把弓从各个方面都检查了一遍，看看这么长的时间里弓有没有被虫子蛀过或者什么地方破损了。求婚人中有一个人对近旁的人说道：“这个人看来好像很懂得弓，或者他家里也有一张类似的弓，难道他要照这个样子仿造一张？看啊，这张弓在这个流浪汉手中怎样转来转去呀！”

俄底修斯在查验了这张强弓之后，很轻松地用右手拉起弓弦，试了试它的力量，就像琴师拨动琴弦那样。它发出清脆的声音，像燕子啁啾一般。求婚人听了感到一阵痛楚，面色变得煞白。但宙斯从天空发出一声响雷，作为一种吉兆。这时，俄底修斯勇敢地搭箭弯弓，拉动弓弦，用眼瞄准，箭镞离弦飞出，射穿十二把斧子的洞孔，从第一把直穿过最后一把。随后他说道："忒勒玛科斯，我这个外乡人在你的宫殿里总算没有给你丢脸！求婚人那么厉害地嘲笑我，可我的力量还依然没有减弱。但现在是请这些希腊人进晚餐的时候了，趁天还没有全黑。随后该是弹琴和歌唱，以及其他助兴的节目。"

在说这话的同时他朝儿子偷偷地递了眼色。忒勒玛科斯很快背上宝剑，拿起长枪等武器，与他的父亲并排站在一起。

复　仇

俄底修斯撕下身上的破衣服，跳到高高的门槛上，手执弓和装满箭镞的箭袋。他把箭镞倒在他的脚下，朝着求婚人喊道："第一轮比赛已经结束，求婚人！现在是第二轮了！这次，我给自己选一个还没有射手射中过的目标，我不会射不中的！"说罢，他就把弓对准安提诺俄斯。俄底修斯一箭射中他的咽喉，箭尖从颈部穿过，他的鼻中喷出一股鲜血，他朝旁边栽倒，脚撞翻了上面摆满饭菜的桌子。

求婚人一发现安提诺俄斯倒下，就都从座位上暴跳起来。他们面朝大厅墙壁去搜寻武器，但那上面既没有长枪也没有盾牌了。他们大声叫骂："你这该死的外乡人，为什么要射人？你射杀了我们最高贵的同伴。但这是你最后的一箭，很快鹰就会把你撕碎。"他们还以为他是误射的，而没有想到这是他们的共同命运。俄底修斯从高处用雷鸣般的声音喊道："你们这群狗，以为我永远不会从特洛伊回来了，因此挥霍我的家产、诱骗我的仆人，在我还活着时就向我的妻子求婚，不怕得罪神祇和人！现在，你们灭亡的时候到了！"

求婚人一听都吓得面色煞白，战栗不止，每个人都一声不响地向四周环顾，看如何逃命。只有欧律玛科斯镇静下来，说道：“如果你真的是伊塔刻人俄底修斯的话，那你责备我们是对的，因为在你的宫殿和国家里，我们做了许多不得体的事情。但这所有的过失都已用你的弓箭清算了。因为安提诺俄斯是罪魁祸首，他从没有认真地向你的妻子求婚，而是自己想成为伊塔刻的国王，并要偷偷地杀害你的儿子。现在他已得到了惩罚。你应当宽恕你的同胞，和解为贵！我们每个人给你二十头牛作为挥霍你财产的补偿，还有青铜和黄金，随你要多少！”“不，欧律玛科斯，”俄底修斯阴沉地回答说，“即使你们把全部家财都给我，甚至更多些也不行，我不把你们全部结果掉，用你们的命来为恶行赎罪，我是不会罢手的。来吧，随你们怎样，是战斗还是逃跑，但我一个也不会放过的！”

求婚人心惊胆裂。欧律玛科斯又一次说话了，但这次是对他的朋友：“亲爱的伙伴们，这个人的双手没有人能阻挡住了，拔出宝剑，用桌子来抵御他的弓箭。然后我们冲过去，把他逼下门槛，我们散到城市里去召集我们的朋友。”说罢，他就从剑鞘里抽出宝剑，大吼一声冲上前去。但俄底修斯的箭已射穿他的肝脏，宝剑从他的手中滑落，他同桌子一同栽倒，饭菜和杯盘滚落满地，他的额头触地，躺在那儿死了。

这时，安菲诺摩斯手执宝剑冲向俄底修斯，试图打开一条通路。但忒勒玛斯科的长矛刺中他的后背，直透过前胸，使他扑倒在地。随后，忒勒玛科斯从求婚人中跃出，与他父亲并立在门槛上，他带来了一面盾牌、两支长矛和一顶铁制头盔。随后，他奔出门外跑进武器库，为他自己和朋友们找到四面盾牌、八支长矛和四顶上面带有马毛装饰的头盔。他和两个忠实的牧人都武装了起来。他们给俄底修斯带来了第四副装备，四个人并排站在一起。

只要手上还有箭镞，俄底修斯每发必定射杀一个求婚人。射完之后，他把弓倚在门旁，迅速地戴上头盔，拿起四层厚的盾牌，握起两支粗壮的长矛。这个大厅还有一个进入走廊的侧门，它的出口很窄，只容一个人通过；俄底修斯把这个出口交由欧迈俄斯去把守。可欧迈俄斯正在武装自己，那个地点没人看守。求婚人中的阿革拉俄斯发现了这个情况。“怎么样，”他喊道，“我们从侧门逃跑，进入城里去鼓动人民，那这个人不久就完蛋了！”

“那不行，”站在附近的牧羊人墨兰透斯与求婚人站在一起，他说道，“小门和通道太窄了，只容一个人通过，他们只要有一个人守在那里，我们就谁也出不去。最好是让我一个人偷偷地溜出去，给你们弄来足够的武器。”说罢他就溜了出去，返回时带来了十二面盾牌和同样多的头盔和长枪。俄底修斯突然发现他的敌人身披铠甲，手中挥动着长枪。他吃了一惊，并对儿子说道：“这一定是一个不忠的女仆或那个坏透了的牧羊人干的。”

意外的是，有一个人成了第五个战士：这是化身为门托耳的雅典娜。俄底修斯认出了女神，高兴极了。当求婚人发觉一个新来的敌手时，阿革拉俄斯愤怒地叫了起来：“门托耳，我告诉你，不要受俄底修斯的欺骗来反对我们求婚人，否则我们不仅要杀死他们父子，而且也要杀死你和你的全家。”雅典娜听到这话怒火中烧，她对俄底修斯说：“朋友，我觉得你的勇气还不如你十年前在特洛伊城前所表现的那样。那座城市由于你的计谋而陷落，可现在在自己的国家里保卫宫殿和财产时，面对求婚人你怎么犹豫起来了？”她说这话是为了鼓起他的勇气，但她并不想为他战斗。突然间，她飞鸟般地飞走了，像一只燕子一样坐在屋顶的房椽上。

“门托耳又走了，这个吹牛皮的家伙，”阿革拉俄斯朝他的朋友们喊道，“又只剩下四个人了。我们人多势众，进行战斗！不要把你们的长枪一下子都投出去，第一批六支，把所有的长枪都给我瞄准俄底修斯！他若完了，其他人就容易多了！”但雅典娜使他们投枪落空：一支击到门柱，一支击中大门，其他的都钉到墙上。

现在，俄底修斯朝他的朋友们喊道：“瞄准，投！”四个人都掷出了他们的投枪，全部命中，俄底修斯击中了得摩普托勒摩斯，忒勒玛科斯击中的是欧律阿得斯，牧猪人击中的是厄拉托斯，牧牛人击中的是庇珊提洛。剩下的求婚人纷纷逃到大厅的最远角落，但不久他们又走了出来，从尸体上拔出了长枪，又投出了九支长枪。但大多数没投中目标，只有安菲墨冬的长枪擦伤了忒勒玛科斯的手腕，克忒西波斯的长枪透过盾牌刺破了牧猪人的肩膀。

俄底修斯击中了欧律达玛斯。现在，他用长枪刺杀了达玛斯托耳的儿子阿革拉俄斯，忒勒玛科斯的长矛刺穿了勒俄克里托斯的肚子。这时，雅典娜挥动她的神盾，从屋顶下来，追逐得求婚人胆战心惊，在大厅里四下逃窜。俄底修斯和他的朋友们从门槛上跳下来，在大厅里追来逐去，所到之处，头颅断裂，尸骨横陈，血流遍地。

求婚人勒伊俄得斯扑倒在俄底修斯脚下，抱着他的双膝，叫喊道：“饶恕我吧！我从没在你的家中做过坏事，我劝过他们，可他们不听我的！我成了他们的牺牲品，我什么也没做，难道我也犯了死罪？”“如果你是他们的牺牲品的话，”俄底修斯阴鸷地回答说，“那你至少要为他们祈祷呀！”说着他拿起阿革拉俄斯掉在地上的宝剑，勒伊俄得斯还在喋喋不休求饶，就被砍掉了脑袋，偌大的头颅滚落在尘土之中。

歌手斐弥俄斯站在侧门附近，手中还拿着竖琴。对死的畏惧在逼使他考虑，是穿过小门逃到庭院里去，还是跪下来求俄底修斯饶命。终于，他决定选择后一种办法。他把竖琴放到地上，跪倒在俄底修斯脚下。“请你饶了我吧，”他抱住对方的双膝喊道，“如果你杀死歌手的话，那你会后悔的，歌手用他的歌使众神和人得到快乐。我是一个神祇的徒弟，我要像赞颂神祇那样来赞颂你！你的儿子可以为我做证，我不是自愿来到这里的，是他们逼我来歌唱的！”

俄底修斯举起了宝剑，但迟疑不决。这时，忒勒玛科斯跳了过来，喊道：“住手，父亲，不要伤害他！他是无罪的！使者墨冬也应当活命。我还是孩子时，他就细心照料我，并希望我们幸福平安。”墨冬正裹着一张新牛皮藏在一把椅子下面，他听到忒勒玛科斯为他求情，就钻了出来，跪在他的脚下哀求。这使面色阴沉的俄底修斯笑了起来，并说道：“你们俩放心吧，忒勒玛科斯的求情保护了你们。出去吧，告诉人们，善有善报，恶有恶报。”两个人奔出大厅，在前院坐了下来，仍一直因死亡恐惧而颤抖着。

惩罚女仆

俄底修斯环视四周，看到没有一个敌人活着了。他们到处躺着，像那些被渔夫从网里扔出来的鱼一样。这时，他让儿子把老女仆喊来。他一看到她走来就喊道："高兴吧，老妈妈，但不要欢笑！凡人不该为被杀的人欢呼！是众神的惩罚落到这些人的头上，不是我。现在把宫里那些不忠于我的女人的名字告诉我。""宫中有五十个女仆，"欧律克勒亚回答说，"她们中有十二个对你变心了，既不听我的也不服从珀涅罗珀，因为母亲并没有把管理女仆的权力交给儿子。但先让我去唤醒我那正在睡梦中的主人吧，国王，让我先去向她报喜讯。"

"不要去叫醒她，"俄底修斯说道，"先去把那十二个不忠的女仆叫过来。"欧律克勒亚听从了。不久，这些女仆战战兢兢地出现在他的面前。这时，俄底修斯把他的儿子和两个忠诚的牧人喊到身边并说道："吩咐这些女人动手把尸首都搬出去，然后让她们用海绵拭洗桌椅，把整个大厅打扫干净。做完了之后就把她们带到厨房和宫墙之间的空地，全部用剑杀死。"

这些女人挤在一起哀求着哭泣着，但俄底修斯赶着她们去搬走尸首，去拭洗桌椅，去清扫地面，去运走门前垃圾。随后，牧人把她们赶出宫殿，领到厨房和宫墙之间，那儿无路可逃，只有等待死亡。那个恶毒的墨兰透斯也得到惩罚，被带到前庭砍了脑袋。当忒勒玛科斯和牧人把这项工作完成之后，复仇已经结束了，他们返回宫殿俄底修斯那里。

随后，俄底修斯吩咐欧律克勒亚去弄炉火和硫黄，来熏烤大厅、房屋和前厅。老女仆在离开之前，给她的主人送来了披风和紧身衣。她说："我的孩子，我们大家的主人，你不应当穿这身破烂衣衫站在大厅里，这与你，高贵的英雄，太不相称了。"但俄底修斯把衣服放在一边，吩咐老女仆快去做自己的工作。在熏烤大厅和房间期间，她也喊来了那些忠心的女仆。她们很快拥在尊敬的主人四周，含着欢喜的泪水向他问安，把自己的脸贴在他的手上，并亲吻它们。俄底修斯由于喜悦而流泪和啜泣不止。

俄底修斯和珀涅罗珀

欧律克勒亚完成了熏烤工作，匆忙地来到后宫。现在，终于能向她的女主人通告她的丈夫俄底修斯回家来的喜讯了。她踏入珀涅罗珀的内室，对女主人说道："亲爱的孩子，快醒来，你该用自己的眼睛看看你期待的事情：俄底修斯回家了！俄底修斯终于回到宫殿来了！他把那些无法无天的求婚人都杀死了，那些人那么厉害地逼迫你，挥霍他的财产，辱骂他的儿子，他把他们都杀光了！"

珀涅罗珀揉了揉睡意惺忪的双眼，说道："老妈妈，你是一个傻瓜！你为什么用骗人的消息来打扰我的清梦？自从俄底修斯走了之后，我还从没有睡过这样一个好觉！"

"孩子，你别发火，"女管家说道，"就是那个外乡人，那个乞丐，那个大家都嘲笑的乞丐。你的儿子忒勒玛科斯早就知道了，但在向那些求婚人复仇之前，他要保守秘密。"

王后一听到这话就从床上跳起，抱住老女人，眼泪夺眶而出，她说："老妈妈，如果你说的是真话，如果俄底修斯真的在家里，那告诉我，他怎么能打败那么多的求婚人？""我自己既没有看见也没有听见，”欧律克勒亚说道，“因为我们女人都心惊胆战地被关在屋子里。但当你儿子把我喊出去时，我看到你的丈夫站在那儿，四周都是尸体。虽然他满身血污，但你看到他定会欣喜若狂的，孩子。现在，尸体都被搬到宫殿大门外很远的地方了。整个房子我都用硫黄熏过了，你可以不必害怕到那儿去了。”

“老妈妈，我还一直不敢相信，”珀涅罗珀说道，“一定是一个神祇，他杀死了那些求婚人。但俄底修斯——不，他在遥远的地方，他不会活着回来了！”“你这多疑的人，”女管家摇头，说道，“我再告诉你一个确实的证据，你知道他身上那处被野猪咬伤的疤痕吧？那会儿，当我按照你的吩咐给这个乞丐洗脚时，我就认出了那个伤疤，准备当场就告诉你，但他严厉地制止了我。”“让我们到那儿去。”珀涅罗珀说道，她由于恐惧和喜悦而颤抖起来。她们俩一道跨过门槛，进入大厅。珀涅罗珀一言不发地坐在俄底修斯对面，炉火在熊熊燃烧。他坐在柱旁，垂下眼睛，等着她说话。但惊愕和怀疑使王后沉默不语。最后是忒勒玛科斯走向母亲，并半带微笑半带责备地说道：“母亲，你怎能如此无动于衷地坐在这儿？到父亲跟前，去问问，去说说！当一个女人的丈夫在历经磨难二十年后返回家园时，他的女人该是怎样一种表情？难道你胸中的不是一颗心而是一块石头？”

“啊，亲爱的儿子，”珀涅罗珀回答说，“我不能向他打招呼，我不能问他，我不能直视他的脸！如果真的是他，他真的是我的俄底修斯，他回到了自己的家，那我们会彼此认出来的，因为我们有别人所不知道的秘密。”这时俄底修斯转向他的儿子，面带微笑，说道：“让你母亲试探我好了。她蔑视我，因为我穿着这样一身破衣烂衫。让我们看看吧，我们如何向她证实。但现在有另外一些急事要做。你知道，若是有谁哪怕只杀了一个同族的人，那他就要逃离家园，即使被杀的人只有少数几个他必须复仇的人。可我们杀死了伊塔刻和邻近岛屿的一些高贵的年轻人，他们是国家的栋梁，我们怎么办？”

“父亲，”忒勒玛科斯说，“这你得自己来想办法。毕竟你是世上最最聪明的谋士。”

“那我就告诉你们，”俄底修斯说道，“我认为最聪明的做法吧。你、牧人和屋里所有的人，首要的是洗一个澡，穿上最华美的衣服。歌手手执竖琴，我们大家跳舞。路经此地的每一个人都认为，节庆还在继续，那样求婚人被杀害的传言就不会在城里散播开来，在这段时间里我们就可以到乡下我们的庄园去。那时，一个神祇就会告诉我们下一步做什么。”

不久，宫殿里响起了一片跳舞声和琴声。民众集聚在马路上并彼此交谈：“不必怀疑了，珀涅罗珀又结婚了，宫里在举行婚礼。”直到傍晚人群才散去。

俄底修斯在洗浴和涂上香膏之后又回到大厅，重新坐在他的王座上，面对着他的妻子。“奇怪的女人，”他说道，“众神给了你一副铁石心肠。没有一个女人会在她丈夫经历二十年的苦难返回家园时，竟如此顽固地拒绝相认。欧律克勒亚，我得求你了，给我找个地方安排床铺，因为这儿的这个女人有一颗冷酷的心！”

“不可理喻的男人，”珀涅罗珀说道，“不是骄傲，不是轻视，也不是类似的情感使我对你有所保留。我还记得很清楚你乘船离开伊塔刻时的样子。好吧，欧律克勒亚，给他在卧室外安排一张床铺，把他的床上用品拿出来，铺上毛皮、毛毯。”

珀涅罗珀这是在试探她的丈夫，俄底修斯却愠怒地望了一眼并说道：“这是一句伤人的话，女人。我的床铺没有一个凡人能移得动，即使他使出年轻人的全部力量也不行。这是我自己做的，它有一个巨大的秘密。这个宫殿的中心有一棵茂盛的橄榄树，长得像一根柱子。于是我就把住房建造在这里，里面就是卧室。当房屋用石头砌好时，我就把橄榄树的树冠砍掉，从根部把树干刨平，使它成为床的一条腿，床与树干是一个整体。然后我用黄金、白银和象牙装饰床架，用坚实的牛皮绳做成床绷，这便是我们的床榻。珀涅罗珀，我不知道，这床还在不在，但有谁想动它，就必须把橄榄树从根部砍断！”

王后一听到这个秘密，双膝就颤抖起来。她哭着从座位上立起身来，奔向她的丈夫，拥抱他，亲吻他，随后说道：“俄底修斯，不要生我的气！我这颗可怜的心经常恐惧不安，我怕有一个狡猾的骗子来蒙蔽我。现在，你说出了除了你和我没有一个凡人所知道的秘密，我再不怀疑了，我相信了！”当她这样说的时候，俄底修斯的心由于悲痛而震颤起来，他哭着把他忠贞的妻子拥在胸前。

俄底修斯和拉厄耳忒斯

翌日清晨，俄底修斯一大早就做好了旅行的准备。“亲爱的妻子，”他对珀涅罗珀说道，“我们直到现在已饮够了苦酒，你为我的不在而哭泣，我则由于宙斯和众神而不能返归家园。现在，在我们重新团聚之后，我们的统治、我们的家产又得到了保障，你照管宫中还留下的所有财产。由于求婚人的挥霍而失去的，部分用他们最后在求婚时所赠送的礼品来弥补，部分由我从异乡带回来的战利品和赠礼补充。现在，我要去我善良而年迈的父亲长期居住的庄园。但我劝告你，要与你的女仆待在后宫里，不要使任何人有机会来与你说话、来问你什么，因为求婚人被杀害的流言已经慢慢在城市里传布开来了！”

俄底修斯说完就背上宝剑，唤起他的儿子和两个牧人。他们三个人立即按照他的命令同样拿起武器，与俄底修斯一道穿过城市。他们的保护神雅典娜用浓雾遮住他们，这样城市里就没有一个人认出他们。

没过多久，四个人就到了老人拉厄耳忒斯经营得井井有条的、美丽的农庄。庭院的中心是住房，四周是马厩、羊棚等外屋，耕种田地的奴隶们吃住都在这里。这儿还住着一个西西里女人，她在这座孤零零的庄园里细心地照料老人拉厄耳忒斯。当俄底修斯四人站在住房门前时，他对儿子和牧人说道："你们先进去并杀一头肥猪做午餐。我要到田里去，我善良的父亲一定在那里劳作，我要试试他，看他还能不能认出我来。不用很久，我就与他一道返回来，然后我们共同欢宴。"俄底修斯把剑和长矛交给他们，他们随即向屋内走去。

他去田里找他的父亲，终于在一排排美丽的树木中见到他正在种一棵小树。老人看起来像是一个年迈的奴隶，身穿一件粗糙的、脏兮兮的、有多处补丁的上衣；胫骨上缠着一副牛皮绑腿，这是用来防备荆棘的；手上戴着手套；头上戴着一顶羊皮帽子。老人身着这副可怜的装束，老态龙钟，脸上布满了忧愁的痕迹。俄底修斯目睹此景，悲痛地倚在一棵梨树上，伤心地哭了起来。他真想拥抱并亲吻他的父亲，立即告诉他，自己是他的儿子，现在回到了父辈的土地上，可他害怕这意外的惊喜会对老人造成伤害。于是他决定，先要他有一个思想上的准备，用温和的责备去试探。

正当老人弯下腰去松动小树苗四周的土时，他走向前去说道："老人，看来你对栽种果树很内行呀。葡萄、橄榄树、无花果树、梨树和苹果树都侍弄得好极了；花卉和蔬菜也都得到了细心的照料。但有一点我觉得不好，恕我直言，你自己没有得到很好的照顾，怎能穿这样可憎的衣服呢？你的主人做得不对。你的身材魁梧，有着一副高贵人的仪表。像你这样一个人，应当沐浴，吃得好，享受一个老人应该得到的东西。告诉我，谁是你的主人，你在为谁侍弄这些果树？难道这个地方真如刚才我遇到的一个人告诉我的那样是伊塔刻？那个人可不是一个有礼貌的人，当我问他，我要在这儿拜访的人是不是还活着时，他根本不回答我。在很久之前我在家乡曾留宿过一个男人，他来自伊塔刻，他告诉我自己是国王拉厄耳忒斯的儿子。我十分热情地招待了这位高贵的朋友，当他离开我时，我送给他一大批贵重的礼物。”

拉厄耳忒斯一听到这个消息就抬起头来，眼泪夺眶而出，他说：“好心的外乡人，你当然是来到了你刚才打听的地方。但住在这里的是些骄横无耻的人，你就是献上你的全部礼物也无法使他们满足。你要找的那个人已经不在这儿了，若是你还能在伊塔刻看到他活着，那他一定会用丰富的礼物来回报你的馈赠！但告诉我，你那不幸的朋友，我的儿子，自拜访你到现在有多久了？你是谁？你从哪儿来？你的船停在哪儿？你的伙伴在哪儿？或者你是一个旅行者，租别人的船在我们海岸登陆的？”

“尊敬的老人，我不向你做任何保留，”俄底修斯回答说，“我叫厄珀里托斯，是阿吕巴斯的阿斐达斯的儿子。一股风暴把我从西卡尼亚吹到你们的海滨，我的船就下锚在城市不远的地方。自你的儿子俄底修斯离开我的家乡，已有五年之久了。他走时心情快乐，幸运的鸟在陪伴他。我想，我们作为朋友还能经常见面并互赠珍贵的礼物。”

老人两眼一片漆黑，用双手捧起一把黑土，撒到自己雪白的头上，大声恸哭起来。现在俄底修斯心肝欲裂，冲向他的父亲，拥抱亲吻，喊道：“我就是他呀，父亲，我就是你问的那个人啊！二十年了，我现在回到了故乡！擦干你的泪水，忘记掉痛苦，因为我已在我们的宫殿杀死所有的求婚人了！”

拉厄耳忒斯惊奇地望着他，终于大声地喊出：“如果你真的是俄底修斯，如果你真的是我回家的儿子，那就给我一个确实的证据，让我能够相信。”“亲爱的父亲，看这儿的这个疤痕，”俄底修斯回答说，“这是野猪咬的伤疤。我要指给你看的第二个证据是那些你从前赠给我的果树。那时我还是一个孩子，陪你到花园里去，我们在一排排树中散步，你指给我看各种不同的果树，并告诉我它们的名字。你送给我十三棵梨树、七棵苹果树、四十棵无花果幼树和五十棵葡萄树。”

老人不再怀疑了。他大声地喊道：“宙斯和众神呵，你们永生，否则求婚人不会受到惩罚！但现在，我的儿子，因为你，一种新的恐惧令我不安啊。伊塔刻和附近岛屿上的一些高贵家族，由于你都失去了他们的儿子，这座城市和周围地区都会起来反对你。”“亲爱的父亲，不必害怕，”俄底修斯说道，“你现在不必为此担心。跟我回你的房屋里去，你的孙子忒勒玛科斯、牧猪人和牧牛人在等你，饭菜都已准备好了。”

他们两人一道回到屋里，看到忒勒玛科斯和两个牧人正在忙于切肉斟酒。拉厄耳忒斯在饭前沐浴和涂抹香膏，随后他多年来第一次穿上了华服。就在他穿衣服的当儿，女神雅典娜隐身接近他，使老人变得神采奕奕，仪表堂堂。当他再次出现在他们面前时，俄底修斯惊奇地望着他说道：“父亲，肯定有一个神祇使你变得如此高大威严！”“是的，众神做证，”拉厄耳忒斯说，“若是我昨天在大厅里与你留在一起并肩战斗的话，肯定有一些求婚人会倒在我的膝下！”

城中叛乱

伊塔刻城中流言传布开来，求婚人所遭到的可怕厄运四处流传。现在死者的亲属从四面八方拥向俄底修斯的宫殿，他们在庭院的一处偏僻角落里发现了堆放的大批尸体。他们大声地恸哭，还混杂有威胁的喊叫，将死者搬了出去，在市集广场进行安葬。安提诺俄斯的父亲欧珀忒斯从他们中间站了出来，他是一个孔武有力、深孚众望的人，儿子的死令他心痛如焚。他含着眼泪对大家说："朋友们，想想这天大的不幸吧，这是我现在控告的那个男人给伊塔刻和邻近城市带来的！二十年前他把我们那么多勇敢的人拐骗到他的船上。他丢失了他的船，丧失了他的伙伴，最后却独自一人返回，杀死了我们这么多高贵的年轻人。来呀，趁这个罪犯还没有逃到皮罗斯忒厄利斯之前，赶上他，抓住他，否则我们会蒙羞受辱，愧对我们的后代子孙！若是我们——他们的先人不对谋杀我们的儿子和兄弟的凶手进行惩罚的话，我们何以为人？"

会聚起来的人群听到他的话都激动起来。就在这当儿，歌手斐弥俄斯和使者墨冬从王宫走了出来，踏入市集的人群之中。墨冬发言了，他说："伊塔刻人，听我说。俄底修斯所做的，我可以向你们发誓，没有神的旨意是无法做到的。我看到了神，她化身为门托耳，一直站在他的身边，时而赋予俄底修斯力量，时而在大厅里使求婚人陷入精神混乱。他们一个个横尸当场，这是神意啊。"

人们听到使者的话感到非常恐怖。这时，一个白发老人，玛斯托耳的儿子哈利忒耳塞斯站了出来，他是人群中唯一一个有远见卓识的人。他说："伊塔刻人，听我说，我要向你们说心里话。发生的这一切，罪过在于你们自己。你们为什么那样放任自己，不听我和门托耳的劝告。当你们的儿子每天都到王宫去挥霍那个不在的人的财产，并向他的妻子提出不光彩的要求，就好像他永远不会回来了时，你们为什么不去管教他们？现在在宫里发生的一切，都应归罪于你们。如果你们足够聪明的话，就不要去与这个人作对，他只是处置了他的敌人。若是你们一意孤行的话，灾难就将降临你们头上。"这番话立即在人群中激起了混乱和争论。一部分人愤怒和暴躁地站了起来，另一部分则认为这话有理。那些情绪激昂的人支持欧珀忒斯的建议。他们武装起来，会集在城前的平地上，欧珀忒斯成了这群人的首领，他们动身前去为求婚人复仇。

当雅典娜从奥林匹斯山上俯视，发现这支队伍时，她走到父亲宙斯的面前并说道："众神之主，告诉我你智慧的决定。你是要通过战争与不和去惩罚伊塔刻人，还是想使双方的争端和平解决呢？""女儿，你还要问什么呢？"宙斯回答说，"你不是按照我的意志做出了决定，并要俄底修斯最终作为一个复仇者返回他的故乡吗？这一点你已经实现了，那就继续按你的意愿去做吧。但如果你要知道我的想法的话，那就是这样：在俄底修斯惩罚了求婚人之后，就订立一个神圣的盟约，他永远是他们的国王。但我们得设法消除死去儿子和兄弟的那些人心中的仇恨，让所有人都充满了爱，像从前那样。团结和幸福应当永存。”

宙斯的决定使女神极为高兴。她离开奥林匹斯山，飘临到伊塔刻岛。

俄底修斯的胜利

在拉厄耳忒斯的庄园里欢宴已经结束，他们围着餐桌坐在那里。这时，俄底修斯沉思着对他的朋友们说道：“我觉得敌人在城里也不会闲着的，我们得有一个人去外边打探消息。”老管家多里俄斯的一个儿子立即出去侦察。他刚走出不远就看到一大群人朝这儿拥来。他惊恐地奔了回来，向聚在那里的朋友们喊道：“他们来了，俄底修斯，他们来了，就要到跟前了，你们赶快武装起来！”坐在桌旁的人立刻跳了起来，很快就拿起武器。俄底修斯、他的儿子、两个牧人，还有多里俄斯的六个儿子、多里俄斯和拉厄耳忒斯组成一支小队伍，由俄底修斯站在前面领着，冲出了大门。

他们刚一到空地上，化身为门托耳的威武高大的同盟者就与他们站到了一起，这是庄严神圣的女神雅典娜。俄底修斯一眼就认出她来了，心中充满了喜悦和希望。“忒勒玛科斯，”他对儿子说，“现在不要辜负父亲对你的期望。在最勇敢的男子汉的战斗中显示出力量，为你的家族争光，这个家族向来以勇气和胆略闻名于世。”“在与求婚人的战斗之后，你还怀疑我的勇猛善战吗，父亲？”忒勒玛科斯回答说，“你会看到，我不会辱没我们的家族！”这话使他的父亲和祖父十分高兴。“这是一个怎样的日子啊，众神，”拉厄耳忒斯喊了起来，“我的心在欢呼！父亲、儿子和孙子并肩战斗！”

这时，雅典娜靠近了老人，悄悄地对他说道：“阿耳喀西俄斯的儿子哟，我爱你胜过你的同伴，向宙斯和宙斯的女儿祈祷吧，然后投出你的长矛。”雅典娜说罢，就把力量注入老人的胸中。他向宙斯和雅典娜祈祷，随即掷出了他的长矛。他的长矛没有落空，击中敌方首领欧珀忒斯头盔上的面甲。长矛的力量让面甲无法阻挡，长矛直穿透敌人的面颊，安提诺俄斯的父亲欧珀忒斯栽倒在地一命呜呼。俄底修斯、忒勒玛科斯和他们的伙伴用剑和长枪愤怒地厮杀，若不是雅典娜的声音突然响起的话，他们会把所有敌人都消灭掉。雅典娜大声呼喊，要他们都停止战争：“住手，伊塔刻人，住手，停止这场不光彩的战争，珍惜你们的鲜血，分离开来！”

那些前来的敌人听到这雷鸣般的声音惊恐万分，武器都从他们手中滑落到地上。他们背转过身去，像受风暴驱赶一样，向城里逃去，只想能死里逃生。俄底修斯和他的人在听到女神的声音时却不惊慌，他们高高挥舞起长枪和宝剑，俄底修斯追在前面，发出可怕的叫喊声，像一头雄鹰冲向它的猎物。但跑在他们前面的是像一阵疾风的雅典娜，她仍然化身为门托耳。

可宙斯的命令应当执行，和平不应再受干扰。他的闪电击在女神面前的地上，雅典娜在亮光前为之一震。“拉厄耳忒斯的儿子，”她转过身对俄底修斯说道，“现在停止战斗，制止你好斗的心，否则全能的雷霆之神不会喜欢你的！”俄底修斯和他的人心甘情愿地听从了，于是雅典娜带领他们进入城市，来到伊塔刻市集广场，派出了使者召集市民大会。宙斯实现了他的诺言：从所有人的心中消除掉仇恨。化身为门托耳的雅典娜，使俄底修斯和城市及周围地区的首领缔结了一个永久的和平盟约，他们与全体民众一起，推举俄底修斯为他们的国王和保护者。欢呼的人群随同他返回宫殿，珀涅罗珀听到胜利与和平的呼声，头戴花冠、身着华服，与她的女仆一道走出宫殿，迎向俄底修斯。

这对重逢的夫妇幸福地生活了多年。很久之后，如预言家忒瑞西亚斯在冥府对他最后的命运所做的预言那样，耄耋之年的俄底修斯平静地辞世而去，得到善终。

（高中甫　译）

第四部

Volume IV

坦塔罗斯家族的最后一代

哦，雅典娜女神，

听到神意而不服从的人是可鄙的。

与强大的神祇对抗，是对神的不敬。

你所保护的人可以去他们想去的地方，

他们可以把神像放到新的神庙里。

我放下自己的长矛，

听从神的命令。

阿伽门农的归来

特洛伊已经陷落，向家乡行驶的希腊舰队有一半在风暴中被摧毁，剩下的船只重新集结起来在风平浪静后的海上向家乡驶去。由于赫拉的保护，阿伽门农的船在风暴中没有被损坏。当他刚要靠近拉科尼亚的玛墨勒亚岛陡峻的海岸时，突然吹来一阵狂风，把他的船队驱回到大海上。阿伽门农高举双手向上天恳求，请求神祇不要让他在经历了这许多的苦难后，在看到家园时，又遭横祸。阿伽门农不知道，这次的风暴是对他有益的，这是神祇对他发出的警告，要他宁可在远方的野蛮地方漂泊，并在漂泊中结束生命，也不要踏上他家乡迈锡尼的王宫。

阿伽门农的家族世袭罪孽，自他们的祖先坦塔罗斯以来，这种罪孽在恐怖和可憎的统治下更加严重。他的祖先坦塔罗斯为了设宴款待神祇，烹调了他的儿子珀罗普斯，献给神祇。但一个奇迹使他的儿子复生，可珀罗普斯后来谋杀了他的恩人——赫尔默斯的儿子。在珀罗普斯的儿子阿特柔斯和堤厄斯忒斯的身上，罪孽继续发生。阿特柔斯成为迈锡尼的国王，他的弟弟堤厄斯忒斯统治着阿耳戈斯南部。

阿特柔斯有一只金毛的牡羊，堤厄斯忒斯渴望拥有它，于是他引诱了哥哥的妻子，令她把金毛牡羊给了自己。当阿特柔斯得知弟弟所犯的双重罪行时，他马上实行报复。他如同祖父一样，偷偷地抓来堤厄斯忒斯的两个幼小的儿子并杀害了他们，而堤厄斯忒斯逃到另外一个国家，他的儿子埃癸斯托斯出生在那里。当埃癸斯托斯长大以后，他和父亲一起进行复仇，杀死阿特柔斯，堤厄斯忒斯篡取了他哥哥的王位。但是阿特柔斯的大儿子阿伽门农杀死了堤厄斯忒斯为父亲报仇。埃癸斯托斯被赦免了，他被神祇从这场灾祸中解救出来，统治着他父亲在阿耳戈斯南部的国土。

当阿伽门农到特洛伊作战时，他的妻子克吕泰涅斯特拉却在家中为她那被当成祭品杀死的女儿伊菲革涅亚，而陷入深深的痛苦中。这时，埃癸斯托斯认为向阿伽门农报仇的时候到了，他来到迈锡尼的王宫，要王后做他的妻子并和她在阿伽门农的王宫中共享他的王位。这时，阿伽门农和克吕泰涅斯特拉还有三个子女：与伊菲革涅亚年纪相仿的厄勒克特拉、克吕索特弥斯，还有俄瑞斯忒斯。

当特洛伊战争将要结束时，这对姘居的罪人对阿伽门农的归来做了准备。这些年，他们在王宫的城墙上安置了一个守望者，叫他一看到海岸边烽火台传来的国王到达的信号，就立即通知他们。这样，阿伽门农在还没有发现真相之前就会落入圈套之中。

终于，在一个夜晚，火把被点燃，守望者立即前来报告，在焦躁中，克吕泰涅斯特拉和埃癸斯托斯等待天明。太阳还没有升起，阿伽门农的使者就到达了王宫。王后假装十分欢喜的样子接见他，她害怕让使者了解到王宫的情形，所以在他结束报告之前打断了他，并说：“请不要说出全部故事，我要从我丈夫的口中直接听到这些。去，告诉他快些回来。”

阿伽门农的结局

阿伽门农在风暴中被吹离玛勒亚海岸后，风把他的船队吹到埃癸斯托斯统治的王国南部。他在那里抛锚，等待着顺风的来临。他派出的使者带回消息：埃癸斯托斯已经在迈锡尼逗留了相当长的时间，并以国王的名义统治迈锡尼。阿伽门农对这个消息感到很高兴，并没有发觉对他的不利。他感谢神祇，那古老的仇恨从他家中消失。由于他在特洛伊经过多年的流血战争，所以报仇雪恨的心情已消解，并且他相信，在经过了许多时间后，他妻子的心也应该平静了。他怀着愉悦的心情起锚，伴着一路顺风，和他的船队安全地停靠在家乡的海港。

他一到达港口就祭祀神祇，感谢他们使他平安归来，然后就带着军队随使者进城。在城外，迎接他的是埃癸斯托斯带领的全体人民，王后克吕泰涅斯特拉也来迎接他，她用一种夸张的尊敬说出一大篇赞美与祝福，并且给予她丈夫一切可能的荣誉。

阿伽门农拥抱妻儿之后，来到埃癸斯托斯面前，以兄弟般的爱和他握手，并感谢他对国家的精心治理。然后，阿伽门农解开自己的鞋带，光着脚踏着豪华的地毯走向王宫。

阿伽门农的随从中，有普里阿摩斯的女儿——预言家卡珊德拉，她是阿伽门农的战利品。克吕泰涅斯特拉一得知她的名字就吓坏了，并且决定马上进行自己可怕的行动，把年轻的女先知与她的丈夫一起杀掉。但她在女先知的面前小心地隐藏着心事，对卡珊德拉友好地说："来吧，不要烦恼！即使不可征服的赫拉克勒斯也曾经被奴役，他被迫低头做异国女主人的奴隶。命运将你如此安排，你应该为你来到这历代繁荣富有的家庭感到快乐，只有那些暴发户才会虐待仆人。"

卡珊德拉并不为此动容，因为她知道自己身上将要发生的事情。虽然她可以改变命运女神的决定，但她不愿从复仇女神手中救出她民族的敌人。

在王宫里，阿伽门农和他所有的随从都被安排的豪华宴会所欺骗。本来王后和她的情人决定在这次宴会上由埃癸斯托斯的仆人杀死阿伽门农，就像在牛棚中宰杀一头公牛一般，但是女先知的到来使他们决定尽快行动，并且不让任何人参与。长途跋涉的阿伽门农感到疲惫，满身尘土，需要可以让精神振作的沐浴。毫不知情的他走进浴室，放下手中的矛和武器，脱下所有的衣服走进浴池。克吕泰涅斯特拉和埃癸斯托斯立即从隐蔽处奔出，用密网套住他的身体，并用匕首将他刺死。这时，卡珊德拉正在王宫的一个昏暗的大厅中徘徊，并用一种奇特的语言说出所发生的事情，紧接着她也被杀死了。

当这一双重罪行结束后，克吕泰涅斯特拉叫来城里的长老，毫不胆怯地宣布："不要因为今天的状况责备我。我把我的丈夫困在网中，如同捉一条鱼一样，然后为我的女儿报了仇。他把我最爱的女儿当成祭品，用来平息飓风。难道应当让这样一个罪人活着吗？

难道应该让他统治我们忠诚的人民吗？由不曾犯杀子之罪而是为父报仇的埃癸斯托斯统治你们，难道不更公平吗？我与他理应成为夫妻，因为他使我保持勇气。”

城里的长老听到武器的叮当之声和威武的喊叫声，沉默无言。他们并不想反抗，宫殿外全是埃癸斯托斯的士兵。阿伽门农的战士已经分散在城里，并卸除了武器。埃癸斯托斯傲慢的士兵在迈锡尼的大街上穿行，谁要是反对他们主人的可怕暴行，谁就会被杀死。

这两个罪人并没忘记巩固他们的统治，他们将重要的官职和军权分配给亲信，但却忽略了对阿伽门农儿女们的防范。等他们想到阿伽门农的幼子俄瑞斯忒斯长大后会为父报仇，那时已太迟了。俄瑞斯忒斯的姐姐厄勒克特拉比谋杀犯要清醒，她的父亲一死，她就把她十二岁的弟弟秘密地交给一个奴仆。这个奴仆把他带到福喀斯的法诺威。在那里，国王斯特洛菲俄斯成为他的第二个父亲，把他和自己的儿子皮拉得斯一起抚养成人。

为阿伽门农复仇

厄勒克特拉在父亲被谋杀的王宫中过着悲惨的日子，她盼望着弟弟回来复仇，因此一直忍耐着。她的母亲对她十分仇恨。埃癸斯托斯身穿王服坐在阿伽门农的王位上，厄勒克特拉经常为避开他们两人的嘲笑和咒骂而躲到王宫中一个黑暗的房屋里。

厄勒克特拉的妹妹克吕索特弥斯并没有支持她悲伤的姐姐，对于她的悲伤并没有给予安慰。克吕索特弥斯不像她的姐姐那样有勇气，她服从母亲，反对姐姐。

一天，克吕泰涅斯特拉因为晚上做了一个噩梦而来到祭坛。这时，有一个外乡人走近她的女仆们，向她们打听埃癸斯托斯的王宫。她们介绍他去见王后，外乡人向王后跪下，说："啊，王后，是斯特洛菲俄斯派我来的。我来告诉你一个好消息：俄瑞斯忒斯死了。"

"这些话等于宣判我的死亡。"厄勒克特拉悲叹道，她瘫倒在王宫的台阶上。"你说什么，朋友？"克吕泰涅斯特拉急切地问道，她从祭坛前一下跳起来，"不要理睬那个愚蠢的女人！告诉我一切，告诉我呀！”

使者告诉她，俄瑞斯忒斯是如何为了寻求光荣，到德尔斐去参加神圣的赛会，并在参加战车的比赛中，从车上跌下被碾死。当克吕泰涅斯特拉和使者走进王宫时，厄勒克特拉感到无限悲哀。“我应该逃到哪里去呢？”她喊道，“现在我被所有人抛弃，只能去服侍杀死我父亲的凶手。不，我不能再与他们住在一起，宁愿离开宫殿。生命对于我来说只是痛苦，死亡才会使我欢喜！”

她渐渐变得沉默，呆滞地坐在那里。她在大理石的台阶上呆坐了有几个时辰。这时，她的妹妹欢呼跳跃着来到她面前。“俄瑞斯忒斯来了！”她喊道，“他活生生地在那里，就像你我一样！”厄勒克特拉抬起头，瞪着泪眼望着妹妹，最后说：“你疯了吗，或者你在拿我和你的悲哀开玩笑吗？”

“我是来告诉你我所发现的，”克吕索忒弥斯含着眼泪笑着回答她，“我去到父亲那长满青草的坟上，看见坟上有一些花环和有用牛奶刚刚祭祀过的痕迹。在纪念碑的边缘有一绺剪下的鬈发。因为我的感觉告诉我，那是我们的弟弟来了，从留下的痕迹可以看出来。”

厄勒克特拉依然坐着，她摇着头。“我为你难过，因为你过于轻信，”她继续说，“你不知道我所知道的。”然后她告诉姐姐福喀斯使者所讲的一切，可怜的克吕索忒弥斯很悲哀，最后和她的姐姐齐声哭了起来。哭过之后，厄勒克特拉又冷静下来，劝妹妹与她一起为父亲报仇，因为她的弟弟再不能做这件事。“你愿意听从我的劝告，这样你就可以证明对父亲和弟弟的忠诚，你将自由自在地生活。全世界都会为我们祈祷，我们将在宴会和会议上由于勇敢的行为而受到尊敬。所以，听我的劝告，为了父亲和弟弟，也为了从苦难中拯救我和你自己！”

克吕索忒弥斯认为姐姐的建议是愚笨的和不可能的。“你有男人的力量吗？你是个女人！”她说，“你所面对的不是一个强大的而且地位日益巩固的敌人么？我们确实在受苦受难，但是你瞧，我们还没有到无法忍受的地步，因此不要使我们毁灭！”

“你的话并不让我吃惊，”厄勒克特拉深深地叹息道，“那么，我只好一个人来干了。”当克吕索忒弥斯走时，她哭泣着坐在石阶上一动不动。后来有两个年轻男子，自称是从福喀斯来的使者，他们拿着一个骨灰瓮走过来。“神祇在上，外乡人，”厄勒克特拉哭道，“如果这个瓮中装的是俄瑞斯忒斯的骨灰，把它给我吧，使我与他一起哀悼家族的不幸！”她双手捧着这个小铜瓮，把它压在心口上，悲泣道：“啊，我最亲爱的人的骨灰！我是怀着多大的希望将你送走的！我宁愿去死，而不是那时将你送走！这样你最多就是作为牺牲品在同一天和父亲埋在一起，不会被放逐异地。我对你的所有寄托都白费了，所有的希望都随你死去！父亲已经死了，自从你死后我也虽生犹死。敌人们在欢庆，我们的母亲毫无顾忌地寻欢作乐，因为她不再害怕我们的复仇。啊，但愿我和你一起在这个瓮中！”

当她哭诉时，年轻人中的一个再也忍不住了。“这可能吗？”他喊道，“这个可怜的人是厄勒克特拉吗？是谁把你折磨成这样的？”厄勒克特拉诧异地看着他：“是因为我被迫服侍谋杀我父亲的人。这个装着骨灰的瓮使我所有的希望破灭。”

“丢掉这个瓮吧！”这个年轻人哽噎着喊道。当厄勒克特拉拒绝丢掉它而把它抱得更紧时，他又说：“丢掉这个空瓮，这是假的！”年轻的姑娘将它丢开，怀疑地问道：“那么他的坟墓在哪？”

“没有坟墓，”年轻人回答道，“活人是不需要坟墓的！”

“他还活着？”

“他活着！看，我就是俄瑞斯忒斯，你的弟弟。你认出我了吧，这是父亲在我的臂膀上留的印记。现在你相信我还活着？”

“哦，黑暗中的阳光呀！”厄勒克特拉喊道，并倒在弟弟的怀中。

这时，王宫里走出一个人，就是那个向王后报告假消息的使者。“该是报复的时刻了！”他说，“趁克吕泰涅斯特拉一人在王宫中，趁埃癸斯托斯还没有回来。如果我们稍有迟疑，就要与比我们人数更多的守卫者战斗。”俄瑞斯忒斯同意他的话，很快和他的朋友——与他共同历险的皮拉得斯闯进宫殿。厄勒克特拉在阿波罗的神坛前祈祷后，也跟在他们的后面一起进了宫殿。

几分钟后，埃癸斯托斯从外面回来，急切地想要向福喀斯的使者询问他在路上就听说的俄瑞斯忒斯死亡的好消息。他在王宫中第一个碰到的是厄勒克特拉，他带着嘲笑的语气向她询问外乡人。“他们在里面，被带去见你亲爱的女主人。”厄勒克特拉镇静地回答道。“他们真的报告了俄瑞斯忒斯的死讯吗？”埃癸斯托斯继续问。“不止这些，”厄勒克特拉回答，“他们把他的遗骨也带来了。”

“从你这里听到这些令人高兴的话，”他嘲笑着说，“你看，他们还把死者带来了。”

满心欢喜的埃癸斯托斯碰到了俄瑞斯忒斯和他的伙伴们，他们正抬着一具被遮盖着的尸体从王宫里到前面的大厅。“啊，令人欢喜的时刻，”国王叫起来，并注视着尸体，“快把尸布揭开。”

“国王，您自己来揭开尸布吧，”俄瑞斯忒斯说，“你最合适来做此事。”

国王揭开尸布，他惊叫着向后退了一步：尸布下面是血迹模糊的克吕泰涅斯特拉的尸体。

“天呐！”他喊道，“我落在一个什么样的陷阱中了！”

俄瑞斯忒斯却咆哮着回答他：“你不知道你是在和一个你认为

死去的人说话吗？你没看到，俄瑞斯忒斯作为父亲的复仇者站在你面前吗？”

“请让我解释。”埃癸斯托斯伏在地上请求道，但是厄勒克特拉劝弟弟不要听信他的话。国王被迫进入宫中，在他从前杀害阿伽门农的浴池中，被复仇者的剑杀死。

俄瑞斯忒斯和复仇女神

俄瑞斯忒斯为父复仇符合神祇的意愿，是阿波罗的一个神谕指示他去这样做的。但是他忠于父亲，却犯了弑母之罪，由此成为复仇女神追逐的猎物。复仇女神，希腊人也称之为欧墨尼得斯，意思是“慈悲女神”。她们是黑夜的女儿，同她们母亲一样狠毒。她们可怕的身躯比人类要高大，眼睛是血红的，头发是许多毒蛇，她们一手持火把，另一只手持蛇扭成的鞭子，她们追赶在弑母者的身后，使他深受痛苦和自责。

俄瑞斯忒斯杀死母亲后成了流亡者，被迫离开父亲的王宫和他的家乡迈锡尼，仓皇出逃。他忠诚的朋友皮拉得斯此间一直跟随着他，除了皮拉得斯，没有人在俄瑞斯忒斯身边保护他。但是阿波罗来援救他，因为是他指示俄瑞斯忒斯杀死母亲的。阿波罗在他身边时隐时现，防御跟随在后面的凶暴的复仇女神。每当阿波罗在俄瑞斯忒斯附近时，他的神志就会清醒。阿波罗指引俄瑞斯忒斯到雅典去。在那里雅典娜——阿波罗的姐姐会给他一个公正的评判。

他们来到雅典，俄瑞斯忒斯扑倒在女神像前，恳求道：“请仁慈地收留我，我由于不公正而被迫逃亡，在外乡人门口乞求，现已疲惫不堪。我经过许多城镇，逃亡到这里，我遵从你兄弟的神谕，等待你的裁判！”

但复仇女神紧跟在他身后，她们喊道：“我们紧跟着你，罪犯！就像猎犬追踪受伤的牝鹿，我们追踪着你滴血的脚印！你不会找到避难所，弑母者！我们将吸吮你身体的鲜血，然后把你苍白的躯体带到塔耳塔洛斯！即使是阿波罗或是雅典娜也永不能让你摆脱痛苦！来呀，姐妹们，让我们的歌声使他平静的灵魂重新陷入疯狂！”

当她们正要开始可怕的歌唱时，神庙中闪过一道神秘的光，神像的位置上出现了雅典娜本人，她用严肃而蔚蓝的眼睛凝视着下面的人，听着复仇女神的控告和来自俄瑞斯忒斯的辩解。然后女神定下了审判的日期，让俄瑞斯忒斯和复仇女神离开了神庙。

审判的日子到了，一个使者通知城中最诚实的公民来到俄瑞斯圣地——名叫阿瑞俄帕戈的小山。雅典娜已经等候在那里。被告和原告双方也带着他们的请求来到这里。雅典娜把用于判决的小石子分给每一位法官，每人都有一颗代表被告有罪的黑石子，一颗代表被告无罪的白石子。在事先划定的位置上摆放着投放石子的小罐子。在法官们准备表决之前，女神说：“城市的公民们，听听你们城市创建者的讲话。现在，你们由于一宗杀人案第一次被招来做审判，以后应在城中建立一个这样的法庭，我将城市中最公正诚实的人组成这个法庭。他们应该是值得尊敬的、严格的，全力保护全国的人民。所有的公民应当敬畏它的尊严，并且像保护你们城市的柱石那样保护它，在希腊还没有一个部落有这样的柱石呢。现在，记住你们的誓言，把判决的石子投到罐子中。”

法官们都默默地从座位上站起，一个接一个地来到罐子旁，把石子投入罐中。当所有表决结束后，由推举出的公民们经过宣誓，站出来数罐里面的石子。结果是两种石子的数目一样，决定权交给女神。雅典娜再次站起来说："我不是母亲所生，而是从我父亲宙斯的头里跳出来的，生来就是男子保护神。我不会赞成为取悦情人而杀死自己丈夫的女人。我的决定是俄瑞斯忒斯无罪。他没有杀死他的母亲，而是杀死了杀他父亲的女人。他无罪！"她离开宣判席，手拿一颗白色的石子，把它和其他白石子放在一起。

"这个男子，"然后她回到座位上庄严地说，"通过多数票，无罪！"

伊菲革涅亚在陶里斯岛

俄瑞斯忒斯和皮拉得斯离开了雅典，来到德尔斐求阿波罗的神谕。俄瑞斯忒斯询问神祇他接下来有什么决定。他得到的回复是："要结束你的困境，你就要到陶里斯半岛去，阿耳忒弥斯女神在那里有一座神庙。你要从那里把女神的神像带到雅典，因为女神希望在文明的地方受到希腊的供奉。"

在这次艰辛的旅途和危险的历程中，皮拉得斯没有离开他的朋友。陶里斯人是一个野蛮的民族，他们将海上的遇难者和所有的外乡人都献祭给阿耳忒弥斯女神。

俄瑞斯忒斯听从了神谕，来到这个野蛮之地，是因为下面这个原因：当阿伽门农听信预言家卡尔卡斯的劝告，祭献了自己的女儿伊菲革涅亚时，阿耳忒弥斯女神在希腊人眼前将伊菲革涅亚带走，穿越云海来到陶里斯，让她安身于自己的庙里。陶里斯的国王托阿斯发现了她，让她做神庙的女祭司，她的职责就是将死者祭献，而死者大多是她的同乡，将外乡人拖到神坛并杀死是另外的仆人的工作。

伊菲革涅亚在这不幸的地方度过了许多年，国王很欣赏她，人民也赞美她的美丽温和。一天，一个牧牛人匆忙地跑来，对她说：“我们在海中洗浴牛，在靠近渔夫们常去的洞穴时，我们中的一个人发现了两个年轻人，他看到他们那么秀美，以为是神祇，正要向他们下跪。但另一个站在他旁边的人不这样笨，而是笑着说：‘你看不出来吗？他们是遭遇海难的人，是躲在这里的。’他的话让我们清醒过来，我们把这两个外乡人活捉了。托阿斯命令我们将他们交给你做献祭。”

牧人说完，等着女祭司的命令。她让他把外乡人带来。这两个人被铐着带来，女祭司说：“松开外乡人的绑，现在到神庙里去，做好一切必要的准备。”

然后她走近两个俘虏说：“你们的父亲和母亲是谁？你们从哪里来？在到这里之前你们是不是走了很长的路？你们还要走一段更长的路去到冥府。”

俄瑞斯忒斯回答说：“无论你是谁，不要这样同情我们。一个拿着刽子手的斧头的人安慰他的牺牲品是不恰当的。听从命运的摆布吧。”

但是伊菲革涅亚继续询问，当她知道皮拉得斯的名字后，问道：“你们是兄弟吗？”

俄瑞斯忒斯说：“我们是异姓的兄弟，不是同胞的兄弟。”

“那你叫什么？”

“叫我不幸的人吧。”俄瑞斯忒斯回答，“最好我无名无姓地死去。”女祭司对他们的藐视态度感到很恼怒，因此强迫他说出他的故乡。当他讲出阿耳戈斯和迈锡尼时，她全身战栗，激动地喊道：“告诉我关于特洛伊的消息。特洛伊城被毁灭了，是真的吗？海伦是否回到她丈夫那里？”

“没错，正如你所问的。”

“阿伽门农怎样了，全军的统帅，阿特柔斯的儿子？”

“他死了。”俄瑞斯忒斯颤抖地说。当女祭司再继续逼问他时，他只用简单的词语回答：阿伽门农的儿子如何为父亲报仇而痛苦地活着，到处流亡；阿伽门农的大女儿如何失踪；厄勒克特拉和克吕索特弥斯还活着。

这时，伊菲革涅亚又抓住他，低声说：“听我说，你们能否帮助我，做一件对你我都有利的事。如果你肯替我送一封信到你我的家乡，我会救你的，年轻人。”

“我不会丢下我的兄弟，”俄瑞斯忒斯回答，“我是一个不幸的人，但他从没有离开我，我怎么能让他去死呢？”

“我不能放走你们两个，”伊菲革涅亚说，“国王的容忍是有限的。你死或者丢下皮拉得斯离开，随便你们之中哪个肯替我送信。你们商量吧，我要去写信了。”

现在两个年轻人单独在一起，皮拉得斯再也忍不住了。“不，”他喊道，“你要是死了，我也不活了。我要同你一起死，就如我跟你航行在大海一样。”俄瑞斯忒斯不想听他的决定，他们继续争执。当伊菲革涅亚回来时，她把信交给皮拉得斯。“告诉俄瑞斯忒斯，阿伽门农的儿子，”她说，“伊菲革涅亚在奥利斯的祭献中被救走，她还活着，让你……”

“我听到了什么？”俄瑞斯忒斯插言道，“她在哪儿？我死去的姐姐又回来了吗？”

“她就站在这儿，”女祭司说，“请别打断我！亲爱的弟弟俄瑞斯忒斯！在我死之前，把我从这个遥远而野蛮的地方带走！从屠杀外乡人的圣坛前解救出去。”

两个朋友吃惊得长时间说不出话来，最后皮拉得斯把信从她手里拿走交到朋友的手中说：“拿着，俄瑞斯忒斯，我把你姐姐伊菲革涅亚写给你的信交给你。”俄瑞斯忒斯把它扔到地上，拥抱着重新找到的姐姐，而姐姐却高兴得不敢相信。但俄瑞斯忒斯很快镇静下来，他愁容满面。“现在我们是快乐的，”他说，“但是快乐能持续多久呢？我们不是马上就要面对死神吗？”

伊菲革涅亚也很焦急。“我有什么办法呢？”她说，“怎样才能从野蛮人手中救出你们，使你和你的朋友免于充当祭祀品呢？快点告诉我，我们不幸的家庭还发生了什么可怕的事情？”

俄瑞斯忒斯匆忙告诉她发生的事情，同时，伊菲革涅亚想出一个救出她弟弟的好办法。“我告诉国王，你来自阿耳戈斯，是一个弑母者，因此你是不洁的，所以不能作为献祭女神的祭品。首先要在海水中把你身上的血污洗净，因为你在神庙中用不净的手摸了女神像，所以我要亲自捧着神像，在你们的陪同下——皮拉得斯，我也要将你指为同谋者——到你们藏船的海边。其余的一切就交给你们了。”

他们在神庙的前院商议此事，仆人和看守者站得远远的。现在，她把看守者领进神庙里，又把两个犯人交给他们看守。时间不长，托阿斯国王和一大堆随从出现了，他不清楚，为什么这么久，外乡人的身体还没有被作为祭品焚烧。

当他来到神庙前时，伊菲革涅亚走出大门，手中捧着女神像。“发生了可怕的事情！”她带着激动的表情，按她所计划的向国王述说。为了让国王相信，她要求把外乡人绑起来。她要求国王派一个使者到城里，命令所有的人都留在房子里，这样才不至于受到罪人的亵渎。在她不在庙里的时候，国王要留在庙中，使庙里到处焚起净罪的熏香。“如果我在海边待得太久，请不要着急。要记住，我们要从罪人的身上洗去一种滔天大罪。”

国王同意这一切，很快，伊菲革涅亚和两个囚犯就在神庙附近消失了，几个小时过去了，一个使者从海港匆匆赶来。“背信弃义的女人啊！”他一边咒骂，一边敲打着紧闭的庙门，“打开门闩，里面的人，去告诉国王，有一个带给他不好消息的人在大门口。”

门被打开，托阿斯自己走出门来。

“请听我报告啊，国王，”仆人开始讲，“女祭司，那个希腊女人，和外乡人带着我们保护神的神像一起逃跑了！她那所有的净罪的话都是谎言！当我们到达海边时，她叫我们站住，让我们要远离净罪仪式。她解开了外乡人的绑绳，让他们走在她的前面，念诵着神咒，并以奇特的语言做祈祷。我们躺在沙滩上等候。后来，我们什么也听不见了，就想到那两个被松绑的人可能会杀死毫无防备的女人逃跑。于是，我们跳起来，绕过岩石，发现女祭司和两个犯人一起逃跑了。我们看到一艘希腊船和五十个水手，两个外乡人和伊菲革涅亚抱着神像站在船尾。幸运的是，刮来一阵大风将船推向岸边，水手们尽管努力却没有用。”

国王不耐烦地听完他的长篇报告，就下令骑马出发，去捉住这艘船上的逃跑者。他驱驰在大队人马的最前面向海边冲去，这时天空中出现一种异象阻止了他们。在光彩异常的云雾中的是雅典娜的巨大身躯，她喊道：“国王托阿斯，你去哪里？听一个女神的话，让你的人民安静！让我的被保护者平安离开！”

托阿斯是一个对女神非常虔诚的国王，他在女神面前俯倒，并说道：“哦，雅典娜女神，听到神意而不服从的人是可鄙的。与强大的神祇对抗，是对神的不敬。你所保护的人可以去他们想去的地方，他们可以把神像放到新的神庙里。我放下自己的长矛，听从神的命令。”

于是他带领他的人民回到城里，而船一帆风顺。

所有发生的事情都如雅典娜所预言的，陶里斯的阿耳忒弥斯像移到雅典的新神庙，伊菲革涅亚仍为它的女祭司。俄瑞斯忒斯继承父亲的王位，在迈锡尼成为一个幸福的国王。他娶了墨涅拉俄斯和海伦唯一的女儿赫耳弥俄涅为妻。他赢得了斯巴达，统治着一个比他父亲所统治的更广大的王国。他的姐姐厄勒克特拉嫁给了皮拉得斯，和他共享福喀斯的王位。克吕索忒弥斯没有结婚就死了，俄瑞斯忒斯活到九十岁，灾祸又一次降临：一条蛇咬伤了他的脚踵，他中毒而亡。

（高翚　译）

第五部
Volume V
埃涅阿斯

伟大的特洛伊民众的守护神，
请赐予我们自己的家园，
赐予我们一座能生存的城市，
让您忠实的被守护人的后裔不至灭绝，
请帮助我们建立第二座特洛伊城！

埃涅阿斯离开了特洛伊海岸，逃亡者离开了特洛伊城

特洛伊的英雄埃涅阿斯背着父亲安基塞斯，手里拽着儿子阿斯卡尼乌斯，在母亲爱神阿佛洛狄忒的佑护下，从被占领军焚烧的特洛伊城逃了出来，到了临海的伊得山的脚下，那里有一个名叫安唐都斯的港口小镇。此时，埃涅阿斯身边已经聚集了众多的朋友和其他流亡的特洛伊人，男男女女，老老少少，这是一群不幸的人，一群失去了家乡的人，一群愿意跟随埃涅阿斯去寻找一个新的家园的人。

尽管还不知道命运将把他们带往何方，但他们借助从火堆里抢出的东西，建造一支船队，在春天来临时已经完工，船帆已经撑起。人群中年纪最大的安基塞斯，这位满头白发的英雄挥手发出了启航的命令，他第一个向生他养他的故土诀别。当船队离开了家乡的海岸，陆上的景物在人们的视线中消失的时候，整个船队爆发出伤心欲绝的痛哭声和无休无止的哀号声。

经过多天的航行，船队终于抵达了色雷斯海岸，那里很久以前曾是由野蛮的、蔑视狄俄尼索斯的吕库尔戈斯国王统治。现在这里

的居民信奉与特洛伊人相同的神祇，当特洛伊还存在的时候，他们与特洛伊人结为友好联盟，但是他们之间的友谊最后以最惨绝人寰的方式结束了。当特洛伊开始走向失败，忒拉蒙之子埃阿斯带着希腊的远征船队准备从海上对与普里阿摩斯结盟的色雷斯人开战的时候，不忠不义的色雷斯国王波吕墨斯托耳把寄养在他这里的特洛伊国王的小儿子波吕多洛斯交到了希腊人的手中，波吕墨斯托耳国王以这种方式换取了与希腊人的和平。但是，被出卖的特洛伊国王的小儿子被希腊人拉到特洛伊城墙之下，当着他父亲的面，用乱石砸死了。

埃涅阿斯此时并不知道他的船队抛锚在什么地方，他满怀无限的喜悦，和朋友登上了陆地。还没有等到当地人来阻止他们的时候，他们就在那里安顿下来，并且开始建造自己新的城市，并希望能在这里让他们疲惫的身心得以恢复。埃涅阿斯作为这群外来人的领头人，就以自己的名字命名了这座城市——埃诺斯城。

城市的建造进行得很顺利，这位虔诚的英雄向诸神祈求对新城的保佑，所以他在海边向众神之父宙斯和自己的母亲、爱神阿佛洛狄忒祭祀了一头全身完美无斑的公牛。附近有一座平缓的小丘，那里到处长满了茱萸和香桃木，埃涅阿斯看见了，想折些新鲜的树叶和枝条来装点新设的祭坛，但是当他折下这些树枝的时候，出现了令人毛骨悚然的怪象：只要他一折断树枝，黑色的血就从树枝中涌出来，流到绿色的草地上。英雄自己的血也在血管里凝结住了，埃涅阿斯充满恐惧地匍匐在地，乞求森林女神和狄俄涅索斯——色雷斯人的保护神不要用这种恐怖的方式警告他。过了一会儿，埃涅阿斯又重新振作起来，准备折棵小树。当他双膝着地，使出浑身力气想把小树连根拔起时，一声幽幽的长叹从地下传出，接着，他听见了一个虚无缥缈的声音：“为什么你要来折磨我，可怜的埃涅阿斯？

我的灵魂就在这片土地里，就在这里的树根里，还在森林的树枝里，这里曾经是我孩提时代无忧无虑玩耍过的地方。我是波吕多洛斯，特洛伊国王普里阿摩斯的儿子，也是你的亲戚。我的养父把我出卖给了希腊人，在特洛伊城下，当着你的面，我被人砸死了，同情我的色雷斯人把我的骸骨收集起来，埋在了这里。不要来打扰我最后的安息之地！你最好自己离开这里，这里对你和所有幸存的特洛伊人都是危险的，因为叛徒的家族还统治着这个国家！”

埃涅阿斯从惊吓中清醒过来，随后，他迅速回到驻地，把所闻所见首先告诉了父亲和其他逃亡者的首领。大家一致同意，马上离开这个被玷污的国家，放弃建城。在祭奠了不幸的波吕多洛斯之后，特洛伊人的船队离开了海岸，很快顺着海风把船队重新驶进辽阔的大海。

风平浪静，不久他们到了一座小岛，它位于众多的岛屿之间，在潮水中傲然而立，小岛的名字叫提洛岛，意思为漂浮的岛屿，太阳神阿波罗就出生在这里。当阿波罗看到自己出生的小岛环着其他岛屿和海岸游移不定时，同情地把它带走，放到了基克拉泽斯群岛的中心地带，并把岛的基部牢固地扎入海底，让小岛能抗得住风浪，让幸运的居民休养生息。岛上的居民非常感谢阿波罗，并把他奉为保护神。这里的人热情好客，心地善良。埃涅阿斯率领着船队驶进岛上一个安全的港口，它接纳了这些疲惫的航海者。

他们走上陆地，带着深深的敬意走进城里，国王阿尼乌斯，也是太阳神殿的祭司——他的长袍上系着神圣的带子，手里拿着月桂枝，走出来迎接他们，他认出了来客是年迈的安基塞斯。在热情的问候之后，埃涅阿斯和他的随行人员被请入了神殿，所有的人都在神殿里向该岛的保护神祈祷。埃涅阿斯怀着深深的敬意跪在阿波罗神像前，举起双手祈祷：“伟大的特洛伊民众的守护神，请赐予我们自己的家园，赐予我们一座能生存的城市，让您忠实的被守护人的后裔不会灭绝，请帮助我们建立第二座特洛伊城！请降神旨！谁应该是我们的领袖？您要我们去往何方？请给我们个神迹，伟大的神，请明示我们吧！”

埃涅阿斯的声音还没有落地，神庙就开始颤动，四周种植的月桂树丛也纷纷作响，整座山明显地晃动起来，大地为之颤动。从宽敞的大厅里用于预言的三角铁架那里发出的声音，传遍了这个殿堂：“你们应该回到某个地方的腹地，你们的祖先原就是从那里诞生的，寻找你们先祖的发源地，从那里开始，埃涅阿斯一家和他的子孙们将统治地球上所有国家！”

当神的声音响起的时候，所有的人都虔诚地匍匐在地，听到神谕结束时，他们都从地上跳起来，大声欢呼，喜悦的心情溢于言表。他们相互间不断地询问，阿波罗神谕指的是什么地方，他们新的家园应该在哪里。

这时，熟识本民族历史的老英雄安基塞斯庄严肃穆地站了起来，说：“让我来表达你们的希望，在大海的群岛中央，有一座岛，众神之父宙斯也来自那里，我敢肯定一定是那座岛屿，它叫克里特岛。它同时也是我们民族的摇篮，那里有一条山脉，就像特洛伊的主要山脉，群山连绵不断，草木葱茏，这就是伊达山脉。它富庶丰腴，岛上散落着上百个城市。我们的祖先特透克洛斯就是从那里来到了特洛伊地区，我们敬畏的诸神都来自那里。阿波罗的神谕现在也是把我们引向那里，我们要遵循他的旨意！路途并不遥远，如果宙斯让我们一帆风顺的话，我们在三天之后就可以抵达克里特岛了。”

意大利被许诺给流亡者

这个解释使所有流亡者都非常高兴。上船之前，他们给海神波塞冬和阿波罗各自宰杀了一头公牛作为祭品。阿波罗的神谕抚慰了他们受伤的心灵，带给他们巨大的希望，他们还祭祀了几头绵羊给威力无比的风神，一头黑羊献给了飓风之神，一头白羊献给了西风之神仄费洛斯。然后，他们离开了提洛岛，船顺着海风快速地航行。不久，就到了基克拉泽斯群岛海域，海水聚集在岛屿的四周，岛上到处都是雪白的大理石峭壁，仿佛凭空从海里长出来的一样，在晴朗无云的天空下，埃涅阿斯的船队载着满船的欢声笑语，扬帆前进。

正如安基塞斯事先预言的那样，第三天的早晨，特洛伊的船队顺利抵达了生机盎然的克里特岛的海滩。当流亡者登上陆地时，克里特人很热情地接纳了他们。这时的埃涅阿斯已经急不可待地为将来的城市埋下了第一块城墙基石。船被拖上岸，房屋和城墙在特洛伊人勤劳的双手下飞快地矗立起来，他们开始建造房屋。埃涅阿斯根据特洛伊的佩尔伽墨斯古堡，把这个城市命名为佩尔伽墨斯——

他的城市在一个山丘上确实有一座古堡。这些新居民带着一些家居用物开始搬进新屋，年轻人结婚了，农田被分配种植，首领们聚集在一起商量各种法律。但是，谁也没有料到，灾难又重新降临：一个炎热似火的夏天使土地龟裂，种子枯死，牧草全部腐烂，果树上只有无果的残花败叶，更悲惨的是，死亡像风一样席卷人群，只要谁碰了死者，马上也会病倒。最后，大家不得不聚集在一起商讨对付灾难的办法，安基塞斯忧虑地站了出来，他建议这群伙伴重新上船，回到提洛岛，去乞求阿波罗神庙里新的神谕，让阿波罗明示此次的旅行到底有多远，应该往哪里去，他们的目的地到底在哪里。所有人都同意安基塞斯的看法并决定，把所有可以带走的东西装上船，然后马上起锚航行，离开了这座几乎完工的城市。

当所有准备就绪之后，在不吉利的克里特岛度过的最后一个夜晚降临了。埃涅阿斯疲惫至极，忧心忡忡地在床上辗转反侧无法入睡。当一轮满月从云层里露出来的时候，月光照亮了埃涅阿斯的卧室，他面前出现了一个幻象：所有把他从毁灭城市的大火中拯救出来的特洛伊保护神都来到自己面前。他们在言语，用一种他从来没有听过的声音告诉他很多安慰的话：“阿波罗让我们到你这里来，相信我们，从特洛伊大火之后，我们就一直跟随着你和你的船队，我们陪伴着你穿过了风急浪高的大海，我们将为你的族类找到一片自己的家园，给你的子孙以荣誉，他们的城市将统治世界。你被选中来为你的子孙进行这次迁徙，所以你必须承受长途流亡路上所有的艰辛困苦。你必须主动放弃现在驻扎的这个地方，提洛岛上的神谕指的不是这片海滩，你也不应该在克里特岛建立新的居住地。不，不在这里，神谕指的地方离这里很远，希腊人把它称为赫斯佩利恩，它的历史非常悠久，居民骁勇，土地肥沃，国家富强。那里第一批居民是欧诺特利人，现在他们的后代以他们的国王意大罗斯的名字命名，把这里叫作意大利，把他的人民称为意大利人，从很早一直到现在都是如此。你们的祖先也曾经属于那里，你的祖辈达尔达诺斯和伊阿西翁，你们家族最古老的创始人就是来自那里。快起来把这善意而不容怀疑的话告知你年迈的父亲：他应该到意大利去，宙斯不想让你们留在克里特岛。”

当众神站在埃涅阿斯面前说话的时候，埃涅阿斯惊恐得额头上的冷汗直流。当众神消失之后，他们神奇的话语使他感到无比欣慰。他站起来，双手向上平举，在自己的祭坛上向神秘的保护神祭了一杯酒。他满怀信心飞快地跑到父亲那里，把夜间发生的一切详详细细地全部告诉了父亲。安基塞斯这时才明白，为什么他以前是错的，现在他知道特洛伊人家族的两个起源，既是达尔达诺斯的起源，也是佩尔伽墨斯的起源。“亲爱的儿子，”他说，“现在我还记起一件事情，当时有个预言家卡珊德拉对我确切地讲出了我们未来的命运，她知道我们后代将生活在一个叫赫斯佩利恩或是叫意大利的地方。但是，她预言的时候，特洛伊还非常强盛，当时没人会相信我们这些强壮的男子会离开自己的故土，迁移到远方的意大利去！是的，当时谁也没有注意到卡珊德拉讲的这些，人们把她当成一个傻女人，没有人把她当作预言家。我们现在必须要听从阿波罗的话，按照他的旨意去做！”

所有的民众已经集结起准备向提洛岛出发。当他们听到新的神谕时，所有人都从心底发出了欢呼声，除了少数生病和舍不得刚建好的新城的人留在这里继续生活，其他所有人都准备出发。而留下的人们后来也等来了美好时光，生息繁衍，甚至到后来，克里特岛上的特洛伊人城市佩尔伽墨斯还是一片繁荣。

其他人又撑起了风帆，不久就又驶进浩瀚无际的大海。

风暴和错误航行，哈耳庇厄

看不见陆地，四周只有天空和海水，船队的上空布满了层层的乌云。黑暗和风暴同时降临，墨黑的海水也开始咆哮起来，翻江倒海的飓风，掀起了山一样高的海浪，船队被海浪冲散了，船七零八落地随着翻滚的海水四处漂荡。漆黑的云层遮挡了白天的日光，把所有的一切都笼罩进黑暗的雨夜里，只有一阵阵的闪电划过天空，带来片刻的光亮。这场可怕的风暴持续了三天三夜，在这期间，即使是最有经验的舵手帕利努儒斯也不知道船的方位，不知道船被带到了哪里。第四天，风暴终于小了一点，远处的海平线上出现了一片群山，这群惊慌失措的人又重新鼓起了勇气。当他们靠近时，就降下风帆，奋力向岸边划去，穿过还一直咆哮的大海。

这群迷失航向的人们抵达的是斯特罗法德斯岛，它位于一望无际的爱奥尼亚海之中，与伯罗奔尼撒遥遥相对。这是一个不友好的地方，这里的居民哈耳庇厄是些名为美人鸟的怪物，非常可怕。当饕餮怪物国王菲纽斯被从这里赶走之后，它们就在这片海岸地区落户了。更加可怕的是，这种怪兽永远饥饿如狼，阴森森地盯着一切，它有锋利的双爪，能抢夺所有它想捕获的食物，它身上不断地流出恶心的分泌物，凡是它到过的所有地方都被弄得污秽不堪。

埃涅阿斯和他的伙伴对这片陌生土地上的居民一无所知，他们在港口下船，登上了陆地，对他们而言，脚下重新踏着坚实的土地是多么幸福。匆匆的第一眼，他们没有发现海边有什么诡秘的地方，只有没有牧人看管的牛群羊群安详地在草地上啃着青草。这群流亡者饿极了，没有犹豫多久，就杀死几头牛，在向宙斯和神灵祭祀完毕之后，在海边坐了下来用餐。他们还没有高兴一会儿，突然就听见从附近的山丘上传来好像是成千上万只鸟扇动翅膀的巨声。当怪风袭来的时候，一群美人鸟从天而降，抢夺了他们所有的食物，毁坏了他们精心搭建的祭坛，凡是它们碰过的东西都污秽难闻，美人鸟不断地发出刺耳的、充满仇恨的尖叫声，空气里到处是它们嘴里呼出的臭气。特洛伊人只好带上食物躲到悬崖下的一个偏僻角落的树荫下。他们在新设的祭坛上重新点着火，准备继续用餐。但是突然间怪鸟们不知从哪个地方，又如旋风一般侵袭过来，用双爪抓起食物，在所有能吃的东西上留下它们的污秽物。埃涅阿斯和他的伙伴们实在忍无可忍，他们采取了一个不寻常的招数，把所有的剑和盾牌藏到了草丛里，当那群可恶的怪鸟扇着翅膀又一次向海边袭来的时候，埃涅阿斯和他的人看见一个同伴发出的信号，猛地冲了出去，快速地拿起草丛里的剑向怪鸟刺去，想把这些怪物杀死，可惜无济于事。埃涅阿斯锋利的宝剑连怪鸟身上的羽毛都无法穿透，它们急速地飞走躲过了利剑，把它们吃剩下的食物抛在了地上。一只名叫克拉伊诺的怪鸟站在最高的悬崖上，说出了一连串的预言：“难道还不够吗？你们杀死了我们的牛羊，你们这群特洛伊陌生人，你们难道想把我们这些无辜的哈耳庇厄人从自己的家乡赶走？听着，听清楚下面的预言，阿波罗信任我，让我作为你们的复仇女神来告诉你们：向意大利进发，你们一定会抵达意大利的，那里的港口会接纳你们。为了惩罚你们今天对我们所犯下的罪行，我诅咒你们，你们将承受无尽的饥饿，最后会饿得吃掉你们自己的桌子。”说完这段话，克拉伊诺扇着翅膀飞回了森林。

特洛伊人听完这段话后，惊恐至极，血液仿佛都凝固了，他们不能确定跟他们说话的，到底是无足轻重的怪鸟，还是威力无边的神灵。最后，安基塞斯举起双手向众神祈祷，希望能避免灾难。然后，他建议所有的特洛伊人上船，迅速逃离斯特罗法德斯岛。

埃涅阿斯到达意大利海岸，西西里和库克洛普斯巨人海滩，安基塞斯之死

经历了多次迷航和惊险之后，远处终于出现了一片平缓的海滩。“意大利！”勇士阿卡特斯第一个看见远处的陆地，情不自禁地呼喊起来。“意大利！”他的伙伴跟着欢呼起来。年迈的安基塞斯给一个巨大的酒杯戴上花冠，斟满了葡萄酒，站在船舷上向神祈祷一路顺风安全抵达。就在他祈祷的当儿，海面上突然刮起了一股劲风，使海岸线越来越靠近他们的视线，岸边远处的山顶上还有一座美丽的庙宇。埃涅阿斯的船队平稳地向岸边驶去，最后停靠在港口的海湾里。汹涌的海水拍打着岸边的岩石，激起无数的浪花，岸边的悬崖峭壁像被刀削过一样矗立在海边。那座远处望得见的庙宇离海湾很远。特洛伊人在岸上看见的第一个预兆，就是在草地上吃草的四匹白马。

“马，代表着战争！”安基塞斯惊叫起来，“这个地方将给我们带来战争，它看上去也是这个样子，让我们向一直关注我们的雅典娜祈祷，赶快调转船头离开这里！”所有的人都听从了这位老者

的命令，调转船头又驶向茫茫的大海。他们向南行驶，越过一些海滩，驶过塔伦特海湾，绕过有赫拉庙宇的科罗通城。当特洛伊人望见西西里岛上的埃特纳火山时，他们就已从远处听见海浪撞击礁石发出的雷鸣般的巨响，看见海浪撞击礁石激起的千尺高的浪花，从海底的深处还涌出一条翻滚的暗流直冲向高空。“这是卡律布狄斯，”安基塞斯喊道，“可怕的岩石暗礁！赶快使劲划船，离开这片死亡之地！”在帕利努儒斯的带领下，所有的船只都赶紧向左行驶，绕开了这片危险之地。随后出现巨浪，一会儿把船抛向天空，一会儿把船扔向谷底。他们终于幸运地摆脱了眼前的危险，无意中却停在了库克洛普斯人居住的海岸。他们驶进那里的一个港口，看见附近的火山不断喷出火焰，听见火山发出的雷鸣声，乌云遮日，浓烟粉尘在空中翻滚，不久，在最深处熔化的岩浆喷发出来。被宙斯用闪电击败的巨人恩克拉多斯的躯体应该就是埋在这里的地下，威力无比的埃特纳火山压在他的身上，就像人们说的那样，熊熊火焰从他的喉咙里喷吐出来。恩克拉多斯在重压下越来越虚弱，当他翻动身躯时，整座岛屿便会强烈地震动起来，整个天空便被笼罩在他喷出的烟雾之中。

埃涅阿斯和他的伙伴在深夜登上这个岛屿，此时群山被森林遮蔽，天空一片乌云，见不着一丝月光和一点星光。整个晚上他们提心吊胆地听着四周恐怖的巨响，根本想象不出这些巨响的由来。当天际的启明星升起，迎来了初升朝霞的时候，这群可怜的流浪者看见了一个很奇怪的人。他突然从森林窜出来，全身上下破衣烂衫，一副悲惨可怜的样子，向他们伸出双手乞求地走了过来。他实在是肮脏至极，外衣破损的地方用荆棘勉强地扎在一起，乱蓬蓬的长胡须在风中颤动。但是，人们还是可以从他那褴褛的装束中认出他是个曾经和特洛伊人作过战的希腊人。当那人也认出了特洛伊人的装束时，突然吃了一惊。他迟疑不决，不知是否还要继续向前。最后，他还是决定继续向海岸飞奔，哭泣地向新来的人们乞求：“当着星星的面，当着众神的面，当着上天的面，我向你们特洛伊人请求，无论你们去哪里，请带上我吧！我承认，我是希腊军队里的一个士兵，曾经和你们作战，也曾经在毁灭你们的城市时出过力。如果你们不能宽恕我的话，请把我撕成碎片扔到大海的深处，死在人的手里，至少对我也是个安慰！”这个可怜的人跪倒在埃涅阿斯的面前，紧紧抱住他。埃涅阿斯让他向大伙禀明他是谁，他遇到了哪些不幸的事情。忠厚善良的安基塞斯亲手把这个人从地上扶了起来。

他开始叙述自己的经历：“我是伊塔刻人，是诡计多端的俄底修斯的手下，我叫阿凯墨尼得斯，因为我的父亲阿达马斯托斯很穷，所以我决定参加远征特洛伊人的军队，这就是我的厄运。尽管我幸运地摆脱了战争的危险，但是，俄底修斯和我的那些还没有被巨人波吕斐摩斯吃掉的伙伴，从巨人的岩洞里逃出来的时候，把我给忘记了，因为那时我正病得严重，躺在岩洞的一个隐蔽角落。我曾眼睁睁地看着那个怪物如何把我的朋友一个接一个地吃掉，我也曾与同伴一起刺瞎了独眼巨人的眼睛。后来，我奇迹般地从巨人的岩洞逃了出来，忍饥挨饿地过着痛苦日子，我时时刻刻都对那些不可战胜的巨人族害怕得要死。你们这些不走运的陌生人，如果你们不想成为巨人的盘中餐的话，那要马上登船离开这里，大山里还有上百个像波吕斐摩斯一样的巨人。三个月来，我在山林野地里生活，以树根野果为食，时时躲避着巨人，只要听到他们恐怖的吼声我就会全身战栗。当我看见你们的船队靠近海岸的时候，我就从我隐蔽的地方走出来，准备投靠你们的船队，希望你们能把我带走，不管你们是谁。”

当阿凯墨尼得斯讲完了自己的故事的时候，特洛伊人已经发现了高地上的波吕斐摩斯。那个擎天柱般的瞎眼巨人手里拿着一棵剥光枝叶的杉树作拐杖，带着一群羊向海边走来——那群羊是他不幸的一生里唯一的安慰。到了海边，他走到海里，海水还不及他的腰深。他弯下身子，眨着那只瞎眼，生气地把牙齿咬得吱吱直响，嘴里不时发出长长的哀叹声。看到这幅可怕的情景，特洛伊人赶紧逃离，他们把那个可怜的人带上船，尽管那个人曾经是他们的敌人，他们尽可能轻声地解开固定船只的缆绳。此时，那个瞎眼巨人还是听到水里好像有划桨的声音，便顺着声音快速走来。特洛伊人尽了最大的努力使船从巨人的双手里挣脱出来，巨人双手抓空，愤怒地吼叫起来。埃特纳的峻岩峭壁发出雷鸣般的回响，整个巨人族都被他的吼声惊起，纷纷向海岸跑了过来，他们巨大的头部耸起，就像天空下成排的橡树和柏树。巨人们无奈地怒视着远去的船队。在阿凯墨尼得斯的带领下，船队沿着俄底修斯曾经走过的航线，绕过了危险的斯库拉岛和卡律布狄斯岛。

这次航行使埃涅阿斯承受了一次巨大的痛苦，他年老的父亲安基塞斯经受了旅途中无数次的颠沛流离和重重危险，虚弱的身体再也承受不了沉重的负担。他一天比一天虚弱，意识越来越不清楚，最后连话也说不出来，没能踏上美好的意大利的土地就撒手人寰了。最后的一刻，他祝愿儿子今后一切顺利，他的灵魂静静地离开了躺在儿子怀抱里的躯体，而特洛伊的船队这时正向西西里的城市特旁农的港口靠近。特洛伊人为安基塞斯举行了一场隆重的葬礼，哀伤的埃涅阿斯并没有沉浸在悲痛中，而是依照众神的指示，在葬礼之后立即率众继续向心中的那片未来的建国之地出发。

埃涅阿斯被风浪吹到迦太基

船队刚离开西西里岛，顺利地在大海上航行。而这时特洛伊人的宿敌赫拉在奥林匹斯山上瞥见了这支船队，不禁自言自语：“什么？我难道就这样半途而废了？特洛伊人难道不应该彻底被毁灭，彻底被斩草除根吗？难道普里阿摩斯的女婿和孙辈真的要占领意大利吗？雅典娜可以摧毁归途中的希腊船队，让大海兴风作浪，以此报复小埃阿斯。而我，万神之女王，宙斯的妻子和姐姐，多年来打击特洛伊人的努力就这样付之东流了吗？”一想到这里，赫拉的心中就充满了怒火，她迅速地抵达风神埃俄罗斯的领地，风神在赫拉的命令和乞求下，让所有的风都吹向特洛伊船队航行的大海，四面八方的飓风像冲向战场的勇士一般，呼啸地掠过大地，直捣大海，掀起万丈巨浪。水手们发出阵阵的惊呼声。闪电一个接着一个，响雷从天边不断翻滚过来。这一瞬间埃涅阿斯甚至羡慕起那些幸运地为特洛伊而战死的人，妒忌他的朋友萨尔佩冬和赫克托耳，至少他们是死于狄俄墨得斯和伟大的阿喀琉斯之手，而他的叹息声完全淹没在飓风之中。北风把船帆撕裂，把船只抛向巨浪的顶峰，把船桨折断，海水淹过了甲板，船像具死尸般地侧翻在海面上。南风让三艘船翻在暗礁里，东风把另外三艘船搁在浅滩。海面上波涛汹涌，一阵巨浪袭来，把舵手甩出，他头朝下直挺挺地被抛进了大海。船在漩涡里转了三个圈，随即被吞了下去。只有伊利昂纽斯和阿查特的大船、阿巴斯和阿勒特斯的船战胜了风暴，但是，海水不断从船舷的缝隙涌了进来。

正在此时，海神波塞冬突然觉察到汹涌的大海，他感到惊讶，为什么这么多飓风被放出来了。他从翻滚的波浪里探出脑袋，向四周探望，看见埃涅阿斯的船队飘散在大海各处，他所喜欢的特洛伊人的船队被海浪吞吐，被雨水灌满。这时他终于明白，这是他的妹妹赫拉在捣鬼。他威严地把东风和西风喊到身边，教训它们："没有我的命令，你们怎么可以把大海和天空搅得乱七八糟？这次我对你们唯一的处罚就是，你们马上离开海面，回去告诉你们的主子，她不是三叉戟的主人，我才是大海真正的统治者，她管好她自己的山崖岩洞，把你们关到那封闭的牢狱里，直到需要的时候，再放你们出来！"

海神边说边抚平了风浪，挥走了乌云，天空重新放晴，阳光终于又出现了。他把夹在暗礁里的船挪了出来，用三叉戟当杠杆把搁浅的船撬了起来，让它们重新回到海面上。海神骑上了海马拉的战车，轻松地在海平面上滑行，在他所到之处，原本咆哮的大海奇迹般地马上恢复了平静，海水又像一面明亮的镜子一样，在阳光下闪闪发光。

筋疲力尽的航海者终于看见了远处的一片陆地，他们使出最后的力气向海边靠近，这里是非洲的海岸线。不一会儿，他们就抵达了安全的港口。港口的一侧是平缓的坡地和葱绿的树木，另一侧是陡峭的高地和茂密的森林，后面就是岩石山洞围成的海湾，里面有泉水和沼泽。埃涅阿斯把船队幸存下来的七艘船全部开到了那里，特洛伊人下船登上陆地，并且沿着海岸安顿下来。勇士阿卡特斯在岩洞里击打一块岩石，干燥的树叶开始燃烧起来，他把细树枝凑近了燃烧的树叶，又扇了几下，终于蹿出了火苗，紧接着燃起熊熊的篝火。随后，人们把船舱里被海水打湿的粮食搬到陆地上，还有烤面包的工具和磨谷物的大磨石。

这期间，埃涅阿斯和他忠实的战友阿卡特斯爬上了山崖，从高处眺望远方的大海，看看能否发现船队的其他船只。可惜没有一艘船出现在他们的视野里，他们只看见下面海边有三头鹿，它们跟随前面的鹿群，一直到了一个峡谷的深处。埃涅阿斯跟到这里，毫不迟疑地拉弓射箭，首先猎杀了那只长着高高鹿角的头鹿，紧接着又射杀了另外六头鹿，这样，每艘船就有一头鹿了。他把这些猎物带回来，分给朋友们。埃涅阿斯还让人把船舱里装满葡萄酒的酒罐拿到岸上，这是一位西西里海岸的朋友赠给他的。醇香的美酒抚平他满是忧虑的身心。“朋友们！”他说，“我们已经长时间经历了那么多不幸，远比今天在这儿要悲惨得多，为此我们相信，神也必将结束这种痛苦，唤起你们昔日的勇气，以后你们会很自豪地回忆起这段往事。请时刻不要忘记，我们最终和最好的目的地是意大利，那将是我们第二个繁荣昌盛的特洛伊城！”当埃涅阿斯说出这些豪言壮语的时候，忧伤却不知不觉地充满了整个心房，他只能强力地抑制心中的悲痛。他的同伴们并没有觉察这些，开始高兴地屠宰猎物，享受鲜肉美酒，谈论着相互间的畏惧和希望。

宙斯用罗马来安慰阿佛洛狄忒，阿佛洛狄忒出现在儿子面前

众神之父宙斯站在奥林匹斯山的山巅上，俯瞰着海洋、大地和民众，看见了非洲大陆上由狄多娜女王统治的迦太基。这时，埃涅阿斯的船队也正好在此靠岸。含着眼泪的阿佛洛狄忒走到陷入沉思的父亲身边，悲伤地说道："我的埃涅阿斯到底做错了什么事情，万能的人类之主宰和众神之王让他在经历了难以想象的一系列苦难之后，还要封闭他前往意大利之路？你不是亲口告诉过我，在那里从特洛伊人的血统中将重新产生一个伟大的罗马民族，他们将统治海洋和陆地？这使我对特洛伊城毁灭的悲伤得到了宽慰。现在，你不想实现当时对我的许诺了？"

女神的父亲面泛笑容，亲切地吻了女儿。他用目光驱散天空中的乌云，对女儿说："请放心，我的女儿，我许诺的一切都会兑现，意大利拉提乌姆的城墙将会建起，你的埃涅阿斯将在一场激烈的战争中取得胜利，征服那群桀骜不驯的民众，并带来法律和秩序。埃涅阿斯将统治拉提乌姆三年，他的儿子阿斯卡尼乌斯，后来称为尤卢斯，将把统治中心迁到阿尔巴·隆伽。普里阿摩斯的后人将稳坐

江山三百年，直到出生于国王家族的赫斯提娅的女祭司生下战神双胞胎兄弟。其中的一个叫罗慕卢斯，他吃母狼的奶水长大，将为他的父亲阿瑞斯建造一座新城。他是罗马民族的开山鼻祖，而我要把罗马人变成世界的统治者，他们的统治永无尽头，与天地共长久；就算是赫拉，尽管她现在正在折磨你的儿子，到那时她也会原谅他的孙辈，并保佑他们。这个最伟大的罗马人是尤卢斯的后人，他叫尤里乌斯，他的荣誉将与日月同辉，他将升入上界，为众神所接纳。当战争结束之后，他将用成百条铁链锁住冲突不和的大门，就是用带血的牙齿也无法把它咬开。”

宙斯马上派他的儿子信使赫尔墨斯到迦太基去，让特洛伊人能在那里受到热情的款待。这片土地原本属于腓尼基人的移民，赫拉特别用心地保护着这个国家，她的武器和战车都保存在那里。长久以来，女神赫拉希望在这里建立一个能统治世界的王国，现在这片利比亚国土由狄多娜统治，她是腓尼基人绪开俄斯的未亡人。

第二天一早，埃涅阿斯在朋友阿卡特斯陪同下，只带着两支标枪去探寻这个飓风把他们刮来的地方，在树林里他碰上了装扮成女猎人的母亲阿佛洛狄忒。她看上去像来自斯巴达的少女，肩上背着一把弓，长长的秀发在空中飘忽不定，薄薄的衣裙只到膝盖。“告诉我，年轻人，”她对两位英雄说，“你们有没有看见我的女伴？她们穿着猞猁裘皮的外衣，带着箭袋。”

“没有看见，”埃涅阿斯回答道，“但是，姑娘，你是谁？你的面容和声音都不是凡人所有的，你是仙女还是女神？不管你是谁，请告诉我们，这是哪里？狂风把我们吹到了这里，我们已经在海上迷路很久了。”

阿佛洛狄忒笑着回答道：“这里是推罗，在腓尼基王国阿革诺耳的城市附近。我们推罗女孩都是这样打扮的。我不是阿波罗的姐妹，你只是看到我带了箭袋。你所在的地方也是世界的一部分，这个地方叫利比亚，它属于非洲，这里的居民野蛮好战，狄多娜女王统治着我们，她也来自提洛，曾是那里富有的腓尼基人绪开俄斯的妻子，深受人民爱戴。但是，她的哥哥提洛国王皮格马里翁是一个没有人性的暴君，他恨自己的妹夫，只是因为妹妹爱绪开俄斯，皮格马里翁就在神的圣坛上把他谋杀了，他还觊觎着妹夫的黄金。被谋杀的绪开俄斯的冤魂出现在狄多娜的梦里，把所有的事实真相都告诉了她，他胸口有一道深深的剑伤，他大声叫醒自己的妻子，让她尽快带着埋藏的金银财宝逃离这个国家，并详细描述了藏宝的地点和方位。狄多娜完全照着亡夫吩咐的去做，把那些仇恨暴君的人聚集在她的身边，每艘船都装满了金子，就这样她到了非洲大陆，在这片土地上建立了高大的迦太基城和堡垒，你现在看到的就是迦太基城坚固的围墙。刚开始时，她只买了一小块被人称为比流撒或“公牛皮”的土地，但是，她想尽可能多地得到一张公牛皮所能覆盖的土地，所以，她把一张公牛皮剥成极薄的薄片，把比流撒即迦太基城所在的地方都覆盖上了。从那里开始，她又用金子买了四周其他的土地，她以卓越的统治才能把这里建成了一个强大的帝国，她自己就是这个帝国的女王。好了，现在你们知道自己在哪里了，男子汉们。但是，你们是谁？从哪里来？要到哪里去？”

现在，她的儿子埃涅阿斯开始讲述特洛伊城被毁之后，自己所有的不幸遭遇，但是不一会儿，阿佛洛狄忒就打断了他的抱怨：“我的父母教会我飞鸟一样的技艺，能看到很远地方发生的事情。现在，我告诉你，你船队里下落不明的船将被救起，你的朋友将重新回到你的身旁。在宙斯派出的十二只飞鸟的好心带领下，船队中现在已经有一部分抵达了港口，而其他的船只也正鼓起风帆向这里驶来。”这位少女说着就转过身去，她的背部发出耀眼的光芒，她的全身散发出迷人的芳香，她的衣裙发出闪闪的亮光，整个身躯慢慢离去，一切都表明她是一位女神。这时，埃涅阿斯认出了他的母亲，喊着让她回来。但是她撒下迷雾，把那两个人留在了雾里。她升向空中飞回自己最喜欢的帕福斯。

埃涅阿斯在迦太基

埃涅阿斯二人在浓雾里快速步行，不久就登上了高高的山阜，俯视城市和屹立的城堡。埃涅阿斯惊叹眼前雄伟的王宫——从前那里是些破败的农舍——和高大的石头城门，铺着地砖的街道，熙熙攘攘的人群。城市看上去还没有完全建成，推罗人在努力地工作：有人在砌城墙；有人在做城堡的收尾工作，把正方形石块砌上高处；另一些人在地上开出浅沟，以便确定未来房屋的方位。大多数的市民聚集在集市广场上，选举议员和法官，并对新的国家未来的法律提出自己的建议，另外有人在港口附近挖土，还有人为剧场奠基，竖起了高大的廊柱作为未来岩石舞台的装饰。整个城市看上去像一个忙碌的蜂窝。

围绕他俩的浓雾使人们无法看到他们，他们很快走到了忙碌的人群之中，在人群中穿梭。市中心有一片葱郁的小树林，经过无数风暴之旅的人在这里挖出了赫拉送给他们的幸运物，那是一个能给他们带来胜利和食物的马头。就在这个地方，狄多娜女王修建了一座宏伟的神殿。台阶、门廊和大门全部用青铜铸成。埃涅阿斯走到这里，在小树林中间慢慢地重新获得了勇气，尽管他感到处境难料，但他的心中又燃起了新的希望。当他仔细观察这座宏伟的神殿，惊叹神殿中的伟大建筑艺术时，他突然看见了墙上展现特洛伊战争重要事件的壁画：普里阿摩斯、阿伽门农、墨涅拉俄斯、阿喀琉斯、瑞索斯、狄俄墨得斯，还有逃走的希腊人，接着又是特洛伊人——年轻的特洛伊罗斯被自己的马拖走、在帕拉斯的神殿里披头散发的特洛伊女人们、赫克托耳的尸体、彭忒西勒亚和她的女战士。所有这一切都映入了埃涅阿斯的眼帘，最后他在画里还认出了自己，他从城墙上，向敌人扔出了一块巨石。

当埃涅阿斯怀着伤感又欣喜的心情仔细欣赏壁画的时候，狄多娜女王正巧来到神殿，她身后簇拥着一大群年轻的推罗人。女王青春俏丽美貌如花，她坐在拱形大门下的宝座上，周围站了一圈全副武装的士兵。她在那里向市民分配任务、确定职责并宣布法律。在一片喧嚣中，埃涅阿斯和阿卡特斯突然看见了在飓风中失散的朋友和伙伴们，塞格斯托斯、克罗阿托斯，还有其他很多特洛伊人，他们也被飓风吹到了这里。此刻的埃涅阿斯又惊又喜，一方面他急不可耐地想伸出双手向他们问好，另一方面他觉得眼前的一切是多么不可思议。于是他俩还是躲在浓雾里等待，看能否发现这些事情的缘由。埃涅阿斯还惊讶地发现，每艘船都派出了好几个人，作为代表来到了神殿的大厅。

当狄多娜女王允许他们说话时，伊利昂纽斯开始述说：“高贵的女王，我们是可怜的特洛伊人，被风暴从一个大海抛向另一个大海。我们的船队在去遥远的意大利途中，被一场突如其来的暴风雨冲得撞向悬崖峭壁，许多船沉没了，幸存的船抵达了贵国的海岸。但是，我们遇到的是什么？怎样野蛮的民族才有这样的风俗？你们不但禁止我们踏入海滩，还要兵戎相见，并威胁要烧毁我们的船。

如果你们不知道人性的话，至少要敬畏神的存在！我们的领袖是埃涅阿斯，最伟大最虔诚的埃涅阿斯！如果他能幸运地逃过这场浩劫的话，那你们是不会后悔把我们漏水的船只拖上岸，并让我们在森林里伐些树木做甲板和船桨的。如果我们找到了我们的国王和朋友的话，我们就会驶往心中的意大利，寻求新的幸福。如果他不幸沉入了利比亚海底的话，那我们还剩下最后的一丝希望，尊敬的女王，让我们重新回到对我们友好的西西里海滩，我们从那里来，再回到那里去。”

女王垂下眼帘回答道：“让恐惧从你们的心中消失吧，特洛伊人。我自己的命运也是如此不幸，我的国家也刚建不久，所以我被逼无奈必须保卫国家的疆土和边界。可我们知道很多特洛伊的事情，你们这个不幸的民族，你们的英雄，战场上的声誉，你们最后惨遭的毁灭。我的城市并不偏僻，知道一些你们的不幸，我们不是铁石心肠，不会对你们的遭遇无动于衷。不管你们是选择意大利作为未来的居所，还是选择西西里岛，我都保证帮助你们。我将向你们提供所有的必需品，让你们和平安居，如果你们愿意，就留在我们的国家。你们完全可以自由地在这里建造一座新城，我的法律会像保护我自己的臣民一样来保护你们。至于你们的国王到底发生了什么，我将立即派人到陆地和海上去打探，看看他是否已经在哪个海岸登陆了。”

听到这里，被浓雾笼罩的两位英雄已经按捺不住心中的激动，想拨开浓雾走出去。“你听见了吗？”阿卡特斯向他高贵的朋友耳语，“就像你母亲向我们预先告知的那样，所有的船、所有的人都得救了，只缺少一艘船，我们亲眼看见它沉入海底，其他的都在。”他还没有讲完，浓雾就在空中消失了。这时，埃涅阿斯站在明亮的光线下，像一个神一样耀眼。他的母亲使他头上的秀发飘动，使他脸颊上泛出青春的红晕，使他目光炯炯有神；他就像一个奇迹出现在众人的眼前。他面向女王说道：“他们到处寻找的我，就在这里，从利比亚海浪里得救的我，就是特洛伊的埃涅阿斯！尊贵伟大的女王，你是那样富有同情心地接纳我们这个骄傲民族残存下来的子民，散落在地球各地的每一个特洛伊人都会感激你的恩情。让众神保佑你！保佑把你带到世上的你的父母！只要地球存在一天，无论我们走到哪里，你的名字都会闪闪发光，我们会永远传颂！”埃涅阿斯边说边快步走到朋友们的身边，向他们伸出热情的双手。

狄多娜从开始的吃惊状态中清醒过来，对着埃涅阿斯说：“女神之子，乖蹇的命运使你经历了千难万险，你就是那个埃涅阿斯，高贵的女神阿佛洛狄忒在西摩伊斯的波浪中生下了你！我从父亲柏罗斯那里知道了很多关于你的国家和民族的事情。我父亲在塞浦路斯打仗的时候，碰到了希腊人忒拉蒙的儿子透克洛斯，他在特洛伊战争后在那里建立了住地，他知道很多关于你们的英雄事迹。尽管他在战争中是你们的敌人，但同时他还是和你有着血缘关系的亲戚，他也常常以自己是特洛伊人的后裔而自豪。他的母亲是赫西俄涅，被赫拉克勒斯作为战俘送给了自己的朋友忒拉蒙，赫西俄涅是特洛伊国王拉俄墨冬的女儿。现在，你的战士们到了我们这里，我也是一个被放逐的人，我也是经过长途跋涉的努力才在这块土地上找到了安宁，我知道这一类人的心情，我知道要帮助不幸的人。”

狄多娜女王马上把埃涅阿斯带回了自己的王宫，她下令在神殿里举行盛大的祭祀庆典，在宏伟的大殿上举办一场丰盛的宴会。整座王宫装饰得富丽堂皇，到处铺满了华贵的紫红色地毯，宴会桌上摆满了贵重的银质餐具，镶满饰物的金质酒杯闪闪发光。

此时的埃涅阿斯没有忘记自己作为父亲的职责，他派最忠实的朋友阿卡特斯到船队那里，把这个好消息告诉给儿子阿斯卡尼乌斯，并把他带到这里。同时，他还下令把船上所有的贵重礼物都带来，这些宝物都是从特洛伊废墟中抢救出来的：一件雍容华贵、带有金线绣成图案的大衣；一条海伦从母亲勒达那里得到的神奇纱巾，那还是她从巴格达带来的呢；普里阿摩斯长女伊龙娜的权杖；一条珍珠项链和一顶镶满宝石的黄金王冠。

阿卡特斯带着这么重要的任务匆匆赶回船上。

狄多娜和埃涅阿斯

但是，英雄的女神母亲还没有完全对儿子的命运放心，她有点担心双重性格的推罗人和声名狼藉的王室。埃涅阿斯的死敌赫拉是这片土地的保护神，也让她越来越担心儿子的安全。她让另一个儿子爱神厄洛斯变成埃涅阿斯的儿子阿斯卡尼乌斯，出现在迦太基的王宫。在宴会上，当狄多娜女王让这位漂亮的小男孩坐在自己的膝盖上，对他宠爱有加并亲吻他时，爱神厄洛斯就能把隐秘之火和爱的迷人毒药偷撒到狄多娜的身上。

爱神厄洛斯听从了母亲的安排，急忙摘下了翅膀，迅速地赶到了迦太基城。他很高兴自己所扮演的角色，于是变成了阿斯卡尼乌斯的模样。阿卡特斯握着他手时，竟浑然没有察觉到这是一场骗局。此时，真正的阿斯卡尼乌斯被阿佛洛狄忒带到了伊达里昂的小树林里，他在树荫下睡着了，四周都是芳香的墨角兰。

当阿卡特斯拉着小爱神的手走近迦太基王宫的时候，看见狄多娜女王已经端坐在大殿正中的金色宝座上。埃涅阿斯和他的朋友们从各方赶来沿着宴会桌坐在软椅上，仆人们端着水让他们洗手，递上毛巾让他们擦手，并把面包放到了桌上。厨房里有五十名女佣在冒着火苗的炉子前忙碌地做着热气腾腾的菜肴，还有百来名女佣和穿戴整齐的仆人不断地把菜端送到桌上，并把斟满葡萄酒的金杯捧到客人的手中。推罗人现在结队前来，他们在女王的示意下也围坐在宴会桌旁。埃涅阿斯的礼物从一双手传到另一双手，人人都在惊叹和赞赏礼物的奇异和珍贵。在众人目光的注视下，年幼可爱的“阿斯卡尼乌斯”走向“父亲”，热烈地用双手抱住了“父亲”的脖子，深情地吻他，对他说动听的话。可怜的狄多娜在神的拨弄下已经昏昏然，看不够眼前的一切，她一会儿看着这个年轻人，一会儿盯着奇异的礼物。小爱神最后终于离开“父亲”，跑到狄多娜女王身边，女王热情地拥抱了他，亲切地看着他，喜爱之情溢于言表，狄多娜丝毫没有察觉到一个强大的神正对自己施展魔力。厄洛斯没有忘记母亲的指令，在狄多娜的记忆中慢慢地抹去亡夫的影像，在她胸中把枯死的情感唤醒，使她向往新的生活。

正餐结束了，一盘盘菜撤了下去，葡萄酒罐被端了上来，酒杯里重新斟满了新的美酒，欢庆的气氛充满了整个大殿。夜渐渐深了，枝状吊灯把大殿照得金碧辉煌，狄多娜让人把镶着黄金和宝石的酒杯递给她把酒斟满，她喝了一口酒激动地站了起来，右手高高地举起了祭酒杯。此刻，喧闹声立刻终止。“伟大的宙斯，”狄多娜用庄严的声音宣告，“我们伟大的保护神，让今天成为我们推罗人和我们的朋友特洛伊人的好日子吧！甚至我们的孙辈将来也会心怀喜悦想起今天！还有你，酒神狄俄尼索斯，还有你，无限仁慈的赫拉，与我们同在！”说着她把酒杯里的酒浇洒到了桌上，随后自己抿了一口酒，把酒杯交给了坐在她身边的推罗人的首领，推罗人和特洛伊人的酒杯频频相碰。一位欢快的歌手在齐特琴的伴奏下唱起了世界之初人与兽起源的歌曲。当歌声结束的时候，狄多娜的芳心已经被埃涅阿斯向她述说的遭遇所俘获，心房激烈跳动，嘴唇频频送吻，她彻底地沉醉在爱情的甜蜜毒液里了。

狄多娜的爱迷惑了埃涅阿斯

英雄的俊俏脸庞和豪言壮语已经深深侵入了女王的心底，客人已经离开王宫很久了，女王却辗转反侧无法入睡，于是她走到自己的妹妹也是自己最好的朋友安娜的卧室，敞开自己的心扉："美妙的梦使我不安，来到我们王宫的是怎样一个与众不同的贵客呀，是怎样的伟大，怎样的勇敢，有怎样的眼光呀，只要看他一眼，就知道他是神的后代！可他的命运如此乖蹇，他经历了那么多次残酷的战争，战胜了多少次海上的风暴！说真的，我的妹妹，自从死亡带走了我的初恋之后，如果我不是做出不再结婚的不可改变的决定，那或许就会屈服于对他的偏爱了。但在我做出对被谋杀亲夫的不忠行为之前，让大地来吞噬我，让闪电来劈死我。他把我的爱带走了，也应该把我的爱埋葬在他的坟墓里。"此时，泪流满面的狄多娜哽咽得再也说不出话来。

妹妹怜悯地看着她，安慰道："狄多娜，我爱你胜过爱我自己，难道你要把自己所有的青春岁月都埋葬在悲痛和哀悼之中吗？难道你从来没有仔细考虑过你这里的生存环境？你的周围一面是好战的伽图勒恩困，是野蛮的努弥底亚人，另一面是干旱的沙漠。你身处险地，提洛和你势不两立的兄弟随时随地会用战争来威胁你。相信我，我们的保护神赫拉已经给予我们美好的未来了，她把特洛伊人的船队吹到了我们的海边，如果你们俩成婚的话，我们的城市和王国将变得强大！如果有特洛伊人的武装协助，腓尼基人的声誉将快速地增长。理智些，我亲爱的姐姐，乞求神，求客人留下，要千方百计让埃涅阿斯相信，他的船没有修复，海上的风对他的出行不利。”

安娜的一番话使狄多娜炽热的灵魂燃烧得更为强烈，心中全部羞怯都被深藏起来，姐妹俩一起去神殿祭祀众神。接着，狄多娜带着心仪的英雄埃涅阿斯参观了整座城市，向他展示了西顿战争的胜利，又为远道而来的客人举办了一次盛宴，狄多娜没有看够阿斯卡尼乌斯那张与其父亲一模一样的脸庞，没有听够这位特洛伊英雄叙述的种种往事。

但是众神之母赫拉在奥林匹斯山上并没有闲着，她只是在等待一个恰当的机会，用美好的意大利去欺骗特洛伊英雄，让特洛伊人在异族中渐渐消亡。赫拉认为现在是时候了，她找到女儿阿佛洛狄忒，语气友好但态度坚决地说：“说实话，你和你的儿子，你们已经取得了一场胜利，为什么还要长期斗争下去呢？让我们促成这件婚事，缔结永久和平，你热切希望狄多娜炽烈地爱上埃涅阿斯。让我们把这两个民族融合在一起，让特洛伊英雄成为狄多娜的丈夫，而推罗就是她的陪嫁。”

阿佛洛狄忒一眼就看透了这个伪善者的真正企图，但是她没有揭穿她，只是冷冷地说道：“母亲，我不会傻到这种地步来拒绝你。我为什么要冒险来和你进行一场长期的争斗？我只是担心，宙斯不会同意让这两个民族融合。但是，因为你是他的妻子，只要你的请求能让他同意，无论你要做什么，我都同意。”

“让我来安排一切，”赫拉高兴地答道，“最重要的是婚姻，我来扭转命运，木已成舟的事情宙斯是不会反对的。”阿佛洛狄忒友好地点了一下头，表面看上去好像同意了赫拉的想法，其实她的内心对赫拉的欺骗愤怒不已。

第二天早晨，狄多娜为远方的贵客特意举办了一次大型的狩猎活动，挑选出来的强壮小伙子装备了狩猎用的绳索、网和猎弓，在骑手和猎狗的跟随下组成的一支浩浩荡荡的狩猎队伍出了城门。王宫前女王的坐骑已备好，骏马套着紫红的马鞍，点缀着金色的饰物，宫门前腓尼基的贵族们在等待。在猎手的簇拥下，狄多娜终于出现了，她穿着一件编织而成的西顿式的五彩猎装，外面用金色环扣系了一条紫红的短裙，额前的黄金头饰闪闪发光，肩上背了一个金色的箭袋。打猎队伍里还有四个特洛伊人，这其中有阿斯卡尼乌斯，紧随其后的是所有人中最英俊的埃涅阿斯和他的好友。

打猎的队伍抵达山里后，立即在荒野林莽中分散开来，不一会儿人们就看见了羚羊和野鹿出现在陡峭的山坡上，它们挤成一团，惊恐地向开阔的原野上奔跑。山谷里，年轻的阿斯卡尼乌斯骑着快马飞奔而至，越过一群猎手。猎杀羚羊和野鹿对他来说还不够刺激，他希望能在山坡上碰上一头野猪，或是一头雄狮。

猎手们沉浸在打猎的欢乐之中，他们丝毫没有察觉到天空开始变得昏暗。当大风穿越树林呼啸而至，瓢泼的大雨夹杂着冰雹落下的时候，他们才意识到暴风雨的来临。分散在田野和森林里的推罗人和特洛伊人纷纷寻找躲雨的地方。山间小溪暴涨，把他们分隔开来。狄多娜女王和特洛伊英雄埃涅阿斯却凑巧地躲到同一个山洞里避雨，其实这是赫拉的安排。肆虐的大自然，接连不断的电闪雷鸣冲破了女王之前对埃涅阿斯爱慕之情的压抑，她羞涩地向埃涅阿斯表白了自己心中炙热的爱情。埃涅阿斯忘记了神的预言，被女王的柔情所感动，爆发的激情让他说出了草率的誓言。

遵从宙斯的命令，埃涅阿斯离开迦太基

雷雨过后，打猎的人们又重新集聚在一起，埃涅阿斯陪伴在狄多娜的身旁返回城里，回到王宫。此后，宴会一场接着一场，没人再提及启航，冬天慢慢来临了。

现在谣言女神费摩开始在利比亚大大小小的城里活动起来，她是大地女神的一个女儿，也是巨人们的妹妹，一个特别机敏的女神。每当她从自己躲藏的地方开始出来活动时，都很小心很害羞。但是，她走得越远，就越强壮，越有威力，不久就能够着天空，双脚踩在大地上，头已经顶到了云端。她的外形很可怕，脑袋上粘着乱七八糟的羽毛，有多少根羽毛，她就有多少只闪闪发亮的眼睛、多少根舌头和多少张从不歇息的嘴巴，还有多少只经常竖起来的耳朵。晚上，她在天空和大地之间飞来飞去，快速地穿过黑夜，从不闭上眼睛睡觉；白天，她蹲在雉堞上、屋子里或城楼里偷听人们的谈话，沙哑的声音时不时地使城乡各地的人们感到惊惶——无论她说的是事实，还是谎言，都无所谓。

这个可恶的东西现在又开始散布有关非洲的流言蜚语了，幸

灾乐祸地把发生过和没有发生的事情混淆在一起到处张扬：一个陌生人来了，是一个叫埃涅阿斯的特洛伊人。美丽的女王狄多娜把他选为自己的丈夫，因此狄多娜无心于她的责任，对国家政务袖手不管。这对男女过着奢侈豪华的生活，挥霍掉整个冬天的好时光。这个讨厌的谣言女神通过民众的口，把这些编造的谣言传得沸沸扬扬。谣言也很快传到了努弥底亚王伊阿尔巴斯的耳朵里，前不久他的求婚刚刚遭到狄多娜的拒绝。这些流言激怒了他，他是宙斯和一个利比亚仙女的儿子，为他的父亲在努弥底亚建造了上百座豪华的神殿，祭司经常在里面举行祭祀，神殿的大门一年四季都装饰有鲜花。伊阿尔巴斯盛怒地匍匐在祭坛前，举起双手高高地指向天空喊道："全能的宙斯，敬畏的万神之父，你就眼睁睁地看着发生的这一切，不向作孽的人劈去雷电？一个亡国的女人，用钱建了一座小小的城市，我把海边的地留给她耕种，我把自己的地方留给了她，这样的女人居然拒绝了我，而投入那个特洛伊人的怀抱，把从我这里得到的一切让那个懦夫来享用。而我们竟然如此愚笨，继续在你的神殿里祭祀你，继续相信你的统治威力！"

他就这样在神坛上向他的父亲祷告。宙斯听见了，把目光从奥林匹斯移向了迦太基。他把儿子赫尔墨斯叫到身边，愤怒地说："埃涅阿斯要在这个心怀敌意的小国干什么？我不是已经两次从希腊人手中救了他，又无数次把他从风暴中救了出来吗？他应该为我去建罗马城！他应该立即启航，这是我的旨意！去，你快去告诉他！"像鸟一样迅速的赫尔墨斯脚蹬带翼鞋穿过了天空，很快就到了迦太基并找到了正在监督修建新王宫的埃涅阿斯。埃涅阿斯的宝剑镶满了烁烁发光的宝石，他披着狄多娜亲手为他缝制的耀眼的紫袍，从头到脚都是一身推罗王公的装束，哪有半点特洛伊人的样子。别人都看不见赫尔墨斯，他只对埃涅阿斯显出了原形，并指责他的错误行为："你这个女人的奴隶，你就这样站在这里，难道忘了你的任务，忘了你的国家了吗？反倒替一个外国女人建起城市来了！你难道不记得你的儿子阿斯卡尼乌斯，还有你应该缔造的罗马帝国了吗？宙斯把我从奥林匹斯派到这里来，就是为了惩罚你，把你从这里赶走！"

当埃涅阿斯从震惊中清醒过来的时候，赫尔墨斯早已飞走了，但是他传达的命令却一直在埃涅阿斯的耳边回响，他除了迅速离开，什么都不能去想了。他把所有的计划都考虑和安排周到之后，把最信任的伙伴叫到了一个隐秘的地方，嘱咐他们秘密备好所有船只，召集所有特洛伊人到海滩待命，准备好武器，以及告知他们此次秘密行动的理由。他本人要等最合适的时机，把命运的安排尽可能婉转地告诉狄多娜。狄多娜此时还不知道他被上天逼迫做出的不忠行为。

但是，谁能瞒得了自己心爱的恋人呢？狄多娜已经觉察到他们在背着她干些什么，尽管表面上没有发现什么异常，她已经开始担忧起来。现在，阴险的谣言女神费摩告诉她，特洛伊人已经准备好起航，这时候，狄多娜发疯般地穿过了整个城市，最后站在她热恋的爱人面前，用充满绝望的语调问道："你这个不忠的人，你希望我默默忍受你的背叛行为，让你悄无声息地从我的身边溜走？我的爱，我的手，我的死亡，都不能把你留下来吗？三九严寒的季节你就要出发去远行，你宁可遭受凛冽北风的侵袭，也不愿意躺在我温暖的手臂上？埃涅阿斯，你为什么要离开我？用我的眼泪，用我颤抖的双手，还有我们的爱，我向你发誓，如果你认为我曾经对你好过的话，如果你还爱过我一点点的话，请不要走！怜悯怜悯我吧，因为你，利比亚民众恨上了我，甚至推罗人也恨我。因为你，我放弃了长生不死，我的天啊，如果你不再是我的丈夫的话，那你把死亡留给了谁？我只能等着我的兄弟皮格马里翁攻破这里的城墙，或是等着努弥底亚国王伊阿尔巴斯把我当战俘抓去。”

受到宙斯警告的埃涅阿斯只能冷眼看着她，他把心中的疼痛强压下去，回答道：“狄多娜，只要我的灵魂还在这个躯体里，我就不会忘却你对我的情意。请不要相信，我像小偷一样偷走了你的一切，我们还没有结婚，我也并不是因此才到你这里来的。如果命运能让我根据自己的意愿行事的话，我第一件事情就是重建我可爱的家乡特洛伊城，让普里阿摩斯的后代重新获得权力。但是，阿波罗命令我向意大利航行，那里是我的未来，那里是我的宝藏，也是我祖先出生的地方。难道我能不顾及我儿子未来强盛的帝国吗？宙斯不让我在这里，他派来了使者赫尔墨斯，活生生地出现在我的面前，我们不要再互相抱怨和折磨了，继续向意大利航行不是我的初衷！”

狄多娜在旁一直注视埃涅阿斯，最后她终于忍不住了，冲口而出：“你不是一位女神的儿子，达尔达诺斯也不是你的祖先，你是从高加索岩石蹦出来的，伊尔康斯的老虎用乳汁喂养了你！当你看到我流泪的时候，你从没有叹息过一声。难道你没有为我痛哭过一次、惋惜过一回？当你像乞丐一样来到我的海边时，我热情地收留了你，我把你的船队和你的伙伴从复仇的死神手中夺了回来，我把我的国家和你共享，而你却首先考虑的是一个预言，甚至是一个神的使者的到来和一个神的命令，好像这些都给你的背信弃义提供了足够的理由！够了，我不和你争吵，我不强留你！在风暴中去找你的意大利吧！如果有神灵的话，我的复仇之神将在礁石中找到你！我的影子将永远跟随你，如果你要为你所做的一切赎罪的话，我会在哈得斯的地狱深处听到的！”说到这里，这个不幸的人哑然失声，几乎呼吸停止。侍女们赶紧搀扶着她离开。

埃涅阿斯认为，他那充满爱意的话语已经安慰了狄多娜，抚平了她受伤的心灵，但是他自己对狄多娜的爱却越来越深，然而行动上他没有丝毫的犹豫，他忠诚地履行着神的指令，坚定地走向已经在海上待命出发的船队。从王宫塔楼顶上，狄多娜远远望着聚集在海滩上准备出发的特洛伊人。“安娜，”狄多娜对着被叫到身边的妹妹说，“你看见海滩边热闹的人群了吗？你听见船帆在风里发出的嘎嘎声了吗？你看见特洛伊人在精心装饰他们的船只了吗？啊，如果我早知道这些的话，也许我还能承受。我的妹妹，我求你一件事情，这个负心人一直很敬重你，他也最相信你，请你到他那里，用骄傲的言辞跟他谈，问问他，难道我是那个在奥利斯诅咒特洛伊毁灭的那个希腊女人，又或者是把他父亲安基塞斯的骨灰撒到了空中的人，所以他要这么报复我？告诉他，至少等到风向好了之后再走，我不要求他放弃意大利，我只是要他给我狂热的爱情一段时间，好让我能理解命运的安排，能让我的感情有个归宿。”

忧心忡忡的安娜去找埃涅阿斯，向他述说了狄多娜的痛苦，但是这位一向多情的英雄的双耳却被神给封住，听不进任何话。

此时狄多娜终于知道了命运的残酷，她只想一死了之，不再想看到清澈的天空，在随后的祭祀中，她看到可怕的征候：从杯子里倒出的浅色葡萄酒变成了黑色血液，她死的决心就更坚定了，她认为这是上苍让她死亡的信号。她没有把这个可怕的预兆告诉任何人，包括她的妹妹。自从看到这个先兆后，她只想着一件事情——如何蒙骗住其他人，准备好一条必死之路。因此她脸上堆出灿烂的笑容，眼睛里流露出希望，把自己可怕的打算在妹妹面前小心地隐藏起来，说：“我还是很走运的，安娜，我找到了一个解决的方法，或是让这负心的人回来，或是让我从爱情中解脱出来。我请到了神庙花园里的一个埃塞俄比亚女人，她向我承诺，她有魔法可以让我重新赢得所爱之人的心，或是让我自己从这场爱中解脱出来。但是，她规定了一些具体的步骤和需要的东西，让我遵守和置办。与我切身关系太近的事情，我不想自己动手，所以我想让你帮忙。亲爱的妹妹，帮我在王宫的内院里秘密搭个女巫师要求的木堆，把那负心汉留在卧室的武器放在上面，还有他的衣服和他躺过的东西，所有他留下的一切我都要把它们消除得一干二净，这是女祭司所要求的。”

狄多娜交代完毕就沉默不语，面色如死人一样苍白。她妹妹安娜并不知晓狄多娜提出的这个古怪的新祭祀仪式就是掩盖她自杀的意图，她也不知道姐姐的疯狂念头，她赶紧出去替姐姐准备她想要的东西。

当木堆搭成的时候，女王狄多娜出现了，她在柴堆的顶上放上了松柏树枝，周围放上了鲜花，然后把剑、衣服和埃涅阿斯的画像也放了上去。那位外族的女先知披头散发地喊叫着下界的众神，把自己的祭酒浇在了柴堆上面，在月光下把磨细的香草散在了上面，念出了各式各样的咒语。随后，悲伤的女王回到寝宫，度过了她在人间的最后一个夜晚。

与此同时，决定出航的埃涅阿斯躺在航船的甲板上沉入睡乡，赫尔墨斯又一次出现在他的梦里，并警告他：“女神的儿子，你如何能在这样一个危险的境地里安睡呢？你难道没有看见，你周围有多危险？你难道没有听见对你航行有利的西风的呼啸声？被遗弃的女王心中充满了复仇者的怨恨和欺骗，在你还有能力的时候，难道不想马上离开这里吗？”埃涅阿斯从梦里惊恐地跳了起来，催促同伴，马上起锚出发。

当天边出现第一抹朝霞的时候，女王登上了阳台，看见了空无一人的海边以及远处大海里渐渐远去的船队。撕心裂肺的绝望让女王捶胸顿足，她不断扯着自己的鬈发，痛哭抱怨，不知过了多久，她叫来侍女阿蒙，命令她去把妹妹安娜叫来。现在只剩下她单独一人，狄多娜飞奔到内院，好像发疯似的，登上木头搭建的平台，上面放着背叛她的那个负心人的宝剑。她从剑鞘里抽出宝剑，躺在摊放开来的埃涅阿斯的衣物上，从木堆的最高处，朝寂静的长空，悲愤地说出了她最后的诀别遗言："用你们幸福的日子，来结束我的生命吧，让我从一切的欺骗中解脱出来吧！我，狄多娜已经活够了，让早已确定的命运走到尽头吧！她不会像一个小小阴魂坠入地狱！我亲手建立了这座繁荣强大的城市，我看到了在我统治下修建起来的城墙，我为丈夫绪开俄斯报了仇，我惩罚了视我为敌的兄弟，如果特洛伊人不出现在这里的海滩的话，我事事都幸福如意！"她悲痛至极，再也说不出话来，她把脸埋到枕头里，用剑刺进了自己的胸口。

听到狄多娜的呻吟声，侍女们赶紧从王宫里跑出来，看到她倒在剑下。哭泣声传遍了王宫，传遍了这座惊慌失措城市的大街小巷。还在根据姐姐的命令找寻祭祀用的最后一些物件的安娜，听见这个噩耗后，用双拳捶打着自己的胸脯，用指甲撕扯自己的脸庞，穿过拥挤的人群，不顾一切赶到王宫的内院。"姐姐，姐姐！"从很远的地方她就开始呼唤死者，"你为什么要这么做呀？你为什么要骗我呀？你为什么不让我和你一起死啊？你还是杀了我！你的臣民，你的祖先，整个城市都被你谋杀了！"安娜呼天抢地地登上了木台，抱着几乎没有呼吸的姐姐。狄多娜费力地睁开眼，挣扎着想站起来，徒劳地试了三次，最后她彻底地倒下，灵魂离开了妹妹的怀抱。

帕利努儒斯之死，抵达了意大利，拉丁努斯，拉维尼亚

尽管埃涅阿斯是根据神的指示狠心地离开了狄多娜从而使她走上了绝路的，但是，众神还是以不断的迷航和灾难来惩罚他的背叛。一阵狂风又把特洛伊船队吹到了西西里岛，那里的国王阿克斯特斯的母亲是特洛伊人，他热情友好地接待了他们。一年前，埃涅阿斯的父亲安基塞斯就被埋葬在特旁农。这天正好是安基塞斯的一周年忌日，人们举行了隆重的祭奠仪式。其间，特洛伊妇女在赫拉的信使伊里斯的极力怂恿下，把燃烧的火炬扔到了船上，因为她们实在厌倦了无休无止的海上航行。船队中四艘最漂亮的船被彻底烧毁，宙斯用一阵大雨拯救了剩下的船。

接连几夜，埃涅阿斯死去的父亲安基塞斯总是出现在他的梦中，向忧郁的儿子带来了宙斯的命令：让那些已经无法战斗的老人和年迈的妇女留在西西里，他必须带着特洛伊的精英继续向意大利航行。

埃涅阿斯听从神的安排，为感谢热情好客的国王阿克斯特斯，他把在西西里建造的城市命名为阿克斯塔，让船队上了年纪的人

留在这里定居，他自己则率领精壮的男人、能干的妇女和少男少女们出发。海神波塞冬在爱神阿佛洛狄忒的恳求下，使埃涅阿斯的这次航行风平浪静，顺风顺水。在一个晴朗的深夜，划桨的水手居然坐在划桨的凳子上睡着了，充满诱惑力的睡神从晴朗的夜空中降落下来，变成英雄福耳巴斯的样子出现在舵手帕利努儒斯面前。他依然坐在领航位置上还保持清醒。“伊阿西翁的儿子，”睡神轻轻地说，“你难道没有看见，大海载着船队前行，柔和的海风也正在邀请你休息片刻？你也躺下吧，闭上你那疲惫的双眼，来，让我暂时替你。”

帕利努儒斯几乎快要入睡了，无法睁开他那敏锐的双眼，他说：“你在说什么？让我轻信表面平静实际隐藏危险的海水？晴朗的天空已经欺骗过我无数次了！”说着他把船桨抓得更紧，双眼盯着天上的繁星。但是，睡神用树枝把几滴忘川之水洒在了他的身上催他入睡，帕利努儒斯突然间闭上了眼睛，睡神这时猛推了他一把，帕利努儒斯连人带桨，头朝下倒栽进了海里，睡神像鸟一样在空中升向高处。可怜的舵手在冰凉的海水里醒了过来，他拼命地向同伴们呼救，可是他的同伴都已经沉入梦乡，没人能救他。

在海神的庇佑下，船队尽管失去了舵手，仍然找到了正确的航线，最后终于抵达了意大利的海岸。埃涅阿斯沿着海岸行驶，到达卡耶塔港口，那时这个港口还叫另外一个名字。埃涅阿斯年迈忠实的奶娘卡耶塔在登上这个港口后就猝然死去，葬礼之后她就被葬在这里，埃涅阿斯就用奶娘的名字命名这个港口，以示纪念。埃涅阿斯和同伴们又上船航行，顺利地驶进奥斯提亚港，从海上望去，那里是一片大森林，台伯河从林中飞溅而出，卷起了黄色沙土，狂暴的激流把它吹向大海。

这片意大利的土地，也就是流亡的特洛伊人所向往的地方，是古老的拉提乌姆，劳伦特人居住的地区。统治这里平静的城市和乡村的是年迈的国王拉丁努斯，他是法乌努斯的儿子、农神萨图尔努斯的曾孙。可惜他命里无子，只有一个美丽的女儿拉维尼亚，拉提乌姆和几乎全意大利众多王公贵族的子弟都来向她求婚，其中最英俊的是儒图利人的国王图尔努斯。拉维尼亚的母亲阿马塔王后在所有求婚者里最属意于他，但是，可怕的神的征兆不让这个联姻实现。在拉提乌姆王宫的高地上有一棵月桂树，当初老国王在修建王宫的时候，就发现了这个树，并把它敬献给了阿波罗。可是有一天，树顶上出现了一群密密麻麻嗡嗡作响的蜜蜂，叠在一起，最后叠成了伞形，却又突然从树枝上掉了下来。人们惊恐地请来了预言家，让他解释这个迹象。预言家就说："我看见了一个来自远方的男子，他带着他的士兵到了这里，从这个方向来，到那个方向去。我还看见了他是这座王宫的主人！"接着，又出现了一个征兆，当拉维尼娅随同父亲一起祭祀时，她站在祭坛旁，国王点燃祭祀火焰的时候，拉维尼亚的鬈发突然开始起火，她的头发烧了起来，头上的金冠也变得灼热难忍，全身被笼罩在火焰和浓烟之中，热浪溢满王宫。这件事情成了一个无可怀疑的可怕的先兆，按照预言者的解释，拉维尼亚自己将有一段壮丽的经历，享受极高的声誉，国民将经历一场残酷的战争。拉丁努斯又向父亲生前的御用占卜师询问，这位预言者也告知他，他的女婿来自远方，他的后代繁衍生息，未来将统治整个世界。

在台伯河的岸边，埃涅阿斯和儿子阿斯卡尼乌斯，还有特洛伊的贵族围坐在一棵大树的树荫下，准备用餐。因为过于着急，他们来不及从船上取来桌椅和餐具，就把菜放在烤好的大面包上，像平时把菜放在桌上或盘子里一样，开始吃起来。他们把船上带来的所有菜都吃完后，还是觉得很饿，于是又狼吞虎咽地吃起了大面包。

这时，小阿斯卡尼乌斯笑着说："我们在吃自己的桌子！"阿斯卡尼乌斯的这个玩笑让每个人听了都很不舒服，但是，埃涅阿斯却兴奋地站起来高声宣布："祝福你，这片陌生的土地，我们根据神的指示，千辛万苦地找到了这片希望之地！哈耳庇厄的可怕预言现在以快乐的方式实现了：在陌生的岸边，我们因饥饿而被逼去吃自己的桌子。看见了吗，这个预言已经实现。我的父亲安基塞斯也曾告诉过我这句预言，他还告诉我，预言实现的这一天，就是我们的颠沛流离结束的日子，我们应该开始造房建屋了！"

接着，这群陌生人开始在这片肥沃的土地上探寻，不久，他们就碰上当地居民，并询问这里居住的是哪一个民族，这里的国王是谁，很快他们决定向拉丁努斯国王派遣一个使团。

拉维尼亚被许配给埃涅阿斯

埃涅阿斯从所有船队中挑选近百名最高贵的男子组成了使团，前往国王拉丁努斯的王宫，他们手拿橄榄枝进入拉丁人的城市。城前，男孩聚集在马群和车队之间，其他的在用长矛和弓箭比赛取乐，还有的在比赛拳击或赛跑。当这群外地的使者走来的时候，一个骑马的使者赶到城里，向老国王报告了这个意外的消息，称一大群英武的男人带着和平的愿望正在通往城中心的路上，国王毫不迟疑地把所有臣属叫到了王宫，他们拥在宝座四周。

国王的王宫宏伟壮丽，高踞城市之上，百多根廊柱支撑着整个宫殿，周围是一片神圣的丛林，拉丁努斯国王端坐在高高的宝座上，把特洛伊人叫进了大殿。当他们进殿后，国王友好地与他们交谈："你们的民族我并不陌生，当你们还在海上漂泊的时候，我已经知道了你们将要到来的先兆。无论你们是被风吹到这里，还是特意来到这里，都无所谓，你们抵达的不是一个不友好的地方。我们拉丁人是萨图尔努斯的后代，爱好和平，遵循神的指示！虽说几百年的时光使这个传说变得不是那么清晰，我依然还是记得，你们的祖先达尔达诺斯就出生于我们附近的地方。”

被选为发言人的伊利昂纽斯回答国王的问话：“不是飓风把我们吹到你的国家，尊敬的法乌努斯的儿子，不是认错星辰让我们流浪到这里，我们是完全自愿地来到你的岸边，这是我们自己心里所想的。我们被赶出了自己可爱的王国，我们的祖先就是宙斯本人，我们的首领埃涅阿斯就是女神阿佛洛狄忒的儿子、宙斯的外孙，就是他派我们来到你的王宫。整个世界都知道那场导致特洛伊毁灭的风暴，你们的国家对此并不陌生。我们逃离这场灾难，想向你们乞求一块土地，能重新建立一座神殿来祭祀家乡的诸神，能找寻到一片安全的山川，和一群善良的人们共同在一起生活。意大利不会后悔接纳我们的，因为达尔达诺斯就出生在这里，并且呼唤我们回到这里，这是神的旨意，让我们来找寻这片土地。你可以相信我们是多么真诚，请允许我代表埃涅阿斯把带来的微薄礼物敬献给你，这是从特洛伊城的废墟中抢救出来的：这个金杯是我们英雄的父亲安基塞斯祭祀用的酒杯；这是我们尊贵的国王普里阿摩斯的礼服，他召集大会发表演说的时候就会穿着它；还有这些头饰、权杖和其他的衣服，这些都是我们心灵手巧的特洛伊女子制作的艺术珍品！”

当伊利昂纽斯说话的时候，老国王拉丁努斯的眼光一直盯在地上，他陷入了沉思，使者放在他宝座台阶前的贵重礼物没有引起他的注意，他在回忆父亲御用占卜师说过的话。突然他明白了，这群人的首领就是他女儿命中注定的新郎，而不是其他任何人，他被挑选出来与他共同统治这个国家，他将是一个伟大民族的祖先，将统治全世界。想到这里，他脸上的表情放松了，抬起头说道：“赞颂众神保佑我们的事业，实现你们的愿望，特洛伊人，你们想要的都会得到。我收下你们的礼物，埃涅阿斯要亲自来我这里，不要羞于见朋友。请你们带个口信给他，我只有一个女儿，我父亲的预言和其他的征兆都不允许我把我的女儿许配给家乡的男子，根据预言我女儿的丈夫应该来自遥远的外乡。”

于是国王让人从他马厩里的三百多匹骏马中给每个特洛伊人挑了一匹良马，每匹马都配上了紫红色的马鞍，马颈上挂着沉甸甸的金链，连马的挽具和笼头也是金子做的。国王还另外送给埃涅阿斯一辆双驾马车，拉车的马都是具有神的血统的神马。

赫拉挑起了战争，阿马塔，图尔努斯，特洛伊人狩猎

赫拉不愿意看到埃涅阿斯幸福，她从冥府唤来了复仇女神欧墨尼得斯中的阿勒克托，让她扼杀正在萌芽中的和睦。

阿勒克托先飞到拉提乌姆王后阿马塔安静的内宫，王后正为特洛伊人的到来而忧心忡忡，而女儿拉维尼亚和儒图利人的国王图尔努斯的联姻没有成功，让她感到心碎。阿勒克托偷偷地把一条毒蛇从自己头发中拿了出来，放到了阿马塔的胸上，谁被这样的毒蛇咬上一口，那么他的全家都会不得安宁。那条毒蛇马上变成阿马塔脖子上的金项链，变成她的长长的头巾、她的头饰，并溜遍了她的全身，同时还偷偷地把毒液撒到了阿马塔的皮肤上，使她的浑身上下都是毒液。在这些毒液还没有侵入骨髓时，功效还不会全部发挥出来。阿马塔外表看上去没有什么异样，心绪和情感表现得一如往常。她流着泪，开始抱怨女儿被许配给外乡人。“无情的丈夫，”她自言自语道，“你既不担心我，也不担心你女儿！你平日里对家里人的关心都去哪里了？你对亲戚图尔努斯许下的神圣诺言又在哪里呢？你竟然把女儿送给了无家可归的逃亡者！”

她本人也当面这样责怪丈夫，当她看到丈夫坚定又不容反驳地坚持自己想法时，复仇女神欧墨尼得斯毒蛇的毒性突然发作了，她发疯般地穿过全城。现在阿勒克托满意了，她完成了赫拉交代的事情，随即飞到了儒图利首府，那是宙斯的情人达纳埃建造的，它从很久以来就被称作阿耳德阿。在图尔努斯王宫的寝室里她找到了沉睡中的图尔努斯。她换下复仇女神的装束，变成了一个老妇人的样子，额头上满是可憎的皱纹，头巾下是乱蓬蓬的白发，一条橄榄枝插在中间，她这个样子看上去就像赫拉神庙里那位年老的女祭司卡吕贝。她就以这副面貌出现在熟睡的年轻人面前，说道：“你如何能在一旁平静地看着所有发生的这一切呢？曾经许诺给你的希望和等待着你的权杖，就这样拱手送给了特洛伊人？宙斯派我来告诉你，你应该把你的民众武装起来，向特洛伊人开战，到海边去烧毁他们的船，最后消灭他们！”

年轻人在梦里笑着回答道：“老太婆，我早已知道特洛伊的船队靠在了台伯河的岸边，赫拉也知道我的想法，其他可怕的画面会刺激你衰老的神经，你还是去照看好神殿和神像，战争及和平的事情由我们男人来负责！”

听到这些话，复仇女神欧墨尼得斯的心中立即涌起了一团怒火，她要让这个不知天高地厚的小伙子知道她的厉害。图尔努斯听见毒蛇发出的咝咝声，他的目光都僵硬了，当他还想辩解什么的时候，那个在他面前的身影突然变得越来越大。这时，从她的头发里钻出两条毒蛇，发出像一条鞭子抽打的声音，阿勒克托满嘴吐着白沫说道：“现在你还认为我是一个无用的老太婆吗？你对国王间的纷争一点都不了解吗？难道你认不出我是复仇女神，双手紧攥着战争和死亡！”年轻人呆呆地看着她，她晃动着火把，突然把它扔到图尔努斯裸露的胸口，火把立即冒烟燃烧起来。他吓得汗水直流，

“武器！”他还在沉睡中就突然大叫起来。醒来之后，他立刻在房中和王宫里寻找武器，他的心中涌起了战斗的狂热。天刚亮，他就喊来首领召集起军队，要与背信弃义的国王拉丁努斯和特洛伊人决一死战。

图尔努斯煽动起自己的民众，这期间，复仇女神欧墨尼得斯又飞到了台伯河边，阿斯卡尼乌斯正带着随从在森林里打猎。在阿勒克托的唆使下，猎狗突然发疯般在一头鹿后面紧追不舍，那是一头很漂亮的雄鹿，有着高高的漂亮的鹿角。国王拉丁努斯的牧羊人提尔胡斯的几个儿子饲养它，把它从母鹿的怀里带到森林。提尔胡斯的女儿希尔维娅一直精心地驯养和照顾着它，那头雄鹿很乐意让他们来抚摸自己，也习惯在主人的桌子旁边走动，有时也自由地在森林里随意行走，晚上都会自动回到牧羊人的身边。

复仇女神欧墨尼得斯让阿斯卡尼乌斯的猎狗顺着足迹找到这头鹿，它正在台伯河里嬉戏。阿斯卡尼乌斯看见了这头漂亮的猎物，拉开弓就射出了一箭，那头鹿受了重伤，从水里跳了出来，流着血逃回主人的家里，躺在鹿圈里发出阵阵悲鸣，像是在乞求救助。希尔维娅第一个发现了它，大声叫喊周围的农民来帮忙，他们带着火把和长棍很快就赶到，正在用斧子砍橡树的提尔胡斯唤来他的同伴。阿勒克托认为时机已经成熟，她自己站在屋子的山墙上，吹起号角，响起了紧迫的号声。怒气冲冲的农民从四面八方赶来，特洛伊的战士也赶来帮助阿斯卡尼乌斯，不久双方都已经不是拿着器械在斗殴，而是剑拔弩张地开战了。

特洛伊人为保护自己，向蜂拥而来的敌人放箭，第一支箭就射死了提尔胡斯的长子阿尔墨，一场厮杀就这样开始了。全拉提乌姆最德高望重、最富有的农民，拥有五个牛群、五个羊群和上百亩农田的长者伽拉厄索斯，想在两边进行调停，可是谁也不听他的，反而流箭把他射死。那群牧羊人从战斗中撤了出来，奔向城里，扛着阿尔墨、伽拉厄索斯及其他死者的尸体，痛苦地穿过城门，大声喊叫，乞求神的帮助。很快他们就到了王宫，聚集在他们的国王拉丁努斯周围。图尔努斯也听见了愤怒的喊叫声，匆忙地赶到这里，要求国王追杀特洛伊人。拉丁努斯就像悬崖上的岩石一般不为所动，但是他已经没有能力控制民众的这种盲目的愤怒。“我痛苦啊！”最后他喊道，“我已经感觉到了，一场大风暴将要到来，可怜的人们，你们难道要违背神的旨意与之抗争？你们会为这种悖逆行为付出血的代价。还有你，图尔努斯，天庭的审判你是逃不了的！我自己已经老了，我只希望我的一生能安宁地结束，你们难道不能让我和平地死去吗？”

特洛伊人的死敌、万神之后赫拉，觉得这样拖延得太久了。拉丁人的城里有一座战争神殿，那里的双重门被上百把铁锁紧锁，它的保护神是拉丁人的古老城市之神雅努斯。如果这座城市的统治者决定进行生与死的血腥战争的话，国王就会身披华丽的战袍亲自打开重重封锁的大门。现在民众们要求国王去打开战争神殿的大门，但是，国王拒绝了这个可怕的要求，孤独地退回自己的宫殿。这时，赫拉就从空中降了下来，亲手推开沉重的大门，转动铰链，战争神殿的大门就这样被迅速打开了。

战争爆发，埃涅阿斯寻求欧安得尔的帮助

曾经安宁和平的意大利突然陷入了战火，家家户户都在擦亮盾牌，长矛锋利，战斧锃亮。进军的号角声响彻云霄，军旗在空中飘扬，所有的男人都拿起了武器。一部分人徒步奔向战场，另一部分人骑上战马。咆哮的战马拉着战车飞驶，战场上盔甲和宝剑发出耀眼的金光。意大利所有城市的军队都动了起来，他们是古老英雄民族的后代，有的人的先祖就是神或神之子。图尔努斯走在队伍的最前列，英俊威武，他手持华丽的武器，比周围的伙伴足足高出一头。他的头盔上插着三簇鲜红的羽毛，仿佛是喷射着的火焰。他的盾牌上有伊奥化身为牛的图案，她的保护神是阿尔戈斯，她的父亲是河神伊纳尔科斯。图尔努斯和他的军队后面是拉丁人、儒图利人、奥隆基人、西卡纳人和一群奥索尼人。步兵手里拿着盾牌，有墨赞提乌斯和他的儿子劳苏斯、赫拉克勒斯和瑞娅的儿子阿温提努斯，来自提布尔的两兄弟卡提卢斯和科拉斯，还有其他很多人。接着是全副武装的沃尔斯科人骑兵，他们的首领是年轻的女王卡弥拉，卡弥拉的手从来不习惯握纺锤，她更喜欢刀枪。她骑着快马就

像风一样掠过旷野，不动一根草茎，掠过大海，双足不沾一滴海水。老老少少都惊奇地注视着她带着自己的军队穿过城市和村庄。她身披高贵华丽的紫红大衣，满头的鬈发用一支金色的发夹夹住，肩上背着箭袋和强弓，手执锋利的长矛。

对方强势的战争装备让埃涅阿斯和特洛伊人感到非常担心，这时，河神台伯里努斯出现在埃涅阿斯的梦中。台伯河神穿着件海蓝色的长袍，头上戴着芦苇花冠，从激流中显身，出现在杨树丛中，像一位慈祥的老人对埃涅阿斯说："伟大的英雄，请不要迟疑，怨恨你的神正在对你进行报复，不要以为这是你看到的不真实的情景，我将给你明示，在岸边的橡树下你将会发现一头刚生下三十头幼仔的母猪。三十年后，你儿子阿斯卡尼乌斯将在那里建立预言中的城市阿尔巴，也就是罗马城的前身。但是，现在你必须听清楚，你必须应付好眼前的危机，离这里不远有一个叫图斯科的地方，那里住着希腊的佩拉斯戈人，他们是老国王帕拉斯的后代，首领欧安得尔率众迁居此地。他们在山上建立了一座名叫帕兰特乌姆的城市。不要因为他们是希腊人的后裔而害怕他们，他们是拉丁人的死敌。你必须联合他们，他们会为你而战。你一醒来马上向众神之母赫拉祭祀，用你的谦卑来消除她心中的怒火，然后你马上出发去欧安得尔那里。"

河神消失了，埃涅阿斯醒来之后就完全照着神的旨意执行，他从船队中选了两艘船，选出几个最好的朋友，在他出发之前，河神向埃涅阿斯预示的现象真的出现了。在森林附近一棵茂盛的橡树下，他们看见了一头母猪和三十头小猪，埃涅阿斯把这头猪和幼仔全都杀死，祭祀给了威力无比的女神赫拉，希望能用祭品平息女神的怨愤。埃涅阿斯驾船向台伯河进发，在河神的魔力下，平静的水面展现在他们面前，微起的波浪托着他们的船平稳向前行驶，他们连桨都不用，埃涅阿斯和伙伴们对此都感到非常惊奇。

他们在平静的水面上行驶了整整一夜，第二天清晨，他们看见了远处山头上的城墙、房屋和城堡，他们顺着河流驶到了那座建在山上的帕兰特乌姆城。

恰巧是在这一天，阿耳卡狄亚国王欧安得尔在儿子帕拉斯的陪伴下，正和一部分议员及优秀的年轻人在附近的赫拉克拉斯树林里举行一场隆重的祭祀活动，空气中充满了焚香和血的气味，祭祀后的大餐也已经开始。当阿耳卡狄亚人看见有巨船在岸边和森林之间行驶的时候，马上感到了危险，想从餐桌旁跳起来逃跑。但是，勇敢年轻的帕拉斯阻止了他们，他拿起自己的长矛，迎向船跑去，从山坡上边跑边大声问："好汉们，你们为什么要到这里？你们要到哪里去？你们想要干什么？你们给我们带来的是战争还是和平？"

埃涅阿斯站在甲板上，手里拿着象征和平的橄榄枝，回答道："年轻人，你看见的是特洛伊人，是准备和拉丁人开战的人，他们想把我们这些流浪者赶走，我们是来拜访国王欧安得尔，来请求他的帮助和与他联盟的。"

当帕拉斯听到特洛伊人的大名时，赞叹地惊叫起来："远道而来的贵客，我领你去见我父亲，我们真诚地欢迎你到我们家做客。"

埃涅阿斯上岸后，帕拉斯与他握手致意，并马上把客人带到了阿耳卡狄亚国王的面前，但一直没有提及他的名字。国王从头到脚地打量着眼前的来客，最后终于开口道："我是如此高兴地接待你，特洛伊人勇敢的儿子，我知道你的民族和你的名字。你伟大的父亲安基塞斯的音容笑貌仿佛又出现在我的眼前，我还记得你们的英雄普里阿摩斯，他在去萨拉弥斯看望姐姐赫西俄涅——忒拉蒙的王后的时候，也路过了我的国家。当时我还年轻，很荣幸地接待了那些尊贵的军官，其中最英俊的是安基塞斯。我有幸能和他说上话，并和他握手，他跟着我参观了我的宫殿，临别的时候，他还送给我很多贵重的礼物——箭和箭袋、一件威武的战袍、两个镀金的马辔头。现在这些都是我儿子帕拉斯在使用，我把你看作我们的盟友，明天早上你就可以带着援兵回到你的营地。但是，今天我们要一起庆祝这个美丽的节日，我们无论如何也不应该拖延。”他命令拿出已经收起的酒杯，重备菜肴，特洛伊人在草坪上席地而坐。埃涅阿斯被他领到一张铺着狮皮的槭木软椅上就座，圣坛的祭司和被选出的年轻人端上了烤熟的牛肉、面包和芳香的美酒。

国王欧安得尔为增添气氛，讲述了这次祭祀活动的由来。他手指远处的悬崖告诉客人们：“那里住着火神和匠神赫淮斯托斯半人半神的儿子卡库斯，他面目丑陋，偷走巨人革律昂献给赫拉克勒斯的牛群。伟大的赫拉克勒斯把卡库斯打败，我们阿耳卡狄亚人感谢我们的保护神赫拉克勒斯，并每年为他举办一次祭祀庆典。”

一个美好的夜晚就在叙述中过去了，祭祀典礼结束后，他们回到城里。这个城非常小，有谁能在当时想到，世界之都罗马城会在这里建起来呢？阿耳卡狄亚人是畜牧民族，没有从他们的故乡带来什么珍宝，但是他们的勇气和坚强的臂膀给了特洛伊人巨大的帮助。欧安得尔的家与其说是宫殿，还不如说是小屋，但是埃涅阿斯在这里感到格外舒适。他躺在一张摊放着松软树叶的床上，盖着毛茸茸的熊皮，很快就进入了甜蜜的梦乡。

埃涅阿斯的盾牌

在妻子阿佛洛狄忒的请求下，赫淮斯托斯赶到库克洛普斯人的埃特纳地穴，为埃涅阿斯铸造战胜拉丁人的武器。赫淮斯托斯走近雷鸣般的地洞，那里到处是喷射的火焰。铁钻的巨大锤击声直传到远方，地洞里岩浆滚滚，火炉里不断地喷出烈火。在不远的岩洞里，精力充沛的库克洛普斯人布仑特斯、斯特洛佩斯、匹亚科农和无数的仆人一起撸起袖子，日夜不停地打铁。一位正在给一个完成近半、带着十二个尖角的闪电钢叉焊上三个冰雹尖锋、三个雷雨尖锋、三个火焰尖锋和三个飓风尖锋，并且把雷火、闪电和恐慌混合一起藏在里面；另外一位在为战神阿瑞斯制造战车和车轮；还有的在用黄金和龙鳞打造雅典娜的盾牌，那上面还装饰了美杜莎的头像。

“放下手里所有的活，”赫淮斯托斯走进地洞，大声喊道，“你们现在要做别的东西，库克洛普斯人！你们要为最勇敢的人打造最精良的武器，现在我需要你们的力量、能力和经验，立即拿起你们的工具！”库克洛普斯人早已习惯了主人的简短命令，马上开始工作。不一会儿，青铜和黄金就熔化了，火炉里的钢铁也在熔化，一张巨大的盾牌已经成形，上面一共浇铸了七层。有些人拉动风箱，有些人用清水来冷却嗞嗞作响的青铜，接着就用钳子把它翻转过来，拿着锤子有节奏地在铁砧上敲打盾牌，地洞里充满了震耳欲聋的响声。

第二天早晨，已经不能亲自征战的年迈的欧安得尔，给了即将分离的朋友四百名阿耳卡狄亚骑士，其中还有他的儿子帕拉斯，那是他的慰藉和希望。欧安得尔还送给每个特洛伊人一匹马，埃涅阿斯得到的是一匹最高大的骏马，马身上覆盖了一张黄色的狮皮，它的利爪上镀了金。临行前，欧安得尔抓住儿子的双手，紧紧地把他搂到胸前，老泪纵横地说："儿啊，如果宙斯能让我回到以前年轻的时光就好了，现在我只能为你和你的朋友在众神面前祈祷，他们能听到我的心声，保佑你平安归来！不要让噩耗传到我的耳朵里！"告别之后，欧安得尔就无力地瘫倒，侍从们把他抬回了王宫。

埃涅阿斯带着一部分特洛伊人和骑兵从敞开的城门里驰出，让另外一部分人乘船返回。埃涅阿斯一行经过一个两边都是浓郁的松树林的狭窄山谷时，骑行十分困难，队伍拖得很长。埃涅阿斯掉了队，在一棵橡树旁冰冷的小溪边徘徊。他的母亲阿佛洛狄忒选择了这一时刻，带着刚打造好的武器从云中降落下来，她把武器放到儿子的脚边，说道："看这儿，我的孩子，这是我丈夫送给你的礼物，现在你不必再迟疑了，向最傲慢的劳伦特人，向野蛮的儒图利人图尔努斯挑战吧！"

埃涅阿斯感到惊奇，看见女神母亲到来，感到幸福，感到无上的光荣。他目不转睛地看着那些锃亮的武器，一会儿把头盔翻过来，一会儿看看利剑，一会儿看看如晚霞般红色的铜甲，一会儿看看手中的长矛，一会儿看看金黄色的护腿。但是吸引他目光时间最长的是那把无与伦比的、饰满艺术图案的盾牌。火神用画面把一连串的事件表述出来，埃涅阿斯还无法了解画里的深意。它们描述了罗马民族的命运和胜利，这个民族将在不久的未来从他儿子的家族中繁衍出来。盾牌中间有一头母狼，一对双胞胎兄弟正在吮吸它的奶汁，母狼充满爱意地舔着他们。现在的每个孩子都可以告诉埃涅阿斯，这两个双胞胎兄弟是罗慕卢斯和瑞姆斯。此外，盾上还绘有一座城市。在一座高大剧场里，一群男子背着一群妇女，那是罗马人和他们劫掠的萨宾妇女；在宙斯神坛前有两个全副武装的王者，手里拿着祭祀的酒杯，旁边是赎罪的祭祀品，他们是罗慕卢斯和瑞姆斯。旁边不远是另一幅画：一个国王乘一辆四驾战车在处死一个罪犯，那是图卢斯·霍斯提利乌斯和奸诈的梅狄乌斯。在一座快要倒塌的桥上站着一位独眼的守卫者，汹涌的河水里漂着一位少女，河岸边一位愤怒的国王坐在宝座上，面对他的是库克勒斯、科洛丽亚和伊特鲁里亚人波瑟纳。在一座高大坚固的城里，有宫殿和神殿，那里有一个带着武器的护卫，一群银色的鹅穿越金色的大厅。此时，山脚下一群野蛮人埋伏在那里，是马里纽斯人和高卢人。就这样一个故事接着一个故事，一直到喀提林、加图、恺撒和奥古斯都。埃涅阿斯对此还一无所知，但是他还是像孩子喜欢图画书一样喜欢他的盾牌，他收拾起自己心爱的武器，左手拿起盾牌，感到有了众神的保护，回到了自己的军队中。

图尔努斯在特洛伊人的营地

赫拉对埃涅阿斯的怒气还一直没有和缓下来，她派自己的使者伊里斯到图尔努斯那里，告诉他埃涅阿斯已经离开了自己的营地，到欧安得尔去求救了，并命令图尔努斯去进攻特洛伊人的营地。图尔努斯马上执行她的命令，英雄墨萨普斯作为先锋，提罗斯和他的儿子殿后，图尔努斯自己带领最精锐的部队组成中坚队伍，他们越过旷野迅速地抵达了台伯河岸。

喀伊扣斯是特洛伊营地的哨兵，突然他看见远处尘土滚滚。"兄弟们，"他向营地里喊道，"敌人来了，快拿起武器，到围墙去。"分散在营地各处的特洛伊士兵听到喊声，根据埃涅阿斯事先的命令，迅速聚集到战壕和围墙。尽管他们心里更愿意和敌人公开地进行肉搏，但是他们忠诚地服从埃涅阿斯的命令，封锁了营地大门，在他们高大的塔楼上等待着敌人的到来。

图尔努斯催促着军队快速前进，自己带领精选的二十名骑兵，出现在壁垒森严的特洛伊人的营地前。"谁第一个向敌人挑战？"他晃动着手里的长矛问身后的精英小队。身后的骑士们喊叫起来，大声嘲笑特洛伊人是胆小鬼，因为特洛伊人躲在围墙和战壕里不敢出来迎战。图尔努斯头戴红色羽毛装饰的金头盔，绕着特洛伊人营地的围墙，巡视查看地形，寻找突破口，他看上去就像一头在羊圈周围到处转悠的饿狼，因无从下口而愤怒不已。突然，他看见了海边被浓雾和海浪遮掩的舰队，藏在营边一侧，于是欢快地大声命令士兵去放火焚烧特洛伊人的船只，而他自己第一个从旁边的小屋抢来燃烧的火把，冲了出去，其他人也立即尾随而上。如果没有一个神的奇迹的话，那么特洛伊人的舰队将毫无疑问地被全部焚毁。很久以前，当埃涅阿斯在特洛伊的伊得山脚下建造远航船队的时候，万神之母库柏勒就对宙斯说："儿子，把我索要的东西给我！我给了埃涅阿斯他所需要的船队，我自愿伐倒我美丽小树林里的梧桐和松树去做成航船。但是我一直担心，我的这些可爱的树木，如果它们变成了航船，就有可能被风暴掠走。因此，请听从我的请求，让这些在伊得山边生长的木材能得到善终，不论遭到任何危险它们都能得到你的保护！"

"这个我无法做到，"宙斯回答道，"我不能赐予在大地由人建造的东西以永恒的生命。但是我能为你做的，我都愿意去做，我将让它们从非永生的形体里解放出来，像涅柔斯的女儿们一样，作为海洋的女神永恒地在海上航行。"

现在宙斯的诺言实现了，当图尔努斯想把火炬扔到船上时，从东边的天际飘来一团明亮的云层，空中传来恐怖的声音，让特洛伊人和儒图利人都感到战栗。"你们特洛伊人不要如此惊恐，"那个声音在响，"我要保护我的船，让图尔努斯去焚烧大海吧！你们这些船，自己游走吧，你们是海洋女神的，这是万神之母的意愿！"声音刚落，这些航船突然像活了一般，摆脱开缆绳，调转船头像海豚一样向大海游去；它们再次出现在海面上时，变成了美人鱼的样子在海浪里嬉戏。儒图利人看到这一切都目瞪口呆，先锋墨萨普斯吓倒在战车上，他的马也惊得一动不动，连台伯河也把自己的河浪从大海撤了回来，只有胆大包天的图尔努斯没有放弃希望。“你们没有注意到吗，朋友们？”他说道，“事实上这是宙斯反对特洛伊人而显示的奇迹，他亲自来帮助我们，随着特洛伊人的船变形，他们回家的任何梦想都已破灭，他们的舰队不需要我们的火把就不存在了！这片土地在我们的手里，上千名意大利人都武装起来，我不惧怕他们引以为荣的诸神的预言，我的命运也已事先确定，就是全力以赴消灭这个声名狼藉的族群。”

图尔努斯带着军队在这里扎下营盘，他让墨萨普斯守着自己营地的大门，用一圈篝火围住了堡垒，每一百名年轻士兵组成一支队伍，每支队伍有一名军官，共有十四名这样的军官在他的直接领导下随时待命，其他人则散在各处的草丛中庆祝起来，兴高采烈地畅饮葡萄美酒。特洛伊人从自己的战壕里观察着这一切，让小心谨慎的士兵全副武装登上营地高处的角楼，监视所有的桥梁，储备必要的物品，整个营地由姆涅斯透斯和塞瑞斯图斯负责，他俩在埃涅阿斯临行前被指派为指挥官。就这样，整个特洛伊的军队防守在营地里，注意观察敌人的一举一动。

尼苏斯和欧律阿卢斯

特洛伊的队伍里，有两个大胆的年轻人尼苏斯和欧律阿卢斯。尼苏斯是一名投掷长矛的好手，也是一名出色的弓箭手；欧律阿卢斯是特乌科尔人中最漂亮的，柔嫩的面颊上刚长出淡淡的绒毛。他们俩是最好的朋友，在战场上两人并肩作战，现在他们俩一起守着一座大门。尼苏斯开始说："我真想知道，是不是神唤醒了我们的事业心！无论如何，这种无聊的安静令我心烦，逼迫我去有所作为。看看，儒图利人自我感觉是多么好，到处燃起火堆，几乎所有人都醺醺大醉，睡得死死的，他们周围一片沉寂。你听好了，我有一个计划，我们所有人都渴望把埃涅阿斯叫回来，必须派一个可靠的信使去完成这一任务。我在想，我可以绕道山脚，找到通往图尔斯科的道路，抵达帕兰特乌姆山！"

欧律阿卢斯听到朋友的建议，感到非常兴奋，他心中为荣誉而战的豪情也被激发出来。"你难道要拒绝我参与你的行动吗？"欧律阿卢斯说，"另外，我怎么可能让你一个人如此去冒险呢？不，我的父亲奥芬厄勒特斯从来没有这样教育过我！而我自己并不看重自己的生命，愿意为荣耀付出我的一切！”

“我从来没有怀疑过！”尼苏斯回答说，“但是，万一我受了伤，或者神祇埃涅阿斯让我丧命，神在这种情况下总是会希望你能活下去！你的年轻生命比我的更有价值。我也希望，你能在战场上抢回或赎回我的尸体，并把它埋葬。或者，如果我连这个运气都没有的话，至少你能为我举行一次祭祀亡灵的仪式，给我竖一块石碑。我怎能让你的母亲承受如此痛苦的磨难？她是众多母亲中唯一拒绝返回西西里岛的，她陪伴你走了多少艰辛的路！”

但是欧律阿卢斯却说：“你是在千方百计地寻找让我留下来的理由，但是我已经打定主意了。快，让我们行动吧！”他叫醒了下一班接替他们的哨兵，随即他们匆忙地赶到特洛伊人最高议会。此时已是深夜，公侯们和军队的将领们正商量对策，在帐篷中，首领们身倚长矛，靠在盾牌上，围成一圈讨论怎么办，该派谁去给埃涅阿斯送信。正在这当口，帐外尼苏斯和欧律阿卢斯急迫请求召见。阿斯卡尼乌斯虽然年轻，但在议会中代表他的父亲，他让他们进来，并让年长的尼苏斯先发言。

“请听我们说，”尼苏斯对着英雄们说道，“不要因为我们的年轻而忽视我们的建议。我们已经仔细观察了四周的情况，我们守候的大门前有一条岔路，临近大海，敌方的防御篝火之间有漏洞，我们可以从中偷偷地穿过去。如果你们允许的话，我们愿意作为信使去找埃涅阿斯，不久你们将看到我们带着伙伴和战利品回来。”

将领们听完了年轻人的主意，感到十分惊讶，最年长的阿勒特斯喊道：“啊，众神啊！你没有让我们特洛伊人毁灭，如果我们年轻人的心被你们如此唤醒的话，我们一定会复兴的。”

这时，年轻的阿斯卡尼乌斯喊叫：“好样的尼苏斯，可爱的欧律阿卢斯，你们是我的幸运和希望，去吧，让我能再见到我的父亲！如果他回来的话，我将无所畏惧了。两个银杯、两个珍贵的三脚火炉架，还有狄多娜送给我父亲的美丽的金罐，现在都属于你们了，如果我们得胜的话，你们还将得到更多。尼苏斯，你看见图尔努斯骑的那匹骏马和金色的马鞍了吗？它们也将属于你，我父亲将送你们十二名战俘，还有拉丁努斯战场上全身装备的男人以及女人，还有很多其他宝贵的财物。你，欧律阿卢斯，我现在衷心向你致敬，你是我的战友和不可分离的朋友。”

欧律阿卢斯说道：“现在是显示我勇气的时候了，但是对我来说，有一件事情比所有礼物更贵重，这也是我请求你的原因。阿斯卡尼乌斯，我的母亲，她和你一样，也是普里阿摩斯古老王族的后裔，她自始至终跟着我到处流浪。我将与她不辞而别，因为我见不得她的眼泪，请好好照顾她，万一命运让我不能返回的话，请对她多多安慰。”

听到这里，阿斯卡尼乌斯心中更涌起对父亲的深爱，他也哭泣起来，边哭边答应欧律阿卢斯的所有要求，其他的将领们也深深感动。姆涅斯透斯从肩上拿下狮皮扔给了尼苏斯，阿勒特斯和他交换了头盔，阿斯卡尼乌斯把自己的金柄上镶了象牙的宝剑亲手交给了欧律阿卢斯。

所有将领陪伴着他俩一直走到大门。借着夜色的掩护，他们很快穿过了战壕，逐渐接近了沉睡中的儒图利人的哨所，醉意醺醺的儒图利人的士兵把战车轮子、铠甲和武器扔得到处都是。“现在是个机会，”尼苏斯轻轻地告诉自己的朋友，“你掩护我，我去收拾他们，打开一条通道。”

他一边压低着声音说话，一边接连杀死了图尔努斯国王的一些卫兵，捎带上三个不知所措的奴仆，而国王正在酣睡之中。在旁的欧律阿卢斯也没有闲着，他们就像雄狮一样迅速地杀戮着喝醉了的卫兵，欧律阿卢斯快要杀到儒图利首领墨萨普斯的篝火前了，但是尼苏斯把他叫了回来。“你难道没有看见马上就要天亮了？”尼苏斯警告说，“朝霞已经升起，我们已经报仇了，现在我们应该赶紧上路！”他们留下了所有的战利品，欧律阿卢斯只带走了拉姆涅斯战马的马饰，把他的佩刀搭在肩上，还把在篝火边捡的拉姆涅斯带有羽毛装饰的头盔顺手高兴地戴在头上。就这样他们离开了敌营，沿着小路走到空旷的野地。

此时有三百名全副武装的骑兵在弗尔肯斯的率领下，正向图尔努斯的营地开拔，他们要给图尔努斯转达他们国王的一个命令。当他们到达图尔努斯的营地附近时，突然看到远处有两个匆忙奔跑的年轻人，其实是欧律阿卢斯头上那顶闪亮的头盔在朝霞里发出耀眼的反光吸引了他们的注意。“你们两个武装的士兵，”弗尔肯斯向他们喊道，“你们要去哪里？”这两个人没有回答，而是飞快地跑进附近的森林，希望晨雾能帮助他们逃过敌人的追捕。可惜这些敌人非常熟悉这里的地形，封锁了所有的出口，包括所有的小道。路径几乎难以辨认，森林里到处是茂密的橡树和灌木，欧律阿卢斯被他身上的战利品拖累，恐惧和慌张使他选错了逃跑的方向。

尼苏斯却很幸运地逃离了森林，匆匆地向后来被称为阿尔巴纳尔海的海边跑去，直跑到了安全的地带才停下来，向四周张望寻找自己的朋友。“欧律阿卢斯，”他绝望地喊叫起来，“你在哪里？可怜的人，我在哪里可以找到你呀？”他漫无目的四处张望，突然听见从远处茂密的灌木丛传来激烈的战鼓声、厮杀声和混乱的马蹄声。没过多久他就看到敌人的骑兵，他们用缰绳把双手被缚的欧律阿卢斯系在马后面，拖着前行。他该怎么办？他有没有希望救出这个可怜的年轻人？难道他该放弃这个希望？他仿佛听见内心深处有一种呼唤，拿起了手中的长矛，对着晨雾里忽隐忽现的月亮祈祷：

“月亮女神，森林的保护者，拉托纳斯的女儿，不仅我父亲多年来祭祀你，而且我也一直把自己的战利品都呈献给你，现在请你保佑，让我击败这群乌合之众。”尼苏斯使出全力掷出长矛，一下就射中了儒图利人苏勒摩的后背，苏勒摩一命呜呼从马背上摔了下来，其他的骑兵都惊得发呆。还没有等他们回过神来，尼苏斯的第二支长矛又飞了过来，并击中了另外的一个儒图利人塔古斯。弗尔肯斯被激怒了，他没有见到掷长矛的人身在何处，于是，他对着欧律阿卢斯咆哮起来：“我要用你的血来为我死去的两个朋友报仇！”说着就马上抽出宝剑，冲向欧律阿卢斯。

这时，失去理智的尼苏斯从自己的隐蔽处冲了出来，大声叫道：“我就是你要找的人，把你的剑对着我，我向你发誓，我朋友他是无辜的。”然而，他的喊声太晚了，弗尔肯斯已经用剑刺中了年轻人的胸口，欧律阿卢斯在死亡中挣扎，他的颈部倒向肩膀，就像一支紫色的花朵垂下它的脑袋。尼苏斯奋不顾身冲向敌人，左冲右撞，当他冲到了敌军首领弗尔肯斯的面前时，弗尔肯斯用剑刺中了他。尼苏斯倒在了他死去朋友的身上，他的灵魂和他朋友的灵魂穿越了整个敌军的包围，找到了死亡的安宁。

骑兵把他们的铠甲全部扒了下来，在首领弗尔肯斯的带领下，把两具尸体带回图尔努斯的营地。不一会儿，特洛伊营地塔楼上的士兵们，看到了这两个年轻人的尸体——这两个年轻人走的时候，带着如此巨大的希望。这不幸的消息很快就传到了欧律阿卢斯母亲那里，当她坐在纺车旁听到这个噩耗时，纺锤从她的手里掉了下来，她撕扯着自己的头发，毫不畏惧地冲到营地的最前面，用最恶毒的话诅咒敌人。热泪盈眶的阿斯卡尼乌斯和理智的伊利昂纽斯命令两位年长的英雄把欧律阿卢斯的母亲扶回她的屋里。

挡住了图尔努斯的进攻

儒图利人敲响了进攻的战鼓。一声喊叫声响彻了营盘的上空，群山发出了回声，敌人从四面八方进攻特洛伊人的营地，在盾牌的掩护下，他们填平了特洛伊人挖的战壕，清除了掩体，攻到了特洛伊营地的围墙下。特洛伊人对防御自己的营地有着丰富的经验，他们掷出用于防御的各式各样东西：坚硬的石块、巨大的岩石，并用长矛刺杀首先登上城墙的敌人。受到挫折的儒图利人停止了进攻，从城墙往后撤了一段距离，用长矛和弓箭射击城墙上的特洛伊士兵。最后，他们集中了所有的兵力，进攻高地上的一座塔楼，这座塔楼通过悬桥和特洛伊人的营地连在了一起。儒图利人想占领这个制高点以赢得这场战争，而特洛伊人拼命守护这个高地，从墙垛上扔出巨石，或是射出利箭。最终，图尔努斯把手中的火炬扔到了塔楼下面，火焰从塔楼的一侧蔓延到整座塔楼。坚守塔楼的士兵还没有来得及撤出，塔楼轰然倒塌，一些士兵被压在了塔楼下，还有部分逃出的士兵被塔楼倒塌时飞出的木块击中，而那些幸运地逃出来并且没有受伤的士兵，转眼就被儒图利人黑压压的军队包围，陷入一场混战之中，但终归特洛伊人成功地挡住了这场进攻。在这之前，只会用箭射杀一些野物的阿斯卡尼乌斯一箭命中了勒姆鲁斯，特洛伊士兵欢呼了起来，敌军吓得节节后退。阿斯卡尼乌斯还想乘胜追击，这时阿波罗变成他祖父的护卫武器的随从，拦住阿斯卡尼乌斯，对他说："埃涅阿斯的儿子，你该满意了，你已经没受任何惩罚就杀死了一个英雄，今天你的荣誉是太阳神阿波罗赐予你的，从现在开始你要避免战争！"特洛伊的首领们认出这是神，阻止了阿斯卡尼乌斯的追杀。但是他们这些人又重新陷入混战之中，特洛伊营地的围墙边到处都是短兵相接的厮杀声。在营地大门内的特洛伊士兵，听到和看到外面的伙伴如此英勇无畏地战斗，也热血沸腾起来。其中有来自伊得山的莱尔翁的两个儿子潘达罗斯和比提阿斯，他们像家乡的松树一样强壮，受首领之命打开大门，吸引敌人进入，而他俩在大门内的一左一右，手握利剑，他们头盔上的羽饰在风中摇曳。儒图利人看见敌人营地的大门突然打开，想都没有想就蜂拥而入。但是守门的两个年轻人手起刀落，瞬间就杀死了四五个英雄和一整队随兵，其余的人抱头鼠窜。

现在特洛伊的军队士气大增，越战越勇，把儒图利的军队打得节节败退。在营地另一边作战的图尔努斯听见战场不利的消息，满腔愤怒地立即带着自己的精锐部队赶了过来，向敞开的营地大门冲去。他从很远处就掷出了长矛，一下就刺中了比提阿斯的胸膛。特洛伊士兵赶紧撤往大门后边，儒图利士兵则紧追其后，这时潘达罗斯用他强壮的肩膀顶着大门，并及时地关上，但是有很多特洛伊士兵也被关在了外边，重新陷入肉搏战中。同时，还有很多儒图利的士兵被关在了营地的大门之内。但是，潘达罗斯做梦也没有想到，图尔努斯也被关进了营地的高墙之内，他就像一头被关在铁笼里的猛虎。当特洛伊士兵从那巨大的身躯和狰狞的面貌认出图尔努斯时，他们都惊恐不已，只有身材和图尔努斯一样高大的潘达罗斯无所畏惧，他沉浸在失去手足的痛苦之中，威严地站在图尔努斯的面前，向他挑战："这里不是你岳母的王宫，而是你敌人的营地，你将不会从这里活着出去！"

图尔努斯笑了笑，平静地回答道："来吧，如果你有胆量的话，就和我大战几百个回合。如果你是你们特洛伊人的英雄赫克托耳的话，现在你应该找到了打败他的阿喀琉斯了！"义愤填膺的潘达罗斯用力地扔出了手中的长矛，但是赫拉在暗中故意弄偏了方向，使长矛钉在大门的门扇上。这时图尔努斯跃起，挥动着手里的利剑，凶狠地说："你休想从我的剑下逃生。"边说边向潘达罗斯刺出了致命的一剑，潘达罗斯死在了图尔努斯的剑下。

特洛伊士兵纷纷向四面八方逃去。如果此刻得胜的图尔努斯想到打开大门把他的部队放进来的话，那么特洛伊人在这里寻找新家的事就会功亏一篑。但是，嗜杀成性的图尔努斯被胜利冲昏了头脑，单枪匹马杀向营地的深处，直冲到坐镇于营地中心指挥全军的塞瑞斯图斯和姆涅斯透斯的营盘。姆涅斯透斯是第一个让士兵们清醒过来的人，他说："你们要逃到哪里去？请你们理智地想一下，你们只有这个营地！难道让这么一个被关在你们围墙里的敌人在这里横冲直撞，让你们承受如此巨大痛苦的人不受到任何惩罚就离开这里吗？难道你们忘了你们父辈的国家，忘了你们的首领埃涅阿斯，忘了保佑你们的故土众神了吗？"姆涅斯透斯终于使四处逃亡的士兵明白过来，他们重新聚集在一起，去抵挡图尔努斯的进攻。酣战已久的图尔努斯也感到疲劳，他明白自己的体力已经不可能再坚持到他杀回大门，他费力地向靠近河边没有围墙的那边冲去，他抵达河床，成功地抵御了特洛伊人的进攻。但是远处的弓箭从四面八方向他射来，雨落般的石头把他的头盔打歪，上面的羽毛也被打得七零八落，他的盾牌上满是被挡住的弓箭，沉得几乎拿不住。他边战边退到了河岸上，突然转过身，把背朝向敌人，全身穿戴着铠甲跳进了台伯河。河水载着他，缓慢地离开了特洛伊的营地，把他带回到自己的军队那边。

埃涅阿斯回到自己的营地

宙斯在众神大会上，听取了妻子赫拉的抱怨和女儿阿佛洛狄忒的请求，做出了决定：诸神都不得介入特洛伊人和儒图利人的战争。于是，特洛伊营地被围困仍将继续下去。

在这期间，埃涅阿斯带着他的军队和阿耳卡狄亚骑兵来到了鲜花盛开的图斯库人的城市阿基拉，这里原来残暴的国王墨赞提乌斯被赶走，逃到了图尔努斯那里，这个城市与儒图利人和拉丁人是死敌。当埃涅阿斯道明自己的身份，并告诉现在的国王塔尔康自己将率领军队与图尔努斯和墨赞提乌斯作战的时候，他立即受到了国王热烈的欢迎。塔尔康不仅带上了自己的军队，而且还召集了伊特鲁里亚其他城市的军队一起跟随埃涅阿斯去作战。埃涅阿斯派遣阿耳卡狄亚和图斯库率骑兵从陆地先行，没过多久，埃涅阿斯就率领着由三十艘战船组成的舰队浩浩荡荡离开了伊特鲁里亚海岸。深夜时分，埃涅阿斯独自一人小心地坐在舵手的位置，指挥自己的舰队在海上行驶，突然一群小精灵围着他又跳又唱，那正是在台伯河入海口处被库柏勒从图尔努斯火炬下救出来并变成小精灵的特洛伊人的战船。因为它们已经有了生命和灵魂，所以能认出自己的主人。它们绕过船的右舷，随着轻柔的海浪漂到了船的左舷，说道："醒醒，神的儿子，噢，别睡着，让风鼓满船帆！我们是伊得山上的云杉，你忠实的战船，库柏勒把我们从图尔努斯的火炬下解救了出来，让我们变成了海上的精灵。你要赶紧呀，我的朋友，你的儿子阿斯卡尼乌斯已经被儒图利人的军队包围，你们营地的围墙外到处都是进攻的敌人。尽管你的骑兵已经到了那里，出现在营地之前，但是，图尔努斯已经知道了这个消息，两军正在营地之间鏖战。快点，让你的航行加速！天亮时你将抵达台伯河的入海口。拿起赫淮斯托斯给你的闪亮的金盾，进入你自己的营地。神会保佑你的，明天将是你胜利的一天。"

精灵们将要消失的时候，猛地把埃涅阿斯的战船推开，战船好像长了翅膀一样比长矛和箭还快，破浪疾行，其他的船也紧随其后。当东方出现第一抹朝霞的时候，埃涅阿斯看见了自己的营地。他完全按照海上精灵的提示去做，昂首挺胸地站在船舷上，向营地里自己朋友的方向，左手高高举起金光闪闪的盾牌，像太阳一样跃出海面，照耀特洛伊人。他们透过围墙看见了前来救援的船队，欢呼起来，双倍地投出他们的长矛。儒图利人和他们的首领不明白敌军为什么会突然如此兴奋，当他们看见海上的风帆和一支庞大的船队时，才醒悟过来。他们吃惊地看着全身披挂着超凡武器与铠甲的埃涅阿斯，他像一颗通红耀眼的彗星发出刺眼的光芒，他的头盔像火炬般明亮，头盔上的羽毛似燃烧的火焰，他的盾牌反射出炫目的金光。

但是这一切都没能让勇敢的图尔努斯失去信心。他希望能把埃涅阿斯的舰队拦截在海里，阻击他们，不让他们上岸。"你们长期以来希望激战的时刻到了，"图尔努斯向他的军队喊道，"现在你们要奋勇杀敌，战神把胜利交到了你们的手中。想想你们的妻子儿女，光大你们父辈的荣耀！当他们刚登岸，船还在晃动的时候，你们就猛烈进攻，把他们消灭在海滩上！胜利永远在勇者一边！”

与此同时，埃涅阿斯船队的特洛伊人和他们的盟军，登上了陆地，占领了陆地的桥梁：一部分猛力划桨直接冲上海岸，另一部分借助海浪登上了陆地。跟随在后的塔尔康国王带着其他的船，寻找到台伯河入海口的平缓之地作为突破口，命令水手们用力划桨，向伙伴们喊道：“现在，我的朋友们，你们要使出全力划桨，让船冲向沙滩，让船的龙骨在这片敌人的土地上犁出一个深沟，即使船翻了，你们也要登上海岸！”伊特鲁里亚人听从国王的命令，奋力划桨，让战舰全速前进，一直冲到坚硬的陆地，所有的龙骨都完好无损地嵌入沙滩。只有塔尔康自己的战舰被陆坡的沙床挡住，潮水拍打船只往下拽，船在不断地颠簸摇晃，突然一阵风浪过来，船舱板全部断裂，船上所有的人都被抛到了海上，四周到处是折断的船桨和漂浮的船板。塔尔康和他同船的士兵花费了很大的力气才上岸。

埃涅阿斯激战图尔努斯，图尔努斯杀死了帕拉斯

图尔努斯看见敌人已经登陆，赶忙从围攻中退了出来，召集自己的军队，沿着海边排开了阵势，让号手吹起了进攻的号角。另一边，埃涅阿斯也命令他的军队——特洛伊人和联军开始进攻。他们首先向拉丁人的游牧民族聚集点攻击，把他们打得大败，然后才朝敌人的那些英雄杀去。不一会儿，两边就陷入了激烈的厮杀之中，兵对兵，将对将，血肉横飞，刀光剑影，一场血腥的大战一时难分高低。

在主战场的侧翼，有一片茂密的森林和满是岩石的山路，路上到处是用被砍树木做成的路障，直到海岸。欧安得尔国王的儿子帕拉斯带着阿耳卡狄亚的军队，在这里遭遇到了敌人。坑坑洼洼的地面不适合他们骑马，他们更不习惯于步行作战，被儒图利人和拉丁人逼得步步后退。突然，阿耳卡狄亚年轻的统领大喊一声，压住了后退军队的阵脚："以我父亲的荣誉和胜利，以我自己的希望，我向你们发誓，我的士兵们，站住，要相信你们的手而不是脚！我们别无选择！要不我们向前，进入特洛伊人的营地，要不我们后退，被

滔滔的大海淹没！”这番话激励了他的战士，他自己像雄狮般奋勇杀敌。他的伙伴们又重新聚集在他身边，阿耳卡狄亚人一步一步夺回了失去的阵地，直到碰上墨赞提乌斯勇敢的儿子劳苏斯，才被阻拦在那里。阿耳卡狄亚的军队向他们的朋友伊特鲁里亚人和特洛伊人的军队靠拢，最后，劳苏斯和帕拉斯终于面对面站在疆场上，这两个年轻人几乎一样的年龄，长得同样清秀，两人都注定要在这场战争中早逝。但是，他们中间任何一个人都不应死在另一个人手下，因为等待他们的是另外一个更强大的敌人。

骑在战车上到处巡视的图尔努斯突然看见了他俩在相互厮杀，杀心大起。“停，”他从战车里咆哮道，“我要亲自杀死帕拉斯，只有我才能主宰他的生命，这也是欧安得尔愿意看到的！”

帕拉斯顺着咆哮声吃惊地看去，终于看见了嚣张的敌人，他双目圆睁，怒火中烧，向敌人勇敢地喊道：“要么我今天剥下一个统领的铠甲，要么我今天光荣地战死，这两种都是我效忠父亲的方式，收起你的威胁吧！”图尔努斯命令他的战士让开一条通道，帕拉斯勇敢地站在了中间，图尔努斯像看到猎物的狮子一样迅速地从双驾马车的战车上跃了下来。当帕拉斯看到图尔努斯进入射程时，他使出全身的力气奋力地掷出了长矛，并迅速地从剑鞘里拔出了宝剑。尽管他投掷的目标很准，但是他的长矛被图尔努斯的盾牌挡了一下，从图尔努斯魁梧的身躯旁边一擦而过。

这时，图尔努斯手里拿着带有锋利铁头的标枪，对着帕拉斯说：“看好了，我的标枪是否射得更好些！”说着，他手中的标枪就飞了过来，穿过了年轻人的盾牌、铠甲和胸膛，直插入了他的心脏。帕拉斯还想把标枪从伤口里拔出来，但是他的灵魂已经离开了喷出鲜血的躯体，他倒在地上英勇地死去。图尔努斯用左脚踩在帕拉斯的尸体上，从他身上取下了绘有人首马身的曾涛尔恩金像的漂亮腰带，接着说："我不会不让这个年轻人的尸体入葬的，你们阿耳卡狄亚人自己带着他去见他的父亲欧安得尔！"

图尔努斯登上了自己的战车，扬长而去。阿耳卡狄亚的士兵悲愤地抬着死去的国王儿子的尸体离开了战场，被人多势众的儒图利人追得节节后退的伊特鲁里亚人和特洛伊人跟在他们后面落荒而逃。

在另一边激战的埃涅阿斯得到了自己军队败退的消息和帕拉斯死去的噩耗，他把那些勇敢的伙伴聚集在自己的身边，从敌人的队伍里用剑杀出一条血路，到处寻找图尔努斯。他恍惚看到欧安得尔组织的盛宴和年轻健壮的帕拉斯的身影，他的父亲是如此信任地流着眼泪把儿子交付给自己。他的心中充满了悲痛和复仇之恨，在战场上他抓住了苏勒摩的四个儿子和乌芬斯的四个儿子，把他们从战场带回，作为给帕拉斯的祭祀牺牲品。凡是敢挡他道的敌人，他绝不留情，他像山里的狂风一样带着雷霆般的怒火席卷整个战场。

与此同时，一直在等待最佳时机的年轻的阿斯卡尼乌斯，终于瞅准这个时机，带着被围困的特洛伊人从营中冲了出来。

图尔努斯被赫拉救起，
埃涅阿斯杀死了劳苏斯和墨赞提乌斯

如果不是赫拉在奥林匹斯向宙斯恳求，把图尔努斯从战场上救出带走的话，儒图利人早就彻底失败了。宙斯答应的时候明确地告诉赫拉："如果你要推迟图尔努斯的死亡日期，那就随你的便。但是，如果你想扭转整个战争的结局的话，那你的希望就完全破灭了。"

赫拉哭泣着回答说："如果你只想这样的话，我遵从你的旨意。难道我那无辜的被保护者就该落得如此悲惨的下场？但是，我还是要感谢你延长了他的生命，也许你还会以仁慈之心做出宽恕他的决定。"

隐匿在云层里的赫拉让风把她载到人间，不一会儿，她就到了劳伦特军队的营地。她从高高的云端变出一个看上去像埃涅阿斯的幻影，身穿铠甲、手执盾牌和顶戴头盔，完全是一身众神之子的装束，稳健的脚步和洪亮的声音，令人难辨真假。这个幻影就像梦境般飞到了征战队伍的前列，向图尔努斯掷出标枪发出挑战，激怒图尔努斯和他对决。

图尔努斯冲向幻影，向他投出长矛，她转身向另外的方向跑去，图尔努斯拔出利剑大吼大叫紧追不舍，不知不觉中已经离开了整个战场。伊特鲁里亚人的一艘战船就停靠在附近的海岸，埃涅阿斯的幻影一跃上了这艘船，让人觉得他好像就躲在船上的某个角落，图尔努斯也紧紧跟上，一跃登上了船的前甲板。现在赫拉已经达到了把图尔努斯诱骗出战场的目的。图尔努斯的脚还没有触到甲板，系船的缆绳就突然绷断了，台伯河水载着这艘船驶向大海。

此时，真正的埃涅阿斯正在奋勇作战，到处寻找自己的对手。埃涅阿斯的幻影却离开藏身的角落，躲过图尔努斯的视线飞到了空中。图尔努斯没有找到敌人，被激流冲得越来越远，他不知所措地看着远去的陆地，对自己的得救一点儿也不心存感激。“威力无比的宙斯，”他伸出双手向天空喊道，“难道你认为，我这样的屈辱是咎由自取吗？难道你要如此残酷地惩罚我吗？我所有的朋友都在这场激烈的战争中进行生死决战！我怎么能弃他们不顾而自己逃脱呢？啊，我脚下的大海在咆哮，要把我的船抛到礁石撞碎！”他开始想拔剑自刎，剑已出鞘。后来他又恢复了理智，想回到同伴的身边，他不顾一切地带着全身装备跳进汹涌的大海，奋力向岸边游去。可是赫拉故意让海浪逆向冲击他，波涛把他直带到他出生的城市阿尔得亚，海浪才把他掀到岸边的沙滩上。

营地前的围墙前展开了血腥的厮杀，特洛伊人已经占了上风，并开始为胜利而欢呼。但是被驱逐出阿基拉的伊特鲁里亚人、儒图利人最凶猛的联盟者墨赞提乌斯，率领援军赶了过来，杀入战场，向敌人发起进攻。不一会儿，战事又陷入了胶着。远处的埃涅阿斯看到了凶狠的敌人，马上朝他冲了过来。墨赞提乌斯眼看埃涅阿斯快进入自己的射程之内，他左手握着一直陪伴自己战斗的儿子劳苏斯的手，右手拿起了自己的长矛，说道：“你，我的儿子劳苏斯，如果你将敌人的盔甲穿在身上的话，就是我们胜利的标志！”说时迟那时快，他狠命地掷出了长矛，可惜长矛碰在埃涅阿斯的盾牌上就折断了，埃涅阿斯却冲过来，重创了墨赞提乌斯。

墨赞提乌斯的儿子看到父亲受伤了，泪水流在他的双颊，他无畏地冲了上去，挡在父亲和埃涅阿斯之间。劳苏斯的同伴紧随其后，把所有的标枪都投向埃涅阿斯，逼得他不得不用盾牌来罩住自己的全身。他恼怒地向劳苏斯吼道：“你冲过来干什么？是来找死的吗？你对父亲的爱让你忘了自己有多大的能力了！”可是劳苏斯不愿意后退一步，埃涅阿斯怒火中烧，一剑刺死了劳苏斯。

但是，当埃涅阿斯看到死去的年轻人苍白脸庞的时候，心中忽然涌起一股莫名的父爱般的感情，他把手放在了死去的年轻人身上，悲哀地喊道：“不幸的年轻人，你应该为你英勇的行为得到一种更好的结果，我不会脱下你的盔甲，你可以与你的父辈安葬在一起。至少以这种方式让你的勇敢无畏得到大家的认可，你死于一个强大无比的敌人之手。”埃涅阿斯亲自把劳苏斯的尸体从地上抬起，要求劳苏斯那些惊慌的同伴接过这具尸体。

受了重伤的墨赞提乌斯在台伯河畔被救了起来，周围站满了年轻的士兵，他虚弱地一边用河水清洗伤口四周的鲜血，一边气喘吁吁地不断地询问着儿子的去向。

当一群人用盾牌扛着一具年轻人的尸体悲恸地朝他走来时，墨赞提乌斯立刻明白发生了什么。当那群人走近他时，他抓起地上的尘土撒在自己的白发上，无助地向苍天伸出了双手，随后抱起儿子的尸体，他说道：“我最爱的儿子，为什么命运如此残酷地对待我，让你替我死在敌人的手中？难道非要以你的死来换我的生吗？但是，我不愿意带着如此沉重的痛苦继续生存下去！”他用尽全力站起，让人把自己的坐骑牵过来，这匹马是他的朋友也是他的慰藉，在每次战斗之后，它都把他作为胜利者驮了回来，现在这匹马低垂着头站在墨赞提乌斯的面前，仿佛它也在为劳苏斯的阵亡感到悲哀。“我们已经活得够长了，我的罗艾布斯，”他对着自己的爱马说，“但是，今天你将和我一起为劳苏斯报仇，要么我们作为胜利者凯旋，要么我们一起死去。我知道，你是不愿意驮特洛伊人的。”悲痛、狂热和勇气让墨赞提乌斯重新投入了战斗。

“感谢宙斯和阿波罗！”当看到敌人骑着马重新冲过来的时候，埃涅阿斯兴奋地叫了起来，“你又要和我进行一对一的决斗了！”他说着举起长矛向敌人冲去。

墨赞提乌斯向他吼道：“难道你以为我会被你的气势吓倒吗？在你杀了我儿子以后，我已经不惧怕死亡了，我不乞求任何神，我就是想要死去，但是在这之前，我要送给你这个！”话音未落，墨赞提乌斯就掷出了一支长矛，接着是第二支、第三支。

埃涅阿斯用盾牌挡住了一支又一支长矛，快速地冲了过去，先用标枪击中了墨赞提乌斯的坐骑，那匹受伤的马痛得竖起了前蹄，把墨赞提乌斯掀翻在地，并用自己的马背把他的躯体遮了起来。埃涅阿斯从剑鞘里拔出宝剑，向墨赞提乌斯嘲弄地叫嚷道：“那个充满野性的墨赞提乌斯在哪儿？他爬到了哪里？”

“可怕的人，”被掀在地上的墨赞提乌斯叹息道，“尽管我将在战斗中死去，而你还在这里嘲笑着我的死亡，可我在这里还是要请求你一件事情。你知道，我以前的臣民是非常仇恨我的，请保护我的尸体免于他们的报复！我想和我的儿子葬在一起！”说完这句话，他把自己的脖子撞到了敌人的剑锋上，结束了他的生命。

停火协议

朝霞染红了特洛伊人胜利的战场，埃涅阿斯在山坡的高地上竖起了一个胜利的标志：一棵被砍掉树杈的巨大橡树上，墨赞提乌斯锃亮的盔甲被高高地挂起。特洛伊军队所有的首领都聚集在这棵象征胜利的橡树下，埃涅阿斯用欢庆的形式把战利品祭献给了战神阿瑞斯。

众人来到特洛伊人的营地里，帕拉斯的武器执者和伙伴、随从——年迈的阿库伊特斯守在帕拉斯的尸体旁，他的周围围着一大群披头散发的仆人和特洛伊的男男女女，他们都在悲痛地哀悼那年轻早逝的生命。当埃涅阿斯走进营地大门的时候，营地里到处是哭泣声和捶胸顿足的号啕声，埃涅阿斯看着帕拉斯年轻苍白的脸庞，看到他胸前的剑伤，禁不住泪流满面地哭喊起来："不幸的年轻人，虚幻的幸福伴随着你，没有保佑你看到你希望看到的朋友们建立的国家，没有让你作为胜利者凯旋还乡！这里发生的一切，不是我向你父亲欧安得尔国王许诺的那样，当他拥抱我向我告别的时候，对我说过：'保护好你自己，你将与一个顽强善战的民族作战。'"

埃涅阿斯命令把帕拉斯的尸体放在橡树枝编成的床架上，把他抬到室外，放到绿草如茵的高地上，远远看去帕拉斯就像刚刚凋谢的风信子花，美丽灿烂的色彩还没有完全消失。

埃涅阿斯本人带来了两件紫红色的长袍，那上面喜庆的金色图案是狄多娜亲手编织而成，一件盖在年轻人的尸体上，另一件盖在帕拉斯满是鬈发的头上。带着这样的装饰，死者被带回帕兰特乌姆城他父亲身边。送丧的队伍里除了装备齐全的战马，还有很多战俘，最伤心的是帕拉斯年老的仆人阿库伊特斯，他不断地撕扯着头发，用双拳捶打着胸膛。送丧队伍的最后，是国王儿子的那匹名叫艾通的战马，它低着头，像人一样地流着泪水，一步步地跟在后面。送丧队伍走后，伊特鲁里亚和阿耳卡狄亚的诸侯们与特洛伊人一起举行了死亡祭奠仪式。埃涅阿斯目送长长的送丧队伍，直到它消失在视线之外，他向死者发出最后的致意，随后回到了营地。

其间，拉丁努斯的城市的使者也抵达了营地，他们手中拿着橄榄枝，请求允许他们埋葬死者。埃涅阿斯马上答应了他们的请求，说道："你们拉丁人为何如此没有理智？你们为什么藐视我们的友谊而要发起这场残酷的战争？你们在这里为死者乞求和平，而我更愿意给生者和平！如果不是命运的安排，我不会来到你们的土地！我也不会发起针对你们民族的战争！但是你们的国王拒绝了我们的联盟，而轻信图尔努斯的武器。如果图尔努斯决意要将这场战争进行到底，不能容忍特洛伊人在这片土地上的话，他应该全身武装地来向我挑战，男人对男人，让神和他的拳头来决定谁是谁非，来决定各自生命的去留。好了，现在你们走吧，去埋葬你们可怜的同胞吧！"

使者从特洛伊英雄嘴里听到如此宽厚的话语，吃惊地面面相觑，不知该如何作答，最后，还是图尔努斯的政敌之一，年迈的德朗克斯开口:“特洛伊的英雄，我该更敬佩你的作战天赋，还是你宽容的正义？我们此行的目的就是转达我们城市对你的意愿的充分谢意，还有，如果有可能的话，拉丁努斯国王希望与你重新和解。”所有同行的使者都在一旁对他的话语发出了赞赏的呼声。

为期十二天的停火协议就这样决定下来，拉丁人和特洛伊人可以到高山上的森林里砍伐用于焚烧尸体的树木了。

这期间，有关帕拉斯死亡的传闻已经传到了欧安得尔的城市。之前他们都只听说了国王儿子节节胜利的消息，现在，无以言表的悲哀情绪笼罩着国王和全体市民，手里拿着火把的阿耳卡狄亚人纷纷出城迎丧，绵延数里的火把照亮了漆黑的道路，路的那头终于出现了抬着尸体的送丧队伍。

当阿耳卡狄亚的妇女在城里看到送丧的队伍时，大街小巷里到处响起了哭泣声。这时，国王欧安得尔再也坚持不住了，他急匆匆地走向送葬的队伍，尸架一放到地上，他就扑倒在儿子的尸体上，老泪横流，宣泄着心中无尽的痛苦和悲伤。

拉丁人的全民大会

特洛伊人和拉丁人都含泪埋葬和祭祀了自己死去的亲人和朋友，但是拉丁人的担忧更多。城里到处是伤心的母亲、寡妇、姐妹和失去父亲的儿子们，他们在城市里彷徨，诅咒这场可恶的战争和图尔努斯的婚约。曾经作为使者的德朗克斯更是到处强化这种情绪，他向人保证，埃涅阿斯只是想与图尔努斯决战，他希望战争以两人决斗的胜负来结束。但是，图尔努斯的追随者极力为图尔努斯辩护，其中就有拥有相当威权的王后阿马塔，图尔努斯赢得的荣誉和战功使他在大众的眼里变得如神一般辉煌灿烂不可战胜。

传来的另一个消息使拉丁人悲观的情绪更加低落。在意大利的南部地区道尼亚有一位伟大的希腊英雄狄俄墨得斯定居在那里。他是堤丢斯的儿子，当他从特洛伊城返归，回到自己的家乡埃托里亚时，却被自己不忠的妻子赶走，然后他在这里建立了一座名叫阿尔及利巴的新城。战争爆发之前，图尔努斯就派遣番努鲁斯出使到特洛伊的宿敌狄俄墨得斯那里，告诉他，特洛伊人在特洛伊国王普里阿摩斯的女婿埃涅阿斯的带领下，想要占领拉丁人的土地建立第二座特洛伊城。图尔努斯向狄俄墨得斯请求援助，共同抵抗可怕的特洛伊人。图尔努斯的使者番努鲁斯神色紧张地从希腊人狄俄墨得斯的居住地回到了拉丁努斯城，带来的却是拒绝的答复。

国王拉丁努斯最后的希望也破灭了，他情绪沮丧地召集所有民众的首领来到王宫，自己紧皱眉头地坐在国王的宝座上，让归来的使者详细叙述出使的经过。

“市民们，”番努鲁斯开始陈述，“我们在喀尔卡奴斯山美丽山坡的橡树林里见到了英雄狄俄墨得斯和他的朋友。当我们通报了姓名、家乡，并向他呈上礼物，告诉他谁向我们发起了战争时，那位伟大的英雄很友好地回答我们：‘哦，你们幸运的奥索尼亚民族，生活在善良的图尔努斯的庇护之下，是什么样的命运要来破坏你们安宁的生活？我们战胜了特洛伊人，却成了世上最不幸的人，如果普里阿摩斯在世也会同情我们的遭遇，不忍看到我们为自己的莽撞付出的代价。埃阿斯葬身大海，阿伽门农在自己的家里遭到谋害，墨涅拉俄斯在埃及到处流浪，俄底修斯在库克洛普斯人面前害怕发抖——还有我自己，神不让我回到家乡。我不讲下去了！自从我在战斗中伤害了女神阿佛洛狄忒，我就不再是个幸运的人了！所以请别要求我重新投入战斗。当特洛伊人彻底失败之后，我已经不再是特洛伊人的敌人了，我也不想回忆所有不愉快的往事。请你们把礼物交给埃涅阿斯！我在战场上与他交过手，请相信我，他是一个强大的对手，他那有无比神力的盾牌和他掷出的长矛是不可战胜的。如果在特洛伊城里，赫克托耳死后还有两个像他一样的人的话，那么世界将不会谈及我们希腊人的胜利。所以请向他递上你们的和平之手，如果时间还来得及的话。因为他是你们无法战胜的！’”

当番努鲁斯的陈述结束的时候，全民大会上炸开了锅，惶恐不安的抱怨声和愤怒至极的咆哮声像瀑布撞击在岩石上一样轰响。当会场终于安静下来时，国王拉丁努斯在高高的王座上开口："我们在进行一场不幸的战争，我们的军队在与不可战胜的敌人和神的后裔作战。好了，现在请把我说的话，记到你们的心里。离这里不远我有块地方，那是儒图利人和奥隆基人兴建的，可以让特洛伊人在那里定居，建立他们预言中的城市。如果他们想到别的地方去寻找新的家乡，我们也可以给他们提供材料、工具和人工，帮助他们建造五十艘船。除此以外，将从拉提乌姆城里派出上百名使者，手里拿着和平的树枝，把黄金、象牙、锦袍和宝座作为国家珍宝交给特洛伊人。"

这时，能说会道而且一直对图尔努斯国王的荣誉不满的德朗克斯站了起来，叫道："英明的国王，但这里还缺少一样！你还应该把你答应给特洛伊人最珍贵的礼物交给埃涅阿斯，把你女儿拉维尼亚的手交到埃涅阿斯的手里，这样的和平联盟才会永远实现！"

这时，刚置身全民大会中的图尔努斯暴怒起来，站出来喊道："哦，德朗克斯，当战争要求用拳头的时候，你总是在玩弄口舌！现在不是要让会议大厅塞满各种各样的废话，敌人正在包围城市，现在我们需要战斗！如果我们整个拉提乌姆和沃尔斯科地区都动员起来抗击敌人的话，我们不需要狄俄墨得斯的援军。如果就像你们一直说的那样，这场战争仅仅以我的命运来决定的话，那么让埃涅阿斯来好了！"

在拉丁人还在争吵着如何解决自己国家面临的危机的时候，埃涅阿斯已率领全部大军逼近了。特洛伊人和伊特鲁里亚人离开了台伯河，正向拉提乌姆城进发。这个消息马上传到了王宫。

新的战斗，卡弥拉倒下了

王宫里的大会就此中断，所有人都迅急地拥到城墙边，挖沟、修筑工事、堆聚起石头，地上栽满木桩，吹响了战争的号角，混杂在一起的男人和女人们站在城墙上。一辆高大的马车上坐着王后阿马塔，她是这里发生这么多灾难的起因，旁边是她的女儿拉维尼亚。她们前往城市的宫殿，到雅典娜的神殿里去祷告并进行祭祀仪式。

图尔努斯已经快速地做好了战斗准备，他身穿锃亮的青铜盔甲，气宇轩昂地站在那里。腿上系着金色的带子，腰上斜挎着一把宝剑，头上戴着金光闪闪的头盔，全身散发出耀眼的光芒。他怀着胜利的渴望，从王宫里冲了出去。

在城门口，他碰上了带着自己军队的卡弥拉。卡弥拉一看见图尔努斯就从马上跳下来，对他说："图尔努斯，我完全相信自己的力量，我今天发誓，让我去和埃涅阿斯的人马作战，我要让我的沃尔斯科骑兵教训教训他们。"

她的请求受到图尔努斯的欢迎。"你是勇敢的人，"图尔努斯回答道，“上马吧，勇敢的少女，你的勇气超越了你的性别和男人的智慧，你无所畏惧地为我分担战争的责任。我的密探告诉我，埃涅阿斯已经派遣了一队轻骑兵作为先锋，他自己带着军队主力穿过山谷向这座城进发，我计划在长满茂密树林的山坡上设置埋伏，当埃涅阿斯经过峡谷狭窄的小路时，对他们发起进攻。无比勇敢的少女！你带领骑兵去迎战伊特鲁里亚的骑兵，我派墨萨普斯带着拉丁骑兵分队与你同去，你担任最高指挥官。”

图尔努斯发布完命令后，自己向前进发，穿过一个蜿蜒狭窄的山谷。山谷两边都是陡峭的绝壁，长满树木的山坡，中间只有一条羊肠小道，小道之上有一座山峰，峰顶上覆盖着浓密的森林。中间有一处平地，在那里设伏，军队可以从左进攻，也可以从右发起攻击，还可以居高临下从山坡上往山谷里扔石头。图尔努斯和他的军队很快登上了山峰，把兵力都分配停当，山头的森林里到处是准备就绪的伏兵。

就在同时，特洛伊的军队和伊特鲁里亚同盟组成的骑兵队正向拉提乌姆城的方向挺进，迎面碰上了拉丁人墨萨普斯和他的兄弟科拉斯的军队，还有卡弥拉率领的沃尔斯科军队。当两支冲锋的军队快靠近彼此弓箭的射程时，先是一片沉寂，瞬间后震天动地的呐喊声爆发出来。双方的战马急速地冲了出去，利箭像冬天的雪花一样铺天盖地，遮住了日光，战场上一片昏暗，两支军队长矛对着长矛厮杀起来。拉丁人的队伍发生了动摇，很快他们就用盾牌护住后背，掉转马头向城里的方向撤退。其实他们的撤退是故意诱敌。当他们快到城墙的时候，突然回过身，像泄了闸的洪水一样，又凶猛地冲向紧追其后的伊特鲁里亚人，并击退了他们。就这样来来回回了两次，到第三次，才开始了一场将对将、兵对兵的真正厮杀。

混战中，穿得像阿玛宗女人的沃尔斯科人首领卡弥拉越战越勇，一会儿用弓射出一支利箭，一会儿用手掷出一支长矛，一会儿用手拿起战斧砍杀。她的肩上背着金光闪闪的箭袋，甚至她的战马往回跑的时候，她也不忘向后面的追击者射出一支冷箭。一群经过挑选的少女作为随从紧跟其后，其中有拉丽娜、图拉和塔尔帕伊阿，她们都自愿加入这支队伍，无论是和平时期还是战时都忠实地伴随在卡弥拉的左右。现在在战场上她们遇到了同样勇敢的亚平宁居民奥努斯好斗的儿子，一个利古尔人。他只瞥了这个可怕少女一眼，就知道没有可能不战而退，于是就使出一条诡计，对着她叫道："如果一个女人只敢在马背上作战的话，有什么了不起！有种你就从马上下来，跟我一对一地决斗，让我们看看，你吹的牛皮是不是还那么大！"

这话像利箭一样刺伤了卡弥拉的心，她纵身下马，把战马交给身边的女侍从，只带着剑和盾牌站在了年轻人的面前。庆幸自己的诡计得逞的那个年轻人不但没有从马上下来，反而用马刺夹击马腹逃之夭夭。"骗子！"当卡弥拉看到他逃跑的时候，恼怒地叫道，"你以为你家乡的骗人技术能让你这样轻易逃脱？你的诡计不能帮你回到阴险的埃涅阿斯身边！"她边说边飞奔到敌人的坐骑前面，拦住了马的缰绳，一剑刺中了骑手的前胸。

对方也有一个强大的英雄，他就是伊特鲁里亚国王塔尔康，他一会儿从马上止住后退的队伍，一会儿用勇敢的呐喊鼓励起自己士兵的斗志，叫着每个士兵的名字，催促败下阵的士兵重新投入战斗。他毫不顾及自己的死亡，骁勇地站在战场的最前线。他看到番努鲁斯，奋勇地冲了过去，把番努鲁斯拉下了马背，用右手抱起他，把他放到马背上飞奔。

拉丁人吃惊地跟在塔尔康后面大声喊叫，他在马上从敌人铠甲的缝隙间找到致命一击的地方。番努鲁斯拼命地反抗，用手护住了自己的咽喉，两人的样子看上去就像一只抓到蛇后飞到空中的老鹰，被抓的动物盘卷成一团，进行垂死的抵抗，不断地发出嗞嗞声，而大鸟不会放松它锋利弯曲的利爪，猛力地扇动着翅膀。伊特鲁里亚人借助好运，以国王为榜样重新勇敢地杀向敌人的阵营。

卡弥拉也在伊特鲁里亚军队里遇到了一位真正的对手。英雄阿伦斯挥舞长矛向卡弥拉飞奔而来，并向正在全神贯注进行战斗的卡弥拉靠近。此时的卡弥拉正在与腓尼基的库柏勒祭司卡洛尤斯酣战。卡洛尤斯闪亮的铠甲及上面的编织物，像一件饰着羽毛的长衫一样罩在他的身上，外面还围了一条深紫红色的披风。他的头上戴着一顶金光闪闪的头盔，金色的箭袋斜挎在他的肩上，他用弓射出最锋利的箭矢。卡弥拉很喜欢敌人的这身武器装备，她追了上去，要把特洛伊人的这身盔甲作为战利品挂到意大利的神殿之上，或是自己穿上这身金色的铠甲。卡弥拉把所有的注意力都集中到这个敌人身上，没有发现靠近的阿伦斯，这个不被注意的敌人掷出了自己的长矛，同时向阿波罗祈祷，让他一洗联军遭到的羞辱，不要让他败于一个女人之手。阿波罗实现了他一半的愿望，那边的沃尔斯科人听见了长矛呼啸而过的声音，纷纷用目光找寻自己的女王，但是他们的女王什么也没有注意到，被长矛刺中了胸膛。她的女随从们快速地赶了过来，颤抖地用胳膊扶住了她们的女主人。阿伦斯也被自己所做的一切吓呆了，带着狂喜和恐惧想迅速逃离现场，在一支利箭向他射来之前，他赶紧混到一群骑兵之中，像一只咬死了一个敌人的恶狼，夹起尾巴逃向森林。此时，卡弥拉却因长矛刺得太深而濒临死亡，她的双眼闭上了，脸上红润的光泽消失了，她用微弱的声音告诉自己最亲密的侍女阿卡：“快点儿去，我亲爱的，把我最后的命令告诉图尔努斯，我眼前已经一片漆黑，他必须承担起领导这场战争的责任，在特洛伊人前保护我们的城市！”她的双手松开了缰绳，从马背上滑倒在地，头垂了下来，她那年轻的生命就这样逝去了。

沃尔斯科人为卡弥拉的死号啕大哭。在她倒下之后，战场上的厮杀就更加惨烈，杀害卡弥拉的凶手阿伦斯也没有逃脱厄运，被一支暗中射出的利箭击中而亡，那支箭是卡弥拉喜爱的猎神阿耳忒弥斯的复仇之箭。死者的朋友们越过他的尸体继续激战，而他被人遗忘，躺在尘土里。

卡弥拉所率领的骑兵在她战死之后开始逃跑，接着儒图利人也开始撤退。一片乌云卷着尘埃笼罩着城市的上空，伤心母亲的哭声从垛墙一直传到空中。儒图利军队几乎和后面紧追的敌人同时抵达城门，追击的胜利者大开杀戒也跟着拥进了大门。在其他的地方，绝望的市民们在逃兵抵达之前关上城门。被关在门外的逃兵悉数被敌人杀死。

与此同时，战败的消息也传到了图尔努斯埋伏的茂密森林里，阿卡在埋伏地点找到了图尔努斯，并告诉他女主人死亡的噩耗以及战场的失利。内心深处的痛苦和仇恨让图尔努斯不顾一切地冲出了埋伏的地方。图尔努斯刚离开自己的埋伏之处，埃涅阿斯就带着自己的军队从山的那边顺利地进入山谷。当他从浓密的森林中走出来时，拉提乌姆城已经在望了。这时，他看见图尔努斯的军队出现在了自己的面前，那边的图尔努斯也听见了身后的马蹄声，他转过身认出了狂怒的埃涅阿斯，他按照战场的规则站在了埃涅阿斯的面前。如果不是太阳下山的话，这两支军队就要在此地展开一场决定双方命运的决战。

谈判，试图决斗，和平破灭，埃涅阿斯遭暗算受伤

当图尔努斯觉察到，所有被敌人的气势压倒的拉丁人都注视着他，好像在提醒他曾经许下的诺言时，他的脸不禁泛起了羞愧的红晕，他的心在胸膛里又重新跳动起自豪的节拍。他像一头受伤的雄狮抖动起全身的鬃毛，用锋利的牙齿咬住了猎人刺入躯体的长矛，无畏的勇气又回到了年轻人的身上，他站到岳父拉丁努斯面前说道："如果胆怯的特洛伊人遵守他们的诺言的话，我这里绝对不会拖延！请把祭祀的家畜带过来，父亲，让我们缔结盟约。今天不是我的双手把这个亚细亚的流亡者送到死神俄耳库斯那里，为我们遭受的屈辱报仇雪恨，就是我战死在他的剑下，那样的话，他可以把你的女儿拉维尼亚作为妻子带回去！"

拉丁努斯心平气和地回答道："心灵高贵的年轻人，你越是充满了无畏的激情，我就越觉得有义务对你提出忠告，你要为自己的命运三思而后行！你从你父亲道努斯那里继承了一个庞大的王国，通过征战，又有很多城市成为你的属地，拉丁努斯城也赠予你很多黄金和宠爱，拉提乌姆还有很多适合做新娘的贵族出身的女孩。让

我来告诉你事实的真相，尽管可能会让你感到痛苦，众神和民众的警告阻止我把我的女儿许配给前一个求婚者。出于对你的喜欢和我们之间的亲戚关系以及我夫人的眼泪，我消除了所有的疑虑，认定你做我的女婿，却因此引发了这场不幸的战争。你已经看到了我们的命运，只有你一个人挡住了和平的道路。放弃我的女儿，不要希望我能同意这场结局难以预料的决斗。请想到这场战争给我们所有人带来的苦难！也请怜悯你那年迈的父亲，他在故乡阿尔得亚城为你担惊受怕。”

但是，任何话语都无法改变图尔努斯的主意，相反，这番语重心长的话让他更加恼怒。王后的恳求、眼泪和拥抱一点儿也打动不了他那铁石心肠，最后新娘拉维尼亚吃惊地听到她母亲的抱怨声，急匆匆赶了过来。两行热泪顺着她滚烫的脸颊流了下来，害羞让她满脸绯红。图尔努斯看着自己的情人，心里开始动摇。但是最后对情敌的仇恨终于占了上风，让他心中充满了战斗的激情，他豪迈地告诉王后：“母亲，我恳求你，不要让你的眼泪和忧虑伴随着我！图尔努斯别无选择！”然后他叫来一个同伴，说：“你，伊得蒙，快到特洛伊人的首领那里去，把我的话传给他，他不会高兴的。他明天不用把军队带到战场上，就像我不把儒图利人的军队带到那儿一样，两军可以歇息。但是当太阳初升的时候，我们两人就用自己的鲜血来决定这场战争的胜负，以这种方式在战场上一决高低，胜者可以把拉维尼亚作为妻子带走。”

返回王宫后，图尔努斯就让人把他那几匹疾驰如风的雪白骏马备好，他自己开始武装起来，拿起长矛，瞪起双眼练习投掷。得到了儒图利人带来的消息，埃涅阿斯感到十分满意，他也开始穿上那套神祇打造的铠甲。

当最高的山峰上露出第一缕阳光的时候，儒图利人和特洛伊人在拉丁人的城墙前圈出了一大块空地，为双方首领的决斗做好了准备：空地中心为他们共同的神祇设立了祭坛，为祭献准备好了水和火焰，为祭司和家畜戴上了花冠。所有的意大利军队拥到了城门前，另一边特洛伊人和他的盟军伊特鲁里亚人也过来了。一声令下，每一个人都马上退到自己的位置，给决斗双方让出了一个宽敞的场地，士兵们把长矛插入地上，盾牌靠在旁边，其他的民众也拥到城墙前，甚至虚弱的母亲和驼背的白发老翁也登上城墙的塔楼和屋顶来观看这场决斗。

现在国王们出场了。拉丁努斯乘着四驾豪华马车驶了过来，他头上的王冠发出十二道金光，这标志他是太阳神的后裔。图尔努斯驾着两匹白马拉的战车，手中挥动着两支标枪也到了现场；另一边，埃涅阿斯从特洛伊人的营地里赶了过来，他全身的铠甲和手里的盾牌像天上的星星一样闪烁耀眼，他那勇敢和风华正茂的儿子阿斯卡尼乌斯步行紧随身边。

一位穿着礼袍的祭司拿来了一支巨大的火把，带来了一头长毛的绵羊，把它放到了燃烧的祭坛前。诸侯们把脸朝向初升的太阳，把带盐的面粉撒向祭祀的牺牲，散开自己的头发，把祭酒倒在了祭坛上，最后埃涅阿斯和拉丁努斯双方祷告，发誓执行缔结的合约：如果埃涅阿斯败北，特洛伊人就马上离开拉提乌姆，回到欧安得尔人的城市帕兰特乌姆去；如果埃涅阿斯胜利，意大利人将和特洛伊人自由而独立地混居在一起，拉丁努斯是统治者，埃涅阿斯将得到国王的女儿，他可以为自己和他的民众建造一座以国王女儿拉维尼亚名字命名的城市。

儒图利人认为这场决斗是不平等的，他们内心的不安变得骚动起来，埃涅阿斯英雄般的勇敢使他们对决斗的结果忧心忡忡。当他们看见自己的首领图尔努斯惨白消瘦的双颊，垂着脑袋站在祭坛前的样子，更增添了心中的忧虑。图尔努斯的妹妹尤图尔娜是一位不死的仙女，她也注意到了这一切，她很快变成英雄喀摩尔的形象，混到儒图利人的军队里。喀摩尔因其精确的预感和自己的勇敢在儒图利人里享有很高的声誉。“儒图利人，”她在队伍里低语道，“你们难道不感到害羞吗？忍心让一个孤独的灵魂为你们这群还极具战斗力的人们白白送死？难道我们没有力量抵挡这些敌人？数一数那些特洛伊人、阿耳卡狄亚人和伊特鲁里亚人，如果我们一对一进行战斗的话，不是所有儒图利人都能找到自己的对手！图尔努斯是自愿为了神的荣誉而战的，如果他倒下的话，就把自己献给祭坛。但是我们将失去父辈的土地，不得不为外来的统治者服务。我们应当做的是什么？当我们还能去战斗的时候，为什么要无所作为地待在草地上？”

尤图尔娜边说边做其他事情，她从天上给意大利人一个诱人的有利的预示：宙斯的一只金色老鹰在苍茫的天空中飞翔，吓跑了水面上的河鸟，突然从空中直冲下来，用利爪抓起了最漂亮的一只天鹅。儒图利人吃惊地看着天空，所有逃离的鸟群突然在空中集成一群，遮天蔽日。鸟群在空中紧紧追逐带着猎物的老鹰，迫于鸟群的巨大阵势和猎物的重量，老鹰最终不得不松开了利爪，让已经到手的猎物落到了河里，又拍着翅膀消失在远方。儒图利人和拉丁人用喜悦的欢叫声向这个迹象致意，把手放到了剑柄上。倾听他们的预言家托鲁姆纽斯解释这个有利的迹象，要求他们马上拿起武器战斗。同时，他自己第一个冲向对面的敌人，瞬间杀声四起，队伍陷入了混战之中，所有人都骚动起来。托鲁姆纽斯面对的是俊美矫健的九个兄弟——阿耳卡狄亚人基利泊斯的儿子们，他们的母亲是高贵的伊特鲁里亚人。当其他八个兄弟看到自己的兄弟遭到偷袭身亡时，怒火中烧，投出标枪，拔出宝剑迎战儒图利人的进攻。随后，所有的阿耳卡狄亚人、特洛伊人和伊特鲁里亚人都陷入了混战。祭坛被踏碎了，利箭在空中呼啸，到处是刀枪碰撞的声音。拉丁努斯本人带着神像逃离了现场，因为事先约定的协议遭到了破坏。两边的军队开始了一场残酷的厮杀。

埃涅阿斯向空中举起了右手，把头转向自己的军队大声叫道："你们要冲向哪里，我的朋友？你们之间怎么突然发生了冲突？请克制你们的怒火！盟约已经缔结，条件也已经明确。谁让你们阻止我们首领间的决斗？"他的话还没有说完，就被暗处射来的一支利箭射中，他受伤被迫离开了战场。

当图尔努斯看到埃涅阿斯离开了战场，特洛伊的指挥官陷入慌乱之中时，他骑上战车，拿起武器向敌人冲杀过去，用长矛刺杀了无数的敌人。

与此同时，姆涅斯透斯和阿勒特斯紧随着阿斯卡尼乌斯，把受伤的埃涅阿斯带回了营地。埃涅阿斯流了很多血，只能靠着长矛支撑住自己。他试图拔出射入身体的箭头，可是没有成功。这时，医生雅皮克斯赶到，这位年长的医者在治疗方面很有经验，不使用蛮力，而是使用某些药草来松动伤口上的箭头。但是，这回他的技艺也没有显示出疗效，当他想硬拔出箭头的时候，看见远处敌人的骑兵黑压压地冲了过来，敌人的弓箭已经射到了营地，敌人的吼声震天动地。

埃涅阿斯伤愈，新的战役，攻城

阿佛洛狄忒可怜处于险境的儿子，她在克里特岛的伊得山上采来了神奇的带着娇嫩叶片和绚丽花朵的墨角兰。她隐身在云层里，把仙草带到了营地，偷偷地把仙草汁滴入医生熬药的容器里，并加了几滴诸神的秘酒。

雅皮克斯对此一无所知，他又一次把药草汁涂在埃涅阿斯的伤口上，这时埃涅阿斯所有的疼痛突然消失，伤口也不再流血了。箭头不经医生用力就自动掉下来了，埃涅阿斯明显地恢复了体力。“你们还在等什么？”医生欢喜地大叫起来，“快把英雄的武器拿来，他的康复不是人力和医疗技艺所为，这是神的力量，神还将用更大的力量帮助你，哦，国王！”

埃涅阿斯现在渴望战斗，他迅速地穿上铠甲，当他最后戴上头盔，拿上长矛的时候，心里感到十分高兴，他全身披挂，拥抱了儿子阿斯卡尼乌斯并说道：“我的孩子，你要向我学习勇敢无畏和不屈不挠的精神，但是，你要从别人那里学到幸运！”然后，这位无畏的英雄大踏步地走到营地的大门前，安忒乌斯和姆涅斯透斯带着大队的骑兵紧随其后，所有的军队都冲出了营地，滚滚的烟尘告诉图尔努斯，敌人的大军已经靠近。图尔努斯感到恐惧直透过全身，连他的妹妹尤图尔娜也和他一起仓皇出逃。不一会儿，埃涅阿斯就像飓风一样席卷了整个战场，第一个向敌人掷出标枪的预言者托鲁姆纽斯被杀。

在逃亡的路上，半神的尤图尔娜把自己兄弟的驭手墨提斯库斯从座位上推了下去，自己变成他的样子为图尔努斯驾驭战车。她紧握缰绳，像燕子般在敌人的军队里飞奔，一会儿在这里，一会儿在那里，一会儿向前，一会儿退后，无人能使她停下与之对决。埃涅阿斯却盯着她不放，从远处向回过头的敌人叫阵，让她和自己决斗。每当他靠近时，尤图尔娜就把战车驶向另一个方向，想以此累垮埃涅阿斯。这时，拉丁人墨萨普斯左手里拿着两支长矛经过这里，瞄准这个特洛伊人狠命地掷出了一支。埃涅阿斯停了下来，举起盾牌，长矛从他头上呼啸而过，击中了他头上的羽翎。愤怒的埃涅阿斯让神做证，是敌人毁坏了盟约，他奋不顾身地杀入敌人的阵营里。

埃涅阿斯的母亲在他的心中注入了巨大的战斗力，他的军队所向披靡，他冲向侧翼，而拉丁人军队被突然的冲击乱了阵脚。当埃涅阿斯还在一直追击图尔努斯的战车的时候，他的目光瞥见了城墙，他观察着这座发生战争至今还完整无损的城市。突然他把自己的勇士姆涅斯透斯、塞格斯托斯和塞瑞斯图斯叫到身边，他们站到了一个高地上，特洛伊军队的其他士兵也慢慢靠拢过来，聚集到自己的首领身边。

这时，埃涅阿斯站在他们中间，提高嗓音大声喊道：“不要迟疑，快去执行我的命令，万神之父宙斯站在我们这一边，如果今天敌人不投降的话，我就攻破拉丁努斯的城市，把它夷为平地！难道我要一直等到图尔努斯愿意和我决斗吗？不，现在战争的目标就在你们眼前，带着火把快速冲向那里，用火焰来提醒他们的盟军！”他们立刻组成了一个楔形阵形，勇猛密集地向城里冲击，攻城的云梯已经架好，火把已经点燃，集中兵力冲击城门，守门人纷纷战死，利箭和标枪飞过城墙射到了城里。在所有人面前，埃涅阿斯向苍天昭示他的权利，让神为证，所有的罪过都归于国王拉丁努斯，是他撕毁了和约。

城里惊恐的市民们开始争吵起来，一部分人要求打开城门让特洛伊人进来，逼国王拉丁努斯签订和平条约，另一部分人则操起武器要去守护城墙。王后阿马塔从王宫的屋顶上看到敌人大军压境，城墙因燃烧的火把快要倒塌，却看不见图尔努斯或任何一个儒图利人抵抗。这时她开始抱怨自己是这所有不幸的始作俑者，她撕坏了自己的长袍，在自己卧室的横梁上上吊自尽。拉丁妇女得知王后的悲惨结局时，哭声响作一团。国王女儿拉维尼亚撕扯着自己金色的鬈发，捶胸顿足。不久，这个消息就传遍了全城，绝望的拉丁努斯一听到这个噩耗，拼命扯着长袍，哀怨地在王宫里走来走去，不断地责怪自己当时为什么没有马上把特洛伊人接纳进城，为什么没有把埃涅阿斯立即招为自己的女婿。

图尔努斯在决斗中败北，结束

图尔努斯还在战场的另一翼追逐一些逃跑的特洛伊人，但是他的坐骑已精疲力竭。他听见远处传来的惊恐的喊叫声和城里传来的慌乱的骚动声，这时他才明白过来，城里肯定已经发生了一场大灾难。他命令坐在自己身边、变成战车驭手的墨提斯库斯的妹妹尤图尔娜勒住缰绳，从酣战中撤出来。但是尤图尔娜生气地指责他："你这是想干什么？图尔努斯，你就在胜利者的道路上突然停顿下来了？让我们继续追赶特洛伊人，让别人去操心保护家园的事情！"

图尔努斯惊异地看了她良久，说道："我现在看清楚了！有好长时间我觉得坐在我旁边的并不是我的御者墨提斯库斯，而是我的妹妹！你通过阴谋破坏了国王之间的结盟，我那时就认出来了，现在你别对我隐瞒了，哦，老天啊！告诉我，是谁把你从奥林匹斯派到这里来让我这个凡人承受痛苦的！难道你被派到这里来是促成你兄弟的死亡？我还有什么前景可言！最高贵、最勇敢的儒图利人现在已经倒下了！难道我还要眼睁睁地看着我们的城市被攻破、被毁灭吗？难道我不可以痛骂这场战争吗？我的国家，我的民众应该看着图尔努斯逃亡吗？难道死亡就那么悲惨吗？地狱里的众神，如果上天对我的宠爱已经离去，你们至少是欢迎我的，来吧，不要指责我什么，我自愿以我神圣祖先的荣誉保证，坠落到你们那里！”

他的话还没有说完，一个脸上满是伤口流着鲜血的儒图利人萨瑟斯，骑马快速冲了过来，大声地向图尔努斯求援：“快来呀，图尔努斯，快来呀，你是我们最后的希望！埃涅阿斯已经进了城，正在向王宫逼近。屋顶上到处是燃烧的火把，拉丁努斯国王现在已经开始动摇，到底该选谁当女婿，王后已经自杀，只有墨萨普斯和安提纳斯还领着士兵退守在城门那里！”

图尔努斯勒住战马，用忧伤的目光眺望远处，羞愧、担忧和狂热的爱在他心中纠结，最后他看见了他心爱的拉丁努斯的城市。那里已经乱成一团，城墙上的木制塔楼已经一层层地燃烧起熊熊烈火，火柱冲天。这座塔楼是他自己亲手用巨大的木梁建造的，亲手放在车上，穿过河上宽阔的大桥，才运到了城里的。“妹妹，现在幸运之神已经离开我们，不要再拦着我了，让我们走吧，随残酷命运呼唤我们去到那要去的地方吧！我已经决定和埃涅阿斯战斗到底，要来的，总是要来，但是，你没有必要看到我不光彩的场面！”

图尔努斯从战车上跳了下来，留下悲伤的妹妹一个人在车上。他冲进了敌人的阵营，特洛伊士兵成排地倒下，就像从山顶上落下的岩石一样迅速地滚了下来，森林、牧群和士兵们一起倒下，他就这样冲到了战斗最激烈的城墙边，挥着双手大声呼喊道：“儒图利人，不要再打了，收起你们的长矛！拉丁人，让我一个人用手中的武器来决定战争的结果吧！”

激战双方都听到了图尔努斯的喊话，让出了一条通道。埃涅阿斯听到了图尔努斯的喊话，他离开了城里的高地，制止了其他所有人的战斗，快速地带着叮当作响的武器赶了过来。年老的拉丁努斯感到非常吃惊，看着这两个不同地域来的英雄互相之间一步步地逼近，最后用决斗来确定双方的命运。

两人都愤怒地冲了出去，士兵们后退腾出一片空地，两个人都向对方掷出长矛，随后开始了战斗。大地在颤抖，一剑接着一剑，决斗者呼唤幸运和勇气相助。终于，图尔努斯竭尽全力，刺出了准确关键的一剑。在旁观战的特洛伊人和拉丁人都不由自主地同时发出了惊叫声。埃涅阿斯提剑一挡，图尔努斯的剑身折为两截，幸亏他身手矫捷，否则难逃厄运。当战斗重新开始时，图尔努斯登上战车，在匆忙中他没有拿他父亲给他留下的宝剑，而是误拿了战车驭手墨提斯库斯的剑。在图尔努斯朝逃跑的特洛伊士兵的后背刺杀的时候，这把剑也很锋利，但是，到底这只是一把凡人铸的剑，如何能和火神赫淮斯托斯亲手铸造的神剑相碰呢！图尔努斯的剑像脆弱的冰一样被削断，剑身的残片留在尘埃之中。

图尔努斯开始不安地绕着埃涅阿斯转圈儿，一会儿闪到这儿，一会儿躲到那儿，但是不可能逃离出去。特洛伊士兵已经从这里把两个方向紧紧围了起来，还有一个方向是一片沼泽地，最后一个方向的坚实的城墙也堵上了图尔努斯的后路，城墙后面才是拉丁人和儒图利人。虽然埃涅阿斯因剑伤还有些疲惫，但是他仍对图尔努斯穷追不舍。

观战的士兵这时发出了震天响的呐喊声，海边和山丘上回声直冲云霄。惊慌失措的图尔努斯边躲闪，边叫着某个儒图利人的名字，让此人把自己的宝剑递给他。但是，埃涅阿斯威胁着要杀死所有靠近图尔努斯的人，并且毁灭整个城市。他们就这样绕了五圈，决斗的结果迟迟没见分晓。

决斗场地上有一棵枝叶茂密的野生橄榄树，它也是祭献给罗马的森林和田野的保护神浮努斯的礼物，远航而来的船员上岸的时候，都喜欢把礼物挂在这里。埃涅阿斯的长矛还深深地扎在树根里，他从旁经过的时候，突然想要把长矛拔出来，用来刺杀对手，因为他无论如何也追不上飞奔的图尔努斯。图尔努斯看出了埃涅阿斯的企图，有些惊慌失措，他暗暗向家乡的保护神浮努斯祈祷："哦，我的保护神，我们意大利土地上可敬的女神，我对您的虔诚早已向您表白，请您现在怜悯我，让对手的长矛留在树根里！"意大利保护神听见了图尔努斯的祈求，让埃涅阿斯无法从树根里拔出长矛。当埃涅阿斯在白费力气的时候，图尔努斯的妹妹尤图尔娜又变成墨提斯库斯的模样，快速地赶到了他身边，把图尔努斯自己那把受咒语保护的宝剑交到了他的手中。埃涅阿斯的母亲爱神阿佛洛狄忒被激怒了，像尤图尔娜这样一个普通的仙女竟敢做出如此胆大妄为的事情。她赶了过来，帮着埃涅阿斯把长矛从树根里拔了出来。

这两个决斗者都装备了新的武器，浑身上下充满了战斗的勇气，他们又开始了新一轮的拼杀。一个用利剑猛刺，另一个从远处用长矛狂挑，他俩都呼吸急促，面对面进行最后的决战。此时，在奥林匹斯圣山金色云端上俯瞰这场争斗的宙斯，对着妻子赫拉说："让我们最后结束这场战争吧！你应该明白这一点，埃涅阿斯的命运是由上苍决定的！你为什么要让他的对手强大，假借尤图尔娜的手把宝剑给了图尔努斯呢？你已经把特洛伊人赶出了家园，让他们在海上颠簸，你点燃了战争，让他们的王宫毁于灰烬，让婚礼因为忧愁而破灭。我现在要禁止你去做其他的尝试！"

赫拉一边看着大地，一边谨慎地回答愤怒丈夫的问话："你的命令对我是很神圣的，所以我违反我的意愿离开图尔努斯一边，如果我不想听从你的话，你早就不会坐在云端耐心地观看这场不公平的决斗了，我早就带着燃烧的火焰出现在战场的最前沿了。是我建议仙女尤图尔娜去帮助困境中的图尔努斯，这是事实，但是我以斯堤克斯的名义发誓，她给她兄弟宝剑一事，我没有插过手！我只想在这里求你一件事：如果图尔努斯战死了，埃涅阿斯把国王女儿迎娶回家的话，不要逼迫拉丁人放弃他们民族的名称而改称特洛伊人！也不要强迫他们，改变他们的语言，接受陌生的服饰、风俗和习惯！让这个民族像以前一样继续生活！让罗马人的部落从意大利的根上长出来！但特洛伊必须和它的名字永远不复存在！”

宙斯笑着反驳赫拉：“克罗诺斯的孩子，我亲爱的妹妹，你心里到底还藏着多少愤怒？请熄灭你心中的怒火！你所想要的，一定会得到的：拉丁人会保留他们自己的名称、风俗和语言。特洛伊人会和拉丁人融合在一起，而且也只能以这种方式移居到这里，他们会接受这个地方的祭祀风俗，他们会变成彻底的拉丁人。罗马人，这个全新的民族的后裔，来自意大利人和特洛伊人混血的后代，将成为向你表示绝对忠诚的民族。”

就这样，宙斯把图尔努斯的妹妹从决战中排除了出去。宙斯有三个侍从，他们是复仇女神的双胞胎儿子和女儿，他们用蛇做的皮带和风一般的翅膀武装自己，宙斯震怒的时候，总是派他们到将要死亡的人那里。瘟疫、战争和其他的死亡总是随他们一起降临！宙斯派他们中的一个从天上飞降大地，并命令她给图尔努斯的妹妹带去不祥的指示。她像弓箭一样飞快地降到地面，一旦她看到两支敌对的大军，瞬间就变成了一只小鸟，像一只喜欢待在垃圾堆和颓废山墙角上的不祥的鸟。她使劲用翅膀扇着图尔努斯的脑袋，绕着他的盾牌飞来飞去，还不断地用双翼拍击着盾牌。图尔努斯的毛发耸立，他被出现的这一不祥的场面惊呆了。尤图尔娜在一旁只能扯着自己的头发，用手捶打自己的胸脯，因为她知道这是宙斯才有的超强能力，她无可奈何地用绿色的长袍把自己的躯体盖上，绝望地潜入了最近的台伯河里。

埃涅阿斯越战越勇，挥动着从树干里拔出的长矛，向对手大喊道："图尔努斯，你在犹豫什么？你为什么拖延时间？我们不是来比赛的，我们是来决斗的！拿出你所有的勇气和能力，我们一决高下！"

图尔努斯对着他摇摇头："不是你挑衅的话语让我吃惊，你这个可怜的家伙！这是上苍给的预示，是宙斯的敌意！"他还没来得及说出别的话，在他身旁地下的一块石头突然蹦了起来，猛地击中了他的眼睛。十二位勇士也撑不起他倒下的背脊，但是这位决斗的勇士用双手撑起了躯干，站了起来，拼命想要冲向对手。但是，他什么都做不了，他感觉双臂已经无力，双膝已经发软，全身的血液已经凝固，战场上的这块石头在空中旋转着，毫无目的地坠落到地上。这一切都像是在做梦，图尔努斯既走不了，也说不出话来，他不由自主想逃跑。巨大的恐惧笼罩着他，他找不到自己的战车和妹妹，只能等待敌人掷出的长矛。

埃涅阿斯丝毫没有犹豫，使出浑身力气向图尔努斯刺出了致命的一枪，它像闪电般地穿透了图尔努斯的盾牌和铠甲，扎进了强壮的图尔努斯的腰部，图尔努斯像一棵被伐倒的大树，轰然倒下。

儒图利人发出的叹息声竟如此之响，连周边的森林也发出阵阵的共鸣。图尔努斯筋疲力尽地躺倒在地，向胜利者提出自己最后的要求："这是我应得的下场，我不乞求你的宽恕，你尽可以施展你的本事！但是，如果我父亲的悲哀能够感动你的话——他对我，就像你对你儿子阿斯卡尼乌斯一样——就请怜悯他，把我这具没有灵魂的尸体交还给我的亲人！我承认我被打败了，拉维尼亚是你的了，让你的仇恨到此为止吧！"

埃涅阿斯站在那里，准备掷出最后夺命的一枪，当他的目光扫过躺在地上的对手的身躯时，他的手突然停住了。在灵魂深处的同情心将要被躺在地上已认输的对手唤醒的时候，他突然瞥见了图尔努斯肩上的战利品——帕拉斯的护身符，阿耳卡狄亚国王的儿子，这位勇敢的年轻人就是被图尔努斯杀死的！一阵痛苦和一股怒火从胸中又重新燃烧起来了，他悲痛不已地吼道：“你，你这个强盗，掠夺我亲人的装备来装饰自己，难道我记不起来吗？帕拉斯，帕拉斯就是在你的枪下丧命的，我要用你流出的鲜血为他报仇！”埃涅阿斯说着，拔出自己的利剑，刺向了对手袒露在他面前的胸膛，图尔努斯倒了下去，冰冷袭遍了全身，他的灵魂离开了僵硬的躯体进入地狱。

在图尔努斯死了之后，拉丁努斯自愿地把他的女儿拉维尼亚交给埃涅阿斯；一直相互厮杀的特洛伊人和拉丁人联合起来成为一个民族。

埃涅阿斯在台伯河附近建立了一座新的城市，为了表示对他的妻子之爱，把它命名为拉维尼乌姆。在这座新城建立三十年之后，阿斯卡尼乌斯或称尤卢斯建立了阿尔巴·隆伽城，在此后三百年，罗慕卢斯和瑞姆斯建立了统治世界的都城罗马。

（晓华　译）

译后记
Afterword by Translator

古希腊（公元前12世纪到公元前9世纪）是世界四大文明古国之一，它为人类留下了一笔灿烂的文化财富，它的神话和英雄传说是其中最为瑰丽的珍宝之一。

古代希腊指巴尔干半岛南部、爱琴海诸岛及小亚细亚沿岸一带地区。这一时期它是一个城邦制的奴隶社会，还没有出现真正的国家。虽然在荷马的两大史诗《伊利亚特》和《奥德赛》或在这部《希腊神话与传说》中，一些城邦的首领被译为国王，其实他们只是军事民主制阶段的军事首领。当时还存在人民大会、长老大会等氏族部落的机构。所谓城邦即以一个城市或一个岛屿为中心建立起来的城市国家，它的一个特点即国小民稀，在只有几万平方千米的希腊半岛上就遍布着两百多个城邦。它们几乎都是独立的，这点在荷马的两大史诗和这本《希腊神话与传说》中可以看得十分清楚，如海伦的丈夫墨涅拉俄斯是斯巴达城邦的国王，俄底修斯是伊塔刻城邦的国王。这些城邦相互之间经常发生战争，有时结成同盟，奉强大的城邦为盟主。它们在制度、风格、语言、信仰上都基本一致，自认为是同一民族，称自己是希腊人。而不属于希腊诸城邦的人则被他们称为“异邦人”“异乡人”，如特洛伊人在他们眼中就是异乡人或蛮族。

古希腊给人们留下来的史料不多，荷马的口传诗歌作品《伊利亚特》和《奥德赛》可能成于公元前9世纪或公元前8世纪，至于何时用文字形成现在的文本，至今尚无定论——这就是后人了解古希腊的主要资料了。因此，史学界也把这个时期称为“荷马时代”。古希腊的社会结构、生产活动、战争活动、生活情况等都在荷马这两部描述特洛伊战争和战后俄底修斯返乡的种种险遇中的史诗里得到了反映。然而，关于荷马其人，没有留下确凿的史料，由此引起了所谓的“荷马问题”，即围绕荷马的两大史诗及其本人引发的争论，有所谓的“核心说”（即史诗形成之前，荷马创作了篇幅不长的史诗，后经他人扩充、增添而变为现在规模的长篇），“统一说”（即荷马利用了前人的材料，创作了统一的史诗），“短歌说”（即史诗形成于公元前12世纪至公元前9世纪，由行吟歌者创作，其中基本部分属于荷马）。到18世纪初有人甚至对是否有荷马其人都产生了怀疑，认为“荷马”不是指某个人，而是“盲人”的意思——有关这方面的争论，这里不便多说，但被大多数学者肯定的是，荷马确有其人，生于小亚细亚西岸中部的爱奥尼亚，生活在公元前9世纪至公元前8世纪，是一个盲人歌者；而这两部史诗，则大体是流传于民间的传说，经历代行吟歌者的传播和加工，最后到荷马才完成。不管是“短歌说”，或是“统一说”，还是“核心说”，它们都肯定了荷马本人在这两部史诗的完成上所做出的伟大功绩。

这里之所以较多地谈到了荷马及他的两大史诗，是因为德国浪漫派作家古斯塔夫·施瓦布改写的这本《希腊神话与传说》，主要是依据荷马的这两部史诗并参照其他古代希腊的神话与传说以及希腊作家的一些文学作品编写的。荷马的两大史诗当然是文学的瑰宝，但由于其篇幅（《伊利亚特》15693行，《奥德赛》12110行）、表现形式、体裁、语言等都不大宜于一般读者，多年来欧美的一些作家就依据荷马两大史诗，结合其他希腊神话和传说以及希腊作家以神话和传说为题材创作的文学作品加以改写，进行普及性的工作。在诸多的改写本中，施瓦布的《古代最美的传说》(1840年，共三卷，今译《希腊神话与传说》)是其中较有名的。他的这部书成为了解和熟悉古希腊神话和传说的最好读物之一。他引人入胜而又娓娓动听地讲述了诸神故事，特洛伊战争和俄底修斯传说以及阿伽门农的结局。荷马的《伊利亚特》只写到赫克托耳之死，而施瓦布则一直写到特洛伊的陷落。其中还包括了阿喀琉斯之死、阿喀琉斯之子参加战斗、木马计，以及墨涅拉俄斯重新占有海伦等，故事更完整了，人物也都有了交代。施瓦布的这本书流传甚广，自1840年在德国出版之后，不仅在德国受到读者欢迎，其他欧美国家也将它翻译过去。楚图南先生在中华人民共和国成立前就是从英文译本把它译成中文的。进入20世纪，为了使之更适宜当代青少年阅读，德国又有不少人对它进行了改写，出版了不少新的版本。我的这个译本(我只选译了《特洛伊的传说》和《俄底修斯的传说》两个部分)即是以它为据，参照了其他版本而译就的。

希腊神话和传说流传至今已近三千年了，有着很强的审美价值和认知价值，阅读它们得到的不仅仅是美学上的享受，还可以对古希腊文化有更好的认识。这些神话和传说是史学家研究古希腊必不可少的参考书，是历代作家进行文学创作的借鉴和源头之一，同时它们也在我们普通人日常生活中占有一个相当重要的位置。宙斯、阿波罗、雅典娜、普罗米修斯、阿佛洛狄忒、阿伽门农、俄底修斯、阿喀琉斯的脚踵、帕里斯的苹果、木马计以及塞壬女仙的歌声等，不都成了特有的象征和某种寓意的载体了吗？某种程度上，这也从一个侧面说明我们知识面的广狭呢。

最后再就作者古斯塔夫·施瓦布赘言几句。施瓦布（1793—1850）是德国浪漫派作家之一，他生于斯图加特，大学时就读于著名的图宾根神学院，研究神学；毕业后做过牧师，后从事教师工作。他的创作多系诗歌、谣曲，此外编辑出版有五卷本的《德国诗歌》和《为少年和老年编辑的德国民间故事书》等，但他最著名最有影响的是这本《希腊神话与传说》。

高中甫

2003 年 3 月

新版附记
Excursus

十几年前，我受出版社的委托，翻译德国作家古斯塔夫·施瓦布《古代最美的传说》(*Dieschnsten Sagen des klassischen Altertums*)一书。为赶时间我约关惠文和高翚两人，共同译了出来，这即是2001年北京燕山出版社出版的《古希腊神话与传说》。但这个版本缺少埃涅阿斯部分，我一直为它的缺失引以为憾。埃涅阿斯是爱神阿佛洛狄忒和凡人安基塞斯之子，他是特洛伊王室的一员，在特洛伊战争中是一位勇猛的英雄。在这场战争中，他扮演的角色虽不及阿喀琉斯、赫克托耳、阿伽门农、俄底修斯等人那么重要，可在特洛伊战后，他却成为古罗马传说中最重要的英雄。他历经艰难险阻，率领逃亡的特洛伊人到达意大利，立国开疆。他的后代建立了罗马城。古罗马著名诗人维吉尔为他写出了长篇史诗《埃涅阿斯纪》。此后历代诗人、作家、艺术家都相继以埃涅阿斯为题，创作出数量众多的作品。前两年我趁在德国逗留期间，查找了施瓦布这部著作的几个版本，发现其中的一个有多幅插图的精装本，这激起我的兴趣，于是约晓华先生把其中埃涅阿斯部分译了出来，以便有出版机会时补全。幸运的是，这个补全本很快被接受，得以出版，我为此感到高兴，也使我了却了多年来的一个心愿。

高中甫

2014年10月